FEDERICO MOCCIA

Carolina se apaixona

Tradução:
Regina Cony

Planeta

Título original: *Amore 14*

Tradução: Regina Cony
Assessoria à Tradução: Maria Nilva Pereira
Preparação: Gabriela Ghetti
Revisão: Ana Maria Barbosa, Flávio Lembo
Diagramação: Vera Ribeiro Ricardo
Design de Capa: Vera Ribeiro Ricardo
Foto de Capa: ZenShui/Eric Audras/Getty Images

CIP-BRASIL. CATALOGAÇÃO-NA-FONTE SINDICATO NACIONAL DOS EDITORES DE LIVROS, RJ

M687c

Moccia, Federico, 1963
Carolina se apaixona /Federico Moccia ; [tradução Regina Cony].
1. ed. – São Paulo: Planeta, 2012.
260p. : 23 cm

Tradução de: *Amore 14*
ISBN: 978-85-7665-782-8

11-7749. CDD 028.5

Índice para catálogo sistemático:
1. Literatura infantojuvenil italiana. I. Cony, Regina. II. Título.
CDU: 087.5
18.11.11 23.1.11
031441

Grafia atualizada segundo o Acordo Ortográfico da Língua Portuguesa de 1990, que entrou em vigor no Brasil em 2009.

Para Giulia, meu lindíssimo sol

É curioso. Jamais contem alguma coisa a alguém.
Se o fizerem, acabarão por sentir a falta de todos.
J. D. Salinger

Editora Planeta do Brasil
Avenida Francisco Matarazzo, 1500 | 3º andar | conj. 32 B
Edifício New York | 05001-100 | São Paulo-SP
www.editoraplaneta.com.br
vendas@editoraplaneta.com.br

É um daqueles dias que começam realmente com um sorriso. Quando você olha em torno e tudo parece mais bonito: as árvores que te rodeiam, o céu, uma ou outra nuvem tola que se acha o máximo. Bem, você está completamente em sintonia com o mundo. Sim, você experimenta uma sensação positiva... exatamente com o mundo. Não é que eu tenha ido muito longe de onde moro. É, pensando, agora, no inverno passado ultrapassei, pela primeira vez na vida, as fronteiras da Itália. Estive em Badgastein.

– Uma bela e sorridente cidadezinha – disse meu pai. E eu sorri, fazendo-o se sentir orgulhoso daquelas palavras. Na minha opinião, acho que ele tinha lido em qualquer lugar, em um daqueles guias que levara para casa quando decidiu fazer essa viagem. Mas eu não quis insistir muito nem deixá-lo sem jeito, e por um segundo até quis acreditar que fossem suas. Por outro lado, são as primeiras férias que meu pai tira no inverno desde que vim ao mundo; há quase catorze anos. Assim, sorri e não o deixei perceber, embora eu ainda não o tivesse perdoado. Perdoado de quê, vocês perguntariam... Mas esse é outro assunto, e não sei se estou com vontade de abordá-lo. Pelo menos não agora. Hoje é o meu dia e não quero que aconteça nada que possa estragá-lo. Deve ser perfeito. Ah! E tem três coisas que eu quero fazer:

1) comprar os *croissants*, os melhores na minha opinião. Quatro. Dois antes e dois depois. Depois de quê, vocês perguntariam... isso eu quero muito explicar, mas deixo para daqui a pouco;
2) arranjar uma garrafa de vidro e encher de *cappuccino*. Mas o *cappuccino* fraco, de café sem ser torrado, com leite desnatado, daquele que quando você bebe fecha os olhos e quase vê uma vaca sorrindo como se dissesse "Tá gostando, hein?", e você diz que sim com a cabeça e fica com um leve bigodinho em torno da boca, coberto de espuma cor de creme e café e sorri feliz com a tua manhã.

– Por favor, pode me dar um pouco mais de creme?

– Está bom assim, senhorita?

– Sim, obrigada.

Meu Deus! Como eu odeio quando me chamam de senhorita. Fazem você se sentir menor do que é, como se ninguém tivesse ideias melhores do que as deles. São apenas as menores experiências que poderei ou não ter. Mas não a inteligência certamente. Resolvo não dar bola e depois de receber a notinha vou até o caixa pagar. Mal entro na fila, uma senhora, com certeza não uma senhorita, passa na minha frente.

– Com licença?

Ela me olha com um falso ar de desligada e finge que não é com ela. Ela, loura com reflexos, usava um perfume forte e a maquiagem mais ainda, com um tom de azul que nem mesmo Magritte teria a coragem de usar em um de seus quadros mais exaltados. Sei perfeitamente disso porque estudamos na escola esse ano.

– Com licença? – repito. É verdade que hoje não tenho a menor vontade de estragar o meu dia, mas se eu engolisse esse desaforo correria o risco de ele voltar à garganta mais tarde. E não queria que essa estúpida lembrança chegasse justamente num momento de felicidade. Porque tenho certeza de que hoje serei feliz.

Assim, sorrio para ela deixando-lhe uma última oportunidade.

– Talvez não tenha notado, mas eu estava na sua frente. E, caso se interesse, depois de mim tem um senhor.

Dessa maneira, mostro para ela o senhor que está a meu lado, um tipo elegante de mais ou menos cinquenta ou até sessenta anos, com certeza mais velho que meu pai. O indivíduo sorri e diz:

– Bem, na verdade ela chegou primeiro.

Ainda bem que ele não disse "a mocinha", e assim, orgulhosa do meu lugar, passo adiante e pago. Droga, fui castigada: sete euros e cinquenta por um pouco de creme e três *cappuccinos*! A gente não entende mais nada nesse mundo.

Guardo o troco de dois euros e cinquenta na minha carteira e vou embora.

Antes de sair, vejo que o senhor elegante, com um gesto, deixa passar a "colorida". E ela passa, sem me dar bola, levantando a sobrancelha e fazendo até uma careta estranha como se dissesse "Ainda bem". Olho melhor para ela: usa calças compridas muito apertadas atrás, um cinto enorme com um H no centro, um grande colar de ouro ou de qualquer coisa no gênero, com dois grandes C, e quando se vira para sair em seu traseiro também grande aparecem um D e um G. Nossa! Essa aí carrega o alfabeto inteiro! E o tipo elegante fez até ela passar na frente!

Não se pode fazer nada. Os homens, quando querem, se deixam enganar direitinho.

No entanto, um que nunca se deixará enganar é Rusty James. Eu o chamo assim porque acho que ele tem um ar de americano. Na verdade, ele se chama Giovanni, é cem por cento italiano e principalmente meu irmão. Rusty James. Erre Jota. R.J. Tem vinte anos, cabelos compridos, está sempre bronzeado mesmo sem usar métodos artificiais, nem que lhe paguem, um corpo que todas as minhas amigas acham show, sobre o que eu também concordo, mesmo não podendo dizer nada, já que sou sua irmã, ou então cairia num pecado maior ainda do que aquele que vou cometer hoje. Mas, como já disse, vamos falar sobre isso depois. E R.J. também é muito forte.

Está sempre perto de mim e entende tudo. Basta um olhar, depois um sorriso, uma balançada de cabeça, uma ajeitada nos cabelos e uma nova olhada para mim e eu fico vermelha porque quer dizer que ele já entendeu tudo. Nossa, como o R.J. é forte! Para falar a verdade, nunca conversamos nada de importante, mas sempre tivemos uma relação de muito amor, feita de poucas palavras e longos silêncios, daqueles que falam e que fazem você perceber que foi compreendida. Não sei quando fui repreendida, será que em outubro ou em fevereiro? Realmente, não é fácil lembrar todas as vezes, e fui castigada como não me acontecia havia muito tempo; bastou um rápido olhar seu para eu me sentir imediatamente melhor. Ele me fez recordar do filme que vi com Steve McQueen, *Papillon.*

Eu estava no meu quarto, ele foi até lá, bateu à porta e eu abri. Eu estava com a porta trancada e ele sorriu para mim, eu também, e foi o bastante. E não dissemos nada. Mas eu pensei que devia estar com a mesma cara de Papillon porque tinha chorado muito, até me assustei quando me olhei no espelho porque estava "acabada". Quer dizer, não que eu tivesse esfregado muito os olhos, mas eles estavam vermelhos e não sei como, eu nem estava maquilada porque ainda não aprendi muito bem como me pintar, porém isso também ficará para mais tarde, as lágrimas desceram pelo meu rosto e me deixaram toda marcada. Mas só depois é que eu percebi isso. Mesmo assim, R.J. me acariciou debaixo do queixo e depois sorriu e me abraçou com força, como só ele sabe fazer; e eu, daquele momento em diante, poderia suportar ainda mais aquela prisão. Mesmo que, felizmente, não tenha durado muito. Quem não apareceu mesmo naquele dia, nem para dizer *oi* ou perguntar se estava tudo bem, ou mandar um torpedo para demonstrar sua solidariedade foi Alê. Minha irmã Alessandra. Aliás, nem tenho certeza se ela é mesmo minha irmã. Ela é o meu oposto. Cabelos escuros, 1,65 m de altura, bonita, muito mesmo, com seios fartos, acho que ela usa manequim 44, maquiagem da moda exatamente como a troca de namorados, um a cada meia estação. Por isso, foi colocada muitas vezes de castigo e, ainda assim, eu sempre estive ali, pontual e solidária a ela, com a sua dor, mais ou menos verdadeira talvez. Mas quem somos nós para colocar em discussão o que os outros sentem? Acho que estou filosofando... de qualquer modo, eu sempre estava presente enquanto ela nunca aparecia.

Talvez até pelo fato de termos mudado de quarto, as coisas não eram mais as mesmas. Sei lá. Mas não quero pensar. Por outro lado, tenho um ótimo apoio de R.J., e isso é o que conta. Mesmo porque ele sempre colocou crédito no meu celular, e não ela. Mas não quero parecer muito oportunista.

Bem, vamos voltar ao meu programa. E a outra coisa que eu quero fazer sem falta, é:

1) os jornais.

– Bom dia, Carlo, o que você tem para mim?

– Ah, sim, Carolina... o que eu tenho para você?

Ele tem razão para ficar perplexo. As últimas vezes que fui até um jornaleiro foi para comprar *Winx* e *Cioè*[1]. Comecei a ler *Repubblica* há um mês e meio. Não que eu queira parecer metida, mas por interesse mesmo. Tinha sempre na casa dele e, às vezes, ficava sozinha na sala porque "ele" tinha mais o que fazer com os amigos. Assim, comecei a ler. No início, era mais para, como se diz, me sentir importante ou apenas ocupada. Enfim, eu não estava desperdiçando o meu tempo, e isso não dependia somente dele e de suas decisões. E, no fim, gostei mesmo de ler. Isso me parece estranho porque sinto que estou mais crescida... agora, compro os jornais às terças, quintas e sextas e gosto muito das coisas que leio. Um que eu adoro é Marco Lodoli. Ele aparece ali num canto com os cabelos arrepiados e sempre diz coisas que me fazem rir. Descobri no Google que ele também já escreveu diversos livros. Mas ainda não comprei nenhum deles.

Fiz no meu caderno da escola o cálculo das despesas do mês passado, junho, e vi que, entre colocar crédito no celular, o aniversário da Clod e duas camisetas Abercrombie, gastei uma nota. Assim, como diz a mamãe, é preciso apertar um pouco o cinto. Mas hoje não. Hoje é um dia especial. E não quero ter limites.

– Me dá *Repubblica*, *Messaggero*, *Corriere dello Sport*[2] e... – procuro um pouco entre as outras revistas que estavam ali na minha frente e não tive dúvidas:

– *Dove*[3]. Também vou comprar *Dove*.

Tem uma foto fantástica, uma ilha alucinante com muitas palmeiras na praia. Acho que agora essas ilhas são feitas no computador. Não consigo acreditar que existam lugares tão bonitos. Puxo a revista do meio de outras duas e vejo, com o rabo de olho, que tinham dois euros ali debaixo! Alguém deve ter deixado cair sem perceber. Entrego a revista ao Carlo e ele apanha um saco plástico debaixo da bancada. Bom. Ele se distraiu. Enfio minha mão ali na frente e, graças a Deus minha mão ainda é magra, pelo menos ela... e, assim, pego o dinheiro. Carlo não percebeu nada. Mas foi um segundo. Penso nisso e vejo que hoje é mesmo um dia especial.

– Olha, Carlo, encontrei isso aqui embaixo.

Ele sorri para mim. Estendo minha mão com os dois euros, e ele deixa o dinheiro cair na sua.

– Obrigada, Carolina.

Depois, tranquilamente coloca-os embaixo, onde deve haver uma espécie de caixa para guardar dinheiro. E sorri para mim de novo. Quem sabe ele teria percebido. Não poderei saber nunca. Me lembra um pouco *Um homem de família*, aquele filme com Nicolas Cage, na cena em que uma moça entra num supermercado para fazer compras e o empregado que está no caixa finge que se engana ao dar o troco somente para ver como aquela moça se comporta, e o sujeito no caixa daquele filme você lembra quem é? É Deus! Um cara negro que está ali fazendo o papel de Deus. Não é que eu tenha preconceito de cor, mas, realmente, não posso acreditar que... ou, bem, concordo que estou tocando num assunto delicado, mas entendo que não seja uma questão de cor que determine o fato mais importante, ou seja, se Ele existe realmente ou não.

Ele coloca os jornais dentro da sacola.

– Um, dois e três... são sete e cinquenta.

Agora já estou acostumada, esse é o meu preço fixo! E com aquele que restituí, terei pago somente cinco euros e cinquenta, mas hoje quero fazer render, tudo deve permanecer positivo, não pode haver erros ou enganos para que eu possa me lembrar sempre como um dia perfeito: o dia em que fiz amor.

Ok, eu sei... tenho quase catorze anos e meio e alguém poderia dizer que é cedo. Claro que não contei a ninguém em casa, nem ao meu irmão. E muito menos à minha irmã que, se interessar a você, descobri ao ouvir quando ela falava ao telefone com Giovanna algum tempo atrás, mas ainda me lembro, que fez o mesmo aos quinze anos. E a maior parte das garotas na escola chegou perto, pelo menos é o que dizem. Enfim, olhei até na internet, li alguns artigos, procurei aqui e ali e posso afirmar a vocês que estou perfeitamente dentro dos padrões. Bem, talvez falte apenas um mês para que eu possa ser mais precisa, como diria Gibbo, o meu amigo matemático da escola, mas quando existe amor, quando tudo é perfeito, quando até mesmo os signos combinam (eu, Aquário e ele, Escorpião, verifiquei até isso), quando até Jamiro (o seu verdadeiro nome é Pasquale, mas desde que tira cartas na praça Navona é conhecido assim) disse que tudo está caminhando na direção certa, que não é preciso interromper o influxo, digo, o fluxo... Quem sou eu para dizer não ao amor? É por isso que eu estou preparando esse supercafé da manhã... Porque é para ele, para o meu amor. Daqui a pouco vou estar na casa dele. Os pais dele viajaram ontem para a praia e ele naturalmente ficou até tarde com os amigos; assim combinamos que eu iria acordá-lo hoje de manhã.

– Não antes da onze, por favor, meu amor... Amanhã posso dormir.

Não é possível... Aquela palavra. Amor. A palavra mais doce, mais importante, mais delicada, mais...mais... "planetária", sim, aquela que reúne todos os planetas além da Terra naturalmente, pronunciada por ele e daquele modo me tirou todas as dúvidas. Vou fazer, disse para mim mesma ontem à noite depois do telefonema. E, claro, não consegui dormir. Hoje de manhã, saí de casa às oito! Coisa que não acontecia nem quando ia à escola mais cedo para copiar os deveres de casa.

Porém quero contar melhor a vocês o que aconteceu nesse ano escolar e de vida para que vocês entendam que a minha decisão de hoje é fruto de uma longa e difícil reflexão, mas que eu estou segura, serena e, principalmente, apaixonada. Que estranho! Consigo pronunciar essa palavra. Antes não era absolutamente capaz. Mas como diz Rusty James, cada coisa requer seu tempo; e para dizer essa palavra precisei de uns três meses. Para decidir fazer amor, quase um ano. Mas quero explicar melhor para vocês a minha estrada. É como se a vida passasse na sua frente como um filme. Como uma série de momentos, de situações, de fases, de mudanças que te levam inevitavelmente a fazer amor! Dizem que, em geral, quando vemos a nossa vida transcorrendo diante de nós é porque estamos morrendo... E eu estou morrendo... mas de vontade de estar com ele! E como já são... olho o relógio, um belíssimo IVC daqueles transparentes com perolazinhas que ele me presenteou! Nove e dez, tenho todo o tempo para relembrar o ano que passou.

Setembro

Cinco boas propostas para o mês:

- emagrecer dois quilos;
- comprar sapatilhas pretas com lacinho;
- ganhar de presente um pré-pago com quinhentos torpedos grátis;
- assistir ao show dos Finley com Alis e Clod;
- comprar o livro *Mille splendid soli* de Khaled Hosseini; dizem que é lindo.

Nome: Carolina, apelido Carol.
Aniversário: 3 de fevereiro.
Onde mora? Roma.
Onde gostaria de morar? Nova York, Londres, Paris.
Número de sapatos: menos do que gostaria! Ou você quis dizer quanto calço?!
Óculos: grandes, escuros.
Brincos: dois, às vezes, mas frequentemente não.
Sinais particulares: aqueles no coração.
Pacifista ou guerrilheira? "Pacigue". Pacifista/guerrilheira, dependendo do momento.
Sexo: O meu ou se já fiz alguma vez?!

Setembro é um mês de que gosto muito se não fosse pelo recomeço das aulas e o fim das férias. A gente ainda pode sair com roupas leves, como eu gosto. Como é bom o verão... o mar, a praia, ficar ali mexendo na areia com os pés, desenhando círculos para irritar o salva-vidas que depois tem que desmanchar tudo porque a areia tem que ficar lisinha no dia seguinte! Os guardas-sóis são inúteis para mim, nunca fico debaixo deles. As toalhas grandes com desenhos de animais ficam sempre cheias de areia, e não entendo por que as dos outros ficam sempre mais limpas do que a minha. O verão é a minha estação preferida. Setembro podia ser melhor, mas se não fosse preciso ir à escola, se fosse o mês final das férias, porém inteiro. Me disseram que a faculdade só começa em outubro. Viram, lá já entenderam tudo.

Acabei de comprar o meu novo diário. Começo assim, com pouca vontade de escrever. Sim, porque na verdade gosto mais dos torpedos, dos *e-mails* e, claro, do *messenger*. Mas um diário de papel para a escola é importante para as dedicatórias das amigas (principalmente!), por isso eu comprei a legendária *Comix*[4]. Pelo menos, de vez em quando, rio um pouco!

As aulas começam às oito e isso já é dramático. A gente começa imediatamente com coisas interessantes: a professora de desenho geométrico mandou a turma fazer um paralelepípedo com um papelão preto e comprar o caderno com folhas quadriculadas. Depois disse:

– Tragam também três quadrados de papelão com quinze centímetros de lado, tesouras, cola e lápis HB.

Nossa! Que sono, uma papelaria? Não estou nem aí para o paralelepípedo! Eu já sei como é! O meu celular é um paralelepípedo!

Termina a aula, nem um segundo de descanso e já entra o professor de inglês. Numa das mãos, a pasta caindo aos pedaços, na outra um aparelho de CD. A gente se olha sem entender. Por trás de seus oclinhos de fundo de garrafa, analisa todos nós e depois diz:

– Para amanhã, tragam uma agenda para escrever as palavras novas das músicas que vamos ouvir. Naturalmente tragam os deveres das férias e também dois cadernos. Passem tudo a limpo!

Tudo o quê? Mal acabamos de começar! Acho que esse ano está me cheirando mal. Alis me pede o diário. Dou para ela. Vejo que rabisca qualquer coisa na página do dia 18 de setembro. Depois de meia hora, ela devolve para mim. Leio: "Dialogando: se virar = arrumar o Range Rover do papai. Bovino = grande ruminante apreciador de vinho. Cósmico = cômico espacial". Paro de ler. Olho para ela. Ela ri como uma louca. Fico sem palavras.

O desfile termina com o professor de italiano, Leone.

– Para amanhã, escrevam no caderno quais eram as necessidades dos pais de vocês quando pequenos.

O que é isso? As necessidades de quando eram pequenos? As necessidades, necessidades mesmo? Todos riem. Não é para menos. Você não concorda? E, ainda por cima, três matérias para amanhã? Entendi: vou ter que correr para poder sair com Alis e Clod. Nos entreolhamos.

– A gente se encontra às duas e meia e temos que fazer tudo em uma hora e meia.

Depois, temos a nossa ida à doceria. Eu gosto de setembro porque tenho todo o verão para lembrar. E que verão! O verão em que beijei. Ok. Não é um título original, concordo, mas acho que nada é extraordinário na vida de ninguém a não ser para a própria pessoa . E, de qualquer modo, esse verão eu quero contar, ou melhor, me lembro ainda de como contei às duas, minhas amigas do peito: Clod e Alis.

Clod é uma garota fantástica. Come tudo o que encontra pela frente, até rouba seu lanche se você não tomar cuidado, mas em desenho é fera e por isso tudo é permitido para ela. Na verdade, ela passava os deveres para metade da turma e se aproveitava para comer os lanches de que mais gostava. O meu, pão com Nutella, era, de cara, a que ela mais gostava e que desaparecia em primeiro lugar. Alis é uma espécie de princesa, alta, magra, linda, elegante, com um não sei o quê de nobre, que parece não ter nada a ver com a gente, mas, de repente, sabe ser divertida e não temos mais dúvidas! Mas, às vezes, também sabe ser má...

No entanto, estávamos na entrada da escola, início de setembro, mal terminadas as férias, primeiro dia de aula.

– Oba! – grito como uma louca.

– Por que você está feliz?

Chego bronzeada como nunca tinha acontecido antes, louríssima, parecendo até uma sueca da moda, uma daquelas cantoras que aparecem de repente com aqueles cabelos compridos quase brancos, jeans milimetricamente rasgados, descalças, violão nas mãos e olhar lânguido. Bem, eu era mais ou menos assim, menos o violão e descalça... Droga, o violão até tentei tocar um pouco, mas, sabe aquelas coisas herdadas dos seus irmãos que você tenta fazer bem e que no fim desiste porque não tem nada a ver com você? O violão era do meu irmão, agora Rusty James comprou um novo, e ele sim sabe tocar muito bem. Bom, de qualquer maneira eu tentei, comprei partituras e tudo mais, e mesmo se na escola, na aula de música me saía bem, quer dizer, tinha entendido perfeitamente onde se formam as notas, quais a gente posiciona entre os espaços e quais sobre as linhas, quando tentava colocar tudo no instrumento, no início ia bem, mas quando eu encontrava a nota sobre a corda do violão e a tocava já tinha me esquecido do som anterior e quando reencontrava o primeiro e depois o segundo, mamãe começava a gritar: "O jantar tá na mesa!". Ah, não sei como, mas o meu violão coincidia sempre com a hora do jantar! Bem, eu realmente acho que todos temos talento para alguma coisa, é que às vezes a gente só descobre muito tarde. Mesmo se, como diz o nosso professor Leone, nunca é muito tarde para nada. E eu acho que encontrei a minha paixão e se for mesmo essa, levei só catorze anos para encontrar, isto é, o tempo para entender realmente qualquer coisa, de olhar à minha volta e de poder escolher. Não existe nada melhor do que uma escolha. E eu escolhi. "Tchau!"

Pulo em cima da Clod e depois em cima da Alis e quase rolamos no chão de tanta felicidade minha!

– Coisa de louco, coisa de louco – começo a pular em volta delas e agito os braços de um modo estranho. – Sim, sou um polvo estranho – e me enfio no meio delas, balançando lentamente os braços e as pernas, me insinuo, ora sou uma odalisca e depois uma girafa e um outro estranho ser que pode mexer a cabeça dessa maneira. E elas ficam ali em pé, olhando para mim atordoadas. Alis é muito legal. Além de ser a mais rica da escola, pelo menos é o que diz a Brandi, a empregada da rádio Farnesina[5], que é onde eu estudo. E deve ser mesmo, pela casa maravilhosa que ela tem. Parece uma daquelas casas que a gente só vê em propagandas. Sabe, onde tudo funciona, tudo é limpo, onde as paredes são perfeitas, onde você aperta um botão e as luzes se acendem e se apagam, e se levantam, onde todos os móveis são escuros e brilhantes e a televisão é daquelas achatadas, presas na parede e que ligam se alguém toca nelas, e a música também é perfeita, os tapetes são lindos e as janelas estão sempre limpas. A casa dela fica na rua Vinte e Quatro de Maio, em frente às antigas ruínas romanas, aquelas do grande império que temos de estudar. E ela convida a gente para estudar na casa dela, diretamente da janela para nos gozar, indicando as ruínas com uma varinha.

– Aquela é a rocha Tarpeia[6]... Aquele é o Arco de Constantino[7], aquele outro lá embaixo, no fundo...

– O Coliseu – respondemos em coro eu e Clod. É o único que ninguém erra.

Alis abre a bolsa e pega um o último lançamento da Nokia e tira uma foto minha.

– Essa eu quero para guardar de lembrança, Carol!

– Então me filma que eu continuo o balé!

E Alis não espera eu pedir a segunda vez para começar a me filmar com aquele celular que é melhor do que todas as filmadoras juntas. Enquanto eu danço na frente dela, começo a me mexer como uma louca e balanço as mãos, melhor do que Eminem e o 50 Cent juntos, afasto os dedos e danço *rap* que é uma maravilha.

– Eu beijei ele sim, em uma noite de lua cheia com uma vontade doida dele e principalmente do seu bumbum.

Alis e Clod riem como doidas. Alis continua a me filmar enquanto Clod dança no ritmo e eu continuo:

– E que beijo longo e arrebatador dentro de um barco, no meio dos coletes salva-vidas...

Mas, de repente, elas param e ficam de boca aberta como se apenas naquele momento percebessem que eu finalmente tinha dado o grande salto. E, então, continuo. – Sim, eu beijei ele de língua, mordi o lábio dele e também suguei. – De repente, compreendo que a surpresa delas deve ser por outra coisa. E, de fato, o professor Leone está atrás de mim. Dessa vez eu é que fico de boca aberta e imagino em um segundo tudo aquilo que ele deve ter ouvido. Ele sorri para mim.

– Foi um ótimo verão, não foi, Carolina? Estou vendo você muito bronzeada e muito alegre também.

– Sim, professor.

– Porém agora as aulas recomeçam e esse é o último ano. E vocês devem se esforçar bastante... Mas você sabe, Carolina, eu sempre disse a você, existe um tempo para cada coisa... você sabe, não é?

– Claro, professor.

– Por exemplo, o tempo de vocês aqui acabou. Vocês devem voltar para a sala de aula.

Alis guarda o telefone na sua bolsa Prada último modelo. Clod ajeita as calças compridas e nós três nos dirigimos para a nossa mítica IIIB.

Aqui estou, na minha nova carteira perto da janela. Não é que do lado de fora tenha uma grande vista, mas, pelo menos, entra um pouco de luz! Alis e Clod estão ao meu lado. Por enquanto. Porque na minha turma costumam mudar os lugares a cada dois meses, sorteando as carteiras e fileiras. É um hábito que os professores adquiriram para fazer a gente se socializar mais. E depois, nada acontece; quando a gente se socializa, eles mudam tudo de novo. Agora, formaram as fileiras de três em três, ainda bem, às vezes até os inspetores sacam alguma coisa.

Último ano do ensino médio. Estou com um pouco de medo. O exame? Bem. Mais do que qualquer coisa, o depois. Ah, que beleza, no próximo verão estarei livre, livre, livre! Sem deveres de casa! Três meses só para fazer o que eu bem entender. Daqui a um segundo, o professor Leone vai entrar. Vai perguntar se a gente leu os cinco livros que ele mandou, se fizemos as redações, se terminamos o livro de exercícios. E depois, como sempre, vai marcar a data do teste de seleção. Que saco! Com certeza amanhã, por isso não posso ficar até muito tarde fora senão mamãe enche o saco. Olho novamente pela janela... queria estar em cima daquela árvore ali em frente, empoleirada. Ficar olhando quem passa embaixo, o trânsito, essa escola, rindo da cara daqueles que estão sentados agora aqui na sala. A janela. Como a música de Negramaro "se você carrega o mundo, me carregue também".

Enquanto esperávamos o professor, tentei de todas as maneiras roubar o celular da Alis, mas foi inútil. Ela jurou pra mim que apagou o filme.

– Juro, Carol! Por que você não acredita em mim?

– Então me dá o celular para eu ver.

– Mas por que você não acredita, hein? A gente deve confiar uma na outra.

– Eu confio, mas dessa vez quero verificar o celular eu mesma, tá bom?

– Ok, então vou te dizer uma coisa. Não posso dar o celular pra você porque tem uns torpedos que você não pode ler, tá?

– Mas, por quê? Por que não posso ler os torpedos? Olha, você disse que a gente tem que confiar... e de quem são?

E assim levamos em frente a discussão até a aula de desenho geométrico e eu estava tão nervosa que, pela primeira vez, serrei e colei todos aqueles pedaços de madeira diretamente do desenho, sem olhar, e no fim aquilo que deveria se tornar um porta-canetas ficou direitinho! Incrível, pela primeira vez tirei um B! A outra única experiência parecida eu tinha feito no ano passado quando cortei o dedo indicador da mão esquerda com a chamada "escavadora!". Se chama "escavadora" um objeto que serve para as incisões *adigraf*. É como uma mesa de plástico verde que grava. Grava, sim, também o dedo! Resultado: chamaram a mamãe e ela me levou pro pronto-socorro. Três pontos. Vi até Saturno com todos os seus anéis, depois Marte, Júpiter, Netuno. Ainda os planetas! E depois da panorâmica astronômica, voltei para escola. Sim, exatamente assim. Qualquer outra pessoa teria ido para casa, mas eu não, porque mamãe disse que estava tudo bem. De qualquer maneira, perdi a aula de matemática!

Tá bom. Mas nenhum sinal do filme incriminador com o professor Leone atrás de mim nem a possibilidade de ver outra vez só para rir mais um pouco. Nada. Até essa história do filme... dos vestígios que sobram do que você fez... Quero comprar uma caixa daquelas de papelão duro com desenhos de flores em cima. Grande, bem grande, para guardar as coisas desse ano que não vou mais usar. Porque me sinto mais crescida. São tantas coisas. Por exemplo, as Bratz, Winx, os livros de Lupo Alberto, as camisetas de Pinko Pallino que minha mãe comprava sempre para mim mesmo que eu ficasse com raiva, os diários secretos com cadeado que enchi de adesivos e coisinhas escritas, os livros de Geronimo Stilton, os DVDs de desenhos animados, as fotos do primário, o calendário com a minha cara quando eu tinha cinco anos fantasiada no carnaval, horrorosa, a caixa com as miçangas para fazer pulseiras, o lápis grande de plástico das Bratz, o estojo com os lápis de cera, os arquinhos de cabelo com flores de plástico. Tudo aquilo que agora eu acho inútil. Também, estou com quase catorze anos! Me sinto diferente de quando aquelas coisas eram tudo para mim.

Tarde. Alis e Clod sentadas na minha frente. Não querem acreditar.

– Então, vou contar para vocês...

Era justo que eu que pagasse, já que na maioria das vezes Alis é quem paga e também é natural, e eu fui com elas na doceria, um lugar pequeno na rua Dionigi, perto da praça Cavour onde fica o Cinema Adriano que, aliás, eu não conhecia e que fica sempre aberto.

Clod começou logo a comer, pediu o Trilogy, que custa mais do que um anel da Bulgari, mas é muito bom. Realmente, ela o devorou num piscar de olhos.

– Pode nos trazer dois frapês de chocolate e um chá?

Alis não fica quieta, vejo que está agitada, ela nasceu literalmente para a fofoca, não importa onde comece e onde acabe. E essas coisas devem acontecer! Aquilo que Paris Hilton ou Britney Spears fazem agora quase dão tédio nela.

– Então, Carol! Vai contar pra gente ou não? Vamos!

Clod também faz que sim com a cabeça e lambe os dedos como se também quisesse comê-los. Depois, se enxuga com um lencinho de papel e daqui a pouco dará um triste fim também a ele!

Mas Clod sempre foi assim. Me lembro de quando nós três nos inscrevemos para fazer o catecismo para a Primeira Comunhão. Nós comprávamos saquinhos com hóstias, e ela, com a desculpa que devia treinar, comia tudo; um saquinho atrás do outro. Ela guardava debaixo da carteira na escola e parecia uma espécie de metralhadora ao contrário! Tum tum tum... disparava tudo na boca com a maior simplicidade e de vez em quando parava, não porque o catequista tivesse visto... nãooo! Porque algumas hóstias ficavam agarradas no céu da boca. E então ela tentava uma estranha intervenção semicirúrgica, tentando "extraí-las" com apenas dois dedos gordinhos e, ainda por cima, pintados, já que adorava desenho, a única matéria em que ela se virava sem problemas, metia os dedos no céu da boca e cavava, cavava.Olhando para ela, mais parecia um espetáculo tipo *The cell* e *The ring* e também Wes Craven teria pensado se deveria contratá-la para um de seus horrores!

– O que você está esperando, Carol! Vamos, não aguento mais!

Alis nunca tem nenhum problema para dizer o que pensa, e isso me agrada muito! Talvez esse seu jeito de ser tenha a ver com o dinheiro? É isso. O dinheiro dá liberdade. Ah, estou filosofando demais.

– O chá? – A senhorita chega na nossa mesa com uma bandeja.

– É para mim, obrigada. Levanto imediatamente a mão com uma velocidade incrível, como aquelas poucas vezes em que o professor Leone faz alguma pergunta e, por acaso, digo por acaso mesmo, eu sei a resposta.

– Então, os frapês são para vocês duas.

Olho para ela e rio por dentro. Bem, não devia ir muito bem em matemática a mocinha. Sua subtração era tão evidente que fiquei sem ter o que dizer. De qualquer maneira, todas sorrimos e dissemos que sim, pelo menos para ficarmos livres dela e eu poder começar a minha história. Finalmente, ela vai embora. – Então?

– Lore, como eu o chamo, é um garoto muito doce. A gente se conhece desde pequenos e nos vemos sempre mesmo ele sendo dois anos mais velho do que eu... – Bebo um pouco de chá. – Ui, tá pelando!

Alis coloca a mão no meu braço. – Pois é, deixa pra lá, continua!

Até a Clod está tão interessada na história que parou com um pedaço de chocolate no ar e a boca aberta me olhando. – Sim, vamos Carol, continua...

E assim, coloquei minha xícara no pires e sorri para minhas duas amigas do peito. – Então, vamos! Não enrola!

Ok. E num minuto eu estava novamente lá embaixo.

Cidade de Anzio. Agosto.

Quase no fim do verão. Um grande bosque, Villa Borghese, uma estrada no meio das árvores cheias de folhas, de agulhas, pinheiros e cigarras. E depois o calor daquele sol o dia inteiro. Um eco afastado, o barulho das ondas do mar.

– Aqui é perigoso, não é?

Avançamos em grupo. Somos cinco. Stefania, eu, Giacomo, Lorenzo e Isabella, que a gente chama de Isafeia porque é mesmo. Estamos no meio das trilhas do bosque, temos que andar escondidos porque é proibido ultrapassar a grande cerca da vila. E nós fizemos, decidimos correr o risco e nos aventurar. Vamos ver o castelo de Villa Borghese.

– Mas é perigoso...

– Que perigoso, nada! É que se eles nos pegarem, o guardião vai nos multar.

– Sim, mas aqui está cheio de cobras!

– Que nada! As cobras não aparecem de noite!

– Como não. Já está escurecendo e a essa hora elas saem porque estão com fome!

– Não, estou dizendo não. – Stefania é insistente. Acha que só ela sabe tudo. Não a suporto quando faz isso. Mas a mãe dela faz uma torta divina e leva para nós na praia na hora do almoço; por isso é melhor não criar caso com ela. Lorenzo guia o grupo, é o mais corajoso. Giacomo sempre foi, ou pelo menos é desde que o conheço, amigo dele, parece sentir mais medo do que nós, talvez porque seja o menor.

Track. Lorenzo abre os braços e todos paramos imediatamente. Um barulho seco vem do lado direito da moita.

– Quietos, pode ser um bicho... parece grande.

– Talvez um porco-espinho – diz Stefania. Depois, ouvimos alguém rir. Todos nos viramos. Isafeia está lá atrás e ri como uma louca, aliás não consegue parar de rir, ri de chorar. Com uma pequena pinha na mão esquerda e um pedaço de pau na outra. Ela deve ter puxado alguma coisa e provocado aquele barulho.

Giacomo aperta os olhos.

– Você é mesmo uma cretina! – Lorenzo dá de ombros. E eu digo com franqueza:

– Diz claramente as coisas que deve dizer a ela... É uma imbecil, pronto; deu um susto danado na gente.

Stefania balança a cabeça.

– Bem, ela foi esperta, colocou a pinha exatamente na moita com as bolinhas vermelhas...

– E, então?

– Mas vocês não sabem, as bolinhas vermelhas são o que as cobras comem!

Eu não sei o que a Stefania vai fazer na vida. Mas se ela não trabalhar com botânica e animais, vai cometer um grande erro. Quase como aquele que cometemos trazendo ela conosco! Porém não consigo rir dos meus pensamentos porque exatamente naquele momento...

– Ei, vocês! Onde vão?

Um vozeirão interrompe nossas risadas de repente. Eu o avisto de longe, no meio das árvores, avançando ameaçador. Atrás dele, na borda da estrada, seu velho carro cinza com a porteira aberta na frente. Não há dúvidas.

– É o segurança! Vamos fugir!

E começamos a correr feito loucos, entre as plantas, no meio das árvores. Lorenzo segura minha mão e me puxa para trás dele.

– Vem, vamos, anda logo, corre depressa! Vamos nessa direção onde estão as grutas.

– Mas eu estou com medo!

– Medo de quê? Você não deve ter medo, está comigo!

E assim começamos a correr no meio das plantas altas, pelo bosque, no meio das moitas, cada vez mais rápido, sempre em frente.

Giacomo e Stefania foram para a esquerda enquanto Isafeia corre mais devagar, quase mancando atrás da gente. Não há nada a fazer, aquela garota não tem mesmo fôlego.

– Rápido, depressa, vem.

Lorenzo me arrasta para dentro de uma das grutas. Elas têm mais ou menos dez metros de altura e de repente ficam frias e escuras, tão escuras que depois de dois passos não se vê mais nada. E ninguém pode ver você, e assim ficamos agarrados contra a parede. Silêncio e um estranho cheiro de planta como se fosse úmido, molhado. Depois, vemos o segurança passar ao longe, através das tábuas de madeira que servem de portão para a caverna, daquelas que se você tocar, soltam farpas que espetam as mãos e doem...

Vemos um pouco de luz e o verde do bosque com alguns reflexos do sol nas folhas maiores. Faz frio nessa caverna, e quando respiramos se formam pequenas nuvens diante de nossas bocas, como se estivéssemos fumando.

– Escuta, Lore, mas...

– Shiiiu... – ele faz e coloca a mão na minha boca, na hora certa. Porque o segurança aparece na porta de tábuas e olha para a direita e para a esquerda e então nós nos espremememos ainda mais contra a parede. E ele não vê nada. Então joga a cabeça para trás e se afasta. Depois de alguns segundos, Lore tira a mão de minha boca.

– Ufa. – Solto o ar que estava preso até aquele momento.

– Ainda bem.

– Você sentiu medo?

– Não, com você não.

Sorrio para ele. E na escuridão vejo os seus olhos, eles adquirem um pouco de luz, são grandes, profundos e belos, não sei se ele está me olhando ou não, mas sorri. Vejo os seus dentes brancos no escuro da caverna. Na realidade, tive um pouco de medo. Um pouco não. De qualquer maneira, não quero dizer isso pra ele.

– Fala a verdade, você teve um pouco de medo. Se ele encontrasse a gente...

– É!

Mas não posso continuar porque ele se aproxima e... me beija. Sim, me beija! Sinto seus lábios nos meus e por um segundo estou com a boca imóvel, sem saber bem o que fazer. Mas sinto que ele pressiona. E tem uma boca macia. E, que coisa estranha, aos poucos vai abrindo... e então eu também abro. O primeiro pensamento é "ainda bem que não uso mais aparelho!". Eu usei até o último inverno e agora meus dentinhos são lindos e retos. Mas, se eu usasse, Lore teria percebido. Ele é muito atento. Isso eu gosto muito nele porque é um tipo atento, se preocupa com você, se está com medo, se quer alguma coisa, se gosta de ir ao castelo, enfim, se interessa pelos seus pensamentos.

– Ei, mas o que está acontecendo? – Sinto uma coisa estranha na boca. Estamos no escuro, na caverna e, agora tão perto um do outro, não percebo nem se ele está me olhando ou não. Abro um olho devagar, pisco um pouco, mas não se vê absolutamente nada. Então fecho outra vez. É a língua dele! Ui, socorro... mas não me incomoda. Ainda bem. Que bom. Sempre imaginei esse momento e talvez tenha pensado muito, de verdade. Porque sempre ouvi tantas histórias dos outros que você fica preocupada mais do que já está por sua conta.

E, assim, finalmente me entrego e o abraço e continuamos a nos beijar. Os seus lábios são macios e de vez em quando batemos com os dentes, mas começamos a rir e recomeçamos assim, leves, sorrimos no escuro e ele me beija muito e tudo em volta da minha boca está molhado. Mas não me incomoda... sério mesmo, não me incomoda.

Alis e Clod estão na minha frente, as duas com os frapês na mão, o copo parado diante da boca aberta.

A garçonete se aproxima.

– Querem mais alguma coisa?

– Não!

Respondemos em uníssono sem nem olhar para ela. A garçonete se afasta, balançando a cabeça.

Alis pousa o copo.

– Não acredito.

– Nem eu..

Clod, no entanto, toma um bom gole.

– E depois? E depois?

– Desculpem, mas se vocês não acreditam...

– Bem, continua contando, sim conta que a gente está gostando muito!

Balanço a cabeça. Não há nada a fazer. Alis é muito curiosa.

– Ok, ok, mas saibam que é tudo verdade! Então, onde foi que paramos?

Em coro: – Que ele estava te beijando!

– Ah, sim... certo.

E assim, volto àquela caverna. Escuro. Parece um filme. E sinto que ele me aperta para si, forte, mais forte... E eu o abraço. Ele enfia a mão debaixo da minha camiseta por trás, nas costas. E não me incomoda. Estou estranhamente serena. E também gosto de me sentir assim, em seus braços... mas ele está imóvel, não se mexe, não sobe a mão para desatar o meu pequeno sutiã. Não agora, pelo menos. Mas começa a me acariciar e continua a me beijar. Agora, para um pouco e me beija com a língua sobre os lábios. É como se me espetasse e a sua mão nas minhas costas começa a subir, eu sabia... Mas não me preocupo. De repente, ouvimos passos rápidos. Nos soltamos e olhamos para a entrada da caverna. É Isafeia que passa correndo em frente à porta. Corre cada vez mais rápido, do lado de fora, no meio da relva quando, inesperadamente cai no chão!

– Aiiii. – Dá um baita grito. – Socorro! Aiii! Aiiii! – e continua a gritar. Parece uma sirene. Depois de um segundo, chega o segurança que a ajuda a se levantar.

– O que aconteceu com você? O que você fez?

Isafeia mostra a mão para ele. – Um animal me mordeu aqui, está doendo muito, foi uma serpente, foi uma víbora, vou morrer, socorro! Socorro! –, grita e bate com os pés.

– Quieta, fique quieta, não se agite, venha comigo, rápido!

O segurança pega o braço dela e com as duas mãos aperta o pulso e somem por trás de algumas árvores. Não conseguimos mais vê-la! Lore e eu nos olhamos somente por um segundo.

– Vem, vamos! – Corremos em direção à saída da caverna e já do lado de fora, mal pudemos ver o velho carro cinza desaparecer na esquina. Depois de um segundo, chegaram Giacomo e Stefania.

– Onde vocês estavam?

– Na caverna.

– Na caverna? Estão falando sério? – Giacomo não acredita em nós. – E o que vocês estavam fazendo?

Nos olhamos rapidamente, depois Lorenzo o provoca.

O que devíamos fazer? Nos escondemos!

– Ah, pode ser. Mas vocês viram o segurança? Ele levou a Isa embora! Vocês acham que ele a raptou? Além de feia, ele vai querer pedir um resgate, os pais da Isa são de Milão, são riquíssimos! – Giacomo está completamente por fora. Primeiro, droga, pela caverna, ele percebeu um pouco... Mas sobre isso!

– Que nada... Isa foi mordida por uma cobra.

Stefania sorri.

– Que nada... não é possível.

– Mas nós a vimos!

– Mas as cobras desaparecem ao escurecer!

– Bem, ela disse isso e o segurança apertava o pulso dela com força, talvez para o veneno não escorrer pelo sangue.

Stefania dá de ombros. – Ah, até o segurança não sabe de nada. No máximo, só podia ser uma serpente amarela.

Lore e eu nos olhamos.

– Hein? – Também com um pouco de nojo. – Uma serpente amarela?

– É, uma serpente amarela, mordem mais, andam por aí também quando escurece e não são venenosas.

– Ah, sei...

– Bem, vamos voltar para a entrada da Villa Borghese porque está ficando escuro.

Assim, corremos pelo meio do bosque em direção ao bar que fica na entrada da vila, onde tem as quadras de tênis e a secretaria do clube. Quando chegamos ofegantes, um monte de gente está em volta de uma mesa. Isafeia está deitada ali em cima. Parece desfalecida. A gente se aproxima e vê que está meio acordada. Chora e esfrega o nariz, apertando a mão de um homem perto dela e que acabou de lhe aplicar uma injeção no braço. Deve ser um médico.

– Pronto! – Ele passa a mão nos cabelos de Isa, que sorri para ele.

– Acho que não vai ter nenhum problema... – Ele joga fora a seringa numa cestinha ao lado.

Mas eu pergunto: por que cada vez que alguém está passando mal e depois fica bem e consegue superar o drama, todos passam a mão em seus cabelos? Às vezes você está suado, e eu não gosto que um desconhecido passe a mão na minha cabeça. Eu, hein. Depois, se aproxima um cara que está sempre na secretaria do clube e que até o ano passado dava aulas de tênis. Ele segura a mão de Isa.

– Deixa eu ver! – Examina um ponto onde deve ter sido mordida. Ele sorri e balança a cabeça. Apoia devagar o braço perto do quadril de Isa.

– Pode se levantar, não tem perigo nenhum, você foi mordida por uma cobra não-venenosa. – Depois, se vira para o segurança. – Acabamos de desperdiçar um frasco de antídoto.

Stefania se vira para nós e abre os braços.

– Viram, o que foi que eu disse? Uma serpente amarela. Tá na cara que nem aquele segurança sabia...

– Mas como é que você sabia se não conhece o tipo de mordida?

– Era só a Isa dizer se tinha a pupila vertical ou redonda.

– Quem, a serpente?

– É!

– E você acha que a pessoa cai, é mordida por uma cobra e ainda vai pensar em pegar o bicho, abrir os olhos dele pra ver como são?

– Lógico, porque se for vertical, então é venenosa! Não tem mais importância, ela já foi mordida mesmo... mas, pelo menos, você fica sabendo!

Interrompo a narração.

Alis sorri e balança a cabeça.

– Gente, essa Stefania é doida.

Clod concorda.

– Sim, vocês a conhecem.

Alis mexe a colherzinha dentro do frapê, bebe um pouco e põe a colher na boca. Depois, coloca dentro do copo e bebe outro pouquinho. Até nessas pequenas coisas é elegante!

– E depois, o que aconteceu?

– Por favor – diz Clod –, pode me trazer isso aqui? – E mostra o cardápio à garçonete, "delícias de chocolate."

– Clod!

– Mas, eu quero provar. Pode ser que eu nem goste e não coma.

– Sei, mas e se você gostar? Vai engordar!

– Não tem importância. Semana que vem, vou voltar pra ginástica e sei que vou emagrecer. Ah, vocês não sabem, eu li numa revista que as gordinhas estão na moda, viram? Não as anoréxicas! A moda italiana vai lançar uma tendência no mundo inteiro que finalmente exalta aquelas que não são exatamente um palito!

Olho para ela e bebo um gole de chá.

– Eu acho que foi você quem escreveu o artigo!

– É. – Alis concorda. – Ou então alguém que não consegue emagrecer e que fica com esperança na moda! É lucro... você não gasta dinheiro e não se preocupa. Não é vantagem!

Clod dá de ombros.

– Vocês podem pensar o que quiserem...

De qualquer maneira, ela pediu e a garçonete antipática trouxe correndo. Ela nunca tinha sido tão rápida, às vezes leva a vida toda para trazer as coisas mais simples, um chá ou algo assim. Dessa vez não, não levou nem um segundo. Acho que ela ouviu a nossa conversa. Mas Clod nem se preocupa, para ela é como se fosse um saco de pipocas no cinema, só que dessa vez é a minha história! E ela aproveita mais ainda. Come os diversos tipos de chocolate, um atrás do outro, porém é esperta, experimenta um pedacinho e depois coloca no pratinho pra ver qual ela vai comer por último, o mais gostoso! E depois, é claro, lambe os dedos.

– E aí, Carol? Mas, depois, o que aconteceu com esse tal de Lore?

– Pera aí, o que vocês estão pensando... acham que vou contar um filme pornô?

– Taí, até que ia ser legal!

– Tá bom... já é um milagre que ele beijou você!

– Imagina!

– Claro!

Olha que tipo de amigas eu tenho, são muito metidas. Elas nem ligam! Pra elas, o capítulo beijo já foi arquivado, para as duas; pelo menos foi isso que me contaram. No verão passado. No caso de Alis, acreditei logo, mas de Clod ainda tenho um pouco de dúvida. Para elas deve ter sido mais fácil, claro, elas não usavam aparelho. Mesmo quando você não está usando é um pouco difícil, a gente sempre tem a impressão de que está com ele na boca e mesmo se tem vontade de beijar alguém, só de pensar, você consegue se controlar um pouco, e se depois não beija... você se pergunta: ih, será que eu estou com o aparelho?

Bem, se eu devo acreditar naquilo que elas me contaram, as duas beijaram um ano antes de mim e ambas no verão. Alis na praia, na Sardenha, no hotel aonde ela sempre vai. Ela ficou o dia inteiro deitada num píer, batendo papo com um cara que ela conheceu na hora do café às dez e já beijou às duas, depois de apenas quatro horas! E debaixo de um sol fortíssimo! Nossa! Imagina como eles deviam estar suando! E a boca devia estar seca. Tentei imaginar como seria e não gostei. Mesmo porque acho que o cara se chama Luigi.

Às quatro, ele disse pra ela: “Olha, vem no meu quarto e vamos fazer umas coisas”.

Não sei se ela foi ou não para o quarto dele, mas tem outras maneiras melhores para pedir certas coisas, não é? Tudo bem que aquele hotel na Sardenha é para gente rica, e os ricos, às vezes, ainda por cima os garotos (os únicos que conheci), têm um jeito esquisito de se comportar; para falar francamente a verdade, são caipiras. Ou melhor, são mesmo "jecas" como aquele Luigi ali.

Clod, por sua vez, foi para aqueles clubes de tênis aonde ela sempre vai e, naquele verão que ela beijou, ficou até mais bonitinha. Contou que deu um beijo num gatinho do seu curso, mas que ele era o pior de todos no jogo. Isso não quer dizer que um gatinho não possa jogar mal, mas eu acho que a Clod não está contando a história direito. Puxa, não sei por que a gente sempre acha que as pessoas bonitas e ricas são as melhores em tudo, e só porque não sabe jogar tênis eu fico pensando se ele não é tão bonito assim. Quero dizer, a história não está bem contada na minha opinião. Sei lá, todas as vezes que em Roma acontece de eu ir assistir aos campeonatos com meus avós, que adoram tênis, só vejo jogadores bons, ótimos que são todos uns gatos, lindos! Agora, esse aqui ou aprende logo a jogar , ou pratica outro esporte, o que é mais provável, e não é tão bonito como diz a Clod!

Bem, o importante é que agora estamos quites e devo dizer que estava um pouco preocupada porque tinha ficado para trás. Não pela minha beleza, é verdade, não sei jogar tênis, mas naquele caso as mulheres não contam.

Não sou elegante como Alis, mas também não sou gorda como Clod; enfim, sou perfeitamente normal, em condições de ser beijada, pelo menos, comparando com as minhas amigas. A única coisa é que, até esse verão, ainda não tinha acontecido. Mas aquilo que aconteceu depois, na metade de agosto, nunca tinha acontecido a nenhuma delas.

Assim, olhei para elas e decidi.

– Tá bom, quero contar tudo para vocês, tudinho...

De repente, vejo que Alis e Clod mudam de expressão. Percebem de imediato que aquilo que vão ouvir é completamente novo.

Noite. Noite encantada, leve, mágica. Noite de estrelas cadentes, de desejos enormes e loucos, quase como uma droga. Era a noite daquela semana em que cada um faz seu pedido mais secreto, acompanhando as estrelas cadentes. Estava todo mundo ali, sentado na toalha, Stefania, Giacomo, Isafeia que já tinha se esquecido da mordida da cobra e muitas outras pessoas. Mas, principalmente, Lorenzo. A gente nunca mais tinha se falado depois daquele dia do beijo. Ele praticamente tinha me evitado. Às vezes, tentava cruzar o meu olhar com o dele, mas ele parecia não me ver. Quer dizer, eu via que ele olhava na minha direção, mas quando eu tentava olhar nos seus olhos, ele desviava, não deixava os nossos olhares se cruzarem. Parecia estar fugindo.

É, quem é que consegue entender esses garotos. Na verdade, não é que eu tivesse muitos exemplos, Lore era o primeiro que eu tinha beijado... e, ainda por cima, o único! Mas isso não me preocupava, fazia até eu me sentir segura. Bem, acho que não estou me explicando muito bem, mas são aquelas coisas que quando a gente sente são assim e pronto. Estávamos todos em volta de um bote, algumas toalhas na areia e todo mundo sentado, tentando não se molhar, mas estava tão úmido que o meu jeans ficou um pouco molhado.

– Oba, vi uma! Já fiz o meu pedido.

– Olha lá outra!

– Eu também, também vi!

– Puxa, eu não consigo ver nada! – Hum, acho que eles estão me gozando. Você acha que só eles conseguem ver, só eles.

– Hei, escutem... Quero perguntar uma coisa. Mas se a gente vê a mesma estrela junto, o pedido vale só pela metade?

Todo mundo olha para mim com cara feia. Porém eles ficaram na dúvida. Vejo que o Giacomo olha para Lorenzo, Lorenzo olha para Isafeia, que olha para Stefania que, olhando para os outros do grupo, dá de ombros.

– Não sei... – admite derrotada. Para mim já é uma vitória. Depois, procuro consertar.

– Não, uma vez eu li na *Focus Junior* que simplesmente a estrela que cai é só um reflexo do que aconteceu anos-luz antes e vale para todo mundo que viu...

Lorenzo suspira. – Ainda bem... – O que será que ele pediu?!

Depois, Corrado tira a capa de couro de um violão – um barato, como ele diz. Corrado Tramontieri é um cara que se veste de maneira impecável. Pelo menos é o que ele acha. Não faz outra coisa a não ser contar vantagem do que ele gosta e dizer o nome de uma porção de lojas que eu nunca ouvi falar. Ele usa camisas incríveis, todas listradas, e por cima um colete azul-celeste com um botão enorme e os punhos também da mesma cor. Corrado Tramontieri é de Verona; dizem também que é muito rico, mas, para mim, ele parece só um azarado. Aconteceu de tudo com ele nessas férias. Só pra vocês terem uma ideia, roubaram o carro do pai dele e no mesmo dia, quando parou na sorveteria antes da Villa Borghese, onde os sorvetes não são lá melhores, são os mesmos, mas custam mais barato, lhe roubaram a bicicleta. E, aí, pai e filho se encontraram na Villa Borghese e um contou para o outro o que tinha acontecido! Eles se abraçaram com se estivessem se divertindo. Que loucura, nenhum dos dois ficou chateado com o furto! Agora, fala a verdade se isso não é um insulto para a pobreza.

– Esse violão é aquele que o Alex Britti usou no primeiro show dele.

Depois, pensa um pouco e vê que ninguém acredita nele.

– É o mesmo modelo...

– Ahh...

E começa a tirar alguns acordes. Depois, olha para a lua como se procurasse inspiração. Fica assim, de olhos fechados, em silêncio diante de uma fogueira que acendemos. Acho que ele não se lembra da letra. De nenhuma música. Entretanto, finalmente dá de ombros e começa: "o mar negro o mar negro o mar ne... você era claro e transparente como eu...".

Eu sabia, eu sabia. É a mesma música do ano passado. E também do ano retrasado! Claro, com todo o dinheiro que ele tem, no lugar da bicicleta nova, bem que podia ter algumas aulas de violão com um professor!

Me aproximo de Lore e digo no seu ouvido: "Acho que ele só sabe essa...".

Lore começa a rir.

– Vem. – Ele me pega pela mão, me levanta e quase caímos no fogo sem nos queimar; pulamos por cima com as duas pernas, rimos e corremos em direção ao escuro da noite, ofegando por causa da corrida, me arrastando com ele, e nos afundamos na areia fria. Corro atrás dele.

– Nossa, não aguento mais!

E, de repente, ele para na frente de um grande barco a vela, ancorado ali, em cima de cavaletes, com a proa virada pro mar. Parece até pronta para dar um pulo e ir em direção ao escuro de um horizonte que ninguém sabe. Mas não é assim.

Lorenzo se encosta no barco. Eu me aproximo. Estou ofegante.

– Finalmente... não aguentava mais.

E, de repente, me puxa para ele. E me dá um beijo que me envolve, que me rapta, me aspira, me suga... Bem, não sei como explicar... Ainda não tenho muita prática. Aí ele me pegou toda, fiquei sem respiração, sem forças, sem pensar. Juro para você que a minha cabeça começou a rodar, e então abro os olhos e vejo as estrelas. Por um segundo, vejo passar uma luz lá embaixo e queria dizer "olha ela lá, é a minha estrela cadente" e queria fazer mil pedidos, mas no fim é um só, é ele. É esse momento e não preciso pedir mais nada. Já foi realizado. Estou feliz. Feliz. Estou feliz! E queria gritar pro mundo inteiro. Mas fico calada e continuo a beijá-lo. E me perco naquele beijo. Lore... Lore... Então o amor é isso? E sentimos o gosto de sal, de mar e de amor! É, talvez seja isso mesmo. E os nossos lábios estão tão macios, igual a quando estamos dentro d'água, e a gente luta em cima daquelas canoinhas e pranchas; perde o equilíbrio, ri e cai na água. E aí bebe um pouco, ri e recomeça a luta. Mas a gente não está lutando... Não! São beijos macios, primeiro lentos, depois rápidos, que se misturam com o vento da noite, com o barulho das ondas, do sabor do mar. E eu respiro longamente. E quase sussurro entre os lábios.

– Finalmente...

Lore abre um olho e também respira pela boca.

– Finalmente o quê?

– Finalmente você me beijou outra vez...

– Ah... – sorri na penumbra – não sabia se você tinha gostado.

Dessa vez, sou eu quem sorri, e não sei mais o que dizer. Claro que eu gostei! Gostei à beça. Talvez em alguns casos seja melhor não dizer nada para não parecer boba e continuei a beijá-lo tranquilamente. Sabem quando a gente fica relaxada? E eu gosto porque ele me acaricia o rosto devagar, depois enfia as mãos nos meus cabelos e eu apoio a minha cabeça na sua mão... Sabe aquelas coisas que a gente vê nos filmes e que você adora? E escuto uma música ao longe, não aquela do Corrado, que é sempre a mesma, é uma música mais alta do que de qualquer discoteca. Não consigo acreditar. Escolheram pra nós uma música do Liga[8]: "Quero querer". Eu gosto de tudo isso e me entrego mais ainda. "Quero te encontrar aqui sempre que eu precisar. Quero querer tudo assim quero conseguir não crescer. Quero te levar num lugar que você mesma não pode conhecer." Parecem perfeitas essas palavras... Fecho os olhos e canto por dentro, beijando-o, tranquila, serena, segura, quando, de repente... sinto uma coisa. Um movimento estranho. Nossa, o que é? Não, acho que me enganei. Que me enganei coisa nenhuma! É o meu cinto! É. Socorro! A outra mão dele está "lutando" contra o meu cinto. O meu cinto? É! Ele está abrindo. E agora, o que eu faço? Mas, graças a Deus, ele resolveu tudo.

Ele sorri pra mim e diz: – Posso?

E o que a gente diz nessas horas? Claro, por favor... claro, por favor?

Que nada! Ou: sim, sim, não faz cerimônia... não faz cerimônia? Não, eu não posso dizer isso! Mas também não posso dizer, desculpe, é melhor não... Nem sei do que se trata! Quer dizer, posso imaginar um pouco... Mas não sei bem como as coisas acontecem realmente. Por fim digo um meio sim só com a cabeça. E Lore não precisa que eu repita duas vezes. Fica mais rápido, faminto, respirando mais depressa e quase me preocupa. Está com pressa, se agita, luta contra o meu cinto. E, finalmente, vence, enfia a mão no meu jeans. Mas agora, vai mais devagar, eu sinto... e felizmente sua mão está quente e vai em direção à borda da calcinha. E Lorenzo me dá um beijo mais longo, como para me tranquilizar e, sem pensar duas vezes, enfia toda a mão.

Paro a narração. Bebo um pouco de chá. Bebo devagar e olho para elas.

– Então? – Clod está nervosíssima. Alis também está estranhamente atenta. – Sim, sim, e depois?

Clod me sacode, me segurando com uma das mãos pelos ombros, fazendo eu quase entornar o chá.

– Vamos! Continua! Continua!

E come, um atrás do outro, todos os pedacinhos de chocolate que encontra no pratinho, farelos minúsculos que cata apoiando nos seus dedos gorduchos e depois coloca na boca. Sorrio para ela.

– E depois... me tocou ali.

– Ali... ali? – diz Clod arregalando os olhos surpresa, boquiaberta, sem acreditar nos seus ouvidos.

– Ali... ali. Claro. Ali! E onde senão...?

– Mas olha que você é realmente incrível às vezes!

Alis recuperou seu autocontrole, está bebericando seu frapê com tranquilidade, como se nada estivesse acontecendo, como se ouvisse coisas daquele tipo todos os dias. Coloca o copo no pires delicadamente. Depois me olha nos olhos.

– E você gostou?

Clod também pergunta. – É, você gostou?

– Bem, não sei... senti um pouco...

– Um pouco...?

– Um pouco...

– Mal?

– Não, que nada! Foi muito doce.

– Então, te fez bem? – Alis e a sua objetividade. Se não faz mal, faz bem!

– Não, me fez...

– Te fez?

– Cócegas.

– Cócegas?

– É, cócegas, fiquei com vontade de rir. Claro, eu não morri de rir na cara do Lore enquanto ele me tocava! Mas, por dentro, estava me segurando. Juro, vocês não podem imaginar como eu estava...

Alis balança a cabeça.

– Escuta, mas onde ele estava te tocando?

– Já te disse...

– Eu sei, mas na superfície?

– O quê? – Olho para ela com interesse.

– Agora vou te explicar. Por favor? – Alis chama a garçonete. – Pode me trazer uma folha de papel e uma caneta?

– Sim... – A garçonete bufa. Como se aquilo não fosse sua obrigação. Claro que não é. Por isso ela é paga. Para ser gentil também, certo? Enquanto esperamos, Alis toma o último gole do seu frapê. Depois, segura, sorri para nós.

– Agora, eu mostro pra vocês. É muito claro, a gente percebe que também é a primeira vez pro Lore.

– Isso eu não perguntei a ele!

Alis arregaça as mangas.

– Calma, calma, agora eu explico pra vocês...

Naquele exato momento, chegam o papel e a caneta.

– Aqui está... depois me devolvam a caneta.

A garçonete se afasta, balançando a cabeça. Que coisa, não posso acreditar! E não passa de uma Bic! Bem, Alis está começando a sua explicação.

– Bem, vocês sabem que a Laura, minha irmã mais velha, é médica, não? Pois é. Ela é formada em Medicina.

– Sei... e então?

– Pois bem, ela me explicou tudo! Como é que a gente sente prazer e não cócegas, por exemplo... – E faz um desenho estranho, uma figura oval. Que quando entendo a que se refere, fico muda.

– Alis, mas você quer mesmo dar uma aula sobre sexo aqui?

– Claro, por que não? O lugar não tem a menor importância...

– Tá bem, como você quiser.

– Continua. – Mas depois me lembro de outra coisa. – Mas a tua irmã não é ortopedista?

– É. Mas o que importa?

– Como não importa, vai ver que ela te explicou o que se deve fazer quando quebramos um braço ou uma perna. Mas daquela parte ali não quebrou nada!

– Você é mesmo é uma cretina!

– Olá, garotas, o que vocês estão fazendo aqui? – Rosana Celibassi. A mulher mais esnobe, mais que esnobe, a superesnobe de toda a escola. Ela para na nossa frente e olha para nós curiosa e amargurada como sempre. Não podemos fazer nada, é igual à filha. Michela Celibassi. São idênticas. A filha sempre quer saber tudo de todos, até pede informações, bisbilhota os diários para saber o que a gente faz. Eu, felizmente, tenho todas as informações, pensamentos, reflexões, decisões e, principalmente, os namoros; sempre que acontece alguma coisa, coloco tudo dentro do meu celular. O meu fantástico Nokia Slide. Adoro ele. Eu o chamo de Noki-Toki. Mas essa é uma outra história, um pouco mais triste ou talvez mais bonita, não sei, mas hoje não estou a fim de falar sobre isso. Mesmo porque agora existe o problema Celibassi!

– Ah, como vai a senhora, pois é... estávamos tomando um frapê...

Alis consegue dobrar o papel com rapidez e esconder dentro da sua agenda Comix. – Estávamos conversando.

– Alice, você se lembra de amanhã à noite, não é mesmo?

– Claro, dona Rosana.

– É às vinte e uma. Estou indo agora mesmo encomendar tudo para vocês... – Dona Rosana guarda a sua elegante carteira dentro da bolsa. – A Michela vai ficar feliz, você não acha? Ela também me falou muito desse lugar, me disse que as tortas de *zabaione*[9] e chocolate são as melhores de Roma. Você sabe se ela gosta de mais alguma coisa? Quero que ela fique muito contente...

Alis sorri e franze um pouco a testa. – Não, não, está ótimo assim, não me lembro de mais nada, não.

– Bem, então nos vemos amanhã. – A senhora Celibassi se afasta com todo o barulho dos pingentes, correntes e pulseiras e todo o tipo de ouro pendurado por todos os lados. Coisas que se alguém a roubasse, depois de um primeiro susto, poderia passar com certeza duas semanas nas Maldivas. Clod espera que ela se afaste.

– Ei, você não disse nada para gente.

Alis está um pouco embaraçada.

– O quê?

– Não finge que não está entendendo.

– É que eu não queria que vocês ficassem chateadas.

Clod dá de ombros. – Imaginem, eu nunca iria mesmo... vocês vão se encher.

Alis faz sinal que sim com a cabeça.

Depois, Clod olha melhor pra ela. – Você sabe quem ela convidou?

– Ah. – Alis também dá de ombros. – Não sei. Algumas pessoas da turma...

– Mas também tem Marchetti, Pollini, Faraoni, enfim, eles?

Clod ficou agitada. Eles seriam os Ratos. Mas vocês acham que um grupo de garotos mais ou menos idiotas possa ter como apelido os Ratos? Eu, hein, eles são de outra turma, a D. Só fazem bagunça e são imbecis. Droga, mas algumas vezes até me fizeram rir. Eles estavam na festa da Bezzi, Arianna, aquela que se acha mais que a Celibassi, e um deles, ainda não se sabe qual, mas eu tenho as minhas suspeitas, fez uma cagada enorme. Mas não uma cagada modo de dizer. Uma cagada verdadeira, dentro da máquina de lavar onde estavam todas as camisas, camisetas, suéteres da família e depois ligou a máquina a todo vapor. Já imaginaram o que foi que saiu dali de dentro? Os Ratos já fizeram outras brincadeiras, algumas muito engraçadas, mas agora não me lembro. E quem sempre me contou tudo foi o Matt. Matt, nome verdadeiro Matteo, um pouco gordo, mas bonitinho de rosto, tem os cabelos compridos castanho-claros, um pouco mais escuros que os meus e muito simpático, se veste de um jeito muito sexy, usa as camisetas e as calças compridas apertadas, pelo menos é assim desde que a gente terminou em julho do ano passado. Nunca mais o vi. Foi ele quem me contou sobre o apelido do grupo dos Ratos. Eu perguntei a ele o porquê desse nome, mas ele não quis me dizer. "Um dia eu te explico..." Ele foi bastante vago, ficou "frio", como eu e as minhas amigas costumamos dizer, enfim, quando alguém esconde alguma coisa, mas tenho uma vaga ideia sobre aquele apelido, porém acho que deve ser supercaipira. Mesmo porque, aqueles Ratos só se divertem dizendo sacanagens.

Entretanto, não consigo engolir essa história da festa da Celibassi. Alis pega rapidamente a conta.

– Eu pago... – Ela quase arranca a notinha da minha mão quando a garçonete chega. Acho que ela se sente culpada. E também é verdade que ela sempre pagou as contas!

Clod comeu o último pedacinho de chocolate que estava no meu pratinho e, finalmente, saímos. Fomos embora um pouco balançadas, sabe, aquelas amigas que, apesar de tudo, vivem certa amargura. É, pensando bem, Clod tem razão, Alis devia ter nos contado.

– Tchau... tchau... a gente se vê...

É isso. Percebo logo quando alguma coisa não vai bem, eu não consigo dar o meu "tchauuuuu!" de sempre. E vou embora. Alis entra no seu minicarro. Clod se despede dela e também entra no seu. Eu faço de conta que não aconteceu nada e caminho sozinha, mas assim que dobro na esquina, telefono para Clod. Não! Droga, logo agora! Estou sem crédito. Tomara que ela me telefone. E depois de um segundo, recebo um torpedo. "O que está acontecendo?"

Queria responder, mas não tenho crédito. Saco, sempre nas piores horas. Que droga, não é que seja assim tão complicado. Tomara que a Clod entenda. Depois de outro segundo, o meu celular toca. É ela. Atendo.

– Aposto que você não tem crédito.

– Exatamente! Então?

– Então o quê?

– Poxa, muito chata essa história da Alis, hein?

– Péssima. – Ela fica alguns instantes em silêncio, o que será que está pensando. Tudo bem. Quem paga é ela. Depois, como se finalmente a ficha tivesse caído. – Talvez fosse melhor a gente se afastar dela, hein?

– Não sei, acho que é muito...

Outro silêncio. – É, você tem razão. Quer uma carona?

– Não, não, quero caminhar um pouco, preciso relaxar, essa história me deixou um pouco nervosa.

– Sabe, a gente tem que fazer ela entender que não devia aceitar por solidariedade.

– Pois é...

Mas percebo que nenhuma de nós duas está convencida e resolvo desligar.

– Tudo bem, a gente se fala. A gente se encontra mais tarde no *messenger*, ok? Afinal de contas...

Nem eu mesma sei o que significa aquele *afinal de contas*, mas é uma frase que uso muito. Acho que é bonito, dá uma sensação de liberdade... deixa, além do mais, um pouco de espaço para a imaginação... É como dizer: "Afinal de contas pode acontecer alguma coisa... afinal de contas era só uma festa ou afinal de contas a vida continua". Pelo menos eu uso e entendo assim.

– Tem certeza de que você não quer uma carona?

– Não, não, já disse, agora eu quero andar. Obrigada, vou voltar mais tarde, de ônibus.

– Tá bem, então até mais tarde.

Clod, muitas vezes, fica um pouco assustada. Quer dizer, ela tem medo de terminar a conversa, pensa sempre em coisas estranhas, achando que se desligar a gente se perde para sempre. Talvez porque seus pais trabalhem muito e nunca tenha ninguém em casa. Bem, não é que a minha situação seja diferente, mas eu não tenho essa necessidade permanente que ela tem de estar com alguém.

De todas, Alis é que parece sofrer menos. E olha que os pais dela são separados e que ela tem uma irmã bem ausente. É, esses são os mistérios da vida. Ou melhor, os mistérios do mundo. Principalmente pelo fato que sempre é convidada para as festas, mesmo que a gente fosse muito mais chegada à Celibassi do que ela. Ah, mas dessa vez não vai ficar assim. Num segundo tive uma ideia. E sorri. Achei o modo de também ir àquela festa!

– Bom dia, o que deseja?

– Queria fazer uma surpresa para a minha querida amiga Michela Celibassi, devem vir buscar o bolo de aniversário mais tarde.

– Sim, certamente.

– Bem, eu lhe explico, eu e as minhas amigas pensamos numa coisa... – E não sei como, mas consegui convencê-lo a me levar até a cozinha, ficou distraído um segundo, aquele segundo que bastava pra que eu pudesse realizar o meu plano diabólico.

– Obrigada, acabei! O senhor foi realmente muito gentil. É o senhor quem faz todos esses doces, não é?

– Sim.

– Bem, o senhor é o melhor confeiteiro que eu já conheci! – Com seu belo chapéu na cabeça, claro, não tão alto e grande como aquele que a gente vê na TV, um chapeuzinho mais simples, parecido com aquele que os médicos da série *Grey's Anatomy* usam, só que tudo branco, o homem sorri pra mim feliz. Também sorrio. De qualquer maneira, eu tinha feito aquilo que queria.

Saio da doceria e me sinto um pouco mais aliviada. O celular toca. É Clod.

– E aí?

– Me diz uma coisa, você acha que nós somos as duas únicas da turma que não fomos convidadas?

– Sei lá... Não tem importância. De um jeito ou de outro, nós também vamos àquela festa.

– Como? Vamos de penetra?

– Não exatamente... faremos uma surpresa. Depois eu te explico.

– Carol, você é impossível!

– Desculpe, mas agora tenho que desligar.

– Mas você não está pagando nada. Fui eu que liguei.

– Eu sei, eu sei, mas tenho que fazer uma coisa!

Como a Clod é chata quando quer. Não te larga mais. Às vezes, eu preciso ficar sozinha. Hoje, por exemplo, estou com a minha veia criativa! Ando pela ponte e me sinto como uma daquelas estrangeiras que vejo por Roma. Vão sempre em linha reta e muitas vezes nem carregam um mapa na mão! Elas se deixam levar pelo que veem.

A primeira coisa que quero fazer quando puder é viajar. Eu adoro essa ideia e, assim, caminho sorridente, um pouco estrangeira e um pouco não, atravesso a ponte Cavour e a certa altura olho pra baixo. Que lindo! Temos esse grande rio Tibre que corre e que já passou por poucas e boas. Desde os antigos romanos, até os anos 1960 quando ainda se podia tomar banho nele. Algumas vezes tive a oportunidade de ver de manhã, quando ficava em casa porque estava doente, aqueles filmes em preto e branco com um ator musculoso e bonitinho, ar simpático, acho que se chama Maurício, mas não me lembro bem o sobrenome. Ele e os seus amigos mergulhavam no Tibre, os carros eram poucos e todos pareciam simpáticos e hospitaleiros e as festas eram abertas.

"Desculpe..." Um bicho-grilo numa vespa para na minha frente com um capacete bem alto, enorme, sob uma cara colorida amarela e juntando uma cabeleira também abundante de *dreads*. Droga, o que ele quer? Já sei. Agora vai tentar me paquerar.

– Ei, gatinha, sabe onde é a rua Tácito?

Bem, em primeiro lugar, só o fato de me chamar assim, mas ele não se enxerga. Segundo, e eu sou o seu mapa por acaso?

– Olha, você deve voltar, depois do sinal, sempre em frente, vai em direção à rua da Conciliazione e depois dobra à esquerda. É lá.

– Ok, a gente se vê... – E sai com a vespa, soltando fumaça e com o escapamento meio aberto. Faz um barulho danado.

Terceiro, nem sequer me agradeceu. Mas isso eu já sabia e até esperava. Porém o pior é que ele me parou não pra me conhecer, mas para saber onde ficava uma rua! Pode uma coisa dessas? E, assim, recomeço a caminhar, um pouco chateada a princípio, mas tranquila e me divertindo depois. Eu, estrangeira pela minha cidade. E sorrio e depois começo a rir e a correr pela ponte. Pouco a pouco mais rápido. Se aquele me encontra outra vez... E quem é que sabe onde fica a rua Tácito!

– Bom dia! – Entro na Feltrinelli da Galeria Sordi, na praça Colonna, quer dizer, antes eu dei um pulo na Zara. Sabem qual é? Aquela loja lindíssima ali em frente, que vende roupa da Espanha e que custa muito menos do que a nossa. E o tecido é bom, garanto. Só que não comprei nada. Tinha um colete que me deixou louca. Mas nessa época estou dura, tenho que inventar alguma coisa para minha mãe ou para meu irmão. Rusty James compraria um colete como esse sem dúvida, mas ele está quase pior do que eu. Vovó. Vovó podia ser minha salvação. Vovó Luci. Ela se chama Lucilla e eu sou a sua primeira neta, no sentido de neta preferida como ela diz, mas essa também é uma outra história muito romântica. Claro que vou contar ela bem pra você, mas num outro momento, porque hoje me sinto muito mais inclinada para as ciências.

Essa história da Alis não me cheira bem e me irrita tanto que senti cócegas só por não saber de tudo! Quero descobrir, me informar, entender. E não sei se eu e o Lorenzo estamos namorando, se estamos juntos, enfim, aquele negócio lá... Sei que gostei muito do beijo e do cinto, da calça comprida, enfim, todo o resto...E guardo a garrafinha com a areia e a conchinha para não esquecer o nosso compromisso. Mas não quero mais chegar despreparada.

– Por favor, onde é o Departamento de Ciências?

– Pode ser aqui também...

– Ah! – Olho à minha volta. Tem um pouco de tudo. Um homem com uma porção de cartãozinho escrito “Sandro” e embaixo “Feltrinelli” olha pra mim com curiosidade.

– O que você estava procurando? – Bom... Não sei realmente o que responder pra ele, o que eu digo?! Socorro. Lógico que não posso dizer que é um livro que me explique muito bem tudo para que quando Lore me toque naquele lugar eu não sinta mais cócegas! Imagino a cara dele. Procuro ficar o mais séria possível.

– Um livro sobre educação sexual.

O vendedor, também sério, me indica outro departamento.

– Veja, tudo o que temos está lá embaixo.

E, assim, respiro profundamente e vou em direção àquele departamento. Puxa, aqui tem uma porção de coisas. Achava que as coisas que devia saber não eram tantas assim!

Educação sexual (10 a 13 anos); *Educação sexual como prevenção*; *Novos modelos para a família, a escola, os serviços: a sexologia nos anos 2000 e a educação para o amor.*

E mais esses... *A toca do coelho: conselhos e sugestões para a educação sexual dos adolescentes. Com fichas para preencher.* A toca do coelho! Então, de acordo com esse livro... eu sou como uma coelhinha? Um pouco como aquelas revistas que uma vez eu vi com R.J., sim, uma coelhinha da *Playboy*! Socorro!!!

Começo a folhear um deles. Nas primeiras páginas, tem um monte de explicações técnicas e de termos. Ejaculação precoce. Frigidez. Orgasmo. Amasso. Ponto G. Ponto K e C. Ponto L. Vaginismo. E desenhos impressionantes comparados com aquele que Alis estava fazendo pra nós. Abro o livro no meio. "A adolescência com as suas transformações físicas (puberdade) requer alguns conhecimentos que nos permitem compreender melhor o que está acontecendo em nosso corpo e quais são as novidades mais importantes do nosso 'crescimento' e da nossa diversa sexualidade entre rapazes e moças." E até aqui... continuo a folhear o livro. "Vocês devem encará-lo como um jogo, enfim. É apenas uma questão de exercício e depois se experimentará igualmente um intenso prazer com a máxima segurança..." Quando compreendo o significado, quase fico vermelha. Fecho o livro rapidamente e olho em torno, torcendo para que não veja ninguém que eu conheço. Só faltava essa agora, encontrar um parente ou, pior, um professor. Exatamente, uma como a professora Boi, por exemplo, aquela iria contar tudo pra minha mãe. Bom, claro que não é igual aquela revistinha que os Ratos levaram naquela festa.

Me lembro do dia que o Matt foi crismado, ele tinha convidado todo mundo para ir à sua casa naquela tarde. E todos nós fomos. E foi muito legal, de verdade. O sol entrava pelas janelas e tinham preparado um buffet daqueles bons, com os sanduíches bem-feitos, que não eram secos, o pão alto e macio, daqueles bem gostosos e com muita variedade. Você só tem que afastar aquele de cima se você não gosta e procurar um pouco mais embaixo até encontrar aquele certo. Certo... um certo não existe! Aquele que você gosta, sei lá, eu, por exemplo, estava procurando um com caviar... Que, na verdade, me explicou Clod, que sabe tudo sobre essas coisas, são ovas de esturjão! Ou, então, gostaria também de um com ovo e salame que eu adoro, mas não como nunca, só pensando na possibilidade de beijar alguém, coisa que naquela época ainda não tinha acontecido... Imagina se alguém chega perto de você, te agarra e você... basta um sopro de ovo e salame e... ele cai no chão desmaiado! Nem pensar numa coisa dessas... Bom, de qualquer maneira era um buffet maravilhoso, com minipizzas vermelhas compradas na Cutini na rua Stresa, fresquinhas e cheias de tomate, uma verdadeira raridade. Em geral, as que a gente vê nas festas são secas e com pouco tomate, não sei por quê, mas acho que o preço deve ser diferente.

E Clod estava lá, em cima daquele buffet, feliz como na Páscoa. Isso também, feliz como na Páscoa, diz sempre vovó Luci. Mas eu nunca entendi bem o que isso significa. Quer dizer, porque é Páscoa a gente tem obrigação de ser feliz? Lembro, por exemplo, que a Alê, minha irmã, terminou um namoro exatamente na Páscoa. Aqueles dias foram dramáticos pra ela! Tinha comprado um ovo cheio de surpresas dentro e ficou o dia inteiro sentada na mesa olhando pra ele e, uma coisa é certa, não estava feliz de jeito nenhum! E então, naquele caso como se diz? Era triste como no Natal? Mesmo que seja realmente Páscoa. Bem, deixa pra lá, no fim Alê abriu o ovo; ainda nem tinha acabado de comer todo o chocolate e já estava namorando outro, mas essa também é outra história.

Mas, naquela festa, a coisa mais estranha era Clod. Enquanto se enchia de sanduíche e minipizza, ela conseguia, ao mesmo tempo, colocar alguns no pratinho com medo que acabassem! Vocês deviam ver, parecia um "polvofome", ou seja, o polvo da fome. Não sei se existe um animal assim, só sei que Clod movimentava as mãos como se ela tivesse mil. Com uma comia, com a outra pegava um sanduíche e colocava no prato, novamente com a outra mão pegava uma minipizza e colocava na boca, com a outra mão colocava uma no seu pratinho, enfim, uma máquina de guerra, ou melhor, uma máquina de fome!

Eu estava um pouco de dieta e por isso rodava pelo salão; sabe, quando você não tem nada pra fazer e fica um pouco chateada e, então, olha as fotografias e tenta compreender um pouco mais aquela família, as fotos dos pais quando eram jovens e se casaram, os pais dos pais também quando se casaram e depois quando alguém nasceu, as primeiras fotos do Matt pequenininho que, aliás, são iguais às minhas; quando somos pequenos parecemos todos iguais, ficamos com os olhos quase fechados na frente da câmara fotográfica e não podemos imaginar bem o que vai acontecer.

De repente, olho em volta e percebo que, não sei como, a maior parte dos rapazes que estavam no salão sumiu. Me aproximo, então, de Silvio Bertolini. É um cara simpático, bem, simpático talvez seja exagero. Quer dizer, de vez em quando ele faz você rir. O problema é que não faz voluntariamente! Ele usa óculos grossos e aparelho nos dentes, e a mãe, uma senhora gorda, Maria Luísa, está sempre em cima dele. Assim que ele sai da escola, ela ajeita o cachecol, o chapéu, fecha o casaco, enfim, o domina completamente e ele tropeça, cai, bate, acontece de tudo com ele. Tenho certeza de que a culpa é da mãe! Nós chamamos ele de Silvinho.

– Mas onde estão os outros?

Ele se vira sobressaltado. Está segurando uma estranha travessa e quer tirar toda a maionese que está dentro porque não gosta. Ele coloca a maionese num guardanapo em cima da mesa. E quando eu o chamo, ele treme todo, a travessa voa de sua mão, dá uma cambalhota e acaba exatamente no guardanapo, se misturando outra vez com a maionese e tornando inútil todo o trabalho feito até aquele momento.

– Ah, o que é?

– Estava perguntando onde estão os outros? Não vejo mais nenhum rapaz!

– Estão lá! – Indica irritado um corredor na penumbra.

– Ok, obrigada. – Silvinho apanha de novo a travessa e recomeça meticulosamente o "tira-maionese" como se nada mais interessasse a ele. Me enfio pelo corredor: vejo velhas gravuras penduradas na parede, em cima de uma estufa tem uma pequena prateleira com um vasinho de madeira que eu reconheço porque o fizemos na última aula de artes. Dentro dele há algumas flores secas porque foi feito em terracota, mas é tão feio que, se a gente colocar água dentro, corre o risco de molhar todo o assoalho e ali, sim, nascer alguma flor! Matt não foi capaz de fazer direito, ele está cheio de rachaduras! O meu ficou melhor, tirei Bom, mas quando o levei pra casa, sumiu. Preciso descobrir. Acho que minha irmã deu de presente a algum dos seus namorados, inventando que foi ela quem fez. Se for assim, pior pra ela, porque embaixo está escrito com pincel a óleo, Carolina IIIB. Mas, mesmo que isso acontecesse, ela sempre consegue se sair bem.

Finalmente, vejo uma luz. O último quarto no fundo do corredor está com a porta entreaberta. E ouço um estranho silêncio. Chego mais perto na ponta dos pés e me encosto na porta. Talvez não tenha ninguém lá dentro. Não, não. Olho pela fechadura, estão todos lá, alguns sentados em cima da cama e outros no chão. Mas por que estão assim em silêncio?

– Ohhhh. – De repente, uma exclamação de estupor e qualquer comentário que não consigo ouvir bem. Abro a porta e todos se viram imediatamente, atordoados, atônitos, sem falar, quase assustados.

– O que vocês estão fazendo?

Matt é o mais rápido de todos. – Não, não, nada... – E tenta fechar qualquer coisa que está ali, em cima da cama, no meio dos outros. Mas alguém o segura e assim eu vejo. São figuras, fotos e sem querer abro a boca.

– Não, não posso acreditar.

Mulheres nuas com homens e outras mulheres que seguram o "negócio" deles, e outras ainda, que fazem o diabo.

Matt tenta fechar aquela revistinha outra vez, mas Pierluca Biondi, que sempre foi um porco sacana que eu e todas as minhas amigas conhecemos, segura o seu braço.

– Não, não, deixa ela ver, quem sabe ela dá uma interpretação pra gente... e depois me olha com uma cara de lobo, como aqueles dos desenhos animados, com uma sobrancelha um pouco levantada e um pouco de baba que se forma no canto da boca. E o porco ri. – Então, Carol, o que você acha?

Faço uma careta e sorrio com malícia pior do que ele.

– Ah, aquela... É velha. Vocês deviam ver a última, ali, sim, tem uma porção de trepadas boas!

Exatamente naquele momento senti uma mão no meu ombro.

– Rapazes, o que vocês estão fazendo aqui? – É a mãe do Matt.

Dessa vez a revistinha some num segundo, vai parar debaixo do travesseiro da cama, e Pierluca Biondi se senta em cima com uma espécie de mergulho.

– Você também, Carolina, o que estava dizendo?

– É, eu estava dizendo que não é legal vocês irem embora...

– Realmente, tem razão.

– Sim, mamãe, nós estávamos combinando o próximo jogo de futebol de domingo no campinho da escola.

– Sim, eu sei, Matteo, mas é muito feio, vamos... Os outros estão todos no salão, vamos, agora, venham todos para conversar...

E, assim, pouco a pouco, um depois do outro, Pierluca, Matteo e todos os demais com tesão saíram do quarto, e a mãe, ao ver que não tinha mais ninguém, fecha a porta.

– Vamos, vamos para sala que eu vou servir os doces.

– Sim, mamãe. – E ela sorri. E Matteo volta a ser a um dos melhores garotos do mundo. Pelo menos é nisso que a mãe dele acredita.

Quando entramos no salão, Bertolini finalmente conseguiu limpar a travessa. Ele olha pra ela todo orgulhoso pelo seu trabalho e está prestes comê-la quando Pierluca lhe dá um tapa nas costas.

– Muito bem, Silvinho. – E faz a travessa voar de novo, dessa vez para o chão e virada pra baixo.

Eu não entendo, mas por que cada vez que uma coisa deve ficar limpa, cai no chão e, principalmente, virado para baixo, se sujando irremediavelmente? Essa história é esquisita. Parece um pouco o diário da Lei de Murphy, aquele que tanto faz rir Rusty James e seus amigos. Aquele com as regras bobas, dizendo que se uma coisa deve dar errado, dará errado... E assim por diante. É. Eles riem à beça. Entretanto, encontro Matt no salão.

– Ei.

– Ah. – Ele não olha na minha cara, talvez sinta um pouco de vergonha. – O que é? O que você quer? Finalmente olha pra mim. – Está satisfeita porque você foi lá, flagrou a gente?

Balanço a cabeça. – O que você está dizendo? Devia me agradecer porque cobri a porta... Eu dei tempo pra vocês: se a sua mãe entrasse e visse vocês olhando aquela revistinha, todos com tesão... Imagina que papelão, exatamente no dia da sua crisma!

– E o que tem demais nisso, não é pecado nenhum! Era um divertimento com os amigos...

– É, mas depois quando ela te perguntou o que vocês estavam fazendo, você mentiu pra ela, no dia da crisma...

– Escuta, para de encher, tá? Sim, me chateia, sinto culpa por isso, já pensei. Mas o que você quer? Por que está enchendo o saco, hein? O que você quer de mim?

– Aquela revistinha.

– Aquela? – Ele me olha com os olhos semifechados, depois volta a sorrir. – Mas você já não tinha lido?

– Vamos... – Dessa vez não quero me sentir embaraçada, agora sou eu que não olho pra ele.

– Ok, Carol, eu dou pra você... mas posso te perguntar uma coisa?

– O quê? – Olho pra ele novamente nos olhos.

– Para que vai te servir?

– Eu não gosto da ideia de nós mulheres estarmos sempre despreparadas.

– Ah! – E faz um estranho aceno com a cabeça, como se tivesse realmente entendido alguma coisa.

Bem, o resto da tarde foi tranquilo, tirando algum olhar estúpido que Biondi me lançou antes que a festa acabasse, referindo-se àquilo que tínhamos visto no quarto. E no fim do dia, vou ao quarto do Matt, ele está ali me esperando. Já colocou a revistinha numa sacola e me dá correndo.

– Anda, rápido, mete dentro da sua bolsa. – E eu coloco depressa, mas antes de sair, finjo que vou ao banheiro. Vocês sabem, não queria que depois de chegar em casa eu encontrasse dentro da sacola Mickey ou Dylan Dog, ou ainda pior, uma daqueles mangás que enchem o quarto do Matt. Assim, vou ao banheiro, abro a bolsa e dentro daquela sacola está mesmo ela, aquela revistinha cheia de cenas proibidas para menores de dezoito. Fecho correndo a bolsa como se pudessem me ver e quando saio, alguém me chama.

– Carolina, sua mãe chegou, está esperando você lá embaixo.

Assim, vou rapidinho em direção à porta do salão sem me despedir de quase ninguém, com o coração a mil por hora. Saio no corredor e estou toda feliz porque vou entrar no elevador sozinha. Mas, de repente, chega Biondi com seu pai, que, sem me dar tempo para sair, já aperta o botão T.

– Desce com a gente?

– Sim, claro. E assim desço aqueles andares com Biondi que me olha fixamente e sorri. De repente...

– O que você vai fazer, Carolina... Vai dormir logo ou vai ver televisão quando chegar em casa?

– Bem, não sei, por quê? – A boca completamente seca.

– Bem, nunca se sabe. Talvez você vá pra cama e fique lendo... – Sorri, e sinto que vou morrer. Matt falou pra ele! Realmente, ele me olha, depois olha para bolsa e levanta o queixo como para indicá-la. – Você não gosta de ler? – Droga, sinto que vou desmaiar, mas e se eu caio agora, escorrego, a bolsa abre e o pai dele vê aquela revistinha? Que papelão eu faço! Felizmente, ele mesmo me salvou.

– Vamos, deixa ela em paz... Ela vai fazer o que quiser! Se estiver cansada, irá dormir.

Dou um suspiro. Ufaaaa... É exatamente o pai que me salva. "Vamos, sai, chegamos", e o empurra para fora do elevador. "Dá lembranças aos seus pais, Carolina."

– Obrigada... – Não sei realmente o que estou agradecendo, mas aquele imbecil do Biondi insiste.

– A gente se vê amanhã na escola, depois... você me conta.

Não me despeço dele, o ignoro mesmo. Vou para o carro de minha mãe e entro como um raio. Ela olha pra mim. Certamente me acha pálida.

– Ei, o que você tem, não se divertiu na festa?

– Nada, mãe. Estava com medo que me atirassem uma gaveta da cômoda do alto!

Minha mãe não fica muito convencida com o que eu lhe disse. Ela se debruça e olha pelo vidro traseiro. Não tem nenhum terraço com as luzes acesas. Fixa o olhar em mim procurando descobrir alguma coisa, tenta perceber até mesmo a mínima, imperceptível batida de pálpebras diferente. Eu olho para a frente. Finjo que não estou entendendo.

– Hum...? – Ainda me olha. Não aguento mais. Imagina se agora a revista pornô sai da minha bolsa, ela teria um ataque. Então, me viro lentamente em sua direção, curiosa, ingênua, um pouco sorridente, porém não muito. Mas principalmente... falsa.

– O que é mamãe? Por que você está me olhando assim?

– Nada...

Nessas horas é sempre melhor ficar no contra-ataque. Porque você despista a pessoa, e aquela que pode ser a sua impressão certa se torna apenas uma suspeita estranha, mas se enganaram. De fato, mamãe faz um "bom", dá de ombros, liga o motor e vai rapidamente em direção à nossa casa. Enquanto eu, sem que ela perceba, suspiro aliviada.

Durante a noite fico fora de mim. Me agito na cama e não consigo dormir, controlo a cada dois minutos a mochila debaixo da cadeira onde estão os livros de escola e, principalmente... a mítica revista pornô! Me lembro daquele idiota do Biondi que imaginou que eu ia voltar para casa e ficar trancada no meu quarto lendo! Ah, Biondi, nem todo mundo é doente como você! Eu nem tive coragem de tirar a revista da sacola! Eu a enfiei diretamente dentro da mochila. E também no dia seguinte. De medo! No verdadeiro sentido da palavra. Fui para escola de ônibus como sempre. Mas não sei por que, naquela manhã todos aqueles que estavam no ônibus pareciam saber, sim, e de um modo ou de outro implicar comigo. Sabe quando você vê aquelas caras espertas, parece que estão te dizendo: "Aí, hein... A quem você quer enganar, hein? Vai, deixa a gente ver também... Eu sei o que você tem ali debaixo. O que você está pensando?". E depois aqueles outros, aqueles mais pegajosos, mais sórdidos... Aqueles que parecem olhar só para você, só você, e principalmente que te dizem: "Você gostou, hein? Agora entendeu o que todos nós fazemos...".

Enfim, eu me sentia culpada, tanto que até desci um ponto antes e comecei a correr como uma louca para chegar a tempo na escola antes que fechassem o portão. Entrei correndo enquanto Lillo, o porteiro, já estava quase fechando.

– Bom dia! Corre, Carolina... que hoje não é mole não!

Droga! Até ele sabe! Ou disse só por dizer?! Não quero pensar nisso, continuo a subir os degraus correndo, dois a dois e também três a três, mas faço só uma vez, depois quase tropeço na segunda tentativa e chego toda ofegante no corredor que vai para minha sala de aula. Diminuo a corrida por um segundo. Não, falando sério, penso outra vez. Mas o que o Lillo queria dizer? Hoje não é mole, não? E por que nunca falou assim? Será que alguém vai pegar a revistinha? O que mais pode acontecer? Na dúvida, tento chamar Jamiro. Disco correndo o número do celular, porém não consigo, está desligado. Ufa, mas o meu cartomante de confiança dorme até tarde? Um que faz previsões astrológicas de meio-dia em diante? Para nós, a manhã é a base da nossa vida, o modo como, infelizmente, as coisas andarão na escola depende muito daquilo que vai acontecer de tarde e ainda mais se existirá ou não a possibilidade de sair à noite! Tento outra vez, nada. Desligado. E, assim, não tenho mais dúvidas. Tenho que tomar uma decisão sozinha. De repente, sinto a necessidade de ir ao banheiro. E quando saio, me sinto muito mais leve. Talvez porque eu tenha tirado um peso fundamental de cima de mim, mas não fisiológico... vamos dizer, espiritual. Aquele com a minha consciência. Larguei a revista no alto, atrás da descarga do banheiro. Eu a conheço porque uma vez ajudei meu irmão R.J. a consertá-la em casa! Foi um barato. Eu era a assistente de bombeiro, no fim ficamos completamente encharcados porque um cano estourou! Vocês não podem imaginar as risadas, são aquelas coisas que você nunca vai esquecer. E mesmo que a água esguinche e faça uma porção de estragos, mesmo que você pegue baldes, panos de chão e procure encontrar uma solução, no fim você escorrega, cai e se apoia ou se se agarra em uma cortina que se rasga ou quebra qualquer outra coisa, e logo depois um balde que tinha acabado de ser enchido de água, vira e você começa a rir como uma boba. E qualquer coisa também acontece com ele. E a gente ri ainda mais. A gente se olha e tem a impressão de que tudo provoca o riso, e então você ri, ri, ri e parece que o destino esteja de acordo com você, sim, vale mesmo a pena rir muito. É isso. Acho que até hoje é uma das coisas que me lembro com mais prazer, porque passamos uma tarde daquelas que te apertam o estômago e fazem você sentir dor de tanto rir. Naqueles momentos não existe nada melhor do que aquela risada, a gente se esquece de tudo que não deu certo e se sente realmente em paz com o mundo. E, então, paramos de rir, damos ainda uma pequena risada nervosa, mas depois nos sentimos quase satisfeitos e damos um suspiro longo, de alívio. Isso sim que é viver, rir desse jeito, abertamente, com uma pessoa que você ama e que te faz sentir amada. E mesmo querendo que aconteçam outras coisas melhores, já sei que aquela história do cano e da água será uma das mais bonitas que vou lembrar para sempre!

Entro correndo na sala de aula, em cima da hora para o início da primeira aula. Não. Não posso acreditar! Não me lembrava. Mas vocês percebem o absurdo? É Gianni! Tinha que fazer a primeira aula de religião com o pecado a meu lado... Bastaria um olhar dele e eu ficaria vermelha e ele faria uma investigação a fundo.

– Ei, Clod...

– O que é?

– Chama a Alis.

– O que você quer dizer a ela?

– Uma coisa que também vou dizer a você.

– Ok... Alis!

Alis se vira e vê que estamos olhando pra ela.

– O que vocês querem? Nem se fala em lanche agora.

– Não – balanço a cabeça olhando pra ela –, mas, imagina! Tenho uma coisa incrível para vocês na hora do recreio; não desçam logo, esperem no corredor que quero mostrar uma coisa para vocês.

Assim, as três primeiras aulas voaram. Não aguentava mais, de vez em quando via Alis e Clod me olharem, procurando entender o que estava acontecendo. Nada. Consegui não dizer nada. E, finalmente, o recreio.

– Venham. Venham cá... – Passamos pelos corredores, quase roçando contra as paredes, parecíamos as três daquele seriado que eu adoro, *As panteras*, ou, ainda pior, só pra ficar no tema, aquelas de *Sex and the city*, com pequenas diferenças. Nós somos mais jovens!

– Muito bem. Entrem aqui. – Olho rapidamente em volta. Vejo que não tem ninguém e as empurro uma depois da outra para dentro do banheiro.

– Ei, o que você quer fazer? – Clod está um pouco preocupada. – Você tem drogas?

– Que nada! – Alis dá de ombros. – No máximo ela quer escrever aquelas coisas horríveis que de vez em quando alguém faz... E quer a nossa ajuda.

– Não... Quero mostrar uma coisa a vocês.

Subo na privada e me debruço com a cabeça atrás da descarga. Coloco a mão, um pouco mais no fundo, mais ainda, e procuro, sempre mais rápido. Depois desço.

– Nada! Que imbecis! Alguém me roubou.

– O quê? O que você tinha lá atrás?

Conto tudo pra elas, a crisma de Matt, a festa, os Ratos fechados no quarto, a descoberta da revista pornô, o esconderijo daquela manhã no banheiro e, finalmente, o furto. Ouvem curiosas, mas no fim vejo que estão indecisas.

– O que é? Vocês não acreditam em mim?

Olho para as duas.

– Vocês não acreditam que tinha uma revista pornô lá atrás?

Alis faz uma careta estranha.

– Ah, mais ou menos... Mas dizia só por dizer, sem acreditar nem um pouco. Ao contrário, Clod já tem outras ideias.

– Escutem, vamos descer porque daqui a pouco o recreio vai terminar.

E então descemos as escadas que dão para o pátio.

– De qualquer maneira, garanto para vocês que estava ali... – Deixamos a história para lá e fomos para o recreio. Clod se esbalda como sempre, devora um pacote de salgadinho, esquecendo-se imediatamente da história do banheiro, da revistinha e de todo o resto.

Alis, depois de beliscar uma minipizza e jogá-la fora porque não estava boa, me dá um tapa nas costas. "Vamos, Carol, não era nada importante." E se afasta, me deixando, no fim das contas, na dúvida se ela não acreditou mesmo em toda aquela história da revistinha pornô.

Só sei de uma coisa: evitei de todas as maneiras encontrar Biondi e Matt, que já tinham fofocado tudo para os outros Ratos que, com certeza, sabiam.

Depois, outra coisa me deixou curiosa naquele dia... Quando saí da escola, Lillo, o porteiro, me cumprimentou sorrindo. "Tchau, Carolina!" Ele nunca tinha feito isso antes. E era muito estranho, como se ele estivesse cansado, mas também alegre e satisfeito. Será que foi ele quem roubou a revistinha pornô?

Atrás de mim, enquanto ainda estou folheando o livro, aparece ele, Sandro, o vendedor da livraria.

– Então, decidiu? Você não vai comprar o livro?

Ele diz isso quase como um desafio. Como se eu não tivesse coragem... Mas que me afeta. E no fim escolho um outro e nem lhe dou resposta. Não dou a menor bola pra ele. Ignoro ele. Não gosto de responder e dar satisfação aos meus pais, imaginem a esse aí! Ando livremente entre algumas prateleiras. Depois resolvo ouvir um CD de James Blunt. *All the lost souls*. Coloco os fones de ouvido e escolho a música que eu gosto. Me encontro assim, refletida naquele espelho da pilastra. Começa a música. Sorrio. Sozinha, independente, com um dia todo pra mim... Ah, que bom. Agora começa. Shine on. Eu gosto quando dizem: "Are they calling for our last dance? I see it in your eyes. In your eyes. Same old moves for a new romance. I could use the same old lies, but I'll sing, Shine on, just, shine on!". É verdade mesmo. E assim fecho os olhos. Me entrego e percebo que balanço um pouco... E acompanho o ritmo. Mas quando reabro os olhos, vejo um cara refletido no espelho que me olha. Tem os olhos azuis intensos, os cabelos escuros, é alto, magro e é mais velho do que eu. De repente, ele sorri pra mim. E sinto um aperto no coração. Abaixo os olhos e sinto falta de ar. Mas o que está acontecendo comigo? E quando levanto os olhos novamente ele ainda está ali. Agora os seus olhos me parecem ainda melhores. Vira a cabeça de lado e continua olhando pra mim, assim, com aquele sorriso lindo e um olhar arrogante. Parece um pouco convencido. E eu não gosto daqueles muito metidos. Mas é tão bonito. Nem posso acreditar. Fiquei vermelha. Abaixo os olhos novamente. Mas o que está acontecendo comigo? Não consigo acreditar. Não é possível. Quando levanto os olhos, ele não está mais ali. Puft. Sumiu. Será que foi um sonho? Que sonho lindo!

Me aproximo do caixa.

– Bom dia... Vou levar esse.

Sandro, o vendedor, se aproxima outra vez.

– Ah, *Desculpem se eu tenho quinze anos,* de Zoe Trope... – Ele pega o livro e vira de um lado para o outro. – É um bom livro. No entanto, não sabemos realmente quem é o escritor ou escritora. É um pseudônimo, alguém se esconde atrás desse livro. – Sorri e me entrega. – Mas não é ruim.

– Obrigada... – Porém, o que ele quer?

– E, de qualquer maneira, se vê que quem o escreveu não tem mesmo quinze anos.

Não entendo, mas ele quer me destruir de algum jeito? Não entendo mesmo. Deve ter alguma mensagem dentro ou Zoe Trope, ou quem quer que seja, roubou a namorada desse Sandro. Eu, hein.

Pago. Saio e começo a caminhar. Paro diante de uma vitrine. Mamãe ia gostar muito desses sapatos. Parecem bem confortáveis. São baixos, elegantes, mas muito esportivos, pretos brilhante. Minha mãe trabalha o dia inteiro dentro de uma tinturaria. É um trabalho pesado, sempre em contato com o ferro de passar, o vapor. Faz calor. A pessoa sua e trabalha muito. Passar, lavar. As mesmas coisas que depois ela tem que fazer em casa. Só que ninguém paga. Enquanto lá, se as coisas não ficam prontas ou se não ficam bem-feitas, é um problema. Alguns clientes são mal-educados. Pelo menos é o que ela conta pra nós. Estive lá onde ela trabalha só uma vez, quando era pequena. Um dia em que ela não tinha com quem me deixar, eu olhava pra ela, que não parava um minuto. Ela diz que se mantém em forma assim, sem pagar nada! Os sapatos custam oitenta e nove euros e eu estou economizando, já falta bem pouco. De repente, uma voz que sorri.

– É esse, não é? – Surge na minha frente o CD de James Blunt. E escuto também a música, exatamente aquele trecho de que eu tanto gosto. Parece mágica. Fico assustada, ruborizada, também sorrio. E ele ali, refletido na vitrine atrás de mim. Quase me envolve com os braços. A música vem do seu celular. Depois, sai de trás de mim sorrindo. Quase me aspira. Roda em volta de mim, me olha e não diz nada, sempre sorrindo. "Toma. Eu comprei pra você." E o coloca na minha bolsa. Deixa ele cair ali. "Pensei que você gostasse..."

Sorri e desliga o celular. Eu permaneço em silêncio. Me lembra uma cena daquele filme que vi uma vez em casa, escondida, que roubei da coleção do R.J. com a Clod e a Alis. Como se chamava? Ah, sim. *Nove semanas e meia de amor*. Ela é Kim Basinger, vai ao mercado e vê um xale de que gosta muito, mas é bastante caro. Então, ele compra para ela e, de repente, aparece atrás dela e o coloca em seus ombros e, enquanto faz isso, a abraça. E ela sorri. Gostei muito daquela cena. Ele é Mickey Rourke. E esse cara aqui parece um pouco com ele, mas pego o CD na bolsa e lhe devolvo.

– Obrigada, mas não posso aceitar.

– Foi a mamãe quem te ensinou, não foi? Mas aquilo só vale para as balas dos desconhecidos. Isso aqui não é pra você comer!

Empurra o CD novamente na minha direção.

– Você pode ouvir quando quiser... – E sorri pra mim.

É gentil. Parece simpático. Terá vinte anos, talvez dezenove. E me agrada mais que o Mickey Rourke. E não está mais convencido como no espelho quando nos cruzamos com os olhos. Sorri e me olha. Parece mais carinhoso. Meigo e carinhoso, queria dizer pra ele... mas não quero estragar tudo logo no início, não ? Fico quieta e coloco o CD novamente na bolsa. Começamos a caminhar. E não porque me sinto mais velha. Talvez porque ele seja e se interessou por mim. Conversamos.

"O que você faz?", "O que não faz?"... Minto um pouco, faço um pouco de tipo.

"Estudo inglês." E ainda "Fiz um teste porque gosto de cantar..." E espero que ele nunca me coloque à prova porque sou um pouco desafinada.

– Você já foi no Cube?

– Sim, às vezes. – E espero que ele não me pergunte como é! Me sinto um pouco culpada, mas só um pouco. Tomamos um sorvete.

– Pede você primeiro.

– Está bem. Castanha e pistache com bastante creme!

– Pra mim também.

É muito bom. Temos os mesmos gostos, quer dizer... eu gosto só da castanha... Mas peço igual ao seu pra parecer que a gente realmente combina.

– Não, não, faço questão de pagar, pelo menos isso.

Ele guarda a carteira no bolso. Diz ok, sorri e me deixa pagar. Eu abro o pequeno porta-moedas e conto o dinheiro, só tenho trocados. Não! Logo agora, mas, finalmente, quatro, quatro e cinquenta, quatro e noventa! Consegui, ainda bem... senão eu ia pagar o maior mico. E não sei por que não menti sobre a idade, ou melhor, me ajudo um pouco.

– Catorze anos...

Ele fica perplexo por um segundo, como se a minha idade não servisse. Procuro o seu olhar, mas ele disfarça.

– O que é?

– O quê?

– Me pareceu que...

Mas não me dá tempo.

– Vem, vamos! – E me segura pela mão e começamos a correr no meio das pessoas. Turistas estrangeiros, negros, alemães, franceses e alguns italianos. Eu quase tropeço e ele me arrasta atrás de si com seu entusiasmo inacreditável.

– Vamos, vamos, estamos quase chegando!

E eu corro e rio e procuro acompanhá-lo e, no fim, como dois perfeitos estrangeiros paramos sem fôlego em frente da fonte.

– Está pronta? Toma.

Ele me dá uma moeda e depois se vira, fecha os olhos e joga a sua por trás dos ombros. Faço a mesma coisa. Fecho os olhos e faço um pedido, e a minha moeda voa alto e roda, roda e depois cai longe, dentro d'água e lentamente com estranhas curvas chegando até o fundo. Nos olhamos nos olhos. Quem sabe se fizemos o mesmo pedido. Ele parece convencido. Melhor, não tem nenhuma dúvida.

– Tenho certeza de que fizemos o mesmo pedido... – E me olha de maneira intensa. E para mim é como se de repente eu tivesse dezoito anos. Fico embaraçada por um segundo. E muito. E fico vermelha. O coração batendo a mil por hora. Abaixo a cabeça e fico agitada, olho em torno e procuro uma tábua de salvação, estou naufragando... De repente, assim como ele me fez acabar debaixo d'água, ele me salva.

– Bem, sou Massimiliano...

– Oi... Carolina.

Damos as mãos e ficamos assim, olhando nos olhos um do outro.

Depois, ele me dá um sorriso lindo.

– Gostaria de ver você de novo.

Queria dizer "eu também"... mas não consigo. Me sinto paralisada. Digo só "Sim, claro".

Mas vocês imaginam? Sim, certo... Mas o que quer dizer?! Meu Deus, quando a Clod e a Alis souberem. Depois me deu o seu número de telefone. Porém de um modo estranho, escreveu no vidro da vitrine de uma loja com um pincel atômico. Me faz rir e eu o gravo no meu celular.

– Escreve o meu também.

Massimiliano sorri.

– Não. Não quero te chatear. Não quero o teu... eu telefonaria a cada momento. Me procura você quando tiver vontade de rir como hoje à tarde.

E vai embora assim, de costas, monta numa moto um pouco mais afastada. Vira-se uma última vez e, depois, dá aquele sorriso lindíssimo. Me deixa ali, assim, com duas únicas dúvidas. Primeira: será pelo acaso ou pelo fato de procurar um livro sobre educação sexual que eu pude conhecer ele? Segunda: do Lore desse verão, de repente, não gosto mais, ou melhor, ele passou para o segundo lugar.

Entro depressa no ônibus que me leva para casa. No meio das pessoas, tanta gente, me sinto quase só. Agradavelmente só. Perdida nos meus pensamentos. Sorrio. Gostaria de mandar um torpedo pra ele: "O destino fez a gente se encontrar". Não, muito pesado. "Obrigada pelo sorvete!". Prática. "Será talvez amor?" Sonhadora exagerada. "Obrigada, uma tarde maravilhosa..." Moça velha. "Viu, não resisto..." Moça fácil. "Esse é o meu número, telefona quando quiser." Desistência medrosa de tomar iniciativas. Droga! Não consigo pensar em nada. Bufo e dou de ombros. Decido não mandar nada.

Um assento fica livre porque um homem se levanta para descer. Me preparo para sentar, mas vejo uma mulher idosa como minha avó, só que muito mais gorda, com alguns embrulhos na mão. Está cansada. Olha pra mim por um segundo e eu lhe indico o assento com a mão. "Por favor..." E ela me agradece e se acomoda com um sorriso, levantando as pernas. Usa meias que vão até debaixo do joelho. Só agora se vê que a saia ficou levantada, e tem as pernas curtas e se ajeita para trás, apoiando-se sobre o cotovelo para chegar até o encosto do banco. Depois, levanta todos aqueles pacotes e os coloca no colo; finalmente está confortável. Suspira satisfeita com o seu esforço.

E eu olho pra fora, os rapazes que passam, a noite que desce lentamente. Massimiliano... Penso no torpedo: "Massi, você é o máximo". Garota superbanal.

Que horas são? Olho o relógio, oito e dez. Que chato. Meus pais devem estar começando a jantar e eu vou chegar atrasada. Alguém atrás de mim se debruça e toca a campainha. Próxima parada, aceso. O ônibus para. Alguém que vai descer esbarra em mim. Novamente. Me empurra contra o ferro da porta. Uma outra pessoa também se encosta em mim. De novo. Dessa vez é mais demorado. Não conseguem descer. Um último empurrão e descem. Vejo as pessoas que saltam para fora do ônibus. São dois rapazes. Têm cabelos curtos. Parecem estrangeiros, talvez romenos. Um dá um tapa nas costas do outro e esse faz que sim com a cabeça e depois se viram na minha direção e sorriem. O ônibus arranca. E eles somem assim, correndo. E eu continuo a olhar para fora, as últimas lojas que estão fechando, vendedoras cansadas que cerram as portas, uma entra no carro. Outra atravessa rapidamente a rua, uma mulher ao telefone ri, organizando o programa da noite, outro espera no meio da rua, chateado com o atraso de alguém. Desço do ônibus e vou correndo para casa. Não paro nem um segundo. Corro, corro, rua, praça, direita, esquerda, olho, atravesso, portão aberto. Bem. Toco para abrir a segunda porta.

– Quem é?

– Eu!

Abrem depressa. E subo as escadas, primeiro, segundo, quarto andar. Melhor que até mesmo uma das atletas mais premiadas. A porta está aberta e eu a fecho.

– Pronto. Cheguei!

– Vai lavar as mãos e vem se sentar à mesa.

Vejo minha mãe passar com uma travessa com a massa fumegante. Ela a apoia no centro da mesa, procurando não deixá-la bater, mas não consegue.

Alessandra já está à mesa. R.J. não está em casa. Papai se serve primeiro. Vou lavar as mãos.

E antes de apertar a tampa para fazer o sabão sair, me vem em mente uma coisa. Uma ideia. Finalmente, encontrei. Boto a mão no meu jeans. Nada. Como é possível? Procuro no outro bolso, depois na frente. Mais uma vez. Nada, nada, nada. Mas estava aqui. Corro para o quarto e abro a bolsa. Nada. Só vejo o CD, as chaves, um chapeuzinho e alguma maquiagem, mais nada. Não posso acreditar. Não, não. Não é possível. Vou até a cozinha. Rusty James acabou de chegar.

– Eu disse que ia chegar atrasado.

– Claro, você sempre faz o que quer e não liga pra nada. Nem sequer avisou... Pra quê, não é mesmo? Cada um faz o que quer. Isto aqui é um hotel.

Não acredito. Não posso acreditar, sempre a mesma história, as mesmas frases.

– Mamãe, eu não te avisei?

R.J. olha pra mamãe. E ela sorri. Abaixa os olhos.

– Sim – diz em voz baixa, tirando um prato da mesa, fingindo que estava fazendo alguma coisa. Mamãe não é capaz de mentir.

– Pois é! Você protege ele sempre. Imagina! Mas eu estou de saco cheio! Entendeu? Cheio!

– Papai, você podia gritar mais baixo? – Minha irmã Alessandra. Sempre ela. Como se pode gritar mais baixo? Ou a gente grita, ou não grita, certo?

– A casa é minha e eu grito o quanto quiser, ouviram? Ouviram?

Rusty James se levanta da mesa.

– Perdi a fome.

– Não, agora você fica.

Papai se levanta e tenta segurar ele pelo suéter, porém R.J. é mais rápido, se desvia e foge, quase tropeça no tapete do salão, mas depois se recupera na curva, dribla uma cadeira e em um segundo fecha a porta nas suas costas. Alessandra começa a comer em silêncio, papai discute com mamãe.

– Muito bem, muito bem... está satisfeita? Parabéns... Foi muito bem-educado.

Mamãe procura acalmá-lo e coloca alguma coisa no prato dele. Papai começa a comer, balbuciando ainda umas palavras, mas não se entende mais nada. Hum, cheiro bom. Ela preparou *fettuccini* com tomate, e o cheiro é muito doce. Depois, respiro fundo e tomo coragem.

– Perdi o celular.

Todos param de comer ao mesmo tempo e me olham. Papai deixa o garfo cair no prato, abre os braços.

– Claro, claro... o que importa pra você também. Quem sabe onde você deixou!

Mamãe segura minha mão.

– Filhinha, foi aquele que nós demos a você no seu aniversário?

Alessandra não consegue mais ficar calada.

– Sim, mamãe, aquele. O Slide Nokia 6500 que custa trezentos e setenta euros. – Ela diz dando um falso sorriso pra ela

– Sim, aquele menor do que o seu.

Alessandra dá de ombros.

– Claro.

Papai recomeça a comer.

– Quem paga sou eu. Como se encontrasse o dinheiro em cima das árvores.

Fora que na nossa vizinhança infelizmente não existem tantas árvores, essa imagem não me parece justa. Mamãe aperta minha mão.

– Quem sabe se você procurar pelos lugares onde esteve, por onde andou...

E num segundo repasso toda a tarde e percebo que a última vez que peguei o celular foi com Massimiliano quando... quando gravei seu número! É verdade! Só peguei naquela hora. E agora, como faço? Não tenho mais o seu número. Não posso telefonar para ele. E vejo em câmara lenta aquela cena. Ele que sorri... "Não quero o seu... eu telefonaria sempre... Me telefona você quando quiser rir de novo como hoje." E fecho os olhos. Não vou mais rir. Não posso rir. E principalmente... não posso telefonar pra ele! E, num segundo, revejo a cena. Eu coloco o celular no bolso do jeans como sempre faço e subo no ônibus e depois um detalhe: a mão... Uma mão que se enfia no meu bolso. E eles que me empurram para descer do ônibus. Me empurravam de propósito! E os dois rapazes, os dois estrangeiros, a porta do ônibus que se fecha, o olhar deles, os tapas nas costas um do outro e aquele que se vira e sorri.

– Porra! Ele pegou o meu celular!

– Carolina!

Mamãe fica de boca aberta.

Papai pousa o garfo.

– Muito bem, ótimo, viu? O que eu disse? Continua assim e você vai ver como os teus filhos vão ficar. Depois você se surpreende, quando no telejornal dizem que os filhos matam os pais. Com o que você se surpreende, com o quê?

Não quero ouvir mais nada. Não aguento mais. Me levanto e vou em direção ao meu quarto.

– Aonde você vai, hein? Aonde vai?

– Você tem razão, papai. – Volto e me sento novamente. – Posso ir pro meu quarto?

– Quando acabar de comer.

Começo a comer um pedaço atrás do outro.

– E come devagar. Devagar, deve comer devagar.

E Alessandra naturalmente se intromete.

– Antes que a digestão se interrompa.

Olho pra ela com raiva. Mas ela, ao contrário, sorri. Espirituosa. Me deram uma inimiga, não uma irmã. Por que você é tão cretina? E depois, juro que ela nem sabe o que quer dizer aquela frase. Que a digestão leva uma hora!

Finalmente como o último pedaço. Limpo educadamente a boca com o guardanapo...

– Posso me levantar?

Meu pai não diz nada, faz um gesto para mim com a mão como se dissesse "pode, pode". E eu corro e me tranco no meu quarto. Me jogo na cama.

Eu sei que não deveria dizer isso, mas quando brigo em casa como hoje acho que Alis tem bastante sorte. Não, não porque ela seja muito rica e more numa mansão. Porque os seus pais são separados. Sim, eu sei. É muito ruim ter os pais separados, mas, puxa, pelo menos a gente vê um de cada vez, e não juntos. Por exemplo, é possível que a minha irmã possa fazer tudo o que quer e ninguém nunca lhe diga nada? Na noite passada, ela chegou às três da manhã. E não tinha avisado. Às três, numa terça-feira! Hoje de manhã ela tinha escola. Claro que devia estar com sono e não se levantou. Disse para mamãe que estava com dor de cabeça por causa do resfriado. Coitadinha! Enquanto eu me preparava, ouvia o que estavam falando no quarto. Mamãe dizia para ela que não era justo, que não podia faltar na escola só porque tinha chegado tarde. E ela:

– Mas, mamãe, sabe, eu não podia imaginar que a Ilenia se sentiria mal e que a gente teria que levá-la no pronto-socorro.

Taí. O golpe de cena! Quando não se consegue com as desculpas normais, qualquer coisa vale. Inventa um monte de mentiras e assim faz o que quer. E mamãe, ainda por cima, acredita! Porque é muito boa. Isso me deixa com bastante raiva. Porque mamãe... ela dá duro de manhã à noite no trabalho, sempre à disposição de todos, sempre pronta para dizer uma palavra boa, a entender os outros e também em casa faz tantas coisas, e minha irmã, o que faz? Faz ela de boba.

Bem, tirando minha irmã, aqui o problema é sério. Não posso acreditar, tinha tudo naquele celular! Música, tinha Green Day, Mika, Linkin Park, Elisa, Vasco, The Fray e aquele gatinho do Paolo Nutini... E, depois, um filme com a Clod, Alis e eu na excursão do ano passado e os mergulhos do verão e todos os torpedos que eu salvava. Até aqueles do Lore desse verão... e, principalmente, tinha o número do Massimiliano. Que eu tinha acabado de gravar. Quer dizer, mal coloquei o número no telefone e me roubaram! Tento lembrar o número. O prefixo começava com 335, não 338, ou melhor, 334, não, era um 339, não, 328, acho que não, 347, não, não, era 380, não, ah! Era um 393... Mas por que fizeram tantas companhias! Não era melhor uma só? Não, hein? Todas as vezes que encontram uma coisa para ganhar dinheiro, todos se jogam em cima imediatamente... Imagina! O que posso dizer? E depois, como era o número? Tinha o dois, mais de um e também oito, talvez um sete...

Peguei um papel e comecei a fazer várias combinações. Pareço Russell Crowe naquele filme, como se chamava? Ah, sim, *Uma mente brilhante*, em que prendia as folhas de papel por todos os lugares e via pessoas que estavam sempre com ele mas que na verdade não existiam! Socorro, era um louco, um matemático doido... vou ficar igual a ele? Parece também aquele jogo que o Gibbo queria sempre fazer!

Gibbo é um amigo muito querido, ele adora matemática que é a única matéria em que ele vai bem... E ama jogar *strike and ball*! Em que você tem que escolher quatro números ao acaso e eu tenho que dizer se entre os quatro que escolhi e aqueles quatro que ele me diz tem um *strike*, quer dizer, um dos mesmos números que, no entanto, não caiu no lugar certo, ou um *ball*, que acertou não só o número como também a posição. Enfim... uma dor de cabeça! É claro que depois a gente fica maluca e vê as outras pessoas perto de você porque são como você não é, mas gostariam de ser!

Eu acho que a matemática serve para a gente saber se gasta muito, se ainda pode gastar e, sobretudo... se você pode ou não comprar aquele celular! E no meu caso agora, você está com vontade de fazer cálculos... ou melhor, não é mesmo o caso de fazê-los. Devo bloquear o chip. Eu sei porque já aconteceu com a mamãe, e o papai criou uma história internacional, dizendo que com o seu chip, que era com contrato, podiam ligar para o exterior. No meu caso, não vão além de Florença... Tinha só cinco euros! Então... Tinha acabado de gravar o número dele no celular e me roubaram! Agora já sei o que devo pensar de Massi: ele dá azar! Ou, pior, eu ia sofrer! Ou que com ele eu seria muito feliz e, então, foi algum olho-grande que não quer que eu seja feliz. Sobre isso tenho pelo menos dois nomes, mas é outra história.

Sento à minha escrivaninha, ligo o computador e vou imediatamente para o *messenger*.

Não tinha nenhuma dúvida! Sabia que tinha alguém *on-line*. Escrevo rápido e Alis me responde depois de um segundo.

– Tudo ok? O que você fez hoje?

– Drama e felicidade! – respondo. – Por um lado, conheci o homem da minha vida. Por outro, perdi ele e o celular!

– Mas, como assim, te deu um beijo e ao mesmo tempo roubou o celular?

– Ele não me deu um beijo.

– Ah, só roubou o telefone?

– Não foi ele...

– Mas quem foi?

– Ele me colocou música...

Enfim, continuamos a escrever por um tempo, até minha mãe entrar no quarto sem bater.

– Carolina! Você ainda está acordada? Amanhã é dia de aula!

Desligo o computador depressa.

– Estava mandando os deveres para a Clod, o relatório sobre o filme que a gente viu hoje de manhã na sala de projeções, *A Grande Guerra*, de Monicelli, aquele com Sordi e Gassman, ela não estava com vontade de fazer... mas eu gostei muito!

Pulo para cama e num mergulho único me enfio debaixo das cobertas. Mamãe se aproxima e as ajeita.

– Já vi tudo, mas assim não aprende nada e, depois, nós que temos que pagar a conta de luz pelo seu descuido... não consigo entender!

Tenho certeza de que esse raciocínio é do meu pai, traduzido de maneira mais doce e gentil por minha mãe. Que sorri pra mim. Disse isso por dizer, não é dela, não há nada a fazer, a gente vê. Me acaricia com aquela doçura que é só sua, que não me incomoda, que me faz sentir amada e segura.

– Dorme bem, meu amor...

E com um sorriso adormeço.

Não sei exatamente o que eu sonhei, só sei que quando acordo de manhã tudo fica muito claro em um segundo. Chego à escola e a primeira aula voa sem eu sentir, mesmo porque não devem me perguntar nada nem à Clod. Então, não preciso ficar ali soprando para ela. Alis não entendi por que não veio. Mas podia nos dizer! Que coisa... falamos de tudo ontem à noite e não podia me dizer que hoje não vinha? Bem, não dá pra entender. Ainda nem tinha acabado de pensar e a campainha toca anunciando o fim da primeira aula... E... olha ela ali. Alis entra na sala sorrindo, com uma blusa de linho com cores *mélange* e alguns desenhos transparentes e uma saia comprida sobre botas escuras e moles, daquelas que caem sobre o tornozelo. Olha pra mim e sorri. Parece uma modelo que desfila entre as carteiras, mais que a minha amiga do peito.

– Ei, mas como você está arrumada, hein?

Passa perto da minha carteira.

– Eu queria me fazer um presente hoje, precisava muito... – E sorri pra mim. Um pouco triste, um pouco melancólica, com aquele olhar que está sempre embaçado por falta de amor. Talvez seja culpa dos seus pais que são separados há muito tempo, do irmão que não tem, de uma irmã mais velha que, no entanto, está sempre ausente. Ela me diz todos os dias: "Você é feliz, tem uma casa cheia de amor...".

E eu sorrio para ela e não consigo dizer nada, no máximo "pois é". Claro que não posso dizer a ela que meu pai está sempre zangado com todos, que minha mãe, às vezes, está muito cansada para brincar, que minha irmã fica sempre contra mim e que o único que eu realmente amo é R.J., mas ele nunca está em casa!

Nos abraçamos e sinto que ela mexe nas minhas costas... Então me afasto, surpresa.

– O que você está fazendo?

– Eu, nada.

Fica um pouco vermelha, mas depois sorri e fica alegre como é de costume. – Estava tirando o relógio! – E corre rapidamente em direção à sua carteira no fundo da sala, exatamente quando entra o professor Leone.

– Muito bem, todos para os seus lugares.

A turma se arruma lentamente e, pouco a pouco, cada um volta ao seu lugar. O professor olha em torno para ficarmos um pouco preocupados, depois apanha a sua pasta que está no chão – uma velha bolsa lisa e acabada –, abre, tira um livro e começa a explicar.

– Bem, a história que vou contar para vocês poderá parecer uma fábula, mas não é... é história, compreendem? A história de como uma terra se tornou um mito de liberdade e crueldade ao mesmo tempo, de como o ouro causou uma febre em todos e de como foi feita a famosa conquista do Oeste.

– E a história que o professor nos conta me agrada. Está até me interessando e acho que seja importante que esse homem, Toro Seduto, de quem está falando, tenha tido a coragem de fazer tudo isso. E que agora está escrito na História! Agora, está nos livros, tanto que nós e os de antes e também aqueles depois, todos falaremos dele.

– Não teve medo! Teve a coragem de proteger as suas terras.

E apoio o rosto nas mãos com os cotovelos bem plantados na carteira. Gosto muito do professor Leone. Quer dizer, gosto como ele narra. A gente vê que existe paixão naquilo que faz. Não se aborrece, podia ser um bom ator, sim, um ator de teatro, mesmo que eu não tenha conhecido muitos. A coisa de que eu gosto é que, quando ele recomeça a narrar, faz tudo com muita precisão, recomeça do ponto certo sem se confundir. É como aquela série que eu adorava, *Lost*, a cada capítulo faziam um resumo e depois recomeçavam. A gente nunca perdia nada. Não como a mamãe quando eu era pequena. Todas as noites ela me contava uma história para me fazer dormir e a de que eu mais gostava era a de Brunella e Biondina. Ela dizia que aquelas duas meninas, meio fadas, meio bruxas, tinham existido realmente. E eu gostava da história delas! O problema é que quando eu lhe pedia depois de alguns dias para me contar novamente aquela história... bem, sempre acontecia algo de estranho.

"Mas, mamãe, não era Brunella que sempre perdia as chaves de casa, era Biondina..." "Não, mamãe, Biondina é que era convidada pras festas do príncipe..."

Enfim, muitos fatos não voltavam com tanta facilidade. Então havia duas possibilidades: ou a história de Brunella e Biondina era uma fantasia de minha mãe e se as coisas não são reais alguém pode se confundir facilmente, ou era tudo verdade e minha mãe não tinha uma boa memória. Uma coisa era certa: de um jeito ou de outro, a culpa era da mamãe. E quando eu dizia isso pra ela, ela sorria e me acariciava o rosto e tinha sempre a frase pronta: "Ah, não era assim? Então vou pensar... Agora dorme que Morfeu está te esperando em seus braços." E puxava as cobertas para cima de mim e as alisava bem debaixo do meu queixo. E eu ficava olhando-a sair do quarto. Com uma única dúvida. Mas como será esse Morfeu[10]? Podemos ter certeza de que é um tipo confiável? E que sonho vai me dar essa noite? Como se fossem DVDs para colocar no aparelho. E se ele me der um pesadelo? Então não deve ser uma boa pessoa.

Mas em um segundo volto à realidade. Exatamente enquanto o professor Leone continua a sua história sobre o Oeste, sinto o som de um celular. Mas quem é doido a ponto de se esquecer de desligá-lo? Ou, pelo menos, de colocar no silencioso ou no vibratório. Mas deixar ligado e com som alto, não, isso não. Que estranho. O som é exatamente igual àquele que eu tinha. A propósito, assim que sair tenho que ir a uma loja da operadora para pegar um novo chip. Nossa! O telefone continua tocando.

– Então! – O professor bate com o punho sobre a mesa. – Vão ou não vão desligar esse celular? – E todos se viram na minha direção. E me olham. Xi, quem me dera fosse o meu. Ele foi roubado ontem. Mas, que estranho, o som vem exatamente da minha carteira. E continua. Olho pra baixo. Nada. Mas não será que alguém deixou cair e veio parar debaixo da minha carteira? Eu, hein... Continua tocando.

– Então Carolina? Bolla! – Me chama pelo sobrenome. Está ficando realmente zangado.

– Mas, professor, eu... – E quando estou pra lhe dizer, de repente entendo tudo. Olho dentro da bolsa, aquela que antes estava sobre a mesa, atrás de mim, quando Alis me abraçou e estava tirando o relógio... E de repente eu o vejo. Estava ali. Nokia 6500 Slide! Não posso acreditar! Mas então... Quer dizer que ela o colocou na bolsa? Pego o telefone, basta um minuto pra entender tudo. Ainda tem o plástico em cima da tela! É novo! Foi ela quem comprou, Alis! Me viro e vejo que ela sorri. Desliga o celular que está no seu colo e coloca no bolso. Depois se ajeita, fingindo não saber de nada. Eu balanço a cabeça olhando pra ela, ela sorri pra mim. Depois me viro na direção dele.

– Desculpe professor, eu me esqueci completamente que estava ligado, era minha mãe... depois me mandou uma mensagem... Não pode vir me buscar na escola.

O professor Leone abre os braços, dá de ombros.

– Mas se você mora aqui tão perto...

– Sim, mas tínhamos que ir na casa da minha avó, e como eles vão viajar, então minha mãe me pediu para acompanhá-la, e como ainda não sabem como fazer porque o meu avô não quer ir com ela, queria ir até lá e então...

– Ok, ok. Está bem, está bem assim – o professor Leone se rende – senão terei de falar sobre um livro novo, um livro feito só para essa turma, *A odisseia de Carolina*!. Todos riem, estranhamente convencidos da brincadeira do professor... e, claro, esse ano teremos o exame! Quem não estiver convencido, é melhor rir de qualquer bobagem, não é mesmo?!?

Coloco o telefone no silencioso e finjo acompanhar a explicação. Na verdade, não me interessa nem um pouco o que a essa altura aconteça no Oeste, aquilo que acontece, acontece, quer dizer, já está escrito! Tiro o plástico da tela, me escondo atrás da Pratesi que é bem gordinha. Não se compara com a Clod, claro, mas não deixa de ser uma discreta cobertura!

Então, examino bem ele. Não posso acreditar, ela comprou exatamente igual àquele que eu tinha, colocou a mesma música de antes! Realmente, a Alis é fora de série! Mas onde eu ia encontrar outra igual a ela? É tão legal. Nunca deixa a gente com sensação de culpa por nada. Ela precisa de amor, claro, e o demonstra exigindo sempre mil atenções, mas faz do seu modo, sem exagerar. E, depois, procura pensar na gente e faz isso como se fosse a coisa mais natural, para depois tudo acabar dentro daquele grande cesto que se chama amizade. Ah, sei que quando digo essas coisas sou um pouco, quer dizer... patética, mas diante dessa surpresa do celular fiquei emocionada! O que eu posso fazer? Eu juro, estou emocionada como uma idiota e, depois, não tem nada demais em se emocionar. Eu sei. Não é que alguém que se emociona deve ser sempre idiota! Ao contrário, é muito mais idiota quem, diante dessas coisas, não se emociona. Bem, agora estou apelando um pouco com esse discurso, mas a coisa mais absurda é que, de repente, chega um torpedo!

"Que mico você pagou com o professor!"

É Clod que, como sempre, não entendeu nada. Claro, eu não contei nada para ela ontem à noite, que me roubaram o celular, mas agora me escreveu, então, dentro tem o meu chip! Abro a parte detrás do celular! Sim, tem o meu número! Alis é incrível. Não dá pra entender como ela conseguiu. Não é fácil pegar o chip de outra pessoa, é realmente impossível! Mas no recreio ela vai me explicar tudo. Mal descemos para o pátio, eu pulo em cima dela.

– Obrigada! Obrigada! Você é o máximo! Mas como você fez? Como conseguiu o chip com o meu número?

– Fui até a operadora, mas aquela embaixo do meu prédio, dei a eles o meu documento e expliquei a tua história, o furto do celular e tudo...

– E eles?

– Eles acreditaram em mim.

– De verdade?

– Claro. Foram muito compreensivos, principalmente se você tem uma mãe como a minha.

– É. – Imaginem que a mãe da Alis troca quase tudo todos os dias, porque deve estar sempre na moda, está sempre competindo com as suas amigas e quer sempre e imediatamente o melhor de cada coisa, até mesmo quando se trata de filhos ela deve ser a melhor de todos! E isso chateia muito a Alis. Em vez de dizer bom-dia, ela começa assim: "Sabe que a filha da Ambretta, Valentina, fez isso e isso... e sabe que a filha da Eliana, Francesca, fez isso e isso... E imagina que a filha da Virginia, Stefania, fez isso e isso...!". E ela ainda não percebeu que, no fim, a Alis faz sempre assim... e assim! Alis sorri e dá de ombros.

– Enfim, eles entenderam perfeitamente que se não me dessem o novo chip, eu não iria comprar o Nokia 6500... – E, por um segundo, fiquei vermelha. Me lembro muito bem do preço daquele celular. Meus pais economizaram para procurar comprar um pra mim e até levaram o meu velho Nokia 90 para dar em troca. Bem, de um modo ou de outro, agora tenho de novo e, cheia de euforia com o novo Nokia, conto à Clod e à Alis toda a história de Massi, do CD que ganhei de presente, do passeio, do sorvete e de todo o resto.

– Enfim, acho, sim, tenho quase certeza, sim, eu... me apaixonei!

– E Lorenzo?

– Mas por que você me corta assim... E, de qualquer maneira, quem vai rever o Massi?! Terei que fazer bilhões de tentativas com diversos prefixos para encontrar o número dele...

– São mais ou menos noventa milhões de combinações!

– Gibbo! Ele ouviu tudo!

– Claro...

É o meu amigo matemático. Ele ama o filme *Gênio indomável* que já viu pelo menos umas dez vezes. De vez em quando, convida a gente para ir na casa dele e quer que a gente assista, explicando que tudo está ligado à matemática, até mesmo o amor, mas não como cálculo, como uma dimensão. Isso eu nunca entendi.

– Ei, valeu irmã!

Chega também aquele absurdo do Filidoro. Vocês imaginam que nome os pais colocaram nele! Filidoro. Parece um daqueles velhos desenhos animados. Tudo bem que agora ele se batizou outra vez, Filo, que não é de todo mau. Mas fazê-lo começar com aquele nome, não... Ele é muito engraçado, ele também está sempre na moda, mas não como a mãe da Alis, ele só no campo musical. Ama qualquer nota.

– Ei, vocês ouviram essa? É a última de Jovanotti. É assim...

E cantarola um trecho com todas as palavras. É realmente incrível. Mas como ele consegue se lembrar de todas! E na escola tem pouquíssima memória.

Gibbo se torna mais insistente.

– Ei, de quem vocês estavam falando antes?

– Antes quando? – Alis se faz de desentendida.

– Um minuto atrás! Do celular que a Carol perdeu. Olha que eu ouvi tudo...

– O que você tá dizendo, você está enganado, olha aqui o meu celular. E tiro do meu bolso rapidamente; nunca me pareceu mais oportuno e fundamental tê-lo.

– Viu? Você diz um monte de besteiras!

– Pode ser... – Gibbo não está convencido, mas felizmente o sinal toca e nos salva.

– Ok, pessoal, estamos indo. Então, querida, hoje à noite na sua casa?

– Sim...

– Por que vocês não vêm?

– Sim, claro... – e depois todas em coro – pra assistir *Gênio indomável*!

– Ah – Filo faz uma cara engraçada.

E nós vamos embora rindo.

Na sala de aula, mando um torpedo para Alis com uma porção de desenhos. Uma garrafa de champanhe com a rolha que sai e muitas estrelinhas.

"Ser sua amiga é como festejar todos os dias! Obrigada."

Ela me olha e sorri, vejo que escreve qualquer coisa. Realmente, recebo um torpedo.

"Um feliz desaniversário para você!"

Alis adora aquele filme. Talvez porque aquela Alis lá seja amada por todos. Talvez porque viva no País das Maravilhas e nunca esteja sozinha. A dor do amor. Como estou poética hoje! Vejo que Alis recomeçou a escrever alguma coisa no diário, frenética como fica sempre quando tem em mente qualquer coisa. Assim, não escrevo mais nada e olho para ela de longe, sorrindo. A minha amiga. A minha amiga mais querida. Junto com a Clod, naturalmente.

– Como foi na escola hoje?

– Muito bem. – Não fui chamada para responder nada. Queria acrescentar, mas por que ressaltar uma coisa assim? Mamãe está preparando o almoço.

– Quer um bife?

– Quem vai almoçar?

– Você e a sua irmã.

– Mas ela ainda não chegou?

– Sim, está no quarto dela.

Ah, devo aproveitar agora... antes que ela chegue. Quero contar só pra mamãe sobre Alis, de como é generosa e superfantástica a minha amiga, sobre o maravilhoso presente que ela me deu assim que soube do celular!

– Mamãe, tenho uma surpresa ótima.

– Eu também tenho uma pra você...

Mal tenho tempo para lhe dizer qualquer coisa e ela se vira. Acalorada pela cozinha, com o rosto sorridente e os olhos bondosos de mãe. Como só ela pode ser. Ela que dá duro. Ela que se levanta cedo de manhã. Ela que prepara o café para o papai e para nós, vem para casa na hora do almoço e volta para o trabalho à tarde. Mamãe que se esforça, que é bela, que nunca tira férias. Mamãe. A minha mãe, que quando sorri aperta o meu coração.

– Olha o que eu comprei pra você... – e coloca em cima da mesa, novo, ainda dentro da caixa. O Nokia 90, aquele que eu tinha antes que me roubassem o outro, aquele simples, com as funções básicas, que não tira fotos. Aquele que custa barato. E sinto o coração ficar apertadinho e fico sem saber o que dizer e fazer. Depois, sorrio e digo com a maior naturalidade do mundo.

– Mamãe, é lindíssimo... obrigada!

E lhe dou um abraço apertado, apertado, ela com aquele avental entre nós um pouco úmido. E ela acaricia os meus cabelos e dessa vez não me incomoda. Fecho os olhos e fico com uma vontade de chorar e não sei bem o porquê.

– Sabe, eu consegui dar uma fugidinha do trabalho... Pedi uma permissão e fui até a primeira loja de celular que encontrei lá perto e comprei esse... você gostou mesmo? – Me afasta um pouco e me olha nos olhos e eu estou comovida e digo que sim com a cabeça. Ela entende e me abraça de novo.

– Só tem uma coisa, eles não quiseram me dar o chip do seu número, disseram que só você pode ir pegar pessoalmente. Você acredita?! Não posso fazer as coisas para minha filha. – Depois, fica perplexa por um segundo. – Talvez eles não quiseram me dar porque ficaram com medo que eu usasse o seu número, sei lá, para ler os teus torpedos. Eles não sabem que nós não temos segredos!

E me solta. Volta a cozinhar, de costas, com aqueles cabelos presos e aquele pescoço comprido onde esvoaça alguma mecha mais escura. Depois se vira com um belo sorriso, satisfeita com o seu presente, daquela bondade que gostaria de não ter limites.

– Ei, você não tinha uma coisa pra me dizer? Qual é a sua surpresa?

E eu olho pra ela por um segundo com os olhos arregalados, temerosos por dizer uma mentira e ser descoberta. Depois, procuro encontrar a maior calma do mundo, não dizer nada sobre a Alis, sobre o celular que ela me deu muito caro. E melhor do que a Meryl Streep, Glenn Close, Kim Basinger e até mesmo a Julia Roberts, enfim, uma atriz perfeita, para não desiludi-la, sorrio.

– Mamãe, sabe o que é?

– O quê, meu amor?

– Tirei um B.

À tarde depois do almoço.

Escondi o celular da Alis, o meu novo, tive que desligar porque como ótima atriz, mas não muito experiente, não disse que eu já tinha o chip, que na realidade, foi Alis quem pegou.

Discussão durante o almoço com Alê que, ao ver o meu celular novo dado pela mamãe, também quer trocar o seu.

– Mas, mãe, agora o meu... Olha só, a bateria está presa com um elástico!

E eu, boba, caí na sua armadilha.

– É, mas o seu funciona perfeitamente e também tira fotos...

Mamãe fica preocupada.

– Mas, por que, Carol, o seu não faz?

– Não, porque tem pouca memória.

Alessandra é realmente absurda e continua insistindo.

– Ah, agora entendi... devo fingir que perdi ou que me roubaram pra ganhar outro novo também.

– Olha que me roubaram mesmo! Você acha que eu ia inventar uma coisa dessas pra ganhar um telefone da mamãe?

Quer dizer, fico discutindo quando nem é esse o problema. Agora tenho dois celulares e tenho que ficar quieta!

A única coisa positiva de Alê: fez que eu perdesse a fome. Melhor, porque estava decidida a fazer um pouco de dieta. Mamãe insistiu para eu comer; depois, vendo que era inútil, descascou uma maçã para mim.

Nesse meio-tempo, logo depois da discussão, quando eu e Alê não falamos mais, chegou Rusty James, que se sentou logo à mesa e ficou feliz de poder comer a minha massa. Ainda estava quente e fumegante e não era pra ele, já que ninguém estava esperando por ele.

– Ei, o que está acontecendo? Por que todo esse silêncio... ainda mais vindo de vocês!

Rusty tem um modo terrível de se comportar, aparece sempre que você não espera e consegue dizer, no momento exato, aquilo que não devia dizer! Alê fica com raiva e vai para seu quarto; eu como a minha maçã feliz; Rusty, a minha massa.

Mamãe volta para o trabalho com uma única recomendação.

– Por favor, não briguem com a irmã de vocês...

Assim que a porta se fecha, Rusty me pergunta com curiosidade.

– Me diz, o que foi que aconteceu?

Conto tudo pra ele. Conto até sobre o celular da Alis. Para ele eu não posso mentir, então pego dentro da bolsa e coloco em cima da mesa.

– Viu, agora tenho dois!

Rusty ri e balança a cabeça.

– Só você, mas por que você não disse pra mamãe... qual é o problema?

– Não... ela ia ficar magoada. Pediu até permissão pra sair do trabalho, gastou as economias dela pra comprar um celular e fazer uma surpresa pra mim, vai ver até discutiu com o papai... e eu... digo pra ela que já tenho? Você é mesmo insensível!

Rusty ri divertido.

– Agora a culpa é minha... Ok, ok, olha, tive uma ideia...

Ele me diz, ri e se diverte. E, pra dizer a verdade, não é nada má. Não tinha pensado nisso.

– Puxa, Rusty, você é mesmo genial...

– Eu sei. – E sorri. – O que você vai fazer agora, Carol?

– Não sei, vou estudar um pouco e talvez saia depois...

– Eu também devo estudar, que droga, não tô com a mínima vontade. Ainda tenho um monte de provas para me formar em Medicina e o papai nem sabe o que eu decidi.

Olho pra ele curiosa.

– O que quer dizer "decidi"?

– Ainda é cedo... – e vai pro quarto dele me deixando na cozinha. Engulo o último pedaço de maçã que tinha ficado no prato e vou para o meu quarto. Ligo o computador. Com a desculpa das pesquisas e tudo mais, consegui ganhar um de presente dos meus pais. Estão pagando à prestação de não sei quanto. Escrevo a minha senha e vou imediatamente ao *messenger*. Isso, já sabia. Gibbo escreveu pra mim.

"Então, eu pensei que tirando todos os números das pessoas que conhecemos, se você quiser encontrar o número do seu 'amado' desconhecido, as possibilidades são de mais ou menos oitenta e nove milhões, seiscentas e cinquenta mil... Ou você manda um torpedo pra todo mundo, o que significa que você é mais rica que o Berlusconi[11] e o tio Patinhas juntos, ou então telefona para 347 800-2001 e pronto".

Que bobo. Naturalmente aquele é o seu número. Ele tem razão. É impossível. Mas às vezes na vida... assim, fecho os olhos e procuro, de alguma maneira, rever aquele número. Ele escreveu brincando, no vidro da vitrine e eu vejo... 335, não 334... Sim, 334... E continuo imaginando até que o vejo bem nítido, claro, na minha frente.

Exatamente como ele era ontem. E agora escrevo numa folha de papel, depois gravo no celular e depois fico ali, com o número em suspenso. Indecisa sobre o que fazer. Em seguida, abro correndo a caixa de mensagens e escrevo uma frase.

"Oi, como vai? Você é o Massi, certo? A gente se divertiu ontem. Sou a Carol!" E mando para aquele número, esperando, sonhando, imaginando. E vejo aquele rapaz. Oba, é ele, Massi. Estará estudando ou jogando tênis ou futebol ou fazendo canoagem na banheira, aquele barco fixo em terra. Imagino que ele recebe o torpedo; abre, lê e ri... Ri! Depois, fica indeciso e começa a pensar o que escrever, como responder. Depois sorri consigo mesmo. Puxa, encontrei a frase que serve para ele... Ou para mim. Escreve rapidamente. Aperta a tecla de envia e o torpedo sai, atravessa a cidade, as nuvens, o céu, as ruas e, pouco a pouco, se enfia no meio das venezianas dentro da minha casa e depois no meu quarto e, finalmente, no meu celular.

Bip. Bip.

Ouço tocar. Mas falo sério, acabou de chegar um torpedo. Não posso acreditar! Abro o celular correndo, vou para a caixa de entrada de torpedos recebidos. Pronto, está aqui. Não está assinado. Não é um amigo, alguém que eu conheço. Tem aquele número. Então, é ele. Não posso acreditar! Consegui encontrá-lo! Me lembrei do número.

Depois, leio o torpedo.

"Talvez você tenha se enganado. De qualquer maneira, tenho quarenta anos, sou homem e não sou casado. Assim, querida Carol, por que não nos encontramos?"

Passa-se um segundo, apago o torpedo e desligo o celular. Que horror! Querida Carol. Metido a espirituoso. Ou, pelo menos, uma tentativa dramática de ser. Puxa, que vida! Não era ele. E, assim, infelizmente, nada mais me resta fazer senão estudar. Que pena! Às vezes, os sonhos se esfarelam assim, entre os dedos. Principalmente quando a opção é entre a vontade de rever Massi e de estudar o *Orlando amoroso*[12].

Agora, não que esse Orlando seja assim tão mau e percebo que a história é muito bonita. E, realmente, à medida que eu leio, a solução aparece na minha frente. Principalmente numa certa altura. "A rã se afeiçoa ao pântano, se está no monte volta ao plano. Nem por frio, nem por calor, nem por pouco ou por demais pode a rã retirar-se da lama jamais..." Certo. Seria como dizer que o inevitável é inevitável. Se pode, Carol, retirar-se do Massi jamais... Não tenho nenhuma dúvida. Como foi que eu não pensei nisso antes. Tenho duas possibilidades.

Saio. Pego o casaco e visto. Depois, ponho no bolso a minha segunda possibilidade. Bato com a minha mão sabendo que graças a ela vou encontrar Massi com certeza e todas as possíveis informações sobre ele.

Saio correndo pelo portão e, naquele exato momento, vejo-o passar.

"Opa, estou chegando!", grito para o motorista do ônibus como se ele pudesse me ouvir. Imagina. Corro procurando chegar até o ponto antes que ele pare e saia novamente. Nada. Não vou conseguir nunca. O ônibus parou. O motorista parece olhar pelo retrovisor.

"Estou aqui, estou aqui..." Acelero, mas não aguento mais. Estou com a língua de fora. E temo que de um momento para o outro possa sair de novo. As pessoas já desceram e quem devia subir já subiu. Tenho certeza de que ele não está me esperando, vai me fazer um desaforo, vai sair assim que eu chegar. Nada. Não consigo. E, de qualquer maneira, o ônibus ainda está ali me esperando com as portas abertas, chego correndo e subo, exatamente quando pensava que não ia conseguir. "Ufa....consegui." As portas se fecham. "Obrigada..." Consigo dizer com aquele pouquinho de ar que me sobrou. O motorista sorri pra mim pelo retrovisor, depois segura o grande volante entre as mãos e volta a dirigir. Ele olha para mim enquanto me ajeito num dos bancos. O ônibus está meio vazio e vai veloz em direção ao centro. Tem pouca gente na rua. Eu recupero o fôlego e penso como poderei fazer aquela pergunta.

– Desculpe...?

– Pois não... – Uma vendedora jovem vem na minha direção. – Em que posso lhe ser útil?

E eu queria dizer: "Sabe... ontem eu vi uns sapatos lindos, mas que são muito caros. E principalmente não é exatamente por eles que estou aqui...". Não é o melhor modo de começar. Melhor ser mais direta.

– Ontem tinha uma coisa escrita na sua vitrine... Um número de telefone.

– Sim, nem me fale. Olha, eu até telefonei para aquele número. Era de um rapaz, dava pra ver que ele tinha marcado encontro com alguém. Começou a rir... Não tinha nenhum encontro. Disse que era para a próxima namorada dele!

– Disse isso? – E fiquei com vontade de rir. É mesmo doido.

– É, falou assim... E então? O que é, por que está rindo? É um amigo seu?

– Não, não.

– Ainda por cima, é um cafona, começou a rir e depois me bateu o telefone.

Não me vem à cabeça nada além disso:

– Não, é que o meu celular estava na mochila dele e como ele foi embora e eu não tenho o número dele.

Vocês podem não acreditar, mas a sua resposta é seca.

– Nem nós temos. Nós apagamos... e esquecemos.

Depois se vira, me dá as costas e se afasta.

Saio da loja e olho pra vitrine. Não se vê mais nada. Tento olhar melhor. Limparam o vidro muito bem. Fico contra a luz, me abaixo rente ao vidro. Nada. Limparam tudo muitíssimo bem e ainda por cima vejo a vendedora atrás da vitrine me olhando. Nossos olhos se cruzam e ela balança a cabeça, se vira e me dá as costas. Novamente. Me levanto. Massi fez muito bem em bater o telefone na cara dela. Mas ela é que é feliz e pôde telefonar para ele. E dizendo isso, agora só me resta a segunda e última possibilidade.

– Olá...

Encontro atrás do balcão da Feltrinelli, no caixa, uma moça bonita com os cabelos castanhos presos. Ela também usa o crachá com o seu nome: Chiara.

– Bom dia, pode falar.

Pego dentro da bolsa o CD que Massi me deu.

– Bem, é esse CD que comprei ontem...

A moça o abre, examina de um lado, depois vira entre as mãos e verifica um pequenino selo prateado.

– Sim, é nosso. O que é? Está com defeito? Espera um segundo que vou chamar a pessoa que sabe tudo sobre essas coisas.

E aperta um botão próximo ao seu posto.

Nem tive tempo para dizer mais nada e aparece ele. Sandro. Aquele do livro sobre educação sexual. Me reconhece, infelizmente. Me vê e sorri.

– O que está acontecendo, mudou de ideia? – Chiara retoma a conversa.

– Oi, Sandro, desculpe se eu te incomodei, mas essa moça comprou esse CD ontem e parece que há alguns problemas. – Depois, como se tivesse se lembrado de repente... – Você tem a notinha com você? Se não, não podemos fazer a troca.

Nem tenho tempo para responder e Sandro diz:

– Mas, desculpe, você queria comprar um livro sobre educação... – Olha para a sua colega e decide me poupar. – Depois escolheu aquele da Zoe Trope e, no fim, comprou um CD... Mas assim você não aprende nada.

Ele sorri para mim provocador e antipático.

– Não era para mim.

– Está com defeito, dá pra ouvir bem?

– Muito bem...

– Ok, você tem a notinha?

– Não quero trocar.

– E então qual é o problema?

– Bem... – Olho pra ele ligeiramente embaraçada

– Entendi. Chega.

Sandro olha pra mim e fica muito sério. – Você enganou a segurança. Roubou o CD e agora está se sentindo culpada e quer devolvê-lo! Porque agora vocês são assim, andam por aí em minigangues, roubando as pessoas, pegando os celulares, o dinheiro, até mesmo os casacos... Você é a líder de uma banda?

Não posso acreditar. E não sei como fazer ele parar. Sim, ele nos descobriu: somos eu, Alis e Clod. As três rebeldes da escola. Até demos um golpe: metade de um chocolate para cada uma!

– Desculpe, pode me escutar um segundo?

Finalmente se acalma.

– Um rapaz me deu ontem esse CD de presente.

Conto para ele toda a história, a vitrine, o seu número escrito, depois o ônibus, o meu celular roubado, os dois rapazes. Aqueles sim que são uma verdadeira minigangue e nem tanto míni. Contei até sobre o presente da Alis no dia seguinte.

– Admirável a tua amiga, foi gentil.

Depois Sandro fica um pouco perplexo.

– Mas, então, o que eu posso fazer por você?

– Bem, queria saber quem é esse rapaz, talvez tenha pago com cartão de crédito, ali tem o sobrenome ou ele pediu uma fatura, ali tem os seus dados, o seu endereço...

E Sandro me olha assim, curioso, desconcertado, até mesmo atordoado. Depois, levanta a sobrancelha talvez não completamente convencido da minha história. Procuro, de todas as maneiras, fazê-lo entender que é tudo verdade e não vejo outro jeito senão dizer pra ele.

– O rapaz, aquele que me deu o CD, eu gosto muito dele...

E pela primeira vez eu o vejo sorrir. E talvez porque ache que eu poderia ser sua sobrinha, ou que, no fundo, está para começar ou poderia começar uma história de amor ou simplesmente porque dessa vez ele acredita que eu não lhe falei uma mentira, diz:

– Vem comigo e vamos ao escritório aqui atrás.

Percorremos um longo corredor. Em cima da porta tem uma placa escrito "Administração. Proibida a entrada".

– Vamos, vem, vem, não se preocupe.

Abre a porta e me deixa entrar, depois senta a uma escrivaninha, liga o computador, a seguir abre uma gaveta com as notinhas e começa a examinar.

– Bem, 15 de setembro... Livros, livros, filmes, CD duplo, mais livros, livros. Aqui. Essa pessoa comprou só um CD. James Blunt, *All the lost souls*, nota número 509. – Olha no computador. – Comprado às 18h25.

Sim, agora sim. É ele mesmo. Tinha saído por alguns segundos. Sandro procura ainda a forma de pagamento. Sinto o meu coração bater cada vez mais forte. Sandro sorri. Apenas um segundo, um instante. Depois, aquele sorriso desaparece do seu rosto. Me olha por detrás do computador e não mais sorri.

– Não, sinto muito, 20, 40. Ele pagou em dinheiro.

– Obrigada mesmo assim.

Saio da loja abatida. Nada. Não tenho mais chances, nunca mais verei Massi. Mas não sabia o quanto eu estava enganada.

Tomo o ônibus e tudo me parece triste, sem cor, quase preto e branco. Tem pouca gente e todos parecem apagados, nenhum casal, alguém que esteja rindo, que escute um pouco de música, que marque o tempo mexendo com a cabeça. Não há nada a fazer, um sonho se acaba e a realidade parece ainda mais feia. Opa! Devo escrever isso no diário das minhas citações. Na verdade, ele não está comigo agora, queria tanto escrever agora! Juntei, sim, algumas citações minhas, mas escrevi no meu diário da escola e no celular que me roubaram.

De repente, me lembro do *e-mail* que Clod me escreveu ontem. Ela está lendo um livro de Giovanni Allevi de que, aliás, gosta muito, nem tanto pelo modo como ele toca, mas por como ele é; o livro se chama *La musica in testa*. Ela me mandou uma coisa que acho muito legal e que agora me serve muito: "Quando você persegue um sonho, encontra no seu caminho muitos sinais que te indicam a direção, mas se você tem medo não os vê". Taí. Você não vê. Na dúvida, até olho para trás. Será que o celular que a Alis me deu terá o mesmo fim do outro? E, para me sentir mais segura, mudo o telefone do bolso de trás para o da frente. Bem, me sinto um pouco mais aliviada. Como era aquela frase que tinha no celular? Sim, para ser franca, tinha uma só. Sim, me lembro: "Não existe nada mais belo que uma coisa iniciada por acaso e que termina bem!".

Eu gosto muito dela, e não porque me faz pensar novamente no Massi e em tudo aquilo que poderia ter acontecido... Ei, esse é o meu ponto! Toco a campainha em cima da hora e o ônibus freia bruscamente. O motorista me olha sempre pelo retrovisor e depois balança a cabeça. Uma senhora gordinha não consegue segurar a tempo a barra de ferro e cai em cima de um homem idoso. Mas ele não se aborrece. Até sorri. A senhora pede desculpas de todas as maneiras possíveis. E ele continua a sorrir.

– Não tem problema. Não aconteceu nada.

No entanto, eu desço e também sorrio. Quem sabe a minha distração tenha mudado o destino de alguém?

O ônibus arranca, passa por mim enquanto caminho. Vejo ele e ela, o velho senhor e a senhora gordinha conversando, rindo. Talvez tenha nascido um novo casal. Talvez a gente nunca saiba, mas às vezes somos exatamente nós que fazemos acontecer alguma coisa na vida dos outros. Às vezes querendo, às vezes não. Chego no portão de casa e vejo todos ali, como sempre. Como antes. As garotas sentadas no murinho, os garotos jogando bola. Correm pelo pátio suados e apaixonados com as redes improvisadas que saem de uma garagem com a porta enferrujada; e do outro lado, a trave é uma bomba verde de água, um pouco amarelada pelo sol, e logo depois, alguns metros mais adiante, os casacos pelo chão. Os garotos do prédio. Correm, gritam os nomes deles.

– Vai Bretta, vai Fábio! Passa, vai! Fábio, Ricky, vai Stone, vai.

Passam de um para o outro a bola meio murcha, suja, marcada por tantos chutes. E correm. Correm debaixo do último sol, suados por aquela tarde de jogo, usando tênis vagabundos nos pés, sapatos velhos de festa consumidos por aquelas pedrinhas do asfalto irregular. Depois, os torcedores do prédio. Anto, Simo, Lúcia, Adele. Uma chupa um pirulito, uma outra folheia, chateada, um velho número de *Cioè*. Eu o reconheço. Tem pelo menos alguns meses. Trazia dentro o pôster do Zac Efron. A outra procura desesperadamente no seu iPod, que na verdade é um velho tocador de MP3, sabe-se lá qual música. Eles me veem. Adele me diz: "Oi, Ca".

Anto levanta a cabeça e faz um sinal com o queixo, Simo sorri pra mim. Lúcia continua a chupar o pirulito e esboça um "o..." que deveria ser um oi, não fosse pela vontade de engordar a todo custo.

E voltam a olhar para aquele jogo improvável. E eu dou oi para todos eles, como sempre, o meu mítico "Oiiiiiiiiiiii!" e vou embora. Entro correndo na portaria, subo pelas escadas de dois em dois degraus, correndo. E, passando pelos andares, vejo os garotos pelo vidro. Ricardo corre como um louco. Está com a bola nos pés. E não passa para ninguém. Bretta está ali, a seu lado, corre ao lado dele, o segue. Estão juntos no time.

– Vamos, passa a bola! Passa! – Mas Fábio, que joga contra, é mais rápido e rouba deles e vai em direção à rede oposta junto a Stone. E Bretta fica com raiva, se vira e também corre em direção à sua rede.

– Eu disse a você para passar a bola, eu te disse! – Muito tarde. Stone e Fabio fazem um gol com um chute forte sobre a porta enferrujada da garagem que ecoa pelas escadas até o último andar. Ricky fica parado no meio do pátio com as mãos nos quadris. Respira fundo para recuperar o fôlego. Depois joga os cabelos para trás com as mãos. Estão suados, compridos como sempre. Bretta passa zangado ali perto e dá um chute num pregador quebrado que caiu de algum secador de roupas.

– Está três a zero para eles...

– Tranquilo. Agora a gente se recupera.

– Sei, quero ver...

Depois Ricky olha pra cima, em direção às escadas. Me vê. Nossos olhos se cruzam. Sorri pra mim. E eu um pouco vermelha escapo. Corro veloz pelas escadas e num segundo estou novamente ali. Naquela época. Três anos atrás. Eu tinha onze anos e ele treze. Eu era apaixonadíssima por ele. Aquele tipo de amor que a gente não sabe bem o que significa, que não sabe onde começa nem onde termina. A gente gosta de ver, de encontrar, de falar, você acha ele simpático e se passa um tempo sem se ver, sente falta. Enfim, aquele amor que é muito lindo... porque é impossível. É amor em estado puro. Sem a sombra de um pensamento, só felicidade e sorrisos. E vontade de dar presentes, como aqueles que a gente tem vontade de receber dos pais e que às vezes eles não dão porque naquele caso não é dever deles.

Catorze de fevereiro.
Dia de São Valentino[13].

Foi a minha primeira vez. O meu primeiro presente para um homem. Um homem... um rapaz! Um rapaz... um menino. Vou parar por aqui, porque depois do que eu descobri sobre ele, não sei mais que palavras usar.

Trim.

– Carolina, abre porque estou com as mãos sujas, estou cozinhando...

– Sim, mãe.

– Antes de abrir, pergunta quem é!

Levanto os olhos para o teto. Que saco! Diz sempre as mesmas coisas!

– Ouviu?

– Ouvi, mãe. – Chego na porta. – Quem é?

– Ricardo.

Abro e vejo ele na minha frente com seus cabelos compridos, tão compridos... mas penteados. Com uma camiseta jeans leve, combinando com os olhos azuis, um sorriso feliz, sem nenhuma vergonha e que acaba chamando a atenção para aquilo que traz nas mãos.

– Toma. Trouxe isso pra você.

– Obrigada.

Fico parada ali na porta. Depois pego aquele pacote, viro de um lado para o outro, para ver melhor. É um banquinho de ferro com dois corações sentados. São de tecido vermelho, um coração tem trancinhas, o outro, cabelos pretos.

– Somos nós dois... – Ricardo sorri. – E ali embaixo tem chocolate.

– Segura – devolvo pra ele –, espera, vai abrindo pra mim. Eu vou lá dentro um instante.

E volto logo depois, exatamente quando ele consegue tirar a fita e rasgar o papel transparente, pegando um chocolate dentro da caixa e vendo qual é o sabor. Mas eu sou mais rápida. Ele não esperava.

– Toma.

Também dou um presente para ele; Ricky olha para o pacote confuso, com ele nas mãos.

– É pra mim?

"Claro!", eu queria dizer. E para quem mais? Mas sorrio e digo que sim com a cabeça. Ele fica feliz e abre correndo o seu pacote. E fica com ele nas mãos. Um bonezinho.

– Que legal. Azul como eu gosto. Foi você quem fez?

– Que nada! – Rio. – As iniciais, sim! – E mostro para ele na borda: R e G. Ricky Giacomelli. Mas é mentira. E quem sabe fazer! Costurar? Só sei colocar a linha no buraco da agulha. Pior do que as rosas do jardim. Mas tive que arrumar a cozinha não sei quantas vezes para ter a coragem de pedir à minha mãe para fazer aquelas iniciais no bonezinho. E não era porque tinha que arrumar a cozinha, mas por causa das perguntas que eu já sabia que ela ia fazer sobre aquelas iniciais. Para quem é? E por que você está dando de presente para ele? O que vocês fizeram? E o que a gente fez, mamãe! Isso é problema nosso. Mesmo porque não existe nada pior do que não ter a coragem de admitir nem pra gente mesmo que não sabemos o que fazer... Você não imagina absolutamente nada.

Ricky experimenta o boné.

– Ficou bom?

– Ficou – sorrio, e ficamos assim, na porta, olhando um para o outro. Depois Ricky pega um chocolate.

– Você gosta amargo?

– Adoro.

E dá pra mim. Ele pega um de *gianduia*. Desembrulhamos juntos, nos olhando, sorrindo, amassando os papéis de alumínio dourado. Depois, ele pega o papel da minha mão e coloca junto do seu, fazendo uma bola dourada maior, deixa ela cair no vazio e golpeia no ar com um chute, ela faz um arco e voa para fora por uma janela aberta sobre as escadas.

– Gol! – Se faz de vencedor e levanta as duas mãos para o céu. E eu bato palmas, divertida.

– Muito bem, muito bem!

Mas em seguida tudo volta ao silêncio das escadas. Naquela tarde de inverno, a um passo daquela chuva fininha que caía mais pra lá, onde aquela pequena bola de futebol improvisada aterrissou. E assim, ficamos em silêncio nos olhando. Ricky tira o bonezinho. Brinca com ele entre as mãos, agora um pouco envergonhado. Olha para baixo, olha para as suas mãos, depois novamente nos meus olhos. Eu faço o mesmo. De repente, Ricky se aproxima, sua cabeça se inclina na minha direção... Como se... Como se... Sim, ele quer me beijar. E eu em direção a ele. Exatamente hoje, o primeiro beijo, São Valentino, a festa...

– Que bonitinho! Os dois namorados vão se beijar!

Minha irmã, que idiota!

– A gente estava se despedindo!

– Eu sei... então se despeçam depressa – disse lá de dentro minha mãe – porque o almoço está pronto.

Felizmente ele vai embora.

Nos olhamos só por um instante, embaraçados. Depois Ricky procura resolver a situação.

– Você vem hoje de noite?

– Onde?

– Na casa do Bretta, tem uma festa.

– Ah, é, claro! Eu tinha esquecido completamente!

E ficamos na porta, nos olhando em silêncio.

– Pra mesa! – Volta outra vez minha irmã. E ri. Juro que a odeio.

– Bem, então tchau. A gente se vê de noite. – E fecho a porta.

Ricky sobe correndo, feliz, coloca o boné. E sorri. Hoje de noite eu vou vê-la. Mas não falava de mim! Falava da Rosana. E sabem quem é? A mãe do Bretta. Pois é. Porque isso eu descobri só na noite da festa. E fez o mundo desabar na minha cabeça. Uma desilusão enorme. Depois entendi que o mundo masculino não pode deixar o nosso desabar. É feito dessa maneira.

Agora vou contar para você o que aconteceu, o que já estava acontecendo há várias semanas sem eu saber. Juntei indícios, detalhes e até o Bretta me contou algumas coisas. Mas eu nunca iria acreditar que o Ricardo, aquele rapaz romântico e bonito que tinha me dado aquele banquinho com os dois corações apaixonados, pudesse chegar a tanto.

Ricardo mora na cobertura do meu prédio e exatamente em frente fica o prédio do Bretta. Na verdade, o seu nome é Gianfranco. De onde e como surgiu Bretta, nunca entendi. Mas essa é outra história. E, sinceramente, muito complicada pra mim. Bem, um dia Ricardo estava estudando no quarto dele. Uma daquelas tardes chatíssimas em que a gente não consegue colocar nada na cabeça. Ele estava ali, começava a escurecer, e ele estudava na escrivaninha em frente à janela ainda bem iluminada e sem ter acendido ainda a luz da mesa, quando, de repente, no prédio em frente ao seu, no apartamento do Gianfranco, quer dizer Bretta, se não a gente se atrapalha, uma luz se acendeu. Apenas um instante. Como se estivesse acontecendo alguma coisa. Aquele quarto vazio, aquela luz acesa, ninguém entra, aquela expectativa que vai criando um lento suspense. E, então, Rosana entra naquele quarto. Está nua, completamente nua, sem nada por cima dela. Acabou de tomar banho. Ela enxuga os cabelos, apertando com uma toalha. Ricardo não consegue acreditar nos seus olhos. Levanta da escrivaninha e fecha a porta do seu quarto, mesmo sem ter ninguém em casa, só para se sentir seguro. E continua olhando pra ela.

Ela, Rosana, a mãe do seu amigo, não é exatamente bonita, mas que peitos grandes ela tem. E, depois, não sei, só o fato de... sim, quer dizer, de olhar para ela de qualquer maneira. Claro, isso o deixa mais excitado ainda. Rosana joga a toalha em cima da cama e desaparece, saindo do quarto.

Ricardo ainda fica mais um pouco na escrivaninha, esperando. Os segundos passam, os minutos também, enquanto o seu desejo permanece. E assim, depois de um tempo, sem aguentar mais, tem uma ideia. Vai até o quarto de sua mãe, nem todo mundo já tinha celular, mas sabia que na casa do Bretta eles não tinham o identificador de chamadas no telefone fixo e discou o número da casa do amigo. Depois, correu de novo para sua escrivaninha e se sentou ofegante e ainda mais excitado. Pouco depois vê Rosana entrar de novo no quarto. Ainda está nua, mas com os cabelos um pouco mais secos. Ela corre em direção ao telefone, levanta o fone, porém do outro lado não tem ninguém, lógico.

– Alô? Alô?

Ricardo sorri, depois desliga o telefone olhando pra ela, enquanto balança a cabeça, nua. Aperta os cabelos, abre o armário indecisa, sem saber o que vestir. Fica ali com o seu corpo que aparece de vez em quando, nu e rosado, por aquela porta do armário meio aberta. É possível ver as costas que de longe cheiram a sabonete e creme. E aquela toalha úmida jogada em cima da cama e aquela sensualidade que sai pela janela semiaberta. Rosana sai do quarto. Ricardo disca outra vez o número. E ela volta nua como antes. E se aproxima do telefone. E Ricardo já está de novo ali em frente, na sua escrivaninha. E vê que ela responde, nua como sempre.

– Alô? Alô? – Rosana espera um segundo, olhando para o fone mudo. – Mas quem está falando?

Depois se vira exatamente na direção dele, com os peitos nus, grandes, ainda maiores à luz daquele quarto. Ricardo sorri na penumbra, no silêncio do seu quarto, ouve-se apenas o barulho de um zíper sendo aberto, o das suas calças. Depois, um gemido excitado que se perde entre os seus movimentos e aqueles da mulher em frente. Ela se curva, veste lentamente uma calcinha tirada de uma gaveta do armário, muito embaixo ainda para ser excitante. Essa história, quando Ricardo está em casa sozinho, continua por várias semanas.

Rosana é uma mulher que no fim do dia gosta de tomar um banho e não tem problema nenhum em andar nua pela casa. Geralmente ela está sozinha e, com frequência, é obrigada a atender aquele telefone mudo. Enquanto Ricardo está sempre ali, na penumbra do seu quarto, e olha para ela. Sorri. Imagina estar ali. Perto dela, no quarto ao lado. Sentado naquela cama. Se ela se afasta por acaso, Ricardo vê as luzes da sala ou do banheiro se acenderem e, então, disca o número de telefone dela para que ela volte ao quarto, para vê-la de novo, para poder admirá-la em toda sua nudez. Ela tão carnuda, com aquele peito grande. E tudo parece continuar quase de maneira perfeita, no limite da monotonia.

Até aquela noite.

14 de fevereiro, São Valentino, o Dia dos Namorados por aqui. E também o aniversário do Bretta.

– Oi! Oi! E aí?

Todos se beijam, uns depois dos outros, aquela quantidade de garotos e garotas que entram na casa do Bretta. Anto, Simo, Lúcia e toda a turma dos dois prédios. Bretta convidou todo mundo, claro. Ricardo também chegou, cumprimentou educadamente a mãe do Bretta, Rosana.

– Boa noite, senhora...

– Como vai, Ricardo, tudo bem?

– Bem, obrigado e a senhora? – E sorriem um para o outro, muito educados no papel de ambos. Ricardo vê que ela se afasta com aquele vestido longo, observa como ela se junta lentamente aos outros convidados. A mãe do Bretta fala com os outros e mesmo que aquela túnica seja escura, Ricardo consegue distinguir aquelas curvas que ele conhece muito bem.

Quem sabe se ela colocou aquele sutiã vinho de renda ou aquele outro preto transparente... Mas de repente ele é raptado, ou melhor, chamado à realidade.

– Ricky, vamos sentar perto?

Olho para ele e sorrio, pensando ainda no banquinho com os dois corações que ele me deu de presente, no chocolate que comemos juntos, naquele silêncio embaraçante, mas tão romântico... E depois também na minha irmã, aquela idiota!

– Claro! Vem, vamos logo sentar juntos, antes que os outros peguem os lugares.

Um segundo depois, já estamos à mesa. Logo em seguida, todos chegam como se a gente tivesse iniciado o jantar.

– Olha, eu sento aqui.

– Eu sento na cabeceira.

– Não, aqui é a Maria.

– Aqui, a Lúcia.

E no fim, depois de uma rápida discussão, estamos todos sentados. Somos dezoito. E eu estou muito feliz. Ricardo está do meu lado direito e a certa altura, afasta a toalha e diz:

– Olha... – Me mostra o seu bolso esquerdo.

Nãooo... Que amor! Está com o bonezinho azul que eu dei pra ele. Com as minhas iniciais. Bem, da mamãe, mas ele nem desconfia que saem do bolso dela. Sorri para mim, eu aperto a mão dele por debaixo da toalha e, justo naquele momento, chega a mãe do Bretta.

– Aqui estão as primeiras coisas para comer. Então, preparei salgadinhos deliciosos, *mozzarella, supplì*[14], *fiori di zucca*[15]... começamos com as *olive ascolane*[16]. Deixem que eu sirvo vocês, hein...

Ela passa por trás de nós e coloca no prato de cada um o primeiro salgadinho.

– Aqui está, uma azeitona pra você, outra pra você, uma pra Lúcia... – Que está sentada um pouco antes de Ricardo, mas quando chega a vez dele, estranhamente ela passa adiante. – Essa é da Carolina. Essa é pra você... e essa pra você, Adele. – E termina a roda. E todos comemos a nossa azeitona... Eu como só a metade.

– Quer um pedaço? – Levo até sua boca, mas ele balança a cabeça.

– Não, não, obrigado, não estou com vontade.

Então coloco o outro pedaço na boca. Claro, tá na cara que ele disse pra ela que não gostava! Naquele momento, Rosana volta com outra travessa grande.

– Agora é a vez dos *supplì*! – E começa a passar em volta da mesa. – Um pra você, um pra você também... – Estão muito quentes, ela segura com um guardanapo para não se queimar e apoia nos pratos que temos em nossa frente. – Esse é pra você, e esse pra você, Lúcia... – E pula de novo o Ricardo. – Esse é pra Carolina!

A essa altura, Ricardo se vira pra ela, sorrindo.

– Desculpe, Rosana, mas é a segunda vez... não colocou nada no meu prato.

Rosana para, se vira para ele e sorri.

– Bem, o que é que tem... pra você eu faço *strip-tease*, não é verdade?

Ricardo fica vermelho instantaneamente, os outros continuam em silêncio e se olham sem entender o que aquela frase significa. Bretta e Stone, ao contrário, riem entre eles e olham para o Ricardo, que gostaria de se esconder debaixo da mesa. E o jantar continua, ele fica em silêncio, não conversa com ninguém e, claro, não come nada. Passa o resto da noite num canto do salão com um sorriso estranho, olhando para nós que fazemos um jogo de perguntas na mesa. De vez em quando me viro, olho pra ele e lhe dou um sorriso, para ver se ele fica mais animado, mas nem sei mesmo o que dizer, se devo convidá-lo para jogar com a gente ou não. Ele também sorri, mas parece muito triste, e nós estamos nos divertindo pra caramba enquanto ele mal pode esperar que a festa acabe. Do dia seguinte em diante, Ricardo passou a estudar com a veneziana do quarto fechada. Aqueles estranhos telefonemas mudos para casa do Bretta nunca mais se repetiram. E, claro, a nossa história de amor começou e acabou naquele 14 de fevereiro.

E, assim, volto ao presente. Vendo que ainda jogam no pátio. Come se o tempo não tivesse passado! Conseguem até fazer um gol contra Stone, e Rick e Bretta se abraçam! Coisa de louco. Se alguém espiasse minha mãe daquele jeito eu lhe quebraria a cara, nunca mais ia abraçá-lo. Como será que o pegaram? Essa é uma das coisas que nunca vou saber. E, assim, abandono os meus amigos do pátio. Talvez para sempre. E acho que vou sentir um pouco a falta deles. Como era engraçado brincar de tarde, depois daqueles poucos deveres de casa que os professores passavam. As brincadeiras preferidas eram cabra-cega, amarelinha *e* pula elástico. Eu era muito boa no elástico, na amarelinha mais ou menos, de cabra-cega não gostava mesmo. A brincadeira que eu mais adorava era esconder. Uma vez, consegui salvar o mundo passando pelo jardim dos nossos vizinhos. É cheio de plantas, de urtigas, de sarças do outro lado. Mas eu atravessei todos eles, como se fosse o último Rambo! E, no fim: "Um, dois, três, Carolina salva o mundo!". Fui o ídolo do dia. Talvez porque todos tinham sido descobertos e eu era a última que podia salvá-los, e foi o que aconteceu. E sabem quem estava debaixo? Ricardo. Eu ainda não sabia nada daquela história. E pensar que eu escrevia o nome dele no meu diário todas as noites. Ainda não tinha o celular onde esconder tudo. É... às vezes a vida te dá a chance de se vingar sem que você perceba.

Toco a campainha. Ainda não me deram as chaves de casa. Mal entro e mamãe cai em cima de mim.

– Posso saber por onde você andava?

– Estava na escola. Tinha que fazer uma pesquisa com minhas colegas

– E por que não me avisou? Deixasse um bilhete. Qualquer coisa! Será possível que eu sempre tenho que ficar preocupada com você?

Vejo que o rosto dela está vermelho. Fatigada. Cansada. Estava passando roupa depois de um dia de trabalho. Mamãe, eu fui procurar pistas do Massi! Mas não seria mesmo o caso de dizer isso para ela.

– Mãe, olha... – Pego no bolso o celular novo que a Alis me deu. – Achei o celular!

– Bem... Fico contente. – Suspira. Ainda está zangada. Depois me abraça. Se abaixa, me aperta com força. Depois se afasta e me olha nos olhos.

– Você não deve me deixar preocupada. Se não sei onde você está, fico doida. Já chega os seus irmãos... – Despenteia os meus cabelos. – Não quero que você também faça isso.

Nesse exato momento, chega Alê. Sorrio pra ela enquanto se aproxima.

– Achei meu celular velho. Toma – meto a mão no outro bolso e pego aquele novo que mamãe me deu – esse é pra você...

E lhe entrego o celular. Alê pega e guarda. Depois, olha pra mim com uma careta.

– Claro... Você acha que eu aceito restos! – Se vira e vai embora. Dando de ombros, bufando, irritada. De qualquer maneira, o celular novo, o lixo, na sua opinião, ficou com ela.

A tarde foi muito calma. Estudo tranquila na cozinha enquanto mamãe costura. Repito, de vez em quando, em voz alta, e quando o faço, vejo que ela sorri. Ela desliga a TV que estava vendo quase sem som. "Senão você pode se distrair..."

De repente, ouço o celular tocar. Tiro do bolso sem que ela veja. Abro e vejo que acabo de receber um torpedo. É Alis. Dou uma olhada na mamãe. Ela não percebeu nada. Abro. Nãooo! Incrível!

"Oi. Consegui fazer a Celibassi convidar vocês duas. A Clod vai sozinha. Eu passo pra te pegar às oito e meia, ok?"

Sem pensar, mando o torpedo de resposta. Perfeito! Com muitos sorrisos. Mas agora, peço à mamãe. Ela sempre quer ser avisada três dias antes. Como se de repente tivesse percebido alguma coisa, mamãe se vira pra mim.

– Você quer comer a massa com atum hoje à noite? A Alessandra também gosta. Já que Giovanni não vai estar em casa. O que você me diz?

– Pois é, mãe. Queria mesmo falar sobre isso... Eu sei que devia ter te avisado antes, mas não sabia, quer dizer, não é que eu não sabia, é que eu esperava, porque não tinha sido convidada.

Enfim, eu a enrolo de um jeito, de um modo que, no fim, ela fica obrigada a dizer sim, como um alívio para ela. Disse que todas nós íamos, até os professores do meu ano de escola, que lá decidiríamos o próximo curso que faríamos, que todas as minhas amigas estariam lá, e depois eu dizia sempre "Mas se você quiser, eu não vou...", que é a melhor coisa para fazê-la ceder, e que, enfim, era uma festa elegante.

Finalmente ela me diz:

– Me faz o favor, vai, vai. Fico feliz que você vá!

Eu não espero que ela repita duas vezes. Do meu fingido ar deprimido e levemente indeciso, me agarro rapidamente à minha pequena vitória.

– Obrigada, mamãe! – E pulo em cima dela, para abraçá-la e beijá-la. Aperto seu pescoço com força e lhe dou um beijo de amor ali, mas digo principalmente uma frase que não foi nada difícil pra mim:

– Te amo muito, mamãe, tchau! – e corro para o meu quarto. E começo a tirar a roupa do armário. O top preto. Os jeans escuros, mas talvez os Ratos estejam lá. Devo jogar meu charme em cima do Matteo a essa altura, Matt como ele quer que a gente o chame. E Massi? Não penso mais no Massi? É, é mesmo. Coloco o CD, escuto e danço enquanto me arrumo. Escolho qualquer coisa e me visto, já que ninguém pode entrar no meu quarto. Zona franca! Acesso proibido! Coloquei três cartazes na porta. E, assim mesmo, Alê não faz cerimônia. Entra sem bater.

– Ei, desculpe, pode abaixar o volume que eu estou estudando!

Ela é assim. Não diz mais nada, vai embora, mais antipática do que nunca. Finalmente, escolho uma calça comprida Miss Sixty para mostrar para mamãe. Vejo que Alê, mesmo eu tendo diminuído o volume da música, foi pra sala e, assim, me enfio no quarto dela e logo encontro aquilo que estava procurando. O inacreditável entre mim e a minha irmã é que vestimos o mesmo número embaixo... Ainda bem, assim posso pegar tudo o que eu quero, exatamente como fiz agora. Com relação à parte de cima... bem, ainda devo esperar um pouco. Mas não estou preocupada, tudo está indo na direção certa. Volto para o meu quarto, pego outro item que na minha opinião ficam muito bem em mim: a maquiagem, mesmo que agora eu só esteja usando um pouquinho de rímel. Coloco tudo dentro de uma pequena sacola e, sem ser vista, saio até o corredor e chamo o elevador. Bem. Chegou. Entro na ponta dos pés e coloco a sacola naquele pequeno compartimento debaixo das lâmpadas. Depois, volto tranquilamente. Fecho a porta bem devagarinho e, na ponta dos pés, entro no meu quarto. Coloco outra vez a música do Massi. É muito linda. Danço por um segundo com os olhos fechados e sonho... De repente, torno a abrir. Talvez eu nunca mais o encontre e isso me destrói. Me jogo em cima da cama e folheio rapidamente o livro que estou lendo, *Desculpem se eu tenho quinze anos*, e releio a frase de que tanto gostei ontem. "Conhece a ti mesma melhor do que conseguirás conhecer certa pessoas. Elas acabam aprisionadas e interrompem o fluxo do sangue nos seus corações e sorriem como se fosse a coisa mais natural do mundo." Mas, pensando bem, não estou muito convencida disso. Outra de que eu gostei é essa: "Estou perdendo a mim mesma, perdendo-me em alguma coisa que nem sequer consigo encontrar. Talvez esse seja o problema. Não consigo encontrá-lo. Não consigo alcançá-lo. Não consigo mesmo chegar". E olho para fora. A noite que avança. As primeiras estrelas que vejo brilhar. Como estou poética... É que estou com vontade de me apaixonar. Exatamente nesse momento recomeça a música do CD do Massi, é o destino! E como se não bastasse, o celular vibra em cima da mesa. É Alis.

"Desce?"

Respondo correndo. "*Five minutes.*"

Estou um pouco *english* hoje.

– Mamãe, estou bem assim?

Entro na cozinha em toda a minha tranquila beleza. Mamãe apoia a agulha, a linha e a meia que estava remendando sobre a mesa. Depois me olha, me analisa de cima a baixo, roda à minha volta com os olhos e sorri.

– Sim.

Tudo parece correr bem.

– Já estão aqui em baixo?

– Sim.

– Ok, vai e não chegue tarde. Deixa o celular ligado e perto de você. Às onze em casa.

Dou um beijo correndo no rosto dela e saio em disparada antes que papai chegue. Com ele, as coisas seriam mais duras. Entro no corredor e, exatamente naquele momento, sai o nosso vizinho do apartamento da frente. Não, essa agora. O que faço? É um cara simpático. Se chama Marco, trabalha na TV e deve ter uns quarenta anos. Devo tentar. Abro a porta do elevador, depois olho pra ele sorridente.

– O que quer fazer, descer pelas escadas para manter a forma ou tomar o elevador?

Marco me olha perplexo, levanta a sobrancelha.

– Por quê? Acha que eu engordei?

"Alguns quilinhos acho que você ganhou". Mas e se eu digo isso e ele se ofende? É difícil nesses casos. É preciso usar diplomacia e eu, infelizmente, às vezes não consigo. Ou então ser espirituosa. Nisso sou melhor.

"O que você prefere... Uma mentira ou uma dramática verdade?"

"Entendi." Sorriu, mas acho que ele não gostou muito da brincadeira.

"Não... Eu estava brincando!" Mas não lhe dou tempo para mudar de ideia. Entro no elevador, fecho as portas e aperto o botão do térreo. Assim que o elevador começa a descer, aperto o botão de emergência. Tenho poucos segundos para me trocar. Assim, rápido. Apanho a sacola que estava em cima, pego as coisas de dentro e tiro a roupa na maior velocidade. Tiro os sapatos, a calça, a blusa e visto o top, a saia curta e as botas. Junto tudo que está no chão e enfio dentro da sacola, depois pego a maquiagem. Começo a passar um pouco de rímel e mais um pouco de blush e de delineador; isso, estou pronta. Naquele momento, ouço alguém no térreo que bate na porta e grita.

– Elevador! Elevador!

Mais uma outra voz. – Mas como está parado?

Guardo também a maquiagem dentro da sacola e depois aperto o botão do térreo novamente. Tenho a sensação de estar como naqueles filmes de ação *Missão impossível*, só que sem o Tom Cruise e principalmente... sem poder mudar de cara como ele. Assim, quando chego no térreo, abro a porta. Dou de cara com Marco, perto da senhora Volpini, aquela do segundo andar.

– Mas o que aconteceu?

– Ah... – sorrio ingênua, o mais jovial e menina que consigo aparentar.

– Não sei, o elevador parou.

Mas Marco, que deve ter um olho bom e uma ótima memória, primeiro vasculha melhor dentro do elevador para ver se por acaso encontra uma outra eu e depois balança a cabeça.

– Essa é a razão por que engordei de repente.

– É... – Sorrio andando em direção ao portão. – Viu? Um pouco de movimento e você já perdeu tudo rapidinho!

E corro pra fora. Depois, paro e me vem uma dúvida. E se fosse como eu estou pensando? Perceberia alguma coisa? Acho que sim. A uma mãe nunca escapa nada, nem de longe. Abro o celular e telefono pra casa. Alê responde.

– Posso falar com a mamãe?

– Onde você está?

– Chama a mamãe.

Ela não me responde. Apoia o telefone e a ouço chamar enquanto se afasta.

– Mamãe, telefone...

Fico com o celular perto do ouvido, me debruço um pouco da porta e a vejo naquele exato momento sair na janela. Eu sabia que ela estava ali! Não espero mais e começo a correr em direção ao portão. No entanto, ouço sua voz no celular.

– Sim, quem é?

– Sou eu.

– Carol, o que é? Onde você está?

– Já estou no carro com Alis.

– E por que me telefonou?

– Queria te dizer uma coisa. Te amo muito, mamãe.

Ouço-a sorrir do outro lado da linha, mais doce e mais mãe do que nunca e por um instante me sinto culpada.

– Eu também! E não chegue tarde.

– Claro, mamãe... – Desligo e me sinto mais calma, sem o sentimento de culpa e entro no carro de Alis com uma única certeza: hoje vamos nos divertir à beça!

Alis parte a mil por hora.

– Oba! Sabe quem vai estar lá?

E começa a desfiar uma série de nomes que não acaba mais e que quase já não me lembro depois de alguns minutos. Enquanto fala, dirige a uma velocidade incrível. Alis agora é um monstro com o seu minicarro. É danada, comprou um Aixam branco e mandou fazer tudo rosa por dentro e mandou pintar do lado de fora dois grandes olhos iguais aos da Hello Kitty. E também fez a instalação para o seu iPod! Assim, podemos ouvir a nossa música. Coloco uma que eu adoro: "Stop! Dimentica", de Tiziano Ferro. E danço no compasso da música. Depois, me vem uma dúvida.

– Escuta, mas como você fez?

– O quê?

– Como você conseguiu fazer pra ela convidar eu e a Clod?

– Ah, fácil. Eu disse que vocês estavam organizando uma festa que vai bombar na Supper, sabe aquele lugar todo branco onde é dificílimo entrar?

– Mas nós não estamos organizando nada.

– Mas ela não precisa saber...

– E se descobrir?

– Vocês mudaram de ideia. Por que, a gente não pode mudar?

– Você é louca.

– Sim, como uma borboleta maluca. E estaciona com uma guinada brusca e eu bato com a cabeça contra a porta e quase cairia para fora pela janela se não estivesse fechada!

– Ei, você freou de repente!

E ri. Desliga o iPod e coloca no bolso. Descemos. Vemos uma porção de minicarros estacionados ali. Sabia de quem eram: Samantha, Simone, Elettra, Marina. Como eu gostaria de ter um. Em breve vou fazer catorze anos. Quem sabe meus pais não estão pensando em me dar um. Já dei a entender a eles de todas as maneiras, cheguei até a adormecer várias vezes com um catálogo em cima de mim, aberto sobre o meu rosto, como uma revista! Mesmo usado, se eles quiserem economizar um pouco! Meus pais trabalham duro e em casa não posso dizer que eles deem muito dinheiro pra nós. Claro, eu tenho a minha mesada, estudo numa boa escola e não posso me queixar. Minha irmã Alê teve uma Vespa mais ou menos aos catorze anos e meio. Rusty James aos quinze anos, mas desde então nunca mais quis nada e sempre se arranjou sozinho, inventando mil trabalhinhos, desde a organização de festas até um emprego num pub para poder comprar a moto que tem agora. O seu sonho é comprar um carro, ele sempre diz. "Quero um velho Mercedes Pagode como aquele do Richard Gere em *Gigolô americano*, eu compraria cor azul-celeste claro..."

Eu não vi esse filme, mas, se ele fala assim, o carro deve ser mesmo lindo!

Procuro melhor entre os minicarros dos meus amigos, tem um novo, é azul-escuro metálico, com números claros nas portas de diversos tamanhos. Parece como uma estranha sequência: um daqueles casos complicados tipo *Código da Vinci*. De quem será?

– Boa noite! – Alis cumprimenta o senhor que está na porta com uma lista na mão. – Sereni e Bolla.

Ele verifica a lista, depois com um sorriso se afasta para o lado, nos deixando passar. Que mansão! Que lugar maravilhoso. A entrada fica na curva do Parioli[17], sempre ouvi falar mas nunca tinha estado lá.

– Ah, chegaram! – Clod sai de uma árvore atrás da curva, estava escondida.

– O que você estava fazendo?

– Adivinha. Estava esperando vocês.

– Mais metade da turma está lá dentro. Você podia entrar.

– Nossa, como você é chata... Fiquei com vergonha, vamos, vamos entrar juntas.

E assim fizemos. Dobramos a esquina, e a casa apareceu em toda sua beleza. Parecia um daqueles velhos casarões que se veem nas fotos de campo, só que aqueles ficam, em geral, na Toscana ou na Úmbria... De qualquer jeito, fora de Roma, mas esse aqui está em pleno centro! E ainda por cima tem uma música no volume máximo.

"Os Finley!" Um DJ num canto em baixo do pórtico segue a batida com a cabeça, morde o lábio, usa um chapéu com a viseira ao contrário e nos cumprimenta levantando o queixo na nossa direção.

– Vamos curtir! – E coloca outra música "arranhando". – Lá vai!

Alis se afasta do grupo e alcança as garotas que dançam na borda da piscina, tira rapidamente os sapatos e fica descalça. A música é enlouquecedora. O cara percebe que agrada e aumenta o volume. E os amplificadores ecoam até chegar às estrelas. Alis está linda, muito bem-vestida. Só agora eu reparo. O vestido é todo de franjas, branco, com muitas cordinhas ou qualquer coisa do tipo que se mexe o tempo todo. Abre a bolsa que deixou ali perto, tira uma fita e coloca em volta da testa e agita a mão para cima, fazendo ela girar. Grita "Iuhuuu!", como se fosse uma garota selvagem a cavalo; não se pode fazer nada; ela, que em geral é toda certinha, enlouquece só de ouvir um pouco de música. E continua assim, pulando entre os outros, dançando por todos os lados.

– O que a gente faz, vamos também? – Olho para Clod esperando sua resposta.

– Não... estou com vergonha!

– Mas de quê?! Vamos nos divertir, olha que música. – E pego o braço dela. Puxo-a atrás de mim. – Não seja boba, vem! – Ela resiste um pouco e eu puxo.

– Ei! – E ri.

– O quê? – Eu rio.

– Você sabe! Ela é um saco.

Por um lado, ela quer vir, mesmo porque se ela parasse quem ia conseguir levá-la? E assim, desse jeito bobo, finalmente conseguimos chegar até Alis e começamos a dançar; vejo que lá estão outras da turma: Martina, Vitória, Stefy, Giuli e também Lallo e os outros... também vejo os Ratos. Luca e Fábio... Alguém bate nas minhas costas.

– Ei! Mas é você, Carol!

Me viro e sorrio: é Matteo, Matt! Continuo a dançar na frente dele e falo mais alto. Grito um pouco para superar a música.

– E o que você esperava?!

– Você... Mas não te reconheci. Você está linda.

Fico um pouco vermelha. Porém continuo a dançar diante dele, olhando nos seus olhos. Droga, lua, me ajuda, me diz que não dá para ver que estou vermelha como um pimentão. Me diz, por favor! E continuo a dançar olhando nos olhos dele e sorrio; estou completamente boba. Mas por que eu fico assim quando o encontro e ele me faz um elogio? Acho que ele já percebeu e faz isso de propósito. Finalmente consigo dizer alguma coisa mais ou menos sensata.

– Você está dizendo isso só porque eu estou um pouco maquiada.

– Não... Nem tinha notado. Vem!

E dessa vez ele me segura pelo braço e me puxa com tanta força que quase tropeço. E corro atrás dele enquanto Alis e Clod me veem saltar como atirada por um elástico.

– Ei, mas aonde vão? – Clod se aproxima de Alis.

– Então você não sabe que ela gosta do Matt, como ela o chama, há muito tempo?

Felizmente não consigo ouvir o que elas estão dizendo, já estou longe, além do jardim, além do bufê, arrastada pelo entusiasmo daquele louco do Matt. Ele percebe que eu vi a comida em cima da mesa.

– Vem, depois a gente volta pra comer alguma coisa, ok?

Digo que sim com a cabeça. Mas imagina se isso me interessa. E ele me arrasta para dentro da casa, atravessamos salões antigos cheios de quadros e de estátuas e de bustos de mármore apoiados sobre elegantes pilastras. Parece que a gente está dentro daqueles museus que visitamos algumas vezes com a escola.

– Vem, quero te mostrar uma coisa... – e Matt sorri pra mim. Acho até que está mais bonito de como eu me lembrava. Droga, como é a história? Ah, sim, ele foi para outra escola porque os pais se mudaram de casa. É alto, magro, cabelos louros-escuros, olhos cor de avelã. Uma mistura entre Colin Farrell, Brad Pitt e Zac Efron. Enfim, acho que você já entendeu de quem estou falando. Um supergatão. Como se não bastasse, ele se veste superbem: jeans militares, sapatos North Sails, suéter por cima da pele com gola V, cotoveleiras com costura dupla, um pouco mais escuras do que a cor da suéter, azul. Um mito. Mas o que você quer que eu faça? Não faça nada, diriam Clod e Alis. Ainda bem que elas não ouvem os meus pensamentos... e ainda bem que ele também não ouve! Pelo menos espero.

– No que você está pensando?

– Ah? – Vejo que ele sorri. – Não, em nada... Nada... No quanto essa casa é grande. – Ele sorri. Acho que ele não acredita em mim. Imagina. Fico vermelha de novo. E duas vezes.

– Pronto, chegamos!

Entramos numa sala cheia de antigos fuzis, arcabuzes e espadas e longas lanças, elmos e bandeiras estranhas. Matt me leva pela mão em meio a todas aquelas velhas armas, bandeiras e brasões até chegarmos a um manequim com um vestido incrível, feito de pérolas e pequenas pedras de mil cores e um corpete com losangos de prata e ouro branco um pouco mais claro e fios dourados que se cruzam como tramas mágicas. E com a mão me empurra até ali, depois me solta e assim vou parar atrás daquele manequim.

– Isso. Para aí... – E tira do bolso um Nokia 95. Eu reconheço de longe. Era o meu segundo preferido. – Quieta... Fica quieta. Isso, assim, deixa a cabeça reta!

E me encontro assim, imóvel atrás daquele manequim, como se eu também usasse aquele antigo vestido precioso. E ele aponta o celular na minha direção, me enquadra, depois tira a foto. *Flash*. – Pronto... – ele sorri. – Você é a minha princesa.

Nossa. Ele não brinca em serviço. E nem me dá tempo para pensar, segura novamente minha mão e quase me faz girar. Corro atrás dele tropeçando. Passamos por mais duas armaduras simples; depois, no fundo do quarto, para e me olha com um ar malicioso e também um pouco esperto.

– Xi, por aqui. É uma passagem secreta! – E se enfia por um caminho, uma passagem estreita que leva a uma escada iluminada com pequenas lâmpadas fracas que quase tremulam como se fossem velas. E eu o sigo por aquela escada de madeira em caracol até chegar a um pequeno portão.

"Irrrrr." Chia ao ser aberto. E saímos no grande terraço da casa. Como se tivéssemos chegado ali por uma pequena calha. É uma clareira grande sob o céu; no canto desse terraço existem quatro agulhas.

– Isso devia ser um verdadeiro castelo! Vem. – Matt segura minha mão mais uma vez e eu naturalmente o sigo. Na escuridão da noite, chegamos à borda do terraço. Vemos somente uma velha cerca branca descascada. Ele se encosta e se debruça um pouco para a frente.

– Olha, estão todos lá embaixo dançando.

Me debruço também. Vejo Alis lá no meio dos outros que está se acabando com a Clod, a Simone e todas as outras da escola. Agora, estão fazendo uma espécie de trenzinho, a música sobe até nós levemente acolchoada, entrecortada pelo vento que leva qualquer nota mais longe. Mais adiante, apenas as mil luzes das ruas que levam em direção ao centro.

– Está vendo aquele lá embaixo? É o Altar da Pátria[18].

Aponta longe com a mão. Procuro seguir o seu dedo em uma direção até que encontro. Ou, pelo menos, é aquele que deveria ser.

Depois eu também indico um.

– E aquele lá no fundo, todo iluminado, o que é?

Matt sorri pra mim.

– Deixa eu ver... – Fica com o rosto quase apoiado sobre o meu braço e depois avança aos poucos, procurando entender o que estou indicando, como se o meu dedo fosse um alvo. – É exatamente aquele que você está apontando?

– Sim, sim, claro... – Sinto o seu rosto quente sobre o meu braço; finalmente pega minha mão e me puxa para perto dele. Me olha nos olhos.

– Não sei, sei somente que as suas mãos estão frias. – Alguém já tinha me dito isso antes. Droga, quem foi? Ah, sim, Lorenzo. E o que foi que eu respondi? Ah, sim, incrível... Mãos frias, coração quente. Resposta terrível e batida. Porém, depois, Lorenzo me beijou. Sim, mas Matt é diferente. Arrisco.

– É, sim, um pouco. Mas não estou com frio...

Sorri. Me segura com a outra mão. Segura as duas entre as suas.

– É verdade, a outra está um pouco mais quente.

Me olha ainda nos olhos de modo intenso, muito intenso. Passa suas mãos pelos meus braços até o cotovelo, aos poucos está me aproximando. E ele também vai chegando mais perto. Não posso acreditar. Depois de dois anos. Dois anos. Não, digo... Dois anos! Queria gritar. Eu gosto dele há dois anos!

– Matteo!

Uma voz inesperada. Nós dois nos viramos em direção ao portão de onde saímos. Vemos uma moça e depois outras pessoas. E num instante é como se aquela magia esvanecesse. Matt larga imediatamente os meus braços e se desencosta de mim. Do fundo do terraço chega a moça que o chamou acompanhada de outras duas.

– Mas por onde você andou? – Matt parece em dificuldade.

– Estava aqui em cima...

– Sim, eu sei. Vi você lá debaixo. E ela?

– Ela também estava aqui em cima.

Ficamos um momento em silêncio. Parecia não acabar nunca. As outras duas olham pra mim.

Matt recupera a voz.

– A gente se encontrou aqui... Ela também estava na minha turma, antes...

Mas a garota parece não ouvir o que ele diz.

– Eu sou a sua namorada.

E eu queria dizer que ela tinha muita sorte ou melhor "não me interessa", ou ainda "quem foi que te perguntou alguma coisa?". Na verdade, me saio como uma perdedora: "Ah, bem...". E tudo poderia ir por água abaixo, mas naquele exato momento chega a minha salvação. Estão atrás delas.

– Gibbo! – Alis e Clod também estão com ele. – Viu, como era ela, o que eu te disse!

Depois, se dirigindo a mim: – Nós vimos você lá de baixo!

Que coisa, em vez de dançar estavam todos olhando aqui para cima? Eu, hein. E assim me afastei.

– Carolina... – Me viro pela última vez em direção ao Matt.

– Aquilo que você estava apontando era São Pedro[19].

Me olha e sorri. Talvez esteja um pouco desapontado.

Talvez.

Me viro e vou embora sem ao menos lhe dar resposta. Seguro, rapidamente, o braço de Gibbo.

– Vamos dançar!

– Mas eu parei agora mesmo.

– Vamos, essa música é ótima.

– Mas a gente não ouve... daqui!

– Anda, vamos! – E o arrasto pelas escadas abaixo sem que ele possa dizer mais nada!

Alis e Clod me alcançam. Me viro para elas.

– Escutem, mas vocês sabiam que o Matt tem namorada?

Alis abre os braços. – Claro!

– E você também?

Clod faz que sim com a cabeça. – E quem não sabe?

– Eu! Mas vocês não podiam me dizer?

– Você fugiu assim que ele pegou você...

– Me raptou, isso mesmo! – Clod me dá um tapa nas costas. – Verdade?

– Bem, na realidade... Desculpem, mas como foi que vocês descobriram?

Alis e Clod se olham por um instante e depois começam a rir. – Porque a gente também sempre gostou dele!

– Que infames... E vocês nunca me disseram nada!

– Bem, a gente percebia que você sempre falava de uma maneira exagerada, como é que podíamos nos meter a dizer qualquer coisa...

– Depois, quando você nos contou a história com o Lore nesse verão e com Massi no outro dia, então pensamos: agora sim que o Matt pode ser nosso!

– Nem tentem chegar perto!

E pulo em cima delas, brincando, tentando bater nas duas. Gibbo, atrás de nós, não sabe o que dizer.

– Ei, o que vocês estão fazendo? O que está acontecendo? Calma, senão a escada cai.

Alis e Clod conseguem se soltar e descem mais velozes.

– É guerra... Quem conseguir... leva!

Procuro correr atrás delas, mas tropeço e termino os três últimos degraus rolando. No fim, felizmente, freio com as mãos.

– Ai, ai... ai. – Olho a palma de minha mão para ver se me machuquei. Não aconteceu nada. Tudo bem.

– Ei... – chega Gibbo e me ajuda a levantar. – O que você fez?

– Levei um tombo. – Aliso minha saia atrás. – Caí sentada! – Depois, preocupada com Alê, olho atrás. – Será que a saia rasgou?

– Deixa eu ver? – Me viro e vejo que Gibbo sorri.

– Não, não, nada... Está tudo em ordem, tudo muito em ordem!

– Cretino! Anda, vamos dançar! – E vou embora assim, um pouco dolorida, mas cheia de vontade de viver, de dançar, de gritar, de sonhar... De me apaixonar na sua frente, Matt, e daquela sua "namorada". Então, caio no meio deles e danço como uma louca, não por nada, mas melhor do que eles, sigo o ritmo que é uma maravilha e canto: "Esperei por muito tempo uma coisa que não existe, em vez de ver o sol nascer...".

– Jurem uma coisa pra mim...

Clod me olha espantada e levanta a sobrancelha.

– Agora? Mas o que você tem hoje?!

– Sim, agora! Porque é importante: agora e pra sempre!

Alis se rende com mais facilidade. – Ok, diz...

– Vamos ouvir.

– Que nenhum homem jamais vai fazer a gente brigar, que é preferível até ficarmos presas dentro de casa do que trair a nossa amizade, jamais faremos uma coisa dessas, nenhuma lágrima por nossa culpa, confiança eterna, tranquilidade total, segredos só para os outros...

Depois, olho para as duas indecisas e abro os braços com as palmas das mãos viradas para o alto.

– Eu imploro... jurem!

Basta um segundo. Depois sorriem. E nos abraçamos as três e continuamos a dançar como se fôssemos um único corpo, pulando felizes no compasso da música. E nos olhamos nos olhos unidas, cantando as três juntas, a plenos pulmões. Nesse momento, sou a pessoa mais feliz do mundo. E fecho os olhos e danço, colada às minhas amigas do peito, sem poder imaginar nunca o que um dia iria acontecer.

"Hora do bolo!" Alguém grita e todos se juntam ao redor de uma mesa. Chega com uma porção de velinhas altas no meio e de todas as cores que formam o número 14 e, embaixo, escrito: "Parabéns, Michele!". Em seguida, a aniversariante chega e todos se afastam para dar lugar a ela, que alcança o espaço livre bem em frente ao bolo.

Depois sorri olhando para todos nós, os convidados, as amigas, os amigos, alguns parentes, diversos garçons já prontos com os pratos e os talheres um pouco mais afastados e sua mãe, que já está com a câmara fotográfica na mão, toda emocionada, fazendo ela dançar um pouco diante dos seus olhos procurando enquadrar... "a sua filha maravilhosa!". Michele olha para todos.

– Posso?

– Vai! Vai! – alguém grita.

Alguém, mais para dar a impressão de interesse, pega o celular e tira algumas fotos. Depois Michele inspira com força e sopra as velinhas, conseguindo apagar também as últimas só depois de recuperar o fôlego, fingindo ser sempre o mesmo.

– Espera, espera, faz outra vez... Tirei a foto antes. – A mãe. Claro.

– Mamãe, chega, ufa... – Michele também concorda com a gente.

– Não, mamãe, assim não vale, se fizer outra vez é falso...

Mas alguém, vendo a mãe decepcionada, pega rapidamente um isqueiro no bolso da calça, declarando na frente de todos que já fuma, mas dando à mãe uma segunda e última chance.

– Pronto, estão acesas, vai!

– Mamãe, vê se não erra, porque não vou soprar mais, hein?

– Está bem.

– Entendeu? Olha que eu não vou fazer novamente.

– Sim, já disse que sim... Michele! Você perde mais tempo discutindo do que soprando, você já teria soprado a essa hora!

Michele sopra novamente as velinhas, e a mãe, felizmente, consegue por fim imortalizar aquele instante.

Depois Michele vai até o DJ e a gente percebe que ela está a fim dele.

– Ei, Jimmy, coloca aquela música que eu gosto tanto, por favor?

Jimmy, ao contrário, parece bastante desinteressado do produto Michele.

– Qual?

– Aquela assim, nananana...

Tenta cantarolar muito mal alguma coisa.

– Ei, por que você não vai num programa de calouros, você tem mais chances de vencer lá do que eu entender de que música você está falando.

– Vamos! – Michele sorri, fingindo não entender, esquecendo seu papel de aniversariante e principalmente tentando de novo a melodia.

– Nananana... – Jimmy balança a cabeça. – Vamos, você está brincando comigo! Você já entendeu muito bem qual é, vamos, aquela dos Negramaro!

– Ah...Você podia ter dito antes!

E, assim, Jimmy coloca aquele disco que, realmente, não parece nada com aquela estranha cantoria de Michele. Parece quase um sinal, todos os garçons começam a passar alguns pratos com pedaços de bolo cortado para os rapazes mais famintos. Eu estou perto da Clod exatamente quando ela recebe a sua fatia. E depois a minha.

– Por favor, senhorita, essa é para a senhora.

– Obrigada.

É engraçado quando algumas pessoas mais velhas, mesmo se a gente pudesse ser a filha ou no máximo a irmã mais nova, te chamam de senhora.

Hum, que cheiro bom tem esse bolo. Chocolate puríssimo, amargo na medida certa. Corto alguns pedaços com a colher. Quente por dentro, com esse recheio também de chocolate que desce pelo bolo. Pelo cheiro deve ser delicioso. Claro, eu me lembro, eles compraram na doceria. Lá onde eu depois... como não tinham nos convidado para a festa... Estou levando a colher à boca quando, de repente, me lembro.

Nãooooo! Mas como é que eu não recordei antes.

– Para, Clod! – Imagina. Me olha no exato momento em que está colocando um enorme pedaço na boca. – Não come... – E quando ela para... O que poderia fazer alguém como a Clod parar num momento como aquele que ela ama mais do que qualquer outra coisa? De fato, ela levanta os ombros como se dissesse "e por que não?". E o engole de uma vez só, mesmo sendo enorme, mastiga rapidamente duas vezes e com um sorriso bem nutrido e comprazido o faz desaparecer completamente. Depois, balança um pouco a cabeça e sorri pra mim.

– E por que não devia comer? Está tão bom.

– Ah, é...? Só tem um problema, também está cheio de pimenta.

Olha pra mim e faz "dãr" com a boca como se dissesse "mas o que você está dizendo?".

– Você se lembra? Eu disse a você. Que de um modo ou de outro nós viríamos a essa festa... E quem podia imaginar que graças à Alis nós seríamos convidadas!

Mal acabei a frase, Clod esbugalha os olhos, escancara a boca e dá uma espécie de grito, mas sem fôlego. – Aiiii, está queimando! Queima! É horrível!

Vou imediatamente pegar um copo d'água e lhe dou correndo.

– Toma, toma, bebe... – Clod pega o copo e bebe tudo num gole só.

– Olha lá, não vai dizer nada. – Me dá o copo vazio, balançando a cabeça. – Mais, mais... – Corro rápido para pegar mais água como se tivesse que voltar e apagar um incêndio. Realmente, a garganta dela está em chamas. E os outros fazem a mesma coisa.

– Socorro!

– Aiiii!

– Queima! Mas o que é isso? Queima pra burro.

– Querem nos envenenar!

A mãe da Michele, a fotógrafa amadora, se aproxima do bolo e passa o dedo por cima e depois o coloca na boca como a melhor das meninas mimadas. Depois, torce inesperadamente a boca, entendendo do que se trata.

– Pimenta! – E depois uma afirmação ainda mais grave. – Amanhã aqueles da doceria vão me ouvir.

E a mim não resta que um pensamento: aqueles da doceria vão perceber que fui eu?

Clod me olha torcendo a boca. – Mas quanto você colocou?

– Muito! Eu tinha ficado muito chateada porque nós éramos as únicas que não tinham sido convidadas para a festa.

– Claro... – balança a cabeça.

Eu lhe dou uma indireta.

– Olha que a metade eu coloquei por você, viu.

Os outros continuam a gritar.

– Água, não tem mais água... Podem nos trazer mais?

Os garçons chegam correndo um depois do outro, como se surgissem do nada, trazendo diversas garrafas d'água, algumas menos geladas do que outras, passam para os convidados, alguns bebem diretamente pelo gargalo, outros mais educados colocam a água nos copos. E no meio de toda aquela fila para beber, daquela multidão em volta das mesas e dos garçons com as garrafas, vejo Matt. Ele segura a mão daquela que me apresentou apenas com o título de "minha namorada". Está com a língua de fora e a abana com a mão como se aquele tipo de leque improvisado pudesse fazer alguma coisa. Bem! Eu tinha me esquecido completamente, mas como veem sempre existe alguma coisa que mereça uma vingança. E assim, nasce uma nova máxima para escrever no diário: uma vingança nunca deve ser desperdiçada.

– Ei, você vem comigo? – Gibbo aparece e me pega pela mão. Hum, o que será que essa noite tem, a noite dos raptos?

– Onde?

– Aqui fora, é uma surpresa. – Olho um pouco à minha volta. – Bem, com essa história da pimenta, em vez de rolar um "tchã" nessa festa, aqui virou um velório. Até o DJ queimou a garganta! Olha que música horrível... Sabe quanto tempo leva até que tudo volte ao normal? Pelo menos quarenta e dois minutos... se voltar. Queria muito saber de quem foi a ideia da pimenta no bolo... Está na cara que realmente não foi um erro do confeiteiro...

Queria contar pra ele. Mas talvez seja melhor não passar essa história muito adiante.

– Por quê?

– Porque foi um barato.

Vejam, eu podia dizer...

– E por que foi um barato?

– Porque me dá a oportunidade de fugir com você.

Então me pega pela mão e me arrasta pra fora.

Num instante estamos fora da casa.

– Agora, fique aqui e feche os olhos.

– Por quê? – Olho para ele preocupada.

Ele sorri para mim e abre os braços.

– Já te falei, é uma surpresa!

Fico pensando. Gibbo não é exatamente o tipo que, se fecho os olhos, me pega e me beija. De qualquer maneira, se ainda fosse... Depois da desilusão de Matt, não seria nada mau. Está até descolado hoje: jeans apertados com dobra alta, suéter Abercrombie azul-escuro, bonezinho quadriculado azul-celeste, branco e azul-marinho. Ou melhor, descoladíssimo! De qualquer maneira, ele nunca faria isso ou pelo menos não assim por traição. Fecho os olhos. Sinto que ele se aproxima, depois segura minha mão. Por um instante fico assustada.

– Vem, me segue.

Continuo com os olhos fechados.

– Ei, não me deixa cair. Nem pisar em alguma porcaria!

Gibbo ri.

– Nunca tinha visto uma rua tão limpa. Acho até que são varredores especiais que limpam aqui.

Vai mais devagar.

– Está pronta? Chegamos. Abre os olhos!

Até aquele momento, eu tinha ficado com eles fechados mesmo, primeiro porque eu gosto de ser sincera, bem, quando é possível, e segundo porque eu gosto de surpresas. E aquela era realmente uma surpresa especial, grande, uma supersurpresa! Enfim, uma daquelas surpresas que a gente fica sem ter o que dizer.

– Então, você gosta?

– Você comprou um minicarro! Se eu gosto? – Rodo em volta e o devoro com os olhos. É aquele que nós vimos quando chegamos. E, claro, todos aqueles números ali, de quem poderia ser? Todo metálico, azul-marinho com reflexos azuis.

– Mas você mandou fazer assim?

– Claro! Você viu as faixas nas bordas com o branco e o azul-celeste que saem das rodas dianteiras e vão até atrás?

– Um show!

– Porque você ainda não viu por dentro!

Aperta um botão e imediatamente se acendem as quatro setas.

– Até alarme!

– Lógico, com tudo o que coloquei, se me roubarem é como se tivessem esvaziado uma loja de eletrodomésticos!

– Exagerado!

Mas, realmente, quando ele abre a porta, se acendem luzes azuis de néon que iluminam debaixo do minicarro.

– Mas, vamos, parecem aquelas luzes que tinha naquele filme...

– *Velozes e furiosos...* Nós vimos na tua casa e você gostou tanto. Por isso que eu coloquei.

Sorrio. Não sei se é verdade. Mas, de qualquer jeito, também gosto só porque ele disse. Então, entro. Gibbo senta ao meu lado.

– Está pronta?

– Sempre pronta!

Gibbo liga o minicarro e partimos. Porém achei que ele só fosse andar poucos metros para me mostrar, mas não, ele não para!

– Mas aonde vamos?

– Dar uma volta muito legal.

– E Alis e Clod?

– Você se encontra com elas amanhã na escola.

Ah, não está completamente errado.

– Vamos, a festa já acabou, você sabe.

– Ok, mas para um instante porque tenho que pegar uma coisa no carro da Alis.

Gibbo vira e volta, aproveito e mando um torpedo.

Depois de um segundo, Alis sai pelo portão.

– O que está acontecendo?

Desço rapidamente.

– Tenho que pegar a sacola que deixei no seu carro.

– Você já vai embora? Não me diz que o Matt mudou de ideia!

Naquele momento, Gibbo desce do minicarro novo.

– Ah, Gibbo...

– Oi.

– Oi.

Alis abre o carro e me dá a sacola.

– Bem, agora que o Lore te acendeu... ninguém te segura mais.

– Que nada, só vamos dar uma volta.

– Sei, sei, você chama isso de volta.

– Ele comprou um minicarro novo.

– Todas as desculpas são boas!

– Mas é verdade!

Gibbo se aproxima. – Você gosta? É o meu novo minicarro. Quer vir com a gente?

Olho pra ela e sorrio como se dissesse “viu?”.

E entro com Gibbo que arranca imediatamente em alta velocidade.

– Olha isso – ele aperta um botão e uma tela se levanta.

– Também tem TV!

– Claro, e olha aqui – ele aperta outro botão e começa o vídeo da Elisa.

– Não! Não posso acreditar! Eu adoro a Elisa! Mas é uma loucura, fantástico, que coincidência, estão transmitindo agora!

– Nada disso! É o DVD! – abre um envelope e tira. – Toma, é pra você, eu sabia que você adorava!

– Obrigada! – Eu o aperto contra o peito. – É a coisa mais bonita que você podia me dar de presente.

E danço balançando a cabeça no ritmo e cantarolando. – Quantas coisas que você não sabe de mim, quantas coisas que não pode saber... quantas coisas para levar naquela viagem juntos...

Depois olho melhor dentro do minicarro.

– Caramba, aqui dentro é show.

Números coloridos azuis-escuros com sombras e brilhos que servem de tapete para o minicarro. Duas caixas pequenas na frente e um alto-falante enorme atrás. A tela plana na frente.

– Qual é o tamanho dele?

– Quinze polegadas, como um computador grande. E mandei colocar os vidros escuros pra ninguém ver, mesmo de dia!

Olha para mim todo orgulhoso e continua a dirigir. – É muito legal! Bacana... gosto muito. – Sorrio pra Gibbo, que está realmente feliz. Se eu tivesse um minicarro, mesmo básico, sem todas aquelas coisas, isto é, com todos aqueles acessórios que ele mandou colocar, é como se tivesse comprado dois. Agora, um ele até podia me dar de presente! É como se ele tivesse lido meu pensamento.

– Além do mais, Carol, com esse aqui posso vir pegar você sempre! Posso até levar você pra casa.

– Mas eu moro a um passo da escola.

– Ok, mas não tem importância, passo pra te pegar, levo você pra tomar o café da manhã e depois te deixo na escola.

– Ah sim, boa ideia, então você já sabe onde me levar, tomar o *cappuccino* no Bar Due Pini.

– Claro que a gente vai lá. – Depois, Gibbo, inesperadamente, faz uma curva fechada. Me agarro na alça da porta e ele ri, acelera, dirige em alta velocidade, com a música a todo volume e o escapamento que faz o maior barulho.

Então me olha com uma cara malandra. – Dá pra perceber que coloquei o escapamento que aumenta a velocidade.

– É, dá pra perceber...

Tivemos que aumentar a música a todo volume para poder entender as palavras. Gibbo entra no começo do Trastevere, numa pequena rua à direita. São Pancrácio. Faz uma série de curvas em alta velocidade e em pouco tempo estamos no Gianicolo[20].

– Viu onde eu te trouxe?

– Sim, lindíssimo...

O minicarro azul-escuro metálico caminha lentamente agora pela praça. O escapamento fica muito mais silencioso. Gibbo estaciona numa vaga livre, perto de um murinho que dá para a cidade.

– Vamos descer? – pergunto.

– Claro.

Começamos a caminhar, chegamos no murinho, me encosto, faz frio, gelado.

– Olha Carol... Olha aqueles carros que correm lá embaixo. Tá vendo, com os faróis acesos? Bonito, não?

– Sim, talvez sejam todos minicarros. Mas nenhum mais bonito do que o seu!

– Como você é gentil.

– Estou falando sério. – Depois ficamos assim, um pouco em silêncio, olhando toda aquela parte da cidade em baixo de nós. – Tá frio, hein?

– Um pouco.

Aperto os braços em volta do corpo.

– É porque aqui tem muita árvore. – Gibbo sorri. – É, essa zona tem pelo menos setenta por cento de verde. Sabe, são as plantas que fazem esse frio porque na realidade oxigenam sessenta por cento do ar a cada quatro minutos e assim ele fica mais frio! É por isso que faz mais frio onde tem verde.

– Ah, não sabia. – Na realidade, acho que não sei nem um por cento das coisas incríveis que ele sabe. – Gibbo, eu sei o que eu gostaria agora.

– O quê?

– Um chocolate!

– Vamos ver se encontramos algum lugar aberto aqui por perto.

– Ah, vamos... Estou com tanta vontade! Sabe o que eu ia adorar? Aquele da doceria que é de chocolate amargo – olho para o relógio –, mas a essa hora já devem ter fechado, com certeza.

Gibbo sorri e caminha de um jeito um pouco arrogante.

– E se eu fizesse diretamente para você aqui no minicarro?

– Sim! Aquela da doceria, você sabe...

– Sim, exatamente aquele da doceria.

– Mas você tem um minicarro mágico?

– Exatamente assim. Então?

– Vai, deixa eu ver! – Vou em direção ao minicarro. Ele me faz parar.

"Cem por cento, quase como aquela história das árvores, que se faz frio, bem, é culpa delas..."

Gibbo ri.

– Então vamos apostar...

– Ok, o que você quiser.

Gibbo levanta a sobrancelha. Me preocupa.

– Ei, sem exagerar.

– Então você decide.

– Não, você.

Gibbo pensa por um instante.

– Ok, então eu faço um chocolate quente pra você no minicarro...

– Amargo como o da doceria...

– Amargo como o da doceria e você...

Pensa um pouco... depois me olha.

– Eu?...

– Você me dá um beijo.

Fico em silêncio.

– Um beijo... beijo?

– Claro, e você acha que o chocolate não é chocolate... chocolate?

Continuo em silêncio. Quer um beijo? Sorri enquanto eu penso.

– Mas, desculpe, você disse que não tem... o que importa, não é? Você não pode perder.

Está fazendo de propósito... É um blefe. Ou não.

– Gibbo, já que você sempre tem a capacidade de fazer todos aqueles cálculos, quais são as minhas chances?

– Bem, considerando também o fato de que não pode ser um chocolate qualquer, mas amargo da doceria...

– Ah, claro, isso é fundamental!

– Então as possibilidades para eu vencer são de trinta por cento e pra você setenta por cento.

E abre os braços. Olho por um instante nos olhos dele. Eu o estudo bem, bem. Quero ver se está mentindo. O rosto dele está tranquilo, de quem nada tem pra esconder.

– Ok, aceito.

Voltamos para o minicarro. Gibbo sorri e aperta um botão, tac. Não posso acreditar. Uma gavetinha debaixo do painel se abre com panelinha, água, uma chapa elétrica, fio que se liga ao isqueiro e... diversos envelopes da doceria: com leite, *gianduia e* amargo! E, ainda por cima, com todos os percentuais de cacau: 75%, 85%, 90%.

– Mas assim não vale!

– Claro, pra você nunca vale quando o outro vence!

– Mas você sabia!

– E você podia dizer não...

Gibbo abre imediatamente a garrafinha d'água e despeja na panelinha, coloca em cima da chapa, depois liga o cabo na pequena tomada do isqueiro e liga o motor.

– Eu não te obriguei a nada, certo?

– Isso é verdade...

Gibbo pega os envelopes.

– Setenta e cinco, oitenta e cinco ou noventa por cento?

– Oitenta e cinco por cento.

Despeja o chocolate na panelinha e mistura com uma colherzinha. Tem até colher! Num instante, o chocolate fica pronto.

– Mas você me fez acreditar que você não tinha.

– Não, isso não. Você me disse: então você tem um minicarro mágico? E eu te respondi que não, não tenho.

Ele coloca o chocolate em duas taças.

– E isso é verdade – me entrega a minha. – Claro que o minicarro não é mágico. Só é bem organizado.

Olho para a taça.

– Não, é impossível. Está escrito Carol!

– Sim – ele sorri e bebe o seu chocolate. Eu bebo o meu, muito bom.

– Hum, bom. Ficou realmente bom.

E ficamos um pouco em silêncio. Então Gibbo coloca outro CD com uma música linda. Acho que é do Giovanni Allevi, já escutei numa propaganda. E procuro beber o meu chocolate devagar, mas não sobrou quase nada no fundo da taça.

Ele percebe, pega a taça na minha mão e coloca na gavetinha. Depois me dá um lenço.

– Toma.

– Obrigada... Mas você tem outras taças com os nomes de todas as garotas que saem com você?!

– Não, só existe uma taça – Aproxima-se. – E com o seu nome.

– É?

Aproxima-se mais.

– É...

Aproxima-se mais ainda. Sorrio.

– Já está tarde. Tenho que voltar pra casa.

– Mas você tem que pagar uma aposta.

Me viro e olho para fora. Depois mudo de ideia e me viro, olho pra ele, balanço a cabeça.

– Não posso acreditar! Mas Gibbo, nós sempre fomos amigos.

– Não. Há oitocentos e vinte e quatro dias que nos conhecemos, e há oitocentos e vinte e três eu gosto de você.

A essa altura não posso realmente fazer mais nada.

– Mas, desculpe, você podia ter dito na...

Não deixa eu acabar. Me dá um beijo. Resisto por um segundo, mas depois me entrego... No fundo eu perdi, é justo pagar as apostas e além do mais... tem gosto de chocolate, é bom!

Depois nos afastamos.

– Bem. Paguei a minha aposta... – Finjo estar um pouco zangada.

– Agora vamos?

– Sim, claro – e Gibbo liga o motor, faz uma curva e retoma o caminho em direção à minha casa. Droga, e agora que a gente se beijou? Como vai ficar a nossa amizade? Não seremos mais amigos. Olho para ele de rabo do olho, vejo que sorri. – O que você tem? No que está pensando?

Vira-se pra mim. Agora está realmente divertido.

– Imagina quando o Filo souber!

– Mas por que, como ela vai saber?

– Não, não – Gibbo se desculpa. – Mas talvez ele descubra!

– E como? Se a gente não disser, você e eu, não existem tantas possibilidades...

Depois olho para ele melhor.

– Ei... Você não está querendo dizer que tinha apostado com ele também?

– Mas o que você está dizendo?

– Que você me beijaria essa noite. Olha, se for isso, é melhor você dizer logo, porque se eu descobrir, nunca mais falo com você.

Gibbo larga o volante e levanta a mão esquerda e coloca a direita no peito.

– Eu juro pra você que não é nada disso.

– Segura o volante!

– Ok – ele volta a segurá-lo. – Mas você acredita em mim?

Olho para ele um pouco, ele me observa procurando me convencer, enfrenta o meu olhar.

– Ok, eu acredito. Mas nós fizemos esse mesmo jogo antes e você me enganou.

– Mas ali foi diferente...

– Por quê?

– Porque eu queria te beijar!

– Cretino.

– Vamos, eu estava brincando, não vamos brigar...

– Tá bem.

Dá um suspiro. Eu também. Vamos esperar que Filo não fique sabendo, de verdade. Uma vez ele me pediu um beijo e eu não dei, dizendo que iríamos estragar a nossa amizade daquele jeito. De repente, senti uma curiosidade.

– Mas e se, em vez do chocolate, eu te pedisse um *cappuccino* que eu também gosto muito? Eu não deveria te beijar!

Gibbo fica surpreso.

– Quer que eu diga a verdade?

– Sempre!

Abre novamente a gavetinha, a faz girar. Atrás estão todos os tipos de café e descafeinados possíveis.

– Ok, ok...

Passo a mão nos cabelos.

– Me leva pra casa!

Felizmente ele coloca Lenny Kravitz. "I'll be waiting". E as coisas melhoram um pouco. "He broke my heart, he took your soul, you're hurt inside, 'cause there's a hole, you need some time, to be alone, then you will find, what you've always known, I'm the one who really love ya, baby, I've been knockin' at your door."

E agora? O que faço agora que nos beijamos? Não, não posso acreditar, quer dizer, sei que é um absurdo, mas foi lindo. É que existe muita simpatia entre nós, nos divertimos à beça, dizemos tudo um para o outro... e se de agora em diante as coisas não andarem bem entre nós? Vai ser uma droga para mim. Principalmente porque ele me dá a maior força em matemática!

– Chegamos.

– Estaciona um pouco mais pra frente.

Gibbo vai até a próxima rua e para.

– Me faz um favor.

Gibbo sorri.

– Claro, o que você quiser.

Ele sorri muito! Será que ele acha que estamos namorando? Bem, nem quero pensar.

– Então, desce e vê se não vem ninguém, ok?

– E você?

– Eu fico no minicarro.

– Fazendo o quê? – justamente Gibbo não pode entender.

– Uma coisa.

– Mas que coisa? – Bem, ele tem razão. O minicarro é seu, depois ele ia me ver sair de qualquer maneira.

– Tenho que trocar de roupa. Eu saí de casa vestida de outro jeito.

– Ah... – Agora acho que ele entendeu, desce do minicarro e se afasta. Depois para e fica de costas. Mas não quero surpresas. Abro a janela.

– Ei, nem tente se fazer de bobo e olhar pra cá. – Gibbo se vira e sorri.

– Não, não, pode ficar tranquila.

– Mas você se virou.

– Porque você me chamou.

– Bem, mas não se vire mais. – Começo a vestir a calça comprida por debaixo da saia.

– Nem se você me chamar?

– Não, nem assim. E não vou te chamar.

Mas ele se vira assim mesmo.

– Tem certeza? E se acontecer alguma coisa?

– Para com isso... vira pra lá!

Gibbo se vira e então chega a hora mais difícil. Preparo a blusa; depois, olho, e tiro o top. Gibbo não se vira, felizmente. Está parado no fim da rua, sempre de costas. Mas justo naquele momento... Tum, tum. Batem no vidro e levo o maior susto.

– Carol, o que você está fazendo?

Estou meio nua com a cabeça enfiada pela metade na blusa. Saio sorrindo.

– Nada! – Felizmente é Rusty James. Calço os sapatos correndo e desço.

– Como nada?

– Nada mesmo, estava trocando de roupa – e arrumo tudo dentro da sacola.

– É que a mamãe não queria que eu saísse assim, então...

Gibbo, ao me ver com alguém, se aproxima.

– Ele é o Gustavo, me trouxe pra casa!

Naturalmente não conto todo o resto...

– Ele é o meu irmão Giovanni.

– Oi. – Se cumprimentam sem se darem as mãos.

– Bem, eu vou pra casa agora, a gente se vê amanhã na escola.

– Que horas você vai chegar?

– Ah, para a primeira aula.

– Ok, tchau.

– Tchau, Gibbo.

Entra no minicarro e se afasta rapidamente. O escapamento faz uma sinfonia no meio da noite.

– Ele tem um Aixam que passa sem ser notado...

– É um Chatenet...

– Você está ficando certinha como o papai. – R.J. me olha e sorri. – Espero de verdade que você não tenha puxado ele, senão eu e você não vamos mais entrar em acordo. Vamos nos afastar cada vez mais, à medida que você for crescendo...

Naquele momento, fico triste sem entender por quê. Sabe quando qualquer coisa toma conta da gente sem nenhuma razão aparente? E eu tinha me divertido tanto até aquele momento. E assim dei uma alfinetada.

– Não diga isso nem de brincadeira. – Depois me aproximo. Me encosto, quem sabe ele me abraça como só R.J. sabe fazer. Ele faz exatamente isso, e me sinto protegida. Então, levanto um pouco o rosto e olho pra ele.

– A gente nunca vai se afastar, não é?

E ele ri.

– Como a lua e as estrelas...

E eu sorrio.

– Sempre no céu azul. Como eu e você! – e começamos a rir. Não sei como inventamos isso que começou numa noite de verão. Estávamos olhando o céu, procurando alguma estrela cadente e no fim, como não vimos nenhuma, inventamos esse poeminha. Depois, eu até a escrevi numa redação, e o professor Leone corrigiu e eu lhe expliquei, expliquei... procurei negociar, fazendo ele compreender que aquele "Eu e você..." é incorreto, sim, mas é uma licença poética para rimar. Bem, no fim ele me deu "regular". Mesmo assim, na minha opinião, aquela redação merecia muito mais.

– Carol, vem, quero te dizer uma coisa. – E fomos nos sentar em um banquinho na rua perto da escola, onde fica o parquinho para os cachorros. Eu fico um pouco preocupada. Quando faz isso, geralmente R.J. tem sempre alguma novidade importante.

A última vez que a gente se sentou aqui ele quis me contar que tinha terminado o namoro. Debbie, esse era o nome dela, que era muito legal e também muito bonita. R.J. sempre teve namoradas bonitas, mas essa parecia que ia durar mais do que as outras.

Debbie ria muito, estava sempre alegre, brincava comigo e me dizia que eu e o R.J. nos parecíamos muito. Depois me colocava no colo e conversava e fazia muita festa comigo. E uma vez quando ela foi se encontrar com o pai que mora em Nova York, me trouxe uma camiseta Abercrombie que era show.

Sinto falta dela e não por causa da camiseta, mas, claro que eu não posso dizer isso pro R.J., se ele decidiu assim, deve ter suas razões.

– Vem cá, fica aqui, perto de mim.

Eu me sento e estou serena. Tem um silêncio estranho no parque e em alguns pontos está um pouco escuro, mas perto do R.J. eu não tenho medo.

– Você está pronta, Carol? – Digo que sim com a cabeça. Ele enfia a mão no casaco e tira algumas páginas de uma revista e abre todo satisfeito.

– Olha aqui – e me mostra um texto assinado por ele, Giovanni Bolla.

– É você!

– Pois é, sou eu. E esse é o meu primeiro artigo. Quer dizer, é uma narrativa – e começa a ler pra mim. E eu gosto e o escuto com prazer. É a história de um rapaz que foge de casa aos doze anos de idade, ele pega a bicicleta na garagem depois de ter discutido e brigado com o pai e vai embora. Enquanto escuto ele lendo, lembro que uma vez me contou que tinha feito uma coisa parecida. É engraçada essa história, cheia de detalhes, de paixão. É agitada, não é monótona, diverte e emociona; enfim, talvez eu goste também pelo jeito como ele lê. E às vezes rio porque esse personagem, Simone, de vez em quando fica um pouco atrapalhado e é divertido mesmo. Quando terminou, R.J. vira a folha.

– Então? O que você acha? É a minha primeira história.

– É linda... – Queria dizer mais alguma coisa, mas só consegui dizer: – Faz a gente sonhar!

– Bem, não é pouco.

– Também é um pouco autobiográfico, não é?

– Bem, mais ou menos, acontece com todo mundo brigar com o pai de vez em quando.

– Ah, claro.

E com o nosso é muito fácil. Vem à minha cabeça a pergunta mais absurda da qual me arrependo ainda enquanto a faço, mais agora é muito tarde.

– Mas te pagaram? – E R.J. não fica zangado, fica até feliz.

– Claro! Não muito, mas me pagaram. – Coloca a revista no bolso.

– Imagina, é o primeiro dinheiro que ganhei escrevendo.

– Pois é...

Levanta-se do banquinho.

– Vamos, Carol, é quase meia-noite, vamos pra casa, senão a mamãe se preocupa com você!

E assim, caminhamos até o nosso prédio. Em silêncio, e eu gosto desse momento. De repente, paro e não sei como perguntei isto.

– Você ainda se encontra com a Debbie?

R.J. sorri pra mim.

– Tenho visto sim... mas não quer dizer mais nada.

– Eu gostava tanto dela – e nem te falo da camiseta e de todo o resto.

– Ah, eu também. Por isso que eu telefonei pra ela!

E começa a rir. Depois abre o portão e me faz entrar.

– Anda, vem.

– R.J. me faz um favor?

– Outro? – Ele sempre diz isso. Depois começa a rir novamente.

– Vamos, me diz, Carol.

– Você me dá a sua primeira história? Quero colocar numa moldura.

Giovanni, o irmão de Carolina

Meu nome é Giovanni. Rusty James, como me chama Carolina. Sou irmão dela. Escrever é o meu sonho. Colocar um mundo inteiro em uma página. Ouvir as teclas do computador que tiquetaqueiam, ou, melhor ainda, ver a tinta de uma esferográfica se enxugar sobre um caderno de apontamentos conservado com dificuldade com um pouco de cola e um elástico, essa é a minha paixão. O instante em que me sinto mais vivo é quando releio uma frase, uma passagem, uma ideia que eternizei no branco. E aquele branco eu o transformei e fiz meu. É difícil fazer entender isso a quem pensa que a vida seja somente uma carcaça de um sonho que uma vez você considerava verdadeiro, a quem deixou de se emocionar, tomado pelas inúmeras dificuldades da vida. Como se as dificuldades fossem apenas chateações, quando na realidade são ocasiões, possibilidades para demonstrar que podemos superá-las. Sou um idealista? Um louco? Um sonhador? Não sei. Tenho vinte anos, olho à minha volta e vejo o quanto a vida é dura. Sim, mas também esplêndida. Conheço os problemas do mundo, não enfio a cabeça na areia, é duro conseguir um empréstimo para comprar um buraco como casa, conseguir um emprego que não te pague apenas o suficiente para sobreviver, mas que possibilite você se exprimir e viver com dignidade. Também sei quantas injustiças e violências nos rodeiam. E ainda assim, sou um daqueles que acredita. Me comovo diante da alvorada, por um amigo daria tudo aquilo que tenho sem me sentir pobre por isso. Danço com a vida, a convido para dançar, a aperto, mas não muito, olho nos seus olhos, respeitando-a, amando-a, assim como amo o olhar de uma mulher apaixonada. É isso. Gostaria de estar naquele olhar, dentro, sempre, ser o seu sonho, fazê-la se sentir preciosa e única como a gota de orvalho que na manhã ilumina, de repente, a pétala de uma violeta. Sou o oposto de meu pai e não me sinto bem com isso. Gostaria que ele me entendesse. Mas, como ele mesmo diz, tenho só vinte anos, então, o que sei eu da vida? Me vem a mente Ligabue que canta "quando você tem só dezoito anos quantas coisas que você não sabe, quando você tem só dezoito anos, talvez você já saiba tudo e não deveria mais crescer...". É verdade realmente e talvez inevitável sermos tão diferentes. Por outro lado, me sinto em perfeita sintonia com ela, Carolina. A minha Carol. Com o seu entusiasmo, os sorrisos e a energia com que ela vive, tudo é realmente contagiante. Somos superparecidos, nos entendemos sem precisar de muitas palavras. Eu quero muito bem a ela e espero que tenha uma vida feliz. Ela merece. Ela que confia em mim, que acredita em mim, que me respeita e se faz respeitar. Ela que é leal com os outros, tão diferente e madura. Sábia. Sim. Carolina é sábia mesmo que ainda não tenha consciência disso! E é justo assim, é justo que conserve essa inocência sonhadora que não significa sermos muito ingênuos ou desprovidos, mas capazes ainda de nos surpreender. Depois, tem minha mãe a quem amo com devoção porque sempre se sacrificou sem nunca se lamentar e nos deu tudo aquilo que precisávamos, principalmente o amor. Eu gosto das suas mãos um pouco magras, o sorriso que se vê em seus olhos quando fala de nós, o odor de sua pele quando está cozinhando. Ela tem cheiro de antigo, de alguma coisa que me lembra da infância. Um cheiro bom. Minha irmã Alessandra, não consigo entendê-la. Gostaria que ela se abrisse mais comigo, na realidade não a conheço, nunca conversamos de verdade. Ela parece sentir ciúmes de sua irmã, e todas as vezes que, exatamente por medo disso, procuro lhe dar atenção e importância, é como se ela recusasse. Está ficando rígida e não entendo o porquê. Adoro os meus avós, as raízes de tudo aquilo que sou, a sua simples sinceridade de sábios que viram o mundo e as coisas. Eu os adoro porque daqui a sessenta anos quero ser assim, ainda apaixonado pela vida e também pela mulher que a compartilhou comigo e a transformou. Uma verdadeira aposta para ser feita com lealdade. Agora amo uma mulher bela, doce, sincera. Eu a amo e espero que esse sentimento não acabe, que faça eu me sentir bem como está acontecendo agora. E, às vezes, sinto um medo estranho como se tivesse que acabar logo ou que não fosse o meu destino. Não sei por quê. Sensações. De qualquer maneira, eu a vivo, porque é bela. Viva a vida.

Outubro

Lista de desejos

O último CD do Radiohead e do Finley.

Uma faixa para cabelos brilhante e preta, estilo anos 1930.

Pentear os cabelos para trás e não vomitar quando me olhar no espelho.

Comprar a coleção de *High School Musical*.

Ir até a Pulp Fashion na rua Monte Testaccio para vasculhar um pouco no brechó *vintage*[30] dos anos 1970.

Bronzeamento artificial! E depois o papai me mata.

Em outubro, não aconteceu nada de especial... Quer dizer, além de ter brigado com Don Gianni, o padre que nos dá aula de Religião na escola, de ter discutido com Gibbo sobre as consequências do beijo e ter beijado Filo para acabar com a briga entre os dois. Ah, sim, estava me esquecendo do Rusty James; ele foi embora de casa. Enfim, pensando bem, foi um mês bastante movimentado, mas vamos por etapas.

– Bom dia, rapazes.

Mal entrou, e quatro alunos saíram imediatamente, dispensados da sua aula. Agora não sei se isso é pecado ou outra coisa qualquer, mas acho que é importante ficar, não abandonar o barco. Mesmo tendo de discutir e dizer o diabo, mas nunca tirar o time de campo. É como se dar por vencido, na minha opinião. Pelo menos eu fiquei. E sempre pensei desse modo. Até aquele dia.

Don Gianni olha pra eles e suspira.

– Coitadinhos... Não sabem o que fazem.

Ele podia ter ficado calado porque, se alguns alunos saem de uma classe com autorização, quer dizer que pediram em casa, que conversaram ou talvez até mesmo os pais que sugeriram. Enfim, sabem exatamente o que estão fazendo! De qualquer maneira, não tem nenhuma importância, é só um modo de falar. Mas aquilo que ele disse depois, não esquecerei nunca.

– Garotas, hoje, finalmente, podemos falar de um caso específico que pode nos fazer compreender melhor os aspectos do amor...

E essas palavras me fizeram fechar o diário, colocar de lado o celular bem escondido debaixo da capa e ficar com as orelhas em pé, curiosa com o assunto.

– Sim, porque uma amiga de vocês me contou algumas experiências que ela viveu e eu gostaria de contar a vocês como um exemplo para lhes explicar alguns comportamentos... Posso, não é Paola Tondi?

E Paola, Paoletta como a chamamos, se curva sobre ela mesma, quase desaparecendo na cadeira. Depois, olho em volta e finalmente se reergue como um daqueles submarinos de guerra quando saem do mar de forma inesperada, dando um mergulho para fora da água para depois planar no meio das ondas.

– Certo, sim certo... – diz com a voz trêmula.

E o que mais poderia responder agora? Enfim, posso jurar que foi uma surpresa geral. Nenhuma de nós poderia jamais imaginar que aquela Paola Tondi ali, para ser clara, pudesse ser tomada como exemplo para as nossas experiências sexuais!

Não, quer dizer, vou explicar. Um metro e quarenta de altura, bastante larga, usando um grande aparelho fixo, vasta cabeleira crespa, o rosto um pouco manchado, nariz torto e olhos um pouco redondos. E se como isso não bastasse, também fede! Entenderam de quem estamos falando? Eu gostaria de saber quem teve a coragem, quem foi o destemido que se lançou numa missão desse tipo!

E Don Gianni se aproveita. Paoletta num momento particular, num dia em que tinha muita necessidade de falar com alguém, mas não sabia a quem pedir ajuda, contou tudo para o Don Gianni; e ele o que faz? Utiliza-se da história com toda uma série de detalhes revelados para nos dar sua lição. Mas é possível uma coisa dessas?

– Garotas, tenham sempre em mente o que eu vou lhes dizer agora: o amor não tem idade e até mesmo uma mocinha de treze, catorze anos como a Tondi pode ter uma dúvida como "será que ainda é cedo para ter uma relação sexual?".

Don Gianni olha para nós procurando ler alguma coisa em nossos rostos. Estica as mãos, quase na beira da mesa e se empurra para a frente, nos examina uma a uma, como uma metralhadora pronta para disparar. Mas nós fazemos de conta que quase não existimos, continuamos a ouvir com ar inexpressivo, de total pureza, indiferença e ingenuidade. E ficamos todas em absoluto silêncio, apesar de que algumas gostariam até de cair e dizer: "Não, não é cedo!".

De fato Lúcia, Simone e Eleonora, que estão namorando com os mesmos rapazes há mais de um ano, acredito. Mas seria, de qualquer maneira, cedo. E seria, no fim de contas, problema delas. Não consigo entender mesmo como veio em mente à Paola Tondi de contar uma coisa dessas a Don Gianni e, principalmente, o que lhe contou, o que é verdadeiro e o que é falso!

– Então, Paola, você deve ser um exemplo para as suas amigas e para os seus companheiros... Você deve ajudá-los a não ter dúvidas como, infelizmente, aconteceu com você. Então você estava em casa sozinha porque os seus pais tinham ido passar o fim de semana fora, não é?

Paoletta faz que sim com a cabeça.

– E você disse à sua avó que eles teriam viajado muito mais tarde, à noite, de modo que você teria a casa livre à tarde, isso mesmo?

Paoletta faz que sim novamente com a cabeça.

– A essa altura você chamou aquele rapaz de quem você gosta há mais de um ano, certo?

Paoletta concorda.

E assim por diante.

– Que é o filho do dono da mercearia perto de casa... – e continua assim. Está ficando muito embaraçoso porque entra cada vez mais nos detalhes e também porque essa Paoletta não diz uma palavra, nem sequer mexe a cabeça. O pior é que de vez em quando Don Gianni sorri, e isso me dá muita raiva. É exatamente isso que me faz pular da carteira.

– Desculpe. Mas por que o senhor sorri? Não, digo, por que ri? Isso pode ser uma história de amor, uma paixão, até mesmo um erro diante do senhor, claro... mas em vez de compreender, de nos provar que nos entende, parece que o senhor se diverte; que tipo de ensinamento é esse?

– Bolla, não vejo motivo para a sua intervenção. Estou procurando ensinar a vocês como se comportar em certas situações, e isso vale para todas, inclusive você... Que talvez esteja mesmo precisando.

– Desculpe, o que o senhor quer dizer com essa última frase? Depois de todas as coisas que aconteceram exatamente com os padres, o senhor vem nos dizer que eu estou precisando? De que coisa? Será que o senhor não vê como a Paola Tondi se sente incomodada depois de tudo que está nos contando?

– Não é verdade.

– Sim, é verdade.

– Então vou perguntar a ela. – Don Gianni se dirige à nossa Paoletta com um sorriso cínico. – Diz para mim, Tondi, você está incomodada?

– Espere, não, assim não vale, assim o senhor a obriga a responder o que o senhor quer, não o que ela realmente sente. – Saio da minha carteira e me coloco na frente da Paoletta, cobrindo a visão de Don Gianni.

– Você está incomodada? Você pode dizer pra mim.

– Não, assim também não vale. – E Don Gianni desce da cátedra e se coloca na frente e assim continuamos por algum tempo.

– Você está incomodada? Diz pra mim.

– Não, diz pra mim, a mim você pode dizer...

– Já lhe disse para dizer a mim! – Finalmente, Paoletta não suporta mais e sai da sala chorando. Ao ver essa cena, os quatro que em geral saem para não assistir à aula voltam para a sala correndo.

– Estão vendo, nós tínhamos razão! – E toda a turma começa a fazer o maior barraco, gritando, batendo com os punhos nas carteiras, atirando coisas. Don Gianni sai da sala e se ouve uma espécie de ovação.

– Oooooolé! – E todos riem, e a bagunça fica ainda maior até que o diretor chega. Moral da história: a partir da semana que vem, eu também não vou mais cursar Religião. Preciso dizer que, no fundo, até estava me divertindo um pouco.

Estou sozinha no jardim da escola, na hora do recreio. Alis e Clod estão se divertindo com as outras amigas. Não sei por que, mas, de repente, fiquei assim, num momento de solidão por opção. Não me perguntem o porquê, nem eu saberia explicar. No entanto, estou copiando uma das minhas listas.

A canção que eu gostaria de ter escrito:
"O amanhecer de amanhã", Tiromancino.
Aquela que você gostaria que tivesse sido escrita pra você:
"Se é vero che ci sei", Biagio Antonacci.
Aquela que faz você lembrar da infância:
"Parlami d'amore", Negramaro.
Aquela dos seus pais:
"Almeno tu nell'universo", Mia Martini.
Aquela da noite:
"Que hiciste", Jennifer Lopez.
Aquela que descreve um momento belo da sua vida:
"Girlfriend", Avril Lavigne.
Aquela para tocar com os amigos:
"What goes around comes around", Justin Timberlake.
Aquela que você dedicaria a ele:
"How to save a life", The Fray.
Aquela para quando você está furiosa:
"Makes me wonder", Maroon 5.
Aquela com melhor início:
"Hump de bump", Red Hot Chili Peppers.

– Ei, mas o que você tem, por que está fugindo de mim?

Gibbo me acha no jardim.

– Eu?

– É, não finge que não está entendendo. É isso mesmo. O que foi? O chocolate não estava bom? – Olha para mim e sorri. Ele é sempre tão legal e gentil e também deixa eu copiar os deveres dele. Só tem um único problema: eu gosto dele só para um beijo e nada mais. Mas como digo isso a ele? Bem, vou tentar.

– Pois é, Gibbo... eu não estou legal...

– Por quê? O que foi que aconteceu?

– Não quero perder você como amigo.

– E por que deveria? Acho que ficou até tudo mais fácil.

– Como?

– Bem, porque era uma ideia que eu tinha e que se não tivesse acontecido assim, como um jogo, aquela aposta perdida, as probabilidades, mais de setenta e sete por cento, de que a nossa amizade acabasse eram muita altas. – Depois me olha, sorri, se aproxima e tenta me beijar outra vez.

– Agora não, que finalmente estamos namorando...

E tenta me dar o beijo, mas assim que chega na minha boca eu me viro e ele me beija no rosto.

– É isso, é exatamente isso – me levanto. – Nós não estamos namorando. Ou melhor, o perigo é exatamente aquele, se continuasse assim, no fim a gente não teria nem um, nem o outro... A gente se perderia de vista.

Gibbo abre os braços.

– Você não viu *Harry e Sally, feitos um para o outro*?

– E daí?

– Eles são muito amigos, tão amigos que chegam até a procurar sempre outro homem ou outra mulher para o outro, mas, no fim, entendem que os únicos amigos que podem servir pra eles são eles mesmos, ela pra ele e ele pra ela, não existem outras possibilidades.

Ele se aproxima de novo para me beijar, mas eu me viro rapidamente para o outro lado e ele me beija dessa vez do outro lado do rosto.

– Pois é, mas tem um pequeno detalhe...

– Qual?

– Que aquilo é um filme, enquanto a nossa é uma triste realidade.

E vou embora assim, de costas. Um pouco exagerada, hein? Fiz uma saída dramática com a frase de efeito, mas pelo menos ele fica pensando. Ele continua no fundo do jardim e abre os braços.

– Mas por que triste realidade? Eu achava que nós dois nos divertíamos tanto!

Finjo não ouvir, entro no edifício e subo as escadas. Quase parece um filme mesmo.

Não passa nem um segundo e encontro Filo, que me segura pelo braço.

– Pode vir aqui um minuto?

Me arrasta pelo corredor e um dos rapazes encostados na parede percebe e olha para a gente com surpresa.

– Vem, vem, entra aqui.

Abre a porta do banheiro dos professores e me empurra para dentro.

– Ai Filo, está machucando o meu braço!

Ele me larga.

– Não, me explica isso que eu ouvi, me explica.

Fica na minha frente e fico espremida no canto. Tento de todas as maneiras fugir dele, mas ele me prende com os braços em volta da cabeça, apoiados na parede.

– Mas o quê? – Tenho medo de entender do que ele está falando. Alis e Clod... nunca conseguem ficar com a boca fechada. Muito boas! Não, você é melhor ainda, porque continua contando tudo para elas.

Tento fugir, mas Filo sempre consegue impedir.

– Então?

– Então o quê?

– É verdade?

– O quê? – grito na cara dele.

– Que você beijou o Gibbo?

– É...

– Como assim? – Ele está quase gritando.

– Ah, então não... – Fica mais tranquilo.

– É... sim e não.

– Mas o que quer dizer?

– Já disse, sim e não. – Passo por baixo dele e consigo dar a volta pelo outro lado, mas ele me pega novamente.

– O que quer dizer sim e não? Não pode ser, ou você beijou, ou não beijou. Pode me explicar?

– Ok. Mas me larga, tá, me solta, me deixa livre, ok? Sai de cima de mim que você está me sufocando. Ok?

– Ok.

Filo parece ficar mais calmo. Afasta-se um pouco, mas continua me controlando para eu não fugir.

– Então, ok. – Olho nos olhos dele. – Vou te contar.

Dou um longo suspiro.

– Eu beijei ele.

Filo aperta os olhos.

– Não. Não posso acreditar. Não é verdade. Você está me dizendo uma besteira!

– Mas por que, foi você quem pediu, não foi?

– Mas por que você beijou ele? Quando eu te pedi, você me disse que não era possível, que a gente era muito amigo! E com ele, você não é?

– Sim, realmente, eu te disse sim e não.

– E então?

– Que eu beijei ele, mas disse a ele que isso não vai mais acontecer.

Filo fica surpreso por um segundo. Depois levanta a sobrancelha.

– Está bem, mas como eu te pedi primeiro, você deveria ter me beijado antes dele.

– Sei, mas dá pra perceber que aquele não era o momento. Depois aconteceram algumas coisas, talvez eu tenha mudado.

– Você mudou?

– Sim, eu pareço igual, mas mudei.

– Ok, então, agora que você mudou, agora tem que me beijar também.

– O quê? Mas nem se fala nisso.

Rapidamente, como uma flecha, consigo driblá-lo e sair do banheiro dos professores. Depois de um segundo, Filo me alcança e me segura por baixo dos braços. Me aperta um pouco.

– Vamos, Carol, assim não vale!

– Não me aperta, Filo.

– Ok, mas não vale. Eu cheguei primeiro. Você tem que me dar um beijo também, não é justo. Depois todos nós voltamos a ser amigos de novo, em pé de igualdade, como antes.

Vejo ele ali, caprichoso, menino, talvez ferido de verdade e no fundo mais lindo que de costume, com o rosto irritado, os cabelos despenteados. Tem a pele morena. Filo, mais alto do que o Gibbo, magro, com os cabelos compridos e os lábios grossos, os olhos escuros e algumas sardas escondidas sobre as maçãs do rosto aqui e ali. Um monte de garotas é louca por ele, mas não sei como, há um ano ele entrou no meio da nossa história. Paro e olho para ele nos olhos. Ele sorri.

– Tá certo, Carol? Vamos ser honestos... pra deixar as coisas bem claras. Não tenho razão?

– Mas que razão?! Um beijo é um beijo. Ele me paquerou, me fez uma surpresa, me fez rir. Teve uma ideia muito legal, não me trancou num banheiro... nem me obrigou a beijá-lo!

E deixo ele ali. Me viro e saio. Filo continua ali, parado, no meio do corredor, olhando pra mim. Depois grita.

– Ok! Tá certo! Uma boa ideia, não é? Tudo bem. Quer dizer que eu vou encontrar!

Não me viro, continuo a andar, sorrindo, mesmo sem ele poder me ver.

Quanto trabalho os garotos têm para tentar conquistar a gente. Mas também vale para nós. Como é que se faz para pegar alguém de quem a gente tá a fim? Quer dizer, fora aqueles que já gostam um pouco de nós, que tomam a iniciativa, que é uma outra história, mas, não sei por quê, daqueles não gostamos nunca ou se gostamos, quando descobrimos que eles também gostam da gente, puft, tudo se acaba. Não, realmente é assim. Porém, eu acho que aqueles de quem só você gosta, daqueles que nem imaginam e você, de alguma maneira, quer que eles descubram. Alis sempre diz: "É melhor fazer de conta que somos a caça que escapa". Primeiro teorema da Alis! Ela acha que é a melhor tática. Clod não, ela acha que desse jeito a gente só perde tempo, que talvez aquele que já goste de nós também acabe depois. Precisamos ser diretas, dizer tudo a eles imediatamente, sem pensar muito. Primeira lei da Clod! Alis também acha que a gente precisa se controlar para não ficar muito vermelha quando ele passa... porque assim pensa que antes a gente gostava dele, mas agora já não liga muito. Bem, assim está perfeito porque, se por acaso ele gosta de nós, fica pensando que está nos perdendo! Ah, entendi... como se dependesse da gente ficar vermelha ou não! Alis sempre diz para não dar muita bola para eles e deixar que eles venham porque assim falamos com outros garotos também. Depois a gente vê como fica. Mas, na verdade, eu tenho outro problema pra resolver, a gente se curtiu pra caramba e também falou isso um para o outro. Onde você está Massiiiiiii? Como se não bastasse, na quarta aula, o professor de italiano nos deu uma xerox com perguntas sobre um texto intitulado *Che cosa veramente state cercando...* Quer dizer, eu olhei para ele e queria perguntar... Mas, como assim, esse texto fala sobre mim?

Casa dos meus avós Luci e Tom. A casa dos meus avós é bonita. Não é que seja particularmente grande ou luxuosa. É quente. Mas é calor especial que não vem das estufas. É das pequenas coisas. Nos quadros, nas fotografias que contam a vida da mamãe quando ela era pequena, enquanto crescia. No cuidado com todas aquelas coisas por parte da vovó Luci.

– Carol, com mais força! Senão, não fica bom!

Nunca consegui fazer bem a massa de pizza. Ficava sempre baixa e mole. Mas não é fácil preparar. Coloco a farinha em cima do mármore da mesa. Depois, esfarelo o levedo de cerveja e misturo com uma colher de água morna. Depois sal e óleo. Mas eu acho que sempre erro as quantidades e o modo de preparo. E aqui chega a melhor hora: precisa obter uma massa macia, diz a vovó. E também precisa de muita força!

– Deve chegar no ponto em que a massa solta dos dedos. Depois pode fazer uma bola e passar farinha, cobrir com um pano de prato e deixar crescer sem pegar ar por duas horas mais ou menos. Ou, então, até que a massa dobre de volume.

Só que comigo não cresce! Por isso, desisto e peço sempre à vovó para fazer. Outra coisa que não consigo, mas me diverte preparar com ela quando vou na casa deles, é o risoto ao funghi. Eu gosto muito, e a mamãe quase nunca faz, apesar de vovó Luci ter ensinado para ela.

É bom ficarmos juntas na cozinha. Eu tenho o meu avental personalizado com o meu nome bordado e duas colheres de pau, feitas à mão pela vovó. A gente pode falar sobre tantas coisas, tranquilamente, enquanto cortamos as verduras, preparamos o refogado, escolhemos a carne e assim por diante. Cozinhar junto é meio que ficar mais amigos. Me lembro da cena do filme *Chocolate*, quando Vianne quer ir embora da cidadezinha que não a aceita porque a considera perigosa e diferente. Apesar dos protestos da filha, ela faz as malas. Depois, desce as escadas, abre a porta da cozinha e vê todas aquelas pessoas que estão preparando juntas tantas delícias com chocolate. Pessoas que até uns dias antes não se entendiam, não se falavam, agora estão ali, umas ao lado das outras e parecem felizes e unidas. E o mérito também é seu. Assim, quando "o vento irrequieto do Norte fala para Vianne dos lugares que ainda podia visitar, dos amigos necessitados ainda por descobrir, de batalhas ainda por vencer...", ela fecha a janela e decide viver ali, com aquelas pessoas que agora são suas amigas. Eu gosto muito daquele filme. Eu o vi com a vovó Luci.

Com a mamãe, nunca temos tempo para cozinhar. Só aos domingos, às vezes, mas ela não prepara coisas diferentes. E depois, Alê sempre se mete e começa a nos gozar, ou pior, nos enlouquece, ou o papai diz para a gente se apressar e que não entende para que perder horas e preparar coisas complicadas quando bastava fazer um espaguete. Enfim, nunca ficamos realmente sozinhas e não tem graça. Já na casa dos meus avós é muito divertido porque o vovô Tom não atrapalha, aparece só de vez em quando na porta, diz "As minhas mulheres!" e vai embora sem querer saber o que estamos preparando porque quer que seja surpresa!

Enquanto a massa da pizza descansa – não, lógico, graças a mim –, espero para preparar o risoto, converso com a vovó que sempre tem coisas bonitas para contar. A gente começa com um discurso e nunca sabe onde ele vai acabar. Hoje, por exemplo, falávamos de beleza, mulheres magras, mulheres gordinhas e assim por diante. A vovó me dizia que, no seu tempo, ter alguns quilinhos a mais era uma sorte, porque os homens gostavam de curvas.

– Os de hoje também, vovó, eles também gostam de curvas!

– Não sei, estão rodeados de todas aquelas magrelas preocupadas com cada grama a mais. Quer dizer, não é um problema ser magro ou não. O importante é que exista equilíbrio, que a pessoa se sinta bem.

– Sim, vovó, mas é mais fácil falar do que fazer. Lá na escola, tem garotas mais cheinhas que se odeiam e estão sempre se lamentando. Quer dizer, pior, são antipáticas com aquelas que elas acham mais bonitas e ficam longe delas. Como se fossem dois grupos: as bonitas e as feias. Mas quem foi que decidiu como é uma e como é a outra?

– Sim, mas você, por exemplo, tem uma amiga que não se incomoda com isso e, realmente, muita gente considera ela simpática.

– É, mas a Clod é um caso à parte, quem dera todas fossem assim. Ela tem um temperamento ótimo. Ela gosta de comer e come. Se ela gosta de um garoto, ela corre atrás. Ela gosta de se vestir, de se produzir. Se alguém tenta fazer uma gozação, ela nem dá bola. Até ri. Ontem, por exemplo, na hora do recreio, tinha um garoto da IIIF que sempre enche o saco e disse para ela: "Aí, Clod, você é tão gorda que quando vai pra cama, adormece à prestação...". E ela: "Ei, original, vê se muda de fonte em vez de ficar sempre copiando o Zelig", mas falou numa boa, não estava zangada nem nada.

– Bem. Quer dizer que ela tem consciência dela mesma. E assim fica até mais bonita. Porque a verdadeira beleza não está no manequim ou na cara que a gente tem. Já te contei o que a Audrey Hepburn costumava dizer?

– Não.

A vovó se levanta e pega um livro na estante, um daqueles grandes e bonitos, cheios de fotos exatamente daquela atriz. Senta novamente e começa a folhear.

– Olha aqui... escuta – vovó começa a ler com a sua voz ainda firme. – Para ter lábios atraentes, pronuncie palavras gentis. Para ter um olhar amoroso, procure o lado bom das pessoas. Para ter uma silhueta magra, compartilhe a sua comida com o faminto. Para ter cabelos belíssimos, deixe que uma criança os atravesse com os dedos pelo menos uma vez por dia. Lembre-se, se você nunca precisar de uma mão, irá encontrá-las no final dos seus braços. Quando você ficar velha, descobrirá que tem duas mãos; uma para ajudar a você mesma, a segunda para ajudar os outros. A beleza de uma mulher aumenta com o passar dos anos. A beleza de uma mulher não está na estética; a verdadeira beleza de uma mulher está refletida na sua alma... Depois fecha o livro. Com uma serenidade especial, que eu tanto gosto.

– Que lindo...

– Procure se lembrar sempre, Carol, porque é assim. Não se trata de quilos, se trata de harmonia. Vamos, vamos começar a fazer o risoto... – Sem a gente perceber, se passaram quase duas horas! Enquanto abro a massa e coloco o molho, ela começa a fazer o risoto... – Deixa eu te ajudar. Os cogumelos secos eu já tinha colocado na água morna, e o caldo vegetal já estava pronto. – Pega a panela e coloca um pouco de óleo e um pouquinho de manteiga. Não acende ainda não.

Sigo as instruções da vovó direitinho.

– Quanto tempo leva?

– Uns quarenta e cinco minutos. Agora, pega a cebola, está vendo, lá em cima da tábua, eu já tinha cortado e corta para mim os cogumelos em tirinhas.

Me esforço ao máximo.

– Assim?

– Sim. Acende a panela e derrete a manteiga. Depois, coloca a cebola, os cogumelos e refoga tudo. Bota um pouquinho de sal.

– E se queimar?

– Nós estamos prestando atenção, não? Continua, está indo bem. Daqui a pouco vamos colocar um pouco da água onde estavam os cogumelos secos. Você não jogou fora, não é?

– Não, não.

– Agora, precisa botar o arroz e deve ficar tostado.

– Mas estala!

– É deve estalar, deixa por alguns minutos. Pega o vinho branco, ali ao lado da pia. Coloca na panela. Aumenta o fogo. Quando tiver evaporado, apagamos tudo e deixamos descansar por dez minutos.

É disso que eu gosto na vovó Luci: o cálculo exato do tempo. Não erra nunca. Além disso, ela faz tudo parecer tão fácil e eu fico me sentindo importante, uma cozinheira de verdade. Enquanto isso, ela já colocou no forno a forma grande de pizza. Dividiu em quatro e colocou quatro sabores diferentes, marguerita, funghi, *salsiccia* e *rossa*, sem mozarela.

– Vovó, mas quando você aprendeu a cozinhar?

– Quando eu era menina, com a prática. Eu era a mais velha e meus pais sempre iam trabalhar juntos na malharia do papai, então eu é que tinha que preparar a comida para os meus irmãos. Mas minha avó me ajudava, felizmente. Foi ela quem me ensinou. Agora, acende o fogo outra vez, coloca no fogo médio. Temos que colocar o caldo. Uma colher de cada vez. E mexer... assim você também faz ginástica. Ah, prova o sal.

Provo e parece mesmo que entendo de cozinha. A vovó me olha e sorri enquanto põe a mesa.

– Bem!

– Então continua assim. Quer que eu te ajude a mexer?

– Não, vovó, hoje quem cozinha sou eu!

Ela ri e concorda com a cabeça. Continua a arrumar a mesa com amor e gosto, como sempre fez. Na casa dos meus avós, não falta nunca um vasinho de flores no centro da mesa.

A vovó sempre me faz sentir importante. Também me faz acreditar que sei cozinhar! Na realidade, ela faz tudo, já tinha preparado os ingredientes, eu só juntei tudo.

Passaram alguns minutos. Continuei a colocar o caldo e a mexer. Vovó veio provar.

– Humm, muito bem! Está bom! Agora, pega aquele prato, está vendo, aquele com o queijo ralado e um pouco da mozarela da pizza. Isso. Apaga o fogo da panela e coloca tudo dentro. – Faço o que ela pede. – Tampa tudo com isso... – E me dá uma tampa de vidro e, assim que fecho a panela, ela fica toda embaçada por causa do vapor. – Precisa esperar cinco minutos – depois, pega três tigelas e coloca imediatamente o risoto. – Muito bem, agora um pouco de salsinha picada...

– Hum, que cheirinho bom! Estou morrendo de fome...

– Pra mesa... – grita a vovó.

– Estou indo! – responde o vovô dos fundos. – Sim, mas de verdade... – grita vovó ainda enquanto coloca os pratos na mesa. – Vem, pega aquele, Carol... – Eu a sigo com o pão. – Você deve chamar seu avô uma hora antes, ele fica sempre no escritório dele, desenhando, parece que o tempo não passa nunca pra ele... – Colocamos tudo na mesa. Sorrio pra eles.

– Dá pra ver que ele gosta muitíssimo...

– É, mas não pode ficar nem cru, nem frio! Não se pode ter tudo!

– Cheguei... Cheguei... Viu como eu sou pontual? – Sorriem um para o outro, se dão um beijinho nos lábios e eu, não sei por quê, fico um pouco embaraçada e olho em outra direção.

Sentamos todos os três à mesa, o vovô experimenta o primeiro pedaço e faz uma cara de espanto. – Mas está muito bom... Quem é essa cozinheira tão boa?

– Ela... – dizemos eu e a vovó em coro, uma indicando a outra, e começamos a rir e continuamos assim, aproveitando tudo aquilo que tínhamos preparado e que tem um gosto completamente diferente do que a gente come no restaurante. Quando termina de comer, o vovô se levanta.

– Quietas... Não se mexam. – Vovó Luci tenta se levantar.

– Vou colocar a água pro café.

– Não, não, só um segundo... Já volto – e desaparece rapidamente até a sala ao lado, mas volta logo depois. Traz a sua câmera fotográfica na mão. – Muito bem, em seus lugares, vamos lá... – E coloca a câmera fotográfica em cima de uma prateleira ali perto, aperta o botão automático e corre para junto de mim e da vovó, nos abraça no momento certo. *Click!* – Vejam a foto de nós três de barriga bem cheia! – e nos abraça com força. – Toma, Carolina, isso é pra você... – De repente... aparece detrás de suas costas um livro.

– Vovô, obrigada!

Ele olha para mim orgulhoso e feliz.

– Tenho certeza de que você vai ser uma grande cozinheira... – Pego o livro e vou para a sala, me jogo naquela grande poltrona vinho que também tem apoio para os pés. É muito confortável; na verdade, quando a vovó arruma a cozinha ela não gosta que ninguém fique ali por perto. O livro que ganhei de presente é *Kitchen*, de Banan Yoshimoto. Abro.

– Não existe nenhum lugar no mundo que eu goste mais do que a cozinha. Não importa onde ela se encontre, como seja feita; contanto que seja uma cozinha, um lugar onde se prepara a comida, eu estou bem. Se possível, prefiro aquelas funcionais e com história. Talvez com muitos panos de prato limpos e secos e os ladrilhos brancos que brilham. Até mesmo as cozinhas muito sujas eu adoro. Gosto do chão cheio de pedacinhos de verdura, tão sujas que a sola dos chinelos fica logo preta, e grandes, de dimensões exageradas. Com um geladeira enorme cheia de provisões que dariam tranquilamente para um inverno inteiro, uma geladeira imponente, para que eu pudesse me encostar à sua porta metálica...

Fecho o livro e fico com ele no colo. Olho da sala enquanto a vovó está lá e coloca os pratos na máquina de lavar depois de ter passado uma água. Gosto da cozinha dos meus avós porque eles a usam de verdade, é uma peça importante da casa. Depois, o vovô chega perto dela. Pega um copo, enche d'água, a seguir diz alguma coisa no ouvido dela e riem. Ela enxuga as mãos no avental em volta da sua cintura e ajeita os cabelos. Eles têm, ainda, tanto para dizer um ao outro. E assim mergulho novamente no livro que o vovô me deu. Taí. Eu gosto porque a cozinha deles é cheia de amor.

12 de outubro. O professor nos mandou estudar a descoberta da América por causa da data. Lembrou que foi graças a Cristóvão Colombo que hoje podemos comer chocolate! E Clod, obviamente, da sua carteira fazia para mim diversos sinais como o V da vitória e depois, com as mãos, imitava uma auréola em volta da cabeça! São Cristóvão! Mas depois você fica cheia de espinhas e reclama! Outubro também é o mês das castanhas. Mamãe, às vezes, quando trabalha no turno da manhã e volta por volta das duas horas, mesmo tendo levantado cedo (às seis, coitada!), faz o *castagnaccio*[21]! Eu também adoro isso. Tiro sempre os pinhõezinhos, um por um e como antes da fatia! Sim, outubro é realmente um mês muito bom... o mês do amarelo-laranja, dos primeiros casacos tirados dos armários, a espera pelo dia de Halloween.

Passei quase a noite toda com Alis e Clod no *messenger*, discutindo sempre sobre Filo.

Clod não tinha dúvidas.

– Mas por que você não o beijou? É, ficou um gato, e é simpático também, foi o primeiro a personalizar o minicarro, muito antes do Gibbo!

Alis, por outro lado, pensava exatamente o contrário.

– Isso mesmo, deixa ele sofrer, senão eles se aproveitam, o que você está pensando? É só uma disputa entre machos; se você não tivesse beijado o Gibbo, acha que ele ia se preocupar com você?

Pois é. Essa deve ser a segunda lei da Alis! Enfim, toda uma série de opiniões claramente inúteis, que não servem para nada. E eu que da minha parte respondia rapidamente, procurando explicar a minha posição às duas.

– Não se esqueçam de que no ano passado ele já tinha me pedido para beijá-lo!

E Alis e Clod:

– Sim, sim, tudo bem, mas o que você vai fazer agora? Quer que os dois briguem?

– Que isso, vocês são loucas? Como se meus beijos fossem de caridade!

– Não, mas é tão bonitinho...

– Pode ser muito bonitinho, mas agora eu só penso no Massi.

– Mas você beijou o Gibbo.

– E o que é que tem?! Aquilo foi por causa da aposta que eu perdi, era um jogo, senão eu não teria dado beijo nenhum. Eu penso só no Massi!

E Clod:

– Mas quando é que você vai encontrar com ele?! É tudo só imaginação sua; acho que você gosta dele exatamente porque ele não existe!

E Alis ainda mais determinada:

– Está vendo? Você queria o Lorenzo e depois que conseguiu o que queria... Pronto, agora não faz outra coisa a não ser procurar outros.

Conseguido. É uma palavra muito exagerada. Nem consigo responder, pois mamãe entra no quarto.

– Carol! Mas você ainda está no computador? A que horas você vai dormir? Amanhã é dia de escola, mas...

Quantos mas!

– Mamãe, nós estávamos discutindo os últimos detalhes do trabalho para a escola.

Só dou a ela um segundo para respirar.

– Tudo bem, vou desligar porque realmente já é muito tarde!

E me meto na cama.

– Você escovou os dentes?

– Claro, logo depois do jantar! Olha... – e suspiro longamente. Mamãe começa a rir e agita a mão diante do rosto. – Hum, terrível... Ainda tem o brócolis que eu fiz pra vocês no jantar!

– Mas, mamãe... – e finjo estar ofendida e puxo as cobertas até cobrir a cabeça! Depois, sem ouvir mais nada, me viro na sua direção e vejo que ela está olhando para parede. Ali está o artigo de Rusty James que eu coloquei numa moldura feita pelo Salvatore, um senhor na mesma rua da escola.

Mamãe olha para ele e suspira profundamente. Me sento na cama e olho para ela.

– Lindo, não é? É uma história lindíssima para mim, fala dos sonhos dos jovens... Sabia que eu fui a primeira de todos a ler? Foi ele quem me disse!

– Sim, eu já li diversas vezes. Ele escreve bem. – Depois, sai do quarto. Um pouco desapontada ou preocupada, quem sabe. Certo, para nós Rusty James não pode ser nada menos do que um bom escritor... Mas será mesmo? Bem, para mim é! E com essa última convicção, adormeço. E sonho não sei bem com o quê. Mas, quando acordo, sinto claramente que aquele dia será diferente. Tem cheiro daquelas sensações, daquelas sensações... que você fica com a certeza que deve acontecer mesmo alguma coisa! Assim, sai da cama, se prepara, toma o café, se despede de todos, sai depressa e olha ao redor... Vê que está atrasado em tudo e, por sorte, consegue chegar na escola e entrar antes de o portão fechar e durante as aulas tudo vai às mil maravilhas.

Nenhum teste, nenhuma discussão nem com o padre, nem com os outros professores. E, no fim, quando saio da escola... Surpresa.

Eu sabia, sabia, estava sentindo! Encontrei um envelope preso no portão com o nome "Carol" IIIB, me aproximo, pego, dentro tem um bilhete escrito em letra digitada que não consegui reconhecer de nenhum modo.

– Siga-me... o fio de Carol! – E tem uma colherzinha com um fio amarrado, um daqueles flexívcis, estranhos, como de borracha que usam para amarrar plantas. Então, começo a segui-lo e vou enrolando enquanto caminho. Parece que estou vivendo uma fábula, não me lembro qual, já que minha mãe fazia muita confusão quando me contava as histórias.

De repente, vejo que estou caminhando pelo parquinho atrás da escola, com aqueles senhores que me olham enquanto enrolo esse estranho fio... de Carol!

Algumas meninas no balanço me apontam, divertidas por essa moça engraçada que passa seguindo um fio, mas longo, longo.

Finalmente chego a um cantinho do parque, o fio desaparece ali, atrás de uma moita. Assim, fecho os olhos antes de virar. É um sonho... aliás, não, é um milagre. Agora me viro e ele estará ali, Massi. E, assim, passo pela moita lentamente, com o fio ainda na mão e ali atrás o encontro: Filo.

– Nãoooo! – Começo a rir. – Você ficou maluco!

Ele vestiu um avental branco e, bem em frente a ele, arrumadas em cima de uma mesinha de madeira, diversas tacinhas de sorvete. E usava também um chapeuzinho com uma folha branca quadriculada dobrada várias vezes como costumam usar os sorveteiros. Pelo menos aqueles que eu conheço! Segura uma varinha e muitas colherzinhas coloridas no pequeno bolso da camisa.

– Então, senhoras e senhores... Vou demonstrar os produtos dessa nova sorveteria: Fic! Mas não entendam mal... Sorvete Filo.

Ele se esforça ao máximo, fala até um pouco de inglês! Depois da primeira desilusão por não ter encontrado Massi, agora estou me divertindo à beça. Bato palmas e parece mesmo uma menina.

– Sim, sim, vamos ver... – Me sento naquela cadeira que ele levou até ali junto com a mesinha e escuto, concordando com as propostas desse estranho sorveteiro.

– Então, se me lembro bem... eis aqui, os seus sabores preferidos são chocolate branco e amargo, creme, *zabaione*, *gianduia* e pistache e, naturalmente, castanha!

Ele se lembrou de todos, menos um...

– E coco...!

Esse também! Inacreditável. Filo sorri pra mim.

– Certo? Eu sempre vejo você tomar o de Bounty[22]!

– Que memória, mas onde você comprou tudo aquilo?

– Lá na sorveteria Mondi.

– Hum, o meu preferido. Então, me dá uma taça... – E começo a pedir um depois do outro, todos deliciosos. E os devoro que é uma maravilha. É um sorvete tão bom que me esqueço completamente das intenções de fazer dieta. Estou pesando quarenta e nove quilos, ainda posso exagerar um pouco.

No fim, Filo se senta no chão perto de mim e também aproveita com prazer. Trouxe também lencinhos de papel e até um pouco de creme. Bem, o que posso dizer? Foi realmente uma linda surpresa. No entanto, agora vem a pequena prova. Pequena... Depende do ponto de vista. E assim, depois de ter feito essa coisa muito bela e doce, devolvemos a cadeira e a mesinha para o bar e voltamos para casa.

– Viu? Foram muito gentis, não é?

– É sim.

Fico em silêncio enquanto caminhamos em direção à minha casa. Finalmente, decido que é melhor esclarecer logo a situação.

– Escuta, Filo, foi realmente uma surpresa muito linda.

– Obrigado. – Filo me olha curioso, depois levanta a sobrancelha. – Mas...

Me viro e sorrio pra ele.

– Mas?

– Sim, você quer me dizer alguma coisa que começa com mas...

Sorrio.

– Realmente. Acho que é melhor a gente não se beijar.

– Você não colocou o mas, no entanto, dá no mesmo. Me diz uma coisa, você não tinha me dito que queria uma surpresa; taí, eu fiz, ou você não gostou?

– Claro que eu gostei.

– Realmente, não sobrou nada. Você até acabou de comer o chantili com o dedo.

– Sim, de verdade, estava tudo delicioso.

– E então, o que está acontecendo? Você sabe que eu te pedi pra me dar um beijo antes dele, você me disse que ele fez uma surpresa pra você e agora eu também fiz. Estamos quites, não é?

– Não, não estamos quites. As coisas devem acontecer naturalmente, essa é muito...

– É muito?

– É muito construída!

– Bem, é... então inventa outra! Se eu fizesse uma surpresa que não fosse construída era muito fácil; ao contrário, eu fiz muito bem com o fio, com os sabores que você gosta... então é muito construída!

– Mas o que tem a ver... não é a surpresa... é a situação!

– Mas foi você quem me disse!

– O quê?

– Que precisava fazer uma surpresa! E se não pode acontecer, assim, por acaso, sem uma situação construída, como é que pode ser surpresa? É impossível!

– Tudo bem, deixa pra lá, desisto.

– O que quer dizer desisto? Não mesmo! Eu fiz a surpresa pra você! Agora quero o beijo!

– Psiu, não precisa gritar! Eu disse que desisto de tentar te explicar. Vem.

Abro o portão e faço ele entrar. Vamos até o hall e felizmente a porta está aberta. Entramos.

– Vem comigo! – Abro outra porta.

– Mas onde a gente vai?

– Fala baixo que podem escutar... Vamos até o subsolo. – Fecho a porta atrás de mim. Depois, ficamos na penumbra. Somente algumas fendas de luz entram por debaixo da porta de ferro que dá para a garagem.

– Bonito, aqui.

– É... – Olho à minha volta. – Vamos, vamos depressa.

Dessa vez é ele quem reclama.

– Mas assim não consigo. Assim é muito...

– Chega, já estou cheia! – Seguro ele e lhe dou o beijo. Depois de alguns instantes, me afasto.

– Construída... – diz Filo sorrindo no escuro.

– Para com isso, bobo! Bem, agora estamos quites, não é?

– Que nada, pra mim isso não valeu.

– E por quê?

– Eu é que tinha que te beijar.

Dobra a cabeça de lado. Ainda. Depois sorri pra mim. É bonitinho. Carinhoso. E, devagarinho, se aproxima e me beija. Finalmente. Como se deve. Hum... Tem gosto de mirtilo. Bom o mirtilo[23]! Ele tinha comprado para ele todos os sabores de fruta. Os outros para mim. Filo beija com paixão, me abraça, me puxa para junto dele. E exatamente naquele momento ouço abrirem a outra porta de ferro, aquela do outro lado, no fundo do subsolo, aquela que dá para a garagem maior, onde meu irmão guarda a moto. Meu irmão? Olho na direção da porta no fundo... É meu irmão!

Seguro Filo pela mão e lhe digo baixinho:

– Vem, depressa!

E corro em direção à porta que dá para o hall. Abro correndo. Depois, fecho atrás de mim.

– Vai, vai, corre! – Vou com ele até o portão.

– Mas não vale! E o beijo?

– Eu já te dei, ou melhor, dei dois!

– Sim, mas não como eu queria.

Abro o portão e o empurro para fora.

– Sai, vamos!

Filo sorri pra mim.

– Mas eu queria... um pouco mais... construído!

– Vai, vai! – Fecho o portão, me dirijo ao elevador enquanto meu irmão abre a porta do subsolo.

– Oi.

– Ah, oi!

Finjo que estou surpresa procurando não olhar para ele nos olhos. Ele, ao contrário, me olha fixamente.

– Como foi na escola?

– Bem.

Olho para ele um instante, está sorrindo. Olho para o outro lado.

– Ah, então foi tudo bem na escola... E como foi antes?

– Hein? – Olho pra ele novamente. Vejo que está rindo abertamente. – No subsolo...

– Ah, antes, não, nada. Sabe, eu tinha perdido uma coisa e... – Procuro inventar qualquer coisa, mas não consigo pensar em nada. E assim, me rendo.

– Não... quer dizer, não estava indo.

– Ah, sim...? Você sabe o que iria acontecer se o papai chegasse? – E dizendo isso, balança a cabeça e entramos no elevador. Subimos até o quarto andar. Você sabe, aqueles silêncios que às vezes se criam, aqueles que prosseguem e vão ficando maiores, e quanto maiores ficam, menos a gente consegue dizer alguma coisa e não vê a hora de chegar. De fato, assim que a porta do elevador se abre, pulo para fora, toco a campainha e mal abrem a porta entro a mil por hora.

– Oi, mamãe! Foi tudo bem na escola. Regular no dever de História...

Sigo pelo corredor voando e me enfio no meu quarto, mais para me relaxar um pouco que por qualquer outra coisa, mas depois de toda essa tensão! Coloco o CD do Massi, deito na cama e apoio as pernas na parede. Fico com cabeça mais baixa enquanto ouço a música de que eu tanto gosto. Analiso tudo o que aconteceu e me sinto culpada. Quer dizer, me apaixonei por um rapaz que eu não beijei e já beijei três; só que não estou minimamente apaixonada por nenhum deles! Assim não pode ser. E não, realmente não. Chega, não vou mais beijar ninguém, pelo menos até que... Bem, é melhor não ficar dizendo coisas que depois não consigo cumprir. Até quando... conseguir! Isso, assim é muito, muito melhor.

– Está na mesa! – diz mamãe.

– Já vou! – Levanto da cama. Bem, com esse novo programa beijador me sinto muito mais relaxada e até fiquei com fome, mas não muita, depois de todos aqueles sorvetes.

Tarde tranquila. Estudei em casa sozinha até as cinco. Alê saiu com uma amiga dela, uma tal de Sofia. Saem só pra ver as lojas. Alê tem tantas coisas que já não cabem no armário, e muitas delas ela nunca usa. Tanto que no outro dia ela nem percebeu que eu tinha usado uma saia sua. Bem, melhor assim, e, de qualquer maneira, é problema dela, assim quem sai ganhando sou eu. Depois, a mãe da Clod passou para nos pegar e fomos para a ginástica.

Clod em certas coisas me deixa para morrer. Nós estamos na academia do CTI no Lungotevere e ela gosta muito de lá, só que sente vergonha, e por isso não faz um monte de coisas. Até que na ginástica artística ela vai muito bem. Lógico, é um pouco redonda. Um pouco muito redonda. Mas tem ritmo, paixão, determinação. Somente nas paralelas uma vez ela ficou enforcada.

Daquela vez o Aldo estava lá.

Aldo é um tipo muito engraçado, está sempre se fazendo de gaiato, ri, brinca, faz um monte de imitações, só que antes de fazer ele sempre diz a todas nós: "Estão prontas? E agora, quem são? Hein? Quem são?". E faz uma voz. Eu e Clod nos olhamos. Eu nunca consigo acertar nada, não me vem à mente nenhum nome, um qualquer. Clod, ao contrário, diz todos os famosos italianos do passado e do presente e também os estrangeiros, sei lá, Brad Pitt, Harrison Ford, Johnny Depp e o mais incrível é que eles falam italiano e, nesse caso, tem que dizer o nome dos dubladores.

Enfim, Clod gostaria de adivinhar de qualquer jeito. Eu desisto logo no início porque é impossível entender quem é e perco a paciência; Clod, não, ela prossegue dizendo os nomes mais absurdos, alguns que eu até nunca ouvi falar. Acho que ela faz de propósito. No fim, fica exausta. Eu já saí do jogo há muito tempo e Aldo olha para nós divertido, primeiro para ela, depois pra mim, depois novamente para ela e para mim.

– Vocês desistem, hein? Desistem?

Eu olho para Clod. Depois não tenho dúvidas.

– Sim, sim, olha... a gente desiste.

– Era Pippo Baudo[24]!

– Pippo Baudo?

– Sim!

Eu me viro e vou embora. Clod fica ali.

– Muito bem, olha, muito bem mesmo. É verdade, era ele... Realmente! Estava na ponta da minha língua. Não conseguia lembrar o nome!

Quando ela chega no vestiário feminino para trocar de roupa, eu lhe digo:

– Não acredito! Mas como você consegue ser tão falsa. Aquele podia ser qualquer um, menos o Pippo Baudo! Você vê sempre ele na TV e não reconhece? Então eu sei imitar muito melhor.

– E daí? – Está irritada, senta no banco e só troca os sapatos.

– E daí o quê?

– Eu só faço isso pra agradar a eles e a você; o que é que te interessa?

– A mim? A mim nada! É que talvez a gente deva se comportar bem com a gente mesmo, ser honesta.

Clod se levanta e veste o agasalho.

– Como é que você não consegue entender?

– Olha, não estou entendendo nada...

– Não é tão difícil... ou melhor, para você é muito fácil! – E se vira para ir embora. Eu a alcanço, seguro pelos ombros e a viro.

– Escuta, o que você quer dizer? Mas o que me interessa se aquele ali sabe fazer ou não imitações? Por mim ele até pode entrar num concurso. O que você quis dizer com "pra você é muito fácil"?

– Nada.

– Como nada! Você disse! Então? O que é fácil pra mim?

– Fácil. É fácil porque...

Naquele exato momento, entra Carla, a mãe de Clod.

– Estão prontas?

– É fácil pra você... que já beijou três! – E sai correndo me deixando ali sozinha com Carla, que me olha boquiaberta.

Me faço de desentendida, tiro a camiseta e visto o agasalho.

– Estou pronta! – Depois pego a bolsa e saio com ela.

Juro a vocês que a viagem de volta para casa foi horrível. Primeiro, porque não podia falar com minha amiga Clod porque a mãe estava ali com a gente, e segundo porque ela tinha dado aquela notícia de graça para a mãe dela. Quer dizer, o que aquela pobre senhora vai pensar agora? Vai contar para minha mãe? Vai ficar zangada comigo? Não vai mais deixar eu ser amiga da filha dela porque sou uma garota fácil? Puxa! Juro para você que foi pior do que a pior das dores de cabeça. E aquele silêncio pesado. E depois uma série de pensamentos que eu não conseguia controlar, um redemoinho, um furacão. Um ódio contra o Lorenzo, o Gibbo e principalmente contra o Filo. E também um ódio absurdo contra as minhas amigas Alis e Clod, que sabiam de tudo, e contra mim mesma que tinha contado pra elas! Sentia um ódio particular pela Carla, a mãe de Clod, porque tinha chegado naquele exato instante! Que merda!

Desço do carro.

– Até amanhã... e obrigada. – Entro pelo portão sem dizer mais nada. Subo as escadas correndo. Quem sabe o que elas vão dizer no carro. Imagina. Vão ficar contra mim.

Alê abre a porta.

– Oi. – Vou para o meu quarto. Tiro o casaco e começo a escrever imediatamente no *messenger*. Ainda bem que Alis está lá; conto tudo para ela.

– Mas é normal que vocês tenham discutido; você nunca imaginou por que exatamente ela disse fácil pra você?

E, assim, insisto e peço que ela me explique, mas ela no fim diz que eu devo descobrir sozinha. Deito na minha cama. Coloco o CD do Massi, tenho certeza de que ele vai me ajudar. Penso, penso, e uma solução me vem à mente. Será mesmo isso? Volto pro *messenger* e tenho sorte, encontro a Clod.

– Desculpe... Eu não tinha pensado. Talvez tenha entendido... Mas também não foi fácil pra mim! Gosto muito de você... – E não dissemos mais nada, prometendo conversar na escola.

No dia seguinte, na hora do recreio, fomos para um canto.

– Clod... Não é verdade que você também beijou aquele rapaz nesse verão, não é?

Clod olha pra mim um pouco séria.

– Por quê?

– Me diz se eu acertei.

– Hum... – Concorda meio sem graça. E eu sorrio pra ela e dou de ombros.

– Mas não é tão importante. Comigo aconteceu por acaso, não esperava. Foi assim com o Lorenzo.

– Sim, e depois com Gibbo e Filo! Você já está no número três!

– Mas não tem nenhuma importância! Eu quero beijar o Massi.

– Também!

– Só! Eu beijei aqueles que eu não queria, então, de certa maneira, não vale.

Clod começa a rir.

– Olha que você é incrível, tem a capacidade de distorcer tudo. Minha mãe sempre diz...

– Ah, o que ela falou ontem depois que eu saí do carro?

– Falou mal de você...

– O quê?

– Disse que não é assim que alguém se comporta. Mas eu defendi você, eu disse: "Escuta, mamãe, você não está sabendo de nada. Não diz nada, você não pode falar se não conhece a história, não é justo. E ela é minha amiga". E ela: "Sim, mas não é porque é sua amiga que ela não pode errar!". Eu respondi: "Ela não errou... se viu envolvida". E ela: "Bem, eu espero sinceramente que você não fique envolvida". "Ao contrário!", eu disse a ela! "Espero mesmo ficar envolvida!", e desci do carro.

Olho para ela. Me defendeu apesar de ficar chateada com aquilo que eu fiz e que ela não consegue fazer. Me defendeu diante da mãe. Uma grande prova de amizade. Sorrio pra ela.

– Clod, não se preocupe. Vai acontecer quando você menos esperar. Não é tão importante assim. – Ela olha para mim. Tem os olhos um pouco encobertos pela tristeza.

– Eu sei, mas vocês já estão muito mais adiantadas do que eu. Alis namorou o Giorgio o ano passado inteiro, aquele que estava na IIID. Se beijavam até na saída, na frente de todo mundo. Você sabe como ela é, fazia de propósito, talvez nem se importasse, mas fazia! Quando será que eu vou beijar?

Sorrio e abro os braços.

– Muito breve, você vai ver... – Passo o braço em volta dos seus ombros, lhe dou um abraço e vou embora com ela. – Eu te dou o meu lanche, quer? Eu ainda não comi. É bom, pão com Nutella.

Quando abro, fico desapontada. – Ah, não... Mamãe mudou o lanche. Colocou salame, aquelas fatias fininhas, fininhas. Que saco! Eu já disse para me avisar quando muda aquilo que coloca no pão. Que chato, mas ela é assim mesmo.

– Você é que é feliz e tem sua mãe que prepara o lanche! – E pega rapidamente o pão das minhas mãos e dá uma bela mordida. Quando tira da boca, ficou um semicírculo. Nossa! Mas não digo nada, fico abraçada com ela enquanto continua a comer o meu pão. Depois se vira, me olha e sorri.

– Só mais uma coisa, Carol. Nem tente beijar o Aldo!

Eu a aperto um pouco mais forte.

– Ah, não sei minha querida, não sei mesmo, vou pensar. Mas escuta aqui... vocês não queriam me roubar o Matt?! E vocês mesmas disseram que nós somos amigas e devemos dividir tudo! Certo? Ei, deixa um pedaço de pão pra mim! – Tiro das mãos dela e saio correndo.

– Chata...

– Tchauuuu! – E antes que ela me alcance, já estou novamente na sala de aula.

À tarde, nada de especial. Outubro *dolce far niente*... mas não era abril? Bem. E chove. Que droga o que a gente pode fazer? Tento fazer um jogo. Um passo. Te encontro. Dois passos não. Três talvez amanhã. Quatro daqui a pouco. Cinco não serve pra mim. Invento um novo jogo sobre os ladrilhos quadrados do meu quarto. Dou um pulo com os olhos fechados. Se cair em cima do mesmo ladrilho, vale um passo e vou encontrar o Massi. Se tocar dois nunca mais vou vê-lo. Se der um pulo maior e tocar três ladrilhos, talvez eu o encontre amanhã mesmo. Se tocar quatro vou vê-lo daqui a uma semana, se forem cinco me enganei completamente. Uma vez a vovó me contou que existia o beijo no ladrilho. Ou era a dança? De qualquer jeito eu não tenho ninguém para beijar nem para dançar, e essa pessoa seria a mesma, Massi. Tudo bem, vou tentar. Vamos lá... pulei com as pernas um pouco afastadas. Não acredito. O mesmo ladrilho. Massi... Vou te encontrar! E já que as coisas estão indo bem, resolvo fazer um teste.

Encontrei um monte na internet, com perguntas diferentes. Gosto de fazer testes. Se a gente ler a resposta depois de um tempo, vê como mudou!

Que horas são? Dezenove horas.

Onde você está? No meu quarto.

O que você estava fazendo? Ouvia Tokio Hotel vendo o vídeo de *By your side* no YouTube.

Você está de bom humor? Sim, mas estava melhor de manhã.

O que você fez ontem? Saí com Alis e Clod.

Você acha que consegue responder as perguntas seguintes? Se não me raptarem o *Huibù*, sim.

Você gosta dos pijamas da Benetton? Por quê? Por que exatamente aqueles? Está fazendo propaganda?

Você gosta do cheiro dos fósforos logo depois que se apagam? Sim.

Você gosta de ser abraçada por pessoas altas? Sim, parecem um teto.

Você faz promessas frequentemente? Só aquelas que posso cumprir.

Você se sente confiante nesse momento? Sim.

Mudou de opinião sobre alguma coisa recentemente? Sim, sobre o amor à primeira vista.

O lugar onde você não gostaria de estar nesse momento? Na sala de aula.

O lugar onde você gostaria de estar? De moto com o Massi.

Você gostaria de se chamar Chantal? Não.

Que figura tem no tapetinho do seu mouse? Um cachorro.

Olha para sua direita. O que você vê? As prateleiras com livros e o banquinho.

Olha pra sua esquerda... A porta.

O que você faz geralmente no sábado de noite? De tarde saio com Alis e Clod, depois do jantar só de vez em quando, mas tenho que voltar às onze da noite e ficar perto de casa.

O bar, restaurante, que você mais gosta? A pequena sala de chá Ombre Rosse, no Trastavere.

Você gosta de beber? Água, sim.

Se você tivesse que mudar o *look*? Ousaria o estilo emo... Mas não sei se ia ficar bom em mim. Convers ou Vans, unhas pretas, cabelos presos com franja assimétrica. Acho que ficaria melhor na Clod. De qualquer maneira, encontrei um site muito legal: *www.starstyle.com* para copiar o *look* das artistas! Adivinhem quem foi que me falou? Alis!

Depois do teste, saí e voltei à Feltrinelli para ver se por acaso o Massi passava novamente. Enquanto estava no ônibus, fiquei tentando imaginar a vida dele, o que faz, quem é... Acho que... Não acho que. Algumas coisas eu sei. Então: é romano, tem mais ou menos dezoito/dezenove anos porque ele saiu numa bela moto esportiva, nova. Então, deve ser de boa família. Poderia até morar no centro. Ai, quase levo um tombo! O ônibus balança que é uma maravilha. Esse motorista corre muito... Seguro uma alça pendurada no alto procurando não perder o equilíbrio. Olho para fora e por um segundo tenho a impressão de vê-lo. Passamos por ele. Não. Não era ele. Odeio me enganar! Eu vejo ele em todo lugar, mas esse é muito alto! Mas... não é de todo mau. Não, não tem nada a ver, está com uma garota. E... não, o Massi é muito melhor. De qualquer maneira, eu nunca conseguiria ficar com alguém que já tem uma pessoa. Nós já somos tantos que alguém já ocupado teria de paquerar exatamente eu? Nem pensar você beijar um cara que ainda está com o gosto daquela que beijou antes. É a mesma coisa a gente beijar logo ela. Que estranho. E mesmo assim, as revistas, a TV não falam de outra coisa. No dia que eu beijar alguém como o Massi, não deixo nunca mais ele escapar! Mesmo porque eu acho que ele é perfeito. Poderia ser um esportista, ele me disse que estuda, eu o conheci dentro de uma livraria, então, quer dizer que ele lê. Também não é nenhum CDF, porque conhece música. Ele me deu de presente James Blunt! Mas também conhecia Amy Winehouse e Eddie Vedder! Então, ele deve ser mesmo o máximo. E mais... eu o vi dentro da Feltrinelli e ele não estava lá para jogar Playstation com aqueles estúpidos ou todas aquelas outras coisas que certos garotos fazem. E também alguns mais velhos. Nisso o meu irmão também é diferente daqueles que eu conheço. Droga, não é que conheça tantos... De qualquer maneira, Rusty James para mim é o máximo, o meu namorado também deve ser como ele! Alguém que ame escrever, pintar, tirar fotografias, alguém que tenha uma veia criativa, enfim, sempre cheio de sonhos. A sua história era muito bonita. Eu gostei muito, e se tiver sido publicada muita gente importante também deve ter gostado! Ele não é protegido de ninguém, isso quer dizer que é bom aquilo que escreveu. Ou ele foi até a revista, levando o texto e talvez o chefe fosse uma mulher. Sim, isso mesmo, uma mulher mais velha do que ele. Isso também é estranho. Acontecem certas coisas... Mesmo o fato de que uma mulher se apaixone por um rapaz mais jovem é estranho pra mim. Talvez porque às vezes aqueles da minha idade eu considero um pouco infantis. Se tivesse que ser mais velho do que os meus colegas de escola, eu os consideraria ainda menos! Ah! E os homens sempre tiveram uma mulher mais nova ao lado deles. Bem, na história, agora não me lembro muito bem. Adão e Eva, por exemplo, eram com certeza como eu penso, talvez uma diferença pequena, já que ela não é nada mais do que o resultado da costela dele. Certo que eles se comportaram de maneira estranha, estavam num lugar fantástico, sem trânsito, com uma paz, cheio de verde, sem escritos, sem poluição, sem a escola... Não, enfim, no Paraíso, e precisava estragar tudo para comer uma maçã! E você está de dieta, não é? Ou então podiam escolher outra fruta. Disseram para não pegar a maçã, então não pegue! Não é muito difícil resistir a uma maçã. E depois, quem foi que te disse? Não foi um qualquer! Foi Ele! E você o que faz? Come assim mesmo! Então, foi você quem procurou o problema.

Ah, melhor não pensar nisso. Entro na Feltrinelli. Essas livrarias estão muito diferentes do que eram. Têm muita música, bar, algumas televisões, telas planas e vídeos. Têm um segurança que controla todos aqueles que saem e, não sei por quê, de vez em quando alguma coisa toca. Acho que ele para as pessoas ao acaso, pensando, talvez, pelo jeito delas, como estão vestidas, que poderiam ter roubado alguma coisa.

– Desculpe, senhora... – E detém uma mulher, tão séria, tão séria que antes de ela roubar alguma coisa eu então já teria assaltado um banco.

– Sim. – E a senhora sorri. Acho que ela está pensando que ele quer paquerá-la!

– Posso? – O segurança se aproxima da sua sacola. Abre, pega a notinha que está lá no fundo e a examina diante dos olhos, verificando aquilo que a senhora realmente tem dentro da sacola.

– Obrigado... – Parece que está tudo em ordem. A senhora não responde. Levanta o queixo, depois a cabeça, finalmente o corpo e, com ar superior, vai embora! Queria mesmo que o segurança criasse um caso. Depois dessa cena divertida, decido dar uma volta. Passo entre as prateleiras. Nada. Do Massi nem sombra. Ali. Foi exatamente naquele ponto que nos vimos pela primeira vez. Ou melhor, onde cruzei com o seu olhar... e ele com o meu. Coloco o fone de ouvido e começo a ouvir o James Blunt, o CD que ele me deu, de novo. E se fosse um ritual mágico que o faz aparecer a cada vez? Fecho os olhos enquanto ouço. Seguro o fone de ouvido com as mãos, balanço um pouco a cabeça. Por favor, faça essa mágica. E cantarolo um pouco enquanto penso. Isso. A música de que eu gosto está terminando. Abro os olhos devagar, um olho depois o outro. Nada. O lugar onde ele tinha aparecido para mim estava vazio. Nãoooo, não consigo acreditar.

– Oi, Carolina. Mas você já não tem esse CD? Não é aquele que o rapaz que você perdeu te deu de presente?

É Sandro, o vendedor de sempre. Tiro o fone de ouvido. Mas será possível? É uma espécie de calamidade? Todas as vezes que passo por aqui encontro com ele... E ele me vê! Mas será que não fazem turnos?

– Ah, sim, é aquele que eu tenho, mas queria ouvir uma faixa novamente... Fiquei com vontade.

Sandro levanta a sobrancelha, parece não acreditar muito em mim. Depois, decide fazer o seu trabalho.

– Achei que você escutasse Tokio Hotel! Sabia que saiu o último CD do Justin Timberlake? É ótimo! Todas as garotas da sua idade gostam muito.

Olho para ele. Quantos anos ele acha que eu tenho? Eu, hein. E francamente não me interessa nem um pouco.

– Bem, eu não gosto; prefiro os Finley, mas eu vim porque preciso comprar um livro.

– Ah, bem, finalmente você acabou de ler o outro... Você gostou da Zoe Trope?

– Mais ou menos.

Ele me faz companhia enquanto caminhamos pelos setores. Na realidade, não li nada nesse último período, seja porque a escola me toma muito tempo, seja porque não encontro nada de interessante. Enfim, nenhum livro daqueles que a gente começa e não consegue mais largar. Antes eu estava lendo *Piccoli Brividi* que não era tão mau. Eu não gostava muito de Geronimo Stilton, me diverti muito mais com *Harry Potter*, mas desisti no terceiro episódio.

– Você nunca leu o Moccia? – Sandro entra no meu pensamento como uma bomba na mão.

– Não! – Talvez eu seja a única da minha turma que ainda não leu, mas acho absurdo que alguém escreva histórias como as suas.

– Por quê? Ele faz muito sucesso, principalmente entre as garotas da sua idade!

– Exatamente por isso! Eu não entendo por que ele só fala de gente bonita, sem pelo menos uma espinha na cara, super-rica, com carros maravilhosos, vão a todas as festas, vivem em lugares fantásticos, depois se apaixonam e terminam *Três Metros Acima do Céu*!

Sorri para mim.

– Bem, claro que as pessoas gostam do rico e do belo, mas tem outra coisa, Carolina, olha que não é bem assim como você está dizendo...

Nossa, mas esse quem é... um amigo do Moccia?

– Bom, eu acho isso... Eu também fui ver o filme com Scamarcio...

– E você gostou?

– Dele sim, do filme nem tanto... – Passa uma linda garota perto de nós, deve ser sua colega. Está usando o crachá e se chama Chiara.

– Oi Sandro, acabaram de chegar as novas *moleskines*, se você precisar, estão atrás do primeiro caixa.

– Ok. – Noto que ele ficou vermelho. Depois continuamos a caminhar. Ele se vira um instante para olhá-la. Ela anda depressa, é alta, tem as pernas compridas e fortes e os cabelos castanhos que deslizam em direção a uma saia preta enquanto na parte de cima usa um colete vinho como aquele do Sandro; deve ser uma espécie de uniforme.

– É bonita...

Sandro me olha.

– É.

– É muito bonita.

Sandro me olha novamente, mas dessa vez não diz nada; aliás, procura mudar de assunto.

– Sabe de qual livro você poderia gostar? *Os delírios de consumo de Becky Bloom,* de Sophie Kinsella. Ela explica como o ato de consumir exageradamente pode ser uma arte.

– Para mim, alguém que sugere como gastar tanto dinheiro já me deixa nervosa.

Sandro começa a rir.

– Sim, você tem razão, te entendo perfeitamente.

Chegamos em frente a várias pilhas de livros com um papel em cima escrito Contos. Olho pra ele.

– Você lê muito?

– Bastante, eu gosto de ler e, para fazer bem o nosso trabalho, acredito que a gente deve saber exatamente o que está vendendo, deve conhecer as histórias, o que queria dizer aquele escritor ou o outro... não podemos nos limitar só ao que está escrito na orelha do livro ou nos parágrafos e trechos que lemos ao acaso, abrindo o livro, ou, pior ainda, lendo nos jornais o que os críticos dizem ou o que os vendedores contam vagamente. Um livro é um momento particular no qual alguns personagens adquirem vida e de repente, lendo aquilo que eles pensam, dizem, experimentam, vivem e sofrem; você pode compreender se um escritor é realmente bom. Porque cada palavra dele se torna parte daqueles personagens que assim adquiriram vida... mas só para aqueles que realmente leram eles estão vivos. – Olha para mim e, finalmente, sorri. Deve ter trinta anos.

– Nossa... bonitas essas palavras. Quer dizer, legais esses conceitos que você falou... você tem sorte.

– Por que você está me dizendo isso?

– Não sou eu que diz. Minha mãe diz sempre que aquele que faz um trabalho do qual gosta é um felizardo. – Exatamente naquele momento sua colega Chiara passa por nós outra vez.

– Ei, vocês estão bem juntos, não é? Conversam muito! Que legal... – Depois se afasta. Sandro permanece assim, extasiado, olha para ela e sorri. – Ai, ai, ai... Estou sentindo cheiro de problemas. Ou felicidade. Você é duplamente felizardo – Sandro sorri. – É você é muito espertinha. Toma... – Tira um livro da prateleira. – Esse eu dou de presente pra você.

Volto para casa e estou muito contente. Agora eu acho o Sandro simpático. No início tinha pensado que ele era um daqueles caras estranhos que gostam de garotinhas, não que eu seja pequena, mas, enfim, se alguém de trinta anos fica fixado em uma pessoa como eu, não deve ser normal. Além do mais, eu nunca ficaria com alguém daquela idade. Mas é um bom profissional e ama o seu trabalho e no fim eu vi que era só simpatia o que ele sente por mim. Ou melhor, fez o que pôde pra me ajudar na tentativa desesperada e falida de reencontrar o Massi... E isso me fez pensar por um instante que ele fosse um homem de trinta anos que não gostava de mocinhas como eu... mas de pessoas. Não sei por que me veio em mente essa ideia estranha. Talvez porque hoje ache raro que as pessoas encontrem tempo para se ocupar dos outros sem que não tenha uma razão muito bem escondida. Mas, depois que eu vi como ele olha para a Chiara, não tenho mais dúvidas. Não é que ele goste das mulheres. Muito mais! Está perdidamente apaixonado por aquela moça bonita e quem sabe se fez alguma coisa, sei lá, alguma tentativa, além de ficar babando atrás dela como um bobo. Não existe nada pior do que ser pego assim de surpresa diante da beleza do amor. Que droga! Não é que isso acontece toda hora na nossa vida. Eu já sabia disso, e quando Massi chegou eu estava mais do que pronta para mergulhar de cabeça. Foi o destino que me deu uma rasteira. O furto do celular foi um grande azar, impossível de imaginar. Chega, não quero mais pensar nisso.

Estou no ônibus de volta para casa. Encontrei até lugar para sentar. Esse livro que o Sandro me deu é muito engraçado. Você pensa numa coisa, abre numa página ao acaso e ele te dá a resposta. É o *Livro do oráculo*. E é um mito. Em geral a gente faz um monte de perguntas por nossa conta e nunca encontramos a resposta e, principalmente, não temos coragem de perguntar a ninguém porque, se a maioria das pessoas pudesse só imaginar o que a gente pensa, morreria de rir. Ao contrário, ter um livro nas mãos como esse é perfeito. E além do mais... não posso rir! Bem, a primeira pergunta me parece evidente, mas devo fazer de qualquer maneira. Vou encontrar o Massi novamente? Fecho os olhos. Coloco as mãos sobre o livro para transmitir a ele um pouco de confiança e principalmente fazer ele sentir o desejo que eu tenho de revê-lo... Não, quero fazer com que ele entenda muito bem.

Depois, abro os olhos e abro seguramente mais ou menos na metade do livro. E a frase que aparece no meio da página parecia ter lido o meu pensamento.

"Não se desespere. Acontecerá logo."

Bom, ou melhor... ótimo! Era exatamente o que eu queria ler. Obrigada, livro. Você, sim, sabe ouvir as minhas orações. Só mais uma pergunta, ok? Só pra ter uma ideia mais precisa... O que significa logo? Não, porque às vezes *logo* pode ser entendido como alguns dias, ou semana, meses, anos! Enfim, eu gostaria de interpretar aquele *logo* bem. Assim, penso na pergunta, fecho os olhos, apoio a mão na capa para retransmitir toda a minha curiosidade e reabro o livro na metade. Dessa vez, a resposta precisa ser interpretada seriamente.

"Precisamos ser práticos."

Me dizer isso! Eu seria imediatamente prática com Massi! Que droga. Mas, livro querido, o que quer dizer? Que devo continuar procurando, devo me esforçar mais? Ou ser *práticos* quer dizer desistir do Massi e encontrar outro, que é mais fácil? Enfim, mil perguntas me veem à cabeça. Assim, estou para recomeçar a leitura de uma página do livro quando percebo que tenho uma única certeza: passei do meu ponto! Toco a campainha imediatamente para descer no ponto seguinte, só que fica muito longe da minha casa!

– Desculpe... – me dirijo ao motorista. – O senhor pode parar, por favor? Passei do meu ponto. Por favor.

Ele me responde sem sequer me olhar.

– Não podemos, é o regulamento...

– Obrigada – agradeço, mas na verdade penso numa coisa muito diferente. Que droga, bufo e volto para a porta central. Claro que vocês não podem, então eu não sei? Por isso eu lhe pedi com tanta gentileza! Mas que respostas são essas? Não precisaria muito para serem gentis com o próximo. Droga, que saco... agora vou ter que ir até o ponto seguinte. Será que não podiam colocar um ponto um pouco mais perto? Uma senhora que tinha ouvido a minha pergunta ao motorista consegue ler o meu pensamento.

– Não podem abrir a porta cada vez que alguém pede, senão para que serviriam os pontos?

Me olha como se dissesse "como é que você não entende isso?". Gostaria de lhe responder: "Sobre os pontos posso estar de acordo, mas para que serve uma chata como a senhora? Fique sabendo que aquilo eu sempre soube! E a senhora, o que pode me dizer agora, hein? O que mais tem a declarar?". Mas, naquele exato momento, o ônibus para, fico bem junto da porta e assim que elas se abrem, desço rapidamente e começo a correr como uma louca em direção à minha casa.

Toco o interfone.

– Quem é?

– Eu.

Subo as escadas correndo. Toco a campainha, Alê abre a porta.

– Oi... – depois atravesso o corredor. – Mamãe, cheguei.

Mas onde eles estão? Não tem ninguém na cozinha. As portas de vidro da sala estão fechadas. Alê passa ao meu lado.

– Estão lá. E acho que ainda vão demorar... Eu vou jantar – e vai para a cozinha. Talvez eu também vá. Mas primeiro quero saber o que está acontecendo. Sou muito curiosa. E assim me aproximo. Escuto a voz da minha mãe.

– Mas talvez mude de ideia.

Meu pai, como sempre, grita.

– Claro, é por isso... É culpa sua que o defende todas as vezes!

Através de uma fresta, vejo a cena. Estão eles dois e o meu irmão. Rusty James sério entre eles.

– Mas por que vocês estão brigando? Por que você levanta a voz, papai? Por que você sempre culpa a mamãe? Ela não tem nada a ver com isso. A decisão é minha. Já tenho quase vinte anos... poderei tomar as minhas decisões certas ou erradas, não?

– Não! Entendeu? Não, porque estão erradas! – meu pai grita de novo. – Só podem estar erradas... Tem lógica? Abandonar a faculdade! E o que pode haver de certo nisso?

– Que eu não gosto de estudar Medicina.

– Ah, claro, você quer a paixão. Quer ser cenógrafo.

– Um encenador.

Meu irmão balança a cabeça e senta no braço da poltrona. Meu pai recomeça.

– Claro... e todo o dinheiro que eu gastei para você estudar, para você se formar em Medicina, para dar a você um futuro, um emprego? Você não pensa nisso? Tudo perdido, dinheiro jogado fora. Claro, você não está ligando para isso, não é?

Meu irmão suspira.

– Eu devolvo a você, está bem? Eu vou restituir a você tudo o que você gastou comigo. Assim, não teremos mais dívidas.

Vejo que papai sai da mesa e vai até ele e o pega pelo casaco, puxando a manga e fazendo com que ele quase caia do braço da poltrona, sacudindo ele com raiva.

– Escute aqui, pare de bancar o insolente comigo... – Rusty James quase escorrega. Se ergue novamente e acaba diante dele, em pé. Papai é mais baixo.

Mas ficam um na frente do outro de igual para igual, e meu pai o segura pela gola do casaco. – Entendeu? Hein? Entendeu? – grita cada vez mais alto, com a boca escancarada, segurando meu irmão pela gola do casaco e com o seu rosto a um milímetro do de Rusty. Continua a gritar sempre muito alto. – Você entendeu ou não? – Tomara que não aconteça nada. Parecem aquelas cenas de filme em que alguém tem uma faca ou uma pistola, ou então alguém entra de repente e diz "mãos ao alto" e dispara e, no fim, alguém sempre acaba no chão, morto. Mas aquilo é um filme. Enquanto aqui... Papai e Rusty se aproximam cada vez mais. Papai o segura pela gola do casaco. Rusty é irremovível, duro, depois começa a empurrar com o peito para fazer o papai andar para trás. Papai também empurra, os seus pés escorregam pelo assoalho do salão, sobre o tapete desgastado. Papai volta um pouco para trás, Rusty o empurra, papai resiste, mas não consegue. Rusty sorri. Papai tira a mão da gola e coloca no rosto, Rusty James vira para o outro lado como um cavalo descontrolado, que escapa do seu dono, rebelde, raivoso, assustado, é quase o confronto.

– Parem, parem! – Mamãe se mete no meio deles. Antes que seja tarde demais, antes de acabar nos jornais, antes que aquele estúpido jogo se transforme em outra coisa. – Parem! – Ainda bem... senão eu teria entrado na sala. Quer dizer, enfim, sim, talvez eu tivesse entrado. – Chega... Parem de brigar, não façam isso...

Rusty James se afasta. Respira fundo. Eu nunca tinha visto o rosto dele daquele jeito. Papai também respira, mas um pouco mais rápido. Como se lhe faltasse o ar, como se tivesse feito um esforço muito grande naquele estranho jogo, violento, de empurrar. Depois, retoma a palavra, penteia os poucos cabelos descompostos e quase cambaleia quando começa a falar.

– Eu não lhe dou de comer e de dormir para que não faça nada na vida. Eu me levanto cedo e vou para o hospital, para abrir o caminho para ele, de maneira que um dia, depois da faculdade, se torne um médico. E ele o que faz? O insolente, cospe no dinheiro que eu lhe dei, na comida, em nossa casa.

– Eu nunca cuspi...

– Pois está fazendo agora! Você deveria respeitar! Deveria ter pelo menos a coragem de admitir. Não está bom para você? Então não aceite nem ficar aqui e comer para depois fazer o que você quer... Deveria ter a coragem de ir embora... – Papai olha para ele sorrindo, quase desafiando... Depois se deixa cair em uma das velhas cadeiras da sala. E continua a olhar para ele quase rindo, com uma expressão sarcástica, arrogante, com maldade, como só o papai sabe ser.

– Mas, sim, que tolo... você não tem coragem...

E Rusty James faz uma coisa que eu nunca esperaria. Coloca, de repente, a mão direita no bolso do jeans. Nossa, ele vai pegar a faca ou, pior, a pistola, como eu dizia antes. Ao contrário, não. Pega um envelope. É uma carta. Olho melhor. Está escrito para a mamãe. Entrega para ela.

– Toma... é para você, – Enquanto a entrega, olha para o papai pela última vez. – Vê... Eu já sabia tudo aquilo que você iria dizer. Você é previsível. Dessa vez quem ri é ele, indo embora. Mas o seu riso é triste, amargurado, desiludido, sem nenhuma graça. Mal consigo me esconder. Vou para outro cômodo enquanto ele sai correndo. Atravessa o corredor e se dirige para a porta de casa. Ouço quando ela bate. Então, volto rapidamente para meu lugar, no esconderijo de onde acompanhei toda a cena até aquele momento. Mamãe abriu o envelope, pegou a carta e está se preparando para começar a ler. Eu me aproximo um pouco mais da porta. Isso. Mamãe começa a ler com os olhos cheios de medo, para cima e para baixo rapidamente, à direita e à esquerda, devorando as palavras como se procurasse alguma coisa, alguma coisa que ela já sabe. E papai olha para ela, talvez irritado, os olhos semifechados, ligeiramente derrotado pelo fato de que Rusty James já tinha programado tudo. Depois, bate com a mão sobre a mesa.

– Não sei! Se você quiser ler alguma coisa pra mim também. Assim, hein, quem sabe me dizer o que eu estou fazendo aqui nessa casa.

Mamãe respira fundo e depois começa:

– Mamãe, não fique aborrecida, mas se eu te entreguei essa carta quer dizer que as coisas tomaram esse rumo. Você é uma pessoa maravilhosa... Que trabalha todos os dias, que se levanta cedo pela manhã...

– Pois é! Porque eu, ao contrário, durmo, não faço nada, não trabalho, não é verdade? – Mamãe para um instante. Olha para o papai. Ele levanta a mão na sua direção. – Sim, sim, continue, continue!

Mamãe recomeça a ler.

– Essa carta já estava no meu bolso há seis meses. E hoje à noite eu a reescrevi porque sabia que ao dizer para o papai que iria deixar a faculdade tudo isso aconteceria e que não teria mais tempo para deixá-la para você. Eu estive bem em todos esses anos... – Mamãe para por um segundo, está com uma espécie de soluço. Respira fundo, mais uma vez, e de novo ainda mais fundo e recomeça a ler. – Mas acredito que aos vinte anos eu deva ainda tentar ser feliz. Quando o papai me matriculou na Faculdade de Medicina, tentei de todas as maneiras fazer com que ele entendesse que não era aquilo que eu gostaria de fazer na minha vida. Mas ele, teimoso como ninguém, pensando que conhece todos os medalhões médicos...

– E claro, porque ele acha que conhece os verdadeiros sábios. Quero ver o que ele vai fazer se não estudar, o que vai fazer? Como vai comer? Onde vai ficar? Claro que deve voltar pra casa!

Mamãe olha para ele e aperta os olhos; de repente, endurece; papai não sabe que se alguém tocar no Rusty James ela pode virar um tigre.

Depois mamãe respira fundo, ainda mais fundo do que antes e continua a leitura.

– Eu conheço todo o seu esforço, a sua paciência e o seu amor, e não tenho dúvidas de que você compreenderá a minha escolha em deixar a Medicina e de fazer aquilo que eu realmente gosto: escrever. Você se lembra quando eu lia pra você as minhas redações? Uma vez você me disse que elas te divertiam, que faziam rir e depois te comoviam. Pois é, mamãe. Eu queria que você entendesse que de um modo ou de outro você me deu a coragem para não ignorar a minha paixão. Não quero viver uma vida triste feita de dias um depois dos outros, a esperar que o tempo passe, sem um sorriso, uma emoção, a esperança de um sucesso desejado, sim, talvez cair, mas me levantar depois e recomeçar com mais empenho ainda, tentando conseguir, chegar lá. Tenho a possibilidade de viver aquele entusiasmo que também você, de qualquer maneira, teve que sufocar. Quero me tornar um escritor, escrever para o cinema, para o teatro ou escrever um romance; eu gosto de ler, de estudar e de conhecer os textos dos outros, tudo aquilo que nunca interessou ao papai. Mil vezes eu tentei comunicar esse meu desejo a ele e todas as vezes ele tinha alguma coisa melhor pra fazer: assistir ao jogo, ler o jornal, ir jogar cartas com os amigos. Não acredito nem que ele se importe muito com a minha decisão. Ele é assim, não consegue admitir que os outros tenham, pelo menos eles, uma paixão. Obrigado, mamãe por tudo o que você me deu, e principalmente porque foi você quem me deu essa coragem. Eu estou certo, não podia vir, a não ser de você, e mirar em direção ao alto, fazer uma vida diferente daquela que uma outra pessoa, sem amor, já tinha decidido para mim.

Papai não vê mais nada. Levanta de repente, arranca a carta das mãos da mamãe.

– Muito bem. Muito bem, viu? A culpa é sua se eu sou obrigado a ouvir a essa hora, depois de um dia de trabalho, todas essas besteiras! – E rasga a carta pelo menos em três pedaços.

– Nãooo! Pare! – Mamãe vem pra cima dele. E lutam. E consegue segurá-lo antes que a faça em mil pedaços. Depois alguns fragmentos caem no chão. Mamãe se dobra, começa a catá-los enquanto o papai balança a cabeça e deixa a sala.

Corro e me enfio de novo no meu esconderijo, vejo ele passar e entrar no seu quarto. Bate a porta. É o sinal. Saio novamente. E, bem devagar, entro na sala. Mamãe está de joelhos, recolhendo ainda os pedaços da carta, depois me vê, me olha com uma expressão magoada, seus olhos são tenros e tristes, também um pouco brilhantes, como se quisesse chorar, mas segurasse suas lágrimas. Então, me ajoelhei perto dela, e aos poucos começo a catar todos aqueles pedacinhos de papel. E depois, quando não tinha mais nada no chão, nos levantamos e colocamos tudo em cima da mesa, começando a juntá-los. E procuramos alisá-los porque alguns pedaços estavam muito amassados. E eu não sei por que, mas me saí com essa:

– É como fazer um quebra-cabeças... – Não queria nunca ter dito isso, mas, felizmente, ela sorri. Depois, quando por fim adivinhamos todos os encaixes e cada frase mesmo que cortada fazia o sentido certo, o seu significado, mamãe se afasta, vai até o armário, aquele com porta de vidro, com os velhos pratos importantes que usamos só para as festas. Abre uma gaveta, e pega a fita adesiva, leva para a mesa e começa a soltá-la, faz uma longa linha e depois a corta com a boca porque a serrinha do suporte não funciona mais. Pega aquele primeiro pedaço e o coloca sobre a folha, tentando fixar aquelas palavras rasgadas, e eu com as duas mãos mantenho a página imóvel. Em silêncio, encaixa bem aquele primeiro pedaço de papel. Depois pega outro pedaço de fita adesiva, puxa, corta com os dentes e o coloca sobre outro rasgão, dessa vez de cima para baixo. E me olha, sorri para mim, cheia de dor. Apoiando a sua mão nas minhas, alisando a folha, empurrando sobre a fita adesiva logo depois de colocada para aderir melhor. E continuamos assim, em silêncio, por longos minutos.

Finalmente, mamãe tira aquela folha reparada da mesa com delicadeza. Segura com as duas mãos. Parece um pergaminho descoberto há pouco, quem sabe de qual sítio arqueológico, trazendo em cima as indicações para um tesouro, talvez. Mamãe sorri. O seu tesouro. O nosso tesouro. Rusty James... no momento desaparecido.

– Ei, mas posso saber o que vocês estão fazendo? Vocês não vêm jantar?

Alê aparece na porta. Ainda está mastigando.

– Bem, eu já acabei. Cansei de esperar... Vou pro meu quarto! – Mamãe não diz nada. Eu penso só uma coisa: em vez de Rusty, ela não podia ir embora?

Vamos para a cozinha e jantamos eu e a mamãe. Ela preparou um prato de espaguete com tomates, muito bom. E mesmo que tivesse que fazer um pouco de dieta, na realidade engordei só meio quilo e já tinha perdido dois, então ainda posso comer sem problemas.

– Hum, boa essa massa! Está um pouco apimentada, mas eu gosto...

Mamãe sorri. Ela colocou pimentinha! E comemos sorrindo, conversando sobre uma porção de coisas. Decido contar para ela sobre o Massi, para distraí-la um pouco.

– Sabe mamãe, conheci um...

Mas vejo que ela muda de expressão de repente. Esse assunto parece que não a distrai muito... Ou melhor, ela fica preocupada! Mudo imediatamente o rumo da conversa.

– No início eu gostei muito, mas depois que conversamos um pouco mudei de ideia. Isso é normal? Será que um dia vou encontrar alguém que eu goste de verdade? – E, assim, vejo que com essa última e falsa pergunta ela se distraiu realmente.

– Claro, você não deve se preocupar, cada coisa tem seu tempo...

E continuamos assim e eu a ouço enquanto a ajudo a tirar a mesa. Colocamos os pratos sujos na pia, à esquerda, e ela fala, fala, me conta de quando era pequena como eu... do primeiro rapaz que tinha conhecido. E de vez em quando eu lhe faço alguma pergunta.

– E era bonito? – E mamãe sorri. Eu não me sinto culpada por causa do Massi, sim, eu disse a ela que eu não gostava dele, mas assim para deixá-la tranquila; depois, se um dia eu o encontrar, mamãe não saberá que ele era a pessoa de quem falava e que talvez eu continue gostando. Ela descasca uma maçã para mim, comemos juntas e depois vou dormir com a sua recomendação de sempre.

– Carol... os dentes.

– Pode deixar... – Depois me meto na cama. Mas ainda ouço eles brigando. Papai e mamãe. Gritam, discutem, batem também as portas e tantos outros barulhos fortes. Por isso, coloco meu iPod. Do meu quarto, vejo o quarto do meu irmão. A porta ainda está aberta. Rusty James não voltou. Eu sabia, está resistindo. Ele é assim. Não acredito que ele volte. Por um instante, eu gostaria de chamá-lo e lhe dizer duas coisas, queria que ele soubesse que sinto muito pelo que aconteceu, que é meu irmão e que já sinto sua falta. Mas existem momentos em que a gente precisa resistir ao desejo de telefonar, talvez ele esteja muito zangado e precise ficar sozinho, não falar com ninguém, nem com aquelas pessoas que o amam. Mas, ao livro dos oráculos, aquilo que eu tanto gostaria de saber posso perguntar. Eu o apoio sobre a barriga. Estou com o fone do iPod nos ouvidos. Coloquei no aleatório, assim ouço uma música sem escolher. Eu gosto da surpresa de ouvir uma canção que não selecionei. A gente acaba ouvindo o que nem imaginava, mas, quem sabe, poderia ter algum significado... Depois coloco a mão na capa do livro. Acaricio e faço a minha pergunta com clareza: Rusty voltará logo para casa? Depois de alguns instantes, abro. Apoio o livro reto sobre a barriga para poder ler melhor.

"É melhor que algumas coisas fiquem como estão."

Ao ler aquela frase, tenho vontade de morrer. Não posso acreditar. Não é possível. Não. Ele não voltará nunca mais. E quase choro. E como se não bastasse, naquele exato momento começa a tocar uma música do Ligabue no iPod. "Essa é a minha vida... sempre eu quem paga... nunca aconteceu que alguém pagasse por mim..." E lágrimas quentes descem pelo meu rosto e de repente me sinto só, sem aquela certeza que só ele sabia sempre me dar: meu irmão. E continuo chorando. Queria tanto dizer a alguém todas as coisas que passam pela minha cabeça nesse momento. Mas não sei com quem falar. Ou queria que agora, como numa mágica, meu pai e meu irmão entrassem e dissessem pra mim: "Desculpe, Carol, não chore! Era uma brincadeira". Mas não é assim. E eu não sabia que muitas outras coisas iriam mudar.

Sílvia, a mãe de Carolina

Sou a mãe de Carolina. Me chamo Sílvia. Tenho quarenta e um anos, não me formei, cursei apenas o Ensino Médio, que não me serviu para nada. Trabalho numa tinturaria. O meu sonho é ver os meus filhos felizes. De verdade. Todos. Satisfeitos e capazes de caminhar com as próprias pernas. Esse é o motivo pelo qual me levanto de manhã e volto para casa cansada depois de tantas horas. Mas não sinto o peso. São os meus filhos, e eu os amo muito. Tão diferentes, frágeis. Giovanni e Carolina têm muitas afinidades e sei que sempre vão se ajudar e isso me tranquiliza. Alessandra tem suas vaidades e certas fraquezas que às vezes fazem com que ela se comporte de uma maneira um pouco diferente de como é na realidade. Porque Alê é boa, eu sei. Giovanni é tão bonito. E muito competente. Não só na faculdade, porque eu sei que ele não se empenhou muito, não é a estrada dele, ele faz contra a sua vontade só para agradar a nós e especialmente ao pai. Falo de ele escrever, de como ele consegue me comover quando conta alguma coisa. A Carolina também sempre diz o mesmo. Ela acredita. Como eu gostaria que o Rusty James, como ela o chama, alcançasse o seu objetivo. Ele merece realmente. Mas tenho medo que ele se decepcione. Seu pai não o apoia, assim como outras pessoas que acham que ser escritor não é uma profissão, mas apenas uma paixão que não nos dá de comer. Costumamos ouvir que só publicam aqueles que conhecem pessoas influentes, e ele com certeza não é um desses. Não temos amizades importantes para ajudá-lo, infelizmente. Não naquele campo. Dario, meu marido, perdeu muito tempo e atenção com os "medalhões", os médicos que circulam de uniforme pelos corredores onde trabalha. Espero que Rusty James tenha a força necessária para enfrentar todos os "nãos" que irá ouvir e que, apesar disso, não desista nunca. Eu gostaria de ter a certeza de que ensinei isso para ele, aos meus filhos: que a vida é nossa e ninguém nos dá nada, que somos nós que a construímos com base naquilo que realmente queremos. Mas é preciso acreditar muito, senão acontecerá exatamente o contrário. Os nossos medos vão nos imobilizar e nós mesmos que mandaremos tudo por água abaixo, sempre colocando a culpa de tudo isso nos outros. A minha vida é simples e aos olhos dos outros poderia parecer modesta e sem satisfações. Não é assim. Vivo como sei viver e da maneira que me permite, mesmo com tantos sacrifícios, de tocar para a frente a minha família. Uma família que eu desejei muito que fosse como é. E Carolina, a minha Carol, que no fim é quem mais me entende, de vez em quando me diz o quanto gosta de mim e que não adianta de nada eu ganhar muito dinheiro ou fazer um trabalho "chique". Diz que eu sou a melhor mãe do mundo, honesta e verdadeira. E eu sinto muito orgulho disso.

O amor. Eu gostaria que tivesse sido como aquele dos meus pais, mas um sentimento assim é muito raro. Não sou invejosa, amo meu marido, mas sei que, talvez com o passar do tempo, ele tenha se perdido um pouco em suas frustrações. No fundo é um homem bom, e me lembro dos tantos projetos e das ideias que ele tinha quando era jovem, quando queria mudar o mundo e me presentear com o "bem-estar". Talvez ele nunca tenha entendido, porque não fui capaz de fazê-lo sentir que o meu "bem-estar" seria vê-lo mais sereno, de não explodir e gritar como às vezes faz. Mesmo sabendo que é só o seu modo de demonstrar amor, de pedir compreensão. O que eu sonho? Que os meus filhos me façam ter orgulho deles, e só existe uma maneira para isso: sendo realmente felizes, corajosos, fortes e confiantes na vida. Conscientes sempre de que estar vivos é um dom maravilhoso, que os outros, todos, mesmo aqueles que nos parecem diferentes ou distantes, têm algo de bom no fundo, basta apenas demonstrar confiança neles. Que não tem a menor importância possuir pouco ou muito dinheiro, porque os verdadeiros valores, quando estão enraizados dentro de nós, são uma riqueza inesgotável. É assim que eu sempre procurei viver. E sou feliz por isso.

Novembro

Quando eu tiver oitenta anos, gostaria de poder dizer que:
- passei um fim de semana no Alasca;
- aprendi dança do ventre;
- beijei mais de cinco rapazes e por último o Massi;
- comprei um vestido branco longo;
- usei uma torradeira automática;
- comprei uma daquelas supergeladeiras americanas;
- tomei um café com o vocalista dos Finley!

Fui com a mamãe ao cemitério. Cada vez que vou lá, tenho que me consolar depois com Alis e Clod. Talvez tomar um sorvete e dar uma volta. Sinto uma tristeza... Mamãe fica ali arrumando as flores frescas compradas no quiosque em frente. Eu nunca sei o que dizer. Todas aquelas pessoas na recordação de sua dor. É uma coisa que eu não compreendo bem, porque felizmente, ainda não perdi ninguém. Ainda tenho meus avós, Luci e Tom, e todas as pessoas mais queridas para mim. Talvez seja por isso que eu me sinta tão pouco à vontade ali. Eu sei, poderia não ir, mas mamãe sempre me pede, me diz para lhe fazer companhia porque senão ficaria sozinha. Papai nunca vai ao cemitério. Imaginem Alê. Antes, Rusty a acompanhava, mas agora ela pediu a mim, e também eu não gosto de deixá-la sozinha. Ali estão alguns tios dela. Eu ajudo a segurar a escada, lhe passo as flores, apanho água e dou para ela. E ela arruma tudo. Enquanto espero, dou algumas voltas e leio as inscrições nas lápides mais antigas, as orações. Existem as breves e as que parecem estranhas. Depois observo aquelas fotografias desbotadas nas quais se reconhecem os traços dos rostos com dificuldade. E aqueles nomes que quase não se usam mais, nomes longínquos como aquelas vidas... Depois mamãe me chama e vamos embora. Assim. Da mesma maneira como viemos.

Novembro foi um mês daqueles estranhos, um mês de passagem, daqueles que a gente não esquecerá facilmente na vida. Pela primeira vez me senti... como dizer... mulher. E isso graças ao meu irmão. Foi numa sexta-feira. A sexta-feira sempre é um pouco estranha quando estamos na escola. Talvez porque saibamos que o sábado e o domingo estão chegando e assim fazemos mais bagunça ainda.

– Vamos, não para com isso! Você vai fazer ela ter um ataque!

Mas Cudini não quer ouvir ninguém. Ele é danado! Magro, muito magro e muito alto. Está sempre com suéteres lindíssimos, diz que foram presente de um tio dos Estados Unidos, um que está sempre viajando a trabalho. Hoje está usando uma show, militar, um azul-escuro misturado com cinza e verde, diretamente de Los Angeles. O tio do Cudini compra de tudo no exterior e traz para a Itália: filmes para as emissoras de TV, artigos para o comércio, quadros para os amigos, roupas para as moças, camisetas e jeans para as lojas especializadas, cerveja para os bares. E tem sempre uma passagem aérea em aberto, também para o seu sobrinho. Além de todos os presentes que lhe dá. E Cudini ama os suéteres e principalmente adora fazer essa brincadeira com a professora Fioravanti, de desenho geométrico. Ele o chama de o "*cascamorto*". Ele coloca o capuz do suéter no cabide da sala de aula e depois se joga no chão como "peso morto" como ele diz! E quando a professora Fioravanti entra, bem, acontece de tudo.

– Lá vem ela, lá vem ela, está chegando!

Alis entra correndo na sala. Ela se diverte muito servindo de vigia.

– Vamos, vamos, todos sentados!

Todos corremos para nossos lugares, cada um em sua carteira, e parecemos mesmo uma turma perfeita quando a professora entra. Ela para exatamente atrás do Cudini pendurado no cabide.

– O que está acontecendo? Vocês estão tão calmos e silenciosos... O que aconteceu? Devo ficar preocupada?

Mal consegue terminar a frase e Cudini começa a se mexer, se debatendo, agitado, gritando "Ah, ah!". Grita como um louco, como um corvo ferido, como uma ave de rapina que se afasta para um vale qualquer. E agita os braços, mexe com as pernas, pendurado pelo capuz do suéter, fazendo o cabide bater com força contra a parede. "Ah, ah..."

A professora dá um pulo.

– Socorro, o que está acontecendo! – Coloca a mão no coração. – Que susto! Mas o que é isso?

E vê aquela espécie de morcego humano preso na parede que grita, se mexe, se debate. "Ah, ah, ah...", grita Cudini até não poder mais! Então a professora pega o livro de chamada e bate nas costas dele várias vezes, com força, procurando controlar aquele estranho animal. Cudini, debaixo de todas aquelas pancadas nas costas, finalmente tropeça, não consegue mais se equilibrar sobre as pernas e perde o apoio. Fica pendurado só pelo suéter no cabide e no fim se entrega. O suéter se estira todo, o capuz resiste, segura Cudini ainda por pouco tempo... mas, em seguida, ele cai levando consigo o cabide de madeira, que se solta com todos os parafusos e cai no chão com um grande estrondo. "Aiii!" Cudini rola pelo chão, e o cabide cai em cima dele. Nós começamos a rir, uma barulheira infernal, outro louco sobe na carteira, todos gritam, fazem o maior tumulto, inventam vozes de animais estranhos.

– *Hia hia!*

– *Glu glu!*

– *Roar roar!*

– *Sgrumf sgrumf!*

A professora Fioravanti, ainda com o livro de chamada, continua batendo no Cudini mesmo caído no chão debaixo da madeira.

– Toma esse, e mais esse...

– Ai! Ai, professora! Sou eu!

Finalmente consegue tirar o cabide de cima dele, tira o capuz do suéter e mostra o seu rosto.

– Cudini! É você? Eu pensei que fosse um ladrão!

Cudini se levanta todo dolorido.

– Ai, ai... Fizeram uma brincadeira comigo, os colegas me penduraram lá...

– Mas por que será que eles fazem essa brincadeira todas as vezes, exatamente com você?! E você cai sempre. E olha que eu não considero você um bobo!

A essa altura, Cudini não tinha mais o que dizer. Tirou uma boa nota e teve que passar a tarde acompanhando o conserto do muro e do cabide. E, ainda por cima, teve que levar a conta do pedreiro para seus pais. Parece que eles não usaram o livro da professora Fioravanti, e sim diretamente os pontapés, especificamente seu pai. De qualquer maneira, a ideia da brincadeira do "*cascamorto*" foi gravada pelo Bettoni, amigo do Cudini, com o celular, e muito *zoom*. Depois ele colocou no site *www.scuolazoo.com* e parece que foi classificado! Seja como for, nós nunca tínhamos rido tanto como hoje. Mas o que realmente me surpreendeu aconteceu na saída da escola.

– Oi, Gibbo! Oi, Filo.

– Ei, Clod, a gente se fala depois?

– Ok, o que você vai fazer?

– Talvez a Alis queira dar uma volta pelo centro.

Exatamente naquele momento "Bi, bi!", ouço a buzina. E não posso deixar de reconhecê-lo. É ele! Meu irmão. Eu não o via nem falava com ele havia uma semana. E estava triste. Quer dizer, achava que ele voltaria logo para casa depois da briga com o papai, ou talvez depois de um dia, no máximo dois. Pelo contrário, ele resistiu por uma semana fora de casa, nem sei onde ele dormiu e depois passou para pegar todas as suas coisas! Muito legal, Rusty James! Claro, por um lado sentia a falta dele, mas eu gosto das pessoas que, quando dizem uma coisa, cumprem até o fim.

– Então, tudo bem?

Ele sorri para mim de cima da moto, uma belíssima Triumph azul-escura com o escapamento prateado, cromado e um assento longo, preto, de couro.

– Você vem comigo? – E me olha, pegando um segundo capacete. – Tenho uma surpresa. – Depois dá um sorriso maravilhoso. Não há nada a fazer. Gosto muito do Rusty James. Está sempre bronzeado, talvez porque tenha a pele morena e os dentes muito brancos que sobressaem ainda mais. Talvez porque ande de moto e esteja sempre em movimento. Ou porque, como diz a mamãe: – O sol beija os belos! – Bem, não sei. Corro na direção dele, pego o capacete e coloco rapidamente, depois o abraço e monto na garupa, apoio o pé no pedal e *voilà*, coloco a outra perna do outro lado, como se montasse a cavalo. Me aperto com força em volta da sua cintura. E Alis, Clod e outras três garotas me olham. Rusty faz o maior sucesso... e muito mais! Todas gostariam de ter um irmão como ele ou até um amigo ou um homem, enfim, de um jeito ou de outro todas gostariam de estar agora no meu lugar... Mas quem está sou eu!

– Tchauuu!

Consigo dar adeus liberando o braço direito na direção delas. Mas apenas por um instante. Rusty engrena a primeira e a moto salta para a frente. Consigo abraçá-lo rapidamente e já voamos no meio do trânsito. Vento nos cabelos. Me olho no espelhinho na frente. Meus olhos estão semifechados, e pontas de cabelos, mechas loiras saem do capacete. Encontro os óculos ray-ban dentro da minha bolsa. Coloco com uma das mãos, lentamente, a haste, que no início se embaraça um pouco nos cabelos, depois atrás da orelha, depois, finalmente, está no lugar certo. Isso, assim. Agora o vento me incomoda menos. Agora vejo bem a rua. Lungotevere. Em direção ao centro. Estamos nos afastando da escola, de casa...

– Ei, aonde a gente vai? – grito para ele me ouvir.

– O quê?

– Aonde vamos?

Rusty James sorri. Eu vejo pelo espelhinho, que cruza o meu olhar.

– Eu disse que é uma surpresa!

E acelera um pouco mais e eu o aperto com força e escapamos assim, longe de tudo e de todos, perdidos no vento.

Um pouco mais tarde, Rusty James desacelera, reduz a marcha e dobra à esquerda. Desce a rua, ao longo do rio. Se levanta sobre o pedal da moto para pular o último e pequeno degrau. Faço o mesmo para não bater com o traseiro no assento. Ele me vê e sorri.

– Muito bem!

Depois, abaixamos, sentamos novamente e ele começa a correr, engrena as marchas, acelera, segue ao longo da ciclovia, ao longo do rio, agora estamos mais próximos.

– Bem... – Em seguida, desacelera. – Chegamos.

Desliga a moto em movimento e faz os últimos metros no silêncio do campo ali em torno. Somente alguma gaivota mais no alto grasna, interrompendo o tranquilo curso do Tibre.

Rusty James coloca o cavalete e me ajuda a descer.

– Está pronta?! Olha aqui...

Me mostra uma linda barca diante de nós.

– A partir de hoje, quando você me procurar, pode me encontrar aqui. Por favor!

– Ora, vamos... fala sério, é seu? Você comprou?

– Ei, quem você pensa que eu sou? Vem, sobe.

Me deixa passar na frente, mas eu digo:

– Não, não, vai você primeiro.

– Ok.

Assim, ele sobe na minha frente sobre o píer que une a barca à margem.

– Talvez eu compre um dia, quem sabe. Por enquanto, aluguei e até consegui um bom preço.

Não lhe pergunto quanto. Já fiz uma grande burrice ao pensar que ele podia comprá-lo. Mas ele percebe e satisfaz a minha curiosidade.

– Imagina, me alugaram somente por quatrocentos euros por mês.

Somente, eu penso! É exatamente o que eu consigo economizar em um ano. Mas se ele falou assim é porque deve ser um preço fantástico e eu devo demonstrar que estou entusiasmada.

– Ótimo, muito bem... parece bom.

– Bom? É ótimo. Então, aqui é a sala – e me mostra um cômodo grande com uma mesa no centro e algumas poltronas velhas abandonadas ao lado. Tudo é muito velho e estragado, mas não quero que ele perceba que achei isso.

– É grande como sala...

– Sim, é um pouco antigo, não é habitado há muito tempo. Vem, essa é a cozinha.

Entramos em um cômodo todo branco, muito iluminado. Tem um vitral no alto e, no fundo, uma escada que conduz ao teto. No centro, alguns fogões grandes, todos de ferro, e sem ferrugem.

– Olha – abre um armário. – Aqui embaixo se coloca o botijão de gás.

– Como no mar!

Falamos ao mesmo tempo e começamos a rir. Eu olho para ele por um instante e fico em silêncio. Então, Rusty James estica a mão direita.

– Sim, eu sei no que você está pensando, anda, vamos fazer...

Então, nós dois aproximamos nossas mãos direitas, depois unimos os dedos mindinhos, sorrimos e fazemos aquele estranho balanço: "Um, dois, três... Pluft!". E soltamos os dedos.

– Bem! – Começa a rir. – Então, aquilo que nós desejamos se realizará!

Claro, não lhe digo o meu desejo, senão ele não se concretiza, e não digo nem para você. Mas você bem pode imaginar, não é?

– Olha, aqui é o quarto... – Depois abre uma porta no fundo. – Com o banheiro... O que você acha?

Abro os braços e dou de ombros.

– Bem, não sei exatamente o que te dizer. É... é... muito bonito – e depois volto para o sala. – É enorme, tem muito espaço!

– É, aqui eu quero colocar uma mesa para mim. Aqui dois quadros, aqui um pequeno armário... – Rusty anda por toda o sala e me mostra todos os cantos. – Aqui cortinas brancas, aqui mais escuras, aqui um abajur de chão, ali a estante com a televisão. Aqui um sofá grande para poder assistir a ela e aqui uma mesa de centro para colocar as coisas...

Eu o sigo, gosto, parece ter ideias claras sobre como arrumar as coisas, as cores, a iluminação.

– Desse lado, que é onde nasce o sol, quero colocar cortinas azul-celeste, e aqui fora algumas flores. – Depois para. Parece ficar mais tranquilo. – Será preciso um pouco de tempo para encontrar todas essas coisas, além, naturalmente, de um pouco de dinheiro.

Me olha e sinto muita ternura, e pela primeira vez ele me parece um pouco menor do que é. Mas só por um instante.

– Ah, mas não tem problema... Eu tenho algumas economias, continuo escrevendo e fazendo alguns contatos para oferecer os meus textos, mais cedo ou mais tarde alguma coisa vai acontecer. É que agora os sofás, os móveis e as mesas nem se fala... está tudo caríssimo!

– Bem, mas tem aquele lugar... como se chama? Fazem sempre propaganda nos cartazes pelas ruas, aquele onde tudo é barato! Ah, sim, Ikea. O único problema é que depois você tem que montar tudo sozinho!

– Ah, sabe, Carol, você acabou de me dar uma ótima ideia! Espera que vou telefonar... – Pega o celular no bolso e digita algumas teclas. Não posso acreditar. Rusty James também tem o número da Ikea?

– Mamãe... – me olha e sorri – oi, estou aqui com a Carol. Queria te dizer que ela vai chegar mais tarde... Sim, janta comigo, ok? Não, não no McDonald's, juro! Hein? Quando nos vemos... Quando nos vemos... – Me olha e pisca o olho. – Breve, muito breve... quero mostrar uma coisa pra você... Sim, assim que ficar pronta a gente se vê! Ok, sim, te telefono logo. Tchau, mamãe. – Depois desliga o telefone. – Viu? Pronto. Jura que não vai dizer nada pra ela? Quero fazer uma surpresa e convidar ela quando tudo estiver arrumado.

– Juro!

– Bem, agora vamos.

– Aonde?

– Como aonde? Você foi genial... à Ikea!

Bem, em pouco tempo chegamos, e posso jurar a vocês que nunca me diverti tanto. Então, a primeira coisa que fizemos foi comer lá e foi como se estivéssemos na Suécia. Quer dizer, na verdade eu nunca estive, mas tem uma espécie de *self--service* em que nome das comidas é sueco, também os pratos e os desenhos, tudo o que se come. Fora os caixas que deviam ser do Tufello[25] ou mais para baixo dali, pois falavam um *romanaccio*[26] que, com exceção de algum amigo padioleiro do papai no Hospital Policlínico onde ele trabalha, eu nunca tinha ouvido. Nós pedimos um salmão que estava muito bom com batatas de forno deliciosas e um estranho pão preto sempre sueco com miolo pequeno e compacto que faz a gente pensar que não engorda tanto! E esse pensamento no fundo me consolou. Foi ótimo. A Ikea é uma verdadeira cidade! Cheia de móveis de todos os tipos, quartos, salas, vitrais, janelas e cortinas, salões, tudo já montado para gente ter uma ideia melhor. E ainda pratos, copos, luzes, toalhas, velas. Enfim, o que você procurar ali tem! E assim, ficamos rodando, acompanhados por um vendedor, Severo, que nome, hein? Que na verdade nada tinha de severo... Praticamente eu e Rusty James fingíamos ser um casal e eu podia decidir sempre, como acontece às vezes com alguns casais. No fim, é sempre a mulher que escolhe, principalmente quando se trata de coisas para a casa. E o homem... bem, o homem paga!

– Olha, Rusty, eu queria aquelas cortinas, com aquela mesinha de cabeceira e depois aquele tapete para o quarto e aquela mesa e depois aquele... e depois aquele outro... – E Rusty ri e diz que sim e me manda escolher tudo. Só de vez em quando me faz refletir sobre certas coisas. – Mas não é melhor se nós comprarmos um pouco mais claro? Você se lembra da cozinha? É branca.

– Sim, é verdade, você tem razão.

E Severo continua olhando os códigos de cada coisa que escolhemos. No fim, compramos um monte de coisas.

– Bem, acho que está tudo aqui! – Severo passa a lista para Rusty verificar tudo.

– Sim, tudo certo.

Depois, vão juntos em direção ao caixa. Severo lhe explica que se ele pagar uma quantia a mais, eles entregam os móveis em dois dias na barca e, se pagar outro tanto, eles até montam tudo para ele.

– Não, pode deixar, isso eu faço, mas se vocês puderem me entregar lá com uma caminhonete, seria ótimo.

Assim, Rusty James assina e vamos muito contentes em direção à saída.

– Esperem, esperem...

Severo corre atrás de nós.

– Vocês se esqueceram disso... – e nos entrega uma fotocópia com tudo aquilo que escolhemos e também um catálogo da Ikea. – Se vocês acharem que ainda falta alguma coisa, podem olhar aqui dentro... – Ele permanece ali de pé diante de nós e nos sorri.

– Posso dizer uma coisa a vocês? – Mas nem espera que a gente diga sim. – Vocês formam um casal muito bonito. Eu nunca vi ninguém combinar tanto como vocês. – E nos dá um sorriso satisfeito. Que figura esse Severo! Não tem nada a ver com o seu nome, sei lá, a partir daquele momento eu o chamaria de Docíssimo ou Simpaticão ou Alegre ou, então, isso, Sereno! Mas nunca Severo!

Rusty James me abraça e sorri.

– O mérito é dela se estamos sempre de acordo – e me aperta mais e me leva como se eu fosse realmente a sua namorada. Naquele momento, juro para você que eu parecia ter pelo menos quinze anos ou dezesseis, ou dezoito, enfim, eu me senti uma mulher. Mas, principalmente, a mulher mais feliz do mundo.

Simple Plan, "When I'm gone". Estou ouvindo essa música no iPod e penso como seria se eu de repente fosse embora. Não, não falo de morrer. De ir embora. Como Rusty James fez. Mas para ir morar, assim, em Londres. E deixar tudo aqui. Eu escreveria só para a mamãe e o meu irmão. Talvez eles fossem os únicos a ficar tristes com a minha partida. De qualquer maneira, tirando isso, que é somente um sonho, voltando à realidade Cudini tentou hoje pela manhã bater o recorde e entrar na classificação no site *www.scolazoo.com*. Acho que ele queria me provocar porque um tal de Ricciardi tentou bater o recorde de uma escola em Talenti e estava na frente dele. Ele nos mostrou a foto no site na aula de inglês, no laboratório com uma porção de computadores cuja utilização deveria ser um pouco diferente, tudo bem, mas essas são apenas detalhes.

– Olha... olha... A cara que ele tem e está em primeiro lugar! Esse Ricciardi está me batendo. Vocês podem imaginar?

Quer dizer, esse tal de Ricciardi, que nem me pareceu tão mau assim, tem um belo rosto, mas principalmente fez uma brincadeira muito pesada com o professor dele! Ele entrou na sala de aula vestido de padre em cima de pernas de pau, abençoou a classe e saiu pela porta se abaixando sem cair!

– Bem, é engraçado.

– Sim, além disso o Ricciardi torce pelo Roma!

– E o que tem isso?

– Bem, pra mim tem muito a ver.

Como se essa competição fosse um pouco sem fronteiras, vale tudo. Cudini está morrendo de raiva. Não consegue se controlar.

– Bem, para mim é assim. Tenho uma ideia. Bettoni, vem cá. – E começam a conversar num canto. Cudini conta tudo para ele no ouvido e de vez em quando para. – Entendeu? – E depois recomeça sempre no ouvido de Bettoni. – Legal, não?

Bettoni ri como um louco. – Muito bom, legal... Você vai derrotar ele com certeza, esse imbecil do Ricciardi.

Quer dizer, todos estão com raiva dele. Se pelo menos existisse um motivo, eu hein!

Solidariedade Farnesina. Assim eu vou chamá-la, com o nome da nossa escola.

Voltamos para a sala porque daqui a pouco vai começar a aula de italiano. Estamos todos conversando como sempre enquanto esperamos o professor, menos o Bettoni que está ali com o celular, procurando prepará-lo bem, como se fosse um cineasta nato.

– Como você quer, com o *zoom*? Ou em panorâmica?

Cudini olha pra ele perplexo. – Ei, cara, quem você pensa que eu sou? Olha aqui, eu só posso fazer uma vez porque depois todos vão descobrir o segredo e aí não vale mais!

É, o mais absurdo é que agora com esses celulares se faz tudo. No início, serviam como telefone. Agora existem os iPods, minicâmeras, computadores para navegar na internet e muitas outras coisas que eu nem sei fazer. É por isso que são tão caros. E foi por isso também que roubaram o meu! Na verdade, o grande valor para mim era o número do Massi! Mas não quero pensar nisso. Naquele exato momento, chega o professor Leone.

– Bom dia, pessoal. Vamos, todos para os seus lugares!

O professor se dirige para sua mesa e se senta. Apoia a bolsa, abre e pega o livro de chamada.

– Bem, hoje como combinado é dia de chamada oral. Abre o livro e verifica os nomes que ele tinha escrito. Cudini olha para o Bettoni e faz um sinal com a cabeça como se dissesse: – Ok, tudo em ordem? Tudo ok, estou filmando! – Bettoni, como sempre, faz o sinal com o polegar: – Tranquilo, tranquilo, tudo ok.

Porque com Bettoni a gente nunca precisa se preocupar, na opinião dele. No entanto, eu acho que o Cudini está nervosíssimo.

O professor Leone continua olhando a lista com o dedo indicador.

– Então, o primeiro será... vamos ver... Cudini!

O professor Leone levanta a cabeça na direção dele. Cudini olha um instante para o Bettoni que já está gravando com o celular e faz sinal de sim com a cabeça, está filmando o professor. Depois, Bettoni vira o celular na direção de Cudini que engole seco e começa.

– Escute professor, hoje o senhor não vai me interrogar, e sabe por quê? Porque eu vou fugir! – E com essas palavras começa a correr, pula sobre a carteira da Rafaela, a mais CDF da turma e sai voando pela janela.

– Ahhhhhhhhhhhh! – E depois, bum! Um estrondo enorme! O professor Leone e a turma toda, inclusive o Bettoni, corremos para a janela. Cudini está caído no meio do pátio, com a perna toda torta.

– Mas é completamente louco. Quebrou a perna! Se machucou! – grita o professor Leone.

Bettoni continua filmando com o celular. Eu balanço a cabeça. – Realmente, o Cudini é louco! Pulou do segundo andar! Ou achava que ainda estava na IIB, que ficava no primeiro...

Bettoni desliga o celular. Bem, chega. Chega de filmagem! Que nada de primeiro e segundo andar. Cudini achava que aquela janela também tinha um terraço embaixo!

Bettoni olha para Rafaela, que está limpando sua carteira onde Cudini apoiou os pés antes de pular.

– Eu sempre disse para ele que essa aí dá azar.

Então Cudini foi levado para o hospital. Moral da história: vai ficar com a perna engessada por um mês. O professor Leone, para protegê-lo da encrenca que ia dar com a direção da escola, declarou que enquanto brincava ele escorregou e não teve como evitar a anotação do ocorrido no livro. Mas a coisa mais importante é que o vídeo, com o estrondo final, filmado perfeitamente por Bettoni, agora está no topo da classificação no site *www.scuolazoo.com*, em primeiro lugar! Acima do Ricciardi *romanista*, como ele o chama.

– E viva!

Foi filmado também no hospital para colocar no site.

– Só pra mostrar pra todo mundo que não é uma montagem como tanta gente faz... Eu sou verdadeiro!

É realmente louco esse Cudini. De qualquer maneira, a turma toda, em turnos, foi visitá-lo.

– Ei, não deixem a Rafaela vir, senão, não sei como, é capaz de ela me fazer quebrar a outra perna!

– Não, não fale assim. É chato uma pessoa ficar com essa fama de dar azar...

– Dá azar, hein? Não quero saber de nada, não deixa ela vir aqui! Não precisa dizer pra ninguém, tá?

Cudini sorri e abre os chocolates que a Alis, depois naturalmente da Clod, levou pra ele! A Clod não tem jeito! E também o Cudini à sua maneira! No entanto, agora acho ele mais simpático. Não sei se é porque ele se machucou. Talvez porque com a história do gesso ele teve que ficar mais parado, mais tranquilo. Antes ele era muito agitado. Filo sempre diz que ele é possuído pelo demônio, que antes de convidá-lo para ir na nossa casa, precisamos chamar um exorcista. No dia em que eu fui no hospital, ele estava bem, todo gentil, quase educado.

– Escreve alguma coisa pra mim no gesso? Capricha, Carol, que pra mim é importante o que você escrever... quer dizer, escrito por você será muito legal! Você desenha muito bem.

Realmente eu já tinha ouvido ele dizer isso à Sílvia Capriolo e à Paoletta Tondi, essas sim desenham bem de verdade, entendem as perspectivas, as dimensões, as sombras e as nuances de claro e escuro. Eu, vamos dizer, me viro e sou melhor nos desenhos em quadrinhos. De fato.

– Mas por que você está fazendo assim?

– Ah, Cudini, eu trouxe de casa essas canetinhas exatamente pra isso. Não enche o saco, vai!

E assim, imediatamente me concentro sobre o gesso. Azul-celeste e azul-escuro, depois laranja para o bico e os contornos em preto e desenho até os sapatinhos! Depois de mais ou menos meia hora, termino, Cudini não aguenta mais.

– Vamos, sai daí, sai que eu quero ver... – É muito curioso.

– Caraca... – fica de boca aberta.

– Gostou?

– Demais! – Observa satisfeito. E eu me aproximo de novo com a canetinha preta.

– Ei, o que você está fazendo? Não vai estragar, não mexe que está perfeito assim.

– Quero colocar a minha assinatura! – e escrevo Carol enquanto Cudini sorri para mim.

– Puxa, Carol, gostei muito dessa pipa que você desenhou. Azul e branca como o meu coração, como o céu, como as calcinhas da garota dos meus sonhos...

– Para com isso!

Naquele exato momento, entra a mãe de Cudini.

– Francisco, como é que você está? E a perna? – E começa a beijá-lo no rosto. – Meu filho, fiquei muito preocupada com você. Não consigo nem dormir de noite – E continua a lhe dar muitos beijos.

– Para, mamãe, tem gente aqui.

Eu, Alis e Clod nos olhamos e sorrimos.

Alis, sempre com presença de espírito. – Senhora, não se preocupe.

Mas Cudini se agita na cama.

– Sim, mas a perna é minha. Poxa, mãe, você se jogou em cima de mim.

– Desculpe, desculpe. Olha quem está aqui. A tia também veio com a Giorgia e o Michel. – E entra uma senhora que deveria ser muito elegante, só que passou perfume demais e está usando um casaco de pele exagerado... Nem nos documentários eu nunca tinha visto um animal daquele jeito. Também estava toda pintada e com brincos e colares enormes, um volume tão grande que, se ela tropeçasse e caísse, ninguém conseguiria levantá-la de novo.

– Francisco... mas o que você está aprontando? – E também a tia, inegavelmente irmã da mãe, se joga em cima do Cudini e começa a beijá-lo.

– Ai, tia!

– E quem poderia ser...

– Não... é que você se jogou com a bolsa em cima do gesso.

– Ah, desculpe.

– Não, toma cuidado.

Depois Cudini fala com os primos.

– Oi, Giorgia, tudo bem?

– Olha como você está! – a moça sorri. É mais moderada que a mãe-tia furacão escala quatro, é um pouco tímida e muito bonitinha, com pouca maquiagem, os cabelos lisos castanho-claros, jeans e um pulôver laranja. O irmão veio de roupa de praticar esportes. Um belo Adidas preto com a mochila a tiracolo com duas raquetes de tênis.

– Nossa, você está parecido com o Nadal – Cudini ri apontando a bolsa. Michel esboça um sorriso. – Nesse caso com o Federer. Meu estilo é mais parecido com o dele e sou menos caipira.

– É, mas quem sempre ganha é o Nadal!

– Na quadra de saibro. – Michel parece completamente diferente do Cudini. É mais baixo, tem os cabelos avermelhados, curtos. É normal, não muito magro, robusto. É bonito e parece educado. Exatamente por isso é o oposto de Cudini. Clod limpa os dedos que ainda têm cheiro de chocolate e sai, como sempre, com uma das suas.

– Então, você joga tênis...

E Cudini não deixa escapar.

– Não, com essas raquetes ele trabalha como varredor... ei, quando você abre a boca é engraçada pra caramba! – Depois, Cudini finge ficar triste. – O problema você não sabe...

Alis e Giorgia riem. Michel procura não deixá-la embaraçada.

– Sim, estou participando de um torneio aqui perto. Daqui a pouco vou pra lá... E, de vez em quando, dou aulas de tênis à tarde pra ganhar alguma coisa. – Olho para ele. Nossos olhares se cruzam e ele sorri. É bonito. Além disso, legal ensinar tênis para ganhar algum dinheiro. Um pouco como Rusty James. Enfim, Michel também não quer ficar nas costas dos pais, mesmo que não seja um problema para eles, eu acho, completamente diferente dos nossos.

– Custa muito caro uma aula? – Resolvo entrar na conversa.

– Bem, não muito, e depois eu sempre faço um acordo de um jeito ou de outro. O tênis é muito bonito pra gente não experimentar pelo menos uma vez.

Sorrio pra ele.

– Eu acho que iria me divertir...

Michel se torna profissional.

– Mas você sabe jogar?

– Nunca tentei, acho que não levo jeito. Eu me saio bem no esporte.

Clod concorda, mostrando que não estou mentindo. Alis faz uma expressão neutra. Não sei por que, às vezes ela tem um pouco de ciúmes das minhas situações. Mas, poxa, você podia falar, não? Parece que todos estávamos fazendo uma cena muda.

Clod se recuperou um pouco e resolveu intervir.

– Eu tentei uma vez... Não fui mal. – Cudini não deixa escapar outra vez.

– Sim, ela é fera no esporte... na aula de basquete a gente usa ela como bola! – E começa a rir sozinho. Como sempre, ele teve que estragar tudo; felizmente naquele momento entram duas enfermeiras.

– Desculpem, vocês devem sair do quarto... Temos de fazer a higiene, verificar o paciente antes que os médicos cheguem. Obrigada. – Uma das duas é loira, um pouco gordinha e realmente simpática, talvez muito pintada, mas com uns seios que nem a minha irmã consegue quando exagera no bojo. De fato, Cudini apoia os cotovelos na cama e se ajeita para trás para ficar mais apresentável, se possível. E pela primeira vez parece concordar com um pedido oficial.

– Sim, sim, vocês devem sair... – Mamãe e tia se dão beijinhos, dessa vez de maneira mais apressada e, finalmente, nos encontramos todos no corredor do hospital.

– Tchau... – Michel e Giorgia se despedem.

Michel parece que ainda tem alguma coisa para dizer, depois muda de ideia e vai embora. A mãe de Cudini também se despede de nós.

– Até logo, meninas, obrigada por terem vindo. – E também a tia. – Sim, vocês foram muito gentis.

Assim, permanecemos mais um pouco no corredor conversando.

– Será que aqui não tem uma máquina de chocolate ou outra coisa pra beber?

– Clod, mas você acabou de comer todos os chocolates do Cudini...

– Realmente, e agora não estou com fome, estou com sede. Mas será possível que não tem um bebedouro, nada?

– Eu sei, eu sei que você está com sede.

– Estou com sede, tenho sede, estou ficando desidratada... Além disso, vocês sabem que beber ajuda a emagrecer, desfaz as gorduras.

– Sim, mas não aquilo que você quer beber... chocolate!

– Nossa, como você é controladora...

Naquele momento passa um médico.

– Desculpe. – Clod se aproxima. – O senhor sabe se tem algum bebedouro, aqueles com o esguicho pra cima, pra beber água? – E olha pra nós, ou melhor, para dizer a verdade, olha pra mim como se dissesse "o que você estava pensando?".

– Sim, olhe, fica em frente aos banheiros, lá no fundo.

E assim, Alis, Clod e eu nos dirigimos para o fim do corredor. Clod, talvez pelo fato de finalmente matar a sede, parece se reanimar.

– É... não era nada mau o primo do Cudini.

Alis também parece concordar.

– Pelo menos é educado... E também bonito.

Concordo com elas. Depois, vi que ela me olhava, e não tem jeito, quando você percebe que alguém se interessa por você, automaticamente você gosta também... ou pelo menos agora é assim.

Clod começa a rir.

– O que é, por que você está rindo? No que você está pensando?

Clod se aproxima do bebedouro.

– Que ele era muito gato... vestido todo esportivo...

Alis levanta a sobrancelha olhando para ela.

– Pois é. Como dizia o Cudini antes, você é a bola de basquete, eu, ao contrário, queria ser a bolinha de tênis dele!

Clod aperta o botão e começa a beber.

– Ei, você está ficando igualzinha ao Cudini.

Clod para de beber água e me olha. A boca ainda está molhada e faz uma cara de menina curiosa.

– O que está pensando, Carol?

– Que a Alis tá ficando caipira!

– Imagina, quer dizer que você não ficou ligadinha no Michel?

– Não fiquei – digo tranquilamente, sem problemas.

– Mas ele estava olhando pra você...

– Olhem, o que vamos fazer? – Clod se mete na nossa discussão. – Por que a gente não vai...

– Não, não eu preciso estudar...

– Eu também e tenho que fazer o dever de matemática para amanhã.

– Na segunda aula... Quanta vontade de estudar.

– Qual é a primeira aula?

– Religião.

– Exatamente... você está ok, pode até rezar pra que tudo corra bem.

E vamos embora do hospital assim, rindo, alegres. Certo, se a gente pensar melhor, não deveria fazer isso porque as pessoas que entram ali estão com algum problema. Mas o fato de Cudini estar assim, bem, para nós é motivo de alegria, e o hospital, no fim, é um lugar como a escola... é sempre aquela história, se não é com você que está acontecendo, então é o máximo! Quando chegamos do lado de fora do portão, próximo aos minicarros da Clod e da Alis, ali onde eu gostaria tanto que também estivesse o meu, está ele: Michel. Está em pé com a sacola e as raquetes de tênis sobre os ombros e uma expressão um pouco embaraçada.

Alis, Clod e eu nos olhamos. Clod sorri.

– Está me esperando.

Mas Alis nesses momentos é terrível.

– Sim, bem que você gostaria! Ele está esperando a Carol...

– Tem certeza?

– Cem por cento.

Eu não disse nada. Às vezes é melhor ficar fora de certas discussões. Mas, no fim, para ser um pouco gentil com a Clod eu disse:

– Mas por que você diz isso?

Quando chegamos mais perto, realmente, não temos mais dúvidas. Michel vem direto na minha direção. Alis levanta a sobrancelha e olha para Clod.

– Viu? O que você esperava?

Sem saber como responder para ela, Clod tenta levar a melhor.

– Disse só por dizer... estava brincando.

Michel já está quase na minha frente. Clod e Alis me dão um belíssimo sorriso como se fôssemos superamigas, o que na realidade somos muito, só que estávamos jogando um pouco com ele.

– Carol, nós já vamos...

– Ok, a gente se vê amanhã na escola.

Michel se despede delas levantando a cabeça e deixa elas irem embora.

– Você também tem um minicarro?

Que droga, taí, começamos bem, colocou o dedo bem na minha ferida.

– Não.

– Bem, então posso te dar uma carona?

– Claro, obrigada.

Começa a caminhar.

– Mas você não tinha um torneio?

Michel sorri pra mim.

– Sim, mas acabei ficando contra o Grazzini. Eu iria perder na certa. Ele é bem melhor. É melhor eu não ir, assim posso sempre imaginar que teria a possibilidade de derrotá-lo.

Sorrio.

– Certo. Mas mais cedo ou mais tarde você terá que enfrentar esse Grazzini.

– Antes ou depois. Melhor depois! – E rindo abre a porta de um Smart que é um amor. É o último modelo, o Fortwo. Ele dá a volta e guarda a mochila com as raquetes atrás. Nossa, é lindo por dentro, assentos de couro, o painel todo preto, rádio com CD e tela plana para o DVD. Lindíssimo. É um carro de gente grande. Então, ele é grande! Não tinha pensado nisso... Entra no Smart e sorri. Eu também sorrio, um pouco envergonhada. Nossa Senhora, mas quantos anos será que ele tem? É por isso que ele é todo certinho, o torneio, o carro, aquele jeito de responder e deixar a Clod mais à vontade... Chega, não aguento mais. É melhor perguntar de uma vez a ele.

– Esse carro é muito bonito. – Não consegui. Não tem nada a ver perguntar logo de cara quantos anos ele tem. É como admitir que tenho medo de alguma coisa. Mas de quê? Felizmente, ele consegue ler meu pensamento.

– Você gostou? Meus pais me deram de presente há dois meses... no meu aniversário. – Olho pra ele e sorrio. Podia ter dito quantos anos ele fez, não? – Pelos meus dezoito anos.

Parece que ele lê os meus pensamentos. Depois, olha pra mim.

– Ah... – Sorrio feliz.

– Posso te fazer uma pergunta?

– Claro...

– E você, quantos anos tem?

Fico um segundo em silêncio.

– Eu?

– Sim – Sorri novamente. Claro. A quem ele podia perguntar, sua burra?

– Catorze... – Aumento alguns meses. Às vezes, existem alguns detalhes que não são muito importantes, não é? Michel sorri. Parece satisfeito com a minha resposta.

– Olha, você tem que voltar logo pra casa ou podemos dar uma volta? De qualquer maneira não tenho mais o torneio.

– Vamos dar uma volta.

E, assim, ele sai com o carro e é muito engraçado. Parece muito sério, mas na verdade não é! Abre a capota do carro e me dá um bonezinho e uns óculos.

– Sabe, eu sempre trago dois. Às vezes, a outra pessoa não tem.

– Claro. – Sorrio e coloco o bonezinho e o seguro com a mão. Também coloco os óculos. Um par de Dolce & Gabbana grande com as lentes fumê e as siglas grandes nas hastes, um pouco anos setenta, nada mau, no entanto. Cobrem bem os olhos e não entra nem um pouco de vento. Na verdade, tenho um par de óculos dentro da bolsa. Mas achei que seria feio não aceitar. É tão gentil. Legal esse Smart. Nunca tinha andado, com a capota toda aberta fica mais bonito ainda. Rusty James também queria muito ter um carro. Conversível, então, é o sonho dele. Ele me disse que seria o máximo ter um daqueles velhos Mercedes, um Pagodinho azul-celeste. Me disse que aqueles velhos não custam muito caro. Certo, mas quem sabe quando ele poderá ter um? No momento, ele só pôde alugar a barca, e eu já acho que é uma coisa muito boa. Também os móveis da Ikea, mesmo tendo que pagar à prestação. Aliás, será que já entregaram? Quero telefonar para ele mais tarde.

– Ei, você gostaria de tomar algo quente?

Sim, realmente estamos em novembro, é um pouco absurdo rodar por aí assim. Parecemos dois tipos fanáticos em Miami com bonezinho e óculos escuros dentro daqueles carros que correm ao longo da praia. Só que está fazendo realmente um pouco de frio.

– Sim, vou adorar!

Michel sorri para mim e faz uma curva, me levando não sei para onde. Não lhe pergunto. Não tenho pressa. Estou curiosa e relaxada. Me apoio no encosto do assento e me sinto um pouco dona do mundo. Quem sabe, um dia, eu também vou ter o meu carrinho. Gostaria de ouvir um pouco de música.

– Você tem algum CD, Michel?

– Me chama de Mi... Toma, coloca esse aqui. – Ele me dá o iPod. – No painel tem um cabinho. Depois você escolhe a música que quiser.

– Ok, obrigada... Carol.

– O quê? Por que você está me dizendo “obrigada, Carol”?

– Não, desculpe. – Começo a rir. – Estava agradecendo pelo iPod e depois disse Carol... Carol é como você pode me chamar!

– Ah, não tinha entendido. – E continuamos a rir. Realmente a situação foi muito engraçada e no fim escolho Moby que eu gosto muito e In my heart. Claro, eu não queria que parecesse uma mensagem. Mas, Michel, ou melhor, Mi, ri. E parece não dar muita importância ao fato. Estou bem e não quero pensar em nada. Finalmente, ele me leva a um lugar muito legal na rua do Pellegrino que se chama Sciam, onde a gente encontra todos os tipos de chá. E depois pode fumar o narguilé[28]. Assim fazemos. Para mim parece mais uma espécie de maconha como aquela que Cudini fuma às vezes e que só de respirar a gente se estupefaz! Claro, realmente faz você rir. Mas também deve fazer mal. Clod, que fuma um pouco, uma vez experimentou uma tragada, mas depois vomitou. Ficou desesperada. Acho que mais por ter conseguido emagrecer do que por outra coisa. De qualquer maneira, estamos nos divertindo muito, eu e Mi. Escolho um narguilé de rosa silvestre e mel. Nada mau. Depois, nos trazem docinhos, muito bons, de verdade, e como alguns; são leves e o bom é que em torno da gente se sentem diversos odores: anis, jasmim, frutas tropicais, essências naturais, misturadas com tabaco. Depois, chega um tal de Youssef, acho que é o proprietário, que nos mostra um cartaz pendurado na parede com os dizeres Proibido Fumar. “Aqui em nosso estabelecimento estão proibidos charutos e cigarros, consentimos apenas o narguilé. É um produto completamente natural...” E assim nos faz provar um cachimbo para duas pessoas e fumamos com um pouco de tabaco toscano com mel e essência de maçã! E rio um pouco e também sinto vontade de tossir, mas, no final, foi uma experiência forte. E, me encontro novamente dentro do Smart, com um gosto bom na boca, um pouco doce e não me incomoda e parece que estamos todos perfumados com incenso.

– Obrigada, foi muito bom.

– De nada, eu também me diverti bastante. Você mora aqui?

– Sim. – Mostro para ele o meu prédio. – No quarto andar.

– E como é o seu sobrenome?

– Bolla...

– Ok, isso é pra você, escrevi aqui o meu número de celular – e me dá o cartãozinho do bar onde estivemos –, assim você pode escolher. Ou vai tomar um chá com suas amigas, ou me telefone... Avisei a eles para não deixarem você entrar acompanhada por um outro. Afinal, quem fez você descobrir aquele lugar fui eu!

– Está bem... – Pego o cartãozinho e guardo no bolso. Também queria dizer alguma coisa espirituosa. Mas, no fim, acho que não foi grande coisa. – Então, você também não pode voltar lá com outra.

Mi sorri.

– Combinado.

Desço do carro e vou embora. Acho que já disse o suficiente.

Quando entro em casa, mamãe me faz uma ladainha.

– Onde você esteve até agora? O seu celular estava fora de área. Nós demos de presente pra você para ficarmos mais tranquilos...

Ufa, ela me deixa um pouco nervosa, mas como eu podia saber que lá onde estava não tinha área, nem sequer pensei nisso. Mas será que eu preciso estar sempre preocupada se o celular funciona ou não? Não tenho a menor liberdade! Eu não sou livre, e isso me deixa louca. Sinto vontade de dizer que esse foi presente da Alis, mas deixo pra lá.

– Desculpe, mamãe, não percebi que não tinha sinal. Nós fomos visitar o Cudini no hospital, aquele que quebrou a perna.

– Eu sei quem é... quem é que pode se esquecer dele. Eu gostaria que você não visitasse esse tipo de amigos...

– Mamãe, mas todas nós fomos.

– Todas quem?

– Alis, Clod... – E incluo mais três ou quatro da turma, só para ela ver que eu não podia deixar de ir. – Se eu não fosse, ia ficar chato.

Mamãe se aproxima e parece mais tranquila. Depois me dá um beijo. – Mas... – faz uma cara esquisita, um pouco surpresa. – Carol, você andou fumando!?

Fico sem saber o que dizer. Não tinha pensado nisso! Dá para sentir o cheiro! E agora, explicar pra ela que não fumei, quer dizer, fumei o narguilé, mas só aspirei, sem tragar. Imagina, Ela ia ter um ataque. Narguilé. Já estou me vendo dentro de um daqueles centros de recuperação... Enfim, já ia contar para ela, mas, em seguida, mudo de ideia.

– Não, mamãe... você acha mesmo?!? É que todas queriam fumar, dentro do hospital só era permitido no banheiro e todas foram pra lá, então eu também fui, o que eu ia ficar fazendo sozinha, do lado de fora, no corredor? Mas eu só fiz companhia pra elas!

Mamãe faz uma cara estranha. Fica indecisa se deve acreditar ou não, mas no fim das contas resolve engolir a história.

– Está bem, vai pro seu quarto ou para a sala que quando o jantar estiver pronto eu te chamo... – Mal começo a sair, sabia que ainda faltava alguma coisa. – E lave as mãos...

– Sim, mamãe!

Noite tranquila. Mandei um torpedo para o Rusty James: "Então, como vai a nossa barca? Os móveis já chegaram?". Ele me respondeu depois de um segundo. "Ainda não! Você estava preocupada, hein? Por isso o seu celular estava desligado!"

Droga, ele também me procurou? Olho as chamadas. É verdade. Está aqui. Bem, melhor assim se os móveis ainda não chegaram. Me divirto com a ideia de ajudá-lo a montar.

Jantar maravilhoso com hambúrguer e prato grande de batatas fritas. Comi até não poder mais. É como aquela propaganda que eu vi pelas ruas. Eu gosto muito. "Resisto a tudo, menos às tentações. Oscar Wilde." Na minha opinião, ele era um gênio. Eu conhecia uma outra frase, foi a Alis quem me disse sobre um blogue: "Está na moda aquilo que eu visto, fora de moda o que os outros vestem". Muito legal. Realmente, o verdadeiro problema em resistir existe quando se trata de alguma coisa que a gente gosta, não em outros casos. Quando a gente se encontra diante de uma tentação, por exemplo, as batatas fritas. Eu não sei se o modo como a mamãe faz, mas cortadas por ela e fritas daquele jeito um pouco torradinhas, eu não consigo parar de comer, poderia comer uma montanha. Com outras tentações, porém, é mais fácil. Por exemplo: "Eu gosto do Mi?". Agora não. Quer dizer é divertido, ele foi gentil, não foi ao torneio para falar comigo, para dar uma volta. Muito legal. Ele está interessado. Mas daí a dizer que eu gosto dele, ainda falta muito. Por exemplo, Eu adoro o Massi porque foi tudo de repente, tudo muito estranho, o modo como a gente se conheceu, aquilo que aconteceu, a volta que nós demos. E, depois o fato de ele ter aparecido assim, inesperadamente, naquela livraria, por acaso... O destino fatal! E, poxa, sempre esse destino que também fez eu perder o celular com todos os números. Me lembro de que Rusty James no tempo do ensino médio tinha escrito na mochila dele: "A atração mais excitante é exercida por dois opostos que nunca se encontrarão". Era de um tal de Andy não sei o que, um pintor esquisito que para ficar famoso resolveu fazer todas as imagens da Marilyn Monroe e da Coca-Cola com muitas cores diferentes. Por outro lado, ir visitar uma pessoa num hospital, que tipo de atração é? Quer dizer, Mi me apareceu num quarto de hospital onde o Cudini está com a perna quebrada. Todo o resto é uma atração normal, um pouco artificial no máximo. Ah, ah. Uma coisa é certa: se por acaso eu perder o papel, posso encontrar o Mi quando quiser. Na dúvida, vou gravar também no celular. E também no diário. Por fim, vou guardar o papel na primeira gaveta da escrivaninha. Bem, caro Mi, se eu quiser telefonar para você, vou encontrar o seu número facilmente. O problema é: eu quero telefonar para ele? E como se esse dilema pessoal não bastasse, mal acesso o *messenger* que elas chegam imediatamente! Como dois gansos grasnando ou, pior, como dois urubus em cima da carne tenra ou como papagaios ladrões em cima do ouro reluzente. Será que todas essas comparações com os pássaros querem dizer alguma coisa? Socorro... estou ficando louca! De qualquer maneira, elas estão lá, Alis e Clod, as duas aves de rapina da fofoca!

Então? Você beijou ele? Como é? Simpático? O que vocês fizeram? Vocês estão namorando?

No fim o que mais parecem são metralhadoras de computador. Nem sei se existem! Piores que a minha mãe quando fica preocupada!

Eu procuro tranquilizá-las imediatamente. Nada disso, meninas, não aconteceu nada.

É claro que elas não acreditam nisso. Ah, não sei como, mas quando a gente diz a verdade nunca acreditam na gente. É mais fácil acreditar numa mentira. Mas sobre certas coisas não podemos mentir. Não. Em alguns casos, não mesmo. É como dizem: a mentira tem perna curta. Só que comigo não aconteceu assim! Eu tinha o dever de matemática! E me esqueci completamente. Quer dizer, na verdade eu lembrei quando estava pegando no sono. Mas era tarde demais. Parecia que eu estava ouvindo a voz da vovó Luci: "Quando Morfeu chega, você não deve resistir...". E quem quer mais do que eu ser logo derrotada? O verdadeiro problema na escola foram os meus recursos. Naquele dia, as coisas não correram bem como eu esperava.

As minhas bases escolares me traíram, ou melhor, aquela base de nome Gibbo!

– Ei, o que você está fazendo? Vai me dar ou não? Anda!

Gibbo se vira para mim e diz:

– Fica quieta, estou atrasado, não estou conseguindo nem fazer o meu. Vê se não me distrai... Ainda dá tempo!

E, assim, procurei fazer o primeiro exercício, depois o segundo, o terceiro e no fim o quarto na última página. Para esboçar, não tem problema. Difícil é chegar no resultado do problema, no verdadeiro sentido da palavra.

Puxa, tentei fazer os exercícios um montão de vezes, nem uma vez sequer consegui chegar a um resultado igual ao da vez anterior. Eu sou um verdadeiro gênio rebelde! Eu vi aquele filme na TV no outro dia, até gravei e gostei muito. É com o Matt Damon, de quem a Clod gosta para caramba e que faz o papel de Will Hunting, e Ben Affleck, que eu e a Alis adoramos. Nós dissemos isso pra Clod.

– Escuta, explica pra gente por que você gosta de um cara como o Matt Damon quando no mesmo filme tem um artista como o Ben Affleck?

E ela nos respondeu:

– Porque eu sou mais realista. Com um cara como o Matt, eu tenho a possibilidade que ele me veja; vocês com o Ben, não!

Coisa de louco. Mas se a gente sonha, então sonha grande, não? E o personagem do Matt Damon para mim é menos importante do que aquele interpretado pelo Ben. Me lembro de uma frase que o professor Sean que é o Robin Williams diz a Will, Matt Damon. Eu voltei o filme devagar para entender bem as palavras e depois escrevi no diário: "Você não sabe o que é a verdadeira perda, porque isso só acontece quando você ama uma coisa mais do que a você mesmo. Duvido que você tenha jamais ousado amar alguém a esse ponto. Eu olho para você e não vejo um homem inteligente, seguro de si. Vejo um covarde que se caga todo de medo; mas você é um gênio Will, quem pode negar isso? Ninguém pode compreender o que você tem lá no fundo, mas você tem a pretensão de saber tudo sobre mim porque viu a minha pintura e despedaçou a minha vida de merda". Taí. Se um professor dissesse isso para mim, eu choraria. Mas talvez não existam mais professores passionais como aquele...

De qualquer maneira, essa manhã está sendo um verdadeiro pesadelo.

– Gibbo... e então?

– O que está acontecendo aí atrás? Silêncio, meninos.

A professora percebeu que estávamos falando. Que droga! Ela está sempre distraída, lê o jornal ou folheia alguma revista lambendo o dedo indicador a cada segundo e, quando eu justamente preciso que ela fique um pouco desatenta, nada, ela fica prestando atenção. Ah, a gente não pode mesmo confiar nela. Vou tentar novamente. Me debruço sobre a carteira e digo ao Gibbo em voz baixa.

– Gibbo, então? Anda, a aula já vai acabar.

– Estou atrasado com os meus também...

– Ok, mas você tem média pra passar! Eu sou um desastre! Anda, faz pelo menos um pra mim...

Puxa, teria sido melhor não dizer nada, ele me interpretou ao pé da letra. Ele fez correndo e me entregou só um, se desculpando.

– Olha, eu só consegui fazer esse! – E jogou o papel em cima da minha carteira.

– Mas como? Você só fez esse? – Na verdade era tudo fingimento. A gente não pode dizer nada se alguém já está te fazendo um favor. Mas... que droga. Comigo, se tudo correr bem, vou conseguir chegar a uma média quase suficiente. Tudo bem, é difícil de acreditar. No fim, procurei fazer um pouco de esforço, faltavam só dez minutos e consegui inventar alguma coisa. De qualquer jeito, é sempre melhor tentar do que entregar o papel em branco. Nesses casos, a gente só tem uma certeza... o fracasso! E devo confessar que as minhas hipóteses se saíram muito melhor do que eu esperava.

Dois dias depois, a professora chega com os deveres.

– Tudo bem, tudo bem, vamos lá. Mas por que vocês sempre fazem essa bagunça toda? O que é que vocês tanto têm para dizer? Vamos, voltem para os seus lugares, mexam-se, que eu quero ver quem é que vai ter vontade de brincar depois.

Na verdade, ela não deixa de ter razão. E lá estão os deveres.

– Gravemente insuficiente, insuficiente, gravemente insuficiente... – Parece uma catástrofe. É uma espécie de procissão. Todos chegam à mesa dela, pegam o dever, olham apenas para ver se tiraram realmente aquela nota e depois voltam aos seus lugares. Se na aula anterior, de italiano, todos riam e brincavam, agora é uma tristeza geral. Até mesmo os grandes, no sentido de ser CDF, caem. Até a Rafaela, mito da matemática. Caiu. Insuficiente. Uma catástrofe.

– Bolla – ela me chama, é a minha vez, chegou o meu momento, será o fim.

– Então, com você nós temos uma estranha exceção... Vem, vem cá que eu explico melhor a você.

Me aproximo da mesa.

– Bem, o primeiro exercício está certo, sem sombra de dúvidas. – Olho para o Gibbo, que sorri e balança a cabeça pra cima e pra baixo como se dissesse "ah, viu, o que você esperava?" – Nos outros três exercícios, no entanto, você me deu algumas opções – abre a folha e me mostra em todos os modos. – Quer dizer... para cada exercício você me deu três resultados diferentes. Mas, Carolina! Somente um deles está correto.

– Sim, mas de um jeito ou de outro está certo, não é?

– Sim, mas você faz o cálculo das probabilidades. Alguém pode entregar um dever com três resultados diferentes? Dois errados e um certo para cada exercício?

– Professora, a minha avó Luci sempre me diz: tem quem olha um copo e diz que está cheio pela metade e quem diz que aquele mesmo copo está meio vazio. Depende de como a gente vê a vida.

Bem, depois desse episódio, vocês podem não acreditar em mim, mas a professora me deu suficiente menos, menos. Claro, são dois menos, mas também tem um suficiente ali no meio! Legal, não? E depois dizem que eu não sou um verdadeiro gênio. Matt Damon sabia fazer os cálculos de verdade naquele filme, eu sou completamente incapaz e tiro o mesmo suficiente menos, menos. Sou ou não sou um gênio indomável?

Não posso acreditar. Não posso acreditar. Voltei para casa e encontrei um presente para mim, com um bilhete. Mamãe e Alê estão na sala e olham pra mim.

– Mas você estava esperando esse presente? Quem foi que mandou? Quem é?

Imaginem. Alê não consegue se controlar.

– Mas eu ainda nem abri o bilhete, como posso saber?

Começo a pensar em todas as possibilidades. Gibbo. Gibbo que pede desculpas porque só fez um exercício de matemática? Hum. Não é do seu feitio esse tipo de gesto tão gentil. Filo para pedir desculpas pelo beijo roubado? Já se passou muito tempo. Será que alguém se arrepende assim tão tarde? Alis e Clod? Não, nesse momento elas é que gostariam de receber um meu... Como se eu tivesse que pedir desculpas por ter feito muitos pontos ultimamente. E assim, fico pensando. Me lembro das mais diferentes pessoas. Matt que brigou com a namorada e que agora quer me mostrar não sei que outros panoramas de Roma. Ainda: quem sabe, mas é impossível. Lorenzo! Talvez ele sofra porque o verão ainda está longe. Mas se a gente nem se falou durante o ano na cidade... Acho até que ele nem sabe onde eu moro! E, de repente, me vem uma hipótese absurda. E se fosse o Ricky que tivesse superado a vergonha daquela noite e quisesse consertar tudo? Já se passaram muitos anos. No máximo ele deve ter seguido novamente com sua cortina. Depois, o raio de luz, o milagre, uma espécie de juízo final sentimental. E se Massi tivesse descoberto meu endereço? Se naquele dia, enquanto a gente conversava eu tivesse dado alguma dica, um sinal, um detalhe, e ele, depois de muitas tentativas, tivesse me encontrado? Pego o embrulho e seguro no alto por um instante. Jogo para cima. É leve. Se tem o sapatinho da Cinderela, deve ser uma *sayonara*[29] de cortiça!

– Então, vai abrir ou não vai?

– Sim, vamos, estamos loucas pra saber. – Agora até a mamãe se meteu no meio.

Olho para elas e sorrio.

– Mas se eu abrir, a surpresa acaba.

Ficam perplexas. Quer dizer, é o que eu acho. Enquanto uma coisa está embrulhada, até que o bilhete seja aberto ainda pode ser qualquer coisa. A verdadeira felicidade é tudo aquilo que pode ser um segundo antes! Ali dentro está o Massi, a sua declaração, os óculos de que eu gosto tanto, o iPod Touch embrulhado para eu ter que adivinhar ou qualquer outro sonho!

"Ok." Resolvo, então, não ser antipática.

– Vamos fazer assim: primeiro eu abro o presente e depois o bilhete, tá bem?

Elas não têm alternativa a não ser concordar. O presente é meu. Alê, como sempre, consegue ser insuportável.

– Ah, basta que você me dê uma dica! Eu tenho que sair.

Então sai logo, eu gostaria de dizer pra ela. Quem é que está te impedindo?! Como é chata... mas não digo nada, mais pela mamãe que por qualquer outra coisa. Começo a desembrulhar o pacote apressadamente. Seguro o presente na mão. As duas esticam a cabeça para ver melhor.

– O que é?

– Um bonezinho com o meu nome. – Olho para ele com surpresa. É bonitinho, rosa-claro, macio, com a aba atrás e "Carol" escrito na frente em alto-relevo.

– Mas quem foi que mandou?

– Sei lá. – Realmente. Não tenho a menor ideia. Não consigo pensar em nenhum nome. Sou obrigada a abrir o bilhete.

– Oi! Eu gostaria de dar umas aulas de tênis pra você, onde você quiser, quando quiser com ou sem esse bonezinho na cabeça. Um professor completamente à disposição de uma promissora aluna. – E depois a assinatura. – Mi. P.S.: Se por acaso você fumou narguilé com outro, então desfaço a minha proposta... Estou brincando! P.P.S.: Mas você fumou realmente com mais alguém?

Começo a rir. Muito engraçado o final com o duplo P.S.!

– Então, podemos saber de quem é? – Alê está realmente impaciente. A mamãe também não aguenta mais, mas se segura e não diz nada.

– Um amigo meu, ele quer me dar umas aulas de tênis.

Alê sai dando de ombros.

– Não sei que eu estava esperando também.

Mamãe é mais carinhosa, pelo menos finge que está curiosa.

– E o que você vai fazer?

– Quero começar imediatamente pra, quando eu souber jogar bem, dar muitas raquetadas na Alê!

Telefonei para o Mi pra agradecer de tudo, o presente, incluindo as aulas de tênis.

– Oi, Mi, mas você deve ter paciência... Olha que eu sou desajeitada, de verdade, hein.

– Paciência não me falta. Depois que eu vi você fumar o narguilé e tossir daquele jeito, qualquer outra coisa só pode dar certo.

Não entendi muito bem o que ele quis dizer com aquilo, mas ri só por educação.

– Pois é.

– Então, eu passo por aí pra pegar você na segunda-feira que vem. Vamos jogar às três horas, é o melhor horário.

– Ok, tudo bem. – E ficamos assim. Só existe um pequeno detalhe: não tenho raquete. Ou melhor, para dizer a verdade, existem outros pequenos detalhes: não tenho as bolinhas e principalmente não tenho um uniforme de tênis, os sapatos, a camiseta, os punhos, as meias, enfim, não tenho nada e pior... não tenho nem um euro! Mas tenho uma mãe... Uma mãe muito doce que entendeu tudo sem que eu lhe dissesse uma única palavra e me fez uma surpresa maravilhosa. Colocou cem euros num envelope e um bilhete muito carinhoso. "Para a sua aula de tênis. Para que tudo seja sempre como você deseja. Basta que você não dê raquetadas na Alê. Da mamãe que te ama."

Bem, a frase "basta que você não dê raquetadas na Alê" me fez rir muito. Mas depois fiquei emocionada. Juro. Fiquei com duas lágrimas enormes debaixo dos olhos e não sei como elas não desceram pelo meu rosto. E, no fim, tudo isso me deixou um pouco triste. Em vez de ficar feliz, pensei logo no papai que a trata sempre mal, que não entende o quanto ela é doce e boa e quantas coisas ela faz e gostaria de fazer se pudesse... e agora também pelo fato de que Rusty James foi embora de casa. Tenho certeza de que, mesmo sem dizer nada, ela sofre muito. Nem sempre as pessoas dizem tudo o que sentem. Mamãe menos ainda. Talvez porque ela quisesse sempre ver todos felizes. Acho que se um em cada três for, então já é um milagre. E, depois... a felicidade. Parece uma palavra simples, mas eu, ao contrário, acho complicada, quer dizer, todos falam muito sobre ela, porém ninguém sabe exatamente o que é e principalmente onde a gente pode encontrar. Eu procuro um pouco na internet e cheguei à conclusão que, desde a Antiguidade, gregos, romanos, filósofos, estudiosos, até mesmo os contemporâneos, todos procuraram explicar o que é e explicar também para eles mesmos. Muitos outros simplesmente tentaram alcançá-la. Agora, eu sou bastante feliz em certos momentos e depois de ter lido tudo aquilo que já disseram, feito e escrito sobre a felicidade, acho que muito depende de nós. A única coisa que me parece absurda é que a mamãe, às vezes, diz que eu não estudo.

Saída da escola. Entro correndo no minicarro da Clod.

– Só você pode me ajudar!

– O que é, alguma das suas missões impossíveis?

– Mais ou menos. Já avisei pra mamãe que não vou voltar cedo. Anda, manda um torpedo pro seus pais...

– Ok. – Começa a escrever a mil por hora no seu LG rosa. Muito legal a Clod. É uma amiga perfeita. Não pergunta. Faz. Fica feliz por estar junto comigo. A Alis também devo dizer que é um pouco assim! Mas para essa "missão" a Clod é melhor. Alis ia querer fazer tudo do jeito dela. Ela ia querer resolver o meu problema e eu ia ficar muito sem graça. Já basta a história do celular que a mamãe acreditou. Dessa vez seria realmente impossível.

Clod desliga o celular.

– Ok, tudo bem! – Depois, sorri pra mim. – Então? Aonde vamos?

– Bem, me diz você. Tenho cem euros e tenho que me vestir da cabeça aos pés para jogar tênis.

– Desculpe, tá, cem euros... no mínimo, no mínimo dois lanches do Mc Donald's!

– Mas, Clod, pelo menos hoje...

Ela se debruça sobre mim e abre a porta.

– Sai, sai, vai embora. Não posso te ajudar mesmo...

– E por quê?

– Se eu não como, não consigo me ligar.

– Está bem – fecho a porta novamente. – Você inventa cada coisa, hein? Vamos, anda – e, naturalmente, fomos para o Mc Donald's.

– É mais forte do que você, não é?

– Mas, olha, tem o cardápio em promoção. Dois lanches, as batatas fritas e a Coca só dez centavos a mais do que os dois lanches sem acompanhamento! Nem tem comparação. Se você quiser, eu te dou um pouco de Coca.

– Imagina... você desperdiçar!

Ok, com ela não adianta insistir quando se trata de comer. E como não quero "perder o jogo", já que se trata de tênis, me conformo. E roubo também algumas batatinhas.

Pouco depois, enquanto come, Clod me diz:

– Sabe, outro dia mandei um torpedo pro Aldo.

– De verdade? E o que você escreveu?

– Nada, qualquer coisa sem importância.

– Sei, mas assim como?

Noto que não quer falar muito.

– Olha, primeiro você me diz que mandou o torpedo e depois não quer dizer mais nada.

– Ok, nada. – Sorri para mim. – Eu disse que gostava das imitações dele.

– Não! Não acredito! – Como mais algumas batatinhas correndo. Hum, fiquei com fome. Como era? Ah, sim, uma daquelas frases da vovó Luci: "Comer e coçar é só começar". Ou também: "Quem tá na chuva é pra se molhar". Mas eu diria assim: "Quem sai com a Clod acaba comendo!".

– Ei, no que é que você está pensando?

Peço desculpa.

– Não, em nada, não... – Volto a me concentrar nela. – Escuta, Clod, eu não acredito nisso. Você está dando falsas ilusões, ele se acha um grande imitador, ele está convencido, de verdade, que vai acabar na TV, apresentando programas, que vai pro teatro! Por que você não diz logo que gosta dele e pronto? – Como mais batatinhas e vejo que ela me olha preocupada. Mastigo enquanto falo. – Assim, quem sabe, ele para com essa história de fazer imitações. – Como outra batata. – E tem mais, se realmente quiser continuar... – outra batata – ... então é uma paixão verdadeira, e é justo, mas não terá sido culpa sua! Mesmo porque, convenhamos... Aldo não leva o menor jeito! – E depois desse discurso, como outra batata. – Você concorda?

– Sim, sim, concordo... – Pega todas as batatas e leva para o lado dela. – Principalmente porque você é espertinha, faz todo esse discurso, me distrai e vai comendo todas as batatas!

– Eu não! – Meto a mão entre as dela para pegar mais uma, mas ela é mais rápida, se afasta e cobre todas. Então, tento pelo outro lado, com a outra mão, mas ela cobre tudo com o corpo. Eu insisto e meto a mão, procurando livrar as batatinhas prisioneiras e afasto as mãos da Clod.

– Não, para, não! – E puxo o braço dela, depois o outro e seguro as mãos dela. – Não, socorro. – Clod tenta com a mão direita pegar alguma e comer. – Vou acabar com todas!

– Não, me dá. – E a puxo com força. E ela resiste.

– Não, já disse que não! – Então eu a largo na hora. Ela vai para trás, como se mergulhasse, e cai do banco. As batatas voam pra todo canto com o prato e a bandeja e o que resta da Coca. Clod aterrissa no chão com as risadas de um menino pequeno que a aponta com o dedo. Imediatamente chegam duas pessoas mais velhas que a ajudam a se levantar do chão.

– Você se machucou?

Clod se levanta.

– Não, não, tudo bem... – Limpa as calças atrás, na bunda, depois sorri satisfeita: – Ainda bem que eu já tinha comido o lanche!

Olho para ela e abro os braços.

– Viu, isso é o que acontece quando a gente não é generoso!

Moral da história. "Claro, nós éramos jovens, éramos arrogantes, éramos ridículos, éramos excessivos, éramos ousados, mas tínhamos razão." Abbie Hoffman. Puxa, como ele tem razão. Nas citações famosas, frequentemente encontro a resposta para o que não sei. Eu gosto delas. Essa encontrei outro dia na internet e ainda me lembro! Eu a escrevo sempre no meu diário. E até diria que dessa vez ela serve perfeitamente! Porque eu tinha razão!

– Vai devagar, devagar, vira aqui, você precisa dar seta, Carol.

Estou dirigindo o minicarro dela. Clod está sentada a meu lado e me dá um pouco de aula. Se um dia eu tiver um. Eu gostaria muito.

– Isso, agora vai sempre em frente, sempre em frente e depois à direita. Dá a seta... – Na verdade, ela me deixou dirigir só porque eu comprei outro saco de batatas fritas e ela está comendo tranquilamente, sem meus possíveis ataques. – Isso... – come uma batatinha, lambe o dedo, depois me indica um lugar. – Ali a gente pode estacionar.

Me meto com uma manobra perfeita numa vaga. Não sei como ela viu!

"Bibiiiiiiiiiiiiiii!", buzina um carro atrás de nós.

– A seta! – grita um homem mais velho com pelo menos trinta e cinco anos, estressado com o trânsito e a vida.

Ponho a cabeça para fora da janela:

– Já tinha dado!

– Não deu nada! Deve ligar antes! – E se afasta veloz e assim não podemos continuar a nossa bela discussão "aerorrodoviária".

Clod me olha e balança a cabeça. Eu abro os braços.

– Já sei, pra você, a culpa é sempre minha! – E roubo sua última batatinha, descendo depressa do carro.

Pouco depois, caminhamos com o nariz empinado, fascinadas pela grandeza.

– Ei, mas como foi que você descobriu esse lugar? É um show!

– Uma vez eu vim com a minha mãe. A gente comprou um monte de coisas pro Natal para todos os meus parentes. E conseguimos ficar dentro do nosso orçamento!

– Legal!

Continuamos caminhando em silêncio. Clod não tem irmãos. Tem só um monte de primas e primos tanto por parte do pai como da mãe, que por sua vez têm um monte de irmãos e irmãs, que tiveram todos uma grande vontade de fazer filhos. Enfim, nas festas organizadas na casa dela é como se fosse um parque de diversões. Tem de tudo e mais um pouco. Desde o bebê recém-nascido e os maiores, até aqueles que já são tão crescidos que acabaram de se casar. Enfim, não falta nenhuma faixa etária. Falta só dinheiro. Mas a quase todos, de modo que não existe aquela inveja inevitável que sempre acontece nas famílias. O pai da Clod trabalha com vários apartamentos e prédios, ele é administrador. E sempre diz que se ganhasse um euro por cada discussão que ele é obrigado a ouvir, ficaria milionário. Mas não é assim. A casa da Clod é simples. É decorada de um jeito muito engraçado, as cortinas são todas diferentes e cada cômodo é cheio de cores, de poltronas estranhas, cada uma feita de um modo, talvez porque a mãe da Clod tem uma loja esquisita no centro onde ela vende móveis de todos os tipos. Mas, no fim, Clod não se queixa. Conseguiu ter um carrinho usado; os pais dela não deixam faltar nada. E se dão bem, nunca ouvi uma discussão deles. Por que será, então, que a Clod come tanto? Talvez porque ela goste e pronto.

– Como se chama essa loja?

– Esquece isso! Vem, vamos ao segundo andar onde fica o departamento de esportes!

Subimos pelas escadas. Nossa, posso jurar pra vocês que é um lugar incrível. Uma porção de roupas esportivas penduradas em todos os cantos, não cem, deve ter umas mil, e por três euros! Depois, camisetas de todas as marcas, Nike, Adidas, Puma... e todas por dois euros e cinquenta.

– Olha essa aqui, ficou bem em mim? – Clod coloca uma junto ao seu corpo, é bonitinha, branca com frisos azuis e vermelhos nas mangas. Mas, na minha opinião, é muito curta para ela. Ou melhor, não entra mesmo. – Bonitinha, mas pra que você quer isso?

– Bem – ela coloca outra vez a camiseta em cima da pilha –, pra fazer ginástica!

Eu contei para ela toda a história do Mi. Ela me disse que ele foi muito gentil em me mandar aquele presente.

– A gente logo viu que ele gostou de você.

– Tudo bem, Clod, se você está dizendo. Vamos combinar assim, se eu aprender a jogar tênis, eu te ensino depois.

– Sim, sim, eu quero ver! – Pega outra camiseta. – E essa? – É azul com os frisos azul-celeste e branco. Ficou um pouco mais larga.

– Melhor. Eu gosto mais. – Olha o preço, quatro euros. Ela acha muito.

– Vai, fica com ela, eu te dou de presente!

Na verdade, depois do lanche, dos cem euros ficamos com 93,40, menos a camiseta dela, 89,40. Agora que sou mesmo o máximo como gênio indomável, pelo menos nisso não posso mais me enganar. Certo, Clod! Entre todas as camisetas que estavam lá, você escolheu a mais cara!

– E dessa, você gosta? – Mostro para ela uma camiseta branca riscadinha na frente de bege e azul-escuro. Clod olha, franze a testa. – Não é feia, mas eu acho que não é famosa. O que está escrito lá em cima, no peito?

– IL.

– Nunca ouvi falar.

Pego a camiseta e olho a etiqueta atrás.

– Está escrito Fila.

– Sim, Fila, deixa pra lá. Com essa você, não pega nenhuma bolinha.

– Que nada! Ela é muito famosa – mostro para ela na parede. – Olha só as fotos dos maiores jogadores que já usaram essa marca.

– Nãoooo, é demais... – Clod lê o nome em um dos painéis, debaixo das fotos. – Mas até Dmitry Tursunov usou!

– E quem é esse?

– Sei lá, esse aí na foto. Se eles colocam aqui, quer dizer que não é ruim.

– Mas você é mesmo cretina!

– Sim, mas, agora, compra essa camiseta. Você vai ver como vai jogar bem!

– E essa? É Sergio Tacchini! – E continuamos assim, pescando dentro das grandes cestas de ferro cheias de camisetas de todos os tipos, modernas e do passado, mas tudo novo, nunca usado e por um preço incrível. Ao nosso lado, pescando dentro das cestas de ferro, as pessoas mais diversas. Mulheres mais velhas e gordas, rapazes magros e pequenos, um cara negro, um asiático, um velhinho, uma moça de uns trinta anos, uma de quarenta e depois um casal de vinte. E, mais adiante, as minissaias de tenista, uma cesta com as meias e outra com mais camisetas e depois as prateleiras com todos os tipos de tênis e centenas de raquetes, daquelas de quinze euros até aquelas de cento e cinquenta. No entanto, essas últimas estavam todas presas por um pequena corrente de ferro; se você quisesse pegar, tinha que chamar um vendedor ou uma vendedora como aquela moça que está ajudando um vovozinho a encontrar uma camiseta Adidas que servisse pra ele.

– Eu quero preta com listras brancas. Sem outras cores, por favor, simples, como aquelas que faziam antigamente! Entendeu?

E a vendedora continua procurando dentro da cesta.

– Assim? – Pega uma e mostra para ele. O velhinho olha para ela, levanta um pouco os óculos para ver melhor. – Mas essa é azul-escuro... Estava pensando que eu não ia perceber?

A vendedora deixa a camiseta cair dentro da cesta.

– Não! Queria dizer, igual a esse modelo...

– Sim, mas eu quero preta... Preta. – E, assim, o velhinho bate os pés no chão e balança a cabeça, como se por um instante tivesse perdido toda a sabedoria dos seus anos e fosse novamente um menino.

Pouco depois, saímos. Então, de baixo para cima: tênis, meias, saia com o short Adidas embaixo, camiseta Fila, tênis Nike, raquete e dois punhos. Bem, eu não estou exatamente combinando tudo, mas estou bem colorida e, o mais importante, o custo da operação...

– Sabe quanto nós gastamos?

– Quanto?

– Oitenta e um e cinquenta!

Clod esfrega as mãos toda feliz.

– Maravilha! Economizamos. Podemos agora comprar dois belos chocolates quentes...

– Mas, Clod...

– Mas está fazendo frio!

– Sim, eu sei, mas pelo menos um mínimo de dieta, não?

– Mas exatamente por isso, está frio, então a gente queima as calorias!

Muito bem. Queimada literalmente. Chegamos no carro e naquele mesmo instante um guarda está escrevendo uma multa no seu minicarro. Clod corre tentando chegar antes.

– Não, por favor, me desculpe! Não, estamos aqui, chegamos, por favor!

– Eu sei, a multa também chegou agora!

– Por favor, eu lhe peço, nós paramos um instantinho e voltamos logo!

– Não é verdade. Já passei por toda a fila e esse carrinho está estacionado aqui há pelo menos meia hora...

– É que tinha muita gente dentro da loja... – Clod percebe que não é suficiente como desculpa. – Depois a minha amiga não se decidia sobre o que comprar. – Vê que ainda não basta. – E depois tinha muita gente no caixa para pagar!

– Desculpe, sim – diz o guarda –, mas se havia todas essas dificuldades, não era melhor pagar o bilhete do estacionamento? Com dois euros por duas horas estava tudo em ordem. Você resolvia tudo, sem problemas...

– E o senhor não pode resolver tudo agora? Por favor.

– Sinto muito, mas não posso. Da próxima vez, preste atenção, pense nisso quando for estacionar.

É isso aí. Cairia muito bem a frase que a minha avó Luci me disse uma vez:

– Não adianta chorar sobre o leite derramado – Mas não digo para a Clod, senão ela ia ficar com mais raiva ainda.

– Obrigada, hein? – Ela espera o guarda se afastar. – O que custava me fazer um favor? São mesmo uns imbecis. Eles não querem saber de nada, para eles tanto faz... – Pega a multa e abre. – Olha, setenta e três euros! E quem tem esse dinheiro?! Quando a minha mãe souber, vai ficar danada!

– Que chato, Clod, a culpa é minha.

– Não, fui eu que falei pra você estacionar aqui. E, além do mais, nem se viam as faixas azuis.

Na realidade, se viam perfeitamente, é que nós não fazíamos a menor ideia que isso fosse acontecer.

– Vamos, a gente divide...

– Não...

– Claro, você veio até aqui por minha causa. Toma, tenho dez euros.

Estou te devendo vinte e cinco, não, quer dizer, vinte e seis e cinquenta, certo?

Clod pega os dez euros.

– Deixa, tá bom assim, quando você puder, me dá os outros vinte e cinco. De qualquer maneira, esses aqui eu vou empregar muito bem...

– Você vai dar pra sua mãe para pagar a multa?

– Cinco, o resto para doceria, por dois superchocolates quentes com bastante creme. Que tal? Vamos! Eu pago!

Voltei para casa. Mamãe quis ver como as roupas ficavam em mim.

– Mas não tinha um conjunto inteiro, quer dizer, a saia igual à camiseta? Ela se sentou na cama um pouco admirada.

– Mas, mamãe, agora é assim que se joga tênis, as coisas não precisam combinar muito bem. Você não viu o Nadal?

– Não, quem é?

– Aquele que sempre ganha, é muito bom e além de tudo é lindo. Por exemplo, ele usa calças largas azul-escuro bem abaixo da cintura, quer dizer, o gancho aqui no meio – coloco a mão debaixo das pernas. – Ele é um gato!

Minha mãe faz uma cara de quem não está entendendo nada, muito engraçada.

– E como ele consegue jogar tênis sem tropeçar?

– Não, mamãe elas são elásticas!

– Ah.

– E ele também sempre usa uma camiseta toda aberta aqui, sem mangas.

– E com certeza é um gatão.

– Gatíssimo!

– Se você está dizendo. Vamos, vai lavar as mãos que daqui a pouco vamos jantar.

– Ok.

– Uma última coisa... Não traga nunca um tipo como esse Nadal aqui em casa.

Rio. Sim, talvez ele caia nessa. Mas isso eu não digo para ela.

Ela sai do quarto. Me olho no espelho. Estou muito bem com esse uniforme... *vintage*. Isso, é assim que eu vou chamá-lo. Uniforme *vintage*. Coloco o boné com o meu nome gravado, Carol. Depois, eu o viro e deixo a aba para trás. Isso, assim mesmo. Depois ensaio uma jogada, mas sem raquete porque senão vou quebrar alguma coisa com toda certeza. O meu quarto é muito pequeno para um *smash*. *Stock*. Simulo meu lance, convicta e segura. Um belo direto, sem botar efeito. Naquele momento, passa Alê.

– Nossa, que beleza. Mas você não tem vergonha de sair vestida desse jeito? Agora você se meteu a jogar softball?

– Tênis. – E bato a porta na cara dela. De qualquer maneira, a promessa feita à mamãe de não dar raquetadas nela não vale!

A semana passou voando. Tranquila. Nenhuma chamada oral importante. A redação de italiano foi boa, apesar de o professor Leone ter escrito entre parênteses, no final, uma nota: "Atenção para não adquirir muita segurança, você divaga muito". Da última vez, ele escreveu que eu tinha sido muito breve. Para ele nada está bom! Que saco! A redação até tinha um título original: "O que é a verdadeira beleza". Pois é. Como é que a gente faz para saber se é bela? Existe um medidor de beleza? Pergunta idiota, mas no fundo todas nós nos fazemos. Quem decide se eu sou bela? Os rapazes que me olham? Eu acho que sou bonita... mas quanto? Os elogios dos pais não contam. E não são verdadeiros. Todos os pais acham que seus filhos são os mais bonitos do mundo. O papai, por exemplo, diz que eu sou muito normal. Viram? Normal. Uma pessoa como qualquer outra. Mas eu sou eu! Carolina! Única! Ufa. Mas por que eu não me sinto assim? Quem dera eu fosse como a Alis. Ela é demais. Parece um pouco com a Angela Hayes de *Beleza americana*, o filme que o Rusty James fez eu ver no ano passado em DVD. Só que com os cabelos mais escuros. E então, como faço para saber se sou bela? As amigas? Alis diz que sou bonitinha, mas que poderia melhorar o meu *look*. Clod diz que sente inveja de mim porque tenho um belo físico, mas do meu rosto ela gosta menos. Droga. Às vezes, eu me acho bonita, outras vezes uma verdadeira porcaria. Na redação, eu escrevi uma porção de coisas, aquelas que me vinham à mente. Não acredito que existam temas sobre os quais a gente fale sempre da mesma maneira! Sobre algumas coisas, podemos falar mais porque nos interessam; sobre outras a gente fala porque tem que fazer. Eu gostei dessa redação como argumento. Lembro que no ano passado o professor Leone nos deu uma redação cujo título era "A importância de reciclar". Mas o que se podia dizer além de falar da natureza e do meio ambiente, que estão em perigo por causa da poluição? Talvez se pudesse citar Al Gore, depois falar dos carros a hidrogênio e pronto, o argumento estava esgotado. Isso, seria ótimo fazer uma redação que depois, quando a gente já estivesse meio cansada, se torna outra redação e então a gente diz outras coisas e então, se já terminaram, prosseguimos com outro argumento ainda, mas sempre na mesma folha de papel. Um pouco como quando falamos. No fundo, a escola serve para chegarmos preparados na sociedade. Mas e quando nos convidam para qualquer coisa, a gente sempre fala sobre os mesmos assuntos? Ficaríamos muito chatos e nunca mais iriam nos convidar pra coisa nenhuma. Bem, se um dia, por acaso, eu me tornasse, sei lá, ministra da Educação, eu mudaria um monte de coisas. Por exemplo, não daria exercícios nas segundas-feiras nas duas primeiras aulas. Essa seria a primeira coisa! É claro que pode acontecer de alguém chegar tarde em casa no domingo de noite. Muitas vezes aquele é o único dia da semana em que deixam você ir a uma festa e assim, no dia seguinte, a gente precisa se recuperar um pouco, não pode fazer, logo de cara, uma dissertação ou um exercício. Ou então quando um professor erra na correção de um dever, isso aconteceu com a Rafaela em matemática, ela encontrou uma correção que estava errada, então, me desculpem, também se deve dar àquele professor que errou uma espécie de castigo construtivo. Quer dizer, sei lá, ele pode ser escolhido para chamada oral em turnos por todos os alunos da turma! Por que não? Eles frequentemente inventam castigos que não existem. Como daquela vez que nós fizemos bagunça na sala e a professora de matemática nos mandou escrever uma carta para ela pedindo desculpas! Uma carta de desculpas! A gente tinha que se desculpar porque se comportou mal e "sugerir soluções para que aquilo não se repetisse mais". Mas onde já se viu isso? Outra vez me perguntaram se eu queria ser representante de turma e eu recusei terminantemente. Quer dizer, se apresentaram Alis e Clod e mais três ou quatro. E nenhum garoto. Ah, os meninos não se importam mesmo com a organização e o que se decide sobre certas coisas. Eles fazem bagunça e pronto. Porém, depois que alguma coisa fica decidida e eles não concordam, então começam a discutir. Mas aí é tarde demais! E assim, fazem mais bagunça e pronto. Enfim, com eles cada pretexto, cada argumento é bom para criar tumulto. Bem, essa é outra história. Mas eu, só de pensar em ter que ir à escola de vez em quando de tarde, fora do horário das aulas, para representar a turma, bem, melhor me prender... porque só aceito se estiver louca! E assim, no fim, escolheram a Rafaela, a única na minha opinião que queria seriamente ser a representante, mas que fingia não estar interessada. Acho que ela tinha medo de não ser eleita... De qualquer maneira, ser a representante da turma é perfeito para ela. Mesmo porque ela é realmente louca! Enfim, voltei para casa felicíssima.

Tarde com ginástica artística e nenhuma imitação feita pelo Aldo. Inacreditável! Então, ele melhorou! Entendeu que não é capaz, que deve se aperfeiçoar, que vai treinar em casa sozinho, dentro do seu quarto, onde ninguém pode vê-lo. Não; muito mais simples. Não veio porque não estava se sentindo bem. Clod lhe mandou um torpedo.

– Sinto muito.

E ele lhe respondeu:

– Eu também..

Será que isso pode dar início a uma possível história? Sei lá. Pouquíssimos elementos para poder exprimir qualquer tipo de opinião. O que me fez rir mais é que a certa altura Aldo lhe mandou uma frase esquisita e, no fim, sabe o que ele escreveu? "Adivinha quem sou?!?"

Não, mas vocês podem imaginar? Uma imitação por torpedo. E o mais absurdo é que a Clod lhe respondeu: "Pippo Baudo!".

"Muito bem! Então eu o imito bem!"

Sim, mudei de ideia, talvez eles comecem a namorar. Afinal, se isso não é amor...

Noite superserena. Papai não voltou para casa porque ia se encontrar com os colegas. Alê saiu para ir ao cinema com seus amigos e assim, finalmente, tive um jantarzinho tranquilo com a mamãe. Ela fez batata frita de que eu tanto gosto e a carne à siciliana, um tipo de bife com miolo de pão por cima, mas que é assada e não frita, uma delícia, é a minha carne preferida. O chato é que a Alê também gosta, e todas as vezes que a mamãe faz tenho que dividir com ela, que geralmente come os pedaços maiores.

– Hum, bom, mamãe, uma delícia.

– Mas são as de sempre.

– Não, melhores! – Como um pedaço grande e estranhamente ela não diz nada, apenas sorri para mim. E digo a verdade: se eu tivesse que escolher uma amiga perfeita, bem, eu escolheria ela.

Mais tarde, estamos na frente da TV, ainda sozinhas, como duas amigas que dividem a mesma salinha. As duas no sofá com as pernas debaixo das almofadas. Mamãe foi muito legal. Estamos vendo *Amici*, um programa de que ela não gosta muito.

– Diz a verdade, vocês gostam desse programa porque tem músicas bonitas.

– Mas, mamãe, todos gostam muito da Maria!

– Quando ela apresenta "C'é posta per te" eu gosto. Lá sim, ela faz as pessoas que não se veem há muito tempo se encontrarem, reconcilia um casal, reaproxima os pais dos filhos. Isso, naquele programa eu gosto da Maria, ela é excelente!

Genial, a mamãe. Como se naquele caso a Maria fosse outra pessoa.

O meu celular toca. Olho pra ele.

– É Rusty James!

Mamãe ri.

– Mas você ainda chama ele assim?

– Claro, pra sempre! – Abro o celular e respondo correndo.

– Oi, R.J., tudo bem? Como estão as coisas?

– Tudo ótimo.

– Então quando eu posso ir?

– Para terminar o que você começou? – Rio. Na verdade, aconteceu uma coisa absurda. No dia em que entregaram tudo o que ele comprou na Ikea, ele me mandou um torpedo. "Está tudo aqui. Você me ajuda?" Eu respondi "ok!". Assim ele passou na escola para me pegar e fomos para a casa dele. Ah, você nunca vai acreditar, mas os móveis da Ikea são incríveis. Todos com folhetos ilustrativos, com explicações muito simples para móveis, que, na verdade, são complicadíssimos; todos de encaixe, com parafusos que a gente aperta e ficam presos e outros que a gente deve colocar perfeitamente para fixar outros. Enfim, se a gente consegue, parecemos realmente gênios.

E eu, bem, digamos que sou um geniozinho. Quer dizer, só consegui montar uma cadeira e já estava morta. Caí no chão acabada e quando Rusty me viu, disse:

– Ok, já entendi... – Me jogou o casaco. – Vamos, vou levar você pra casa...

Cheguei, comi, tomei banho e fui direto para a cama! Nunca tinha acontecido isso antes! Estava exausta. Quando penso que ainda faltavam outras cinco cadeiras, duas cômodas, uma cama, três mesas, dois armários e nem me lembro mais do resto... Bem, podiam me levar para o hospital.

– Fala sério, Rusty, como estão as coisas?

– Tudo montado. Se eu fosse esperar por você... era capaz que a Ikea falisse! Onde você está?

– Em casa, com a mamãe... – Olho para ela e sorrio. – Sozinhas, nós duas!

– Bem! Eu tinha resolvido que ia convidar quem eu encontrasse em casa! Então, estou esperando vocês duas no domingo pra almoçar, tudo bem?

Pulo em cima do sofá, fico em pé e continuo saltando. Mamãe me olha. Pareço uma doida para ela. Estou muito feliz.

– O que é? O que está acontecendo?

– Ele nos convidou! Mamãe, um lugar lindíssimo, muito legal, maravilhoso!

Passo o celular pra ela.

– Oi, como você está?

– Bem, mamãe, tudo bem... – Ouço o que o Rusty diz com a voz um pouco estridente no alto-falante.

Vejo que a mamãe engole em seco. Tomara que ela não comece a chorar. Paro de pular em cima do sofá.

– Tem certeza? Não tem problema... você precisa de alguma coisa?

– Não, mamãe, está tudo ok, de verdade, e eu também disse à Carol que estou convidando vocês para almoçar comigo no domingo, tudo bem?

De repente, mamãe começa a chorar. Tapa com a mão o nariz e na boca, como para segurar alguma coisa. Talvez uma emoção muito forte.

– Alô, mamãe, tá me ouvindo?

Mamãe fecha os olhos. Respira fundo, mais fundo. Depois abre novamente. – Sim, sim, estou ouvindo...

– Não me diga que você já está preocupada com o que eu vou cozinhar pra vocês? Ainda não pensei nisso!

– Como você é bobo...

– Bem, vai ser tudo muito simples! Eu não sou bom cozinheiro como você. Aposto que a Carol vai querer aquela carne que ela gosta e batatas fritas.

Começa a rir.

– Sim, isso mesmo... você acertou... – O momento de emoção parece ter passado. Olha para mim, eu sorrio.

– Então, espero vocês?

– Vamos, com certeza. Posso levar também a Alê se ela puder?

Bato os pés no sofá. Agito os punhos. Mas por quê? Ouço a risada do outro lado do telefone.

– Claro, imagina. Se a Carol estiver de acordo!

Me olha.

– Carol disse que sim.

Mamãe mente e desliga.

– Mas não é verdade, não é verdade. Eu não estou de acordo! Eu não disse que sim!

– Ei, vamos, calma, que depois ela fica chateada se a gente não disser pra sua irmã.

Ela me tira de cima do sofá, me fazendo cair sobre as almofadas e depois luta comigo.

– Não, mamãe! Não aguento! Não faz cócegas! Não aguento! – Reclamo, balanço a cabeça para a direita e a esquerda, procuro me soltar.

– É verdade que você também quer que a Alê vá?

– Sim, sim, chega, chega, estou felicíssima porque ela vai! Ai! Chega!

Mamãe me solta.

– Ah, assim que eu gosto da minha filha caçulinha.

Me ajeito no sofá.

– Ok, ela vai, mas se, depois que a gente falar com ela, ela não for porque tem outras coisas pra fazer, juro que se eu aprender a jogar tênis bem vou dar muitas raquetadas nela!

Mamãe começa a rir e só consegue dizer uma coisa.

– Não jure, Carol!

Sempre me perguntei como conseguem enfiar os navios dentro das garrafas de vidro. Para mim, é como tentar fazer entrar na minha cabeça as regras de geometria. São muitas para as dimensões da minha cabeça!

O vovô Tom tem três garrafas assim na sala, e todas as vezes que olho para elas me parece impossível.

– Vovô, eu sei que você já me explicou quando eu era pequena, mas não consigo me lembrar!

– De que, Carolina?

– Como se faz pra colocar as coisas dentro se elas são maiores do que o gargalo da garrafa?

O vovô se vira e me vê perto da prateleira, com um navio na mão. Se acomoda melhor na sua grande cadeira preta, na mesa de trabalho. Encosta bem as costas e sorri.

– Claro que eu contei para você.

– Conta de novo, assim talvez eu entenda como fazer com a geometria...

– O que tem a ver com a geometria?

– Depois eu te explico. Vamos, conta pra mim! – E sento no chão com as pernas cruzadas.

– Está bem... Então, antigamente as pessoas tinham medo de sair pelo mar, porque não era como agora, as embarcações eram menos seguras, se viajava por muitos dias sem saber o que ia acontecer. Assim, os marinheiros confiavam na boa sorte e nas orações. Para tornar tudo isso mais concreto, eles levavam objetos que serviam como amuletos, um pouco como você faz com aquela coisa de pelo quando vai fazer uma dissertação.

– Você quer dizer aquele filhotinho de urso, o chaveiro?

– Sim, aquele.

– Eu não uso mais há muito tempo, vovô!

– Muito bem, dá pra ver que você agora já está grande...

Ele está me gozando.

– Que nada, ele deve ter perdido os poderes... nas últimas argumentações eu tirei insuficiente! – Ele começa a rir.

– Se vê que você não acreditava mais o suficiente. Os marinheiros, ao contrário, deviam acreditar muito para achar que um santinho, um amuleto ou uma mecha de cabelos pudessem protegê-los contra as tempestades, os motins e os piratas. O problema, no entanto, era conservar e proteger esses objetos, especialmente aqueles que se estragavam com mais facilidade, num lugar seguro, sem umidade. Eles não tinham cofres pessoais ou à prova d'água. A única solução era exatamente uma garrafa! E pouco a pouco, o objeto que começou a ser visto com mais frequência dentro das garrafas era aquele que simbolizava a vida deles, o navio. Para colocá-lo lá dentro, eles faziam passar pelo gargalo o modelinho completo, com as velas e as árvores dobradas com longos fios amarrados nelas e que depois eram retirados para que se pudessem levantar os mastros.

– Ah!

– E usavam eles como talismãs, mas também como mercadoria de troca.

– E você nunca fez um?

– Sim, um daqueles três! Aquele mais alto.

– Nãoooo! E como você fez?

– Primeiro nós construímos o navio do lado de fora, depois desmontamos e construímos dentro com o método do fio.

– Mas deve precisar de muito tempo!

– E de paciência! Como tudo na vida.

– Vovô, vamos fazer um?

– Mas você acabou de dizer que precisa de muito tempo... Carol, você ia se cansar depois de dez minutos. E para esse tipo de hobby é preciso ter muita determinação!

– Sim, mas eu quero fazer alguma coisa com você, vovô. Você tem tanto jeito, o que podemos fazer?

– Bem, hoje está ventando, não está?

– Sim, por quê?

– Então o que você acha de fazermos um presente para a vovó?

– Sim! O quê?

– Vamos fazer um cata-vento para ela colocar em um vaso no terraço. Assim, cada vez que ele rodar, ela pensará em você. Vamos dizer pra ela que foi você quem fez, sozinha. Ou melhor, vamos fazer mais de um! Como se fosse um campo eólico caseiro.

– Isso mesmo, que lindo! Mas como se faz?

– É muito fácil. Pega lá na minha escrivaninha as cartolinas coloridas.

Faço o que ele me pede. Abro o armário e pego uma amarela, outra verde e uma vermelha.

– Agora, temos que cortar pedaços com aproximadamente essas medidas... como quadrados. – E faz para eu ver. – Carol, sem que ela veja vai até a cozinha e pega os canudinhos. Estão na gaveta debaixo da mesinha de mármore onde ficam os talheres.

– Ok!

Me sinto igual a quando era pequena e queria roubar alguma coisa da despensa e o coração batia com força. Bem, a vovó está lá dentro, ouço o barulho. Está guardando alguma coisa dentro dos armários. Encontro os canudinhos. Pego alguns e volto para o escritório do vovô.

– Agora, precisamos de cola, canetinhas e lápis, mas eu tenho tudo aqui.

– Você parece ter uma papelaria!

– Olha, se faz assim...

O vovô dobra o quadrado ao longo das diagonais.

– Agora, pinta os triângulos com a cor que você quiser.

E fico ali, como uma menina, enquanto ele corta as outras cartolinas também.

Quando terminamos, o vovô cola as pontas quase no centro dos quadrados e depois corta alguns arcos e os cola em cima das pontas para elas ficarem mais firmes. Depois, pega alguns alfinetes, aqueles com a cabeça um pouco maiores, faz um furo no centro do cata-vento e enfia um. Pelo outro lado, coloca o canudinho e depois segura tudo com o fita adesiva, tomando cuidado para deixar um pouco de espaço entre o cata-vento e o canudinho. Faço como ele e também preparo os outros três cata-ventos. Depois de alguns minutos, terminamos. São lindos!

A vovó, que nunca nos perturba quando estamos no escritório, não sabe de nada. O vovô pisca o olho pra mim e depois abre a porta do escritório.

– Meu amor, prepara pra nós um bom chá porque a Carolina e eu estamos com muita vontade...?

A voz dela vem do quarto.

– Claro...

Assim, pego os cata-ventos e saio para o terraço sem fazer barulho. Arrumo tudo dentro dos vasos de flores. Pronto. São lindíssimos. E imediatamente bate um pouco de vento fazendo com que eles rodem.

Me escondo atrás de um canto e espero.

Dali a pouco, a vovó sai com a sua xícara de chá-verde na mão.

– Mas onde vocês estão? – Olha à sua volta. Eu a observo por detrás das folhas do jasmim. Vejo a sua expressão mudar.

– Tom! Tom!

O vovô chega.

– O que é?

– Mas, o que são esses cata-ventos!

– Cata-ventos?

– Sim, aqui, foi você quem colocou?

– Eu não.

– Mas onde está a Carol?

Eles me procuram, e o vovô, cúmplice, finge não saber de nada.

Depois de alguns minutos, eu apareço.

– Estou aqui, vovó!

– Mas o que você está fazendo aí?

– Você gostou do nosso presente?

– Nosso? – diz o vovô. – Mas foi você quem fez tudo! – Depois olha para a vovó Luci, que sabe muito bem como as coisas aconteceram. – De verdade, eu juro... Foi tudo feito por ela!

– Não jure...

E depois daquele beijinho que dão, ficamos ali, sentados no terraço olhando para os cata-ventos que rodam velozes dentro dos vasos, depois o vento diminui e então param, mas, de repente, chega outra rajada e então recomeçam. E quando rodam com velocidade, as diversas cores se misturam e se tornam uma só. E é lindo e bebo um pouco de chá. O vovô e eu nos olhamos orgulhosos. Devo dizer que na casa deles a gente se sente realmente bem.

Últimos dias de novembro. Hoje, na escola, só deu amor. E um amor muito sofrido! O professor de italiano nos falou sobre Dino Campana e Sibilla Aleramo. Diz que não aceita o fato de que Campana fique sempre de fora do programa, que é um autor que não se encontra mais hoje, o que é uma pena. Ele resolveu começar pela história dele e dela. Eu já conhecia um pouco, porque Rusty me fez ver o filme em DVD. Bonito. Mas muito triste. Quantas coisas ele escreveu para ela. Mas por que os amores impossíveis são aqueles que nos tonam mais criativos? Enquanto o professor lia para nós "Encontramos rosas, eram as suas rosas, eram as minhas rosas, essa viagem nós chamávamos amor", todos estavam um pouco distraídos, mas eu estranhamente prestava atenção. Acho que antigamente se falava sobre o amor com mais paixão. Usavam palavras diferentes. O que será que o Massi dirá sobre o amor? Espero que ele não esteja falando muito para qualquer outra! Nada disso, eu cheguei primeiro. Ou melhor, só eu existo! Claro, ter um homem que te diz palavras assim deve ser lindíssimo... "Porque eu não podia esquecer as rosas, nós as procurávamos juntos..." Nem eu posso esquecer. E depois, imagina, ninguém jamais trouxe uma rosa pra mim. O amor é uma flor que ninguém jamais nos deu e que vamos lembrar para sempre. Eu também virei poeta! Depois, uma grande surpresa.

"Você se lembra que hoje é dia da nossa primeira aula? Já temos as bolinhas, o campo e o professor, só falta você! Passo pra te pegar? A quadra está reservada para às três da tarde."

Volto para casa e não pareço nem um furacão... muito mais! Visto outra vez tudo o que tenho e então surge o grande dilema. O conjunto com o short ou com a sainha? Me decido por vestir o agasalho e jogar assim. Sento na mesa para almoçar. Mamãe conseguiu preparar alguma coisa para nós, mas eu, é claro, estou muito nervosa!

– O que é, Carol, você não vai comer?

Não tenho tempo para responder. Alê faz isso por mim com a boca cheia.

– Não! Hoje ela tem softball.

Mamãe me olha sem entender nada.

– Mas você não disse que ia jogar tênis?

– Sim, é ela que gosta de bancar a idiota... Estão tocando! Deixa que eu vou! – Corro para o interfone.

– Oi, aqui é seu professor, a aluna preferida dele pode descer?

– Claro, estou descendo... – Corro até meu quarto para pegar a raquete. – Mamãe, estou indo.

– Não volte tarde!

– Não!

Alê para de comer por um instante.

– Bom softball!

– Simpática.

Chamo o elevador, mas estou muito agitada. Não consigo ficar parada. E não aguento ficar esperando. O senhor Marco sai, aquele da TV.

– Já chamei o elevador, o senhor pode pegá-lo.

– Obrigado.

– Sim, dessa vez sou eu que está de dieta!

Pulo os últimos degraus e chego ao andar térreo. Vejo que ele balança a cabeça. Sorrio e continuo a descer correndo, sem lhe dar muita importância. Saio pelo portão.

– Cheguei!

Mi se inclina para o meu lado e abre a porta. Entro rapidamente no Smart e fecho a porta. Mi sai com o carro enquanto eu coloco o cinto de segurança. – Bem, eu até posso ser sua aluna preferida, mas talvez seja a pior...

– Talvez, mas com certeza você é aquela que eu prefiro!

E por que me diz isso? É gentil, mas ele disse de um jeito muito estranho... Está querendo dizer alguma coisa? Bem, eu hein... não entendi nada. Mi me olha e sorri.

– Você é a minha única aluna!

Resumo do tênis.

Então, vocês sabem o que faz uma jogadora de softball? Aquelas moças que ficam paradas esperando a bola e depois a golpeiam com uma força descomunal, mandando a bola para fora do campo? E que depois correm devagar, bem devagar, de base em base, levantando os braços, tranquilas exatamente porque elas mandaram a bola bem longe? Isso, aquela era eu. A única diferença é que se você faz assim no softball é um campeão; se faz no tênis, você é uma incompetente! Maldita Alê! Ela tinha razão. Cada bola que chegava para mim eu mandava para o outro campo, mas não o do adversário, para aquele ao lado. Quer dizer, em vez de jogar tênis eu praticamente só me desculpava.

– Desculpem, errei.

– Dá pra perceber! – Dois rapazes simpáticos, os nossos vizinhos de quadra.

Mi, ao contrário, continuava pegando as bolinhas do cesto e mandava pra mim sempre no mesmo ponto, sempre com a mesma velocidade, sempre com o mesmo ritmo. Uma máquina de guerra... paciente.

– Incline-se, olha a bola, tome impulso pra frente... isso, muito bem!

– Ei, professor, vê se não mente para sua aluna! – Ainda mais simpáticos os nossos vizinhos.

Enfim, foi uma tarde divertida. Depois da aula, sentamos na sede do clube para beber alguma coisa. Um bom isotônico que faz você recuperar as forças, mesmo que eu, tirando a parte de recolher as bolinhas por todos os lados, não tenha corrido muito. Mas transpirei um pouco, e isso é bom. Além do mais, com o agasalho consegui desempenhar meu papel. Os dois vizinhos de quadra passaram por nós.

– Nos avisem quando vierem jogar novamente... assim nós trazemos um guarda-chuva!

Mi começou a rir, depois se virou pra mim.

– Bem, talvez da próxima vez a gente reserve uma quadra no fundo!

– Ok, tudo bem... – Sorri bebendo o último gole de isotônico. Muito educada. Muito gentil. Muito tenista. Com único pensamento: mas esse Mi é mesmo paciente, de verdade? E, então... será que vai haver mesmo uma próxima vez? Bem. Agora, moça muito tenista, também com certa segurança. Vou colocar o conjuntinho com a saia... E sorrio me divertindo com aquele pensamento. No entanto, eu nem podia imaginar tudo que iria acontecer!

Domingo.

– Vamos, pega aquela, é bonita!

– Qual?

– Aquela ali, com todas aquelas flores.

– Ok. – Desço do carro depressa. – Poderia me dar essa planta?

– Essa?

– Sim, obrigada.

Mamãe está no carro e me espera. Me viro na sua direção.

– Pego um cartãozinho também? Hein, assim escrevemos uma coisa bonitinha.

– Está bem.

O florista coloca uma sacola de celofane em volta da planta e me entrega.

– Vinte euros, por favor.

Pago e entro no carro.

– Agora para onde vou?

– Sempre em frente, vai pelo Lungotevere.

– Mas é perto?

– Pertíssimo!

Mamãe continua dirigindo tranquilamente.

– Se você está dizendo!

– Eu já estive lá! – Até montei uma cadeira, quis acrescentar, mas me parece um pouco pequeno. – Eu ajudei o Rusty a montar os móveis.

– Ah...

Assim é melhor. Estou com essa planta no meio dos pés, e a flor-de-lis sobe e exala um perfume forte, de vez em quando bate no meu rosto e me coça o nariz, então eu me afasto para a direita e para a esquerda para não acabar entre as folhas. Mas me incomoda muito menos do que a Alê, que, como eu imaginava, não pôde vir.

– Mamãe, o que a gente escreve?

– Ah, não sei... a escritora é você! Com todo aquele diário que você faz!

Lembro que ontem de manhã Alis me deu uma frase muito bonita para ler que ela encontrou na internet: "O amor é quando a moça coloca perfume; o rapaz, a loção pós-barba, e depois saem para se cheirar. Martina, cinco anos". Muito legal. Muito verdadeiro. Seria legal uma coisa engraçada assim!

– Que nada, aquilo que eu escrevo no diário me serve pra lembrar o que fiz... Na realidade, o escritor é ele!

– Tomara! – Mamãe faz uma careta estranha. Está preocupada. Mas no fim, resolve parar de pensar. – Vou em frente?

– Sim, sempre em frente, estamos quase chegando. Achei, já sei o que escrever, você está pronta?

Mamãe me olha. Sorri.

– Sim, claro. Vamos lá.

– Para que possa desabrochar tudo aquilo que você deseja... – Olho para ela com ar de interrogação. Realmente, mais que para um escritor, a frase parece para um florista. Eu mesma respondo. – Não, não, é uma bobagem. –

Continuo pensando. Pronto: "Para a sua nova casa..." Não! Mesmo porque é uma barca, mas isso eu ainda não disse a ela. Penso numa outra frase.

– Para você com todo o nosso amor.

Mamãe fica toda feliz.

– Eu gosto dessa!

Mudo de ideia.

– Sim, mas é muito de primeira comunhão.

– Como assim?

– Dá tristeza!

– O que quer dizer?

– Que não é alegre. Não, não serve. – E continuo pensando numa série de frases que nem sei bem como vêm à minha mente. A certa altura, me saio até com essa: "Para um futuro celeste...", porque as flores daquela planta são nitidamente dessa cor! E, finalmente, encontro alguma coisa que parece agradar nós duas.

– Vira, vira aqui!

Me distraio e só aviso em cima da hora. Mamãe segue imediatamente as minhas indicações, faz uma curva quase fechada, entrando pela descida que leva ao Tibre. O carro derrapa um pouco, parecemos duas loucas.

– Mas estamos indo para o rio.

– É... – Não digo mais nada. Percorremos alguns metros ainda.

– Pronto, chegamos!

Mamãe fica de boquiaberta.

– Mas é uma barca!

– É bonita, hein? – Buzino entre as mãos da mamãe sobre o volante e desço correndo do carro levando a planta comigo – Rusty... chegamos, estamos aqui!

R.J. sai sorrindo da barca e corre sobre a passarela.

– Ei, as minhas mulheres preferidas! – E me pega pelo braço e me roda, me debruçando sobre o rio com a planta nas mãos.

– Socorro! – Mas nos seus braços eu não tenho medo. Depois me coloca no chão me fazendo cair em cima das tábuas de madeira depois da passarela e corre para pegar a mamãe.

– Vem... que eu quero te mostrar.

– Mas não é perigoso? Não tem ratos?

– Que nada! Olha o que eu fiz... – Mostra uma série de pratinhos no chão cheios de anchovas ao longo da rua. – Tenho gatos de guarda... De *mickey mouse* aqui, só o do desenho animado. Venham, venham que eu mostro pra vocês. – Entra e nos mostra toda a barca. – Então, aqui é a cozinha, essa é a sala, e aqui é o meu quarto.

E nós o seguimos extasiadas. Não posso acreditar, ele transformou tudo, de verdade, parece outro lugar. Cortinas azuis, brancas e celeste e mesas claras perfeitamente montadas.

– Bem, Carol me ajudou a montar todos esses móveis...

Mamãe me olha satisfeita.

– Não é verdade, só fiz umas coisinhas.

– Não, não, ela fez muito. E, de fato, olha aqui – e nos leva até um cômodo todo claro que dá para o rio com um belíssimo vitral e uma mesa grande com o seu computador em cima de que eu gosto tanto... mesmo porque é muito mais rápido do que o meu!

– Esse é o seu quarto, Carol. Quando você quiser, pode vir pra cá estudar. Em breve vou ter também internet, assim você não vai sentir falta das suas amigas Alis, Clod e todos os outros no *messenger*...

– Não! Não posso acreditar, você colocou até a foto do Johnny Depp! Nossa, mas esse quarto é maravilhoso! – E é muito maior do que o meu. Mas isso eu não digo.

– Mamãe, posso vir estudar aqui de vez em quando?

– Claro, contanto que você estude mesmo, acho que aqui você vai se distrair, só isso.

Rusty me abraça.

– Não. Aqui é um lugar calmo, uma tranquilidade, ninguém grita ou faz barulho. Muito mais do que em casa.

Mamãe e ele se olham. Ficam um instante em silêncio. Depois, Rusty vê a planta ou talvez faça de conta que só percebe naquele momento.

– Ei, que bonita! Mas o que vocês me trouxeram? Uma flor-de-lis – se aproxima e pega o cartãozinho. "Para o nosso escritor, para que você seja feliz!"

Rusty sorri. Guarda o cartãozinho no bolso do casaco.

– Eu sou, agora que vocês estão aqui, eu sou. Vamos, vamos pra mesa!

Bem, você pode ter certeza, uma tarde lindíssima. Rusty James arrumou a mesa na sala, perto da janela maior, aquela beijada pelo sol. Porque hoje, mesmo estando no fim de novembro, fez um sol maravilhoso.

Salada de arroz, várias entradas, como eu gosto, mozarelas pequenas, salsichas pequenas, azeitonas, tomatinhos recheados, pimentões pequenos recheados com atum e alcaparras. Enfim, tudo pequeno.

– Essa é uma especialidade, eu comprei só pra vocês... *tomini alle erbe.*

Bem, eu não sabia o que era. Nem a mamãe. Mas provamos e gostamos. Um queijo macio, não muito gorduroso, com pouco sal e muitas ervas em cima. Depois um espumante bem gelado. Pum! É bom quando as rolhas saltam livres sem serem presas por nada. E Rusty abriu a garrafa em frente a janela aberta, em direção ao rio. E a rolha fez um voo longuíssimo e depois...

splash! Aterrissou no meio do Tibre, foi para o fundo e depois voltou para a superfície. Nós a vimos deslizar, indo embora, assim, livre, pela corrente, em direção a sabe-se lá onde.

– Mamãe, também posso beber?

– Só hoje...

– Sim, claro. – E assim bebo e começo a comer também aquela bela salada.

– Mas, o que é isso?

Rusty sorri.

– Folhas de espinafre.

– Desse tamanho?

– Sim, grandes.

Mamãe as corta com a faca.

– Hum, bom, você recheou com pera, queijo parmesão. – Depois afasta algumas folhas e chega ao fundo. – Pinhãozinho e passas!

– Sim, e temperei tudo com vinagre balsâmico.

Provo de novo.

– Isso, que é esse sabor que arde.

– Não arde!

– Para você tudo sempre arde! – E rimos. E tenho a impressão de estar em casa, em uma nova casa, mais tranquila, porém. É verdade, não existe barulho. É muito agradável. E comemos em silêncio. Rusty colocou também um pequeno aparelho de som na sala. A certa altura, ele se levanta e põe um CD. Coldplay. *X&Y*. Lindo, eu ouvi uma vez só, mas gostei de cara. Talvez porque tenha aquela música com a frase que diz "You don't have to be alone, you don't have to be... all alone at home...".

Depois, ele vai até a cozinha e volta em alguns instantes. Traz uma pequena torta de chocolate, aquela que eu adoro. E com uma velinha no meio!

– Oba, que legal, mas que dia é hoje?

– Do feliz desaniversário!

Ele sabe que eu gosto muito da Alice.

– Não, é brincadeira, é porque vocês são as minhas primeiras convidadas aqui.

Quem sabe se é verdade, mas eu gosto de pensar que é. Sopramos a velinha os três. Depois, a mamãe começa a cortar a torta perfeitamente em três fatias que saem idênticas, um daqueles raros casos em que a gente queria exatamente assim: nem um pedacinho a mais, nem um de menos.

Finalmente, Rusty prepara o café só para eles dois e vamos sentar do lado de fora nas espreguiçadeiras para pegar sol com os pés apoiados na grade.

Eu fico com a cadeira mais próxima, porque sou a menor. Fecho os olhos e sinto um bem-estar que é muito raro. Claro, eu gostaria de ter o Massi aqui perto de mim, numa outra espreguiçadeira a meu lado. Mas, talvez, hoje não fosse realmente a ocasião apropriada.

Rusty James nos olha satisfeito.

– Aqui a gente está bem, hein?

Mamãe aperta a mão dele.

– Sim...

Pelo menos nisso, todos estamos de acordo.

Depois, ouvimos um barulho inesperado. "Tchá... tchá..."

E, em seguida, alguém que respira ofegante. De repente, aparece na curva, poucos metros na nossa frente, uma canoa com dois rapazes que remam juntos.

– Oiiiiii! – Aceno para eles com a mão, e eles, sem parar de remar, sorriem. Um deles levanta o queixo rapidamente como para retribuir o aceno e depois desaparecem assim, da mesma maneira como chegaram, velozes, seguindo o curso da corrente do Tibre.

Então me sento novamente, me estendo ao sol sobre a minha espreguiçadeira, apoio as costas e fecho os olhos. Sim. Aqui a gente pode ficar muito bem e posso dizer com certeza: essa foi a melhor tarde de todo o mês de novembro.

Dario, o papai de Carolina

Sou o pai de Carolina. Me chamo Dario. Tenho quarenta e oito anos, sou formado e trabalho no Hospital Policlínico. Uma coisa que eu não suporto são todos esses discursos inúteis. E alguém que nunca se dedique verdadeiramente às coisas importantes. Aquelas práticas. Aquelas sérias. Aquelas que sempre movem o mundo para a frente. Você trabalha a vida inteira, faz sacrifícios por isso e por aquilo e sempre pouco para você mesmo. Você acredita que fez o seu dever, que se sacrificou o suficiente, mas, depois, as coisas não são como você imagina e, começando pela própria família, a culpa acaba caindo sobre você e mais ninguém. E seguimos assim até morrer. A vida. Todos pedem, mas não dão nada. Todos roubam e nada lhes acontece. E você, que tenta ser honesto, é quem paga. Até mesmo em casa. Onde eu nunca posso ficar em paz. Gostaria de chegar pelo menos uma única vez e encontrar tudo arrumado, tudo fluindo. Gostaria de ver o meu filho Giovanni estudar, se preparar para os exames, ler livros sérios, em vez de perder tempo com aquelas bobagens inúteis dos seus sonhos e da sua vontade de escrever. Sei que ele não vai conseguir. Esse mundo não é dos sonhadores. Basta que nós olhemos à nossa volta. Agora, com um diploma em Medicina na mão, alguma coisa ele iria conseguir. E mais, o custo das mensalidades. Pelo menos ele compraria uma casa e aqui teríamos um pouco mais de espaço. Porque ninguém se preocupa com isso, mas nós não estamos assim tão confortáveis. E quando criamos um filho até os vinte anos, gostaríamos que ele nos desse alguma satisfação, não é verdade? Espero que a Alessandra me desiluda menos. Também não vai muito bem na escola, mas acho que ela conseguirá um diploma e depois poderá trabalhar como secretária em algum escritório de advocacia ou comercial. Ela se daria bem. De qualquer maneira, ela nunca deu importância à universidade. Eu também gostaria que ela se vestisse melhor. É bonita, sim, mas às vezes exagera ao se mostrar. Diz que é a moda de hoje. Eu não gosto e principalmente não gosto das pessoas que fazem comentários. Procuro orientá-la nesse sentido, mas não adianta, não há nada a fazer. É a mãe que a deixa fazer o que quer. Carolina, bem, eu ainda tenho que entendê-la bem. À medida que cresce, mais se parece com Giovanni. E isso me preocupa. Quando discuto com meu filho, ela sempre toma partido dele; a minha mulher é a mesma coisa. Está errado, quer dizer, os pais deveriam seguir uma linha de conduta comum, e não contradizer um ao outro diante dos filhos. Essa é a razão por que crescem assim. Eu gostaria que a Carolina ficasse mais em casa, só tem catorze anos. Depois nos lamentamos quando as coisas acontecem e ouvimos aquelas histórias na televisão. É necessário ter disciplina. E um pai que passa todo o dia fora de casa trabalhando para sustentar a família gostaria que a mulher mantivesse um pouco mais a situação sob controle, não é mesmo? Do contrário, para que ela serve? Para que servem as famílias? E, realmente, muitos discursos inúteis esses dos meus filhos. Andam com muita gente que sempre encontra o prato cheio e nunca teve que se esforçar. Os sonhos e o amor. Quem me dera! Mas, em primeiro lugar, é preciso ter dinheiro! Com ele, você pode ter a certeza de que vai realizar os sonhos e encontrar o amor com facilidade. Mas não se ganha dinheiro com trabalhos humildes como o meu e o da minha mulher e, menos ainda, escrevendo livros. Será, eu me pergunto, que é muito difícil para meus filhos entenderem isso? Que, se eu digo a eles para estudar e não ficar tanto com a cabeça nas nuvens, é para o bem deles, e não para fazê-los sofrer? Eu acho que ninguém entende e todos acabam me deixando com raiva e me fazendo gritar. Ninguém jamais me deu apoio, só a Alessandra, de vez em quando, mas muito mais para obter alguma coisa do que por mim. Eu gostaria que a minha mulher ficasse mais perto de mim. À noite, vamos nos deitar em horários diferentes; ela primeiro e, quando chego, ela já está dormindo. Já nem sei dizer se nos amamos ou se estamos juntos pelo hábito... Ficou relaxada, não se cuida muito. Seria bom se de vez em quando eu a encontrasse, na volta do trabalho, um pouco arrumada, penteada e maquiada em vez de olhar para aquele rosto branco e as roupas sempre iguais. Seja como for, acho que o amor entre os casais sempre acaba depois de, no máximo, um ano de convivência. Depois, se tudo correr bem, o casal se estima, se quer bem. O amor é coisa de cinema e de livros.

Dezembro

Três coisas que eu odeio: quando não cumpro uma promessa, quando não consigo resolver os problemas de geometria sólida e quando não consigo ajeitar meu cabelo.

Três coisas que eu adoro: cartões de Natal feitos à mão, presentes deixados na véspera de Natal na caixa de correspondência, o dia 31 de dezembro.

Três comidas que eu adoro: arroz à cantonesa, chocolate, batata frita feita pela mamãe.

Três coisas que não podem faltar na minha mochila: iPod, desodorante, o diário.

Três coisas do meu quarto que eu amo: os bonecos, as almofadas da cama, o montão de fotos em cima da minha escrivaninha.

Três coisas do meu quarto que eu gostaria de mudar: o armário pequeno, o tapete velho com os arcos, o suporte de uma das gavetinhas quebradas da cômoda.

Dezembro foi um mês mais incrível ainda. Me fez descobrir uma coisa que eu nunca teria imaginado, ou melhor, já tinha ouvido falar e tinha, de qualquer maneira, tentado entender. Mas achava que era tudo exagero, isto é, parecia impossível para mim. O fim de um amor.

Mas, primeiro, quero contar para vocês que tirei "Bom mais" em italiano. Ouvi "Parlo com te" da Giorgia. O silêncio. Todo aquele vazio que às vezes existe. Como é verdadeiro. Quanta coisa digo às pessoas sem dizer uma palavra. Talvez porque seja dezembro. Talvez porque eu sinta um pouco de melancolia por causa dos dias mais curtos. Talvez seja porque amanhã tenho o dever de inglês e preciso terminar a pesquisa sobre arte e não estou com a mínima vontade. Talvez, mas, quando ouço essa música, penso como ela é muito verdadeira. Delicada, direcionada para mim. Como eu lhes dizia, hoje de manhã recebi o dever de italiano corrigido. Bom mais. Aliás, nunca entendi o que quer dizer aquele mais. Bom pleno? Bom de verdade? Sei lá. De qualquer maneira, só o título da redação já tinha feito eu rir e ficar de bom humor: "Descreva-se a seus pais. Aquilo que eles não sabem, aquilo que você gostaria de dizer a eles e aquilo que você nunca teria coragem de dizer".

Uma palavra. É óbvio que sempre precisamos mentir um pouco. De qualquer maneira, aceitei o desafio, mesmo acreditando que os professores deem esses temas porque são piores do que o Serviço Secreto. Enfim, escrevi qualquer coisa e fiquei com o rascunho.

"Queridos papai e mamãe, me chamo Carolina, mas isso vocês já sabem porque o meu nome foi escolhido por vocês. Os amigos me chamam de Carol.

Para me descrever, conheço duas músicas que dizem tudo; "Fango", de Jovanotti, e "Parlo con te", da Giorgia. Dizem que eu sou bonitinha. Vocês também dizem, mas eu não acredito. A coisa engraçada é que quando me olho no espelho e olho pra vocês, não acho que a gente se pareça tanto, mas a professora de ciências, que é a mesma de matemática, diz que é normal: é a genética. Eu gostaria de mudar muitas coisas em mim, por exemplo, a altura. Mas não tenho certeza disso.

"Leio muitos livros, mesmo aqueles que não entendo bem no início, talvez porque eles têm muitos temas e conteúdos difíceis. Mas eu tento. São os livros da estante do Giovanni, meu irmão, também chamado Rusty James. Eu gosto muito de música e gostaria de ser DJ, mas sinto vergonha. Tenho duas amigas do peito, Alis e Clod, que na realidade se chamam Alice e Cláudia, mas é mais bonito Alis e Clod. Como vocês sabem, estou cursando a oitava série e estou... nem muito bem, nem muito mal. 'Tenho picos', como o professor Leone diz, mas não são aqueles pássaros um pouco bobos que passam horas tentando fazer buracos nas árvores, e sim resultados inesperados que aumentam as minhas notas. Tenho muitos sonhos, mas ainda não tenho coragem para realizá-los. Quer dizer, eu acredito neles, mas também sinto medo. Eu gostaria que almoçássemos sempre juntos e com a TV desligada, mas isso não acontece nunca. Dos meus irmãos, eu combino menos com a minha irmã, mais com o meu irmão. Adoro o pôr do sol porque significa que passei por mais um dia, talvez bom. Amo o mar porque tem água e a água é macia e se transforma naquilo que você quiser. Eu gosto da escola mesmo tendo muitos deveres e redações para fazer. Procuro dar o melhor de mim sempre. Quando me perguntam algo, fico um pouco envergonhada e vermelha, mas falo tanto que no fim me saio bem. Às vezes as pessoas não entendem que isso acontece porque sou tímida de verdade, mesmo que não pareça porque sou muito tagarela. A você, papai, eu gostaria de pedir para ouvir um pouco mais, porque às vezes os outros também têm razão, e para não ficar sempre na defensiva, pois a vida é bela e você deve aproveitá-la. A você, mamãe, digo que é maravilhosa, muito doce, e que deveriam existir muito mais pessoas como você. À minha irmã gostaria de dizer para ser menos superficial, enquanto ao meu irmão digo que ele é um mito. Ele é o meu modelo, eu o amo de todo coração porque ele leva adiante suas escolhas com coragem e estou certa de que ele vai ter muito sucesso. Talvez ele seja a pessoa com quem eu mais me pareça na família. Enquanto Alê é idêntica ao papai... A mamãe, mesmo tendo nos colocado no mundo, sempre entra no meio para apartar, enfim, para que ninguém brigue. Quais são as coisas que eu nunca teria coragem de dizer aos meus pais? Tenho a impressão de que, se eu dissesse aqui, sairia do tema! Ou melhor, pareceria que eu não tive coragem de dizer diretamente a eles, o senhor não acha justo, professor? Bem, eu tenho um temperamento alegre, sou um pouco desajeitada, mas isso faz parte da minha simpatia, dizem. E principalmente, sou muito direta, o que às vezes é bom, outras vezes, não. Nesse caso, e posso dizer sem problemas, eu gostei muito desse tema."

Finalmente, encerrei com algumas citações! Nossa, três páginas e meia! E também aquela reflexão sobre a coragem de dizer, de verdade, alguma coisa aos meus pais, de não sair do tema e de me dirigir diretamente ao professor, na minha opinião tudo isso contribuiu para a nota! Bem, o importante é que correu tudo muito bem e estou feliz por isso. Mas a coisa que deu realmente um sentido a esse mês de dezembro foi o fim de um amor. Vamos por partes.

Melhorei no tênis. Essa é, sem dúvida, uma notícia importante. Alê parou de me gozar e dizer que ela me viu sair de casa pelo menos outras quatro, cinco vezes vestida, como ela dizia no começo, para jogar softball. Acho que ela entendeu que vou dar raquetadas nela. Até já estudei a posição, ela vai chegar no cruzamento onde costuma parar com a vespa. E eu, bem colocada a uns cinco metros, conseguirei pegá-la no ombro ou no capacete, ou, se eu tiver sorte, em pleno rosto. De um jeito ou de outro, ela vai me pagar. Já pensei. Ou lhe faço um *top spin* ou um *slice*. Quer dizer, aprendi também a terminologia. Sim, porque o Mi foi realmente um professor paciente. Até mesmo os vizinhos de quadra da primeira vez, ao me verem jogar, disseram: "Hum, você melhorou! Consegue até passar da rede!".

Fora as brincadeiras, acho que eles notaram alguma melhora. Realmente, não digo isso para me gabar. Melhorei mesmo.

Mas, depois, naquele 7 de dezembro a nossa relação mudou completamente, e não apenas do ponto de vista do tênis.

– Escuta, o que vamos fazer? Você consegue tomar um banho rápido e depois comemos alguma coisa?

– Claro, por que não...

Subo e peço permissão pra mamãe. Estranhamente consigo convencê-la rápido. Bem, na verdade, envolvi também toda a turma; enfim, vai haver uma superfesta numa pizzaria para comemorar o aniversário de Giacomini.

Antes de sair, escrevo no diário, não pegaria bem se depois as mesmas pessoas festejassem seus aniversários mais de uma vez. Mamãe não tem boa memória, mas para certas coisas, não sei como, ou ela sente ou lembra de verdade. Ou, o que é mais provável, percebe quando eu conto uma mentira. Nós chegamos a pensar, com a Clod, que não seria má ideia se existisse um "curso de mentira". No de teatro, que ocorre à tarde lá na nossa escola, vi um rapaz melhorar bastante, isto é, fazer uma apresentação de fim de ano muito melhor do que as anteriores. Um curso de mentira serviria um pouco para todos. Quem é que, mais cedo ou mais tarde, não precisa dizer uma? Até mesmo para não fazer sofrer ou não dar um desgosto ou simplesmente evitar que alguém saiba de alguma coisa. Se você não está preparado, fica vermelho imediatamente e isso me dá muita raiva! Quer dizer, comigo acontece, por exemplo, quando estou fazendo isso e sinto logo que a pessoa percebe, então fico mais vermelha ainda! Enfim, é uma armadilha que não acaba mais...

Eu e a Clod achamos que a Alis seria uma professora perfeita. Ela consegue contar mentiras de um jeito, mas de um modo... que só ela! Com uma frieza, uma tranquilidade, um sorriso... Bem, acho que ela parece com a Hilary Duff, não porque ela conte tantas mentiras, droga, isso eu realmente não sei, mas porque interpreta bem e eu a acho muito simpática e, assim, imaginar a Alis como ela, me parece lhe dar a devida importância, considerando a sua capacidade.

Ainda me lembro do dia em que a gente estava na casa dela. Estávamos dançando e pulando em cima da cama, obviamente muito larga; é a única que tem uma cama de casal aos catorze anos! TV ligada a todo volume. MTV. Clipe dos Finley *Questo sono io*. E nós os imitávamos perfeitamente! Eu adoro quando nós três fazemos isso! Alis, sempre ela, estava fumando e queria que nós fumássemos também, coisa que a gente não estava com vontade de fazer.

– Vamos, provem.

– Mas a gente não quer.

– Mas é muito legal! – Depois para de repente.

– Psiiiiu... quietas!

– Alis, o que é? O que está acontecendo?

– O elevador... deve ser a minha mãe.

Abre a janela e joga fora o cigarro, pega um chiclete e mastiga rapidamente. Lambe os lábios e depois cospe na cesta de lixo. Por um triz.

– Alice? Alice, você está aí?

– Sim, mamãe, estou no quarto.

A mãe chega.

– Ah, você está com as suas amigas?

– Boa noite, senhora.

Grazia, a mãe da Alis, olha à sua volta e aspira duas vezes para sentir melhor o ar.

– Mas, vocês estavam fumando?

Alis olha para ela e deixa cair os braços.

– Sim, mamãe...

A mãe fica surpresa e Alis muda imediatamente de expressão.

– Mamãe, você não vê que estou brincando? É que o Giorgio passou por aqui e fumou um cigarro.

– Mas...

– Eu disse a ele que você não queria e, então, abri a janela... Desculpe, mamãe. – Corre na direção dela, a abraça e lhe dá um beijo com sabor de menta.

– Ok, ok... mas diga pra esse tal de Giorgio que fumar faz mal... Se começar nessa idade então!

– Ok, eu vou dizer pra ele, mamãe.

A mãe sai do quarto com um grande sorriso, tudo por aquela filha tão inocente. Vocês podem imaginar? É genial. Ela brincou sobre a coisa só para fazer crer que fosse possível, que até podia dizer pra ela, mas que, por outro lado, não era verdade. E sim que era real! E assim que ela saiu, agora o perigo já tinha passado, e antes que ela pudesse voltar a sentir o cheiro de fumo, o que a Alis fez? Acendeu novamente o cigarro! Puxa! Ela é ou não é a campeã das mentiras? De qualquer maneira, no que diz respeito a mim, aquele 7 de dezembro eu também consegui me virar ou talvez a mamãe quis acreditar em mim e eu também disse a ela que o Mi ia passar pra me pegar, um amigo do falso aniversariante Giacomini, que tem quinze anos e meio. Também porque, felizmente, naquele dia só a mamãe estava em casa e da janela ela podia confundir o Smart com outro minicarro qualquer.

– O que é, por que você está rindo, Carol?

– Não, por nada, Mi...

– Não, não é possível!

– Ok, eu estava rindo porque já sei que hoje vou sair da minha dieta!

Mi me olha e sorri.

– Bem! Adoro quem gosta de comer e, depois de todo o esporte que fizemos, você está mais que justificada.

Sorrio para ele. Na verdade, estava pensando que eu tenho alguns probleminhas com a idade. Sou obrigada a me comportar um pouco como a Alis. Eu disse para mamãe que o Mi tem quinze anos e meio e ao Mi eu disse que tenho catorze e meio!

– É verdade! – sorrio para ele de novo. – Estou com uma fome mais que justificada.

Piazza Cavour. Um restaurante chinês que pelo perfume parece muito bom. Sentamos e em menos de um minuto chega Paolo para pegar nossos pedidos. Quer dizer, um chinês que se chama Paolo. Muito engraçado.

– O que você vai pedir?

– Eu, bem, rolinhos primavera, arroz à cantonesa e frango ao limão.

– Para mim também, menos o frango ao limão; quero com amêndoas. Ah, traga também uma garrafa de água natural...

Depois se dirige a mim.

– Ou você prefere mineral?

– Não, não, natural está bom.

– Então, uma natural e uma cerveja chinesa.

Mal Paolo começa a se afastar, Mi sorri pra ele.

– Obrigado.

Isso. Eu gosto quando uma pessoa é gentil mesmo com aqueles que nos servem. Quer dizer, mesmo que você chegue num lugar e pague, e eles devem ser gentis com a gente, é bonito dar a eles importância. Nisso a Alis é muito estranha, por exemplo. Ela nunca agradece nada a ninguém! Quando vai aos lugares, é como se tudo lhe fosse devido. É estranho. Ao contrário, com a gente ela é sempre gentil, parece nos dar sempre tanta importância, faz a gente sentir como se viéssemos na sua frente e também de todos os outros. Bem.

Chegam os pratos que pedimos e num segundo começamos a comer e quase não falamos nada a não ser "Hum, bom...".

– Posso?

– Claro.

– O seu também está bom...

Sorrimos um para o outro. A comida está boa mesmo. Mi realmente sabe comer. Droga, entendo que seja um pensamento um pouco estranho, mas comer bem significa muito para mim. Quer dizer, comer com a boca fechada, mastigando lentamente, pedaços pequenos, sem pressa, conversando, de vez em quando. Existem pessoas com as quais você não se sente bem à mesa. Nomes? Meu pai. Alê, minha irmã, que puxou a ele em tudo e por tudo na minha opinião, enquanto eu e meu irmão puxamos mais à mamãe. Até a Clod, é verdade, mesmo comendo daquela maneira, consegue me fazer rir. Mas não sei se eu sou suspeita para dizer.

Conto para ele um pouco sobre a escola, sobre as minhas amigas.

– Tem muitas meninas na minha turma que sabem jogar tênis, mas todas fingem que não sabem porque a Rafaela, que é uma insuportável, talvez queira jogar com elas. E você?

– Eu o quê?

– Você gosta da faculdade?

– Ah, bem, tranquilo. Estou cursando o primeiro ano. Estou me preparando para o exame de direito romano. Dá licença... – Ele chama o Paolo, que se aproxima rapidamente.

– Você quer mais alguma coisa?

– Eu gostaria daquelas bolinhas...

– O sorvete frito?

– Sim.

– Ok, então traga três bolinhas de sorvete frito e a conta, obrigado.

Pouco depois, comemos aquelas bolinhas rindo e eu como aquele de chocolate porque é a parte mais gostosa. Mi toma uma grappa de rosas e saímos.

É tarde. Dez horas. Faz frio.

– Vamos ao Zodíaco?

– Sim, mas o que tem lá?

– Já devem ter armado o presépio...

Subimos ao longo das curvas. Conseguimos estacionar o Smart com facilidade.

Algumas outras pessoas, a maioria bem mais velhas, olham o presépio.

– Viu, ainda falta o Menino Jesus.

– É, eles só colocam no dia de Natal.

– Ah, claro.

Que boba. E começamos a nos afastar. Em silêncio. Caminhamos ao longo de uma pequena avenida que se debruça sobre a cidade.

– Roma vista daqui de cima é belíssima...

– Sim...

Mi se encosta na cerca. Sorri para mim.

– Você também...

Depois segura minha mão, brinca com ela por um segundo e então me puxa para ele, rapidamente, e me dá um beijo. Fecho os olhos e me encontro presa entre seus lábios.

Sopra um vento leve, fresco, não particularmente frio. E me deixo levar assim, pelo seu beijo. E não sei no que pensar, isto é, eu gosto, sim, tem um gosto bom. Mas... Puxa! Enfim, eu não esperava isso, de verdade!

O beijo está terminando e ficamos ainda um pouco em silêncio, com as bocas perto uma da outra. Depois nos afastamos. Sorrimos. Mi respira fundo, muito fundo.

– Desculpe.

– Por quê?

– Bem... eu puxei você com força e...

– Não, não, está tudo bem...

Aproxima-se novamente.

– Você joga tênis muito bem – e me beija pela segunda vez. Agora, lentamente, sem pressa. Com doçura, me acariciando os cabelos. Ok. Está tudo bem. Mas aquela frase ele não precisava ter dito! O que quer dizer? Queria me fazer um agradinho? Então, se eu não jogasse bem ele não ia me beijar? Talvez eu esteja exagerando. Talvez eu esteja pensando demais. Mas é a primeira vez que saímos do tênis. Sim, é isso mesmo, eu não esperava que ele me beijasse hoje! E, de fato, pouco depois já no carro, voltando pra casa, senti um estranho constrangimento. Quer dizer, aqueles estranhos silêncios que, quanto mais se prolongam, menos a gente encontra o que dizer, fica mais difícil escolher as palavras para iniciar. Por fim, e como frequentemente acontece...

– Então, o que você me diz?

– Por que não fazemos...

Falamos os dois ao mesmo tempo. E isso se repete.

– Não, eu queria dizer...

– Bem, eu dizia...

E, no fim, você ri e, de qualquer maneira, deve mesmo tomar uma decisão.

– Ok, Carol, fale!

– Não, eu queria dizer, você acha que eu posso jogar de vez em quando? Quer dizer, você acha que eu estou em condições?

– Ah, sim, claro... Eu ia mesmo dizer isso a você, podemos jogar uma vez de verdade, é mais competitivo, a gente corre mais, se movimenta mais, enfim. E, assim, depois você pode comer o quanto quiser!

Começo a rir, mas por dentro eu penso: o que quer dizer? Que na realidade eu não corro o suficiente? Então, quando eu jogo é como se eu não jogasse? Então, por que ele me disse que estou jogando bem? Para me beijar? É isso. Chegamos sempre nesse ponto... Bem, já chegamos em casa.

– Pronto. Chegamos.

Mi para um pouco adiante do meu portão.

– Gostei de termos saído hoje.

– Eu também...

Mi olha para mim. Fica em silêncio. Eu abaixo a cabeça e olho para as chaves que peguei no bolso. Brinco com elas entre as mãos. Pois é. Finalmente me deram, mesmo que tenha sido só por essa noite, acho.

Mi apoia sua mão na minha.

– Eu gostaria de ver você outra vez.

Olho para sua mão. Depois para ele. Não entendi toda aquela conversa sobre o tênis, mas de uma coisa eu tenho certeza e quero dizer a ele.

– Eu também gostaria de ver você de novo, mas preciso te dizer uma coisa.

– O quê?

– Eu tenho treze anos e meio.

– Ah. – Mi tira a sua mão da minha. Depois, lentamente, se vira para a janela. Fico em silêncio por um instante. Olho pra ele. Ele olha para fora.

– Mi, eu sinto muito, não queria mentir pra você. Nem sei por que eu te disse... Mas sou sempre eu mesma. Ou você gosta de mim, ou não gosta. Não acredito que seja aquele meio ano a mais que faz eu ser outra.

Ainda silêncio. Depois Mi se vira para mim e, inesperadamente, sorri.

– Tem razão. Não sei o que deu em mim. Vamos jogar na segunda-feira?

– Claro! Jogamos uma partida!

Dessa vez, me inclino na direção dele e lhe dou um beijo. No rosto. Depois, tento abrir a porta. Ele, ao contrário, me segura pelo braço e me puxa pra ele. Me dá um beijo. Na boca. Um pouquinho mais longo do que antes. Mas não sei por que dessa vez tenho a impressão de que ele se agita muito. É como se a sua língua tivesse enlouquecido. Fico com vontade de rir, mas não posso. No fim, vejo que ele segura também o meu seio! Não! Ele faz de um modo muito rápido, quase apertando, como se fosse uma bolinha! Mas que coisa! Consigo me soltar do seu abraço e, depois, aos poucos, com carinho...

– Tenho que ir... A gente se fala amanhã... – E escapo do Smart, correndo para dentro do portão, sem olhar para trás.

Elevador. Estou com palpitações. Começo a respirar fundo. Mais fundo. Tenho que me acalmar. De qualquer maneira, melhor do que a Cinderela, bem... são onze e meia. Mas, com certeza, não estarão todos dormindo. Rodo devagar a chave na porta. Realmente.

– Carol, é você?

– Sim, mamãe.

Ela vem da sala na minha direção.

– Então? Tudo bem? Como foi a noite?

– Ah, muito bem, fomos comer na pizzaria aqui perto.

– Quem estava lá?

– Um pessoal... – Percebo que ela procura os meus olhos.

– Um pessoal, ah.

– Sim, outras pessoas da escola que você não conhece. – Tento ir para o meu quarto.

– Carol?

– Sim, mamãe, o que é?

– Queria um beijo...

Me aproximo e sinto que, além de me dar um beijo, ela me cheira profundamente. Talvez queira saber se eu fumei. Pelo menos quanto a isso tudo bem. Vejo que ela sorri mais tranquila.

– Ah, uma última coisa, Carol...

– O quê?

– As chaves.

Pego as chaves no bolso da calça e coloco nas mãos dela. Como já se podia esperar. Mamãe sorri.

– Você vai ver, em breve terá as suas, é só uma questão de tempo e de confiança.

Vou para meu quarto. Tiro a roupa. De repente, uma série de pensamentos que nada têm a ver me vem à cabeça. Talvez para dissimular a emoção. Para mergulhar por um instante na normalidade. Amanhã é o Dia da Imaculada. Feriado na escola! Posso ficar na cama até tarde! Sim, eu gostaria... mamãe não me deixa nunca. Ela me acorda no máximo às nove e me coloca para limpar o quarto. A Alê também deveria. Mas ela vai chegar tarde, vai ficar com sono, se levantará ao meio-dia, vai almoçar, tomar banho, se arrumar todinha e sair de novo. Então, cadê o tempo para limpar o quarto? Assim, mamãe dá um jeito... Mamãe. Que hoje deveria ter trazido as luzes, os enfeites e a árvore artificial porque nós somos uma família ecológica. Não vejo a hora de chegar o dia 24 para ir bisbilhotar os presentes de noite. É, eu ainda faço isso, mesmo sabendo que Papai Noel não existe. Mas por que essas coisas estão vindo à minha mente agora? De repente, percebo, como se tivesse aparecido o meu cometa pessoal: puxa, o Mi me beijou! Ligo o computador. Internet. *Messenger*. Mesmo que a mamãe não queira, mas não posso evitar. É mais forte do que eu.

– Você está aí?

Depois de um segundo, Alis responde.

– Claro, onde eu deveria estar? Então, como foram as coisas?

Conto tudo pra ela, tim-tim por tim-tim, do início ao fim, a mentira que eu disse para ele e que ele não deu a menor bola, e até mesmo do seio tratado como se fosse uma bolinha de tênis. Quando termino, Alis escreve um monte de coisas, me tranquiliza e me faz entender que a história do Mi poderia dar certo e que o episódio da bolinha é somente porque, às vezes, os rapazes são tomados por desejos inesperados que eles não conseguem controlar. Eu gosto da Alis. Ela sempre me diz aquilo que eu gostaria de ouvir, tudo aquilo que eu gostaria de poder contar a alguém como minha mãe, mas sinto muita vergonha e também não sei como ela iria reagir. Enfim, Alis é realmente perfeita nesse ponto, é como se ela fosse uma espécie de mãe virtual mais flexível do que a verdadeira.

Nossa! Nem se eu a tivesse chamado, ela abre a porta do quarto.

– Carol! O que você está fazendo? Mas não é possível, você ainda está no computador! Você chegou tarde, anda, você deve dormir!

– Você tem razão, mas eu queria entender uma coisa sobre os deveres da semana que vem.

– Agora?

– Sim, fiquei com uma dúvida e, se eu não tirasse logo, não iria conseguir dormir.

Desligo o computador. Pulo para a cama e me enfio correndo debaixo do cobertor e do lençol. Mamãe se aproxima e me ajeita as cobertas.

– E agora está tudo bem?

Digo que sim com a cabeça e, como já sei qual é a próxima pergunta, vou logo respondendo. Abro a boca.

– Dentes escovados... olha... – E solto um bafo na cara dela.

Mamãe ri, me dá outro beijo e empurra com carinho a minha cabeça sobre o travesseiro. Depois se dirige para a porta e sai do quarto.

– Mamãe...

– Sim... entendi.

Ao sair, deixa a porta um pouquinho aberta. Talvez não seja virtual, mas ela também me entende muito bem. E com um sorriso mergulho no travesseiro e pouco depois me afundo no mundo dos sonhos.

O que me diverte à beça e ao mesmo tempo me preocupa um pouco em dezembro é o fato de que chega o Natal. Me diverte muito comprar presentes. Me preocupa porque não tenho dinheiro. Para ser mais precisa e sincera, me preocupa ainda mais não receber os presentes que eu gostaria. Bem, todos sabem que eu queria muito de ter um cachorro. Quer dizer, eu realmente disse a todos, até ao jornaleiro e ao homem do bar onde de vez em quando tomo café nas poucas vezes que chego à escola antes da hora. Coisa raríssima, devo admitir... Mesmo se esse último ano, na minha opinião, confundiu um pouco as ideias de todos com o fato de que mudei meu desejo de presente. Até o Franco, o pizzaiolo da rua da Farnesina, quis deixar isso claro para mim no outro dia. Eu tinha acabado de pedir uma bela fatia de pizza com salsicha e batata em cima, ou seja, um almoço completo! Somente ele faz essa pizza. Eu a chamo de pizza Bola! Porque você nem bem acabou de comer e já se sente como uma bola.

Bem, eu comuniquei a ele o meu novo desejo com relação aos presentes, já que a mamãe sempre vai comprar a pizza dele quando chega tarde, então pensei: digo para ele e, talvez, quando a mamãe passar, ele conta pra ela. Franco me olhou surpreso e me disse:

– Carol... mas... mas não era um cachorro? Agora você quer um minicarro? Quem conseguir entender você é um gênio!

– Por quê? É tão fácil... – E fui embora comendo um pedaço da superpizza Bola. Carrinho e cachorro juntos! Não é possível? Mas quem disse isso? De qualquer maneira, o cachorro eu ainda quero muito, talvez porque depois, quando eu ficar mais velha, vou ter tantas coisas pra fazer que não terei mais tempo. Bem, assim eu imagino. Não quero pensar. Mas, se eles me derem, fico com ele. E se me derem o carro, também fico. Outro dia eu estava procurando algumas citações novas para escrever no diário, porque percebi que se eu usar com moderação para o professor Leone elas dão resultado e como; e encontrei essa: "A liberdade não está em escolher entre o branco e o preto, mas em esquivar-se a essa escolha predeterminada". Quem disse foi um tal de Adorno, e eu estou absolutamente de acordo com ele. Assim, entre o cachorro e o carro... os dois!

Além disso, outro presente que eu gostaria é... Massi! Eu e ele. Unidos para sempre mesmo sem ele saber. Para além do tempo. Cúmplices perfeitos. Diferentes, senão que graça tem? Você entende? Já imaginou? Vi um clipe lindo dos Rooney, *Tell me soon*: uma menina num quarto todo rosa com o grupo que entra e canta uma canção pra ela! Depois, no fim, chegam todas as amigas da protagonista. Por que comigo essas coisas nunca acontecem, hein?!? Além de tudo isso, bem, o cantor é o máximo. Na minha escola, não existe ninguém assim! Filo se parece um pouco com ele, mas é melhor eu não dizer nada pra ele. Senão, ele me organiza um show com uma banda *cover* e no fim me pede outro beijo com a desculpa de que é como se eu beijasse o cantor verdadeiro!

Devo dizer que esse ano estou me saindo melhor. Tirei muitas fotos das pessoas de que eu mais gosto com o celular e estou baixando todas elas no computador. Assim que eu acabar de arrumar o blogue que o Gibbo me "presenteou", vou carregar todas talvez em slide, que fica muito legal quando passam pelo monitor em fila, quem sabe com algum efeito especial... No entanto, agora tenho um trabalho a fazer. Quero fazer cartões de Natal bem coloridos, com uma porção de fotos e frases de autores famosos de que eu gosto para colocar embaixo. Encontrei algumas fora de série. Tipo: para o professor Leone: "Ensinar é aprender duas vezes", Joseph Joubert. Nada mau, hein? E também para a professora Boi, aquela de matemática. Foto mais frase. Tipo uma muito boa que eu encontrei na internet: "Sem dúvida, é possível ensinar um peru a subir em árvores. Por que, então, não assumir diretamente um esquilo?"; dizem que ela foi tirada de um manual de técnicas de seleção e recursos humanos! Para a professora de matemática, visto que é a matéria em que estou pior, não posso vacilar. Cartão vermelho. Fiz uma foto em que ela, felizmente, saiu bem e não foi fácil porque é um pouco gorda, mas, principalmente, porque tem o rosto de lua cheia e cabelos volumosos e ressecados, uma leve lembrança de cachos. Como frase eu pensei "Devemos ensinar aos homens, ao máximo possível de homens, porque o saber não se tira dos livros, mas da observação do céu e da terra", Comênio. Que eu não sei se soa bem, mas me parece muito positiva; enfim, alguém que a recebe poderia fazer vista grossa para qualquer insuficiência minha, visto que, talvez, eu não estude muito nos livros, mas aprenda diretamente com a vida! Ou no caso de matemática... com o Gibbo!

Os presentes que eu com certeza terei de comprar são para a minha família, para o Gibbo, Filo, Clod e Alis. Por exemplo, para as minhas amigas gostaria de dar algo personalizado. As duas já têm minicarro! Então, eu gostaria de lhes dar... um tanque de gasolina cheio! Sim, com essa história que o combustível custa caro, compro dois bônus no posto e, quem sabe, dou de presente para elas! Um para a Alis e o outro para a Clod! Assim elas podem andar por Roma graças a mim! Aliás, a Clod acabou de me mandar um torpedo bobo: "Dois frangos conversam no dia 24 de dezembro dentro da geladeira. 'Estamos na véspera de Natal...'"; não sei se você entendeu.... Talvez eu também dê a ela uma coleção de torpedos prontos e mais decentes! Ah, e naturalmente um para o Mi. Claro, eu gostaria tanto de dar um presente para o Massi. Mas por que ele não me dá um, belíssimo... e faz com que eu o encontre? A propósito, me vem à cabeça aquela frase de Heráclito: "Quem não espera o inesperado não o descobrirá". Essa eu tinha escolhido para o cartão com foto da professora de inglês.

Também nessa matéria... não é que eu esteja indo muito bem, mas com esse cartão... quem sabe poderia acontecer mesmo "o inesperado"! Eu gostei tanto da frase que no fim pendurei na minha escrivaninha. E o fato de o Natal estar chegando me faz pensar que poderia acontecer um milagre. De verdade. Me parece possível encontrar o Massi novamente. Assim, com essa esperança no coração, vou à Feltrinelli. Que nada, nem pintado. Não há nada a fazer. É como a noite das estrelas cadentes na praia. Uma vez que você viu uma, deve ter o pedido já pronto e sem nenhuma sombra de dúvidas. Pode ser que não passe mais nenhuma estrela por, quem sabe, muito tempo! Isso já aconteceu comigo. A estrela passava e eu não conseguia fazer o pedido em tempo porque tinha muitos na cabeça e ficava confusa! No fundo, é como dizia Hugo: "A alma está cheia de estrelas cadentes". Talvez, então, a gente já tenha as estrelas cadentes dentro de nós e não precisemos olhar para o céu? Não sei.

Quero fazer a loteria dos presentes. O que será que eu vou ganhar? Outro CD dos Finley ou do Giovanni Allevi? Uma *nécessaire* que quem vai usar é a minha irmã? Um livro? Echarpe e luvas da mamãe? Um *pen drive*? Um ingresso para ir ao cinema, do Rusty James? Ou ele vai me dar a caixa com a série *Smallville*? Mas o presente que eu mais gostaria seria encontrar um certo cartãozinho de felicitações na caixa de correspondência, escrito à mão... com uma certa assinatura. Enquanto penso isso, dou a minha volta de sempre aqui na Feltrinelli e...

– Bom dia, Carolina!

– Olá.

Bem, senão outro, agora Sandro lembra meu nome. Também é verdade que eu o deixei exausto com a história do Massi.

– Tenho um livro para você, vem!

Eu o acompanho em meio às prateleiras.

– Aqui está... *Três metros acima do céu*. Você gosta?

– Bem, não sei. Uma amiga minha leu e gostou muito... Mas no fim eles não ficam juntos!

– Entendi... mas depois, ele, na continuação que se chama *Sou louco por você*, percebe que não é preciso permanecer preso a uma história que foi vivida...

Olho para ele. Levanto a sobrancelha. Mas está falando de mim? Talvez! Porém eu com o Massi não vivi mesmo nada. Não terminou e não é que não tenha dado certo. Simplesmente nem começou. Não tenho dúvidas.

– Não, obrigada... Agora quero dar algumas risadas.

– Ok, então olha esse aqui muito engraçado... *O diário de Bridget Jones*. É a história de uma moça que chegou aos trinta anos, as amigas estão casadas ou de qualquer maneira têm alguém, um namorado, e ela, no entanto, é a única solteira. Faz a gente morrer de rir!

Mas será que esse aí está querendo me dar azar? No entanto, talvez seja um modo para espantar o azar dessa possibilidade. Faltam dezesseis anos e dois meses para eu fazer trinta anos. De jeito nenhum isso vai acontecer comigo! Ok, é melhor entender o que poderia acontecer... para evitá-lo!

– Ok, fico com o livro. Olha, na verdade eu vim para escolher um presente para minhas duas amigas. E para meus dois amigos...

Mi eu nem sei se gosta de ler e também eu não o conheço muito.

– Ok, mas você tem que me dar alguma ideia, deve me explicar como eles são, e vamos ver o que eu posso encontrar para eles.

Começo a falar sobre a Clod, Alis, Gibbo e Filo. E devo dizer que consegui organizar um belo grupinho. Cada um tem a sua personalidade, as suas particularidades, mas são todos muito legais. E é verdade: quando você está com um desconhecido, é mais fácil dizer as coisas verdadeiras sobre seus amigos, quer dizer, você não finge e até fala muito bem deles porque não tem medo que possam julgá-los e depois perguntem pra você, por exemplo, "mas por que você está com ele?", como a mamãe diria se eu contasse tudo da Alis para ela. Ou "o que o Gibbo inventa". No fim, não sei como, mas começo a falar do Rusty James também, dele acho que posso falar por uma hora sem parar. Sandro ri ao ouvir as coisas que eu lhe conto.

– Ei, você é realmente apaixonada pelo seu irmão!

– Ah, sim! Eu gostaria de encontrar uma pessoa assim... mas talvez não exista ninguém além dele. – Gostaria de acrescentar além do Massi, mas ele iria me achar repetitiva e então decido deixar pra lá. – E depois tem a minha irmã Alê. Mas ela nunca leu nada em toda a sua vida.

– Não acredito!

– Pode não acreditar. Ela vê o *Big brother* e às vezes algum outro *reality show*... só!

Sandro sorri.

– Você é muito negativa, não acredito nisso nem um pouco... Por que você implica tanto com a sua irmã?

– É ela quem implica comigo.

Sandro começa a rir.

– Entendi. Nesse caso, é preciso um belo presente... Um belo livro que sirva para vocês duas fazerem as pazes.

– Não, é que nós somos muito diferentes. Enquanto eu entendo o jeito dela de ser, ela está sempre rindo de mim e não gosta de nada que eu faço!

Exatamente naquele momento passa Chiara, a colega de quem ele tanto gosta. Porque a gente percebe pelo modo como ele olha pra ela. Hoje ela está com os cabelos soltos.

– Ei, mas agora vocês formam um par fixo... estou com ciúmes! – Ela ri. E se afasta. Com um lindo sorriso. Uma pessoa alegre, de verdade, cheia de felicidade e que transmite esse sentimento por todos os poros. Quer dizer, talvez isso não seja verdade, provavelmente ela leva uma vida normal, sem nada de particular, sei lá, e talvez tenha muitos problemas. Mas o que conta é que ela consegue mostrar para os outros o seu lado melhor, o sorriso. Talvez seja exatamente essa a sua capacidade de reagir às coisas. Pelo menos, eu acho. Ou pelo menos é a impressão que ela me dá quando passa, fala ou está com os outros. E não acredito que seja só pelo fato de ser uma vendedora, habituada a ter que ser gentil por trabalho. Certas coisas a gente tem ou não tem e, no fim, acho que as pessoas veem. Ela me parece boa e generosa. E talvez perfeita demais para combinar com o Sandro. Mas, realmente, nesse aspecto, o que é que eu sei de concreto? Claro que não digo nada a ele. Agora ela está longe. Penso em outra coisa.

– Mas por que você não disse nada a ela?

Sandro me olha sem entender.

– O quê?

– Sei lá, quando ela disse aquilo, você podia responder assim: "Ah, você está com ciúmes... então vamos formar um par eu e você".

Sandro fica vermelho. Eu percebo e penso que talvez tivesse sido melhor não dizer nada, fazer como a maioria das pessoas, fingir que não aconteceu nada, mas, assim, pelo menos, ele se mexe. Eu gosto de me interessar sinceramente pelos outros. Não faço isso para me meter na vida deles, ao contrário, porque gostaria que todos fossem felizes, e se você deseja isso para eles... também acaba se sentindo da mesma maneira! Já dizia o Ligabue. "Credo a quel tale che dice in giro che l´amore porta amore...".

E, então, insisto.

– Olha, uma mulher gosta de ouvir certas coisas, hein... Quem sabe, ela até pode achar você simpático... mas se você não tentar, como poderá saber?

– O que você quer dizer?

– Que temos que encontrar um livro pra você também, você deve se declarar!

Sandro balança a cabeça e começa a rir.

– Vamos procurar os livros pro seus amigos, anda...

E assim, depois de mais ou menos meia hora saio com noventa e nove euros a menos e um monte de presentes a mais, precisamente:

L'amico ritovato, de Uhlman, para minha irmã Alê, e talvez a gente se reencontre mesmo... Depois *I ragazzi della 56ª strada* para Rusty James, já que tiramos o seu nome daquele filme que ele sempre cita, mas que nunca vê porque não tem; para o Gibbo um porta-celular em tecido com a inscrição "Gênio Rebelde" e mais um livrinho sobre matemática com testes; para o Filo um ingresso para assistir ao musical de *Notte prima degli esami*; para a Clod o

DVD de *Chocolate* mais uma caixa de tartufos de chocolate d'Alba; para a Alis o DVD de *O diabo veste Prada* e para o Mi não encontrei nada. Quer dizer, não vi nada de que eu gostasse. Por outro lado, a gente não se conhece bem nem nos encontramos tanto, tirando os jogos de tênis e aquela noite no Zodíaco. Aquela única noite! Eu acho que os presentes não devem ser feitos por acaso, e também não devemos escolher algo que gostaríamos de ganhar.

Para o Mi eu não sei, eu gostaria de lhe dar um suéter, sim, um belo suéter azul. Ou melhor! Tive uma ideia muito boa. Quero ver se realmente consigo realizá-la!

Ando um pouco pelo centro e encontro um presente para os meus pais, é bonitinho, acho que serve pra eles e não é caro. Compro e continuo andando. Que estranho, em dezembro essas ruas ficam com um aspecto muito diferente. Vejo descer do alto todas as estrelinhas luminosas, os desenhos de Papai Noel pendurados em cada loja e o algodão colocado atrás das vitrines para fazer de conta que é neve. Moças e rapazes caminham rindo, alguns de mãos dadas, outros mais apressados sozinhos, atrás de, quem sabe, qual pensamento estranho. Duas amigas um pouco mais velhas do que eu, e também do que Alis e Clod, caminham abraçadas. Uma delas está com a mão enfiada no bolso de trás do jeans da outra. Depois, a da frente tira alguma coisa da bolsa da outra, acho que é um bilhete, e começa a correr. A primeira também começa a correr imediatamente atrás dela.

– Para, vai! Não quero que você leia, me dá isso!

E desaparecem assim, no meio da multidão que continua tranquilamente a passar, lenta como um rio humano, com seus pensamentos, suas mágoas, sua felicidade.

Bem... Chega com esses estranhos pensamentos. Me sinto Carolina filósofa... No entanto, como eu gostaria de ser Carolina apaixonada. Cheguei no ponto de ônibus. Isso, vou esperar aqui. Olho à minha volta. Atrás de mim tem uma vitrine cheia de roupas, camisas por cento e setenta euros, pulôveres por duzentos e oitenta, casacos por trezentos e setenta euros. Mas quem é que pode comprar coisas desse tipo? Quer dizer, o que fazem na vida os pais de uma garota que se veste com esse tipo de roupa?

Bem, para dizer a verdade, Alis tem ainda mais caras. E o que fazem os seus pais? São separados! Não entendi se o fato de se separar faz você ficar mais rica ou se ser rica te faz separar. Devo perguntar à Alis. Talvez falando do jeito certo.

Chega o ônibus. Passa diante dos meus olhos. Recuo um pouco, porque ele tira uma fina de mim. Mas, não... Não posso acreditar. Ele para, as portas se abrem e descem os dois rapazes que me roubaram o celular. São eles! Não tenho a menor dúvida. Um deles está vestido com o mesmo casaco terrível. Me lembro como se fosse ontem. Me empurrava, várias vezes, antes de descer e eu só consegui ver aquele casaco verde-claro horrível, como os seus cabelos, como a sua cara, como a sua estúpida risada de ladrão ordinário... romeno. E não digo isso porque seja racista. Droga, eu sei que não sou. Para mim ele podia até ser rico. Respeito todos. E principalmente quero que me respeitem e as minhas coisas também. Independentemente da nacionalidade. Também os "mauricinhos" de famílias ricas italianas que na escola roubam as coisas e te ameaçam, eu odeio. Odeio os velhacos, odeio quem insulta os outros, de onde quer que seja, de como se chame ou se vista. Odeio quem não tem respeito pela vida e pela serenidade dos outros. Odeio quem, em vez de pedir alguma coisa que não lhe pertence, a rouba. E deixa você assim, indefesa, impotente, desnorteada e triste. E você gostaria de ser um super-herói com as armas secretas e os poderes mágicos para somente com o olhar puft... fazê-lo desaparecer!

O ônibus fechou as portas e começou a andar. Mas eu não entrei nele. Estou atrás deles. Com o meu pacote natalino embrulhado e dentro o prato de Natal para a mamãe e o papai e a sacola com os presentes para os amigos.

E agora, o que eu digo para eles? Bem, alguma coisa eu vou encontrar. Tenho que ser gentil. Quer dizer, devo deixar eles à vontade. Onde já se viu uma coisa dessas? Eu acho um absurdo! Deixar à vontade dois caras que me roubaram o celular. E principalmente com o número do Massi salvo.

Quanto mais os sigo, mais eu penso. Quanto mais penso, mais fico nervosa. Quanto mais nervosa estou, mais eu gostaria de ser adulta, grande e armar o maior barraco. Ou, mais simplesmente, gostaria que o Rusty James estivesse ali junto comigo.

Ah, aí sim que os dois iriam ver. Na verdade, eles nem são tão grandes. São dois tipos comuns. Ops. Mas são dois... e principalmente já perceberam que eu estou seguindo eles.

– Ei, algum problema?

– Bem... sim... quer dizer, não... sim.

– Escuta aqui, garota, sim ou não?

Ainda bem que eram romenos! Esses dois são de Roma e da pesada. Bem, talvez a gente se entenda melhor.

– Então, há algum tempo, acho que perdi meu celular. Um Nokia 6500 Slide, assim como... – Tive a ideia de pegar no bolso aquele novo que a Alis me deu. E se depois também roubam esse? – Sim, como aquele que se vê nos cartazes...

– Não sei qual é, e daí? – diz um dos dois, o maior e que também parece o pior.

– Bem, não é importante... e, enfim, eu o perdi dentro do ônibus, no mesmo ônibus onde vocês dois também estavam.

– Nós?

– Sim, mas vocês estavam conversando e eu os vi e talvez vocês tivessem encontrado o celular e guardado...

Eles olham para mim.

– Bem, enfim, eu desci do ônibus e ele caiu e vocês o pegaram e queriam me dar, mas o ônibus fechou as portas e saiu logo... e vocês não puderam...

Agora os dois estão perplexos.

– Escuta aqui, você tá tirando onda com a nossa cara?

– Eu jamais faria isso... Não, só queria lhes dizer isso... não é que, por acaso, vocês ainda têm o chip, enfim...?

Um deles levanta a sobrancelha. O outro também. E agora, como saio dessa? Não sei o que fazer. Nem o que dizer. Poderia renunciar a algum dos presentes e dar para eles como chantagem. Mas dois tipos como aqueles não estão nem aí para *Chocolate* ou pior ainda, *L'amico ritrovato*! Eles só acham que estou de gozação. Então, dou a minha última cartada.

– Tinha o número de um amigo meu... Eu gostava muito dele... Não existe mais, desapareceu, não consigo encontrá-lo. Talvez esteja morto. Ele estava tão mal... Queria falar com ele pelo menos no Natal... Se eu não telefonar pra ele, o que irá pensar? E o número dele estava naquele chip! Eu não quero o celular, só o chip... O meu chip...

Eles olham para mim pela última vez.

– Vamos embora... – Viram-se e saem assim, sem me dar pelo menos uma resposta, uma qualquer. Melhor assim. Acho que eu me livrei... Ufa...

Massi... você não pode dizer que eu não tentei o impossível.

Voltei para casa e escondi os presentes dentro do armário.

Tomei um banho rápido, jantei pouco, nenhuma discussão com a Alê e fui dormir. Sabe quando você está muito cansada e só vê a hora de cair na cama? É tão chato que o Rusty James não esteja aqui. Ele viria até o meu quarto para me contar alguma coisa ou ler um trecho das suas histórias. É estranho como, mesmo faltando apenas uma pessoa no lugar onde a gente está habituado que todos estejam, de repente tudo dali muda. Pelo menos para mim é assim. E depois dessa estranha sensação me perco, exausta, nos meus sonhos. Mas antes de pegar no sono, um pensamento. E fico com vontade de rir. E tudo me parece tão bonito. Estou no meu minicarro, é verão e Massi está perto de mim e, claro, ouvimos James Blunt. Ele está com os dois pés para fora da janela e se mexe no compasso da música, faz graça e me deixa dirigir. Eu estou com os óculos de que gosto muito e também danço, marcando com a cabeça o compasso da música... E à direita temos o mar. Estamos em Sabaudia, a praia que eu adoro e onde estive algumas vezes com meus pais. Tem o bosque e logo depois muitas dunas de areia varridas pelo vento. E eu estou ali com o Massi. Saímos do minicarro. Estamos na areia, ondas do mar e pipas livres no céu; ele segura a minha mão e estou feliz.

Isso, eu gostaria que um sonho assim virasse realidade. E depois desse último pensamento, adormeci.

Como eu gosto das assembleias da escola dirigidas pelos representantes de turma, daquelas inúteis para decidir, por exemplo, quais os filmes de interesse para os jovens que vão passar na sala de projeções no ano que vem. Eu gosto mais ainda quando fazem nas últimas duas aulas das sextas-feiras de manhã. A gente podia escolher entre ficar ou sair mais cedo com a autorização dos pais. E mamãe assinou, porque eu disse a ela que era uma coisa inútil, que eu preferia voltar para casa e estudar para o teste de segunda-feira. Assim, estou aqui às 11h30! Claro, se eu quiser ser mesmo chatinha, poderiam ter colocado nas duas primeiras aulas, assim eu podia dormir mais um pouquinho, mas não podemos ter tudo.

Nas sextas-feiras a essa hora, não tem ninguém em casa. Mamãe está sempre no trabalho, papai no hospital ou no bar com os amigos para o horário de almoço e Alê está na escola. O melhor momento. Eu gosto de ficar em casa quando não tem ninguém. Tudo é silencioso e posso fazer o que eu quiser. Por exemplo, eu gosto de ir ao quarto dos meus pais e experimentar algumas coisas da mamãe, um suéter ou uma saia. Não sei por quê. Talvez para me sentir mais perto dela. Talvez para colocar alguma coisa diferente. Não é que a mamãe tenha roupas da moda, ou melhor, quem tem mais é a Alê, claro, mas eu não gosto das suas coisas. Alê não tem bom gosto, ela seria capaz de se vestir toda provocante e arrumada só para ir ao banheiro. A mamãe tem coisas simples, não usa muitas cores, tudo é um pouco igual. Mas são suas e eu as vestia escondido quando era pequena. Ficava engraçada, porque eram grandes para mim. Abro o armário e vejo que, em cima dos outros, tem um suéter que eu nunca tinha visto antes. Deve ser novo. Ontem foi dia de brechó e talvez ela tenha comprado lá. Na verdade, mamãe não vai às lojas. Diz que no brechó a gente encontra as mesmas coisas e mais baratas e não existem vendedoras fazendo elogios falsos para gente. As pessoas no brechó são mais diretas e sinceras, você pode experimentar tudo sem ninguém em cima. O suéter é bonitinho, branco com listras azuis e frisos vermelhos, um pouco à marinheira como está se usando agora. Deve ficar bem nela. Talvez eu roube para sair de vez em quando. Ela nem percebe. Ou melhor, vou experimentar agora que ela não está em casa. Começo a tirar a blusa quando ouço o interfone.

Driiim.

A campainha.

Driiim.

Mais uma vez. Droga, vou ter que deixar para depois.

Vou até a porta. Quem será a essa hora? Talvez seja a mamãe que sabe que estou em casa. Vai ver ela queria me fazer uma surpresa, mas esqueceu as chaves. Acho estranho. Ou o papai. Alê só vai chegar depois das duas. Deve ser o carteiro. Ele sempre passa por volta do meio-dia, diz a mamãe. Respondo o interfone.

– Sim?

– Ah, oi.

Não reconheço logo a voz.

– Quem é?

– Debbie.

– Debbie! Oi! Estou abrindo!

Aperto no interfone o botão do portão e espero. Debbie? A gente não se vê há tanto tempo. Muito! E eu fico triste porque gosto muito dela. O que será que ela quer? E ainda por cima a essa hora. Abro a porta do apartamento e ouço o elevador subindo. Para. Debbie sai e me vê esperando por ela.

– Oi, Carol, então foi você mesma que respondeu o interfone. Não sabia que você estava em casa. Pensei que fosse a sua mãe.

– Debbie! Vem, entra. Não, hoje eu saí mais cedo da escola. Mamãe está trabalhando...

Ela entra e eu fecho a porta.

– Vem, vamos pra lá. Quer beber alguma coisa?

– Não, obrigada. – Acho ela um pouco estranha. Olha tudo ao redor. – Você está sozinha?

– Sim, não tem ninguém em casa. Devem chegar daqui a pouco.

Não consigo entender bem o que veio fazer aqui.

– E aí, Debbie, como vai? Quais são as novidades?

– Bem, tudo ok.

– Você ainda está trabalhando naquela loja?

– Estou, naquela loja de roupas. Eu estou bem lá, trabalhando meio período eu consigo ir à faculdade de manhã. E você, o que tem feito?

– Bem, na escola vai tudo como sempre, esse ano vou fazer o Enem e estou sempre com as minhas amigas Alis e Clod!

– E os seus pais estão bem?

– Sim, sabe, as coisas de sempre. As discussões porque eles acham que eu saio muito, Alê que me enche como uma velha rabugenta de cem anos e R.J. que é sempre R.J. Mas isso você sabe muito bem!

Sorrio como se ela fosse minha cúmplice. Ficamos num estranho silêncio. Debbie é uma pessoa de quem eu gosto muito, é simpática, inteligente e sempre me tratou como se eu fosse sua irmã. E depois, é a namorada do Rusty James e ele sempre faz as escolhas certas! Mas hoje tem alguma coisa errada. Ela não parece a mesma Debbie de sempre.

– Olha, Carol...

– Fala!

Pega a bolsa e abre. Eu reconheço. Rusty James me mostrou quando ele comprou para dar de presente a ela. É daquelas grandes, quadradas e achatadas para usar a tiracolo. Procura alguma coisa.

– Posso te pedir um favor?

– Claro!

Ela pega um envelope azul-celeste, daqueles feitos com o papel todo trabalhado em camadas, que parece bordado, muito legal. Fechado, mas não colado.

– Você poderia entregar pro Giovanni quando ele chegar?

Existem perguntas que deixam a gente completamente desnorteado. Que você não entende se for burra, ou porque elas que não fazem o menor sentido. Na dúvida, é melhor ficar calada. "Como assim depois, quando chegar?", eu penso. Giovanni não vai voltar. Mas como a Debbie não sabe? Impossível. Não consigo dizer nada para ela. O que posso dizer? O que está acontecendo?

Debbie me estende o envelope. Eu o pego.

– Mas você mesma não pode dar a ele quando vocês se encontrarem, hein? – pergunto.

Debbie fica calada. Olha para os pés. O vovô Tom sempre diz que quem olha para os pés está querendo fugir. Droga, mas então... mas, a Debbie quer fugir? Por quê? Quero entender alguma coisa.

– Bem, vocês vão se encontrar hoje de noite, depois que você sair da loja, não? Então, você se encontra com ele muito mais do que eu, Rusty...

– Como assim?

– Como assim, desde que ele foi embora a gente não se encontra todos os dias. Quer dizer, eu vou até a barca, até tenho meu quarto lá, mas não é sempre que vou...

Debbie levanta os olhos imediatamente. Me olha.

– Mas por que ele não está aqui? Que história é essa de barca?

A essa altura eu realmente não entendo mais nada. Será que eu não estou falando com a Debbie, a simpática Debbie, a moça fora de série que é namorada do meu irmão?

– A barca, aquela, no Tibre!

Debbie me parece uma menina que se perdeu na confusão de um parque de diversões e não consegue encontrar os pais. Não é possível que ela não saiba de nada. Então fui eu que perdi algum capítulo fundamental. Abro o jogo.

– Debbie, desculpe, mas há quanto tempo você não vê o meu irmão?

– Faz um tempo...

– Um tempo tipo algumas horas ou um tempo tipo muito tempo?

Debbie olha para mim e vejo que os seus olhos ficam úmidos. Percebo que não perdi muitos capítulos, somente aquele mais importante. Eles devem ter terminado o namoro. Ela sorri para mim um pouco embaraçada.

– Eu não sabia que ele não morava mais aqui... – disse com o tom de quem acabou de receber uma bofetada daquelas fortes, que você não espera e que até chega a não doer. Mas que, com certeza, deixa você sem ter o que dizer. E eu não sei o que fazer, o que dizer ou como sair daquela situação, mas, felizmente, ela olha para o relógio e me salva.

– Desculpe, Carol, já é tarde, eu tenho que ir embora. – Volta a sorrir e, elegante como sempre, se dirige para a porta quase pulando. Saltitando. – Me faz esse favor de entregar aquela carta pra ele quando vocês estiverem juntos?

– Sim, claro – respondo enquanto a acompanho até a porta. Se ela está se sentindo arrasada, não deixa transparecer nada. Abre a porta e chama o elevador, que chega logo. Devia estar no andar de baixo.

– Tchau... e obrigada. – Me dá um lindo sorriso, depois entra no elevador, aperta um botão e desaparece.

Entro novamente em casa. Me sento no sofá. Olho para o envelope que eu tinha colocado em cima da mesinha de vidro assim que ela se levantou. Mas o que será que aconteceu com os dois? Vou telefonar para o Rusty agora mesmo para ele me explicar tudo. Poxa. Toda vez que a gente encontra um casal que está bem junto... Será que eles se traíram? Ele? Ela? Nãooo, não acredito, não é possível. Se foi o Rusty, ele vai me ouvir. E se foi ela, também vai me ouvir. Vou pegar o celular, mas mudo de ideia. Tem certas coisas que a gente não deve falar por telefone. Mando um torpedo.

– Oi! Quando é que a gente pode conversar pessoalmente? Também tenho uma coisa pra te entregar – e dou ok.

Olho novamente o envelope. Não está fechado. Talvez a resposta esteja lá dentro. Bastaria um segundo. Ninguém iria perceber. Seguro e fico rodando ele entre as mãos. Não gosto da ideia que eles terminaram. Mas se eu abrir e ler, e daí? Somente os dois podem saber o que fazer... Sim, mas eu também queria saber. Puxa, eu sempre torci por eles! E depois se eu devo bancar a mensageira, eu tenho direito a um prêmio, não?

Abro devagar o triângulo de papel azul. Pego a folha que está dentro, dobrada em dois. Desdobro.

– Amor, me desculpe...

Ouço uma chave ser enfiada na fechadura da porta. Alê entra correndo. Coloco a carta de novo dentro do envelope e escondo rapidamente atrás de uma almofada.

– Oi... Ué, você está aí? Já colocou a água pra esquentar para fazer a massa?

– Não.

– E o que você está esperando?

– Estava esperando por você.

– Ah, tudo bem.

E vai para o quarto dela.

Pego novamente a carta, arrumo melhor dentro do envelope. Talvez eu leia depois, com mais calma. Ou talvez não. Talvez seja justo que aquelas palavras fiquem só entre eles. E com essa última e definitiva decisão, vou para o meu quarto.

Na escola não tem nada para fazer, já que o Natal se aproxima e a gente começa a sentir uma estranha adrenalina. A única exceção é que no último dia vai haver a festa da árvore. Praticamente cada um leva um presente e depois esses mesmos presentes são sorteados ao acaso. É muito divertido, só que os rapazes dão de presente coisas absurdas, às vezes nojentas. Fazem isso de propósito porque eles se divertem sendo transgressivos, isto é, gostam de estragar a festa de Natal e toda a atmosfera natalina.

Cudini tirou o gesso. Desafiou o professor Leone com a bolinha. Disse que se ele fizesse mais embaixadinhas que o professor não seria examinado por todo o mês de janeiro e o Leone teria que lhe dar "bom" por todo o mês. O professor aceitou o desafio.

– Então, prontos...? Já! Um, dois, três...

Eu conto junto com toda a turma, mas obviamente estamos todos contra o professor.

– Catorze, quinze...

Mas ele é bom de bola. Joga tranquilo e vai adiante.

– Vinte e dois, vinte e três...

– Uhhhh – alguém vaia, alguns batem na carteira. Uma bagunça que vocês nem imaginam! Todos procuram distraí-lo de todas as maneiras. Mas ele continua!

– Trinta e cinco, trinta e seis... – faz um esforço enorme para se esticar. – Trinta e sete! Ah, ah! Não vai conseguir, não vai conseguir.

– Ohhhhh...

A bolinha caiu! Todos batem sobre as carteiras, fazem uma espécie de *olé*!

– Shiii, rapazes, não façam tumulto! Por que se o diretor entrar aqui na sala vamos ter problemas... como é que vou explicar para ele esse certame?

– Hein?

– Certame... competição, Cudini, competição. Certame significa competição.

– Ah, professor, fala mais claro! O senhor quer confundir as nossas ideias?

Os meus companheiros... Todos lordes ingleses como vocês podem perceber.

– Vai, é a sua vez!

Cudini pega a bolinha e começa a jogar.

– Um, dois, três...

E eu conto. Entretanto, ele pula com dificuldade. Ainda está um pouco fraco nas pernas e salta com a que ele quebrou.

– Dez, onze, doze...

Cudini se estica muito com a bola, atira para bem longe, tenta alcançá-la saltitando com uma perna só, dá ainda mais um golpe, "treze" e, tentando fazer mais um, escorrega e cai no chão.

– Ai! – Coloca imediatamente a mão esquerda no cotovelo. – Ai, está doendo! Bati com o cotovelo.

– Deixa eu ver. – O professor Leone se ajoelha rapidamente perto dele e examina o braço. – Não foi nada... Ainda bem! Estava com medo que você tivesse quebrado esse também!

– Mas está ardendo muito, professor! Estou vendo estrelas!

– Lógico! Você bateu num ponto nevrálgico. Daqui sai um nervo...

Enfim, começa toda uma explicação que nada tem a ver com professor de italiano! Parece um professor de medicina. E o mais incrível é que o Cudini no fim se levanta e chega o Bettoni, o seu amigo do peito.

– Olha aqui. – Coloca o celular na frente dele e começa a filmar. – Dez, onze, doze... – E, pum! O voo do Cudini.

– Ai, que dor!

Cudini ri vendo a si mesmo no filme.

– Nossa, que batida! Mas... muito legal, faz rir à beça. Ei, me dá que eu vou postar rapidinho no YouTube.

– E, claro, por isso que eu mostrei pra você... com esse aqui você vai arrasar. Vai entrar na classificação disparado! – E riem como loucos saindo abraçados, orgulhosos do voo e da possível classificação.

– Cudini, de qualquer maneira, eu ganhei a disputa, então, se prepare que amanhã tem chamada oral.

– Ah, professor... quero revanche!

Tarde tranquila. Almocei com os meus avós.

Eles me contaram como se conheceram. Em uma festa. As festas naquela época eram diferentes. Eram mais abertas e todos pareciam realmente amigos pelas histórias que eles me contaram. Hoje, talvez não seja mais assim. Eu acho que existe sempre um pouco de inveja.

A certa altura, o vovô segurou a mão da vovó e a beijou com amor. A vovó fechou os olhos, na realidade era como se ela sofresse por alguma coisa. Depois ela reabriu os olhos, suspirou e sorriu, como se procurasse recuperar um pouco de serenidade. Eu não sabia bem o que fazer e bebi um pouco de água, fingindo estar com sede.

Um pouco mais tarde, após a sobremesa, enquanto a vovó arrumava a cozinha, comecei a mexer na sua biblioteca. Peguei um livro e passei a folheá-lo.

– Jamie, eu te amo.

– Eu sei – respondeu em voz baixa, – claro que eu sei, meu amor. Deixa que eu te fale, durante o sono, o quanto te amo. Porque não há muito que eu possa dizer enquanto estamos acordados, senão as mesmas pobres palavras repetidas agora e sempre. Enquanto você dorme nos meus braços, ao contrário, posso te dizer coisas que pareceriam tolas na vigília, e os teus sonhos saberão que são verdadeiras.

Era *Il ritorno* de Diana Gabaldon. Isso, eu também gostaria de poder um dia dedicar palavras assim ao Massi. Sim, a ele. Porque se, depois de nos virmos apenas uma vez, ele ainda está tão presente no meu pensamento, se tudo aquilo que eu sinto e que penso e as coisas engraçadas que me acontecem, enfim, se o melhor que eu tenho a oportunidade de viver dedico a ele, bem, é porque ele deve ser logicamente uma pessoa especial. Ou eu sou uma sonhadora desesperada?

Bem, prefiro pensar que seja mérito dele, e não por minha culpa. De qualquer maneira, mal chego em casa encontro Gibbo me esperando na entrada. Naturalmente, com o seu minicarro novo.

– O que você está fazendo aqui?

– Oi, Carol! Estava procurando um motorista para o meu minicarro, você se habilita?

Realmente, Gibbo é muito engraçado.

Interfono para casa e aviso que vou dar uma volta. Naturalmente, quem respondeu foi a Alê que, como sempre, não responde depois que a gente lhe diz alguma coisa. Ligo outra vez.

– Você entendeu?

– Sim.

– Então, diz, né? Avisa a mamãe pra não se preocupar, diz pra ela que o meu celular está sem crédito.

E desliga.

E eu ligo novamente.

– Ei, você entendeu que o meu celular está sem crédito?

– Sim, já disse que sim.

– Não. Você disse sim para a primeira coisa!

– Tudo bem, entendi.

– O quê?

– O seu celular está sem crédito.

Gibbo buzina de dentro do minicarro.

– Vamos, Carol!

Finalmente, entro no minicarro e saio.

– Vocês fazem sempre assim?

– Sempre. Minha irmã é uma chata! Aonde devo ir?

– Sempre em frente! Isso, no fim da rua, vira à direita.

Chego no fim da rua em alta velocidade e faço uma curva fechada à direita.

Gibbo se segura para não cair em cima de mim. Eu acompanho a curva com o peso, depois desviro o volante e o posiciono no centro, recuperando a estabilidade do minicarro.

– Ei, deixei você dirigir, e não destruir o minicarro! Hum, vai mal...

Gibbo olha para mim.

– O quê?

– Você se tornou muito boa no volante.

– E então?

– Eu preferia antes. Você se sentia menos segura. Sabe que a segurança representa sessenta e cinco por cento das razões de um erro?

Gibbo. Olho pra ele. Me diverte muito. Não há nada a fazer. É desse jeito. Ele vai gostar muito do *Il libro dei test.*

– Ok, você tem razão. – Sorrio e dirijo mais tranquila.

Pouco depois.

– Bem, para aqui.

– Onde nós estamos?

– Não se preocupe.

Pega o seu *notebook* dentro da mochila. Depois sai do carro e me faz um sinal para segui-lo.

– Não posso acreditar!

Paro estupefata ao ouvir todo aquele barulho.

– Mas é um canil!

– Sim, vem – e me segura pela mão.

– Bom dia, Alfredo!

Um senhor com um ar muito simpático e com grandes bigodes brancos e uma barriga bem protuberante vem ao nosso encontro.

– Bom dia! Quem é a sua amiga?

– Ela se chama Carolina.

– Muito prazer. – Me estende sua mão grande e macia na qual a minha se perde com facilidade. – Olá.

– Então, fiquem à vontade, como se vocês estivessem em casa; você, Gustavo, já conhece o caminho, não é?

– Sim, sim, obrigado.

Gustavo. Acho esquisito chamarem ele assim. Para mim sempre foi só Gibbo. Alfredo desaparece no fim da estradinha dentro de uma estranha cabana. Eu, morta de curiosidade, dou o braço ao Gibbo e começo a fazer mil perguntas.

– Me conta, como foi que você o conheceu? Como descobriu esse lugar? Você vem sempre aqui? Mas você quer adotar um cachorro?

– Ei, ei, Calma! Bem, conheço o Alfredo porque meu primo pegou um cachorro aqui, eu vim uma vez só com ele antes de vir hoje. E agora quero dar um cachorro de presente a uma outra prima que quer muito um e não deixa ninguém em paz. Olha. – Pega um envelope no bolso. – Aqui dentro está o dinheiro que meus pais me deram para fazer uma oferta ao canil. Legal, não?

– Sim. – Abaixo os olhos um pouco desapontada.

– O que foi, Carol? O que é que você tem?

– Sei lá. Há muito tempo eu também quero ter um cachorro... e agora, vir até aqui e ver todos esses tão lindos... e, coitadinhos, prisioneiros... e só poder escolher um... para a sua prima!

– Bem, se isso faz você se sentir melhor, minha prima é muito simpática e carinhosa. Mas, assim que peguei o minicarro novo, a primeira pessoa com quem eu quis sair foi você! E depois...

– Depois?

– Eu nem a beijei!

– Cretino. – E lhe dou um tapa no ombro.

– Ai! Olha que eu abro as grades e solto todos os cachorros em cima de você.

– Sim, mas eles mordem você. A mim eles salvam, eles entendem logo que você não está nem aí, que você é um mísero oportunista!

– Também! Vamos, me dá a mão, segura isso. – Ele me passa um cabinho, conecta o celular e liga no computador.

– O que você está fazendo?

– Assim a gente tira a fotografia daqueles que nós achamos mais bonitinhos e depois eu decido.

– Então, eu só sirvo porque você não podia fazer tudo sozinho!

– Sem essa, é que você entende disso bem... Assim você me diz qual deles acha mais bonito e saudável.

– Eles são todos bonitos e saudáveis.

– Pois é. Tudo bem, mas nós só podemos escolher um. Você me ajuda?

– Ok... – Bufo. – Machista!

– Mas não tem nada a ver! – Gibbo começa a rir e tira a primeira foto, exatamente de mim. Que apareço direto no seu computador.

– Ei, mas eu não sou um cachorro!

– Foi só um teste. Vem, vamos nos aproximar das grades. Mas como são bonitos, têm os focinhos muito engraçadinhos, são doces. Dobram a cabeça de lado e nos observam, alguns nem latem. Acho que eles já entenderam que da nossa decisão irá depender um pouco o destino deles. Eu levaria todos comigo.

– E esse? – Aponto um deles. – E esse outro. E também esse.

– Mas você está indecisa!

– Em matéria de cachorros, sim! – E dou de ombros. Gibbo balança a cabeça e continua a me seguir e eu gosto de todos. Agora eles já estão mais familiarizados. Correm ao meu encontro, latem para mim e mal estendo a mão, se esfregam. Querem ser acariciados.

– Eles precisam de amor.

– Como setenta por cento das pessoas.

– Gibbo! – Continuamos tirando fotografias. Até mesmo escolhemos nomes para eles. E Gibbo anota também a raça e as particularidades! Não sei como ele fez, mas com o celular e o computador pode entrar na internet e pesquisar que tipo de pobre bastardo, no sentido de cachorro abandonado, temos na nossa frente. No final, não tenho dúvidas. O cão que aquela prima felizarda vai ganhar se chama Joey! Fui eu que dei o nome!

– Ei, mas como se chama a sua prima?

– Gioia.

– Perfeito! Viu como as coisas acontecem às vezes?

E a viagem de volta para casa também não foi por acaso.

– Tchau.

– Obrigada, Carol, por ter me ajudado. Eu não saberia qual escolher...

– Ah, imagina, eu me diverti muito. Escuta, depois você me manda por *e-mail* as fotografias daquele outro?

– Qual?

– O cocker.

– Por que, você gostou mais daquele?

– Não, o meu preferido é o Joey! Mas também a Lilly se um dia eu pudesse... bem, eu gostaria muito. Assim, pelo menos, eu tenho a fotografia! Eu ia pedir a você a foto do Joey, mas depois ficaria triste porque ele está com a sua prima!

Gibbo ri.

– Ok, vamos, a gente se vê amanhã na escola.

Mal abro o portão e uma mão que sai de dentro de uma moita me segura rapidamente.

– Por onde você andou?!

– Nossa, que susto! Mi... O que você está fazendo aqui?

– Telefonei pra você, mas seu celular estava desligado.

– Sim, está sem crédito.

– Deixa eu ver.

– Mas, Mi... – É estranho. Absurdo. Parece outra pessoa. Fico com medo. – De verdade, você quer ver? Eu estou te dizendo a verdade. Não teria nenhuma razão pra mentir. – E naquele mesmo instante penso... mas eu... Eu não tenho que me justificar. E de quê? E com ele? Por quê? Mas, assim mesmo, coloco a mão na bolso e pego o meu Nokia. Quando vou entregar, inesperadamente, ele muda de expressão. Relaxa. Fica mais tranquilo.

– Não, não. Desculpe. Você tem razão. É que por um instante... – E não diz mais nada, permanece assim, em silêncio. – Fiquei com medo que tivessse acontecido alguma coisa com você.

Não é verdade. Não é por isso que ele se preocupou comigo. Estava preocupado com ele mesmo, com medo de que eu pudesse sair com outra pessoa.

– Vamos comer alguma coisa juntos hoje de noite?

Sorrio para ele.

– Não posso.

– Vamos, quero fazer as pazes.

– Mas nós não estamos brigando. Os meus pais, se eu pedir assim, em cima da hora, não me deixam sair.

– Inventa alguma coisa.

Na verdade, eu poderia dizer que ia na casa da Alis . Às vezes acontece de nós jantarmos lá. Como no dia em que a gente decidiu comer uma pizza na casa dela, daquelas congeladas. A cozinheira não estava e a mãe da Alis tinha ido a uma festa. Assim, naquela enorme mansão só estavam os cachorros e, obviamente, o casal de empregados filipinos, mas que em geral não enchem o saco. Clod fez a maior confusão! Ela queria temperar as pizzas, que eram simples margueritas congeladas, com presunto cozido, alcaparras e anchovas. Depois, encontrou dentro da geladeira abobrinhas e bacon. Moral da história: colocou tudo nas pizzas! E o paladar ficou muito pesado. Mas quantas risadas! Se ela tivesse encontrado, teria colocado até mesmo castanhas! Quando fazemos essas fugas para a casa da Alis, digo aos meus pais com pelo menos dois dias de antecedência; eles me deixam ir, contanto que a Clod passe para me pegar e me leve de volta às onze. Agora seria difícil inventar qualquer coisa e, sinceramente, não sei... Bem, talvez por isso que acabou de acontecer, enfim, não estou com muita vontade.

– Mi, eu teria que brigar com os meus pais... – Ele fica em silêncio por um segundo. Franze a testa. Depois se convence daquilo que eu já lhe disse e sua expressão volta ao normal. Ele sorri.

– Ok. E amanhã, você gostaria de jogar?

– Por que não? Vamos jogar uma partida!

Dou um beijo no seu rosto, mas, quando me afasto, vejo que fica de mau humor, como se estivesse desapontado. Poxa, ele tem dezoito anos e parece menor do que eu. Me olha e diz:

– Mas isso é maneira de se despedir?

Me aproximo e lhe dou um beijo rápido na boca, mas nem sequer consigo me afastar e ele me abraça e me dá um mais longo. E profundo! Mas como! Logo aqui, em frente ao meu portão. É louco. Vejo que ele não me larga. Me entrego. Continua a me beijar, com a língua, e deixo ele fazer. E acho muito estranho, aqui fora no frio, um beijo assim... quente. Felizmente Rusty James não mora mais aqui. Parece um daqueles nomes de filme. Se ele me pegasse, eu seria morta. Mas por que eu penso em todas essas coisas enquanto beijo o Mi? O que será que as pessoas pensam quando beijam? Tenho que perguntar para a Alis. Com certeza, não à Clod. Ou ainda melhor, à minha irmã Alê! De qualquer maneira, ele ainda está me beijando. E se chegasse alguém?

"Ram, ram..." Para que eu fui falar? Ouço aquele ruído e automaticamente nós dois nos afastamos. Pronto. Era tudo aquilo que não precisava acontecer. A senhora Marinelli. Segundo andar. Uma das maiores fofoqueiras do prédio. Minha mãe sempre diz que ela é daquelas que sempre têm alguma coisa a dizer sobre tudo e todos.

– Seu filho estaciona a moto mal. Sua filha joga as bitucas de cigarro em frente ao portão...

E minha mãe:

– Mas se a senhora não sabe manobrar, o que nós podemos fazer? E depois... Olha, a senhora está enganada, minha filha Alessandra não fuma!

E agora, o que lhe dirá?

– Sua filha Carolina impede a entrada no prédio com os seus beijos em frente ao portão.

Realmente, isso não precisava ter acontecido. A senhora Marinelli pega as chaves e sorri para mim de um jeito estranho. Forçado.

– Desculpem, hein, preciso entrar.

– Por favor... – Me afasto. Mi se aproveita e se despede de mim.

– Tchau, depois a gente se fala, vamos ver.

Ele também está ligeiramente envergonhado e assim, muito melhor do que aqueles mágicos desajeitados, puft, some de repente. A senhora Marinelli demora um pouco para encontrar a chave do portão e, no momento em que consegue, ouço outra voz atrás de mim.

– Deixem aberto! – Minha mãe. Não posso acreditar! Mas, o que é isso? *O chamado*! Não, muito mais: junto com *Jogos mortais 1, 2, 3 e 4*! Um superfilme de terror.

Mamãe chega toda contente, talvez só um pouco cansada, mas com duas sacolas de compras.

– Oi, Carol!

– Mamãe, espera, eu te ajudo! – Corro ao seu encontro e pego uma das sacolas. – Não, pega essa.

– Mas elas têm o mesmo peso!

– Sim, mas aqui estão os ovos.

A sua costumeira grande confiança em mim. E se ela tivesse chegado um pouco antes? Com toda certeza, como é que se diz? Caraca, ia ser um barraco! Olho para minha mãe e sorrio. Ela faz a mesma coisa. Depois, levanta os olhos para o céu como se dissesse: "Mas tínhamos que encontrar exatamente com a Marinelli?". Não, não precisava, ela é tão chata. E vem dizer isso para mim!

Levanto a sobrancelha como se dissesse: "Pois é...". Mas, na realidade, foi somente ao seu "Ram, ram" que o Mi e eu nos afastamos, quer dizer, devo tudo à Marinelli! Talvez a gente continuasse e quem faria o "ram, ram" seria minha mãe! Puts!

E agora, o que eu faço? Estamos as três diante do elevador. Subo pelas escadas como sempre e deixo as duas sozinhas? E aí, o que elas vão conversar? A Marinelli não espera outra coisa, imaginem... vai falar, contar tudo, o nosso segredo... não posso abandoná-las. Assim que o elevador chega, mal as portas se abrem, pulo para dentro. Mamãe me olha surpresa: – Você não vai pelas escadas?

– Não, não. Subo com vocês.

Sorrio para elas.

– Eu te ajudo a segurar as sacolas.

A senhora Marinelli me olha como se dissesse:

– Sim, claro. É só por isso que você está aqui, não?

E assim começamos a subir, as três caladas fazendo umas caras que dizem tudo.

A Marinelli levanta a sobrancelha com ar de reprovação afiada e maliciosa e depois me olha com um sorriso interrogativo, querendo dizer: "Você vai contar pra sua mãe, não vai?".

E eu a olho com uma cara superarrependida, dizendo: "Claro, claro, eu errei, mas vou contar tudo a ela...".

Ela faz uma espécie de sim com a cabeça e dá um sorriso mais tranquilo, assim: "De qualquer maneira, você sabe, não? Se você não disser, minha querida, mais cedo ou mais tarde eu direi a ela".

Eu sorrio serenamente, como se dissesse: "Sim, eu sei, talvez seja exatamente por isso que eu decidi contar tudo pra ela".

Pronto. O elevador para no andar da senhora Marinelli e ela sai.

– Até amanhã... – depois me olha e sorri de um modo estranho. – Boa noite. – Mas o sentido era "Boa conversa".

Mamãe aperta o botão do nosso andar. Assim que as portas se fecham, ela olha pra mim.

– Mas o que estava acontecendo com a senhora Marinelli?

– Sei lá... nada!

– Ela estava tão esquisita e depois olhava pra você e fazia umas caras...

Não há nada a fazer, as mães sempre percebem tudo.

– Bem, sim... – Melhor enfrentar logo a situação. – Mamãe, sabe o Mi, aquele rapaz com quem eu jogo tênis de vez em quando...

– Sim, o que é que tem?

– Nós estávamos no portão quando a senhora Marinelli chegou.

– Sei, e então?

Mamãe fica mais curiosa e também um pouco preocupada. O elevador chega no nosso andar e eu saio logo.

– Ah, mamãe, você sabe... as coisas de sempre...

Mamãe corre atrás de mim, para em frente à porta e coloca a sacola no chão.

– Não. Não tenho a menor ideia. – Agora ela parece preocupada de verdade. – Quais são as coisas de sempre?

– Aquelas que podem acontecer entre um rapaz e uma moça.

Mamãe me olha e quase revira os olhos. Está muito apreensiva. Então, resolvo contar tudo pra ela.

– Ele queria um beijo e eu lhe disse que não!

– Ah! – Deu um suspiro meio aliviado.

– Pronto, foi isso o que aconteceu, já te disse tudo. – Bem, quer dizer, eu lhe disse quase tudo, certo? Isto é, no início eu realmente não queria beijar o Mi. Pronto. Vamos dizer que eu lhe contei aquele pedaço da história... Claro, eu sabia, não foi suficiente. No fim, conversamos sobre isso a noite inteira. Com o fato de que o papai ia voltar tarde e a Alê tinha saído, ficamos só nós duas. Mamãe disse uma coisa superlegal:

– Finalmente! Como duas amigas, você e eu, só nós duas!

Quer dizer, a uma amiga a gente pode contar realmente tudo. Mas a uma mãe? Se eu digo a ela só a metade do que a Alis e a Clod sabem, acho que não me deixa sair por uma semana. O que eu estou dizendo, um mês. Talvez até dois! E assim, tive que contar um pouco sobre Lorenzo, mas não muito, um pouco sobre o Mi, mas não o suficiente, nada sobre o Gibbo e o Filo e absolutamente nada sobre o Massi! E assim, nos demos um lindo beijo, mamãe suspirou aliviada e fomos dormir como duas amigas felizes e serenas. Fácil a vida, vocês não acham?

Festa na escola. Árvore de Natal. A coisa que eu mais gosto é exatamente esse dia. Isto é, pouco antes do Natal, em vez de estudarmos, abrimos presentes e, se tudo correr bem, você até ganha alguma coisa legal! O engraçado é que todos tentam descobrir qual é o embrulho da Alis, porque é ela quem sempre compra coisas importantes e principalmente muito caras. No ano passado ela deu de presente uma câmera fotográfica Canon digital. A coisa terrível é que o seu pacote acabou com a Rafaela, a famosa CDF que ninguém aguenta. Quando ela abriu o embrulho, ficou emocionada, colocou as mãos na boca, comovida, quase não podia acreditar no que estava vendo. E, como sempre, Cudini aprontou uma das suas.

– Ei, se você tirar um retrato de você mesma, ela pega fogo! – E todos começam a rir. Menos a Alis, que entortou a boca, e então todos nós entendemos, mesmo porque não havia dúvidas. Quem é que podia comprar um presente daqueles? Infelizmente, é difícil enganar. Todos têm que levar um presente. Os pacotes são numerados de um a vinte e cinco; o número de alunos da nossa turma. Cada um pega um papelzinho com um número que corresponde ao presente que está reservado para ele dentro de uma caixa que o professor Leone toma conta e que não abandona nunca. O chato é que os rapazes sempre levam presentes horríveis. Uma maçã comida pela metade, uma entrada para um *show* que já passou ou, ainda pior, meias sujas e fedorentas. Mas esse ano eles bateram todos os recordes.

– Ah, deixa eu ver, o que você ganhou?

– Ah, legal, uma echarpe!

– E eu um chapeuzinho!

– E você?

– Não! A bandeira do Roma! Mas vou botar fogo nela, eu torço pelo Lácio.

– Quero ver, eu é que boto fogo em você.

E assim por diante.

– Mas o que é isso? Que lindo... Um balãozinho! Mas que forma esquisita.

Caiu exatamente para a Rafaela. E todos os rapazes começam a rir como loucos. E ela, para piorar ainda mais, insiste.

– Por que vocês estão rindo?

E Cudini naturalmente não deixa passar a oportunidade.

– Porque você não entende mesmo porra nenhuma! – E todo mundo ri.

– É uma camisinha! – Cudini naturalmente assumiu a autoria do presente. Ninguém conseguiu entender se foi ele quem fez o embrulho ou não. A gente só sabe que ele se aproveitou da situação e seu amigo Bettoni filmou tudo com o celular e que, claro, ele voltou pra classificação no site *www.scuolazoo.com*.

Na tarde seguinte, saí para entregar os presentes. A Clod me acompanhou com o seu minicarro. Muito engraçado. Eu me sentia como um carteiro estranho. O mais curioso foi que não encontrei ninguém em casa. Para mim, não existe nada mais embaraçoso do que ver alguém abrir um presente na minha frente. Se a pessoa não gosta, você percebe logo. A expressão que primeiro era sorridente se torna, vamos dizer... suspensa. Existem pessoas que não conseguem disfarçar nada. E assim, eu entrava, deixava o pacote na portaria com um bilhete e saía para uma nova entrega.

A única para quem não pude deixar de entregar o presente pessoalmente foi a Clod. E, claro, estava no minicarro com ela.

– Toma... esse último é pra você!

– Que legal! Muito lindo!

– Clod, mas você ainda não abriu!

– Eu sei, mas já gostei assim mesmo! Eu também tenho uma coisa pra você. – Ela abre o porta-luvas do minicarro e me dá um embrulhinho leve.

– Vamos abrir juntas, Carol, você topa?

Como dizer não para ela? E assim, começamos a desembrulhar os dois presentes dentro do minicarro. Eu levo só um segundo. Clod percebe.

– Gosta? É uma coletânea.

– Sim, muito. – Viro o CD de um lado para o outro e depois o abro. Tem uma porção de músicas e foi feito por ela. Também tem os nomes das músicas e um desenho muito bonitinho na capa.

– Você também colocou "Rise Your Hand"! Eu adoro essa música!

Quem sabe se ela viu a minha expressão suspensa e se ela a reconheceu. Puxa, não sei por que, mas eu esperava algo mais da parte dela. E depois, ela é fera no computador. Ao contrário, esse é o clássico CD feito em série. Quer dizer, ela fez para todo mundo, não era só para mim! Como aquelas pessoas que mandam os torpedos de felicitações iguais para todos. Eu odeio isso! Ok, a gente vê que a Clod deve ter gasto muito esse ano e não tinha mais dinheiro. Mas justo comigo ela devia economizar? Na minha opinião, é exatamente nesse momento, quando a gente vai comprar um presente, que percebe o quanto gosta de uma pessoa. O amor é proporcional a quanto nós tentamos economizar! De qualquer maneira, fico com medo de não ter conseguido disfarçar nada!

– O que é, você não gostou?

– Nada disso, imagina... É que você não colocou nada da Elisa... Tipo *Un senso di te*.

– Ah, sabe, eu até pensei que você ia querer essa música. É que eu baixei muito tarde e já estava cansada!

– Tudo bem, obrigada, é muito legal!

Clod sorri novamente. Acaba de desembrulhar o seu.

– Nãooo! Mas é fantástico! Puxa, eu adorei! *Chocolate*! Eu queria tanto ver esse filme, mas não consegui. Minha mãe disse que só de assistir eu já ia engordar. – Começo a rir. – E isso aqui, o que é? – Ela lê o bilhete. "Para substituir a pipoca e seguir melhor o filme, entrando até o fundo na história." Ela acaba de abrir o embrulho.

– Chocolates! Hum, bom! – Roda a caixa nas mãos de um lado para o outro. – Setenta por cento de chocolate amargo *fondant*! Deve ser uma bomba!!! Hoje de noite, enquanto eu estiver vendo o filme, vou devorar todos eles! Obrigada! – E me abraça e me beija. Ela está macia e perfumada, Clod, que mais parece um bichinho de pelúcia vivo. E eu a abraço feliz e queria tanto sentir o mesmo entusiasmo pelo seu CD. Mas não consigo e fico um pouco chateada com isso. Porém o que eu posso fazer? Bem, pelo menos não sou falsa.

– Obrigada... Eu também gostei muito do seu CD. – Quer dizer, mal consigo formular um pensamento e caio em contradição ao mesmo tempo!

De qualquer maneira, nos dias seguintes, os presentes do Gibbo, do Filo e até mesmo da Alis, coisa incrível, devo dizer que não foram nada de especial. É como se todos tivessem economizado um pouco. Gibbo me deu um pequeno álbum de fotografias com uma velha foto de nós dois na turma do primeiro ano. Um retrato tristíssimo, aliás. Filo me deu uma presilha de cabelos e Alis um saquinho hermético e, sinceramente, não sei para que serve. Fiquei realmente desapontada, muito desiludida e nem sei se consegui esconder isso deles. Tenho certeza de que perceberam alguma coisa. Mesmo porque, quando abri o presente da Alis, que era aquele pelo qual eu mais esperava, devo ter feito uma cara horrível, e como Filo, Gibbo e até a Clod estavam presentes, tive a impressão de ver que eles estavam rindo. Depois se controlaram.

– O que é? Você não gostou?

– Não, não, é muito bonito...

E, assim, tudo voltou ao normal. Mas vi que eles me olhavam de um jeito um pouco estranho. Devo ter feito uma cara de decepção total e eles entenderam isso claramente. E, ao contrário, por trás de tudo aquilo tinha mais. Era por outra razão que eles tinham rido antes. Mas eu nunca poderia suspeitar. Jamais.

Véspera de Natal. Estamos todos sentados à mesa. Rusty James também veio, a vovó Luci e o vovô Tom, e a mãe do papai, vovó Virgínia. Depois, Alê, a mamãe e o papai. Estamos comendo que é uma maravilha. Mamãe preparou coisas deliciosas: massa de forno, camarões e peixes de todos os tipos, um robalo grande com a maionese de acompanhamento, sensacional.

Aquela maionese feita em casa, pela mamãe, um pouco salgada e com bastante limão. Enfim, sabe quando você come tanto que até começa a pensar em quanta ginástica vai ter que fazer para perder aqueles quilos a mais? Pois é. De repente, tocam a campainha. Mamãe fica realmente surpresa.

– Quem pode ser?

– Que horas são?

– Quase meia-noite.

Alê, como sempre, não se contradiz.

– Então, deve ser o Papai Noel.

Rusty James sorri.

– Eu não estou esperando ninguém.

Me meto no meio da história, divertida.

– Nem eu. – Sem saber que estava redondamente enganada.

Papai vai abrir a porta e depois de um segundo vejo todos eles entrarem na nossa pequena sala. Todos eles: Gibbo, Filo, Clod e Alis. De repente, Gibbo se afasta e ele aparece um pouco inseguro sobre as pernas.

– Não acredito!

Dou um grito e levanto da cadeira:

– Joey!

Corro entre os meus amigos e abraço aquele pequeno cachorro tão rechonchudinho e assustado.

– Meu amor! – Aperto ele contra o peito e despenteio os pelos da cabecinha, soprando em cima e segurando ele bem apertado. – Mas o que ele fez, fugiu da casa da sua prima, é? Veio pra mim. Quis vir pra cá de qualquer jeito! – Me afasto um pouco. – É muito lindinho!

Meus amigos sorriem contentes com o meu grande entusiasmo, dessa vez sincero. E depois, todos juntos, me dizem.

– Feliz Natal, Carol!

E então, de repente, eu entendo.

– Mas... é verdade? Não posso acreditar!

Gibbo o acaricia.

– Sim, que prima coisa nenhuma, eu nem falo com ela... Sempre foi pra você. Feliz Natal, Carol.

– Sim, pra você também.

– Felicidades para a nossa Carol. – E Filo e Clod me abraçam; finalmente, Alis se aproxima. Sorri, aperta um pouco a cabeça entre os ombros parecendo encabulada, depois me abraça com força e me diz no ouvido: – De todos nós para você de quem gostamos muito. – Quase começo a chorar; depois me ajoelho perto do Joey. É o meu sonho, aquele que eu sempre desejei.

Joey, finalmente você está aqui. E ele, como se entendesse por quanto tempo tinha sido sonhado e desejado, apoia a sua patinha no meu joelho. Eu me envergonho um pouco da minha comoção. Pronto, eu sabia, as lágrimas começam a escorrer... Mamãe, como sempre, percebe e vem me salvar.

– Pessoal, vocês aceitam alguma coisa, uma Coca-Cola, algo para comer? Biscoitos...

– Não, não, obrigado senhora, tenho que voltar pra casa.

– Eu também.

– Eu também, meus pais estão esperando lá embaixo porque vamos à missa.

E, assim como apareceram belos e sorridentes, os meus amigos desapareceram pelas escadas, correndo, se empurrando, fazendo um pouco de tumulto. Com uma última advertência feita pelo Gibbo.

– Olha lá, trata bem dele. Se prepara que ele vai precisar de mais ou menos uma semana para se acostumar ao novo espaço da tua casa. E no início, exatamente para saber onde está, todo cachorro faz xixi em todos os cantos!

E corre escadas abaixo. Imagina. A minha casa é tão pequena que ele vai se acostumar logo. Eles foram realmente muito legais comigo.

Vovó Luci e vovô Tom me olham enquanto ainda aperto Joey nos meus braços. Alê também se aproxima e o acaricia.

– Ele é muito bonito... Mas foi você quem escolheu?

– Gibbo me fez escolher no canil, mas fingindo que era para a prima dele. E eu caí direitinho na história!

Depois, meu pai disse a coisa mais terrível que ele poderia ter dito:

– Sim, mas eu não quero esse vira-lata aqui dentro.

– Mas, papai, é o meu presente.

– É, mas você mesma disse que eles pegaram no canil. Esse cachorro pode estar doente.

Mamãe entra na conversa.

– Tudo bem, nós podemos levá-lo a um veterinário, vamos dar todas as vacinas necessárias.

– Sim, claro, nós já estamos todos apertados aqui dentro, faltava só um cachorro.

Fico com vontade de chorar, mas não quero que vejam e fujo para o meu quarto com Joey. Ouço a discussão deles. Alguém grita. Ouço minha mãe e meu pai, depois Rusty James, todos dizem alguma coisa, mas não consigo entender o quê. De repente, me sinto só, mas de um jeito muito estranho. Agora abraço Joey e fico feliz, mas, depois, começo a chorar. Eu já queria ser muito maior e ter a minha casa, longe daqui, onde eu pudesse fazer tudo aquilo que quero e convidar os meus amigos, ficar com o Joey e não deixar meu pai entrar. Nunca. Eu o odeio. Ele não pode ser assim tão ruim. Com esse último pensamento, adormeço.

Acordo na manhã seguinte e fico de pijama. Deve ter sido a mamãe quem mudou a minha roupa. Não me lembro de nada. Procuro imediatamente, desesperada, pelo meu quarto e felizmente ele está ali, num cantinho, dentro de uma pequena cesta em cima de uma velha coberta azul-escuro que me lembro de ter usado quando era pequena. Joey ainda dorme, ou melhor, cochila, porque abriu um olho e olhou pra mim.

– Mamãe, eu vou ter que levar ele de volta pro canil? Mas os meus amigos me deram de presente! Pagaram por ele.

Mamãe sorri e continua lavando os pratos.

– Talvez exista uma solução. Foi ideia do Rusty James, como você o chama, disse que fica com ele, está bem para você?

Não. Não está bem. Mas é melhor do que nada. Porém, não digo nada. Fico em silêncio e vou para o meu quarto.

Hoje é o primeiro e o último dia do Joey na minha casa e quero passá-lo com ele, sozinha.

Tarde. Estive na casa do R.J. Ele comprou uma caminha muito linda, com o nome Joey escrito em letras vermelhas de madeira e as bordas azuis. Colocou uma coberta dentro e uma vasilha do lado de fora. Comprou diversos pacotinhos de biscoitos para cachorros. Enfim, pensou em tudo. Em quase tudo. Eu não gostaria mesmo de abandonar o Joey.

– Mas, Carol, você pode vir quando quiser, ele vai ficar aqui comigo, sempre. Aqui ele tem mais espaço, pode passear do lado de fora, tem bastante verde, em casa ia ficar apertado. Pensa nisso, aqui ele está muito melhor...

– Eu sei, mas já estou sentindo a falta dele.

Rusty pega o celular e aperta uma tecla. O tempo de responder.

– Mamãe, Carol pode jantar aqui comigo? – Pausa. – Claro, Eu levo ela pra casa... Ok... Tá... Não... Não muito tarde...

Depois desliga e sorri para mim. Rusty tem a capacidade de fazer as coisas parecerem muito simples às vezes. R.J. se ajoelha e acaricia Joey, despenteia todo o pelo, e o cachorro parece se divertir. Isso. Eu sabia, já fizeram amizade. E fico com ciúmes. Talvez R.J. seja a pessoa certa com quem falar. Sim, vou tentar.

– Posso te fazer uma pergunta?

R.J. para de acariciar o Joey e me olha.

– Pode...

– Se uma garota beijou quatro rapazes, mas na realidade não se importava nem um pouco com eles, o que você pensaria dela?

– Quantos anos ela tem?

– Bem, é um pouco maior do que eu, uns quinze.

R.J. sorri. Não sei se ele entendeu.

– Bem, digamos que é uma garota... um pouco fácil.

– De verdade? Você acha mesmo isso? Mas ela fez assim, de brincadeira...

– Certas coisas não se fazem de brincadeira.

Fico pensativa por um instante.

– Claro. – Permaneço em silêncio. – Mas você ficaria apaixonado por uma garota assim?

– Espero que não, mas infelizmente são exatamente essas que depois fazem a gente perder a cabeça... Vamos, vem, Joey! – Ele começa a correr e atravessa a passarela.

– Vem, anda, vem – Joey imediatamente corre atrás dele pelo cais, latindo e saltando, correndo atrás e em volta de meu irmão. R.J. tem razão. Acho que não vou beijar mais ninguém a não ser o Massi, claro, se eu o encontrar. Depois, olho para eles. Parecem dois amigos perfeitos. Eu gostaria de ficar feliz por isso, mas sei que vou sentir a falta dele. Por que a gente não pode ser feliz quando é pequena? Você tem que ser grande para realizar os seus sonhos? É por isso que as minhas amigas também querem crescer logo? No fim, sei que não posso encontrar nenhuma resposta para todas essas perguntas. E, assim, corro também atrás deles. E parecemos três bobos, mas por um instante me sinto feliz . – Vamos, vem cá, vem, Joey. – Corro e rio, pulo e me sinto tão livre que não consigo pensar em mais nada. E talvez seja exatamente assim que a gente deve se sentir quando é grande.

Bem, agora tenho que começar a fazer os deveres de casa. Primeiro, o de italiano: comentário e ficha do filme que vimos antes das férias, *Persépolis*. Nunca sobre *High School Musical*, hein? No entanto, ouço "La distanza di Syria". E dedico a Joey... Depois, tenho que fazer para redação, a narrativa e o comentário de *Alla sera*, de Foscolo[31], ou *Foscolone*, como o chama Gibbo. Ufa! Quanta diversão...

No fim, tudo se ajeita, mas, às vezes, não sei por que a gente não consegue entender a razão de certas coisas não baterem mesmo. Por exemplo, a história com o Mi para mim permanece um mistério. Depois dos beijos e do mico que eu paguei com a senhora Marinelli na frente do portão, a gente não se viu mais. Mas não porque esclarecemos tudo e resolvemos não nos encontrar mais. Simplesmente porque os pais dele são de Belluno e, assim, foram passar o Natal lá, todos em família, mas no dia 28 ele voltou e me trouxe dois presentes lindos.

– Toma, Carol, abre.

Desembrulho, decidida, aquele pacote cor de laranja com um laço mais claro e uma bela estrela de Natal em cima.

– Nossa... Mas é muito lindo. – Um agasalho de tênis completo, fico com ele nas mãos, virando de um lado para o outro. É Nike o conjunto inteiro, todo branco com listras azul-celeste nas laterais. Coloco junto ao meu corpo. – É lindíssimo! E o tamanho me parece perfeito. – Olho a etiqueta. Nossa! Ele se esqueceu de tirar o preço e pagou uma nota. Mas isso eu não digo para ele. Porém me vem uma dúvida. E essa eu não consigo mesmo guardar.

– Mas por que um agasalho de tênis? Você não gostava daquele que eu tinha?

E vejo que ele fica um pouco embaraçado e começa a gaguejar.

– Não, quer dizer, sim, isto é, não...

– Enfim, sim ou não?

– Eu gostava, mas esse é para quando fizer menos frio.

– Ah... – Resolvo acreditar. Mas não gosto muito disso. Não acho que seja importante ter coisas de grife. Nesse ponto, eu gosto de ser diferente da Alis que, é claro, pode ter tudo e realmente tem tudo. Mas também não me sinto como a Clod que, ao contrário, não pode ter nada e obriga os pais a fazer mil sacrifícios para comprar coisas de marca. Eu gosto de ser eu mesma, e basta. Talvez, quem sabe, inventar! Mas não sobrecarregar minha mãe. Aliás, é sempre ela quem diz sim e compra para mim aquilo que eu desejo. Inesperadamente, tenho nas mãos outro presente.

– E esse?

– Esse eu comprei logo depois do nosso telefonema... – E sorri. Está contente com a outra ideia que ele teve. É um embrulho pequeno e não consigo mesmo descobrir o que possa ter dentro. Abro para matar a curiosidade. É uma caixa preta com uma alça estranha, embaixo tem um pequeno laço preso e, na extremidade dele, um anel.

– O que é?

– Olha... – Ele vira a caixa. Embaixo está escrito "Joey" com letras amarelas. – É uma guia, daquelas que se alongam e depois encurtam. Você pode fazer o cachorro andar por onde ele quiser e, depois de apertar esse botão, ele volta para perto de você.

– Ah, sim, muito bonito! É verdade, eu vi uma vez no parque. – Pareço muito entusiasmada com esse presente. Na realidade, não estou nem um pouco. Eu odeio as coleiras. Alê também me deu uma e ela realmente não entende nada sobre o que eu penso. Mi, no entanto, está feliz e sorri de novo. Não adianta, ele também não me conhece bem. Alis, Clod, Filo e Gibbo teriam percebido logo que eu estava mentindo. Depois, vejo que Mi me dá um sorriso estranho. No início, não entendo. Depois... Claro! Ele quer seu presente.

– Ah, eu também comprei uma coisa pra você... – Entrego a ele o embrulho que estava dentro da mochila. – Mas é uma lembrancinha, hein... – Estico as mãos.

– Os meus também eram lembranças.

Ele o desembrulha, eu gostaria de acrescentar: lembrança no sentido que não pude gastar muito dinheiro! Na verdade, eu tinha comprado outra coisa para ele, mas, no fim, não sei bem por quê, não consegui entregar. Um suéter azul com a minha foto impressa no peito. Eu a preparei, encontrei o lugar onde faziam, mas depois, quando estava tudo pronto, até o meu nome "Carol" bordado ali em cima, sei lá, não consegui. Não sei por que ou talvez saiba sim.

– Carol, obrigado! É muito bonito! – Abre um livro sobre os jogadores de tênis mais famosos. Desde John McEnroe até Nadal. Olha a última página e a encontra. – Muito bacana. – Tem uma fotografia dele que eu tirei durante um jogo. Eu a aumentei, revelei e recortei. E, embaixo, a inscrição "O verdadeiro campeão é você".

– Obrigado, Carol! – Ele se aproxima de mim, me abraça e me beija. Eu me abandono nos seus braços. Estou desesperada. Continuo a beijá-lo com os olhos fechados. Gostaria de fugir. Entendi. Talvez o verdadeiro campeão seja ele. Mas de tênis. Com toda certeza, não do meu coração. Estou me sentindo péssima e devo agradecer ao suéter! Quando ficou pronto, tentei imaginar ele usando e ali compreendi tudo. Mi não tem a mínima importância para mim. E agora, o grande dilema: como dizer isso a ele? Em nossa escola, histórias assim, que começam e acabam em um instante, existem aos milhares. Algumas somente com as palavras: vamos ficar? Outras, à moda antiga.

O que você acha, estamos namorando? E depois todas vinham para a classe contar que estavam com esse, estou namorando aquele outro. Mas, no fim, muitos desses inacreditáveis apaixonados não tinham nem sequer se beijado! E os poucos que tinham resistido, e conseguido ser realmente um par tanto por se beijar e todo o resto, duraram no máximo uma semana ou duas. E mais, muitos deles tinham terminado mandando um torpedo. Quer dizer, nem ao menos um telefonema! Torpedo do tipo: "Oi, terminei com você". Que tristeza. Eu não faria isso com o Mi. Não. Era também uma questão de orgulho, de dignidade, de coragem... Mas como seria bom com um torpedo! Seria tudo mais fácil. Até mesmo um daqueles compridos, bem escritos, em que a gente explica por que e como as coisas não vão bem, ou que a gente diz que talvez ainda seja cedo, que está se tornando muito importante, que você tem medo de sofrer por amor... Mas, agora, tinha se tornado um desafio pessoal.

Aquele dia: 29 de dezembro.

– O que você está fazendo, Carol?

– Nada, talvez eu vá encontrar o Joey mais tarde.

– Mas agora você vai ficar em casa?

– Sim.

– E quem está...

– Ah, ninguém, minha irmã Alê deve chegar daqui a pouco.

– Ok... Tchau!

Telefonema estranho aquele. Mas não me preocupo nem um pouco. Depois de um segundo, toca o interfone. Vou atender.

– Quem é?

– Surpresa! Eu!

– Mi!

– Eu telefonei do meu celular e estava chegando. Posso subir?

– Não, eu desço.

– Ah, vamos...

– Minha mãe não quer que eu receba ninguém aqui em casa se eu estiver sozinha.

Ouço ele bufar.

– Ok.

– Desço num segundo.

Corro feito uma louca, vou ao banheiro, me olho no espelho. Estou branca que nem neve. Passo um pouco de rímel, pego aquele do estojo da Alê, um fio de delineador só para dar um realce e um lápis azul-celeste debaixo dos olhos. Pronto. Me olho no espelho. Está um pouco melhor. Depois, começo a rir. Quer dizer, eu quero terminar com ele... e me arrumo toda. Mas é uma contradição. Não, não tem nada a ver, é que assim eu deixo uma boa recordação. Sim, mas de quê? Talvez eu nunca mais o veja, e com todas essas dúvidas em minha cabeça pego as chaves, fecho a porta e desço correndo pelas escadas.

Repito a frase para não errar. Uma vez, duas, três. De novo. Mais uma vez ainda. Mais. Isso, estou vendo ele. Vou ao seu encontro. Decidida, segura, determinada. Só no último instante, percebo que ele segura um embrulho para mim. Sorri e me entrega.

– Toma, é uma pequena lembrança pro Joey.

Muito tarde. Agora não posso mais parar, é como tirar o pé da embreagem de uma Ferrari na *pole position*, abaixar o gatilho de um fuzil carregado com balas, acender o pavio de um daqueles fogos de Ano-Novo. E assim, em vez de dizer obrigada, despejo tudo de uma vez só.

– Sinto muito, é melhor a gente terminar. Acho que nós somos muito diferentes...

Consegui. Disse tudo a ele! Tudo! Nem posso acreditar. E de uma vez só! Sem parar! E Mi fica assim, com o embrulho no ar, boquiaberto e incapaz de dizer absolutamente nada. Depois, consegue fechar a boca. Antes de dizer qualquer coisa, ele mesmo percebe que não faz nenhum sentido.

– Mas como... assim?

Fico com vontade de rir. Não sei o que fazer. Gostaria de dizer: "E como, então?". Mas acho muito feio. No fim, escolho outra maneira, que poderia soar mais doce.

– Foi melhor eu te dizer logo... Gostaria que nós fôssemos amigos.

Mas que soar mais doce coisa nenhuma. Mi faz uma cara... Acho que essa é, de todas, a frase mais infeliz que alguém possa dizer! Mas eu não conseguia lembrar outras! Mi apoia o embrulho sobre o muro ali perto e também se senta. E começa a dizer de tudo.

– Mas como, parecia que a gente combinava tanto, se divertia, estávamos de acordo. Gostávamos de jogar tênis juntos. – Depois ele para e, de repente, fica lúcido, sério, atento, como se tivesse entendido tudo e não soubesse explicar a ele mesmo o fato de não ter percebido nada antes.

– Ah, isso... eu não devia ter viajado, não é?

É absurdo. Enfim, não consigo acreditar; quando alguém termina com você, coisa que ainda não aconteceu comigo, não acho que exista um motivo assim tão prático. Será um conjunto de coisas que não funcionam! Se alguém termina uma história simplesmente porque você viaja no Natal com a família por alguns dias, bem, no final das contas, não perdemos grande coisa. Depois, Mi aperta os olhos como se, inesperadamente, tivesse intuído outras coisas, muito mais importantes, tudo aquilo que, na realidade, estou escondendo dele.

– Me diz a verdade, você tem outro!

E então me saio com a frase mais infeliz que eu poderia dizer:

– Infelizmente não.

Ou talvez seja simplesmente a verdade. E Mi não consegue enxergar.

– Mas como... mas eu... – Começa com uma série de discursos que só servem para me deixar com dor de cabeça.

– Chega, Mi. Eu pensei muito antes de tomar essa decisão.

– Tudo bem. – Desce do muro. Parece derrotado. – Toma. Isso é pra você.

– É melhor você ficar com ele, porque agora já não estamos mais juntos. – Eu não deveria ter dito isso. Ele recomeça tudo.

– Mas você tem certeza? Pensou bem?

– Você nem imagina quanto... Não dormi a noite toda.

Na realidade, quando tudo estava claro na minha mente, como o suéter que eu desisti de dar para ele, a minha decisão foi imediata, mas acho melhor dar a impressão de que ela foi pensada, sofrida, se não ele não me deixa em paz.

– Ok. Se você pensou bem... De qualquer maneira, toma isso. Só pode ser para o Joey mesmo.

Assim, resolvo aceitar o presente.

– Só mais uma coisa, Carol.

– O quê?

– Um último beijo.

Que droga, acho que já ouvi essa frase antes. Ah não, isso! É o título de um filme. Como um último beijo? O que quer dizer isso? Isso não existe, não existe de jeito nenhum, não sinto mais nada, não posso. Mas, como sempre, minha boca é incontrolável. Aliás, pior.

– Ok, mas não muito demorado, hein?

Não posso acreditar. Não muito demorado!!! Mas como é que eu digo uma coisa dessas? Nem consigo pensar em mais nada. Mi, como um polvo, se joga em cima de mim e me dá um beijo enlouquecedor. Muito melhor que os outros, sem comparação. Parece um equilibrista da língua, um artista do beijo profundo, um louco com os lábios loucos... Talvez porque ele queira provar qualquer coisa ainda; queira me fazer entender o quanto estou me enganando, queira...

– Hum, hum...

Nos afastamos. Não posso acreditar.

– Desculpem. – Novamente a senhora Marinelli. Dessa vez, porém, é providencial.

– Não, não, me desculpe a senhora... Eu estava entrando. – E aproveito a oportunidade que ela abre o portão e pulo para dentro correndo.

– Tchau, Mi. A gente se fala!

Vejo que ele queria dizer alguma coisa ainda. Mas não pode, não mais.

– Carol... Então... Eu telefono pra você depois!

– Sim, sim, ok. – E entro no elevador com a senhora Marinelli. Uma viagem longa, longuíssima. Ela não olha para mim, me encara! E eu sei perfeitamente no que ela está pensando! Imaginem... E no fim, quando chega ao seu andar e sai do elevador, não consigo me controlar.

– Olhe, eu disse tudo à minha mãe.

– Ah, sim?

– Sim. E ela me deu autorização!

Aperto o botão do elevador e a deixo assim, no corredor. As portas do elevador se fecham diante de sua cara estupefata, boquiaberta. Assim que o elevador se coloca em movimento, começo a dançar feliz com a minha vitória. Chego em casa e abro o pacote imediatamente. Nãooo, muito legal. É uma espécie de casaquinho para cachorro com o nome "Joey" escrito. Azul e vermelho, igual às cores da caminha. Para quando fizer muito frio. Que amor de lembrança. Quase, quase... Mas é um segundo apenas. Não. Não vou telefonar para ele. Senão ele recomeça com toda aquela conversa "Mas você tem certeza, Carol, olha que você está cometendo um erro, mas você pensou bem?". Nunca estive tão estressada como nesses últimos dias depois de tomar a decisão de terminar. Eu gostaria de ter ficado feliz com os seus beijos, de saber que ele vinha me buscar, de ter encontrado com ele novamente, de que íamos jogar tênis e, ao contrário, quanto mais se aproximava o momento de revê-lo, tudo ia ficando mais angustiante, insuportável, apertado... É horrível. Então, esse é o outro lado do amor? O que é o amor? Eu era tão feliz com o Ricky no início, depois com o Lore de quem sempre gostei, e agora termina com o Mi, e mesmo assim, no começo, eu também gostava muito dele. Mas agora... será que o problema sou eu? Quer dizer, por que depois de um tempo eu não sinto mais nada? De repente, nem sei por quê, me tranquilizo. Não. Não tem nada errado comigo. Eu estou apaixonada pelo amor. E isso não era amor. Era o meu desejo de me apaixonar, de estar apaixonada. Mas, no fim, precisa de um "ele". Um ele que funcione, de verdade. Depois um sorriso e a certeza. Massi é o amor. E logo em seguida, o grande desespero de não saber como encontrá-lo.

Nos últimos dias de dezembro, Mi me procura a todo momento. Não respondo. Por enquanto. Mandei um torpedo especial pra ele.

"Desculpe, mas é melhor dar um tempo."

A gente pode interpretar isso de mil maneiras. No momento está bom assim. Gostaria de ter escrito: "Desculpe, mas eu te chamo erro". Mas não sei se ele iria entender. Em todo caso, não teria rido.

Dia 31 de noite. Fantástico, uma festa muito animada para a qual todos os meus amigos foram convidados. Novidade das novidades. Meus pais me deixaram ir! E depois vou dormir na casa da Alis.

Estou no minicarro com Gibbo. Uma festa show na casa de um tal Nobiloni. DJ da pesada. Música maneira, abertura com canções dos Finley, depois do Tokio Hotel, em seguida tudo anos 1980. E, pela primeira vez... fiquei bêbada. Cerveja, champanhe, mais cerveja, mais champanhe. No fim, fomos ver os fogos de artifício na ponte Mílvio. Que espetáculo! Caía uma neve fininha, fogos explodiam no céu! Alguém levou um toca-CD pequeno, mas com caixas superlegais, música para dançar debaixo das estrelas. Depois chegou um casal, e a moça estava com os olhos vendados. Ele a levou até o terceiro lampião, tirou a venda dos olhos dela e quando ela viu onde estava, pulou no pescoço dele gritando:

– Iupiiiii, sim! Eu te amo!

Te amo? Mas eu não acredito! Mas que coisa, que frase! E eu? Quando é que eu vou dizer te amo? Depois, o cara tirou um pequeno cadeado do bolso e eles colocaram na corrente presa ali em volta do lampião e jogaram as chaves no rio. "Muito bem!!" Um aplauso geral enquanto os dois, felizes, se beijavam. E nós? Nós pobres azaradas? Nós que temos o cadeado no bolso há meses e não temos um nome, uma esperança, um sonho para prendê-lo? Porque não tem um poste também para nós aqui na Ponte Mílvio? O poste das solteiras! E com esse último pensamento... adeus ano velho! Tchauuu!

Bem, isso é um pouco de tudo o que aconteceu nos primeiros meses de escola. Mas a coisa mais bonita da vida, na minha opinião, é quando a gente para, olha para trás e percebe que estava infeliz por certas coisas que depois a gente esquece por completo e, por outro lado, estava feliz por outras que vai lembrar para sempre. E, principalmente, revendo o que a gente fez, percebe perfeitamente que poderia ter entendido algumas coisas. Então, a gente gostaria de voltar atrás, naquele momento, e mudar a escolha que tinha sido feita, talvez tomar uma decisão diferente, um pouco como em *De caso com o acaso,* aquele belíssimo filme com Gwyneth Paltrow ou também *Um homem de família* com Nicolas Cage, a gente tem a possibilidade de ver como os dois, um rapaz e uma moça, teriam vivido duas vidas diferentes. Mas isso, exceto naqueles filmes, sabemos que não é possível.

Essa é a razão por que nós, às vezes, temos somente aquela possibilidade, uma escolha de coração, de instinto, baseada na confiança, muitas vezes sem retorno. E eu espero, realmente, ter feito a escolha certa. Mas que horas são? Não posso acreditar, ainda são nove e meia.

Estará dormindo ainda. Disse às onze, mas e se acordar ao meio-dia? Telefonei antes por uma questão de educação. O celular está desligado. É claro, está em casa sozinho, sábado de manhã, os pais estão fora por uma semana, hoje não é dia da faxineira, o que pedir mais da vida? Dormir. Dormir, às vezes, é uma coisa ótima. Quando a gente está em paz com o mundo, quando você estudou e se esforçou, quando não discutiu com ninguém, quando ajudou em casa e comeu pouco. Então, nada mais resta a fazer senão dormir... E sonhar. Isso também é maravilhoso quando você se sente dessa maneira. É quase um merecimento. É como entrar no cinema com os olhos fechados. Alguém pagou o ingresso para você, mas a gente sabe que não vai pagar mico, que não será uma coisa estúpida, que irá sorrir, se divertir e sair do cinema comovida... Bem, tenha bons sonhos, Massi, até mais tarde. De qualquer maneira, em julho você toma o *cappuccino* frio e quanto aos *croissants,* bem, o importante é que estejam fresquinhos.

– Bom dia, Ermínia!

Ela sorri pra mim, mas não se lembra do meu nome. De vez em quando, venho aqui com a mamãe, eu compro um maço de flores, um daqueles já prontos, por dez euros. De vez em quando, para as festas, a mamãe gosta de colocar um pouco de cor em casa. Ermínia já está aqui nessa esquina há muito tempo. No início, era só uma barraquinha com poucas plantas que ela deixava sempre do lado de fora em frente à fonte e tinha também um rapaz para ajudá-la. Agora, são três rapazes, um mundo de plantas e aquela barraquinha se transformou em uma loja.

– Posso te ajudar?

– Não... obrigada.

Depois, mudo de ideia. Na verdade... Sim, eu nunca dei flores de presente para um homem. Em geral, são eles que mandam para gente. Mas sim, por que não? É estranho. Mas uma estranheza muito particular, para um dia muito especial, que não tem... Que nunca mais poderá se comparar a outro qualquer. Quer dizer, nada mais será assim, como agora, depois que eu tiver feito. Depois que eu tiver feito amor.

– Sim! Mudei de ideia! – Ermínia sorri divertida com o meu entusiasmo inesperado.

– Ok, deixa eu acabar de atender esse senhor e depois falo com você.

– Ok, obrigada.

– Então, o que o senhor disse que ia levar?

– Ah, bem, algumas rosas, não muitas, com o cabo não muito comprido. Enfim, uma coisa simples.

Ermínia levanta a sobrancelha e pega um maço num vaso perto dela.

– Está bom assim?

– Hum... – O senhor a olha balançando a cabeça. Quanto custa?

– Vinte e oito – É um maço de rosas matizadas, com o cabo médio.

– Bonitas, mas são muitas. – O senhor está um pouco indeciso. – Vinte e cinco?

Não está indeciso sobre as rosas, mas sobre o preço. Ou talvez sobre a sua namorada.

Ermínia sorri.

– Sim... tudo bem. – Fico por ali bisbilhotando entre os diversos tipos de flores enquanto ela prepara o buquê para ele. O senhor pega um cartãozinho dentro de uma caixa ali perto e depois paga. – Ótimo... Obrigado.

– Então – Ermínia se aproxima –, como posso te ajudar?

– Bem, eu quero uma coisa muito simples.

Ermínia olha para mim.

– Mas bonita...

Eu sorrio para ela.

– Sim, muito bonita.

– E o que deve significar?

Ela me vê indecisa.

– Não é um aniversário. Mas é uma data que depois será uma data...

– Entendi. – Olho para ela em silêncio. Depois daquilo que eu disse, não sei realmente o que ela poderá ter entendido.

– Você gosta dessas? – E pega um pequeno maço de flores azul-celeste lindíssimas, bem pequenininhas, mas muito luminosas.

– Miosótis. São as flores do amor jovem.

– O que quer dizer?

Ermínia me olha.

– Cada flor conta uma história, a escolha trai às vezes, isto é, exprime o momento do amor que um casal está vivendo. Por exemplo, aquelas de antes não têm mais paixão.

– De verdade?

– É, alguém que pergunta o preço das flores quer dizer que não está muito apaixonado.

– Talvez ele esteja apaixonadíssimo, mas não tenha muito dinheiro.

Ermínia começa a rir. – Você gosta dessas, não é? Me paga o que você quiser.

Pouco depois, vou pela rua com aquelas flores tão lindas. São as flores do amor jovem. Que lindas! Olho para elas escondidas por um papel transparente azul-celeste, assim se pode ver melhor, ficam mais escuras, ligadas por uma fita azul intenso.

– Carol! – Meu Deus, essa voz! Eu a reconheço. Me viro.

Rusty James de moto.

Ele para a um passo de mim e sorri.

– O que você está fazendo aqui...?

– Eu...?

– É, você! E quem poderia ser...

Escondo as flores atrás das costas, acho que Rusty percebe, mas finge não ter visto e continua falando.

– Eu procurei por você antes, mas o seu celular não pegava... Afinal, aonde você vai?

– Na casa de uma amiga.

Rusty sorri pra mim, depois deixa os ombros caírem. É como se ele tivesse percebido tudo. A minha primeira mentira. Quer dizer, enfim. A primeira mentira que conto pra ele. Então, Rusty balança a cabeça e liga a moto. – Ok... então, tudo bem. Que pena, eu tinha uma surpresa pra você.

Parece alegre novamente. Talvez não tenha percebido nada. Depois, muda de ideia.

– Ei, Carol, talvez eu te telefone de tarde, tá? Ou amanhã. Isso. Nos falamos amanhã que é domingo. Ok?

Sorrio pra ele.

– Ok.

– Então, a minha irmãzinha já tem um compromisso comigo para ver essa linda surpresa que eu quero dividir com ela. – E vai embora assim, com os cabelos saindo por baixo do capacete, com seus óculos escuros e aquele sorriso lindo. E me sinto um pouco culpada. É a primeira vez que eu conto uma mentira pra ele. E o vejo já distante. Sozinho. Sem a Debbie. Eu gostava tanto deles como casal. Eles faziam brincadeiras entre eles, riam. Eu lhe entreguei a carta e nem li. Vamos ver. Tinha outro casal que eu também gostava muito, Francesco e Paola. Eles estavam em Anzio. Eu os via todos os anos, há muito tempo, desde que comecei a ir lá. Lembro que eles chegavam na praia de Vespa. Ela na garupa, bem coladinha nele. A Vespa era cinza metálico, que ele desligava quando chegavam, senão a mulher que ficava nos banheiros ficava brava. Sim, Donatella. A mulher dos banheiros. Era idosa, a mulher dos banheiros, e tinha sempre alguma coisa para reclamar. Os banheiros ficavam exatamente na entrada do balneário, e a gente podia entrar lá para lavar os pés, tirar a areia e fazer xixi. Mas eram tão sujos que se a gente entrasse descalço, formava uma espécie de lama no chão... Brr. Só de pensar fico arrepiada. Me dava muito nojo. Assim, Francesco desligava a Vespa, descia correndo pela lateral e a pegava com uma das mãos embaixo, por trás, onde fica a placa e a ajudava a descer aquelas três escadinhas.

Não podia usar como rampa a tábua da mulher dos banheiros porque uma vez Donatella gritou pra ele: "Ela é muito fina! Só serve para as bicicletas. Não para a porcaria da sua Vespa!". E Francesco começou a rir. Entenderam? Em vez de se zangar, tinha rido. E colocou a Vespa embaixo sozinho como se fosse uma bicicleta. Tinha um físico, vamos dizer, de outro mundo. Uma vez ele estacionou a Vespa lá embaixo, perto da areia, ele e a Paola pegavam uma barraca não muito afastada e depois jogavam frescobol; eles eram muito bons. Brincavam na água, na parte rasa, com muito entusiasmo, golpeando a bola com força e raiva.

Paola usava sempre biquínis pequenos, laranja, cereja ou amarelo gema, nunca muito claros; tinha seios pequenos, os cabelos castanho-claros que desciam pelos seus ombros e um corpo bem torneado, bronzeado, com músculos leves. Francesco tinha cabelos crespos, com um nariz um pouco curvado e os ombros largos, as pernas compridas, magro, bonito, com os músculos abdominais fortes e algumas sardas debaixo dos olhos azuis, além de uma boca grande com dentes brancos e belos. E ria muito. Sim, porque faziam várias brincadeiras. Às vezes ele chegava na barraca com um balde cheio d'água e, enquanto ela lia, despejava bem devagar pelo encosto da cadeira.

– Assim não molho a revista!

– Ai, está gelada! Desgraçado! – E ela corria atrás dele como uma louca e ele driblava à direita, depois à esquerda e desaparecia entre os botes e começavam a correr um atrás do outro em volta dos chuveiros até das barracas perto da água. Até mesmo quando ela pulava em cima de um bote e às vezes em cima dele, eles continuavam a lutar também na areia. Uma vez Paola rasgou o top do biquíni, mas nem ligou. Continuou lutando com o seio de fora.

E as pessoas paravam e riam. Eles eram tão lindos e selvagens, a atração da praia. E agora não me lembro bem o que mais acontecia. Ah, sim, algumas vezes era ela quem fazia brincadeiras com ele. Certa vez ela cavou bem devagar por debaixo da cadeira, mas por muito tempo. Fez um buraco bem profundo e, quando a cadeira desabou, foi parar lá embaixo. Ele ficou preso no buraco e ria enquanto ela o cobria com areia quente.

– Ai, Paola, está queimando! – E riam sem parar.

No entanto, nesse verão ele estava lá sozinho. Não saía de debaixo da barraca e lia livros. Diferentes. Não sei por que, mas achei que deviam ser chatos. Talvez porque ele estivesse sempre com a expressão um pouco tensa. E não ouvi ninguém perguntar a ele pela Paola. Mas alguém na praia devia saber e talvez tenha dito ao Walter, o nosso salva-vida, que por sua vez contou para uma amiga da mamãe, Gabriella, que é uma que não consegue ficar calada. De fato, no dia seguinte...

– Sim, sim, eu soube pelo Walter, eles terminaram.

Eu fiquei chateada. Muito. Agora a nossa praia parece muito mudada. É como se faltasse alguma coisa. Como se não tivesse mais o bote vermelho, aquele de salvamento ou o homenzinho dos jornais que passa com o carrinho de vez em quando, ou aquele todo bronzeado e com a camiseta branca e as meias azul que vende coco.

Francesco e Paola eram meus. E talvez eles nunca tenham me notado, porque eu era pequena e insignificante, mas toda a história deles, quando chegavam com a Vespa, como jogavam frescobol e depois as brincadeiras e as corridas, os beijos, preencheram todos os meus verões. E mesmo que eles não saibam, aqueles dois namorados me farão falta.

Sem perceber, me encontro diante da igreja. Bem devagar, subo aquelas escadas, quase impulsionada por não sei qual motivo. E abro a grande porta. Silêncio. Uma grande nave, vazia, arrumada. Nos bancos de madeira não tem ninguém sentado. Somente uma senhora idosa bem no fundo. Está tirando a poeira de alguns círios em torno de um pequeno altar. Ali me lembro que fazem os batizados. Eu assisti a um, um dia. Foi tudo muito bonito. O bebê olhava para os pais com os olhos arregalados. Não chorava. Esperava curioso e um pouco assustado aquilo que iria acontecer com ele. Depois sorrio. Por que me veio a imagem daquele menino? Exatamente hoje. Levanto uma sobrancelha. Não ouso imaginar o que aconteceria. Casa. Escola. Vida. Meu pai, minha mãe, meu irmão, vovó Luci. E o que poderia dizer Alê então... não quero nem pensar.

– Carolina?

Me viro.

– Oi... Você não está me reconhecendo?

É um padre, naturalmente. É alto. Tem os cabelos curtos e um belo rosto sereno, aberto.

– Sou dom Roberto. Nós nos conhecemos no ano passado, durante a preparação para a crisma... e você discutiu...

Claro. Como eu podia não me lembrar? Mas ele sorri, depois vira a cabeça de lado; com uma curiosidade natural, mas ordenada, boa, tranquila.

– O que você está fazendo aqui? – Depois fica um pouco mais sério. – Posso ajudar? – Parece também um pouco preocupado. E eu não sei mesmo o que lhe dizer.

– Vim rezar...

Sim, isso é acreditável.

Sorri para mim.

– Vem, vamos lá para fora...

Voltamos ao pátio e passeamos. Parece um pouco aquelas cenas que o professor Leone leu para nós, dom Abbondio que fala com Lúcia. Droga, mas aquilo é *Os noivos*[32]! Imaginem... Quem dera! Mas é um pouco cedo. E dom Roberto fala um pouco de tudo, talvez para me deixar à vontade.

– Estou sabendo que vocês discutiram com dom Gianni na sala de aula.

– Sim, como o senhor sabe?

– Ele me contou.

– Ah. Bem, melhor. – Sim, dom Gianni é um pouco melhor do que aquilo que eu pensava. Mas quem sabe como ele terá contado. Dom Roberto me olha e quase lê o meu pensamento.

– Disse que reconheceu o erro dele, sabe, ele queria deixar vocês à vontade e que talvez ele não devesse contar as coisas particulares de uma amiga de vocês...

– Pois é!

– E agora aposta que você não confia mais em nós.

– Não em vocês, nele.

– E em mim, talvez um pouco, sim? – Me olha, sorri, quer me transmitir a sua tranquilidade.

– Sim, claro... por que não?

– E então quer me dizer por que você veio à igreja?

– Para rezar, eu já lhe disse.

– Sim, claro, mas as orações, quando são solicitadas dessa maneira, é porque, em geral, estamos atravessando um momento delicado e temos o receio de fazer alguma coisa errada.

Uau. Esse aqui é bastante intuitivo.

Espero um pouco. Respiro fundo. E penso nele.

– Bem, meu irmão saiu de casa. Ainda não está completamente organizado, mas não se dava bem com o meu pai, e então...

– Seu irmão foi muito corajoso. Poucos são os rapazes que saem de casa e procuram o caminho deles nos dias de hoje.

– Pois é. – Ficamos num estranho silêncio. Rusty James veio em meu socorro também nessa hora. Claro, não era por ele que eu entrei na igreja, mas, de qualquer maneira, quero que tudo corra bem também com ele. E uma oração não faz mal, não é?

– Bem, agora eu devo ir.

– Bem, Carolina, faça a sua oração se você quiser. Mas você vai ver que tudo acontecerá da melhor forma.

– Sim, obrigada, padre. – E saio pelo portão com sua bênção e, espero, também com a de qualquer outro. É claro que Ele sabe de tudo muito bem, até mesmo a qual oração eu me referia... Afinal eu não posso mentir para Ele, não é mesmo?

Assim, continuo a caminhar. Cada esquina é perfumada, cada flor, cada planta parece conquistar o seu espaço. Minha cidade parece mais bonita do que nunca. Ou talvez seja o amor. Só o fato de ter pronunciado essas palavras me preocupa. Será o caso de voltar à igreja e confessar tudo? Fico com vontade de rir. Não. Como era aquela frase? "O amor torna extraordinária a gente comum."

E torna as cidades mais bonitas. Tudo fica mais bonito. É como ter óculos com as lentes do amor. Óculos "Love". Assim são os meus. Mesmo que eu não os use, o meu coração usa! Hoje estou com a veia poética.

Que horas são? Quinze para as dez. Imagina, ainda deve estar dormindo. Mas Jamiro poderia estar acordado. Pego o celular e disco o número. Me faz rir. Na realidade, ele se chama Pasquale. Me lembro ainda de quando eu conheci ele. Praça Navona. Há um ano.

– Anda, vamos pedir a ele para tirar as cartas pra nós!

Alis sempre fica muito feliz quando tem alguma coisa nova para fazer e principalmente se gasta dinheiro.

– Vamos, eu pago!

Clod não tem dúvidas.

– Eu vou fazer.

– Ok. – Não quero parecer grosseira. – Também faço.

– Sentem-se, eu jogo para todas vocês juntas e até faço um desconto. Meu nome é Jamiro. – Ele dá a mão para nós três e Alis, a quem nada escapa. – Mas você se chama Pasquale.

Ele fica espantado.

– Como você sabe?

– Está escrito no cartãozinho da sua bolsa.

Jamiro ri.

– Aquele é o meu nome artístico. Eu sou Jamiro. Por um segundo, você me assustou. Achei que a intuitiva era você...

– Sim, uma médium!

– Sim. – Alis indica Clod e diz uma das suas. – E ela uma extragrande!

– Cretina! – Mas no fim Clod não fica zangada e ri. Jamiro começa a ler nossa mão e também bota as cartas. Depois, olha para mim e se sai com uma frase incrível:

– Você encontrará o sol.

– Tomara que ela não acabe como o Ícaro[33]... – Alis e as suas piadinhas insistentes. Clod que não entende. Eu que não podia imaginar. Teria descoberto em breve.

Finalmente, Jamiro me responde no celular.

– Ei, e então? Você ainda está no mundo dos sonhos?

– Qual é a realidade e qual o sonho... – responde sempre assim.

Rio. Jamiro continua.

– E, principalmente, quem é você?

– Mas como, você não me reconheceu? Sou o seu pesadelo.

– Carol!

– Muito bem. Viu?

– O que está acontecendo? Por que você está me chamando assim tão cedo? A essa hora, num sábado de manhã? Você não é disso. Então, o que é?

– Não sei... mas é importante, muito importante para mim, o que dizem as suas cartas?

– Vou ver já. – Silêncio. Ouço apenas movimentos leves, como de folhas que caem no chão, como o folhear de um livro, como... Como das cartas que são colocadas em cima de uma mesa.

– Jamiro...

– O que é?

– Devo ficar preocupada?

– Não creio... ou talvez sim.

– O que quer dizer?

– Isso, vejo só um pouco de chuva. Não... não... tem um sol. Sim, isso. Quando o sol aparecer, tudo ficará mais claro. Sereno...

– Uauuuu! Obrigada, você é um amor.

Desligo o celular e escapo. Corro como uma louca. Não tenho mais dúvidas. As minhas orações foram ouvidas.

Um pouco mais adiante. A mesma hora, a mesma cidade.

Jamiro balança a cabeça. Olha para o telefone fechado. Depois, aquelas cartas. Isso, agora eu vejo. Não era a chuva. Jamiro sente o seu coração ficar apertado. São lágrimas.

Janeiro

Boas-vindas ao novo ano que espero seja cheio de coisas boas! Pelo menos, tenho boas intenções! *A Happy New Year. Ein gutes neues Jahr. Feliz Año Nuevo. Bonne Année. Scastlivogo Nonovogo Góda.* Isso, eu sei! Viram, caros professores, eu conheço todas!

Resumo de fim de ano:

Os amigos mais bagunceiros? Gibbo e Cudini!

As amigas mais verdadeiras? Clod e Alis!

A música do fim de dezembro? Aquela dos Tormento. "Resta qui".

Você mudou alguma coisa na sua vida? Sim, terminei com o Mi!

Com quem você mais brigou? Minha irmã, como sempre.

O lema do ano que se encerra? *Ad maiora*[34], que eu não sabia o que significava e o meu irmão me explicou.

O lema do ano que chega: *Ad maiora*! Agora que eu aprendi o significado!

Os filmes que eu quero ver: *Na natureza selvagem, O segredo do grão, Antes de partir, A loja mágica de brinquedos, P.S. Eu te amo.*

O pensamento de hoje: quero que seja um ano estratosférico.

As coisas que vou odiar no novo ano: as provas, a falta de educação, a senhora Marinelli quando me perguntar se eu tenho namorado, Clod quando roer as unhas e Alis quando se arrumar de um jeito muito *sexy*, o papai quando não gritar com a Alê, física, principalmente os condutores e os isolantes, acordar às sete horas para ir à escola, não encontrar os chinelos, aquelas que dirão "eu sou magra, como o que quero, meu metabolismo queima tudo".

As coisas que vou adorar no novo ano: *Smallville, High School Musical, Sex and the city, I liceali* que agora passa na TV a cabo e a gente só pode ver na casa da Alis, *Criminal minds, Parla con me, Zelig, Le iene*, andar de Vespa mesmo que eu ainda não tenha uma, as sapatilhas, Miss Ribellina, chocolate.

Roupas: jeans, blusas com decote canoa, cintão, tênis.

A citação: "Nós nos viramos depois de uns dez passos, como num duelo de amor, e nos olhamos pela última vez". Jack Kerouac, *On the road: pé na estrada.*

A música: "Hey there Delilah", dos Plain White T's.

Ah, ia me esquecendo. Ser feliz.

Janeiro é um mês excepcional! Quando o ano começa, a gente sempre tem mil propósitos, assim como no início da semana ou quando começamos qualquer coisa nova; até mesmo no amor a gente tem mil programas, mas, às vezes, nem tudo depende somente de nós. E assim, não adianta programar muito! De qualquer maneira, fiz o meu novo blogue, troquei as fotos do *MySpace* e do *messenger* e baixei novos *emoticons*. Enfim, o ano começou com o pé direito. O importante, como em todas as coisas, é conseguir manter sempre o mesmo entusiasmo.

Depois de amanhã, recomeçam as aulas! Mas estou muito bem em casa de férias. Queria um pouco mais de tempo para rolar na cama de manhã. E, depois, sair de tarde com Alis e Clod. Roma. Ruas. Lojas. Todas as vitrines sendo preparadas para as liquidações de inverno que já vão começar. Nós três rindo uma das outras pelos motivos de sempre. Um tempão livre mesmo que tenham passado um monte de deveres de casa para nós. Os últimos filmes de Natal na TV que assisto por cinco minutos, os passeios com Joey, os torpedos bobos da Clod – acho que ela manda pela internet – tipo: "Um cavalo entra num cinema e se diz à mulher da bilheteria: 'Um ingresso por favor', e a mulher: 'Ahhhh! Um cavalo que fala!'. E o cavalo: 'Não se preocupe senhora, na sala eu fico calado'". Depois, eu ainda não entendi se ela manda só para mim ou se também para outras pessoas. Bem. Seja como for, ela envia para mim! E depois a festa da Epifânia[35]! Gostaria de encontrar uma meia cheia de balas de laranja que eu gosto muito, a resposta justa sobre o Massi, saber qual escola escolher no ensino médio! Preciso fazer a matrícula! Alis diz talvez faça o Clássico, a Clod gostaria de ir para o Artístico ou Linguístico e eu para o Clássico. Na verdade, eu não queria me separar delas... ufa! O meu irmão místico me disse que devo escolher com base no que sinto, e não em função das minhas amigas, pois a amizade permanece a mesma, enquanto fazer uma escolha errada acarreta muitos prejuízos. Ele tem razão... aliás, como sempre! Enfim, ganhei uma meia muito legal: Mars pequenos, balas de anis, animais coloridos de goma, chocolatinhos *fondant* ao leite de todos os tipos. Gostaria que eles durassem pelo menos até a Páscoa! Decidi que um dos doces vou comer só aos sábados. Assim, depois chega o chocolate de Páscoa... E desse jeito até o verão. E, principalmente, não engordo. Coisa fundamental. Imagina se eu conseguisse encontrar o Massi e ele me dissesse: "Quem é você? Quem? Carolina? Sim, vinte quilos depois!".

A ginástica também é importante. Gosto muito de artes, os alunos trabalham muito, fazem muito esforço e se divertem também.

"Drim". É o meu celular. Olho para a tela. Alis. Não resiste mesmo. Sente a minha falta. Entre *messenger* e celular, terá me chamado cem vezes. Respondo e não dou tempo para ela falar.

– Ok, eu te entendo... Não se aguenta, hein? Olha, depois de amanhã estaremos de novo na escola, ouviu?

– Boba... Se prepara, Carol, uma notícia bomba!

– Me conta tudo.

– Fomos convidadas para a festa da Borzilli!

– Nãoooo!

– Siiiim.

– Grande Alis!

– Passo pra pegar você daqui a meia hora, ok?

– Pra quê?

– Compras desenfreadas!

E desliga. Ela nunca me dá tempo de responder às suas propostas. E se eu tivesse outra coisa para fazer? Um compromisso, sair com a minha mãe, com uma amiga, com... com um rapaz! Alis é assim. Pegar ou largar. Ou melhor, pegar e ser engolido. De qualquer maneira, é um mito. Tenho certeza de que só graças a ela a Borzilli nos convidou.

Stefania Borzilli. Quinze anos, reprovada uma vez no segundo ano. Mito da escola. A lenda, seja verdadeira ou não, é de que já fez amor. Quer dizer, não sei se é verdade, mas no verão, mal tinha completado catorze anos, se trancou no quarto da sua mansão em Bracciano, no quarto grande de onde se vê o lago, com um gato, Pier Frery, um francês que fala italiano e antes estava na nossa escola e depois voltou para Paris. Ninguém nunca soube daquela história. Naquela noite, eles saíram correndo e se jogaram na piscina no meio da festa, ele com uma cueca preta, ela só de calcinha, e certamente todos viram que eles se beijaram dentro d'água.

Um dia eu estava na academia de ginástica. Foi no ano passado. A turma do segundo ano tinha acabado de fazer aula e nós estávamos para entrar e jogar vôlei, a Borzilli também estava e, ao sair, o casaco que estava amarrado na cintura, caiu no chão.

– Ei, você deixou cair isso. – Fui em direção a ela e lhe entreguei o casaco.

– Obrigada! – E sorriu para mim de um modo incrível. Um bonito rosto aberto, sem preocupações, um pouco de sardas, dois olhos grandes azuis e os cabelos castanho-claros, um pouco crespos, soltos, selvagens. Depois, pegou o casaco, se virou e foi embora quase pulando sobre as pernas. Agora, não sei a verdadeira história, mas Alis desde então está competindo com ela; quando eu lhe disse:

– Me parece simpática... – me respondeu:

– Não. Não pode ser, uma desse tipo não pode parecer simpática pra você. – Na boa, encerrei aquela conversa ali, nunca mais tocamos no assunto. Não entendo por que Alis tem tanta implicância com Stefania Borzilli e menos ainda por que agora ela queira tanto ir às suas festas.

Mas acho que será uma coisa colossal e não quero perdê-la de jeito nenhum.

– Leva esse, olha que lindo.

Alis pega no cabide um top azul de paetê.

– Mas é minúsculo!

– E o que você quer, um agasalho? Olha, o tema da festa é Tokio Hotel.

– E daí?

– E daí que nós devemos ser dançarinas muito doidas.

– Sim, eu quero estar muito doida. – Clod experimenta alguns modelos. – Estou bem assim?

Alis e eu juntas.

– Mas é minúsculo!

– Mas foram vocês que me mandaram experimentar!

– Sim, mas esse não cabe em você! – Rimos e fazemos a maior bagunça. Essa loja é um espetáculo, experimentamos tudo. Saias de paetê, echarpes, tops de todos os tipos, casacos curtos com fivelas de metal, cintos e laços em borracha preta. Um show. E depois...

– Adele, coloca tudo na minha conta. – Alis é cliente da casa. De fato, nos arrasta para fora com todas as compras possíveis e inimagináveis.

– Nós vamos arrasar!

– Vamos pra doceria. Vocês querem? – Clod e as suas ideias fixas.

– Ok... – Abro os braços e esclareço imediatamente uma coisa. – Mas eu pago!

– Ok.

– Não, não, de verdade, Alis, senão eu não vou, poxa!

Pouco depois, estamos sentadas na nossa mesa favorita.

– Ok, garotas, o que vocês vão pedir? – Ficamos as três boquiabertas. No lugar da senhorita de sempre, lenta e um pouco antipática e, para dizer a verdade, um pouco estúpida, está ele: Dodo. Pelo menos é o que está escrito no crachá. Vocês podem imaginar um estranho cruzamento entre Zac Efron, Jesse McCartney com uma pitadinha de Scamarcio e Raoul Bova? Pois é, misturem tudo e pluft. Como num passe de mágica, ele surge. Um sorriso, mas um sorriso que não tem um dente fora do lugar, moreno, cabelos pretos abundantes, olhos avelã, parece quase um índio de tão escuro e um bombom Prestígio de tão bom. Mas onde ele estava até agora? Ele nos vê, as três de boca aberta e o olhar levemente vidrado. Abre gentilmente os braços.

– Ainda não escolheram? Querem que eu volte depois?

– Ehhh... – Clod está realmente perdida ou faz isso de propósito. Dou uma cotovelada nela. – Ai!

Dodo ri.

– Sim, sim, eu volto depois, é melhor. – Se afasta. Certamente todas pensamos a mesma coisa, mas Alis foi a primeira a falar.

– Também tem uma bela bundinha!

– Alis!

– O que é que tem? O que eu disse de errado? Não é verdade?

Clod sorri.

– Na minha opinião ele lembra o "Magnum Classic", o primeiro e o melhor...

Ela vê comida em tudo. Depois, Alis se apoia nos braços de nós duas.

– Escutem, estou tendo uma ideia muito legal... Vamos fazer uma competição?

– De quê?

– Pra ver quem conquista ele primeiro!

– Sem essa...

– Vocês estão com medo, hein? – Alis olha para nós e levanta a sobrancelha com ar de desafio.

– Eu não tenho medo. – Sorrio para ela. – Não tenho medo nenhum de você.

Clod levanta a sobrancelha.

– Mas eu gosto do Aldo.

– Mas ele nem olha pra você! Ou melhor, talvez se ele perceber que você está interessada em outro, pare de fazer as imitações de sempre e... passe aos fatos!

Enfim, ficamos rindo e brincando até ele voltar à nossa mesa.

– Então, já decidiram, garotas?

Começamos a encará-lo. Parecemos atiradas. E começa uma espécie de competição absurda da qual eu me envergonho um pouco; Alis, ao contrário, é de um descaramento de fazer medo.

– Então, eu gostaria...Um profiterole, sabe, aquele com muito creme, gostoso, com chocolate ao leite... como você?

– Alis! – digo em voz baixa. Ela ri e tapa a boca.

No entanto, Dodo é impecável.

– Não, sinto muito, não temos.

– E o *tiramisù*?[36]

– Também não.

No fim, Clod e eu fazemos o pedido.

– Para nós um chocolate... *al peperoncino*[37].

Enfim, quando ele se afasta, rimos e nos sentimos ridículas. Mas depois não sinto mais vergonha, ou melhor, até me divirto muito e não sei por quê, mas pela primeira vez na minha vida me sinto transgressora. Eu me vanglorio, olho para ele enquanto prepara os chocolates *al peperoncino* atrás do balcão. De repente, me sinto frágil. Aquele tipo de coisa que você não entende. É um segundo, ele levanta o olhar, cruza com o meu e para. Permanecemos assim por um tempo um pouco prolongado e, no fim, eu cedo e abaixo o olhar e fico vermelha, um pouco envergonhada. Quando olho para cima novamente, ele não está mais lá. Sumiu.

– Alis...

– Sim, o que é?

– Estou com um problema.

Ela me olha preocupada de verdade.

– O que é? O que está acontecendo?

Eu sorrio para ela.

– Acontece que eu gosto dele de verdade...

– Você me deu um susto! – Me dá um tapa no ombro e quase me derruba da cadeira.

– Alis!

– Eu também gosto dele pra caramba.

E assim começa a competição.

– Estou vendo você sorridente, Carol.

– Sim, vovó, eu estou!

– Muito sorridente.

– Sim, vovó, eu estou!

E rimos. Ela me pegou um pouco. Faço companhia a ela enquanto prepara a comida. É muito bom que a nossa casa seja perto da casa da vovó, assim posso ir e vir sem problemas, e quando me sinto só ou quando os meus pais discutem, ou quando a Alê me chateia muito, ou então quando sinto a falta de Rusty inesperadamente, pronto, me refugio ali...

– O que as minhas mulheres preferidas estão fazendo?!

O vovô Tom é um espetáculo. Tem os cabelos brancos sempre despenteados, é alto e um pouco robusto, com as mãos grandes, mas os dedos finos. Adora construir, criar, pintar, desenhar. E eu rio quando o vejo.

– Estamos fazendo fofocas!

– Então, fiquem paradas aí. – Pega a câmara fotográfica que está pendurada no seu pescoço, uma Yashica digital, e tira algumas fotos nossas; estamos no sofá, eu tiro os sapatos depressa e levanto as pernas e as coloco para trás, faço pose, jogo os cabelos para cima com as duas mãos e os ajeito sobre a cabeça como se estivessem presos.

– E você quem é, Brigitte Bardot[38]?

– Quem? Mas quem é ela?

Abaixa a câmera fotográfica.

– Todos os homens de verdade de uma época não podem esquecê-la.

– Ah, então sim, ela se parece muito comigo! – Dou um sorriso mostrando muitos dentes. E o vovô tira outras fotos.

– Vou imprimi-las agora mesmo! Quero ver como ficaram...

Todo feliz, com as pernas compridas, caminha desajeitado pela pequena sala, quase tropeça no tapete e bate contra a ponta de uma mesinha; uma caixinha de prata cai, e o vovô a pega. Coloca a caixinha novamente no lugar, a afasta um pouco, ajeita também a direção na qual ela estava inclinada. Depois sorri uma última vez para a vovó Luci e desaparece no fim do corredor. A vovó Luci ainda está ali olhando para ele. Não fica zangada com o vovô por bater nas coisas. Nunca tem nada para reclamar. Os seus olhos são alegres enquanto ainda olha naquela direção. A mamãe nunca olhou para o papai desse jeito. Depois, vira-se para mim.

– O que você estava me contando, Carol?

E eu lhe falo do lugar onde nós sempre vamos, a doceria, sobre o novo rapaz, Dodo, e da competição de nós três.

– Tome cuidado, no entanto...

– Por que você diz isso, vovó?

– Porque pode acontecer de uma se apaixonar e ficar triste.

– Não, é uma brincadeira!

– O amor não olha a cara de ninguém.

Dou de ombros e sorrio. Não sei o que responder. Essa frase me agrada um pouco mas, de certa maneira, aquelas palavras da vovó me deixaram com uma estranha sensação.

– Olha... Olha como você saiu bem! Agora você é a nova B.B.

O vovô chega com as fotos impressas em preto e branco. Me vejo com os cabelos puxados para cima e rio, caio no sofá, fazendo graça, e me jogo sobre a vovó. Naquele momento, decido.

– Quero ser fotógrafa!

– Muito bem... então, comece com esta. – E coloca a câmera no meu pescoço.

– Vovô... é pesada...

– Coloca diante dos olhos e mira... me enquadre! – Levanto a câmera, focalizo o vovô. Depois, abro o outro olho, aquele fora da máquina. Ele sorri para mim.

– Pronto... Agora, aperta em cima. Está vendo o botão ali do lado direito?

– Esse?

– Sim, esse aí.

– Ok... – Procuro colocar o vovô inteiro no quadro, mas ele é grande. Porém, finalmente, consigo. – Isso... quietinho... pronto!

– Deixa eu ver. – O vovô tira a máquina fotográfica do meu pescoço. Olha a fotografia e fica surpreso por um instante, depois o seu rosto se abre num lindo sorriso. – Você vai ser uma ótima fotógrafa!

Nós nunca fomos tanto à doceria como nos dias seguintes, e cada uma por sua conta. Para a Clod, se tornou uma festa; com a desculpa de ir lá para tentar paquerar o Dodo, acho que comeu todos os tipos de doce. No final, se tornou um verdadeiro desafio. Até o dia em que eu entendi que a vitória poderia ser minha.

– Ei, oi... e suas amigas? Onde você deixou as suas guarda-costas?

– Ah! – Sorrio para ele. – Estão chegando.

– Bem, quer que eu traga alguma coisa para você enquanto espera?

– Sim, um chocolate quente, light...

– Você é o oposto da Cláudia, hein?

– Pois é. – Então, quer dizer que ele até já sabe o nome da minha amiga! Certamente saberá também o da Alis. Imagine. Alice deve ter dito a ele o seu sobrenome, onde mora e o que o pai faz. Talvez ele só não saiba o meu. Melhor, assim não me confunde com as outras.

– Pronto. Coloquei também dois biscoitos novos que estamos experimentando; um é de coco e outro de laranja, são muito delicados. Experimenta.

Dou, imediatamente, uma pequena mordida no primeiro.

– Hum, esse aqui é uma delícia.

Mordo o segundo.

– E esse também! O pessoal aqui é muito bom...

– É, e depois, além do chocolate, às vezes encontramos surpresas muito especiais...

Ele me olha e fico um pouco embaraçada. Olho para o celular.

– Bem, elas não me telefonaram, acho que não vêm mais. Você podia me trazer a conta, bebo o chocolate e depois vou embora. – Dodo se aproxima e me diz devagar.

– Ah... Está tudo certo. É uma cortesia da casa...

– Mas, não, vamos.

– Sim, é justo. – Fica sério e firme. – Você experimentou os novos biscoitos, não é uma cliente qualquer, você é uma moça de teste!

Pisca o olho para mim e desaparece.

– Bem, obrigada.

Vejo que ele está atrás do balcão e de vez em quando me olha. Finjo não perceber, olho para o celular uma vez ou outra como se estivesse realmente esperando o telefonema ou o torpedo da Alis ou da Clod. Na realidade, nós combinamos turnos bem precisos. Uma tarde para cada uma ver quem consegue paquerar o Dodo primeiro. Realmente, ele é um gato. Cada vez que sorri pra mim eu... Não sei. O meu coração bate com força. Mas, talvez, muito mais pela ideia dessa competição com as amigas e também um pouco pelo desejo de conseguir vencer a timidez... Bem, não sei. Quer dizer, bonito é bonito e não se discute, mas eu não gosto. Olho à minha volta, mas onde está? Bem, chega. Vou embora. Saio do local e começo a andar.

– Carolina, posso te acompanhar?

Me viro. Não acredito! É ele. Não está mais usando o uniforme. E sabe o meu nome!

– Claro, mas o que vão dizer lá dentro? – Indico a confeitaria.

– Ah, eles me deram permissão.

– Bom, são gentis.

– Sim, eles gostam de mim.

– Que louco, até isso?

– Sim, resolvi trabalhar porque quero trocar de moto e quero também economizar um pouco de dinheiro.

– E eles admitiram você assim, depressa?

– Bem, a proprietária tem um fraco por mim...

– Também!

– Estou falando sério... sou filho dela!

Voltamos conversando, e posso garantir a vocês que me diverti muito. Ele é divertido, ama jogar futebol.

– Tenho um time de modelos... Você conhece *i Centocelle Nightmare*? Pois é. Nós somos melhores. Nós gostamos de futebol, senão poderíamos criar um grupo de *stripers*!

Eu rio. De fato, olhando bem, ele também tem um belo físico. Falamos um pouco sobre tudo. É muito simpático, de verdade.

– Dezenove anos. E você?

– Catorze. – Agora falta pouco.

– Ah...

Não sei por quê, mas, todas as vezes que digo a minha idade, desencadeio esse tipo de reação. Desilusão, surpresa, fuga inesperada? Mas... Imaginem se eu dissesse que ainda tenho treze!

– No que você está pensando?

– Ah, nada! Que é engraçado... eu nunca teria pensado que você fosse o filho da proprietária da doceria.

– Na verdade, eu não queria trabalhar com minha mãe, mas, sabe, faço aquilo que eu quero e quando preciso de um pouco de liberdade...

Me olha de um jeito divertido.

– Ah, claro.

– Eu li há pouco tempo um livro que eu gostei muito, *O diário de Bridget Jones*.

Não! Não posso acreditar. É o mesmo que o Sandro da Feltrinelli me recomendou e eu ainda não li. Poderia ter dado uma ótima impressão, mas, infelizmente, nada. Como de costume, paguei mico.

– Você o conhece?

Se eu disser que também devo ler, vai parecer que estou contando uma mentira.

– Sim, já ouvi falar.

– Você devia ler. Vai ver. Tenho certeza de que vai gostar.

Assim, chegamos em frente ao meu portão. Paro. Ficamos num estranho silêncio. Ele me olha. Sorri.

– Gostei de você ter vindo sozinha hoje.

Não digo nada.

– Assim eu pude te acompanhar.

Novo silêncio. Depois, Dodo toma coragem. Se aproxima lentamente em direção à minha boca. Sempre em frente, sorrindo. Na minha opinião, existem momentos em que se decide um pouco tudo. É um instante e a partir dali nada será como antes. Dodo avança lentamente, mais lento, olhando nos meus olhos, sorrindo. Os seus dentes são perfeitos; seu sorriso, lindo. Os seus olhos escuros, profundos, intensos. E também... Já lhes disse, mas sei lá... Exatamente no último minuto me viro depressa, oferecendo o rosto. E ele me dá um beijo rápido, quase desapontado, desiludido, amargurado. Depois se afasta.

– Mas...

– Tchau, eu tenho que ir. – E fujo assim, sem dizer mais nada. Abro o portão, entro e fecho atrás de mim. E eu o vejo ainda ali, me olhando. Depois, dá de ombros, balança a cabeça e vai embora. Já sei o que ele estará se perguntando: como é que uma garota como eu, de catorze anos, lhe deu um fora? E quem sabe quanto tempo ele ficará com esse pensamento? Ou será simplesmente uma nuvem passageira que daqui a pouco abandonará as suas lembranças? Quem sabe. Eu, ao contrário, sorrio. Não tenho dúvidas. Era apenas uma brincadeira, um simples jogo com as minhas amigas. Mas não me dizia nada, não me inspirava aquele beijo.

Ouço um barulho. O portão se abre nas minhas costas e entra... não posso acreditar! A senhora Marinelli! Chamo o elevador, mas não espero por ele.

– Boa noite. – E corro pelas escadas. Era só o que me faltava. Ela que assistiu a outro beijo... E com um outro! Não teria aguentado. Iam aparecer panfletos no portão.

Nos dias seguintes, não disse nada para a Clod e a Alis. Nem sei por quê. Nós voltamos só uma vez na doceria e brincamos com Dodo como se nada tivesse acontecido.

– Sim, obrigada, queremos as três a mesma coisa.

Alis e as suas indiretas. Ele ri; depois, assim que se afasta da mesa, Alis pega o celular dentro da bolsa.

– Olhem aqui. – Tem uma foto do Dodo vestido de jogador de futebol. – Ele me mandou pelo celular...

Clod começa a rir.

– Ah, sim? Olha aqui.

Pega o seu celular no bolso. Tem a mesma foto.

– Que idiota! – Alis não vê mais a gente. Levanta o queixo na minha direção, me apontando.

– Você também tem essa foto?

– Não... Eu tenho uma enquanto ele nada... sem a sunga!

– Ah, duvido. – Alis se levanta, nos segura pelo braço e nos arrasta para fora do local. – Então, ele paga!

Uma vez do lado de fora, fugimos sem pagar, rindo; Alis de vez em quando se vira para trás para ver se ele sai da confeitaria.

– Bem feito, assim ele aprende a não bancar o cretino.

Os dias seguintes são tranquilos. Comecei a ler *O diário de Bridget Jones*. Eu gosto, mas quando leio de noite sempre cochilo um pouco!

Fui ver o Joey. Nós passeamos ao longo do rio enquanto Rusty James estava na barca e escrevia. É muito bonito ali embaixo, tem muito verde, as flores; e o Tibre não é tão sujo como em outros lugares. Ao longo do rio, sempre passam aqueles rapazes que fazem canoagem. Eles usam camisetas azuis e talvez façam parte de um time. Chegam e desaparecem rapidamente sem ter tempo nem sequer para dizer oi. Deve ser um esporte cansativo.

No outro dia, Alis na saída da escola praticamente nos raptou.

– Vamos, venham comigo.

– Mas aonde vamos?

– Anda, vamos!

Fomos parar num lugar absurdo. Eu no minicarro com a Clod e ela na frente.

– Mamãe, não vou voltar pra casa.

– Mas aonde você vai?

– Vou almoçar na casa da Alis. A Clod também vai. Depois, estudamos lá.

– Não chegue tarde, hein?

– Não...

– Promete?

– Prometo. – Na verdade, ela nos levou para comer num restaurante japonês.

Clod se recusa a entrar.

– Não, eu não gosto. É tudo peixe cru.

– É o mesmo que você come cozido, só que não engorda.

– Sabem... uma vez eu tive um peixinho.

– E então?

– Então se chamava Aurora e uma manhã não o encontrei mais, ele conseguiu pular do aquário para a pia e deve ter encontrado o caminho pro mar...

Clod e suas fantasias.

– Sim, como aquele da Disney, como se chama? Nemo.

– Isso, isso mesmo, muito bem, Carol. Imagina, eu vi quatro vezes. – O entusiasmo da Clod e o cinismo da Alis.

– Nada disso, Aurora morreu e os teus pais jogaram ela no lixo... Não te disseram nada pra você não ficar triste.

Clod fica pensativa.

– Bem, uma vez eu troquei a água e, depois de um tempo, ela estava um pouco esquisita, vi que estava ofegante dentro do aquário.

– Claro! Você deve ter feito ela correr, estava gelada. Você quase a matou. Assume, ela morreu com certeza.

– E se ela estiver viva e alguém a pescar e eu a comer exatamente no restaurante japonês?

– Como você enche, você é mesmo chata.

Enfim, uma discussão que não acabava mais. No fim, fomos comer num restaurante japonês na rua Ostia que também servia comida tailandesa, chinesa e vietnamita. Assim, não havia mais dúvida sobre o que pedir.

– Hum, boas essas costelinhas de porco.

Clod praticamente as devorou. Parece uma metralhadora da comida.

Alis espera que ela acabe de comer para lhe dizer.

– Você gostou, não é?

– Sim, uma delícia. – Como sempre, Clod lambe os dedos.

– Você sabia que quase sempre as costelinhas que a gente come nos restaurantes chineses são de gatos... apanhados nas ruas.

– O que você está dizendo?

– Sim, são idênticas, eles matam os gatos e os transformam em... costelinhas.

Clod nos olha e quase começa a chorar.

– Eu tinha um gato, Tramonto, sumiu há três meses...

– Desculpe... mas... você não falou nada pra gente!

– Tinha esperança de achar ele.

– E, no fim, você o comeu!

Ao ouvir isso, Clod se levanta bruscamente e grita:

– Ahh, que nojo!

O restaurante inteiro se vira em nossa direção.

– Desculpem... ela acaba de saber que comeu o Tramonto.

Alis é realmente impossível. Mas, às vezes, faz a gente morrer de rir. Além disso, tem uma qualidade fundamental: sempre paga para nós.

Mas a missão de Alis ainda não terminou.

– Venham comigo!

– Aonde vamos?

– Me sigam. – Entra no seu minicarro e desaparece pela rua Della Giuliana. Rio com a Clod. – Segue aquele minicarro!

Fazemos uma curva fechada e pegamos a rua do Le Mura Aureliane[39]. E nós atrás dela. O nosso minicarro atrás do dela. Parece uma *Missão impossível* com Tom Cruise. Quem dera encontrá-lo, nem tanto por ele, mas porque significaria que somos realmente bonitas. Ah, naqueles filmes só aparecem mulheres lindas! Alis dirige que é uma maravilha. Direita, esquerda, passa por entre os carros como se fossem portas de *saloon country*. Depois, sem dar a seta, dobra à esquerda. Clod a segue.

– Cuidado! – Quase batemos. As duas rodas da direita se levantam. Clod larga o volante, recupera rapidamente, o minicarro aterrissa sobre as outras duas rodas, patina um pouco e depois pegamos a descida em alta velocidade. Direita, esquerda e ainda direita.

– Puxa, nem o Daniel Craig em *James Bond*!

Clod é velocíssima.

– Tenho que ficar atrás dela. Dirige que é uma fúria!

– Você também não fica atrás. – Digo para ela enquanto me seguro para não perder o equilíbrio. – Como você consegue? Você nunca dirigiu assim!

Clod me olha e respira fundo com o nariz, parece um touro enraivecido. – Penso em Aurora, minha peixinha, e principalmente no Tramonto, o meu gato, já que aquela imbecil da Alis diz que eu o comi! Dedico a eles essa corrida.

Com essa última frase, acelera mais e entramos, em alta velocidade, na rua Aurelia, passando pela Alis, que nos olha e ri confusa.

Um pouco mais tarde. Em direção a Fregene, entre os campos verdes e escuros mais afastados.

– Ei, mas onde estamos? Como foi que nós chegamos até aqui?

– Le Palme...

– E o que é, uma bênção?

– Vamos parando de brincadeira, o que é?

– Um clube.

– Alis, você pode nos dar uma explicação?

Mas ela está tranquila. Pega um cigarro dentro da bolsa e o acende. Na realidade, não é que ela gosta de fumar tanto assim. Faz isso de propósito, quando quer impressionar ou dizer alguma coisa importante. Depois, olha para mim.

– Que horas são?

– Quase seis.

Alis joga o cigarro que tinha acabado de acender no chão e o apaga com o pé.

– Vamos!

Seguimos atrás dela sem entender aonde estamos indo. Clod e eu nos olhamos por um instante.

– Bem... – Vou devagar, Clod balança a cabeça. – É doida.

– Muito bem, venham, passem por aqui! – Atravessamos um corredor ao longo do clube e nos encontramos em frente a um grande campo de futebol.

– Vamos sentar ali.

Mal nos sentamos na plateia, e os jogadores saem de uma espécie de túnel.

– Olha lá... Olha ele lá!

Alis se levanta e pula balançando os braços, eufórica.

– Dodo, Dodo! Estamos aqui! Aqui! – E não deixa de ser engraçado porque se alguém olhar para as arquibancadas, vai ver que não tem ninguém lá, então, só poderia ser mesmo nós que estávamos chamando.

Dodo se separa do grupo e se aproxima.

– Shiii. – Sorri colocando o dedo na frente da boca. – Eu vi vocês! – Depois se aproxima da rede. – Que bela surpresa... Fico muito contente que tenham vindo. Depois eu apresento vocês aos outros jogadores do meu time. Quem sabe vamos comer uma pizza... – Olho para a Alis e depois para a Clod.

– Eu não sei se posso...

Alis dá de ombros.

– Mas como você é chata.

Fico em silêncio, porém ela me deixa irritada quando fala assim, ela conhece muito bem o meu pai.

Dodo me olha. Vira a cabeça de lado.

– Você ainda está zangada por causa do outro dia?

– Não... não... – Olho para Alis e Clod procurando disfarçar tudo. Fiiiii. Ouvimos um apito. Dodo se vira:

– Desculpem, preciso ir. Estão começando a partida.

E vai para o meio de campo.

– Mas olha só, eles têm até juiz.

Alis me olha de lado.

– Mas por quê... o que aconteceu no outro dia?

– Nada...

– Nada não, senão ele não teria perguntado se você ainda estava zangada.

– Não, não foi nada.

– Conta!

Bufo. Agora não posso escapar.

– Bem, eu fui até a doceria e ele me acompanhou até minha casa e depois, em frente ao portão...

– Sim, em frente ao portão...

– Ele me pediu...

– Te pediu? – Alis não aguenta mais.

– Me pediu para eu sair com ele e eu disse que não. Minha mãe não queria.

– Imaginem, e ele ainda se preocupa que você tenha ficado chateada...

Alis começa a assistir ao jogo. Clod me olha torcendo a boca de um jeito engraçado como se dissesse "Você sabe, ela é assim". Depois, Alis acende outro cigarro e, de repente, me olha.

– Tenho a impressão de que você não está dizendo a verdade, não é?

– Não, Alis! – Começo a rir esperando que tudo isso a confunda e esconda bem a verdade. – Pode acreditar... foi isso o que aconteceu.

– Se você estiver me dizendo uma mentira...

– Mas é assim, por que eu deveria mentir? E depois, é uma competição, não? Então... Você ainda não ganhou.

– Se nós contarmos mentiras entre nós, será como negar toda a amizade que sempre existiu.

E volta a olhar em direção ao campo de futebol. Começaram a jogar. Ela torce pra valer. Se levanta e grita:

– Vai Dodo... vai, você é o maior! Faz um gol pra gente! – Nós também nos levantamos.

– Sim, vai Dodo! Dodo! Dodo! – No fim entoamos até uma espécie de coro. – Faz um gol pra nós, Dodo Giuliani! – E nos abraçamos e quase caímos das arquibancadas e nos sentimos amigas... e rimos muito e... somos amigas! Estou realmente feliz por ter dito a elas uma bobagem.

Clod não resistiu e comprou um saquinho de M&M's.

– Ei, mas por que você fica olhando, escolhe e depois coloca alguns novamente dentro do saquinho?

– Porque eu gosto dos de chocolate!

– Mas são todos de chocolate...

– Aqueles marrons são mais de chocolate. – Clod e suas fixações. Todas sobre comida. Resolvo deixá-la em paz.

Os jogadores terminaram a partida.

– Vamos até os vestiários. – Alis olha para eles com o rabo de olho. Espera que o último desapareça. – Venham comigo! – Puxa nós duas pelo braço. O saquinho de M&M's escorrega das mãos da Clod.

– Nãoooo! Assim você faz eles caírem no chão.

– Eu compro outro pra você, vamos! E eu vi, sobraram só os amarelos.

– Não, também sobraram os azuis que são bons!

– Anda, vamos. – Nos puxa e nos empurra. Nos obriga a fazer um estranho percurso. Praticamente damos a volta pela sede do clube e vamos parar onde tem um campo cheio de verde, de árvores e de moitas.

– Ei, mas estamos no meio do campo.

– Estou com medo...

– Xiii! Medo de quê?

– Dos animais.

– Aqui não tem animais! A não ser você!

Clod bufa. Avançamos em meio a um mato fechado.

– Isso, olhem...

Nos escondemos na borda de uma pequena colina. Um pouco abaixo de nós existem umas janelinhas, estreitas e compridas, no alto da construção atrás do campo.

– Olha eles lá... Olha lá...

Eles chegam. Vejo os jogadores entrarem e depois Dodo.

– Nãooo. Mas são os vestiários.

– Sim. – Alis sorri toda satisfeita. – E eles vão começar a tirar a roupa.

Olho para Alis com surpresa.

– Como é que você sabia?

– Minha mãe costuma vir a esse clube. Aquele lá, à esquerda, é o vestiário feminino. No verão eu também vim, tem uma piscina aqui.

Continuo olhando para ela. Não sei se está me contando uma mentira. Sinceramente, não me interessa nem um pouco.

– Pronto, olhem... – Alguns estão só com o calção. Outros não estão vestindo mais nada. Entram debaixo do chuveiro, se ensaboam. Riem, brincam, mas não conseguimos ouvir o que estão dizendo, somente frases cortadas naquele silêncio noturno, que não conseguem sair por aquelas janelinhas, que tropeçam nos sons dos bancos, das sacolas arremessadas.

Pouco a pouco, todos se despem diante dos nossos olhos.

– Olha... Olha aquele ali, que físico...

– E aquele? – Alis indica um outro. Está nu e com as mãos ali. – Vocês viram que coisa?

– Alis!

– Mas ele tem um fenomenal!

– Entendi, mas...

– Shiiii.

E ficamos assim, em silêncio, olhando todos aqueles corpos. Nós os ouvimos rirem de longe e falar, mas os nossos olhos estão hipnotizados. Olho para baixo, entre as pernas deles. É um pouco avermelhado, metade de mim não gostaria de olhar e a outra metade sim. Eu me sinto estranha. Estou com calor. Mas está fazendo calor? Bem, talvez não...

Clod nos olha preocupada.

– Eu só sei uma coisa... Acho que deve ser muito doloroso...

– Sim... Quando será!

Depois, inesperadamente...

– Ei, vocês, o que estão fazendo aí!

Uma voz, quase um grito na noite. A figura de um homem a duzentos metros. É preta e tem em volta um contorno de luz. Alis é a primeira a se levantar.

– Vamos, vamos fugir! – E corre na nossa frente descendo a colina em meio ao campo verde e escuro. Eu a sigo e logo atrás dc nós vem a Clod.

– Ei, me esperem! – E corremos velozes com o coração na garganta, ofegantes, naquele mato fechado, em meio às moitas mais escuras. Alis está perto de mim, eu a alcancei. Clod se arrasta atrás de nós.

– Não consigo. Estou com vontade de vomitar.

– Não fala! Corre!

Atrás de nós o segurança, sim, claro, aquele senhor está nos seguindo. Mas ainda está bem longe. Ao chegar no fundo da colina, encontramos uma rede.

– Não... E agora, mais essa.

– Ei, olha!

No canto tem uma espécie de galpão cheio de instrumentos de jardim e ali perto um murinho. Alis o escala imediatamente. Sobe no murinho e depois passa para o teto. Em seguida, enfia as mãos na rede e, levantando a perna, consegue atravessá-la, depois pula para baixo. Faço o mesmo e num segundo também me encontro do outro lado.

– Claro, para que serve a ginástica artística, hein?

– Sim, para fugas como essas!

E, finalmente, chega Clod, e um pouco mais afastado, atrás dela, o segurança. Chega esbaforida, com a língua de fora e o rosto vermelho, vermelho.

– Mas vocês já atravessaram? Eu não vou conseguir nunca. – Sobe no murinho lentamente, com grande esforço, e chega lá em cima.

– E agora?

– Agora, coloca a perna lá em cima e atravessa. – Ela dá dois saltos, mas não consegue mesmo chegar, nem minimamente. O segurança já está bem próximo. Nós olhamos para ela, depois para ele, depois de novo para ela.

Alis não hesita.

– Temos que ir embora!

– Não! – Clod está desesperada. – Mas como... Vocês vão me deixar aqui? Eu, a amiga de vocês.

Sim e todos os M&M's, gostaria de lhe dizer. Ao contrário, tive outra ideia.

– Se joga no chão, talvez assim ele não veja você.

E corremos dali ao longo da estrada que ladeia a rede. O segurança muda de direção. Continua a nos seguir, correndo paralelamente a nós.

– Parem! Parem! Quero saber o nome de vocês. – É velho e quase balbucia. Nós corremos rapidamente em direção aos minicarros. Droga, tomara que ele não tenha um ataque. E, principalmente, que não descubra a Clod! Depois, chegamos ao estacionamento.

– Anda, anda, abre! – Alis enfia a chave. O guardião está chegando na saída. Finalmente, Alis abre a porta. Entro ao mesmo tempo que ela. Enfia a chave. O segurança sai pelo portão. Alis liga o minicarro e, com um golpe no acelerador, pulamos para a frente e saímos a todo vapor com os faróis apagados.

– Vai, vai, corre!

Olho pelo retrovisor. O segurança ainda dá alguns passos correndo pela estrada branca atrás de nós. Depois para. Fica envolvido por uma nuvem de poeira, desaparecendo, assim, na noite.

Alis suspira.

– Fiuuuu... Eu vi as coisas pretas...

– É, sim! Coitada da Clod, como será que ela vai se arranjar...

Alis me olha, depois dá de ombros.

– Imagina, alguém como ela sempre dá um jeito.

– Você acha?

– É história...

Faço de conta que estou convencida, mas na verdade não estou muito. Também devo admitir que não tínhamos outra saída.

Pouco mais tarde. Já estou na cama quando recebo um torpedo. É Clod.

– Tudo ok, consegui fugir agora. Tive que esperar o clube fechar. Obrigada amigas, hein!

Nos dia seguinte, conseguimos fazer as pazes. Precisamos só oferecer a ela algumas guloseimas, ao gosto dela, por uma semana. Nem precisava dizer; quem pagou foi a Alis. De qualquer maneira, foi ela quem nos meteu naquela "missão" mais que "impossível"... "erótica"!

Passei três dias maravilhosos. Me diverti à beça. Mamãe deixou eu dormir na casa do Rusty. Ficava sentada do lado de fora, numa cadeira de praia, olhando o rio que corria sob a lua. É silencioso lá. Não se ouve nada, nem os carros que passam acima de nós no Lungotevere. Rusty colocou um aquecedor, um daqueles bem quentes com a cúpula em cima, eles têm uma espécie de fogo dentro e não deixam você sentir frio. Ele o acendeu e colocou ali perto. E depois começou a caminhar na minha frente com umas folhas na mão.

– Ei, você está pronta? Você é a primeira para quem eu leio... "Um dia como tantos outros, mas não mais a partir daquele momento. Nunca mais, desde que se encontraram..."

Me olha e sorri. É o seu romance.

– Estou gostando, continua...

– Ele, um rapaz fechado, duro, com os cabelos compridos, as mãos marcadas pelo trabalho fadigoso de todos os dias... – E continua a ler caminhando lentamente, colocando paixão nas palavras, mexendo a mão direita como se marcasse o tempo. Eu o olho e gosto dessa história. Ele já tinha me contado, mas não tinha lido nada para mim. É uma história de amor. E eu escuto. – E ele gostava daquela moça, magra, quase ossuda, mas com uma expressão cheia de fome, de curiosidade... – Já tenho simpatia por essa moça e posso imaginá-la um pouco através das suas palavras, mas, depois, lentamente em frente àquele aquecedor adormeço. Ouço apenas a voz de Rusty longe que continua lendo. – E o seu olhar era tão intenso que... Carol! – Abro os olhos, quase instintivamente, talvez por ter ouvido meu nome, como aquelas sensações estranhas de que quando a gente se sente vigiada. – Mas você está dormindo...

– Ah, desculpe... Mas era tão lindo...

– Sim, sim, lindo e você dorme... anda, vem comigo. – E coloca o romance em cima de uma mesinha. Ele coloca um livro por cima mesmo que não esteja ventando e, antes de eu me levantar, me pega por baixo e me suspende. Me leva para dentro e eu aperto o seu pescoço com os dois braços, com força.

– Não vale se vingar... Não me joga no rio.

E Rusty ri.

– Claro, era o que eu deveria fazer! Depois você ia ver como ficava acordada.

E o aperto com força. Ele sorri, não está zangado. Ele é assim. E eu me sinto amada.

– É que eu estou um pouco cansada... Mas quero ler o seu romance.

– Sim, sim, temos tempo... Eu ainda devo fazer algumas correções e depois vou mandá-lo para as editoras. Por isso eu queria ouvir a sua opinião.

– As mulheres chorarão e depois sorrirão.

– O que quer dizer?

– Chorarão ao ler porque vão ficar emocionadas e sorrirão porque ao te conhecer vão querer sair com você!

– Boba... – E me joga na cama e me cobre com o cobertor. Eu o puxo até em cima e, graças a Deus, já tinha escovado os dentes.

– Rusty...

– Sim?

– De verdade, eu quero ler seu livro. – Um último sorriso.

– Boa noite, Carol. Durma bem.

Apaga a luz e eu me viro para o outro lado. Mesmo estando sobre o rio, não tenho medo. Ou melhor. Ouço a água correr lentamente debaixo de mim. E eu gosto. E adormeço profundamente.

No dia seguinte, fui até a casa dos meus avós. O vovô Tom me explicou algumas coisas sobre fotografia. Tiramos fotos e também revelamos.

– Você gosta, vovó Luci? Olha que lindas... Adivinha quais eu tirei e quais o vovô Tom tirou?

Ela começou a rir.

– Essa aqui foi você quem tirou...

– Não, errou! A minha é aquela com as flores. – E saí correndo. Quando passei pela cozinha novamente, vi que ela estava triste, em silêncio, mas ela não percebeu que eu estava olhando para ela. Estava chorando. Então, sem fazer barulho, saí devagar. Depois, parei na porta e olhei uma última vez para trás. Vi o seu reflexo no vidro, me olhava. Por um segundo, nossos olhos se encontraram. Ela se sentiu descoberta. Então, fugi.

Mais tarde, durante o jantar, ela sorriu pra mim.

– Vovó, você fez a carne que eu adoro, costelinha com tomates.

– Sim, mesmo que o seu avô não goste.

Ela olhou para ele com aqueles olhos, não sei como dizer, e aquele sorriso, que, eles sim, falavam de amor. Pelo menos é o que me parece. Vovô fingiu que estava zangado.

– E o que se pode esperar de vocês duas... Eu vou lá pra dentro lavar as mãos.

Saiu da cozinha, e a vovó ficou séria e me olhou com um sorriso doce, um pouco triste, talvez um pouco preocupado.

– Você não vai dizer nada, não é? Esse deve ser o nosso segredo.

Eu coloco água no meu copo sem olhar para ela e depois bebo tudo de uma vez só e com o copo na boca faço que sim com a cabeça. E ela sorri.

Na verdade, eu não estava com sede, mas se eu tivesse que falar e dizer com palavras, já sei que teria começado a chorar. Depois, o vovô retorna à cozinha.

– Então, o que tem para comer? Ou vocês já devoraram tudo? – E se senta na cabeceira entre nós e agarra minha mão com a sua, que é grande e fresca, lavada havia pouco.

– Monstro, você é um monstro, mas você é tão linda que eu devoro esta mão! – E tenta morder a minha mão e colocá-la inteira na sua boca. Eu procuro me soltar, mas ele me faz rir. A vovó também está de bom humor e no fim até me esqueço do nosso segredo.

Menos duas! Amanhã é o grande dia da festa da Borzilli na Supper. Começamos os preparativos em casa.

– Mamãe, Alis convidou a gente pra dormir na casa dela amanhã.

– Mas quem vai?

– Clod, eu e Alis.

– Só? – Levanta a sobrancelha pouco convencida.

– É. Você quer telefonar pra ela? E também a mãe dela, claro.

Mamãe balança a cabeça.

– Aquela família é muito desorganizada.

– Mas a Alis não, Alis é minha amiga, Alis não tem nada a ver com as confusões dos pais.

– Carol! Para com isso, eu não gosto quando você fala assim... Até parece que você já faz parte daquela família. Mas o que é, eles adotaram você?

Me contenho.

– Não, não, desculpe mamãe.

– Ok. Vou falar com seu pai. Por mim você pode ir.

– Tá, mas convence ele também. Senão, não adianta! E você sabe que se você quiser ele acaba deixando.

Eu a abraço e a aperto toda. Mamãe, no começo, levanta os braços. É como se estivesse presa. Depois, deixa que eles caiam. E me abraça.

– Você é terrível. Vai pra escola senão você chega atrasada e aí sim não vai a lugar nenhum.

– Sim, sim, tá bom. – Saio correndo e não espero que ela repita duas vezes. Pareço realmente preocupada em não chegar tarde à escola.

Até pareço a Rafaela, uma daquelas que vive só para a escola, que adora estudar e não sente vergonha por isso! E eu finjo tão bem que poderia ganhar um Oscar como atriz. No entanto... quando volto pra casa, ganho a permissão.

– Sim, seu pai disse que você pode ir!

Grande mamãe. Eu a abraço ainda mais.

– Ei... para, para, assim eu caio! Por que toda essa felicidade? Devo ficar preocupada?

É mesmo, é verdade. Fui burra. Me recomponho.

– Não, é que eu estou feliz porque você entende o quanto a amizade de Alis e Clod é importante pra mim. – Mamãe me olha.

– Quando eu tinha a sua idade eu tinha uma amiga, Simone; um dia, sem nenhum motivo aparente, ela não quis mais me ver.

– Talvez você fosse muito superior a ela. – Ela sorri e inclina a cabeça.

– Não estou brincando. Naquela época eu procurei por ela, pedi explicações. Se eu tinha feito alguma coisa errada. E ela me respondeu simplesmente: "Não, não, você está enganada. Estive um pouco ocupada". Mas depois daquele dia ela nunca mais me procurou.

Olho para ela perplexa.

– O que você está querendo dizer, mamãe?

– Que, para mim, Simone era a minha amiga do peito. Para ela, no entanto, eu não era nada, só que eu não tinha entendido isso.

– Sim, mamãe, mas Alis, Clod e eu já fizemos uma promessa; não temos segredos, somos realmente muito unidas, é diferente... Só que você não está com a gente... Você não pode entender.

– Ah, claro, eu não posso entender. Você sabe o que a minha mãe sempre me dizia? Às vezes você precisa bater num vidro para entender que ele existe.

– Tá na cara que a vovó não via nada... Eu vejo muito bem.

E saio correndo.

– Telefona quando você chegar.

– Sim, mamãe. – Desço rapidamente pelas escadas e como já tinha sido combinado, Clod estava me esperando do lado de fora do portão. – Oiii!!!

Entro no minicarro, mas antes dou tchau para mamãe que, naturalmente, estava na janela.

– Vamos. Anda, Clod, anda!

Clod sai em alta velocidade.

– Mais devagar, mamãe está vendo a gente da janela.

– Pô, primeiro, corre; depois não... Enfim, a gente não consegue entender vocês!

– Ei, o que é? O que foi que te mordeu?

– Eu?

– E quem pode ser?

– Não é nada.

– Não é verdade!

– Tá bom, eu podia ir com o Aldo, a gente se falou e ele também podia ir, foi convidado!

– De verdade? E como é que ele conhece ela?

– Ah, sei lá. Uma amiga de um amigo dele. Vai ter um monte de gente lá hoje de noite...

– Bem, melhor. Você encontra com ele lá.

– É, a única vez que a gente pode combinar alguma coisa pra se ver fora da ginástica... Vejo ele lá! E se eu não conseguir encontrar com ele?

– Mas como você enche... Melhor. Você se faz desejar!

– E se ele não me desejar?

– Se você já começa assim... então não dá... Não tem jeito.

Clod dá de ombros.

– Se você está dizendo...

– Tenha confiança! – Olho para ela, está um pouco desconsolada. Procuro mudar de assunto.

– Escuta, você trouxe as coisas? – Falando dessa maneira parece aqueles filmes em que todos atiram, correm, fogem, têm físicos fortíssimos e traficam drogas.

– Sim, sim, está tudo aí atrás... – Me viro. Dentro das sacolas Catenella estão todas as nossas super-roupas! Os *tops* de paetê, as minissaias, as botas com a meia junto.

– Uauuu! Vai ser o maior arraso.

Clod me olha e num segundo volta a sorrir.

– Sim, vai ser um *show*!

Não levamos nem um minuto e já estamos na casa da Alis. Ela abre a porta e pula em cima de nós gritando.

– Uauuu! Ainda bem que vocês chegaram! Anda, anda, vamos começar os preparativos!

Nos empurra para dentro e nos arrasta com ela. A mãe dela aparece na porta do corredor.

– Alis, não corra assim, você vai acabar quebrando alguma coisa!

– Mãe, mas como você é chata, você disse que ia deixar a gente sozinha.

Alis acompanha a mãe até a porta da sala onde tem um amiga esperando por ela. Quase a empurra para fora da "sua" casa.

– Sim, sim, já estou indo... Mas não quebre as coisas...

– Mas o que importa?! A gente compra outras. E olha, me traz uma bela surpresa porque nós ainda não fizemos as pazes!

Dizendo isso, bota as duas para fora e fecha a porta. A amiga dela balança a cabeça.

– A sua filha é sempre assim?

– Pois é, e ela está bem melhor! – Um segundo depois, Alis entra no salão e coloca Tokio Hotel. – Vai! – E dança como uma louca, pulando em cima dos sofás, passando na nossa frente, despenteando a mim e a Clod.

– Hoje de noite vai ser o maior sucesso! Vamos, vamos pra lá.

Um quarto enorme cheio de espelhos de todos os tipos. Experimentamos as roupas, uma, duas e depois colocamos outras, as mais diferentes.

– Você vai ver que essa fica ótima em você!

Alis tem um monte e pegou, de surpresa, outras coisas para nós. Quer dizer, não é um desfile, é muito mais do que isso. Um garçom impecável aparece na ponta dos pés.

– Senhorita, preparei para vocês chá-verde e outras bebidas, e chocolate também.

– Deixa ali e pode sair. – Ela percebe que eu a olho com reprovação. Então, corrige a sua frase. – Por favor.

Experimentamos a maquiagem, passando todos os tipos de cor de batom e sombras nos olhos.

– Essa... Essa mais escura! Experimenta esse lápis, esse azul.

– Essa prateada está muito bem em mim.

Alis se aproxima.

– É verdade... Esfumaça aqui em cima. Mais um pouco...

Depois olho meu reflexo no espelho.

– Eu colocaria o azul-celeste e depois o azul-escuro e o branco pra esfumaçar...

– Mas você parece uma louca!

– Justamente!

Alis aumenta o volume da música e continuamos assim, rindo, nos empurrando, nos pintando, dançando, enfim, três verdadeiras loucas.

Oito horas. Estamos prontas.

– Estamos arrasando!

Não é a mesma opinião do porteiro que, ao nos ver sair, coloca a mão na cabeça.

– Ei, cara! Somos as melhores! – Alis e seu jeito de ser. Pelo menos brinca, ri e não o trata mal.

Descemos em direção aos minicarros. Clod está realmente engraçada com seu vestido curto. E tem, como dizer, uma elegância simpática!

– Que caminho vamos fazer?

Alis levanta a sobrancelha.

– Eu tenho que passar num lugar primeiro. A gente se vê lá.

– Mas lá onde? E se não deixarem a gente entrar?

– Que nada, os nomes de vocês estão na lista. É no centro, perto do cinema Barberini: descendo, à direita... Supper, todos conhecem!

Desaparece dentro do seu minicarro rosa cheio de acessórios Hello Kitty e sai cantando os pneus.

– Quem pode saber aonde ela vai.

– Bem... ela sempre tem surpresas estranhas...

Clod é mais dura.

– Pra mim ela não está regulando bem.

– Para mim ela é Alis e chega.

– Tá bom, sei... – se dá por vencida. – Vamos procurar essa Supper.

Descemos pela praça Barberini.

– Você deve ir por ali.

– Não, a Alis falou à direita.

Clod para.

– Mas o que você está fazendo?

– Vou perguntar...

– A um marroquino?

– Ei, por favor, sabe onde fica a Supper?

O marroquino se aproxima do minicarro.

– O quê?

– Viu? – Dou de ombros. – O que eu disse?

Clod insiste.

– A Supper.

– Ah, desculpe, não tinha entendido antes! É um lugar muito bom, segunda rua à direita e você está lá!

– Obrigada!

O marroquino se afasta. Clod me olha satisfeita.

– Viu?

– Sim, mas era à direita!

Encontramos o estacionamento, depois o lugar, os nomes na lista e num segundo estávamos lá dentro.

Não acredito! Os *Topi* estão todos aqui... E Cudini com o amigo dele.

– Oi! – Passa alguém ao lado dele. É Matt.

– Oi – Digo friamente.

– Você está zangada?

– Eu? Por quê?

– Bem, naquele dia, na festa, quando nós subimos... e eu não tinha te falado sobre a minha namorada.

– Imagina... por que eu deveria estar zangada? Não. Desculpe, vou falar com os meus amigos. Olha eles lá! Estão ali! Vem, Clod. – Saio e nos afastamos dele.

Clod olha no meio do pessoal.

– Quem foi que você viu, Carol?

– Ninguém, é que eu não queria ficar ali.

Depois eu os vejo de verdade.

– Olha. Gibbo e Filo!

– Oi, garotas! – Vamos até eles. Estão agarrados no DJ. Gibbo está com fones de ouvido enormes. Pisca para mim e sorri. Filo pega o microfone, abaixa a música, entra no meio da canção e começa a cantar "When did your heart go missing? Dos Rooney.

Clod e eu nos olhamos.

– Nossa, mas ele canta bem à beça...

– Sim, sempre cantou!

Depois Filo faz um rap sobre algumas coisas da noite. Nós começamos a dançar como loucas, pulamos, nos empurramos, nos abraçamos. De repente, Clod para.

– O que é?

– É o Aldo... Aldo, sim, olha ele ali. Caminha no meio das pessoas arrastado por uma garota que segura a mão dele, levando ele com ela.

– Mas ele está acompanhado? – Clod não responde à minha pergunta, desce do palco do DJ correndo e vai para o meio da pista. Começa a dançar entre as pessoas. Ele está exatamente no meio do caminho, e a garota que está com Aldo passa por ela. Assim que ela passa, dança na frente dele para se fazer notar. Aldo a vê e diz:

– Oi!

– Ah, oi. – Toda séria e com um sorriso falso. – Você já chegou?

– Já, viu quanta gente?

– Sim. – A garota volta para trás. – Ah... ela é Serena, e ela é Cláudia.

Depois se dirige a Clod.

– Sabia que ela também faz imitações? Você ia gostar muito!

Clod se vira deixando ele num canto.

– Mas, Cláudia... – Aldo abre os braços. A garota o segura pela mão e o leva com ela.

Clod me alcança e começa a dançar com os olhos apertados, apertados e os dentes quase rangendo de tanta raiva.

– O que está acontecendo?

– É um idiota!

– Claro, isso mesmo.

Como se de repente tudo ficasse muito claro. E, exatamente naquele momento, eu a vejo.

– Olha, Alis chegou.

Caminha no meio das pessoas com a cabeça erguida. Sorri, fala com todo mundo, dá oi com a mão, beija alguns. E, atrás dela... não posso acreditar: Dodo Giuliani! Ah, era essa a surpresa! Depois nos vê, balança a cabeça sorrindo, como se dissesse:

– Vocês não esperavam, hein? Viram quem foi que eu trouxe?

E começa a dançar na frente dele. Dodo a olha, não nos viu. Diz alguma coisa no ouvido dela. Ela ri, joga a cabeça para trás. Ri ainda mais forte para dar a entender a nós, a todos, a quem tivesse qualquer dúvida, que o que ele tinha dito no seu ouvido era um elogio daqueles. Agora, Alis dança mais convencida, se mexe em volta dele, se aproxima, se esfrega nele e, no fim, sua boca está perto da sua, perto, muito perto. Olha nos olhos dele, sorri, se move lentamente. Alis permanece com a boca semiaberta, com os seus dentes perfeitos, o sorriso leve. Dodo não consegue resistir, é claro, e a beija. Nesse momento, começa outra música, como se fosse uma explosão. Alis se afasta dele e dança, levanta as mãos para o alto e olha para nós. Sorri e grita: "Yeah!", e levanta os dois dedos, o indicador e o médio da mão esquerda, em forma de V, vitória. Clod e eu nos olhamos.

– Sim, ela ganhou...

Finjo estar chateada, mesmo porque só eu podia saber muito bem como as coisas teriam acontecido com aquele Giuliani. Acho que a Clod ficou mais desapontada. Procuro consolá-la.

– Deixa pra lá, vai... Realmente a Alis foi melhor.

– Mas eu não tô nem aí! Eu não quero saber desse Dodo pra nada. Tá bom, ele é um gato, mas inútil. Eu gosto mesmo é do Aldo!

Podem imaginar? Mas essa história é realmente uma loucura. No fim, Alis conseguiu e está toda feliz porque ganhou a competição... e nós estamos felizes porque ela nos salvou.

– Ei... Mas talvez o Aldo não dê a mínima para aquela espécie de tanque. Olhamos as duas na mesma direção. Aldo está sentado num canto e bebe um suco, e ela dança na frente dele parecendo uma odalisca gorda.

– Ei, Clod... pra mim ele tá de saco cheio!

– E pra mim ela parece uma gordona!

– Ei, meninas, peguem.

Jogam para nós dois vidros de Nutella.

– O que está acontecendo?

– Como? Você não sabe? Começou o Tuca Tuca *sweet*!

– O que quer dizer? –Procuramos entender melhor a fulaninha vestida com o uniforme da Supper *cowgirl*, com uma montanha de vidros de Nutella pendurados num estranho cinturão duplo que desaparece no meio das pessoas.

– Mas pra que serve isso?

Clod sorri.

– Sei lá! A gente come!

Naquele momento começa uma música do Tiziano Ferro.

"E Raffaella canta a casa mia, e Raffaella è mia, mia, mia. Mia. Solo mia. E Raffaella..." E todos dançam como loucos enquanto passam o clipe nas telas.

– Pronto, pessoal, escolham o seu par!

Um monte de pares se formam depressa. E, de repente, o DJ mixa perfeitamente e entra com o trecho de Raffa: "Si chiama uhm...tuca tuca tuca! L'ho inventato io...".

Rapazes e moças seguram enormes colheres de plástico e começam a passar Nutella em quem estivesse na sua frente. Nas pernas, no pescoço, nos braços, na barriga, onde quer que fosse possível, enfim; depois, acompanhados pela música, começavam a lamber, a morder, ou seja, a comer aquela Nutella.

– Que coisa nojenta!

– Que legal!

– Mas assim vão engordar!

Enfim, em um segundo explode uma guerra ao chocolate. Depois de alguns instantes, sempre ao som de "Tuca Tuca" todos espalham Nutella em todo mundo e todos se mordem e se lambem. É uma espécie de incrível rodada dos gulosos. No meio desse estranho Tuca Tuca *sweet*, aparece ela.

– Ei, Clod, Carol! Eu ganhei... vocês viram!

– Sim, você foi genial!

Alis desaparece no fundo da pista onde Dodo se encontra, Clod vê Aldo sozinho e vai até ele. O DJ *mixa* de novo e eu começo a dançar "Happy ending", do Mika. Fico com os olhos fechados e abro os braços, rodando em volta de mim mesma, cabelos ao vento, marcando o compasso da música;

todos têm medo, e ninguém se aproxima. E rio sozinha, por dentro, e mesmo que ninguém queira passar Nutella em mim, me sinto estranhamente feliz. Depois abro os olhos. Também aqui, no teto da Supper, tem estrelas.

– Foi um sucesso essa festa!

Clod me segura pelo braço na saída da balada. As pessoas saem fazendo a maior algazarra; alguns de braços dados, outros chutando latas, imitando uma partida de futebol.

– Sim, tirando que pareço um chocolate ambulante! Alguém começou a passar em mim enquanto dançava e depois queria lamber o meu braço! Fiquei tão furiosa que quase dei um chute nele!

– Mas você não estava no espírito! E era visível...

– E você, estava se divertindo? Aldo estragou a sua noite...

– Que nada, de jeito nenhum, depois nós falamos sobre isso. De qualquer maneira, entendi perfeitamente o que você tem, Carol; você está chateada por causa do Dodo e da Alis.

– Eu? Mas você não sabe o que está dizendo... Olha eles ali!

Exatamente naquele momento, eles passam por nós correndo de mãos dadas.

– Oi, a gente se encontra em casa!

E desaparecem atrás da esquina.

– Que doidos! Mas, imagina! Estou feliz por ela.

– Pois é....

– O que é que você tem, Clod?

– Nada!

– Você está esquisita!

– Já disse que não tenho nada.

– Mas como, você me disse que esclareceu tudo com o Aldo.

– Sim, realmente...

– E então?

– Que droga! Não é nada. – Fica em silêncio até chegarmos ao estacionamento. Depois para. Olho à nossa volta.

– Ei, mas o seu minicarro não está mais aqui! Levaram ele embora ou, pior, ele foi roubado! Ah, por isso que você estava assim. Estava pressentindo! Você pode adivinhar, Clod, você tem poderes! – Eu a sacudo pelos ombros. – Entendeu, você estava pressentindo... Você é... uma médium!

Clod me olha desconsolada.

– Sem essa, eu o emprestei ao Aldo.

– Ao Aldo?!

– Sim, para levar a fulaninha que estava com ele pra casa.

– Bem, então, você não tem poderes especiais, você é mesmo louca!

– Olha, não fala comigo assim, ouviu? O minicarro é meu e eu empresto pra quem quiser! Você parece minha mãe!

– Mas a tua mãe pelo menos tem o carro dela! E nós tínhamos só aquele. E agora?

– Agora, vamos esperar. Ele vai voltar.

– Mas quando? Telefona pro celular dele.

– Já telefonei. Está desligado.

– Telefona de novo!

– Eu estou telefonando há mais de uma hora.

– Então, é ele quem tem poderes, é super... imbecil!

Começo a caminhar.

– Aonde você vai?

– Para a casa da Alis.

– E vai me deixar aqui?

– Você me deixou aqui! Eu vou pra casa.

– Me espera! – Ela me alcança correndo, meio torta em cima dos sapatos altos. – Logo hoje eu tinha que usar isso!

Olho para ela com raiva.

– Mas olha que seria tudo perfeito se você não emprestasse o minicarro.

– É que quando ele me pediu, se eu não desse ele podia achar que eu estava com ciúmes!

– E agora você parece uma cretina!

Caminhamos em silêncio. Vejo que ela está mancando perto de mim, olho com o rabo de olho. Tem uma expressão de dor. Os sapatos estão machucando os pés dela. Fui muito dura com ela. Me viro, olho para ela e sorrio.

– Desculpe, Clod...

Ela sorri.

– Imagina... você tem razão.

Eu a seguro pelo braço. Ela pisca o olho para mim.

– Eu sei, você está nervosa, Carol.

– Por quê?

– No fundo, no fundo, você gostava do Dodo, não é? Eu percebo essas coisas.

Balanço a cabeça e olho para o alto. Não há nada a fazer, suspiro; quando Clod coloca uma coisa na cabeça ninguém tira.

– Vamos, anda.

Mais tarde, na praça Veneza, nos arrastamos ao longo da rua.

– Mas ainda falta muito... não aguento mais! – Clod está atrás de mim, ofegante.

– Anda, daqui a pouco chegamos!

Passa um carro fazendo propaganda. Um rapaz coloca a cabeça para fora da janela.

– Ei, gatinhas! Quanto vocês cobram?

E buzinam como loucos se afastando. Outro carro logo depois encosta.

– Desculpem.

– Sim? – diz Clod com a maior ingenuidade.

Seguro ela pelo braço.

– Vem, vamos atravessar.

– Mas eles queriam uma informação.

– Sim, claro! Queriam saber se você está disposta a fazer aquilo com eles!

Atravessamos no meio dos carros. Sem obedecer às faixas, os carros buzinam, freiam. Um deles para na nossa frente, quase nos atropela. Clod e eu ficamos sem palavras. São o professores Leone e Bellini.

– Mas Carolina... Cláudia...

Damos um meio sorriso.

– Estamos voltando de uma festa.

A professora Bellini coloca a cabeça para fora da janela e nos examina se divertindo.

– Festa à fantasia... que interessante!

– Pois é. Bem, nos vemos amanhã.

Puxo Clod para trás e acabamos de atravessar.

– A professora Bellini é mesmo estúpida... Uma festa à fantasia!

– Bem, Carol, nós estamos vestidas um pouco estranhas...

– Estranhas? Mas essa é a moda!

– Se você está dizendo... Legal que eles saiam juntos!

– Eles estão juntos!

– Não! Que loucura! Dois professores que estão juntos! É absurdo! Eu acho que não é permitido! Bem, de qualquer maneira, eu nunca poderia imaginar. Alis vai ficar superchateada.

– Por quê?

– Porque ela gostava do professor Leone!

– Também?

– Claro... E você também não gostava dele?

– Eu!? Eu só disse que ele é bonito, um cara simpático...

– Ah... É sempre assim, todas as vezes que você gosta de alguém, automaticamente, não sei como, ela também gosta!

– Fica quieta, poupa o seu fôlego que já estamos chegando.

Recomeçamos a caminhar em silêncio. Estranha essa coisa. Nunca tinha pensado nisso. No entanto, é verdade. Talvez exatamente porque somos tão amigas, temos mais ou menos os mesmos gostos... Mas eu me lembro que uma vez Alis se meteu com um cara que estava me enchendo o saco. Vivia cheio de tachas e usava sempre calças rasgadas. Mas não era pelo modo que ele se vestia que eu não o suportava. Quer dizer, cada um faz o que quiser. Era o comportamento dele. Ele estava na IIIE e era o primo mais velho de um dos Ratos. Enfim, todas as vezes que me via – ele se chama Gianni, conhecido por Giagua, porque é sardo e o sobrenome dele é Degiu –, ficava me gozando, me empurrava pelas escadas, puxava meus cabelos, enquanto para Clod ele dizia que era melhor fazer uma dieta, daquelas bem rigorosas. Ah! Mas o que ele queria? E Alis, nada, aliás, eu tinha a impressão de que no fundo ela se divertia. Mas como faziam para sair juntos? Dizia que era alternativo. Alternativo a quê? Fazia um monte de cena pelo corredor durante o recreio, chegava e a levantava pelos braços, mas não de um jeito doce não, tipo buldogue, e Alis dava gritinhos. Sim, ela estava um pouco imbecilizada. Eu nunca vou entender isso. Só sei que, para mim, um rapaz legal é um cara que também respeita as minhas amigas e, claro, não fica de gozação com elas. Depois, alguém que vem me encontrar no recreio não faz toda aquela cena só para se mostrar para os amigos, mas se aproxima de mim simplesmente porque está com vontade de me dar um beijo. Alis me disse também que ele queria fazer amor, ou melhor, ele não definia o ato como amor, mas sexo. Alis estava um pouco indecisa. Eu disse a ela que achava muito cedo! Ela só tinha treze anos! Alguém pode imaginar uma coisa dessas?! Fazer amor com um cara assim que depois de dois segundos vai contar para toda Roma? De qualquer maneira, por mais que eu me sinta muito mais íntima da Clod, é Alis quem sabe de todas as minhas coisas, com ela consigo me abrir mais. E, com esses últimos pensamentos, finalmente chegamos em casa. Alis corre ao nosso encontro, já tirou a maquiagem e está vestida com um pijama elegantíssimo. Como não podia deixar de ser.

– Mas por onde vocês andaram? O que vocês fizeram? Tinha outra festa? Não me disseram nada, hein? Vocês paqueraram? De qualquer maneira, eu ganhei! Eu ganhei!!!

E dança em cima da cama, pula, joga os travesseiros no ar e faz a maior bagunça. Nós tiramos os sapatos correndo e pulamos com ela. E eu não digo nada sobre o minicarro da Clod, sobre o Aldo e tudo mais! Não digo que Dodo, antes de todas, deu em cima de mim! Não penso mais. Pulo, rio, rio e pulo. E nos abraçamos e no fim caímos da cama. Mas felizmente...

– Aiii!

Aterrissamos em cima da Clod. Ela se machuca e não consegue se soltar de nós, e quanto mais tentamos, mais nos embaraçamos em cima dela; posso jurar que nunca ri tanto.

Luci, a avó da Carolina

Sou a avó da Carolina. Meu nome é Lucilla e ela me chama vovó Luci. Amo o meu terraço, as flores que pela manhã me cumprimentam assim que levanto as venezianas e a minha xícara de chá, dessa vez de flores do campo. Como eu gosto de ficar aqui, principalmente à tardinha, quando o céu se tinge de laranja e sopra aquela brisa... A casa, as salas, a cozinha, onde gosto de ficar para preparar alguma coisa gostosa. Os quadros nas paredes, as fotos minhas e do Tom, o meu Tom. Enfim, os meus hábitos, os meus pontos de referência. Quando você fica velha, ou madura, ou na quarta idade, como costumam dizer hoje, no fim, a essência não muda, é bom olhar ao redor e sentir-se à vontade no meio daquilo que você conhece melhor. Assim é mais agradável recordar a vida e todas as coisas que ela nos deu. Especialmente o amor, o verdadeiro. E eu tive sorte, porque o encontrei. Agora me divirto muito com minha neta preferida, a Carolina, que me faz recordar toda a minha juventude, mas nunca vem me ver com muita frequência. Gostaria que ela estivesse sempre aqui. Mas eu a entendo: é jovem, está naquela idade das novidades, das descobertas em que o tempo e o espaço nunca são suficientes. É divertida, simpática, realmente inteligente. Além disso, me escuta, curiosa, e quando você tem os cabelos brancos, como eu, isso é importante, dá satisfação. Ainda que às vezes tenha a impressão de aborrecê-la, e então lhe digo: "Vá, saia com as suas amigas, você vai se divertir muito mais do que ouvindo estas velhas histórias". Mas ela não vai, fica pelo menos até a hora de voltar pra casa, senão quem aguenta o pai dela? É uma pena que ele tenha um caráter irritável e desconfiado; acho que a Carolina sofre um pouco e o Giovanni também, aliás, Rusty James, como ela o chama. Os dois são muito sensíveis e eu sinto que têm necessidade de falar, de contar as coisas simplesmente, como fazemos quando nos sentimos à vontade e não parece que dizemos bobagens. Mas, às vezes, com um pai um pouco rude a gente se envergonha e tende a dizer só o que ele quer ouvir. Minha filha é diferente, sei que com ela, a Carolina e o Giovanni sempre falaram um pouco mais, mesmo que não tenham a mesma confiança que se criou conosco, os avós. Por isso fico contente quando os vejo. Eu me sinto mais ou menos como uma vice-mãe. Gosto principalmente quando eu e a Carolina podemos cozinhar juntas. Por exemplo, as pizzas. Ela gosta muito. Cozinhar juntas é um momento mágico, porque, ao dosar os ingredientes, ao prepará-los e depois, enquanto esperamos que fiquem prontos, nos sentimos em sintonia. Criamos alguma coisa que depois vamos comer juntos. É lindo. Trezentos gramas de farinha, um saquinho de fermento em pó, um pouco de alecrim e azeite. E a Carolina começa a pôr a farinha na tábua abrindo um buraco no meio, eu acrescento o fermento que antes dissolvi em água morna, uma pitada de sal, e ela mistura tudo muito bem. Quando chega o momento de dividir a massa em quatro partes e abri-la, a Carolina passa o trabalho para mim, porque diz que não consegue fazer direito. Então eu unto a massa com um pouco de azeite e polvilho com alecrim e um pouco de sal. E depois colocamos para assar. São gostosas assim, sem mais nada. Sem recheios ou outros temperos. Um pouco como o amor, nu e cru. Sim, talvez eu seja uma avó muito sincera e talvez por isso mesmo me dê tão bem com minha neta. Quando as pizzas ficam prontas, começamos a comer todos juntos, às vezes com o Giovanni também, porque a Carolina lhe manda sempre um torpedo para avisá-lo e, quando dá, ele passa e fica com a gente. O Giovanni e o seu sonho de escrever. Como eu gostaria que o realizasse, que fosse feliz. Ele já me deu algumas coisas para ler, ele escreve realmente bem, é intenso, capaz. Mas seu pai não o entende, quer para ele outro futuro mais certo, mais seguro. Médico. E ele não, decidiu não esconder mais a sua verdadeira paixão e sair de casa. Que coragem. Eu o admiro, mas tenho tanto medo por ele. Não queria que sofresse. Espero que possa transformar o seu sonho em um trabalho, ele merece. Minha neta Alessandra, no entanto, é a pequena interrogação daquela casa. Não a entendo muito. Mas de qualquer modo lhe quero bem. Como digo sempre, cada um se comporta como sabe, é inútil levar tudo muito a sério. Cada um segue seu caminho e seu modo de viver e, mesmo que às vezes a gente não se encontre em sintonia com alguém, não se deve julgar ninguém. Como é que você pode saber o que faria no lugar do outro? Então espero que a Alessandra também encontre o seu caminho, do modo como ela mais gostar. Essa também sempre foi a atitude do Tom, o meu Tom. O amor da minha vida. A pessoa com quem compartilho tudo, que me compreende, me faz rir e sonhar. Viver com ele, levantar todas as manhãs olhando nos olhos, compartilhar alegrias e dores, dificuldades e surpresas e a vontade de continuar, ano após ano, sempre juntos. Sou uma mulher de sorte. Amo e sou amada. E a rotina não estragou nada, não tirou a magia. O nosso amor se transformou com o tempo, soube crescer graças à nossa vontade. Porque uma história só funciona se tiver interesse, sentimento e colaboração. Não bastam as borboletas no estômago, como, às vezes, a Carolina diz. Esse é o ponto de partida. Depois é preciso querer construir um projeto. Nós conseguimos. E desejo que os meus netos possam viver a mesma beleza e felicidade.

Agora tem um problema, mas não quero pensar. Tenho fé. Quero ter, até porque não tenho alternativa.

Fevereiro

Se você fosse um cantor, como se chamaria? Carol X.
Como sua mãe te chama? Pequena.
Idade que gostaria de ter? Dezoito.
"Quando crescer" será? Eu mesma, espero.
O que você gosta corresponde ao que realmente faz? Quase nunca.
Você tem um "sonho na gaveta"? Ser fotógrafa.
Algum dia vai abrir essa gaveta? Se eu encontrar a chave...
Tem namorado? Não.
Está apaixonada? Acho que sim.
Canção preferida desse mês? "Goodbye Philadelphia", do Peter Cincotti.
Ele é (loiro, moreno...)? Moreno e lindo!
Você faz sucesso com os meninos? Quando não me interessam, sim.
Última compra? Cintinho prateado daqueles macios.
Um adjetivo pra te descrever? *Nice*.
Tem animais em casa? Sim, minha irmã.

Daqui a um mês, vai começar a primavera. Como eu gosto desse período do ano... As primeiras cores, a ideia de que o verão não está mais tão longe! Tudo sempre mais leve! Os primeiros passeios fora de Roma no domingo com os minicarros da Alis e da Clod, mas principalmente com a moto do meu irmão. Às vezes, parece uma loucura que ele, justo ele, de vez em quando me dedique um domingo! Sim, acontece que depois do almoço, se ainda não tiver marcado nada com a Alis e a Clod e se ele não tiver nenhuma fulana pendurada nele, então ele me chama para sair um pouco e passear de moto. Que legal! Abraço ele bem apertado e me sinto segura. Pegamos aquela estrada que leva para o campo na direção do lago de Bracciano, corremos a toda velocidade e vejo toda a paisagem que passa de lado. Depois abaixo a cabeça quando acelera porque parece que o capacete vai voar e me agarro a ele enquanto tudo vai embora correndo. Pode ser porque hoje é um lindo dia de sol, o primeiro desse mês. O Cudini quase fez a gente enlouquecer de tanto rir. Faltava na sala o Triello, conhecido como um CDF incrível, pior que a Rafaela. E para ele não ter aparecido quer dizer que estava doente pra valer! Enfim chega o professor Pozzi, de artes, que tem seu esquema todo preciso, estudado, supermetódico. Quer dizer, sabe a batalha naval? Então, pior. Cada carteira é numerada, 1A, 1B, 2A, 2B e assim por diante, por nome e sobrenome e também todas as perguntas feitas e as que faltam.

Enfim... escuta só.

– Vamos, pessoal, aos seus lugares... Sentem-se, por favor. Vá para o seu lugar, Liccardi!

– Eu sou o Pieri!

– Ah, sim, vá para o seu lugar, Pieri.

É, sim, o professor Pozzi tem um defeito absurdo. Não reconhece ninguém! Ou talvez seja uma qualidade. De qualquer modo, foi muito engraçado. O professor foi para o lugar dele atrás da mesa. Tira o seu diário da bolsa e o abre.

– Então, hoje perguntaremos, perguntaremos para... o Triello!

Antes que ele tenha tempo de levantar os olhos do seu diário, o Cudini já pegou o lugar do Triello: carteira 6A. A Rafaela, outra CDF de nível universal, imediatamente se intromete e levanta a mão.

– Desculpe, professor...

Mas o Bettoni, o grande amigo do Cudini, dá um freio nela.

– Não se atreva... que na saída a gente te pega.

O professor Pozzi consulta no seu mapa de quem é aquela mão levantada.

– Sim, diga, Rafaela.

– Não, não, nada. É que eu pensava que você deveria perguntar para mim.

– Não, você já tem as suas perguntas, faltava exatamente o Triello. Então me diga...

O Cudini se levanta e coloca as mãos atrás das costas, ereto e composto, pronto para qualquer pergunta.

– Fale-me da arte romana... – O Cudini sorri, come se dissesse: – Viva, essa eu sei!

O Bettoni naturalmente pega o celular e começa a filmar.

– A arte romana praticamente foi "roubada" da antiga Síria; as primeiras pinturas eram dos babilônios... E dos sumérios!

O professor Pozzi ergue os óculos do nariz como se assim pudesse ouvir melhor.

– De quem?

– Ah não, desculpe... dos egípcios.

– Dos egípcios?

– Mas o que é que eu estou dizendo... dos franceses.

– Dos franceses...

– Não, não, espera... dos búlgaros!

Enfim, um monte de coisas absurdas que claramente fazem a gente rir como loucos, sobretudo pensando no Triello que saberia realmente qualquer coisa e, de repente, é um dos mais burros da sala. Sem nem ser!

– Mas eu não posso acreditar, Triello! O que é, você bebeu seu cérebro?

O professor Pozzi bate o livro de chamadas na mesa.

– Do que vocês estão rindo? Riem da sua ignorância... Muito bem! Muito bem! Não devem rir. O que é, está apaixonado, Triello? O que foi, seu time perdeu? Caiu um raio na sua cabeça? Todos vocês são ótimos. E agora sabe o que eu lhe dou? Sabe o que lhe dou? Não, você não sabe... não sabe nada! Dou-lhe gravemente insuficiente!

E dá risada até passar mal.

E o Cudini insiste.

– Professor, o senhor é injusto, alguma coisa eu sabia.

– Mas o quê?

– Como assim, o quê? Então o senhor não estava escutando, eu lhe disse um monte de populações.

– Sim, algumas que vieram depois dos romanos! Triello! O senhor é a vergonha desse instituto!

– E o senhor, o burro que não entende!

E começam uma discussão tão grande que o Cudini-Triello é expulso da sala e recebe uma nota.

No dia seguinte, o verdadeiro Triello, depois de ter se recuperado da doença, volta para a aula.

– Oi, como vai?

– Como você está se sentindo?

– Tudo bem?

O Triello nos olha espantado. Todo mundo perguntando sobre a saúde dele. Ele nunca tinha recebido tanta atenção de ninguém da turma.

– Nós ficamos preocupados! – O Triello vai para o seu lugar costumeiro. Claro que ninguém lhe conta nada. Mas continuamos olhando para ele e rindo o tempo todo.

À tarde, o Cudini lhe mandou um torpedo: "Entre em *www.scuolazoo.com*. E... obrigado!". Quando o Triello se conectou à internet e se viu interrogado pelo professor Pozzi, apesar de estar ausente, bem, quase desmaiou.

– Mamãe...

Inútil dizer que a nota do Triello foi para o Cudini que, no entanto, ficou classificado em *www.scuolazoo.com* por dez semanas. Um recorde absoluto para ele.

Fevereiro me parece o mês mais legal do ano. Primeiro porque nasci nesse mês, no dia 3, para ser exata, e segundo porque tem a festa dos namorados. Quer dizer, só o fato de um mês ser escolhido como período em que se festejam os namorados já é importante, não? De qualquer modo, eu entendi que 3 de fevereiro é um dia especial. Nesse dia nasceram várias pessoas: o Paul Auster, escritor, o Felix Mendelssohn, compositor, e a Simone Weil, uma socióloga francesa. Não é muito conhecida, mas o que eu li sobre ela me deixou bem impressionada. Tinha um caráter profundo e sensível, e nisso me reconheço um pouco, mas a coisa que me preocupa é que exatamente com catorze anos atravessa uma crise típica da adolescência que a deixa à beira do suicídio. Quando eu li, fiquei paralisada. Tenho que admitir que também pensei nisso algumas vezes. Depois falei com minhas amigas.

– É sério? E por quê? – A Clod me olha quase sem palavras.

– Quer dizer, é absurdo... por que uma coisa dessas te vem à cabeça?

– Bom, não sei, talvez porque pareça tudo tão difícil, as coisas dos adultos parecem tão... tão inalcançáveis que diante daquilo que você não sabe que te espera, mas que você tem de enfrentar, eu preferia não existir.

A Alis fica um pouco em silêncio. Depois nos olha e sorri.

– Eu já pensei nisso um monte de vezes. – Depois faz uma pausa e recomeça. – Talvez seja porque eu me chateio. – E nos olha fixamente daquele jeito que nos deixa com raiva.

– Saibam que uma vez até tentei de verdade!

– E o que você fez?

– Bebi gim pra tomar coragem.

– E depois?

– E depois não sabia o que fazer, minha cabeça rodava, eu me sentia um nojo. E no final vomitei muito. A mamãe até ficou com raiva porque sujei todo o tapete preferido dela, imagine... De qualquer modo, agora já passou, o gim me dá nojo. E o tapete da minha mãe também... vamos sair?

Naquele dia, ela comprou de tudo para ela e para nós. Tinha recebido um cartão de crédito por não sei qual estranha razão. Talvez porque tinha contado aquela história à sua mãe também e ela, sem saber o que dizer ou o que fazer, tinha lhe dado aquele cartão. Mas o fato que a Simone Weil também tenha pensado faz eu me sentir muito melhor. Você pensa um monte de coisas e acredita que é fundamentalmente único e estranho nos seus pensamentos quando depois não é assim. Todos nós pensamos certas coisas. Mas poucos são aqueles que conseguem realmente contar. Então essa Simone Weil deve ter dito a alguém, senão isso não poderia ter sido escrito na sua biografia, não? E de qualquer modo eu gosto pra caramba dessa Simone! Primeiro ela foi professora, depois abandonou os estudos e virou operária e escreveu uns *Cadernos* com todos os seus poemas, reflexões de "rara integridade existencial", leio. Veja, eu gosto disso, porque, mesmo que talvez não a entenda completamente, é rara. Acho que quer dizer que sempre tentou se comportar bem, o que talvez naquele período não fosse tão fácil, e o fato de ter nascido por alguma razão no mesmo dia que eu, ou melhor, eu no dela, porque ela veio ao mundo muito antes de mim, nos torna parecidas, muito parecidas. Assim como devo ter muitas afinidades com o escritor Paul Auster e o compositor Mendelssohn, duas pessoas profundas e sensíveis, famosas no mundo justamente porque, através das palavras e da música, foram capazes de expressar o que sentiam.

Um com o qual não me identifico de jeito nenhum é o diretor Ferzan Ozpetek. Ele também nasceu no mesmo dia que eu, mas se o Rusty, que o adora, não tivesse me levado, talvez eu nunca tivesse visto seu filme. E não só porque os seus filmes são, como posso dizer... isso: dolorosos. Já tem tantas coisas dolorosas no mundo que você fica sem a menor vontade de pagar um ingresso de sete euros e cinquenta para outra pessoa te dizer por duas horas seguidas o quanto se sofre. Eu sei sozinha... e ninguém me paga! Mas como o Rusty me deu o ingresso e fazia tanta questão, no final das contas eu tinha superado aquele seu filme, *Saturno em oposição*, depois de dois dias e nem marquei na minha agenda como "recordação negativa". Talvez o Rusty tivesse razão quando me disse: "Oh... Carol, um dia você vai entender".

E não diz como papai, que parece me chamar de idiota; o Rusty diz de um jeito delicado, assim como o vovô Tom. Enfim, me fazem entender que para certas coisas não se deve ter pressa, que são sensações, emoções, que amadurecem com o tempo, como certos tipos de fruta, e quando for o momento, aí, sim, que é maravilhoso enchê-las elas de mordidas. Mas a coisa que me deixa louca é que eu nasci no mesmo dia que nasceu *Carosello*! Bom, não é uma coisa que eu conheço bem ou que eu vi, mas a mamãe me dizia que era lindo. A vovó Luci lhe dizia sempre: "Você vai dormir depois de *Carosello*".

E a mamãe se apaixonou por essa ideia. Depois do jantar, escovava os dentes correndo e podia ver *Carosello*. Que depois era um conjunto de propagandas, como aquelas que fazem hoje, mas que naquele tempo eram feitas, como me diz a mamãe, por todos os atores, até mesmo os protagonistas. E só tinha propagandas engraçadas, com cançõezinhas alegres, com muitos desenhos animados; enfim, a mamãe sempre disse pra gente: "Eu sou filha de *Carosello* e do seu bom humor!".

De alguma maneira, daí vem o seu modo de saber encarar a vida, sorrir sempre, mesmo quando tem um peso enorme nos ombros, um dia daqueles, a corrida para voltar para casa, o trânsito e tudo mais, até preparar o jantar para a gente e fazer isso com um sorriso.

Mas se a mamãe é "filha" de *Carosello*... e eu sou filha da mamãe... não será por isso que ela quis me chamar "Carolina"? Às vezes me vêm umas paranoias tão absurdas! De qualquer modo, amanhã é o meu aniversário e eu não vou mais ter que fingir com os vários Lore, Mi e todos aqueles que acreditam que seja tão importante ter catorze anos!

Quer dizer... De repente, a minha visão do mundo, o que eu penso do meu pai, do Rusty, da escola, dos homens em geral e de qualquer outra coisa que possa ter passado pela minha cabeça até agora, amanhã vai ser diferente? E então! Eu vou ser sempre eu, com um catorze no lugar do treze que, no fim das contas, poderia até me dar mais sorte.

Tem só uma coisa que me incomoda: a Dakota Fanning. Sabe quem é? Uma atriz norte-americana superjovem que faz catorze anos dia 23... Bom, ela já é muito mais famosa que eu, mesmo tendo vindo ao mundo vinte dias depois, portanto sou inclusive mais velha que ela. Ok, ela aprendeu a ler aos dois anos, mas a mamãe me disse que eu comecei a escrever aos quatro, então posso vencer, não? Além disso, não vale, ela teve a sorte de ter contato logo com todos aqueles que provavelmente você nunca encontrará em toda a vida: o Sean Penn, o Robert De Niro, o Denzel Washington, o Tom Cruise, o Steven Spielberg, a Paris Hilton, a Michelle Pfeiffer... Quer dizer, conviver com adultos normalmente te ensina alguma coisa. Se então você convive com esses aí, grande coisa então que você saiba ler aos dois anos!

Mas devo dizer que é realmente uma ótima atriz. Uma noite, quando o Rusty ainda vivia aqui em casa, ele trouxe *Chamas da vingança* e, mesmo a mamãe não querendo que eu assistisse, fiz de conta que fui dormir e assisti a tudo com o meu irmão.

Fabuloso! O Rusty disse que a Dakota Fanning emociona naquele filme e que o Denzel é único, e eu no final das contas concordo com o Rusty e acho que a mamãe estava errada.

O filme não me deixou com medo de jeito nenhum. Era um pouco violento, é verdade, mas com a Alis e a Clod já vi piores. O relacionamento entre a Dakota e o Denzel é um pouco como o que eu tenho com o Rusty, os dois se sentem protegidos. Deve ser por isso que, mesmo que tenha catorze anos e seja tão famosa, no fim das contas eu gostaria de ser sua amiga e tenho certeza de que a gente se daria muito bem.

Mas agora vou dormir.

O vovô Tom me diz sempre que "rir e sonhar são o segredo para viver melhor".

Não sei se vou rir ou se vou sonhar coisas bonitas, sei que agora vou para cama. Para mim não tem nada melhor do que passar o tempo esperando uma data que você já sabe que te faz feliz. E amanhã vai ser assim. Só o fato de que passo de treze a catorze e não devo mais contar mentiras para mim é o máximo. Bem, não devo mais contar mentiras... sobre a idade! Boa noite.

Manhã. Sinto um cheiro que é um sonho.

– Não acredito! Mamãe! Você fez o bolo de creme e chocolate... eu adoro, é o máximo pra começar o dia! Obrigada! – Tomo um café da manhã fantástico.

– Parabéns, Carol! – Até a Alê parece mais simpática. Me deu um beijo por trás, enquanto me apertava forte, e devo dizer que isso dela eu não esperava mesmo. Mas a coisa mais linda é quando saio de casa.

– Nãooo! – Estão todos ali, o vovô Tom, a vovó Luci, o Rusty e atrás de mim chegam a mamãe, o papai e a Alê.

– Você gostou?

– É linda...

Caminho com os olhos cheios de lágrimas, quase comovida diante daquilo que me deram de presente. Uma Vespa preta 50 Special, último modelo.

Oh, Deus, olho um pouco melhor para ela, tem alguns arranhões e o assento é bege-claro, que como cor para mim é um pouco cafona. Eles devem ter comprado usada. Giro ao seu redor, sim, olhe, está até um pouco amassada... Certo, para dizer a verdade eu queria tanto um minicarro, um Aixam pra quando chover ou um Chatenet cinza-escuro com os vidros fumê como aquele da Rafaela... Mas acho que seria muito caro, mesmo usado.

Então depois de ter dado toda a volta, paro e, como uma das melhores atrizes, fecho os olhos, comovida.

– É realmente lindíssima... de verdade.

– Bem, Carol, fico feliz por você... – A mamãe me dá um beijo na testa.

– Tenho que correr pro trabalho.

– Eu também, pedi uma hora só pra assistir a essa surpresa, mas agora tenho mesmo que ir.

– Obrigada, papai. Você me deu um presente realmente lindo.

– Oh. – E deixa cair a mão como se dissesse "Basta, não diga mais nada...". Que são aquelas coisas que a gente faz quando não sabe bem que presente deu a uma pessoa.

– Toma, isso é pra você.

A Alê me dá um embrulho; abro. Tem um capacete rosa-escuro com o número em cima.

– Catorze! Muito legal...

Depois o Rusty se aproxima e me dá outro.

– E esse é se você tiver que levar de carona uma das tuas amigas... – depois um pouco malicioso – ou um amigo...

– Muito lindo, o mesmo capacete com outro número em cima, Catorze-bis!

– E nós te compramos a corrente, assim ninguém te rouba...

– Vovô, não diga nem brincando. Dá azar!

– Carolina!

– E esse chaveiro...

– Muito lindo! Vou colocar logo as chaves.

Escolheram um com a letra K todo de aço, do jeitinho que eu gosto, como quando sou Karolina, com K, a "Kabeça-dura"! Quer dizer, quando procuro ser dura e determinada e depois... depois não consigo nunca! E a vovó Luci sabe muito bem.

A mamãe tenta colocar um pouco de ordem.

– Vá, Rusty, acompanhe sua irmã à escola, senão ela vai chegar muito atrasada.

– Que legal! Posso ir de Vespa.

– Giovanni guia, já te disse... Você ainda não tem a licença e além disso está com muito sono!

– Mas, mamãe, eu já sei guiar muito bem. Os guardas não me pegam daqui até a escola, é pertíssimo!

– Ok, então pode ser que eu te mande a pé. Vamos, Carolina, não invente histórias, o seu irmão vai te acompanhar.

Fico furiosa. "Que saco!", digo comigo mesma. Até hoje que é o meu aniversário me tratam como uma criança.

Mas assim que viramos a esquina, o Rusty para.

– Segure a Vespa... – Me faz colocar os pés no chão. Depois desce e põe o seu capacete Catorze-bis no baú traseiro.

– O que é que você está fazendo?

– Vou pra casa. Tchau, boas aulas... e parabéns!

E se afasta assim, com aquele seu sorriso que merece umas bofetadas, puxando um pouquinho a jaqueta e enfiando as mãos nos bolsos.

– Obrigada, Rusty James! – grito como uma louca e guio lentamente a minha Lua 9! Batizei minha Vespa assim. Porque quando olhava as coisas acontecidas no dia 3 de fevereiro, vi que naquele dia em 66 uma nave soviética aterrissou na Lua e como foi chamada? Lua 9! Não é que tiveram muita imaginação aqueles soviéticos, mas para minha Vespa está bom. E, de fato, Lua me permite fazer a minha pobre figura "aterrissando" na entrada da escola.

– Não acredito! Onde você roubou essa?

O Gibbo, o Filo, a Clod correm pra me encontrar, a Alis também, e algumas outras colegas fazem festa.

A Alis sabe sempre de tudo.

– Mas como roubada, hoje é o aniversário dela, cretino! – E me abraça.

– Toma, isso é pra você! – E me dá um embrulho que quando abro não caibo em mim. – Incrível! Um iPod Touch! Alis... mas é maravilhoso!

– Assim, enquanto você guia sua Vespa nova, escuta todas as músicas que quiser... Coloquei os Finley, mas também o Linkin Park, a Amy Winehouse, a Alicia Keys, assim você já começa a usar agora.

É muito legal, todas as capas dos CDs se movimentam quando você toca. Depois ponho a música da Rihanna e coloco os fones de ouvido. Começo a cantar como uma louca, dançando, rindo, saltando, gritando e estou tão feliz que... Bato numa barriga saliente, importante, típica de professor. De fato. Tiro os fones.

– Professor Leone...

– Sim, Carolina?

– Não é nada... é que hoje é meu aniversário!

Espero um segundo. Depois ele também me dá um enorme presente: sorri!

– Bem, então parabéns! E vocês, pessoal? Não é o aniversário de vocês, é? Para a sala, vamos... – Manhã ideal. Todos os professores ficaram sabendo que era meu aniversário e assim foi afastada qualquer possibilidade de chamada oral.

Onze e meia. Toca o intervalo.

– Parados, pessoal, não saiam.

– Mas, professor, a gente está com fome, é o intervalo.

– Se eu estou dizendo para vocês ficarem parados, deve haver um motivo, não?

Fico um pouco assim, mas não dou muita importância. Na verdade é porque estou brincando com o iPod Touch... Quando de repente entram a vovó Luci e o vovô Tom.

– É por isso que vocês não deviam descer! – diz o professor.

– Hoje, para quem não sabe, é o aniversário da nossa netinha! Parabéns, Carol. – A vovó Luci e o vovô Tom enchem a sala de bandejas com minipizzas vermelhas, quentes! E pequenos sanduíches, deliciosos! E tortas salgadas que só com o cheiro você já desmaia.

– Vovô, vovó, mas não precisava... depois da surpresa dessa manhã. – E corro para eles e abraço os dois com força, um de cada vez. E não penso em mais nada a não ser neles. Até porque os meus amigos se jogaram sobre as pizzas, lógico que não estão me olhando. E depois me solto.

– Obrigada, vocês são uns amores. – E corro também para as bandejas.

– Ei, deixem alguma coisa pra mim.

E eles, ali no fundo, o vovô com os cabelos brancos e a vovó não. Ele alto e ela não. Eles se abraçam, se apertam, se olham de um modo que não sei explicar, que parecem mais felizes do que eu. Mesmo que a vovó depois feche os olhos e vejo que aperta forte a mão do vovô; é como se ela por um instante se comovesse por alguma coisa que quase lhe desse vontade de chorar. Mas depois me ocupo com a Clod.

– Mas você pegou todas as tortas possíveis e imagináveis.

– Ora, mas se eu gosto...

– Eu sei, mas deixe um pouco para os outros também.

– Mas se eles preferem as minipizzas...? – Dou de ombros, afinal com ela é impossível raciocinar sobre comida. Quando me viro, os meus avós não estão mais lá. É por isso que são maravilhosos. Porque chegam e desaparecem te levando só um sorriso, porque você se sente amada, porque não se sente nunca censurada, porque é como se eles soubessem sempre o que você pensa, mas fizessem de conta que não. Enfim, têm uma magia qualquer que, no exato momento em que eu tento explicar, é como se não existisse mais.

Depois, no começo da tarde, uma surpresa estranha. Toca o meu celular. O Filo? E o que ele pode querer a essa hora? São três horas.

– O que é, Filo?

– Estou com um problema, por favor, não posso te explicar agora... Você pode vir à estação?

– À estação? Mas estou estudando!

– Vamos, você tem a vida toda pra estudar. Por favor, estou com um problemão.

– Desculpa, e o Gibbo? Você não podia ligar pra ele?

– Ele está com o telefone desligado.

– Sim, estou acreditando.

– Mas você acha, Carol, que eu ia te incomodar justo hoje que é o seu aniversário? É que só você pode me ajudar!

Fico um instante em silêncio. Que saco!

– Por favor...

Pausa. Acho que ele faz uma pausa um pouco mais longa.

– Você é a minha amiga.

– Ok, estou indo.

– Obrigado, Carol! – E desliga.

Pronto, o Filo é incrível, sabe encontrar sempre as palavras certas para te convencer a fazer as coisas que você nunca ia querer fazer, quer dizer, faz de um jeito que no final, se você não faz, sei lá... se sente culpada! E ele sabe a importância que eu dou à palavra amizade. Mas antes de sair, quero satisfazer uma curiosidade.

Disco o número. Sim, é verdade. O Gibbo está com o celular desligado.

Estação. Tranco a Vespa, ponho o capacete no baú e depois, apesar de achar que vou ficar ali pouco tempo, ponho a corrente que o vovô me deu. Nunca se sabe. Até mesmo poucos minutos podem ser fatais.

Fecho bem o capote, ponho o chapéu um pouco baixo e escondo dentro os cabelos louros, assim para não ser muito reconhecida, não porque seja famosa como a minha amiga Dakota, mas porque aqui na estação uma menina sozinha... Sabe quando em um instante você se lembra de todas aquelas coisas que te disseram desde criança?

"Cuidado, não caminhe em lugares perigosos sozinha, não fale com estranhos, não abra a porta pra ninguém..."

Enfim, uma coisa que se um te pergunta que horas são você já está pronta para lhe dar um chute bem ali! Abaixo um pouco mais o chapeuzinho, estou um pouco como o Matt Damon em *A identidade Bourne*... Enfim, mais ou menos, eu não tenho problemas de memória. Só queria saber onde diabos está o Filo! Ligo para ele.

– Alô, mas onde você está?

– E você?

– Eu, aqui fora da estação.

– Entra.

– Entro?

– Sim, rápido que eu não posso deixar que me vejam.

– Mas o que você está fazendo?

– Vamos, Carol, não me pergunta, só você pode me ajudar. Plataforma 7.

– Mas eu tenho que ir até aí?

– Sim, eu não consigo sozinho.

– Escuta, se você não me disser o que está acontecendo, eu não vou.

– Vamos, não faça assim, num minuto você vai saber.

– Tudo bem, então eu desligo.

– Não, não, vamos continuar em contato...

– Ok. Então, entrei... – E você está me fazendo gastar um monte de créditos, queria acrescentar, mas me parece chato, talvez seja um problema sério de verdade.

– Ok, agora vai em direção à entrada para os trilhos...

– Estou aqui.

– Ok, vem reto e vai em direção à plataforma 7...

– Ok.

Olho no painel das partidas. Plataforma 7. Partida dentro de mais ou menos quinze minutos para Veneza. Que pena, naquele de chegada o destino já desapareceu. Tudo bem, talvez não tenha nada a ver com o fato de o Filo estar ali.

– Pronto, Carol. Estou te vendo, segue reto... assim...

– Mas onde você está? Não estou te vendo.

– Pois eu te vejo. É você. E você está com um chapeuzinho azul... pra não ser reconhecida!

Fico furiosa.

– Olha, nunca mais, viu? Só você pra me meter sempre nessas confusões... O Gibbo nunca teria feito isso...

– Na verdade tem a ver com ele também! – E de um salto os dois saem de trás de uma coluna. – Parabéns! – O Filo e o Gibbo pulam em cima de mim, me abraçam e me enchem de beijos. As pessoas que passam nos olham e sorriem divertidas.

– Vamos, parem! Como vocês são cretinos! Tinham que me fazer vir até aqui para essa bela surpresa?

Eles me soltam.

– Sim. – O Filo sorri. – Porque olha aqui... – Abre um moletom rosa, que tem a foto e o nome dele.

– Nãooo! Muito legal! Biagio Antonacci! O meu cantor preferido!

– E aqui... – o Gibbo tira alguma coisa do bolso – estão três ingressos para o show dele em Veneza.

– Em Veneza?

– Sim! E estas... – o Filo tira algo do bolso – são as três passagens pra gente ir de trem. Então... Vamos! Que o trem está pra sair!

Então, os dois me pegam pela mão e me puxam com eles. Eu quase caio, tropeço.

– Mas vocês são loucos! O que eu vou dizer para os meus pais?

O Gibbo me olha rindo.

– Imagine... Já pensamos em tudo. Você vai dormir na casa da Alis que na última hora te fez uma festa surpresa.

– Sim... As suas amigas te deram inclusive uma roupa para amanhã!

– E de lá você vai diretamente pra escola.

Olho para eles e balanço a cabeça.

– Até isso!

– Lógico. Não se deve faltar nem um dia na escola...

– É! Nós somos sérios... Este ano temos o provão! Não podemos levar as coisas na brincadeira!

E subimos no trem no último momento. Um instante depois, sinto que ele se move embaixo de mim e me parece incrível; visto o moletom e penso que menos mal que eu tranquei a Vespa! Nós nos sentamos num compartimento.

– Veja, esses são os nossos três lugares. Se você quiser, fique aí. Você não esperava, não é?

– De jeito nenhum, pensava que como sempre o Filo tinha se metido em não sei qual confusão... – E o trem aos poucos ganha velocidade. Olho pela janela. Grandes muros de mármore, algumas ruas de cimento e depois fios de aço, trilhos de todos os lados e velhos trens abandonados da cor de ferrugem.

Piui. Piui. Dudum dudum. Aumenta a velocidade, sempre mais forte. Dudum dudum... Depois, de repente, o verde, campos molhados, árvores, e aquela natureza tão fresca de inverno, saudável, tônica. E respiro fundo, bem fundo.

– Meninos, são os catorze anos mais lindos da minha vida!

O Filo e o Gibbo começam a rir e tem início a aventura. O controlador passa e mostramos os bilhetes. Estou com sede, e o Gibbo pôs na mochila três garrafinhas de água; estou com fome, e o Gibbo tem também dois Prestígio com aquele chocolate que eu adoro. Enfim, sabe *A supremacia Bourne*? Bem, melhor!

Um pouco mais tarde: às dezoito, depois de ter falado com a Alis que naturalmente saiu com uma das suas.

– Não acredito! Eu também queria ir... É uma surpresa maravilhosa... estou me roendo de inveja!

– Vamos... É o meu aniversário! Vou dormir na sua casa, ok?

– Ok!

Ligo para casa. Por sorte é a Alê que atende. Às vezes é irritante, mas às vezes é o ideal; mentir para ela é quase uma brincadeira.

– Entendeu? Vou dormir na cada da Alis e depois vou pra escola.

– Ok.

– Repete...

– Ufa... Você vai dormir na casa da Alis e depois vai pra escola.

– E se a mamãe quiser falar comigo...

– Liga pro seu celular.

– Muito bem! Você está melhorando.

De fato, exatamente quando estávamos quase chegando, toca o meu celular.

– É a mamãe. Como faço...

– Espera. – O Gibbo se levanta e fecha o compartimento.

– Ok... – Respiro profundamente. – Alô, mamãe!

– Oi, Carol, tudo bem?

– Tudo ótimo, a Alis e as minhas amigas me fizeram uma linda surpresa.

Mas exatamente naquele momento quem me faz uma "surpresa" é a empresa ferroviária. Uma voz metálica começa a dizer: "Atenção, para todos aqueles que desejam comer, o vagão-restaurante...".

Não espero mais, aperto a tecla e desligo o telefone.

– Que saco. Era só o que faltava! Logo agora o anúncio! – Espero terminar. E retorno imediatamente a ligação para a mamãe.

– O que aconteceu?

– Nada, estava descarregado... Caiu a ligação.

– Ah...

Procuro tranquilizá-la.

– Mas uma das minhas amigas tinha o carregador e agora eu liguei meu celular na tomada.

– Tudo bem. Mas como você vai fazer amanhã para a escola?

– Minhas amigas me deram uma camiseta e também uma roupa de baixo pra trocar...

– Ah... Suas amigas pensaram mesmo em tudo...

– Sim... – olho o Gibbo e o Filo – elas planejaram mesmo muito bem essa surpresa...

– Tudo bem... Pode deixar que eu falo com o seu pai.

– Obrigada, mamãe.

– Carol, não vão ficar acordadas até tarde...

– Não se preocupe. A gente se vê amanhã no almoço.

Desligo e dou um suspiro de alívio.

– Iupiiii! Deu tudo certo!

Abraço meus amigos e salto com eles de felicidade. E me sinto mais leve, como se tivesse tirado um peso dos ombros. Bem nesse momento o trem para.

– Veneza.

Dessa vez sou eu que puxo os dois pelas mãos.

– Vamos descer! – Arrasto os dois e saímos da estação. E nos encaminhamos ao longo dos canais de Veneza. Tem água para todo lado, com pequenas pontes para atravessar. A cidade está cheia de estrangeiros. Está um pouco mais frio que em Roma, talvez porque seja mais tarde. Nós nos divertimos brincando com a possibilidade de pegar uma gôndola.

– Sim, vamos fazer de conta que somos três namorados... mas eu acho que vai custar uma fortuna.

– Bem, eu tento.

O Filo é assim. Tem um topete! Vai falar com um gondoleiro. Um tipo de ar simpático com bigodes grandes e poucos cabelos louros. O Gibbo e eu olhamos de longe. Não se pode fazer nada, o gondoleiro balança a cabeça. O Filo volta para perto de nós.

– Então?

– Quer duzentos e cinquenta euros!

– O quê? Para vender a gôndola! E quem quer?

Rio.

– Eu nem sei conduzir uma gôndola!

– Esperem aqui... – Decido jogar minha cartada. – Quanto nós temos?

– Eu tenho vinte.

– Eu, trinta.

– Eu, cinquenta.

Para o Gibbo, é uma brincadeira.

– Temos cem euros redondinhos.

– Eu sei... Mas e se a gente precisar de alguma coisa, se a gente ficar com fome, se acontecer alguma coisa...

No mesmo instante os dois tocam ali.

– Tirando essa sorte que a gente teve, de qualquer modo a gente tem que pensar...

Tento do mesmo jeito. E assim vou até o gondoleiro.

– Oi... Sei que o senhor pode não acreditar, mas hoje é o meu aniversário e aqueles dois lá me trouxeram a Veneza. Só que aquele ali... – E começo uma conversa que nem sei como me vem! Mas digo tão bem e de modo tão verossímil que no final o gondoleiro quase se comove.

– Ok... Tudo bem.

Volto feliz pra onde estão o Filo e o Gibbo.

– Ele vai dar uma volta mais curta, mas sabem quanto faz pra nós?

– Diz, quanto?

– Quarenta euros.

– Mas como você fez?

– Ah, de certo modo o mérito é seu, Gibbo.

– Por quê?

– Ah, vamos subir que depois eu te explico.

– Oi... – O gondoleiro nos faz subir e por último ajuda o Gibbo. – Oi... – diz isso um pouco sentido, e o Gibbo percebe, então vem até onde estamos. Nós três nos sentamos naquele sofazinho cômodo feito de um estranho tapete felpudo. O Gibbo verifica se o gondoleiro não está nos olhando.

– Mas o que você disse pra ele?

– Por quê?

– Ele me recebeu como se fosse o meu último passeio de gôndola!

– É assim mesmo.

– Vamos, deixe de brincadeira...

– Mas eu não disse nada. Só que seus pais te disseram que acabaram de se separar.

– Quem dera... Eles vivem brigando.

– E que você vai acabar numa espécie de internato.

– Ah, sim? Espero que pelo menos você tenha escolhido um lugar bonitinho.

– Ah, mas você não vai.

– E por quê?

– Você fugiu.

– E meus pais não me procuram?

– Não. Não se preocupam. Mas teu pai ficou sabendo que não é teu pai de verdade...

– Até isso!

O Filo ri.

– Lógico que com um azarado assim a bordo... ele devia oferecer o passeio grátis pra gente!

E passamos embaixo das pequenas pontes que unem as ruas de Veneza; o gondoleiro se chama Marino, é gentil e tem um lindo sorriso embaixo daquele bigode enorme e também me parece uma boa pessoa, de fato é.

Quando descemos, o Gibbo, que controla o nosso dinheiro, pagou o passeio, depois a gente estava indo embora quando o Marino me chamou:

– Carolina, era triste a história daquele menino... Tão triste que no final... É claro que eu não acreditei!

Então nos olhamos nos olhos e ele estourou numa risada.

– Divirtam-se. – E depois nos disse em veneziano: – “Chi no le fa de carneval, le fa de quaresema” – que praticamente quer dizer “Quem não faz loucuras na juventude, depois faz na velhice”. Muito simpático, mesmo que eu não concorde completamente... Por que uma exclui a outra? Eu quero fazer loucuras até quando for avó! E com esse pensamento de loucuras futuras, alcanço o Gibbo. Vejo que lê algumas coisas no guia que comprou por doze euros. O Filo escuta e faz umas perguntas do seu jeito, quer dizer, um pouco estúpidas, e um pouco não... Eu fico ali atrás deles, acompanho e escuto, e como disse Marino, para mim é um pouco carnaval e um pouco quaresma. E me sinto adulta caminhando por Veneza e tenho certeza de que esta é uma daquelas coisas que um dia, de repente, mesmo que tenha passado muito tempo, vou lembrar muito bem. Só espero que então ainda tenha o Filo e o Gibbo nos meus dias e tudo seja como agora, sem mudar nada, nem uma vírgula. Mas depois me invade um pouco de tristeza. E não sei bem por quê. Talvez porque no fundo, no fundo, sei que não vai poder ser assim.

O Gibbo vira pra mim.

– Ei, tive uma ideia... – Mas me olha e percebe.

– O que foi, Carol?

– Nada, por quê?

– Sei lá, você estava com uma cara...

– Que nada, você está enganado... Vamos, o que é que você queria dizer, que ideia você teve? – E começo de novo a sorrir e faço de conta que não foi nada e o Gibbo se mostra legal porque ou cai, e então eu estou me tornando mesmo uma grande atriz, ou faz de conta que não foi nada e deixa lá.

– Olhem. Estou lendo aqui, é... – Indica o guia. – Nos *bacari*[40], a essa hora a gente pode comer *l'ombra*, um aperitivo com bacalhau, azeitonas, pequenos peixes, *supplì* e croquetes... E um monte de outras coisas gostosas. Vamos?

Pouco depois estamos sentados naqueles tamboretes altos, de madeira, com mesinhas na frente, cheias de coisas deliciosas para comer, mas incríveis, hein... bacalhau amanteigado, *sarde in saor*[41], vongoli, caracóis-do-mar, polvo fervido naquele momento e alguns *nerveti*, que são pedacinhos de vitela com vinagre e azeite. Dos *nerveti* não gostei muito porque são um pouco duros, mas todo o resto era de uma gostosura! Assim... esqueço a dieta. Afinal, só se fazem catorze anos uma vez na vida, não? E descobrimos que "*ombra*" nasce do fato de que o sol se põe a essa hora e então se toma... uma sombra. E assim tomamos um *spritz*.

– Deve ser uma gota de *Bitter* ou Aperol, água mineral e vinho branco, é leve...

O Gibbo, com seu guia, não deixa nada escapar.

Só que esse *spritz* não é assim tão leve. No final, um pouco tontos, quer dizer, completamente bêbados, não sei como, mas conseguimos chegar a Mestre, para o show de Biagio. Que ídolo!

Começou com "Sappi amore mio" e depois "Le cose che hai amato di più", "L'impossibile", "Se è vero che ci sei" e "Iris". Nessa eu garanto que me emocionei. Sabe quando você sente um arrepio estranho, eu gostaria de ser abraçada e, apesar de estar com meus melhores amigos homens, naquele momento ali senti falta do Massi. Ou melhor, do amor. Enfim, o sabor de um beijo, a felicidade absurda, o tocar três metros acima do céu com um dedo! Tudo aquilo que só o amor louco, imprevisível, mágico, absurdo, único, pode fazer você experimentar. E abracei o Gibbo e o Filo.

– Ei, vamos dançar juntos...

– Tenho uma ideia, vamos mandar um vídeo pra Clod e pra Alis, por favor! Eu queria que elas também soubessem o que estamos vivendo! Vamos Gibbo... Você me filma?

Então danço com o palco atrás de mim enquanto o Biagio canta "In una stanza quasi rosa"; sorrio para as minhas amigas, mandando um beijo, me sentindo como uma espécie de VJ no meio de toda aquela gente e canto a canção "Guarda questo amore se fa grande e ci fa stare stretti in questa stanza allora fuori, rivestiamoci e poi fuori e diamo luce a tutti i nostri sogni" e fecho os olhos no fim um pouco emocionada.

– Pronto! – O Gibbo me devolve o celular e eu olho o vídeo.

– Está muito legal! Com as luzes atrás e dá pra ver o Biagio!

E um instante depois, mandei o torpedo para Alis e logo em seguida para Clod, tudo a cobrar!

Não passa nem um segundo, chega a resposta da Alis.

– Estou me roendo de inveja.

E depois a da Clod, ou melhor, da operadora. A mensagem foi rejeitada! E um segundo depois seu torpedo.

– Não tenho nem um euro! Você está se divertindo? Espero que sim! Amanhã na escola você me mostra, ok?

Então continuo cantando sob as estrelas, sob as nuvens leves que passam. E danço, danço de olhos fechados, a um passo do palco, entre as pessoas, perdida assim, no estádio nas notas daquela música, me sinto adulta e feliz e por um instante não sei nem mesmo se vou voltar para casa. Mas é um instante. Um pouco mais tarde, no trem, rio por dentro.

– O que o Gibbo está fazendo... está dormindo?

O Filo olha para ele e faz sinal de sim. E continuamos a olhar a noite lá fora da janela que corre diante de nós com algumas casas onde as luzes ainda estão acesas. A gente vê uma ou outra TV e seus reflexos através das janelas que correm. Algumas salas escuras, algumas pessoas nas varandas fumando um cigarro. E elas não sabem que estou olhando, que alguma coisa da vida delas entra na minha. O Filo encontrou algo como um pedaço de corda e balança em cima do nariz do Gibbo que de repente se coça rapidamente e depois, imóvel, recomeça a dormir, e nós rimos.

– Shhhiiiii... – Ponho a mão na frente da boca com medo de acordar o Gibbo. Mas o Filo começa de novo a brincadeira e tudo continua assim, como se nada tivesse acontecido... E o trem não para, quase voa em direção a Roma. Chegamos e quase não temos tempo de descer.

– Mas que horas são? – O Gibbo é o único que dormiu. O Filo o empurra.

– Oh, você deveria ser o mais desperto de todos, mas é o mais tonto!

– Vamos, são sete e meia... tempo apenas pra chegar à escola.

– Mas não vamos tomar o café da manhã?

– No barzinho lá de frente!

– Ok.

E corremos para pegar nossos meios de transporte. Por sorte a vespa ainda está lá. Enfio o capacete e embaixo os fones do iPod Touch. Escolho "Iris", de Biagio, e parece que eu ainda estou no show, enquanto chego à escola. Não tenho nem tempo de descer da vespa, e a Alis e a Clod me atacam.

– Então? Que legal! Você se divertiu? Mas o que vocês fizeram? Onde jantaram? Vocês viram lugares legais?

– Mas por que vocês não ficaram em Veneza? Mostra o vídeo que você queria me mandar...

A Alis empurra a Clod.

– Ah, eu já vi... é superlegal!

– Eu estava sem crédito no celular!

– Como sempre.

E quase começam a brigar.

– Meninas, pra sala! – Dessa vez é a professora de matemática que nos salva. Com tudo isso, não consegui nem tomar meu café da manhã! Mas foi a coisa mais divertida que eu já fiz.

Chega um torpedo da mamãe.

"Tudo ok? Você está na escola?"

"Sim, claro" – respondo.

E me dá vontade de rir. Se ela pudesse ao menos imaginar que eu peguei o trem, cheguei a Veneza, depois ao estádio, vi o show do Biagio e passei a noite no trem e voltei... bem, morreria. Depois me viro. O Filo desmaiou, dorme na carteira enquanto a professora explica. O Gibbo, ao contrário, está vivo como um grilo e, enquanto a professora escreve no quadro, se inclina na sua carteira e com uma tira de papel faz cócegas na orelha do Filo.

O Filo se irrita, acorda de repente e coça a orelha. Todo mundo ri. O Cudini naturalmente filmou tudo, a professora se vira.

– Comportem-se... Mas o que é que vocês têm hoje?

O Gibbo fica imóvel na sua carteira. Sorri. De um jeito ou de outro, se vingou.

Sou muito inteligente! Passei no exame para tirar a licença de dirigir a Vespa! Cometi dois erros, mas passei! A mamãe estava feliz, o meu irmão também, o papai... menos. Talvez porque não acreditava. Nem eu estou acreditando! De fato, quando eu fiz uns testes no pátio com ele usando a *scooter* da minha irmã, não me saí lá muito bem. Até quase bati no carro do Marco, vizinho do meu andar, mas por sorte com uma espécie de gesto atlético considerável me recuperei! Sem danos. Então agora tenho também a licença... a toda Vespa! Seja como for, eu guiei do mesmo jeito enquanto não tinha.

Já estou guiando muito bem. Não tenho nenhum problema. Aliás, me divirto em conhecer um pouco as ruas. Claro, para ir até a casa dos meus avós, como nunca tinha ido por minha conta, olhei no mapa da internet que é muito legal, porque você encontra rapidinho, te dá a distância e leva um segundo para imprimir. Você põe no bolso e vai! De fato, depois de oito minutos, dois a menos do que dizia o Google Maps, já estava na casa deles. Parei só uma vez para conferir uma rua onde tinha que virar, porque não me lembrava. A vovó tinha saído para fazer as compras. Quer convidar algumas pessoas no domingo, porque é o seu aniversário. O vovô, no entanto, está no seu pequeno escritório e desenha. É muito bom nisso. Num instante, com poucos traços, consegue criar situações, uma paisagem, uma casa, uma pessoa.

– Vovô, o que você está fazendo? – Ele sorri para mim sem levantar os olhos do papel.

– Um cartão para a sua avó... Amanhã é 14 de fevereiro, o dia dos namorados.

– Sim. – Continua desenhando. Usa canetinhas de diversas cores, abre a canetinha, pinta, fecha de novo e deixa cair sobre a mesa, e depois outra e outra ainda.

– Você gosta?

– Deixa ver. É lindo!

E reconheço a vovó enquanto cozinha e ainda tem uma mesa no fundo com um pouco de gente.

– Mas aquela no canto sou eu!

– Sim... E aquele do seu lado é o seu irmão, como é que você o chama? Rusty John...

– James!

– Ah, sim... Rusty James, Alessandra... E aquele sou eu!

– Sim, eu percebi.

– E ela cozinha pra nós todas aquelas coisas gostosas que sabe fazer...

– É sim... – E depois tem um coração grande e vermelho que o vovô segura e em cima a frase "Para você, que mata a fome do meu coração!".

– É lindo, vovô! – E olha satisfeito o seu desenho e sorri contente. Olha de novo. Depois escutamos o barulho do elevador e em seguida a chave na porta.

– Shhiii... É ela!

– Vocês estão aí?

O vovô esconde logo o desenho embaixo de uma pasta, recolhe todas as canetinhas e enfia rapidamente dentro de um copo grande. Depois me olha malicioso e pisca o olho.

– Sim, estamos aqui!

A vovó Luci entra no escritório.

– Olá... O que vocês estavam fazendo? – Ergue a sobrancelha e sorri.

– Nada, batíamos um papo...

– Sim! – Olho alegremente para ele. – Quero levar o vovô de carona na Vespa...

– Mas não pode, assim vão lhe dar uma multa...

– Como é que você sabe?

– Eu li... Você vai ter que esperar os dezesseis anos.

Depois se aproxima do vovô e beija levemente seus lábios com um sorriso que eu sinto até aqui que está cheio de amor.

– Comprei aquilo que você tinha me pedido...

– Aquilo que eu gosto? – O vovô se transforma num instante num menino muito menor que eu.

– Sim, aquilo mesmo! Vou preparar alguma coisa pra vocês comerem, está bem?

– Sim, vovó, eu te ajudo!

E assim nos enfiamos na cozinha. A vovó abre um pacote de batatinhas e coloca num prato grande.

– Eram essas que ele tinha me pedido... as batatinhas com páprica.

– Ah...

E eu sei lá que coisa misteriosa estava esperando; continuamos assim girando pela cozinha, preparando alguma coisa, com os guardanapos, os copos e tudo mais, falando de tudo e de nada. A vovó me faz um monte de perguntas e eu respondo, mas com uma leveza, o prazer de estar juntas e aquele sabor de amor que se respira por toda a casa. E tudo me parece tão simples que lhe digo tantas coisas que às vezes, mesmo que você se esforce pra caramba, que faça de tudo, não consegue mesmo dizer.

Os professores começaram a falar com a gente dos exames, mas para mim eles ainda parecem tão longe, não quero nem ouvir falar! Além disso, em abril vai ter o megaencontro geral para os pais, o último, definitivo, absoluto, *mamma mia*, e eu não posso ir mal em mais nada. Mas não tinham dito que ia ser abolido?! Baixei da internet um monte de ensaios, mas não sei se bastam. A minha irmã me disse uma vez que é uma bobagem, mas com ela você nunca sabe muito bem o que pensar, é tão diferente de mim. Então, acho que em história poderia ser a Itália no pós-guerra; geografia a Oceania, italiano Svevo ou Calvino, e ciências? Não sei. Dá para relacionar a Oceania com terremotos e vulcões, quer dizer, lá tem uma zona muito sujeita e eles? Não sei. Para francês e artes, eu teria pensado em levar Henri Matisse. Teria a ver com o período? Para inglês, levo a Austrália; música eu não sei se cai no exame; seja como for, acho que relaciono em história com o *jazz*; para desenho geométrico não sei. Depois não entendi se é melhor repetir todo o programa das matérias. É essencial ou no fim das contas é inútil? Não sei. Não resisto. Enquanto me perco em todas essas perguntas, desenrolo o sanduíche embaixo da carteira, me abaixo escondendo atrás da colega que está na minha frente e tento lamber um pouco de Nutella que saiu pelas bordas. A Clod me vê da sua carteira e me chama. Já está pronta para se oferecer como voluntária. Ah, como se eu tivesse chamado, toca o sinal do intervalo... E chega imediatamente a notícia bomba.

– Terminei com o Dodo.

– Então?

– Então chega... Estou cheia.

A Clod e eu ficamos em silêncio.

Depois abro os braços.

– Sinto muito, mas... Talvez pudesse ser importante... aos poucos.

A Clod, a grande curiosa, pergunta:

– É porque ele queria muito? – É maliciosa.

– Talvez! – A Alis acende um cigarro, quer ser transgressiva a todo custo. – Nada, ele não se importava nem com aquilo... Pensava só em jogar futsal, sempre com os seus amigos, bebendo com os seus amigos, na rua com os seus amigos ou então no bar da mamãe... Vamos, meninas, não existe uma vida assim!

– É... – Na verdade não sabemos muito o que dizer, ela fez de tudo pra ficar com ele, por um período parecia até apaixonada. Talvez tenha ficado com ele só porque tinha a competição, quer ser a mais forte e a primeira como sempre. Mas eu penso isso e basta. Lógico que não posso dizer.

– Vocês terminaram logo hoje que é São Valentino...

– Ontem. Eu até tinha comprado o presente, mas a ideia de passar a noite com ele... Não consegui.

– O que você tinha comprado? – A Clod em certas horas não consegue mesmo; quando deveria ficar calada, fala, aliás, exagera.

– Ah, uma máquina fotográfica digital. Não dei. Está aqui; aliás, vou tirar uma foto de vocês...

Fazemos pose e ela bate a foto erguendo a máquina e pegando nós três enquanto fazemos umas caras absurdas. Depois olha como ficou.

– Perfeita! Olhem, vamos fazer uma coisa...

– O quê?

– Hoje à noite na cara de todos os namorados vamos jantar as três juntas, estão a fim? Eu pago... sabe aonde vamos, no Wild West, na Giustiniana! É muito legal.

– Ok. – E por sorte a tarde passa tranquila, sem muitas tarefas para fazer. Me estiro na cama, com os pés para cima e o iPod ligado. Ouço um pouco de música no modo aleatório. Não tem jeito. Parece que te conhecem. Que vivem com você e podem ouvir tudo o que você pensa. Às vezes me parece que é assim quando ouço certas canções. Dizem exatamente tudo aquilo que sinto e que gostaria de dizer, por exemplo, ao Massi. Quer dizer, exatamente como eu gostaria de dizer. Nem melhor, nem pior. É preciso agradecer os grupos e os cantores porque falam por nós. Você ama alguém, mas é tímida ou pensa que está errada e vai! Basta que dedique uma canção. E, se você tiver sorte, ele vai entender tudo aquilo que você não conseguiu dizer com palavras e talvez te dedique outra. Canções para cantarolar, escutar de novo e dançar juntos numa festa. Canções para ficar abraçados, canções para copiar no diário... Massi, nós já temos a nossa canção. Que engraçado, não temos uma história, mas temos a nossa canção.

– Mamãe, eu vou sair hoje de noite.

– Ei, mas você não está estudando muito pouco?

– Não tinha muito o que fazer pra amanhã.

– Ok, às onze quero você aqui... – Depois pensa um instante. – Como é que você sai logo hoje à noite? São Valentino... Com quem você vai?

– Imagine! – Gostaria de dizer: quem dera! – Vou com a Alis e a Clod.

– Tem certeza?

– Claro! Eu diria pra você, não?!? – Penso de novo no Biagio Antonacci e já não tenho tanta certeza.

Exatamente naquele momento a Alê passa.

– Imagina, mamãe... E quem pega essa daí?

– Simpática. E você o que faz... sai com o Giorgio ou com o Fausto?

– Não, eu deixei os dois.

– Oh, sim... Você fez bem!

– Sim, mas saio com o Luca...

A mamãe faz uma cara tão desesperada. Tento animá-la.

– Ela fala assim de propósito. Você sabe como ela é. Não é verdade nada disso. Faz assim só pra aborrecer. – Ela se anima um pouco. Mas eu, na verdade, não tenho tanta certeza.

Oito e meia. Toca o interfone.

– Alguém atende? Mas quem é a essa hora?

– É pra mim, papai. Sim?

– Estou aqui... – De fato. É a Clod.

– Estou descendo.

– Mas você sai toda noite...

– Imagina, papai... Nunca saí durante a semana. E depois eu tinha falado com a mamãe. – A mamãe chega com os pratos.

– Sim, é verdade, ela tinha me dito.

O papai não aceita. Tem que ficar nervoso como sempre.

– O fato de ela ter lhe dito não quer dizer nada.

– Mas são ela e as duas amigas...

– Não é isso.

– Mas...

E começam a discutir. Sinto muito por tudo isso, mas tem a Clod lá embaixo. E depois estou com vontade de sair. Essa casa está pequena para mim. Principalmente quando tem essas discussões. Tão estúpidas. Tão inúteis. Que incomodam tanto! Bato a porta da sala com força atrás de mim. De propósito. Depois desço correndo as escadas e salto os últimos degraus de cada andar. Dois. Depois três. Até quatro de cada vez. Estou com raiva. Muita. O papai sempre trata mal a mamãe. Mas por que ela continua com ele? Talvez por causa de nós, filhos. Sim, de qualquer modo é culpa nossa também. Odeio meu pai. Odeio o seu ataque à minha felicidade.

– Vamos, anda!

– Ei, o que está acontecendo? – A Clod parte a toda velocidade seguindo as minhas indicações.

– Nada! Não está acontecendo nada. – Dou um murro forte no painel do seu minicarro.

– Ei, não põe a culpa nele, não tem nada a ver... Seja como for eu também briguei com minha mãe. Não queria que eu saísse... Tem horas que eu queria ser a Alis...

– É.

E ficamos assim em silêncio por um bom tempo, a não ser por alguma indicação do caminho.

– No fim da rua à direita. Depois reto.

E ela continua dirigindo assim, concentrada, em silêncio, sem a gente se falar. Mas depois, aos poucos, passa, assim de repente, sem nenhuma explicação. Aliás, nem penso mais nisso.

– Mas olha, muito legal... – Abro o estojo e vejo.

– Você tem o último do Maroon 5... Mas quem te deu?

– O Aldo me fez uma cópia.

– Sério? Bom, legal.

Olho para ela. Ela me olha. Sorri.

– Você me empresta pra eu carregar no iTunes, assim depois ponho no iPod?

– Claro!

– Bom. – E continuo dançando até chegar no Wild West.

A Alis está do lado de fora.

– O que é? O que está acontecendo?

– Nada, tem só três casais e, além disso, de velhos! – Olho lá dentro.

– Mas vamos, parece legal... E depois um daqueles que você diz se parece com o meu irmão!

– Imagina, quem dera, eu estaria lá dentro na mesma hora... olha que olhar. Aquele é velho! Vamos, fora daqui...

E monta no seu minicarro.

– Mas você tinha reservado!

– Sim, mas tinha dado o sobrenome da Clod! Me sigam! – E parte a toda velocidade.

Ficamos atrás dela a dois mil por hora e no final chegamos na pizzaria Celestina em Parioli.

A Alis deixa o minicarro com o manobrista.

– Não risca que eu te mato... – diz rindo, mas eu acho que não brinca muito. Finalmente entramos.

Chega um garçom.

– Pois não?

– Fizemos uma reserva pra três. Sereni.

A Alis deve ter ligado do minicarro, dessa vez deu o sobrenome verdadeiro. Tinha certeza de que nós iríamos.

– Oi, Alis.

– Boa noite.

Uma senhora que está jantando com um tipo estranho cumprimenta a Alis, os dois parecem ter feito algumas plásticas. Talvez sejam amigos da mãe dela. A julgar pelo modo como estão vestidos, poderia ser.

– Olhem, esta é a sua mesa.

Nós nos sentamos. A Alis olha ao redor.

– Muito melhor aqui.

– Sim, claro.

– E mais perto também...

– Mas não tem gente importante.

Nas mesas tem um pouco de tudo, vários casais de todas as idades.

– Ei, mas aquela não é... como se chama? Vamos... – Olho melhor para onde a Alis indica com o queixo. Sim, é ela mesma. E está com outro, no dia de São Valentino, quer dizer, não é um jantar qualquer.

– Vamos, é ela... Não me vem o nome.

A Alis insiste.

– A namorada do Matt!

– Melissa...

– Ah, sim, Melissa! – E de lá aquela menina, mesmo estando muito longe, parece ter escutado. Vira o olhar na nossa direção. A Clod e eu viramos imediatamente para o outro lado.

A Alis, ao contrário, mantém o olhar fixo. Aliás, vejo que até levanta as sobrancelhas como se dissesse: "Ei, gatinha, o que você está fazendo jantando com outro?". Depois a Alis se volta para nós. Dá para ver que a luta acabou.

– Não acredito. Ele pegou na mão dela. Acariciou...

– Logo...

– O Matt e ela terminaram!

– Amanhã vou ligar pra ele...

– Alis! Aquele lá por pouco não deve se lembrar nem de mim, e você ele deve ter visto só uma vez.

– Sim, mas pelo modo como me olhou... você vai ver que ele se lembra. Se lembra...

– Tudo bem...

Abro o cardápio. Olhe que a Alis quando faz assim me dá nos nervos. É tão convencida! E depois, desculpe, acho que eu cheguei primeiro, não? Veja, estou ficando nervosa, mas não com ela, na verdade, não, comigo! Porque essas coisas que penso deveria dizer para ela. Sim, deveria discutir e fazê-la perceber, mesmo porque sei que tenho razão. Tudo bem, talvez na próxima ocasião. E isso também me faz ficar um pouco com raiva, porque no final deixo sempre tudo para a próxima vez. E às vezes, quando eu gostaria de responder, não me vêm as palavras certas, então deixo passar. Depois volto para casa e me vem a resposta perfeita que poderia ter dado... mas já é tarde!

– No que você está pensando?

– Ah, nada...

Veja, como se quisesse provar.

– Então, vamos fazer os pedidos? Vamos, que o garçom está vindo.

A Alis nos olha esperando as nossas decisões.

– Eu vou querer um *antipasto di terra* e depois *pasta all'amatriciana*.

– Uma coisinha leve, hein... Clod, você?

A Clod fecha o menu.

– Eu só uma salada.

– Ahn?

A Alis e eu nos olhamos e quase desmaiamos.

– Não posso acreditar...

– E o que aconteceu?

– Por acaso entrou na sua cabeça aquela palavra que você odeia... dieta?

– Engraçadinhas. É que não estou com muita fome.

E assim pedimos aquilo que tínhamos pensado. A Alis se decide por uma lagosta *alla catalana* que eu experimentei uma vez e me parecia que tinha muito vinagre, mas que ela gosta muito. E assim que o garçom se afasta, recomeçamos com a nossa investigação psicanalítica.

– Queremos saber o porquê dessa dieta!

– Sim, o que foi que levou você a raciocinar...

– O que aconteceu?

– Quem te disse o quê?

– Seus pais? Um menino?

– Um filme?

– Um sonho?

E nos divertimos fazendo sempre mais perguntas de modo que no final a Clod não aguentasse mais.

– Ok, ok... Basta. – Fica um instante em silêncio. E nós duas também.

– É que...

– É que...?

A Clod olha para nós mais uma vez, depois explode num sorriso.

– Estou namorando o Aldo.

– Nãããão!

– Não acredito! – A Alis se joga para trás e quase cai da cadeira. Eu estou superfeliz, mas não consigo mesmo acreditar.

– Não é uma brincadeira, é?

– Eu pareço uma pessoa que brinca com essas coisas?

– Conta...

E aos poucos na nossa mesa cai uma espécie de silêncio como só a palavra amor sabe criar. Porque o amor, quer dizer, quando duas pessoas se conhecem, saem, se telefonam, ficam juntas ou se separam, interessa a todos. Além disso, se quem conta para você é alguém como a Clod, você se emociona ainda mais.

– Então, tinha acabado a aula de ginástica. Eu tinha tomado uma ducha e ainda estava com os cabelos um pouco molhados. Saí e ele estava ali, ao lado do portão da academia. Chovia e dava para ver a chuva contra a luz, porque a lâmpada do poste tinha queimado...

– Vamos! Pula essa parte...

A Clod sorri para a Alis,

– Então estranhamente ele não quis fazer nenhuma imitação... Ficamos em silêncio, depois ele me disse uma coisa linda: "Sabe, antes eu odiava vir pra ginástica...".

– E você?

– Eu disse que, ao contrário, ainda odeio ir... Mas vou do mesmo jeito. Então começamos a rir. Depois passou um carro em alta velocidade perto da calçada que quase não viu a gente e estava pra nos encharcar...

– Lindo, como nos filmes!

– Sim, é mesmo, então acabamos ficando perto um do outro... E, não sei como, a gente se beijou.

– Como dois ímãs que terminam colados...

– Sim, ou como dois abjetos!

A Alis tem sempre que estragar tudo.

– Mas então o que você está fazendo aqui... Hoje você deveria comemorar com ele!

– Ele me escreveu mesmo um torpedo, talvez a gente se veja depois.

– Mas vai agora! – A Clod olha para Alis quase como se pedisse "posso?". Eu não penso duas vezes e insisto.

– Vai! Vai! A Alis me dá uma carona!

– Claro... eu dou uma carona pra ela! – Nem bem termina a frase e a Clod quase derruba a mesa. – Obrigada, a gente tinha organizado jantar e tudo. Não sabia mesmo como dizer pra vocês... – E desaparece do restaurante. E nós ficamos assim comendo e conversando muito, comentando a notícia incrível.

– Você consegue imaginar... A Clod namorando e nós duas não!

Mas eu estou feliz. Era a que parecia ter muito menos possibilidades. Por um instante a Alis parece triste, e eu realmente não entendo. A gente deveria estar feliz pela nossa amiga. Realizou um sonho! Claro que, pra mim, ficar com o Aldo e suportar todos os dias todas aquelas imitações incompreensíveis que ele faz seria um pesadelo. Mas se ela está feliz! Isso é o que conta na vida, ser feliz por aquilo que realmente nos faz feliz... Digo isso, mas parece que ela está pensando em outra coisa.

– Desculpe, garçom, vocês têm as tortas de chocolate?

– Sim, claro.

– Então, me traga uma bela fatia.

Depois me olha e sorri.

– Talvez no próximo ano vamos estar aqui eu e você com dois namorados e ela de novo sozinha...

– Sim... Pode ser, mas também poderemos estar as três... com três meninos! – E a Alis me olha de um modo estranho, depois dá de ombros.

– Sim, claro...

Embora me pareça mesmo estranho que ela não tenha pensado nessa possibilidade.

Tom, o avô da Carolina

Sou Tommaso, o avô da Carolina. Meu neto Giovanni, ou Rusty James, como a Carolina o chama, grava o mundo sobre a página branca. Eu também. Mas uso outro tipo de papel, o fotográfico. A objetiva contém o espaço que quero imortalizar. Aquele círculo tão pequeno que pode segurar um momento mágico, único. A fotografia para o tempo, vence o medo de que tudo se perca. Basta um clique. Aquela imagem e principalmente o que ela evoca serão nossos para sempre. Sempre gostei dessa ideia da arte da fotografia. Momentos que posso partilhar com os outros, com a minha Lucilla em primeiro lugar, por exemplo. Uma modelo belíssima para mim. Um rosto que muda sempre de expressão e dá a deixa para tantas fotos. Vocês deveriam vê-la. Tem olhos que não sei dizer. Ainda hoje me perco dentro deles. Eu me sinto seguro quando a olho. Ela caminha pela casa tranquila. Arruma as coisas, lê, prepara um chá, fala comigo. E eu me sinto feliz. E sei que poderia morrer hoje e estaria tudo bem do mesmo jeito, porque tive tudo o que queria. Ou melhor, não. Tive aquilo que nem sabia que queria. Porque muitas vezes nós erramos ao desejar as coisas. Acreditamos que sabemos o que é melhor para nós, mas na realidade nos impomos. É o risco que corremos quando não nos escutamos realmente. Com a minha Lucilla, ao contrário, aprendi a procurar aquilo que o meu coração queria. Assim, quando olho de novo minhas fotos, todas, posso reconstruir cada passagem da minha vida com ela. Ela que me ensinou a vida e me fez alguém melhor. Ela que nunca se rendeu, mesmo quando não tínhamos um centavo e não sabíamos o que fazer. Arregaçou as mangas e serenamente começou a construir devagarzinho, mesmo com o pouco que havia. E naquelas fotos há uma vida inteira para rever a fim de sentir-se ainda como em todos aqueles momentos que procurei paralisar. Sem perder nada. Mesmo quando não estivermos mais aqui, aquelas fotos saberão conservar o que é importante. E quem ama poderá sempre colher alguma nuance que talvez, no frenesi da vida, tenha se perdido. Há anos tiro fotografias. Organizo as fotos em alguns álbuns que conservamos na sala e, de vez em quando, à noite, começamos a folheá-los no sofá. Quantas recordações, risadas e também um pouco de tristeza por aqüilo que não pode mais voltar. No entanto, o prazer está todo em olhá-las de novo. E principalmente ver que os nossos rostos estão sempre lá e vê-los mudar uma página após a outra. Eu e ela. Que amor! O amor. Ainda me lembro da primeira vez que a vi. Éramos ambos muito jovens e eu, com certeza, muito desajeitado. Passava de bicicleta e a vi. Caminhava de um modo que não posso esquecer. Um modo de caminhar belo, sólido e leve ao mesmo tempo. Um modo de caminhar que me tranquilizava. O que penso e quase me assustou foi que poderia tê-la perdido, que se não tivesse feito alguma coisa ali, naquele momento, nunca mais a teria visto caminhar assim. Tinha que pará-la, imortalizá-la de algum modo. Mas não tinha nada para fazê-lo. Havia somente eu. Então desci da bicicleta e me apresentei. Ela quase se assustou, mas logo depois começou a rir. Começou a rir... naquele tempo, se um desconhecido aparecesse tão perto e falasse com você, havia embaraço e as moças tinham a tendência a se mostrar recatadas, até por medo daquilo que os outros poderiam dizer. Mas ela não. Mesmo estando em plena luz do dia, ela riu. E falou comigo. E eu soube que não poderia mais viver sem ela. E foi assim. Conheci outras mulheres e nenhuma, nunca, me pareceu magnífica como minha mulher. Foi quando ela riu que decidi que precisava a todo custo de uma máquina fotográfica. Para fotografá-la. Para congelar aquele sorriso. E depois os outros... E assim a comprei imediatamente. Tive que comprá-la sozinho, a prestações, com o dinheiro do meu primeiro trabalho. Mas a comprei mesmo assim. Então comecei a fotografá-la sempre e ela se envergonhava. Mas era linda, mesmo quando fazia caretas. E depois as paisagens, as coisas, os meus outros afetos, nossa filha, os netos e tudo o que está a minha volta entraram na objetiva. A fotografia é o modo com o qual me descrevo e falo. Há também o desenho, outra paixão minha, mas não é como quando faço alguns cliques. Quando eu os olho, vejo um pedaço da minha vida e me lembro exatamente daquele dia. Depois sorrio. Sei que continuarão aqui depois de mim. Talvez alguém, olhando bem dentro, veja o sorriso da minha alma. Se for assim, então serão a minha verdadeira herança.

Março

Por quanto tempo você conseguiu manter o celular desligado? Nunca!

Uma tristeza do mês passado? Ainda não ter encontrado o Massi.

O que é para você a primavera? A leveza.

O pior torpedo que você recebeu esse mês: "Qual é o animal que, se você acrescentar um pronome, te permite boiar? O bo-te"; quem me mandou foi o Filo!

Cabelos longos ou curtos? Longos.

O filme mais legal que você já viu? Legal não sei... mas muito legal, *Ratatouille*.

Branco ou preto? Branco.

Unhas bem cuidadas ou roídas? Nenhuma das duas.

O elogio que você mais gosta? Você é linda.

O que você odeia? Você é boa.

Eu me lembro de que quando era criança me diziam sempre que "março mês louco". Nunca entendi por que dizem isso, nem rima. No máximo: "março luxo esparso". E assim poderia ser o mês preferido da Alis! Ou então: "março grande esforço". E nesse caso poderia ser bom para a Clod e a sua dieta.

Afinal, cada mês a seu modo pode ser louco. Depende do que acontece. E, seja como for, eu não poderia pensar que março teria mudado a minha vida. Não. Não assim. Bem, mas comecemos do começo.

O Nico é um tipo muito engraçado. É muito mais alto do que eu, tem um físico forte, é bonito, tem cabelos cacheados e olhos azuis. Guia a moto de um modo que todos sempre dizem que "parece o vento". E ele ri, depois empina e está sempre alegre. Tem uma moto Honda Hornet preta, agressiva. E ainda consegue guiar em uma roda só por um bom pedaço.

"Você quer dar uma volta comigo? Vamos, Carolina, sobe aí... Eu e você desafiamos o vento."

E me olha assim, com aqueles olhos azuis e profundos que parecem o mar quando está calmo, quando você olha longe e não vê onde termina, quando você se perde tanto naquele azul que não entende onde começa o céu. Enfim, gosto dele, não posso dizer que não. Mas um passeio em uma roda só...

– Não, obrigada, mas não, Nico.

– Como você quiser... – Então derrapa e gira a moto com a roda traseira, freia com a dianteira e faz girar embaixo dele enquanto a roda traseira levanta uma nuvem branca como se estivesse queimando. Mas depois chega uma senhora gorda com um macacão, que grita com ele.

– Para com isso, Nico! Você deixa tudo com cheiro ruim! Aqui a gente tem que trabalhar!

O Nico para, desliga a moto e estaciona. Depois põe de novo o chapeuzinho e se aproxima da bomba. Agora está um pouco triste e abatido. Enfim, não é mais arrogante como antes.

– Mas, Carolina, você tem que abastecer.

– Não, não, obrigada, eu abasteci antes. – É, porque o Nico é o filho do frentista. Mas lógico que não é por isso que eu lhe disse não ao convite para o passeio. É que eu tenho medo de verdade! No entanto, desde que descobri esse posto, vou sempre lá abastecer. Mas não por causa do Nico, ele eu conheci depois, por Luigi, seu pai. É um tipo baixo com bigode grande, embaixo do macacão usa sempre a gravata, e é sorridente e gentil, mesmo comigo que ponho no máximo cinco euros. Porque, às vezes, os frentistas, quando percebem que você coloca tão pouco, que faz eles tirarem a bomba por "só" cinco euros, te tratam mal, não te olham quando você dá o dinheiro e no final nem te cumprimentam. Ao contrário, ele e sua mulher Tina são sempre gentis.

A Tina é gorda, robusta, com seios grandes e os cabelos escuros e cacheados. É aquela que antes gritou com o Nico, talvez ele tenha puxado a ela, embora os olhos sejam como os do pai. Aquela mulher trabalha muito, está quase sempre lavando os carros que levam para lá. É ela que se ocupa disso, lava e enxuga bem depois de ter feito os carros passarem embaixo do lava-jato. Estende-se com trapos grandes em cima do capô e tenta enxugar o para-brisa e depois o teto e, com aqueles seios grandes que tem, quase não alcança. E é engraçado porque seus seios ficam espremidos dentro daquele macacão, mas ela continua com os cabelos caindo no rosto, suada, ofegante e faz o seu trabalho com muita atenção. E ver o Nico que continua fazendo empinadas enquanto sua mãe trabalha tanto... Bom. Problema deles.

Um dia, porém, enquanto estou voltando da escola uma moto se aproxima de mim. Me fecha, quase caio e sou obrigada a frear e não percebo que é ele até o momento em que tira o capacete.

– Nico! Você me assustou!

– Desculpa... – Depois fica em silêncio. – Mas por que não quer sair comigo? Porque sou filho do frentista? – E fico quase sem palavras. Vejo o Nico ali na minha frente com aqueles cabelos cacheados, com uma cara decidida, mas no fundo boa, até um pouco em dificuldade.

– Por que você diz isso? Não, não tem nada a ver.

– Tem certeza?

– Claro.

– Prova.

– Primeiro, eu não devo provar nada pra você. E segundo, não saio com você porque quer me levar nessa moto que guia como um louco... Faltava só você me derrubar assim, pensa se me leva com uma roda só... Não iria nunca.

Então o Nico sorri.

– E se eu prometer que guio devagar... e que não empino nunca?

– Se você jurar.

– Juro.

Ficamos um instante em silêncio.

– Vamos dar um passeio?

– Não posso.

– Está vendo? Eu sabia...

– Não posso porque tenho que estudar. Hoje não fiz nada.

– Amanhã à tarde? – Vejo que ele me olha com a sobrancelha erguida. Está me testando.

– Ok. Mais ou menos cinco horas, se não chover.

O Nico está todo feliz. Parece um menino manhoso que conseguiu o que queria.

– Me dá o seu endereço que eu passo pra pegar você...

– Não, a gente se vê na frente da minha escola. Farnesina.

– Por quê? – Fica desconfiado de novo.

– Porque meus pais não me deixam andar de moto. E não acreditariam nunca no teu juramento.

– Juro que mantenho a palavra.

– Ok. Tchau... Até amanhã.

Ele afasta um pouco a moto e me deixa passar.

– Tchau... – Mas enquanto volto para casa me dá um nervosismo. Puxa vida. Não devia aceitar. Quer dizer, ele me obrigou. Não me sinto livre. Quer dizer, sabe aquelas coisas que você sente que tem de fazer? Que mesmo se antes você talvez tivesse vontade, automaticamente passa! Sempre fui livre para decidir com quem sair, no entanto este aqui, com o fato de que eu queria que ele entendesse que a história do frentista não tinha nada a ver... Bem, eu me compliquei sozinha. Puxa vida de novo. E até a noite estou nervosa e por sorte a Alê foi jantar fora, senão teríamos brigado pra valer. E depois esse aqui, não tenho mais nem vontade de chamar de Nico de tanto que estou nervosa, não tenho nem o celular dele, não posso nem mandar um torpedo e inventar uma desculpa qualquer... Que saco!

– Carol, o que é que você tem? Parece tão nervosa...

– Não, nada, mamãe.

– Tem certeza? – Ela me olha nos olhos e aperta um pouco os seus para focalizar bem, como se conseguisse ler dentro de mim. E ela consegue um pouco, infelizmente, mas não quero que se preocupe.

– Não, nada... É que discuti com a Alis.

– Eu sempre te disse que aquela menina é estranha, vocês são muito diferentes...

– Sim, eu sei... Você tem razão. Mas agora vai passar.

De fato, depois que escovei os dentes e me enfiei na cama passou um pouco. Mas que importa? No fundo amanhã à tarde eu saio e depois basta. Talvez eu até me divirta. De qualquer modo ele é um menino bonito. Quem sabe não me leva a um lugar legal. E com esses últimos pensamentos fico um pouco mais tranquila afinal e assim adormeço.

Porém quando acordo pela manhã as coisas voltaram a ficar do mesmo modo. Estou de novo nervosa. Uma ânsia estranha, como quando você percebe que teve um pesadelo, mas não se lembra qual é, tem vontade de comer alguma coisa no café da manhã, mas não sabe o quê, gostaria de ficar parada na carteira e, no entanto, pega o estojo e tira as canetas e abre a bolsa e procura alguma coisa, mas o quê?

– Mas o que você tem, Carol?

– Por quê?

– Você não fica parada um segundo...

– Ufa!

Até tua colega te diz, e você sabe que ela tem razão, mas te incomoda, aliás, incomoda principalmente porque tem razão. Enfim, à tarde, depois de ter estudado o mínimo necessário, me vejo na frente do espelho. Provo várias roupas e no final escolho a que me parece mais adequada, jeans, camisa azul-celeste xadrez e moletom Abercrombie azul, tênis Nike preto, cinto largo D&G[27], jaqueta azul-escuro. Enfim, não quero ser muito nem pouco. Penteei os cabelos e estou sentada na cama arrumando o despertador sobre a mesa onde normalmente a essa hora estaria estudando.

16h10min.

16h15min.

16h18min.

Parece aquela história que o Rusty James me contou uma vez. Quando servia o exército, acordava muito cedo e o dia era cheio de compromissos; depois, uma hora antes da saída não tinha mais nada para fazer.

E assim todos esperavam as cinco, quando finalmente o portão seria aberto e ele poderiam sair para o dia de folga. O tempo parecia não passar nunca. Tinha quem ficava sentado num muro com as pernas dependuradas, alguém que caminhava para cima e para baixo, outro fumava um cigarro, outro ainda folheava aquele único jornal, já reduzido a um papel velho, pela décima vez. Depois finalmente o trompete! E então todos corriam para um pequeno portão que era o único modo para sair do quartel. Bem, é assim para mim. Só que não saio por causa do dia de folga. Saio com o coronel "Nico"! É como se hoje, só para mim, tivesse voltado o serviço militar obrigatório. Bom, no final, de um modo ou de outro, inclusive arrumando meu quarto pela segunda vez, finalmente são 16h50min e eu também posso sair correndo.

Deixo um bilhete para a mamãe. "Volto logo... Carol." E talvez essa seja a única vez que seja verdade mesmo. Pelo menos na intenção. Chego diante da escola e ele já está lá, encostado na moto com dois capacetes idênticos, um em cima do tanque, o outro perto dele no selim.

– Oi! – Está alegre e feliz.

– Oi... – Espero que o meu tom não tenha me traído. Não. Não liga a moto e vai embora, então não entendeu nada do que eu estou pensando.

– Vou fechar a Vespa e já volto...

– Sim, sim, tranquilo.

Enquanto ponho a corrente, me abaixo perto da roda dianteira e como de um pequeno detalhe entre carburador e o cavalete vejo os sapatos dele: são de camurça com franjinhas em cima todas escovadas para a frente e uma pequena fivela lateral. Oh, Deus, mas onde ele achou isso? Quer dizer, nem procurando na internet se pode achar uma coisa dessas, nem digitando na busca: "a coisa mais feia do mundo". Bem, nem ali conseguem chegar a tanto! Seja como for, pouco importa. Já está feito.

Pouco depois estou atrás dele, no selim. Pelo menos guia devagar e está mantendo o juramento.

– Para onde estamos indo? – pergunto curiosa.

– Ah... É uma surpresa... – E bate na minha perna com a mão esquerda, como quando você dá uns tapinhas num cachorro pra tranquilizá-lo. Fiquei com vontade de fazer "Uuuuuh" uivando ao céu e à minha incrível capacidade de me meter em confusão. Mas deixo para lá e me mantenho séria o caminho todo, afastando a mão dele da minha perna.

– Guia com as duas mãos que eu estou com medo... – E tudo parece correr bem.

Pouco depois.

Ele diminui a velocidade, se enfia entre dois carros parados e estaciona a moto.

– Pronto, chegamos! – Ele desce e tira o capacete.

– Você gosta?

O Luneur. É o parque de diversões.

Olha para mim sorridente, todo feliz, como se ele mesmo tivesse construído o parque.

– Você já esteve aqui?

– Ah... uma vez. – Na verdade fui com os meus pais quando era muito pequena e me diverti muito. Talvez porque a mamãe tivesse medo de tudo e o papai ria dela e lhe dava sempre um susto. Eu me lembro de que a gente tinha visitado a Casa dos Horrores e a mamãe não queria subir no vagãozinho que leva para dentro do percurso. No final eu e ela fomos juntas, estávamos no primeiro vagão e éramos as que gritavam tão forte que os próprios monstros quase se assustavam.

– Venha, vamos por aqui. – Pega a minha mão e me leva para frente do Labirinto dos espelhos.

– Vamos fazer este, você está a fim?

– Pode ser.

– Dois ingressos, por favor.

Entramos, e é muito fácil se movimentar lá dentro. No fim, estamos do lado de fora em poucos minutos.

– Você gostou?

– Oh, sim, teve só um momento que eu não sabia bem pra onde ir.

– Sim, você se saiu muito bem.

Na realidade dei duas cabeçadas num vidro que não tinha visto de jeito nenhum. Estourei uma risada. Por sorte que ele não percebeu.

– Vamos dar uns tiros?

– Sim!

Dão dois fuzis para a gente. E eu mantenho o gatilho apertado como se fosse uma metralhadora.

– Não! Não é assim – me ensina o senhor. – Um tiro de cada vez... – Então faço como ele me diz, mas de qualquer modo o Nico tem de pagar outros dez euros. Estou ficando cara para ele. Mas foi ele que quis vir ao parque. E depois vamos a "Tabata" e saltamos por todo lado quando acelera e o Nico se solta da borda e tenta atingir o centro.

Outros caras também fazem a mesma coisa. Ficam em pé sozinhos no centro com os braços abertos como se fosse um desafio deles, um desafio pessoal, pra ver quem resiste em pé no centro. Eu e a namorada do outro cara nos olhamos, e ela balança a cabeça por solidariedade como se dissesse: "Você viu o que a gente tem que fazer", e eu queria dizer: "Sim, mas eu pelo menos não estou com ele, você sim!". Mas deixo para lá.

Pouco depois estamos na frente de tantas pequenas bocas de vidro e estão perto da borda e tentamos jogar lá dentro uma bolinha de pingue-pongue.

Mas o Nico no final se enche e joga cinco, todas de uma vez. Elas batem nas bordas e terminam fora, não tem jeito. É mesmo azarado. Eu jogo uma e acerto.

– Muito bem, Carolina! Ótimo! Você é boa nisso!

Um senhor idoso se aproxima de mim com um saquinho transparente, preso no alto por dois barbantes, cheio de água e com um peixe vermelho dentro.

– Muito bem, parabéns. Esse é seu.

– Obrigada. – Olho aquele pobre peixe vermelho dentro do saquinho transparente. Está quase arfando. Está parado na única direção possível para ele. Me dá uma tristeza, mas é melhor que deixar ele ali. – Venha, você quer comer alguma coisa? Eu te acompanho.

Paramos diante de um estranho marroquino todo colorido, alegre, fala muito e não se entende bem o que ele diz.

– Então o que você quer dentro, *tzatziki*? Se você quiser, eu ponho tomate, cebola, além de *kebab* e salada fresca. Já lavada, né? Cê não se preocupa comigo. Eu preparei com as minhas mãos, tudo coisa fresca e lavada. – E mostra para o Nico umas mãos cheias de uma sujeira... Minha mãe o faria lavar quarenta vezes.

– Oh, pra mim muita cebola... Você, Carolina?

– Não, eu tomo um sorvete... obrigada.

O marroquino abre a porta de uma geladeira ali perto.

– Escolhe você, pega aquele que quiser. – No final me decido por um picolé de menta. O Nico manda preparar um pão sírio abarrotado de *kebab*, cebola, maionese, coalhada, tomate e alface. Comemos sentados a uma mesinha de aço com cadeiras de ferro, todas um pouco descascadas. Na nossa frente, tem uma caixa de plástico vermelho desbotado com muitos guardanapos dentro.

O Nico come com gulodice.

– Hum, bom... – Murmura sorrindo, com a boca cheia de comida, mas por sorte não escancarada. – O cara sabe das coisas...

E eu fico calada. Até o papel do picolé me parecia sujo.

Pouco depois estamos na roda-gigante do Luneur. É alta, muito alta. A nossa cadeira sobe balançando perigosamente. Estamos sentados perto um do outro. Eu levo numa mão o saquinho de água com o meu peixe aturdido, o Nico cheira à cebola. De repente a roda para. Stutump. Um barulho agudo, surdo, de todo o mecanismo central. A cadeira balança para a frente e para trás. Depois lentamente começa a parar. O Nico olha para baixo.

– Nós estamos sozinhos... – Depois olha sorridente. – Quiseram fazer um favor pra gente parando a roda...

Sim... Sabe que favor? Mas fico calada.

– Olha. Olha que bonito lá embaixo, dá pra ver o sol se pondo.

Atrás das casas lá longe, no fundo, na direção do mar de Ostia, se vê uma última fatia de vermelho. Sim, deve ser o sol. Alguns prédios ao redor vivem os reflexos daquele laranja.

O Nico mostra à esquerda.

– E ali deve estar o Altar da Pátria...

Está todo coberto por um pinheiro alto.

– Ali – girando pra mim –, o Coliseu... E lá no fundo o Olímpico... Onde domingo a "Mágica" joga contra a Juve... Vamos cruzar os dedos...

Bem, eu juro, silêncio. Mas sabe o que significa silêncio, silêncio? Quer dizer, não consigo encontrar uma palavra, um comentário, uma frase qualquer. Tenho só um pensamento. Espero que o cara ali embaixo faça a roda voltar a girar logo. O Nico me olha, arruma a jaqueta.

– Sabe, fiquei muito contente que você tenha aceitado sair comigo... Desculpa se eu pensei que você era um pouco... um pouco assim, sim, contrária, pela história do filho do frentista...

– Imagina. – Sorrio para ele. – Nem pensa nisso...

Queria ver se tivesse falado a mesma coisa com a Alis, o que ela teria dito pra ele. Depois o Nico se aproxima bem devagar.

– Você é muito linda... – Mais perto, sempre mais perto. Oh, meu Deus... sinto o cheio de cebola. Socorro. E agora o que é que eu faço?

– Desculpa, Nico... – Eu me afasto virando para o outro lado. – Não se ofende não. É que a gente se conhece tão pouco...

– Sim, tem razão...

Carolina! Mas assim é como se você estivesse dizendo vamos nos ver de novo e depois, querido Nico, quem sabe, vamos ver... De fato.

O Nico sorri esperançoso.

– Bem, espero que uma noite dessas a gente vá jantar fora... – Me olha todo seguro de si. E não. Basta. A história de que não é importante ser filho ou não de um frentista já provei para ele. Agora basta.

– Eu sinto muito... – Lampejo de genialidade. – Mas eu estou com um menino...

– Mas como? –Ah, sim, é verdade, ele poderia me dizer qualquer coisa. Por que não lhe falei antes?

– Quer dizer, na verdade a gente terminou, Nico... é que eu ainda penso nele... Enfim, quis sair com você... Pensava que seria possível...

Vem à minha cabeça uma daquelas idiotices que sempre ouvi dizer.

– Sabe... para esquecer um amor só outro amor...

Silêncio. E o Nico, porém, sorri, espera um pouco mais. De repente, me vejo gorda, gorda, com seios enormes, dentro de um macacão de frentista lavando os vidros dos carros com a mãe do Nico! E depois, de repente, como numa mágica ao contrário, emagreço, visto de novo minhas roupas, volto a ser eu mesma, assim de novo, como sou, livre...

– Que nada, eu percebi que ainda estou a fim dele...

Ainda silêncio.

– Entendeu, Nico? É assim... Sinto muito.

Pouco depois estamos no chão. Descemos.

Ele me leva até a Vespa sem falar.

– Obrigada, eu me diverti muito. – Às vezes é mesmo necessário mentir. – Talvez a gente se fale.

– Sim, tchau... – Cumprimenta sem entusiasmo, com os ombros baixos, magoado. Se afasta devagar com a moto, me deixa assim, com aquele peixinho na mão.

Depois no final da rua dá uma empinada, levanta a moto e corre sobre uma roda só, acelerando e freando. Talvez para desabafar. Talvez porque seja imbecil. Seja como for, ainda bem que não cai. Senão eu tinha até que acompanhar ele até o hospital.

Amy Winehouse. "Me & Mr. Jones." Alegre, bonita, efervescente. Estou na vespa e o peixe parece que está quase dançando no ritmo de tanto que balança dentro do seu saquinho transparente, cheio de água, dependurado no pino do para-brisa. Minha nossa, que tarde! Nunca mais. Sério, não quero nunca mais dar um passeio desses; na verdade, porém, não tenho certeza de que quando por acaso acontecer de novo vou ser sempre tão lúcida e determinada. Isso. "Cebola." Vou chamar esse dia de o dia da cebola. Quero só ver se vou ter coragem de esquecer quando aparecer de novo "um dia da cebola".

E assim, antes de voltar para casa passo por Valle Giulia. Tem muitas curvas e tenho que ficar bem atenta para não terminar com a roda da vespa dentro da linha do bonde... Senão que voo! Chego na frente da Galeria Nacional de Arte Moderna, viro à direita e subo por Villa Borghese.

Desço da Vespa e tiro o capacete. Está quase escuro, mas o pequeno chafariz está iluminado.

– Isso, aqui dentro tem um monte dos seus amigos peixes... Você vai ver que vai se sentir muito bem... Sam! – Chamo o peixinho assim, mesmo que não entenda nada e não saiba se é macho ou fêmea. Só sei que o dia da cebola, pelo menos por enquanto, salvou alguém.

E assim despejo a água do saco com Sam no chafariz. Pluf. Dá um belo mergulho, vai até o fundo e para um pouco, como se fosse gagá, mas depois sacode a estreiteza daquele saco de plástico, move a cabeça e aos poucos começa a nadar se movendo todo alegre.

– Muito bem, Sam. Se diverte aí... Volto logo pra te ver. – E não sei se farei isso de verdade nos próximos dias, ou no mês que vem ou pelo menos durante esse ano, mas sei que gosto da ideia de ter um amigo peixe livre de novo naquele lindo chafariz. Vou reconhecê-lo ele porque é vermelho com uma pequena mancha preta nas costas, exatamente embaixo da barbatana, e gostaria de chegar ali e dizer: "Oi, Sam Cebola, como vai?". E ver o peixinho chegar de onde quer que se encontrasse naquele chafariz e aproximar-se de mim abanando o rabo e a barbatana, apesar de não ser um peixe-cachorro. Sim, sei que nunca vai acontecer, mas gosto de pensar nisso... além do mais, se você não for o primeiro a crer no teu sonho, como pode pensar que outra pessoa faça isso por você?

Assim, vou embora para casa toda satisfeita e até com um pouco de fome. Mas quando chego, não encontro ninguém. Só um bilhete.

"Vá logo à casa da vovó. Estamos todos lá. Sua mamãe." E aquele modo de assinar, aquelas poucas informações, aquele vá logo, aquela pressa imprevista até no modo de escrever. Aquele modo de reforçar, "sua" mamãe. Como se uma menina de catorze anos ainda não estivesse pronta, não tivesse desenvolvido as emoções, o sentimento, como se tivesse só preocupações ao redor dela, medo da reação que poderia ter. E enquanto me encaminho com a Vespa vou pensando, raciocinando, tento entender. Mas nada me vem à cabeça.

E não sabia que dali a um instante teria experimentado o silencioso rumor de um sonho que se parte.

Estranho. A porta está aberta:

– Oi... Estou aqui... Mamãe...?

Vejo a mamãe no fundo do corredor. Está olhando para dentro de um quarto. Depois me vê, se vira e dá um sorriso. Fraco. Leve. Magoado. Embaraçado. Cheio de dor. Pronto para as lágrimas. Um sorriso que conta uma história. Que não entendo. Que não quero entender. Vem na minha direção, primeiro devagar. Depois, mais rápido. Sempre mais rápido, quase corre e me abraça e esbarra em mim e fecha os olhos num abraço, num suspiro longo, muito longo. Quer ser grande, mãe e forte. E, no entanto, é só uma filha, com as lágrimas aos olhos.

– O vovô morreu.

– Mas como... – Sinto vontade de gritar, caio imediatamente no choro e me envergonho.

– Shhhiii... shhiii... minha boa menina...

A mamãe me acaricia os cabelos, me aperta, depois me leva com ela, me segurando abraçada, ao longo do corredor, até o último quarto, lá onde estava antes. O vovô está estendido na cama, com um rosto silencioso, sereno, mas que não pode dizer mais nada. Fico com um pouco de medo. Não sei o que fazer. Levanto os olhos. Estão cheios de lágrimas. Embaçados. Como lentes que mudam o meu modo de ver.

Algumas pessoas. Parentes. Parentes que não via havia muito tempo. A Alessandra. O Rusty James está num canto. O papai do outro lado fala com sua irmã. Me separo da mamãe. Me livro dela e me aproximo do vovô. Fico assim, no canto da cama. Depois ganho coragem, me aproximo um pouco, um pouco mais. Sinto os olhos das pessoas que me fitam. Não levanto os olhos. Olho só o vovô.

Sinto muito. Vou sentir sua falta. Você me fazia rir sempre e como desenhava bem. Queria ter me tornado boa como você, fazer umas aulas com você, você era sempre paciente, calmo, tranquilo, nunca levantava a voz e me contava coisas que me faziam ver tudo o que você já tinha visto e que eu não conhecia. E depois o seu amor grande, como aquele desenho que fez há alguns dias. O seu amor pela vovó. Então ergo os olhos. E ela está ali sentada na minha frente. Numa pequena cadeira. Está com os ombros baixos, o rosto sem um pingo de maquiagem, pálida, em silêncio. Olha para mim, mas não diz nada. Depois olha de novo o vovô. E eu continuo fixando os olhos nela. Primeiro ela, depois ele, a seguir os dois. O que será que a vovó está pensando? Que lembrança que só eles viveram? Onde está agora? Em que tempo, em que lugar? Em qual dos tantos momentos nos quais foi amada? E queria lhe dizer: "Vovó, foi lindo! Vocês eram tão lindos, sempre de mãos dadas, no amor de vocês não se via um fio de velhice! Os beijos de vocês, às vezes, me faziam virar pro lado! Mas sentia o perfume do amor. E agora, vovó, como é que você vai fazer?". E sinto o meu coração se apertar. E então estendo a mão, tomo coragem e apoio minha mão sobre a dela, sobre a do vovô. Está fria. E de repente me sinto só. E num segundo vejo desaparecer um sonho. Eu que levo o vovô de carona na Vespa. O vovô me abraça e ri, com as suas pernas longas e os joelhos tão altos que quase apoio os cotovelos neles enquanto guio. Nós tínhamos prometido. Era uma promessa, uma promessa, vovô. Que trapaça. E desato a chorar de modo incontido.

Abril

Bebida preferida? Suco de maçã.

Quem você gostaria de encontrar? Teria dito o Massi, se não tivesse acontecido a história do vovô. Agora ele vem primeiro porque queria tanto lhe dizer mais uma coisa.

Para você o copo é meio cheio ou meio vazio? Todo cheio!

Se pudesse escolher uma profissão qual seria? Fotógrafa.

De que cor você pintaria os cabelos? Azuis.

Consegue estalar todos os dedos? Sim.

Uma pessoa que te "deu alguma coisa" ultimamente? O professor de italiano na redação! Me deu ótimo!

Já amou alguém a ponto de chorar? Já, mas nunca contei.

Coberta ou edredom? Os dois.

Pratos favoritos? Sempre e só massa. E pizza.

Prefere dar ou receber? Dar.

Abandonar ou ser abandonada? Pergunta não recebida.

Não sabia o que estava para acontecer. Mas tinha entendido desde o dia 1º de abril, aquele dia em que todos te fazem uma pegadinha grande ou pequena que seja, que teria sido um mês especial... O mais especial da minha vida.

– E então? Continua, Rusty James. – Estou largada na poltrona vermelha, a minha poltrona. Joey está aos meus pés, tranquilo, move de vez em quando a cauda e escuta comigo as palavras que meu irmão está lendo para nós. O seu primeiro romance.

Nuvens. Mas ainda não tem certeza de que o título será esse.

– Estou adorando... continua.

O Rusty respira profundamente e depois retoma a leitura.

"E não tinha senão um instante para alcançá-lo. Eu o olhava enquanto ele ia embora correndo com os cabelos ao vento..."

Eu acompanho a leitura, olho para ele atrás daquela mesa de madeira, poucos objetos em cima, uma cadeira de palha na qual está sentado e aquelas páginas que vira uma depois da outra, enquanto a sua história ganha vida. Olho enquanto ele lê, move as mãos, se diverte, entra naquilo que escreveu, contando para mim mais do que as próprias palavras. E escuto assim, com os olhos fechados, e me emociono, não sei por que, me dá vontade de chorar. Talvez nesse período eu esteja mais frágil. Talvez seja porque sinto falta do vovô. É uma pena que não possa estar sentado aqui, no sofá, escutando essas palavras. Depois sorrio, porém sempre com os olhos fechados. Mas talvez esteja escutando.

"E depois a abraço apertado. E ela olha nos meus olhos.

"'Mas...'

"'Shhhiiii...' Ponho um dedo sobre seus lábios.

"'Silêncio... Você não sente o meu amor?'

"Então ela sorri. Eu também.

"'Não vá embora nunca mais.'"

O Rusty vira a última página. Apoia as mãos sobre a mesa. Eu abro os olhos.

– Carol! Mas você estava dormindo de novo!

– Não... – Sorrio. Estou com os olhos brilhando, emocionados. – Estava escutando... Não vá embora nunca mais! É lindo... Mas de onde você tira certas coisas?

– Sei lá... Vêm assim...

– Tem a ver com a Debbie?

– Mas o que é que tem a ver... – Rusty fica um pouco vermelho. É a primeira vez que vejo meu irmão um pouco constrangido, sim, enrubesce mesmo. Depois me olha e sorri.

– Claro... Tem um pouco a ver. – Fica sério de novo. – Mas tem a ver com você também... Na vida de quem escreve, todos têm alguma coisa a ver, deixam uma palavra, um sinal, um sorriso, uma expressão do rosto que fica ali, na memória, como uma pincelada que ninguém nunca vai poder apagar...

Drim.

– Carol, você está aí?

Escuto lá fora os gritos das minhas amigas:

– Ei, são elas, chegaram!

Joey e eu corremos lá para fora. Clod e Alis estão lá, o Joey começa a saltar na frente da Clod.

– Lindo... vem cá! – Se abaixa e acaricia o meu cachorro. Joey faz um monte de festa para ela e eu fico com um pouco de ciúme.

– Então vocês conseguiram!

– Tinha muito trânsito...

Fecham os minicarros perto da minha vespa.

– Olhem, as *bikes* são essas aqui fora.

– Eu fico com a branca... É mais elegante.

Alis diz isso rindo. Rapidamente, pega primeiro a *bike* e sobe. Clod sobe na outra e eu naquela que sobra.

– Mas essa é muito alta pra mim...

– Abaixa o selim, Clod, qual é o problema...? – Já se lamenta.

– Sim, mas não vão correr muito, hein... – Rusty aparece na porta. – Entenderam? Vão devagar, hein... Já estou vendo vocês fazendo corrida. E não passem dos *trailers* no final da ciclovia; quando chegarem lá, voltem...

Alis já escapou.

– Mas assim é muito perto... – Rusty se torna um pouco rígido. Depois se dirige a mim. – Carol, são quatro quilômetros até lá... É perfeito. Não faça eu me arrepender de ter pegado as bicicletas pra vocês...

Depois ajuda Clod a abaixar o selim.

– Vê se assim tá bom. Experimenta! – Clod sobe. – Sim, perfeito.

E a gente sai assim, ao longo do Tibre, na ciclovia vermelha, silêncio, o rio que escorre pouco abaixo de nós, o rumor distante do trânsito. Fico em pé sobre os pedais e alcanço logo a Alis com duas pedaladas rápidas.

– Bonito aqui, hein...

– Bonito seu irmão... – Olha para mim. – Os seus cabelos ao vento, o seu ar malicioso.

– Você se incomoda se eu ficar com ele?

Sorrio.

– Não, de jeito nenhum. – De qualquer modo, Rusty nunca ficaria com uma menina tão mais nova que ele. Alis continua.

– Uma vez ele me disse que eu lembrava a sua primeira namorada... Carla. O que você acha que ele queria dizer?

– O que ele disse...

– Pra mim tem mais alguma coisa.

– Pra mim você não parece muito com ela. Talvez ele tenha se enganado...

– Se não pareço, então tenho razão. Era um modo pra me dizer que gosta de mim. – Alis ergue os ombros, fica em pé nos pedais e começa a andar rápido. E então eu também começo a correr. E principiamos uma corrida veloz, uma atrás da outra, como se fosse a última acelerada pouco antes da curva que antecede a linha de chegada.

– Ei, eu sabia! Esperem por mim... – Enquanto Clod não se move muito e continua seu passeio lento.

Pouco mais tarde. O sol está quase se pondo, não tem ninguém na ciclovia, estamos quase chegando aos quatro quilômetros. Viro para elas.

– Ei, meninas, vamos voltar... – Clod aceita logo. – Sim, estou cansada. Olha para mim. – Já tem mais de meia hora que estamos pedalando.

Alis, no entanto, insiste.

– Eu não, quero fazer mais uns quinze minutos e depois voltamos.

– Mas assim a gente vai passar dos *trailers*.

– Mas imagine, não tem ninguém. Eu tenho que emagrecer.

Alis põe os fones do iPod, como se não quisesse escutar mais ninguém, se levanta de novo nos pedais e parte a toda velocidade com uma firmeza incrível, como para uma última acelerada.

– Espera... espera... – Mas ela já não escuta mais a gente.

– Vamos, Clod... vamos.

– Mas eu não aguento...

– A gente não pode deixar a Alis assim... – Começo a fazer força de novo sobre os pedais. Eu também estou cansada, mas pouco depois alcanço a Alis. Ela me sorri.

– A gente tem que voltar! – Nada, está com os fones, não me escuta. Grito um pouco mais alto. – Temos que voltar, não podemos ir tão longe...! – Alis parece que faz de propósito. Movimenta o polegar e o indicador apontando a orelha como para dizer que não está me escutando. Então acelera, começa a pedalar mais forte e parte a toda velocidade. Faz a reta sempre mais rápido até desaparecer atrás da última curva no fundo.

Vou mais devagar, espero a Clod que, por fim, me alcança.

– Que saco... Mas aonde vai aquela maluca? Será que não sabe que depois temos que fazer o mesmo caminho pra voltar?

– Ela acha que já chegou...

– Não... Acha que vai emagrecer!

– Olhe que a magreza está fora de moda... O Aldo sempre disse isso... Ele gosta de mim porque sou um pouco redonda...

Ela me vê perplexa.

– E olhe que é inútil que você faça aquela cara... Não é só o Aldo que diz! Eu também li numa revista em que falam da moda em Paris...

Clod parte a toda velocidade.

– Mas qual revista?

– Sei lá, não me lembro... – A Clod e o seu modo de ser sempre um pouco vaga. Muito. Mas depois da curva nos espera uma bela surpresa. A Alis está parada no meio de três meninos. Devem ter uns dezessete, dezoito anos. Um deles é um pouco maior e parece também o pior.

– Aí estão as tuas amiguinhas... – Fala com um sorriso estranho e antipático na cara. É estrangeiro. Tem um corte na sobrancelha. Paramos imediatamente as nossas bicicletas. Percebo que um dos meninos está com o iPod da Alis na mão. Enfia os fones.

– Bonita essa... O que é? – Depois olha o iPod e lê: – Irene Grandi? Nunca ouvi.

Alis ergue uma sobrancelha. Só porque aquele tipo usou os seus fones, ela nunca mais vai usar aquele iPod, nem trocando os fones.

Outro menino se aproxima da Clod.

– Desce... – E sem nem esperar arranca a bicicleta dela. O terceiro, assim que ela desce, lhe enfia as mãos nos bolsos da calça.

– Ei, o que você está fazendo? – Clod tenta se livrar, mas o outro também se aproxima e juntos começam a revistar minha amiga.

– Aqui está... – Encontram o celular. – Mas o que... Olha que coisa, tem um velho Motorola.

– Me dá ele aqui...

O tipo maior faz um sinal com a cabeça para o menino.

– Joga bem longe... É inútil.

– Sim, mas primeiro tira a bateria.

Pega, desmonta o celular e joga longe os dois pedaços. A bateria acaba no meio de uns espinhos.

Um movimento rápido e jogo atrás de mim, abaixo da ciclovia, o meu Nokia 6500. Bem na hora.

– E você? Dá o seu pra gente...

– O meu está no conserto. Não está comigo... podem até conferir. – E levanto as mãos deixando cair a bicicleta no chão. Logo os dois se aproximam e reviram os bolsos da minha calça, atrás, na frente, aquelas mãos sujas, imundas, suadas. Me incomodam. Fecho os olhos. Respiro fundo.

– Não tem nada... – Me deixam. – Só essa pequena carteira...

– Quanto tem?

– Vinte euros...

– Ok, melhor que nada. – Depois tiram nossos relógios, o colarzinho da Alis e também o da Clod:

– Mas era da primeira comunhão. – Eles nem respondem. Sobem nas nossas bicicletas, com as nossas coisas no bolso. O cara maior, aquele com o iPod da Alis, põe os fones nos ouvidos.

– Vão embora... – E começam a pedalar se afastando da gente, continuando pela cidade, indo quem sabe em qual direção. Talvez estejam indo para aqueles *trailers*. Assim que se afastam, volto correndo. Desço da ciclovia e procuro no meio da grama alta. Olha ele aqui, o meu celular! Disco logo o número.

– Alô, Rusty...

– O que é? O que está acontecendo? – Conto tudo para ele e quase me dá vontade de chorar de raiva, mas Rusty não me diz nada. Não me dá uma bronca. Não diz: – Eu tinha dito que vocês não deviam passar daqueles *trailers*...

Fica por um instante em silêncio.

– E as suas amigas? Tudo bem?

– Sim... estão bem.

– Ok. Então voltem pra barca...

– Ok... – Fico um instante em silêncio. – Rusty James?

– Sim?

– Sinto muito...

– Sim, sim, está bem... comecem a caminhar antes que fique escuro. – E desligamos.

– Vamos... Temos que voltar pra barca...

– Ele não vem nos pegar? – A Alis tem a coragem de se lamentar.

– Não... Disse que a gente começasse a caminhar que depois talvez ele venha encontrar com a gente...

– Não podia vir logo não, hein?

– Escuta, se a gente está nessa confusão a culpa é sua.

A Alis não me responde e começa a caminhar rápido.

– Vamos, Clod, anda.

– Mas não encontro a bateria!

– Vamos, eu compro outra pra você... Temos que caminhar.

E começamos assim, a passos rápidos, a caminhar pela ciclovia. Cinco minutos. Dez. Vinte.

– Estou com calor... – a Clod reclama.

– Vamos, que falta pouco...

– Agora sinto falta da bicicleta. Depois você tem que me emprestar o celular pra eu avisar lá em casa...

– Claro...

A Alis caminha na nossa frente, parece quase não ouvir as nossas palavras. Vai com a cabeça erguida, com o queixo para cima, como se estivesse incomodada com toda essa história. Que, no entanto... sabe muito bem que é tudo culpa dela. Mas ai de quem repetir isso. Uma coisa absurda e fundamental da Alis é que ela nunca tem nada a ver com nada. Se alguma coisa não tiver dado certo é porque de todo modo não teria dado certo e nisso se lembra sempre de uma frase que sua avó calabresa tinha lhe dito: – Quer dizer que não era pra ser...

Mas depois da curva, outra surpresa incrível. Uma pequena van com dois caras grandes ali ao lado e as nossa bicicletas em cima. E depois... não posso acreditar.

– Rusty James! – Corro e o abraço, salto no seu pescoço, com as pernas ao redor da sua cintura de tão alto que pulo.

– Sim, sim. Quando te interessa faz assim... Toma. – Desço do Rusty e vejo que me entrega o colarzinho da primeira comunhão da Clod, o iPod da Alis e várias outras coisas que aqueles três tinham levado.

– Esse deveria ser o dinheiro de vocês...

– Sessenta euros? Eles tinham me roubado só vinte...

– Ah... – Rusty James olha o dinheiro a mais, não sabe muito bem o que fazer. – Toma... – Dá a um dos dois meninos da van. – Tomem um café.

O tipo começa a rir e enfia o dinheiro no bolso. Depois olham abaixo da ciclovia. Lá longe, entre os galhos, perto do rio, estão os três meninos que tinham roubado o dinheiro, agora eu também vejo. O maior arrasta a perna como se mancasse. Outro está com uma mão no rosto e de vez em quando a afasta e olha a palma como se estivesse verificando se tem sangue. Às vezes se viram na nossa direção, mas procuram afastar-se o mais rapidamente possível...

– Então, aqui estão as bicicletas de vocês.

Um dos dois bate o pneu apoiando forte no chão e dá a bicicleta pra Rusty.

– Ciro, vai devagar... ê...

– Ué... Elas saltam...

Devem ser napolitanos. O outro menino ajuda.

– Essa é a minha... – Me aproximo da van enquanto estão tirando aquela que eu estava pedalando. Rusty me ajuda.

– Realmente são minhas... E pensar que eu tinha comprado essas bicicletas pra fazer vocês andarem na ciclovia, mas não depois dos *trailers*...

– Você tem razão... – Clod confere o colarzinho que colocou no pescoço. Depois pega sua bicicleta. Na parte de trás da van tem algumas coisas. Clod vê e sorri.

– Ei, mas vocês jogam baseball...? Eu adoro... Fiz o pedido pra jogar softball no campo atrás da Aniene...

Ciro vira para o outro menino.

– Giuliano, cobre os tacos com a lona... de baseball... senão vão estragar...

Depois o cara sorri para Clod.

– Não jogamos muito... Só quando um amigo precisa... – Olha para Rusty. Os dois sorriem.

– Nós voltamos pra "base", qualquer coisa você sabe como achar a gente...

E vão embora assim, naquela van engraçada de várias cores, com uma pizza meio comida desenhada em cima, embaixo o nome "Gennarie". Voltamos devagar para a barca. Rusty na sua bicicleta. Nós na frente dele. Assim que chegamos guardamos as *bikes*. Rusty tranca todas juntas com uma corrente longa e depois prende a um poste no chão.

– Bom, ainda bem que tudo se resolveu.

– É... – Fico um pouco assim com as mãos enfiadas nos bolsos da calça. Estou me sentindo meio culpada.

– Vamos, vão embora, senão vocês vão chegar tarde... Carol, dê um beijo na mamãe.

– Sim, Rusty...

– Tchau! – Alis também se despede. – A gente se vê. – Depois entra no seu minicarro, liga e vai embora correndo. Eu subo perto da Clod.

– Olha... – Sorri para mim toda feliz mostrando uma coisa.

– Ela me deu de presente...

Clod está com o iPod Touch da Alis na mão.

– Bem... Fico feliz por você. – Clod coloca o iPod em cima do painel. Olha para mim um pouco confusa. – Você acha que eu não devia aceitar? Ela me disse que senão ia jogar no lixo...

– Não, não... É que nunca vou entender a Alis.

Clod sorri.

– Mas a amizade é isso também, não? Você acha uma pessoa simpática, gosta dela e basta... Não tem que entender a pessoa de todo jeito...

E começa a dirigir.

Sim. É verdade. Talvez seja assim. Tem coisas que às vezes te fogem e que uma pessoa tão simples como a Clod percebe do modo mais natural. Olho para ela e sorrio. Ela também me sorri. Respiro profundamente e depois dou um breve suspiro. De qualquer modo, foi um dia bonito e eu gostei muito do livro do Rusty. Como é que terminava? Ah, sim. "Não vá embora nunca mais."

Passei na casa da vovó. Ela preparou um doce para mim.

– Obrigada, vovó, é aquele que eu gosto tanto...

A vovó sorri para mim.

– Dê um pedacinho para sua irmã também.

– Sim, mas eu corto antes pra Alê, senão ela come quase tudo!

– Tudo bem, faça como quiser... – E não dizemos mais nada, saímos para o terraço e damos um passeio. A vovó pôs um monte de vasos e de flores diferentes.

– Olhe... – Aproxima-se de uma planta que desce pelo muro, uma cascata de verde perfumado.

– Esta é glicínia... – Pega um ramo com a sua mão magra, quase escavada e leva até o rosto. Mergulha naquela flor lilás, fecha os olhos e cheira como se ali estivesse toda a primavera, um pedaço da sua vida, o amor que se foi...

– Sinta, sinta como é perfumada... – E quase não alcanço e ela me abraça por trás e me ajuda para que eu me erga. É delicado e leve. Eu me perco entre aquelas pequenas pétalas. Olho seus olhos que, curiosos, leem os meus.

– Sim, é uma delícia... – E continuamos caminhando pelo terraço; ela põe uma mão embaixo do meu braço, eu folgo um pouco, ela enfia o seu braço e continuamos assim, de braços dados, em silêncio, cada uma com seus pensamentos, embora eu imagine os seus e a deixo caminhar. Olho para ela com o canto dos olhos e percebo que ela parece procurar alguma coisa entre suas lembranças, depois encontra e sorri. Então fecha os olhos. É como se lhe apertasse o coração porque aquela imagem, já desfocada, vai embora assim. Então apoio uma mão sobre a dela que está no meu braço, toco de leve, sem incomodar, escutando toda aquela dor que, tão educada, caminha do meu lado.

Alguns dias depois, à noite.

– Ei, mas eu te mandei um torpedo!

Estou estudando na cama, não estava com o celular por perto quando tocou.

– Ah, sim, Clod, estou vendo...

– É, queria saber o que você decidiu. O que vai fazer, Carol, você vai?

– Ainda não sei... Não estou muito a fim.

– Mas olha que é muito legal... Vamos, o Aldo não pode. Passo pra pegar você, vai ter uma música incrível.

De fato já acabei de estudar.

– Vamos, é a noite de encerramento da Piper, você não pode faltar...

– Não sei. A gente se fala depois – Desligo. E continuo assim, com os pés apoiados na parede, os joelhos flexionados. Movimento as pernas para a direita e para a esquerda, juntas, fazendo dançar as panturrilhas; relaxo um pouco os músculos.

Toca de novo o celular. Olho. A Alis. Atendo.

– Eu falei agora com a Clod, isso não existe... Desce daqui a vinte minutos senão eu subo e destruo a sua casa.

– Ok, ok. – Sorrio, sei que ela está brincando, mas seria mesmo capaz.

– Olha que é sério, daqui a vinte minutos estou na frente da sua casa.. não me deixa esperando...

– Sim, mestre! – Ouço a Alis rir do outro lado. Desligo o telefone.

Depois de uma negociação "tática", embora rápida, consigo fazer minha mãe dizer sim. Mas que cansaço! De qualquer modo, nunca tinha saído durante a semana. Começo a me preparar. Depois de um segundo, toca de novo o celular. É a Clod.

– Quer dizer, não entendo, eu falo com você e nada... Ela te telefona e você diz logo sim.

Sorrio.

– Não é verdade... Eu disse que não... Depois ela me disse que você estava mal, que tinha terminado com o Aldo! Que a gente tinha que te fazer companhia.

– Mas não é verdade de jeito nenhum! O que é, ela quer me dá azar?

– Oh, pra mim ela disse isso. É por isso eu disse que tudo bem.

– Sim, sim, não sei quem está mais feliz das duas! Pés-frios! Deixa vocês começarem a namorar que vão ver o que eu faço. Tudo bem, a gente se vê lá na frente. Não vão chegar tarde!!!

Desligo, caio na risada e começo a me arrumar.

Que bom ficar em casa sozinha. Acho que a Alê está na casa do seu novo namorado, ou então voltou com aquele de antes. Sei lá, com ela a gente não entende nada. Não sei como faz. Deveria ser claro se você gosta de uma pessoa ou de outra, você não pode ter dúvidas desse tipo! No entanto, ela termina uma história, fica logo com outro e depois compara, pensa de novo naquele de antes. Lembra alguma coisa, parece que estava melhor e então volta com ele. E depois que estão juntos de novo, pode acontecer alguma coisa muito simples, sei lá, uma daquelas pequenas discussões: "Vamos encontrar os seus amigos, não os meus..." ou "Cinema? Não, pizza!" e pronto, automaticamente ela sente falta daquele novo! Minha irmã... Sei todas essas coisas porque ela fala direto no telefone com a Ila, sua melhor amiga. Comigo é vaga; aliás, mostra que tem as ideias claras! Só me faz rir.

Continuo a me maquiar na frente do espelho. Passo um pouco de rímel, mas só um pouquinho, hein... Depois um pouco de azul, um lápis leve. No rádio está tocando "Mercy", de Duffy. Danço um pouquinho. Dou um passo, uma virada e me encontro de novo na frente do espelho. Sorrio. Mas, sim, no fundo me deu vontade de ir a essa festa. E menos mal que tomei essa decisão. Eu ainda não sabia, mas dentro de pouco tempo toda a minha vida iria mudar.

– Olha a Clod ali! Estacionamos a um metro dela.

– Mas olha como está vestida! – Está usando uma jaqueta colorida, vermelho-cereja, e uma boina jeans.

– Ei! Você está linda...

– Ei, vocês chegaram! – Olha o relógio, irritada. Desço do minicarro. – Ah, eu fiquei pronta logo...

A Alis me dá um empurrão. – Sim, como não... pra ir dormir! Vamos, venham que estamos na lista. – Cumprimenta o cara na porta.

– Edo, elas estão comigo.

– Ok, entrem!

A Alis puxa a gente pelas escadas.

– Vamos, vamos, vem rápido, que tá tocando uma música incrível!

A Alis vai ao guarda-roupa e joga a jaqueta no balcão.

– Pega o número pra mim; se não der, não tem problema...

Depois foge na confusão entre as pessoas. Tiro minha jaqueta e ponho com a da Alis e da Clod.

– As três juntas? – pergunta a guardadora das roupas, uma menina bonita, cabelos pretos com uma franja assimétrica, um piercing no nariz e um chiclete muito grande que mastiga com a boca aberta.

– Não... não... deixa separado.

– Ok, quinze euros...

A Clod arregala os olhos:

– Caramba...

– Deixa, eu pago. – Por sorte tenho o dinheiro.

A menina dá três bilhetes.

– Toma, esse é o seu... – Ponho um no bolso de trás e fico com o da Alis na mão.

Lá está ela. Dança como uma louca no meio da pista.

Vou até lá.

– Toma...

– O que é?

– Seu bilhete para a jaqueta – grito no seu ouvido.

– Ah, obrigada! – Enfia o bilhete, todo amassado, no bolso da frente.

– Escuta, escuta, Carol! Escuta que coisa! – Fecha os olhos e gira sobre si mesma. Levanta os braços e dança, dança como uma louca, pulando, cantando, no ritmo perfeito, com os olhos semicerrados, gritando com força, com alegria, com todo o seu ser. E eu danço na frente dela, balançando a cabeça, com os cabelos soltos perdidos na música, agitando os braços, e logo depois chega a Clod e ela também se dobra sobre si mesma. Dança divertida e vamos, meninas, que somos uma força, e eu fiz bem em vir a essa festa. O DJ é um arraso e toca que é uma maravilha! Toca Finley, passa por Battisti, se supera com Tiziano Ferro e depois de novo a Pausini. Grande DJ, música sensacional, e todos dançam sob as luzes refletidas em uma bola mágica que roda acima de nós com seus espelhinhos. E laser, fumaça, sons, ritmo e nos perdemos nas sombras da discoteca. Parecemos uma maré revolta, um mar dançante, ondas de música, reflexos de sorrisos na sombra, braços levantados que balançam no ritmo. É loucura, são risadas, sem beber, sem cigarro, sem nenhum outro tipo de ajuda, assim, loucas e naturais, com a coragem de estar vivas, livres, sem pensamentos, abandonadas a todas aquelas notas. Até que entram!

"Macho macho man"!... Village People!

– Muito legal!

E dançamos as três juntas, fazendo os mesmos movimentos, precisos, perfeitos, exatamente no ritmo.

"Macho, macho man, I've got to be, a macho man! Macho, macho man I've got to be a macho! Hey!"

Alegre como nunca. E depois, de repente, a música lentamente se abaixa. A voz do DJ entra quente, perfeitamente macia, quase na ponta dos pés.

– E agora uma dedicatória especial... Um menino para a sua garota... Ela, que ele sempre procurou... – O DJ ri. – O cara deve estar mesmo apaixonado... Ela, que ele finalmente encontrou... – E nos deixa assim, com essa última frase que se perde na escuridão da sala enquanto entram as primeiras notas de "Shine on".

Não, não posso acreditar. A minha música. Aquela que o Massi me deu. Na balada, os casais se abraçam. Meninos e meninas se perdem no seu beijo. Lentamente, no ritmo, seguindo as notas macias.

"Are they calling for our last dance? I see it in your eyes. In your eyes. Some old moves for a new romance. I could use the same old lies, but I'll sing, shine on, just, shine on!"

Um casal se abraça na minha frente. Beijos interrompidos por algum reflexo de luz. Ele acaricia o rosto dela sorrindo. Outro casal... Dançam lentamente, de vez em quando ele pega os cabelos dela, ergue, deixa cair e depois sorrindo a beija; pouco mais adiante outro casal que dança se olhando nos olhos, como se ao redor não existisse ninguém, como se nós, nenhum de nós estivesse aqui, só eles dois e todo o amor deles. A seguir uma voz inesperada surge às minhas costas.

– É você que eu sempre procurei... – E depois os braços que me apertam por trás.

– É você que hoje à noite eu encontrei... – Fecho os olhos. Não posso acreditar. E depois a sua voz.

– Vou te perguntar de novo... Me diga que você é um sonho...

Eu me viro. O seu sorriso.

– Massi!

A gente se olha nos olhos. Parece que vou enlouquecer.

– Não posso acreditar... Não posso acreditar...

– Shhhiiii...

Sorri. Põe um dedo sobre os meus lábios. E depois aponta pra cima, a nossa canção...

"Close your eyes and they'll all be gone. They can scream and shout that they've been sold out, but it paid for the cloud that we're dancing on. So shine on. Just shine on!"

– Olha... – Aproxima-se, me beija. Parece que o mundo parou. Sinto os seus lábios, a sua língua e me perco no seu sabor mágico. E quase tenho medo de abrir os olhos... Me digam que não estou sonhando... por favor, me digam! Quando abro os olhos, ele ainda está lá, na minha frente. Sorri. Parece mais bonito que naquele tempo, que minha lembrança, que sempre. E não encontro as palavras, não consigo dizer nada. Queria contar tudo pra ele: sabe, eu perdi o número, eu tinha gravado no celular, me roubaram no ônibus, então voltei onde você tinha escrito, mas tinham limpado a vitrine, fui quase todos os dias na Feltrinelli, bom, quer dizer, pelo menos uma vez por semana, até a última, aquela que passou, mas de você... nenhum sinal. Sim, queria dizer tudo isso e mais um pouco. Mas não consigo dizer nada. Olho nos olhos dele e sorrio. Pareço quase uma idiota, como só o amor pode deixar você. E realmente não me vem nada para dizer, só um sorriso incrível e depois: – Massi...

E depois de novo: – Massi...

E ele vai pensar que sou estúpida ou idiota, ou que fumei, ou bebi, ou parei há muito tempo de ir à escola se não consigo formular nenhuma frase!

– Massi...

– Carolina... o que é... diga...

– Por favor, me dá o teu número de novo... E me diz também onde você mora, que escola frequenta e que academia...

Ele ri e me pega pela mão e me arrasta entre as pessoas. Um segundo depois estou na frente da caixa, tiro o bilhete, pego correndo a jaqueta e depois subimos as escadas e estamos na rua, fora da balada. Mando um torpedo para Clod e Alis enquanto subo na garupa da sua moto. E vamos. Liga e parte, então me dobro, me abraço a ele e me perco assim, feliz no vento da noite. Faz um pouco de frio e me aperto um pouco mais forte a ele. Não posso acreditar. Mas então os milagres acontecem de verdade! Queria encontrar o Massi de novo. E teve milhões de dias em que eu teria feito de tudo, que teria renunciado a qualquer coisa para que isso acontecesse. E agora? Agora estou atrás dele. Aperto forte. A gente se olha no retrovisor, ele sorri e me olha curioso, como se dissesse: "Por que esse abraço apertado?". E eu não respondo. Olho para ele e sinto meus olhos se colorirem de amor. Depois fecho os olhos e me deixo levar pelo meu suspiro... e pelo vento.

Pouco mais tarde. Está tudo parado. Até as folhas das árvores parecem não querer fazer barulho, quase suspensas, assim, num silêncio de uma noite mágica. A gente está sob a lua num grande prado.

– Olha ali... – O Massi me indica uns arbustos grandes numa colina. – Não se vê, mas tem um castelo, essa estrada se chama dell'Acqua Traversa. Eu vinha aqui para correr quando era pequeno porque eu moro atrás da curva, na rua dei Giornalisti.

E eu sorrio. Mesmo que alguém me roube o celular, eu vou poder encontrar sempre o Massi. Depois respiro profundamente. Agora tenho certeza só de uma coisa. De hoje em diante a gente vai se perder só se quiser. E eu espero que isso não aconteça nunca.

– No que você está pensando?

Abaixo os olhos.

– Em nada...

– Não é verdade. – Depois sorri e inclina um pouco a cabeça: – Diz a verdade, você mentiu, não mentiu?

– Sobre o quê?

– O celular roubado, a vitrine... que você foi várias vezes onde a gente se conheceu! Não tem nada de verdade? No começo você nem tinha me reconhecido...

Eu me aproximo. Olho nos olhos dele. E de repente parece que sou outra. Dezesseis anos, dezessete, oh Deus... Talvez dezoito! Convicta, segura, serena, determinada. Mulher. Como só o amor pode te transformar.

– Nunca parei de pensar em você. – E dou um beijo nele. Longo. Apaixonado. Quente. Macio. Amoroso. Ávido. Sonhador. Esfomeado. Passional. Sensual. Preocupado... Preocupado? Me afasto e olho nos seus olhos.

– Nunca mais vá embora...

É verdade, roubei a frase do Rusty, mas quem sabe se o livro vai sair... e além do mais... como é linda essa frase! O Massi me olha. Sorri. Depois uma carícia delicada entre os cabelos, a sua mão fica aprisionada. Eu me apoio nela, como se fosse um pequeno travesseiro e me perco, apoiando os lábios na sua mão, assim, meio aberta. Como as asas de uma delicada borboleta, respiram o seu sabor, aquela flor escondida... O homem que eu estava procurando. O homem da minha vida. Que palavra forte...

– Vem, sobe. – Ponho de novo o capacete e logo estou atrás dele. A moto sobe por uma estrada sempre mais estreita, derrapa, desliza em algumas pedras redondas que escorregam embaixo de nós e saltam para longe do caminho perdendo-se na grama alta ali em volta. A lua nos guia lá de cima. E a moto voa baixo na estradinha sempre mais acima, mais acima, entre a grama alta. E as suas grandes rodas escuras dobram as espigas, o verde, as plantas selvagens e eu me aperto ao Massi enquanto continuamos subindo pela colina.

– Olha, chegamos.

O Massi destrava o cavalete lateral. Apoia a moto à esquerda, me ajuda a descer. Tiro o capacete e coloco sobre o selim.

– Vem... – Pega a minha mão. Eu sigo atrás dele. Depois de uma grande árvore, tem uma pequena pracinha. Um espaço de terra vermelha batida, no centro tem um poço feito de tijolos antigos. Arredondado, com um balde de zinco meio quebrado apoiado ali de lado, e uma roldana no alto ainda ligada a um velho arco de ferro antigo, preto, como um arco-íris feito, porém, só de ferro, sem cores, que desaparece assim nas bordas daquele mesmo poço.

– Olha lá embaixo. – Eu me inclino um pouco e fico com medo. Mas o Massi entende e me abraça.

– Olha, vê aquele poço lá no fundo... Dá pra ver a lua.

– Sim, estou vendo... Está refletida.

– Quando a lua está alta assim, quer dizer que é lua cheia e então é o momento... Tem uma lenda antiga...

– Qual?

– Você tem que fazer um pedido e, se acertar a imagem da lua daqui com uma moeda, então o seu sonho vai se realizar. Chama-se a lenda da lua no poço.

E fica assim em silêncio me olhando, sorrindo. Ao longe, alguns rumores da noite. Alguns vaga-lumes se acendem e se apagam na grama ao nosso redor. E depois mais nada. Massi põe a mão no bolso e encontra duas moedas.

– Toma. – Me entrega uma, me dá um beijo e sussurra para mim: – Pega a lua...

Então me aproximo do poço sem medo. Me debruço um pouco mais e estico a mão. Lá está ela, no centro, sobre a lua. Então fecho os olhos e faço o meu pedido. Um, dois... e abro a mão. Deixo a moeda cair no escuro. E ela sai voando assim, sempre mais rápido, no silêncio daquele poço. Vejo a moeda rodar, voar um pouco... Depois não vejo mais. Então fixo meu olhar na lua lá embaixo, no fundo do poço, refletida na escuridão daquela água tão sombria. E de repente... Pluf! Vejo a moedinha entrar perfeitamente no branco daquela lua.

– Peguei! Peguei! – Salto de alegria e o abraço, aperto forte e tasco um beijo nos lábios do Massi. E ele ri.

– Muito bem! Agora é a minha vez... – Ele espera que aquela água escura no fundo volte a ficar parada. Assim. Silêncio. E uma lua virtual resplandece agora de novo no fundo do poço. Massi estende a mão, fecha os olhos e naquele momento faz o pedido. Eu fecho os olhos, aperto os punhos e queria tanto que fosse igual ao meu... Depois vejo ele abrir a mão de uma vez. Aquela moeda vai voando assim, na escuridão do poço. Então me debruço um pouco mais para tentar seguir seu trajeto até que... pluf!

– Olha lá. Sim! Eu também peguei!!! – E a gente se abraça assim... Dando outro beijo, mais outro e outro ainda, olhando nos olhos, esfomeados de amor. Depois a gente se afasta um instante. Silêncio. Olho para ele.

– Pena que a gente não pode revelar o pedido.

– É... senão não se realiza...

Massi sorri na sombra da noite. Procura os meus olhos.

– Sim... é assim.

Agora ele também sorri, se aproxima e me dá mais um beijo, lindo, mas tão lindo, que parece sussurrar: sim, são idênticos os pedidos de vocês...

Maio

Filme pra assistir em maio: *Aspettando il sole* [Esperando pelo sol].

Canção do mês de maio: "Tre minuti", de Negramaro.

A atmosfera mais romântica? Em maio, com certeza, à noite, entre as sete e as oito, quando escurece, mas o pôr do sol é rosa.

Você está apaixonada agora? Tenho medo de dizer apaixonada, mas muito feliz, sim.

Acredita em fantasmas? Acho que, às vezes, as lembranças são fantasmas.

Perdoa a traição? Trair significa que não se ama mais. Não tem nada a ver com perdoar, quer dizer que uma coisa acabou...

Você é vingativa? Não.

Acredita no amor? Muito.

Flor preferida? O ciclâmen. A mamãe tem um lindo.

Acredita no amor à primeira vista? Sim!

Não consigo acreditar. É o amor. O amor com o A maiúsculo, o amor louco, aquela felicidade absoluta, aquilo pelo qual não existe mais ninguém de tanto que é lindo. Amor infinito. Amor sem limites. Amor planetário. Amor, amor, amor. Três vezes amor. E você queria repetir essa palavra mil vezes, escreve nas folhas e rabisca o nome dele, mesmo que dele não saiba quase nada. A gente se vê todo dia, ainda que sejam só dez minutos na frente de casa ou assim pela rua.

– Vamos nos ver um instante?

– Carol, mas eu te deixei em casa faz um minuto...

– Tenho que te dizer uma coisa...

– Ok. – Massi ri. E pouco depois a gente está ali, no meio da rua com os carros, os ônibus, tudo que passa ao nosso redor, mas que parece não fazer barulho. Estamos ali em pé, parados, enquanto o mundo todo gira.

– Então...? O que é? – Ele me olha. E sorri. Levanta a sobrancelha, curioso, e tenta ler nos meus olhos, tenta ler no meu coração. Não consigo. Não posso. E no final escolho a solução mais fácil.

– É que... estou feliz. – Massi me abraça e me aperta forte. Depois se afasta um pouco de mim, balança a cabeça e me olha divertido pela minha loucura de amor.

– Você é completamente louca...

– Sim... louca por você.

Dias seguintes. Dias serenos. Eu me saio até que bem nas chamadas orais na escola! Coisa de louco, incrível, preciso de pouco para me preparar. Estudo um tanto e depois já sei tudo. É como se fosse mágica. Clod e Alis não acreditam.

– É por isso que você sumiu assim de repente... Era ele! Bem, a gente está adorando...

– Sim, é muito gato...

– Alis, isso é desdém...

– Eu acho isso! Depois eu não conheço ele tanto, vi só naquela noite e duas vezes que veio te pegar... E pra mim é muito gato...

A Alis... Seja como for, consegue me fazer rir.

– Mas você já transou?

– Claro que não!

– Olha que, se você não transar, vai perder aquele ali...

– Mas por que você tem que rogar praga? – Queria acrescentar. Tenho catorze anos! Uns beijos antes, um pouco de confusão nas explicações naqueles desenhos feitos na doceria... Depois Lorenzo e a sua mão... As cócegas. Nada mais.

– Ok, hoje à tarde lá em casa! – A Alis parece superdecidida. – As duas. Explicações de anatomia. Ou melhor, educação sexual... Que a experiência feita com o Dodo não se perca!

– Alis!

– Mas você não disse nada pra gente...

Ela nos olha sorrindo.

– Não pintou a oportunidade. Experimentei muito, não tudo... Além do mais, quero que vocês também entendam alguma coisa! Agora vocês é que estão namorando...

Clod e eu nos olhamos. A Clod abre os braços.

– Temos que ir! – A Alis dá o braço a nós duas.

– Tem razão.

– Bem, então hoje à tarde vamos "estudar" lá na minha casa!

Justamente naquele momento passa o professor Leone.

– Muito bem, assim é que eu gosto!

A Alis se vira:

– Vou fazer elas virarem duas estudantes-modelo! – Depois, de novo se dirigindo a nós duas. – Se ele ao menos soubesse sobre o que é que vocês vão ter aula particular!

A tarde na cada da Alis: um mito! Ela mandou montar uma lousa na sala.

– Então, vou explicar pra vocês... esse como vocês estão vendo é... – desenha com giz branco – o negócio deles... Pode ser um pouco maior ou menor... O do Dodo era assim... – E aponta determinada medida colocando as duas mãos uma na frente da outra. A Clod não consegue se controlar.

– Você se lembra bem, hein!

Alis sorri.

– E quem esquece?! Então vocês têm que ser gentis com o negócio, não arrancar, ser delicadas, acariciar, pra cima e pra baixo, sem empurrar muito pra dentro... E sem puxar muito na direção de vocês... Se não vocês vão arrancar!

Clod se lança em uma das suas.

– Sim... E levo pra casa! Assim como o Jigsaw dos *Jogos mortais*?!

Exatamente naquele momento entra a mãe da Alis.

– Meninas, estou saindo... – Depois vê a lousa. – Mas... Alis!

– Mamãe, amanhã temos educação sexual! Você não vai querer por acaso que eu volte com um insuficiente, vai?

A mãe olha de novo a lousa.

– Bem... se é para o estudo! – E sai. E nós continuamos a aula. A Alis é uma ótima professora e descubro coisas que nunca teria suspeitado que pudessem acontecer.

– Mas vocês percebem que os nossos pais devem ter feito tudo isso...

– E até mais, quem sabe!

Imagino a mamãe com o papai. Acho tão estranho. Depois eu com o Massi... e de repente me parece tão natural. Socorro. O momento está chegando. O que é que vai acontecer?

Volto para casa.

– Cheguei!

A mamãe, o papai, a Alê, estão todos em casa. Vou ao banheiro, tranco a porta e tiro a roupa. Abro a torneira da banheira, ponho os sais que comprei. Visto o roupão e vou até o meu quarto. Encontro a mamãe.

– O que é que você está fazendo?

– Queria tomar um banho. Afinal, dá tempo até a hora do jantar, não?

– Sim. – E sorri para mim. Entro no quarto e pego o meu iPod e as duas caixas, volto ao banheiro. Fecho a porta, ligo o iPod e conecto às caixas. Bem. A água está muito quente. Tiro o roupão e depois aos poucos entro na banheira. Escorrego lentamente. Me queima um pouco, mas assim que me acostumo é perfeita.

Começa a música. Está no aleatório. Ouço Alicia Keys. Adoro. Lentamente me deixo escorregar um pouco mais. A cabeça entra na água. Está quente. Está gostosa. É relaxante. O perfume leve dos sais. Massi. Queria que você estivesse aqui. E assim, pensando nele, quase sem querer, acaricio uma perna. Imagino que é o Massi. Imagino que é a mão dele. Sinto o seu beijo, o seu perfume. Movimento a mão um pouco mais pra cima. A mão dele. E de repente sigo as indicações da Alis. Sorrio meio submersa. Abandonada. Não sinto mais cócegas. Massi... Se você estivesse aqui. Agora eu faria. Faria tudo. A água quente é perfeita, abandono a cabeça um pouco mais para trás e me acaricio, arqueio as costas, afasto um pouco as pernas. Os pés vão parar nos cantos da banheira, mais para lá não podem ir... Continuo leve, delicada, macia, a Alis me explicou muito bem. Eu gosto. E não me envergonho. Não me envergonho, mais, assim...

Tum tum tum. Batem na porta.

Eu me ergo.

– Quem é? –Tentam abrir. Está fechada. Ainda bem.

– Sou eu, Alê! Mas quanto tempo você vai demorar, Carol?

– Escuta, eu estou aqui, ok? Espera.

– Vou derrubar essa porta!

Bum. Escuto um chute na parte baixa da porta. Forte.

– Sim, sim... Continua.

Bum. Outro. Minha irmã. Que saco! Eu me levanto completamente. Me enxáguo, me enxugo. Visto o pijama azul-turquesa. Abro o banheiro e saio toda perfumada, leve. Me sinto limpa. Tranquila. Relaxada.

– Finalmente...

A Alê entra atrás de mim. Não lhe dou importância. Obrigada Alis. Você explicou tudo muito bem. Sorrio. De qualquer maneira, foi a minha primeira vez. Sento no sofá. O jantar ainda não está pronto. Ligo a TV. Mudo para o canal 5. Começou *Amici*. Isso, queria ser uma deles, mas não na competição, não. Todos vão embora, saem do estúdio, empurram para fora até a Maria e eu fico ali, com o meu pijama azul-turquesa e o microfone na mão. E canto muito bem. E no auditório tem só ele, o Massi. Canto para você, Massi.

Pego o celular e fico em pé no sofá.

"Iris".

E eu canto a plenos pulmões.

– Carol! – Me viro. É a mamãe. – Mas você enlouqueceu?

Sorrio pra ela.

– Mas é a minha música preferida!

– Sim, falta só que eu te encontre no festival de Sanremo... Venha pra mesa, venha que o jantar está pronto.

– Sim, mamãe... – E sorrio para ela. Então fico um pouco vermelha. Um pensamento inesperado. Se ela pudesse pelo menos imaginar, se soubesse o que aconteceu no banheiro. E tudo aquilo que está me acontecendo. Como seria bom às vezes não ter problemas e poder falar de tudo, principalmente para uma pessoa como ela. Sento de frente para mamãe, abro o guardanapo e sorrio para ela. – Hum, que cheirinho... parece bom. – Ela não diz nada e começa a me servir. Assim, abaixo os olhos e abandono qualquer pensamento, exceto um. Muitas vezes, mesmo estando muito próximos, estamos longe.

Fui encontrar a vovó. Fazia um pouco de tempo que não ia. Era como se me sentisse culpada. Eu me sentia deslocada com a minha felicidade em relação a sua dor. Hoje, porém, o Massi não podia se encontrar comigo na saída da escola. Pensei que eu devia. Por todas as coisas belas que a vovó Luci e o vovô Tom me fizeram ver. Um casal lindo.

– E essa o que é?

– Um damasqueiro. Mas os frutos ainda não estão maduros.

– Mas se chama damasqueiro? Nunca tinha escutado.

A vovó sorri, caminha com os seus chinelos azul-escuros no grande terraço, se aproxima das plantas e parece acariciá-las. Está mudada. Um pouco mais silenciosa.

– Hoje fui muito bem na escola...

– Ah sim? Conte...

Falo para ela da chamada oral, da redação, das notas boas, de como as coisas estão indo em geral. De vez em quando, vira para mim, dá uma espiada e depois de novo para suas flores. Concorda com um movimento de cabeça enquanto escuta, mas depois me dirige um olhar mais atento, seus olhos cruzam com os meus, observa, como se procurasse alguma coisa nova. Deve ter percebido. Estou tão feliz... Queria tanto contar para ela do Massi, mas não consigo, não posso mesmo, é impossível pra mim.

– Parabéns, você se saiu mesmo muito bem...

– Sim. E agora tenho que me preparar como se deve para o exame final...

– Sempre com as suas duas amigas, a Alis e a Clod, certo?

– Certo.

– Bem, me parece um período lindo...

– Sim, vovó, é assim mesmo. – Sorrio para ela e penso em contar do Massi. Mas justamente quando estou para falar, ela vira para o outro lado, arruma uma mecha de cabelos que tinha caído sobre seus olhos, ajeita como pode, joga os cabelos para trás, como se quisesse deixá-los nas costas.

De repente se torna triste, procura alguma coisa quem sabe onde, no ar, entre as lembranças, num passado distante ou próximo, naquele seu jardim particular, cheio de flores, arbustos bem cuidados, de coisas soterradas ou tesouros, aquele lugar à sombra que todos temos e onde de vez em quando nos refugiamos, aquele lugar do qual só nós temos as chaves. Depois é como se de repente se lembrasse de mim, então se vira e me dá um lindo sorriso.

– Ah, Carol... Mas só por curiosidade... Aquele rapaz, aquele que tinha lhe impressionado tanto... Como se chamava... – Olha o céu como se procurasse a inspiração. Depois sorri, de repente feliz. – Massi!

Ela se lembra sozinha e eu fico envergonhada.

– Era assim que você o chamava, não era?

– Sim.

– Então. Você o viu de novo?

E eu queria tanto contar tudo para ela, aquela festa à qual não queria ir, depois de repente a nossa música, ele às minhas costas e o beijo... mas sinto o meu coração se apertar, me sinto uma idiota. Ela tinha a mais linda história de amor do mundo e acabou assim, sem que eles se separassem. Quer dizer, não acabou. Mas olho para ela e percebo que não consigo mais fazê-la feliz, que não tem nada que baste pra ela, que seja a razão da sua vida, a sua felicidade. Do que eu posso falar? Me dá vontade de chorar, de morrer.

– Não, vovó. Infelizmente não, não vi mais...

Abre os braços.

– Que pena... – E entra em casa.

– Você quer beber alguma coisa, Carolina?

– Não, vovó, obrigada. Tenho que ir.

E lhe dou um beijo rápido, depois abraço e aperto forte a vovó e fecho os olhos apoiando a cabeça no seu ombro. Quando abro os olhos, de repente vejo sobre a mesa ali perto. Aquele desenho. O desenho que o vovô tinha feito para ela pelo dia dos namorados, um coração grande com a frase:

– Para você que mata a fome do meu coração. – Dou um suspiro longo, muito longo. Estou com lágrimas nos olhos.

– Desculpa, desculpa, vovó, estou atrasada.

E saio correndo.

Desço as escadas rapidamente, saio à rua, um respiro longo, mais longo. Ele, só ele. Agora, imediatamente, nesse momento. Tiro o celular do bolso. Digito o número.

– Onde você está?

– Em casa.

– Não saia daí, por favor.

Passa um instante e já estou na frente da casa dele. Toco o interfone. Por sorte ele responde.

– Quem é?

– Sou eu.

– Mas você veio voando!

– Sim. – Queria dizer para ele. Precisava voar para você. Não consigo. – Por favor, você pode descer um instante?

– Estou chegando...

Enquanto espero na frente da casa dele, um raio. O céu subitamente preto. Um trovão distante. Estou com medo. Mas exatamente naquele momento ele sai pelo portão.

– O que está acontecendo, Carolina?

Não digo nada. Abraço o Massi. As minhas mãos por baixo. Atrás das suas costas, apoio a testa no peito dele e o abraço forte. Mais forte. Aperto. Outro trovão e começa a chover. Chuva fina no início. Depois mais forte. Sempre mais forte.

– Carolina, vamos, vamos entrar que estamos nos encharcando...

Ele tenta fugir. Mas eu o seguro de um jeito forte entre meus braços.

– Fica aqui.

Melhor. Não se veem as minhas lágrimas sob a chuva. Ergo o rosto, já estamos ensopados. Ele sorri.

– Como você é louca...

A água escorre pelos nossos rostos. A gente se beija. Um beijo lindo, infinito. Eterno. Deus, como queria que fosse eterno. Não paro mais, beijo e beijo, mordendo os seus lábios, quase com fome dele, da vida, da dor, do vovô que não está mais aqui, da vovó que está tão infeliz.

Mais chuva, chuva e chuva. Estou encharcada. É o choro dos anjos. Sim, apesar de ser maio a chuva cai lá de cima. Olho para longe. Um raio de sol abre um buraco naquela escuridão e passa entre as nuvens. Lá no fundo ilumina uma parte da periferia.

Eu te amo, Massi. Eu te amo. Queria gritar. Queria dizer na cara dele, olhando nos seus olhos com um sorriso. Eu te amoooooooo... Mas não, não consigo nem sussurrar. Enxugo o rosto com a palma da mão, ponho os cabelos para trás como se servisse de alguma coisa. Que boba, estamos embaixo da chuva.

– O que é, o que você está pensando? – Ele sorri para mim.

Eu me refugio de novo no seu peito, na cavidade perto do ombro, escondida de tudo, de todos. No fundo, só com ele, enquanto a chuva continua a escorrer.

– Queria fugir com você... – E a gente dá outro beijo, fresco como eu nunca tinha provado. Longo. Sob aquele céu. Sob aquelas nuvens. Sob aquela chuva, enquanto lá longe está voltando o céu sereno e um sol vermelho aparece perfeito, limpo no seu crepúsculo. Eu aperto o Massi e sorrio. E estou feliz. Respiro fundo. Estou um pouco melhor. Por enquanto. Por enquanto entendi que o amo. É lindo. Um dia vou conseguir dizer para ele.

Nos dias seguintes, fizemos coisas incríveis.

Passamos uma tarde inteira no mesmo banco embaixo da Nossa Senhora de Monte Mario. É uma imagem linda, enorme, se vê de longe. É toda dourada. Mas isso não é importante. O Massi quis saber tudo da minha vida no que se refere a meninos. Eu contei pra ele o pouco que fiz. Praticamente admiti que nunca fiz nada. No início estava preocupado, depois menos, então sorriu. Em seguida, me desconcertou com um "Melhor assim...".

Não entendi se pensa em alguma coisa de concreto. Mas não me importa muito, não estou preocupada, estou serena. Estou com vontade de conhecê-lo, de me conhecer, de descobrir e ser descoberta. Entendi. Deveria estar preocupada. Mas por que um menino quer saber com quem uma menina ficou? O que muda naquilo que sente por ela? E se eu tivesse lhe dito: "Massi, não sou mais virgem, tive três rapazes, aliás, não, quatro, fiz isso, aquilo e aquilo outro...", como seria sua reação? Raios, por que não pensei antes? Já não posso fazer mais nada. Poderia sempre dizer que lhe contei uma mentira. Sim, não é uma ideia ruim.

– Massi. – Sorrio pra ele. – Eu te contei uma mentira.

Muda completamente de expressão.

– Sobre o quê?

– Não vou te dizer. Saiba que fui sincera... mas te contei uma mentira.

Fica um instante perplexo, não sabe bem o que pensar. Depois, talvez pensando que é uma brincadeira, ri e me beija.

– Mas então você não foi sincera...

– Sim, sim, como não... – Me afasto do seu abraço. – Fui muito sincera, te contei só uma mentira.

Massi balança a cabeça e dá de ombros. Olha nos meus olhos curioso, me estuda, como se procurasse entender o que tem de verdade e o que tem de mentira no que eu disse. Sorrio para ele e me viro para o outro lado. Agora não está mais tão seguro. Melhor.

Nos dias seguintes, fomos comer um pouco por todo lado.

No japonês da rua Ostia, muito bom, numa pizzaria perto da rua Nazionale que se chama Est Est Est, incrível, e na rua Panisperna, 56, La Carbonara, de lamber os beiços. Em todas as vezes, eu comi muito pouco! Nas três vezes, o Massi me olhou preocupado.

– Você não gosta do lugar? Odeia comida japonesa? Está pesada demais a *carbonara*?

A cada vez eu ria como uma idiota, sem dizer nada.

– Ah... entendi, pior, você está de dieta!

– Imagine... de jeito nenhum! Eu estou muito bem, gosto do lugar e está tudo delicioso.

– E então?

– Não estou com muita fome...

– Ah, só isso? Ainda bem! – Pega meu prato e devora o que sobrou, enfiando a comida na boca de maneira voraz. – Quer dizer que economizo!

Tento bater nele.

– Cretino! Você é um esganado...

E ele come de propósito com a boca aberta.

– Para, que nojo! Não te beijo mais!

Então ele exagera de propósito, move ainda mais a cabeça, para cima e para baixo, como se dissesse: "Agora sim que eu faço!".

E fazemos uma bagunça, eu puxo a manga da camisa dele para fazê-lo parar, ele tenta me fazer cócegas, brincamos, fazemos de conta que estamos brigando e continuamos a rir. A verdade é que quando estou com ele é como se passasse a minha fome.

– Trégua, paz? – Não aguento mais, no final me rendo.

– Ok. – Ele sorri, serve um pouco de água para mim, depois um pouco para ele também. A gente se olha enquanto bebe, e nós dois temos a mesma ideia, a gente finge que vai soprar no outro a água que cada um tem na boca. Faço uma cara preocupada. No final o Massi se aproxima de mim e abre a boca como se quisesse me molhar, mas já engoliu. Balanço a cabeça, sorrio e aos poucos tudo se torna mais tranquilo. Olho para ele, meu coração bate forte, meus olhos se emocionam. E se tingem de amor. Não sei o que está me acontecendo. Olho num espelho ali perto. Tudo menos dieta... Isso é amor! É amor, amor, amor. Três vezes amor. Estou perdida!

Hoje fomos assistir *Juno*.

Muito legal! Escrito por Diablo Cody, uma jovem blogueira que ganhou o Oscar por seu primeiro roteiro. Os norte-americanos são um mito. São realmente o país da oportunidade. Quando alguém ganha na loteria ou no cassino lá, você vê logo uma foto com um cheque gigantesco em que se lê o valor ganho. E você vê realmente as pessoas que ganharam, ao vivo! Pessoas de verdade, com um lindo sorriso estampado no rosto. Aqui não se sabe nunca nada, no cassino sai notícia somente quando ganha Emílio Fede, um famoso jornalista. Lá, ao contrário, sem ser nem um pouco conhecida, essa blogueira Diablo Cody ganhou o Oscar. Já pensou se acontecesse com o Rusty James?! Eu me arrumaria até ficar bem gata e iria com ele a Los Angeles para receber o prêmio e faria como Benigni: ficaria em pé em cima da poltrona gritando: "Rusty James! Rusty James é meu irmão!".

Fico me imaginando, escorrego e caio no chão!

Quando percebo, acabou a primeira parte. Filme lindo, cheio de piadas e muito engraçado. Atriz muito jovem e ótima, parece que se chama Ellen Page. *Juno* é a história de uma menina que decide fazer amor com seu namorado, um cara engraçado, um pouco perdedor, mas legal, meigo... e fica grávida!

– Claro que se acontecesse...

Massi entra nos meus pensamentos.

– Bela confusão.

– Não sei mesmo como ela resolve tudo tão tranquilamente... Talvez seja porque é um filme...

Massi toca a minha barriga.

– O que você faria?

Fecho os olhos...

– Claro que eu adoraria um bebê, mas eu tenho catorze anos! – Abro os olhos de novo. – Só que ela tem quinze! Então eu teria ainda um ano de liberdade...

– Mas se você já vê a coisa como uma escravidão, não dá. Sério, você não gostaria?

– Mas, olhe, o ideal é que aconteça quando a pessoa tem o dobro do que eu vivi... então aos vinte e oito anos...

– Ok, me parece justo. Faço a reserva pra esse período...

E sorri para mim pegando a minha mão.

Tem dezenove anos, um a menos que meu irmão. O que diria o Rusty se o conhecesse? Ficaria com ciúme? Enquanto penso nisso, me apoio no seu ombro. Os meus cabelos loiros se espalham sobre seu pulôver azul. Fico tranquila esperando que recomece o filme.

– Carolina, você quer pipoca, uma Coca, alguma coisa pra beber?

Penso um segundo e olho o homenzinho do sorvete que está ali, no canto embaixo da tela, com toda aquela gente ao redor dele.

Não! Não posso acreditar. Vejo o Filo se levantar da fila na minha frente e depois tem o Gibbo e alguns da classe, a Rafaela e o Cudini e também a Alis, e a Clod com o Aldo.

– Não, não, obrigada, não quero nada. – E devagar escorrego um pouco mais na minha poltrona. Não sei por quê. Mas me irrita. Não quero que me vejam. Não com ele. O Massi é meu. Não quero dividir com ninguém. Quer dizer, não é nem isso. É que estou muito feliz, e a minha felicidade me parece tão frágil, isso, como se fosse uma teia de aranha. Sim, é feita de finos fios de cristal e eu estou no centro, presa deitada, com os meus cabelos loiros espalhados sobre os ombros, e o Massi avança, caminha de quatro e me olha, esplêndido Homem Aranha de preto... E basta um nada para que a nossa mágica rede desapareça, puff... e eu caia.

Então me afundo um pouco mais na minha poltrona, quase desapareço. Depois por sorte as luzes se apagam. Continuo assistindo a *Juno*, mas não me divirto como antes. De longe vejo todos, reconheço as seus contornos mesmo na penumbra da sala. De vez em quando, alguma cena mais clara do filme ilumina meus colegas um pouco mais e então eu os vejo ainda melhor. No entanto, eu os conheço de memória! Vejo todos há três anos todos os dias. Inclusive nos menores detalhes. Como posso me confundir? São os meus amigos. E nessa consideração me sinto um pouco mais tranquila, me agito menos, me sento melhor na poltrona. E volto a acompanhar o filme tranquila, rio de novo como todos, nas mesmas horas, deixando-me levar, confusa na plateia, exatamente como eles, como os meus amigos, assim, sem preocupações.

O filme termina. Eu me levanto de imediato, mesmo que normalmente goste de ver os créditos e ter certeza de quem era aquele ator ou talvez qual era aquela música de que gostei. Giro, dou as costas aos meus amigos e caminho na direção da saída. O Massi está atrás de mim. Seus ombros largos me mantêm escondida.

Pouco depois estamos fora, mas assim que viramos a esquina...

– Carolina...

Eu me viro, é o Gibbo.

– Olha só, você também estava no cinema, não te vi! – Ele se aproxima e num instante chegam todos.

– Você gostou?

– Sim, muito.

– Deus me livre de ficar grávida com aquela idade! A você não pode mesmo acontecer!

– Por quê? Talvez no próximo ano...

– Sim, com a ajuda do Espírito Santo.

– Imagine, nem assim. Nem com um milagre!

– Sim, sim, um milagre do...

E alguns riem, mesmo sem fazer nada, o Cudini é um besta. E continuam assim, soltam piadas, fazem brincadeiras e dão empurrões, como sempre quando você está em grupo. Depois vejo que alguns olham para ele curiosos.

– Ah, ele é o Massimiliano.

– Oi! – Levanta a cabeça como um modo de cumprimentar todos.

– Esta é a Clod, o Aldo... este é o Cudini, o Filo, o Gibbo, esta é a minha amiga Alis. Você se lembra? Eu te falei da Clod e da Alis...

Eles se dão a mão, se olham nos olhos e eu sinto uma coisa estranha.

– Sim, sim, você me falou de todos... – Massi é excepcional, diz essa coisa tão legal e depois me passa logo. E assim, divertida, olho a expressão de todos enquanto olham pra ele. Como estudam, curiosos e curiosas, como disfarçam, parecendo distraídos, talvez de verdade, e deixam a gente ir embora.

– Simpáticos os teus amigos...

– Sim, é verdade. Somos colegas de classe há um tempão...

– É gatinha a tua amiga...

– Sim... – Queria bater nele, mas disfarço. – Tem namorado.

Massi sorri.

– Mas eu não sou ciumento.

Essa piada eu já ouvi. Quem disse uma vez foi o Paolo, um namorado da Alê... Achei tão antipático quando ele disse. Depois olho o Massi. Bem, com ele, seja como for, faz um efeito completamente diferente. Ele percebe, começa a rir e pula em mim me abraçando.

– Vamos, eu estava falando de propósito pra te chatear...

Fico séria.

– Bem, sinto muito... Você não conseguiu!

Tenta me beijar, eu resisto um pouco, mas depois no final, nesse ponto, cedo com prazer.

Mas a coisa mais linda me aconteceu no final de maio.

Pela manhã bem cedo. Quer dizer, não tão cedo. Chego sem fôlego à escola. Tranco a Vespa com a corrente e recolho a mochila jogada ali perto. Quando me levanto, vejo o Massi com um embrulho na mão.

– Oi! O que você está fazendo aqui?

Ele me sorri.

– Quero ir pra escola com você.

– Vamos, bobo, você sabe que não pode... não tem que estudar?

– Adiaram a prova de direito para o meio de julho.

– Melhor, não? Não estava entrando muito na sua cabeça. – Depois olho curiosa. – E esse embrulho?

– É pra você!

– Que surpresa linda! Sério? Obrigada!– Me chateia beijar e pular no pescoço dele aqui, na frente da escola, mas faria isso de muito bom grado...

Só que e se os outros me virem? Quer dizer, me dariam azar. Mas estou muito emocionada, mesmo tendo que disfarçar. Desembrulho rapidamente o presente.

– Mas... é um biquíni!

Abro melhor, azul-anil e celeste, lindo.

– Você até adivinhou o tamanho. – Olho para ele perplexa. – Mas tem certeza que é pra mim?

– Claro. – Me pega pela mão. – Tenho certeza de que você não tinha.

– Esse não... mas outros sim.

– Não tinha aqui. Porque agora... – chega perto da moto, tira de baixo um segundo capacete e sobe – ...vamos pra praia – E num instante vejo o professor de italiano, a de matemática, a terceira aula de história, depois o intervalo e finalmente inglês... E fico preocupada, não porque tenha problemas com a língua, não, porque não ir à escola, assim, sem ter nem pensado, raciocinado, inventado já uma desculpa no caso de... Então olho para ele, que com uma ternura que não sei explicar me diz: – E aí...?

Mas tão delicado, ingênuo, quase já triste diante de um hipotético "não" meu.

– Vamos? – Sorri para mim e não tenho mais dúvidas. Pego o capacete, enfio voando e um instante depois estou atrás dele, aperto forte, apoiada nas suas costas. Olho o céu e quase arregalo os olhos. Matei aula! Não posso acreditar. Não pensei mais que um instante, não tive uma preocupação, um medo, uma suspeita, uma indecisão, uma dúvida. Matei aula! Repito dentro de mim, mas já não escuto mais...

A cidade desfila sob meus olhos. Uma rua depois da outra, sempre mais velozes, muros, portas giratórias, lojas, prédios. Depois mais nada. Campos verdes que acabaram de florir, espigas secas que se dobram ao vento, flores amarelas, grandes e tantas que enchem quadrados. Vamos embora assim pela autoestrada e seguimos mais e mais na direção do distrito de Óstia.

O pinhal. Não tem ninguém. Agora diminui a velocidade. A moto resmunga de leve na direção daquela última praia, ali onde deságua um pequeno rio. Para. Tira o capacete.

– Pronto. Chegamos.

Uma placa. Capocotta. Mas não é aquela praia de nudismo? Não digo nada. O sol está alto, lindo, faz calor, mas não muito. O Massi tira duas toalhas do baú traseiro, pensou em tudo.

– Vem! – Me pega pela mão, arranco atrás dele e corro feliz, rindo para aquele imenso mar azul que parecia esperar só pela gente.

– Vamos ficar aqui.

Eu ajudo a estender as toalhas. Uma ao lado da outra. Não tem vento. A praia está vazia.

– Sabe, esse é o lugar aonde normalmente vêm os nudistas.

– É, sim, realmente eu me lembrava desse nome.

– Sim, mas nós temos sorte, hoje não tem ninguém.

Olho ao redor.

– É...

– Nós podemos ser os nudistas.

– Descarado! Vou vestir o biquíni.

Por sorte ali perto, a poucos metros, tem uma casa meio destruída, uma daquelas antigas ruínas que faziam parte de quem sabe qual importante vila romana. Me viro um pouco, depois encontro um canto escondido para me trocar. Que lindo! Por sorte não tem mesmo ninguém.

O biquíni fica bom em mim, pelo menos parece, infelizmente não tem um espelho aqui. Visto de novo a camisa e saio daquela velha ruína.

O Massi já se trocou. Está em pé perto das toalhas. Tem um físico lindo, enxuto, definido, mas não muito magro. E sem muitos pelos. Um calção preto, largo, não muito comprido. Percebo que estou olhando ali, me envergonho um pouco e fico vermelha. Mas, afinal, só eu sei disso.

– Adivinhei o número?

– Sim. – Sorrio. – E eu não gosto disso.

– Por quê?

– Preferia que você errasse... Quer dizer que você tem um bom olho. E que está treinado!

– Boba... – Me puxa para ela. Me beija, e o fato de estar tão próximos sem roupa, quase sem roupa, é estranho, mas não me envergonho. Ao contrário.

Pouco depois estamos sobre as toalhas. Espio o Massi. Olho. Admiro. Desejo. Está de barriga para cima tomando sol. Brinca com a minha perna, me acaricia. Toca o meu joelho, depois sobe. Depois desce de novo. Depois sempre um pouco mais para cima. E o sol. O silêncio. O barulho do mar. Não sei. Estou ficando excitada. Me sinto quente por dentro. Que sensação estranha. Não entendo mais nada. O Massi então se vira devagar na minha direção. Apesar de estar com os olhos fechados, eu sinto. Então volto lentamente o rosto na direção dele e abro os olhos. De fato. Está me olhando. Sorri. Eu também sorrio.

– Vem. – Ele se levanta de um salto. Me ajuda e pouco depois estou na areia. Corro atrás dele. Não está muito quente. Num instante estamos na velha ruína. Ele olha ao redor. Não tem ninguém. Então me afasta como para me olhar melhor.

– Esse biquíni ficou mesmo bonito em você.

Eu me sinto observada e me envergonho. Estou branca. Muito branca.

– Queria estar pelo menos um pouco bronzeada. Ficaria melhor...

– Imagina, você está linda... – Depois me puxa para si. Estamos num canto da ruína, entre duas paredes, escondidos do resto da praia. Só o mar é nosso espectador curioso. Mas é educado. Respira silencioso com algumas ondas pequenas. Sinto a mão do Massi no meu quadril. Me puxa para ele. Me beija. Eu o abraço. Sinto o corpo dele contra o meu. Sinto que está excitado. Muito. Demais. Nada contra, é que não sei realmente o que fazer. Ao contrário, ele sim, sabe como se mover. Pouco depois sinto a mão dele em cima do meu biquíni. Lenta, macia, delicada, agradável. Depois para na borda, estica um pouco o elástico e pluff, um delicado mergulho. A mão dele no meu biquíni. Desce, um pouco mais, sem me fazer cócegas, entre as minhas pernas, me acaricia lentamente e eu me abandono no seu beijo como se fosse um refúgio para conter tudo aquilo que estou sentindo e me surpreende, me maravilha, que eu queria paralisar, fixar para sempre, sem vergonha, com amor.

Continuamos assim nos beijando enquanto a minha respiração fica mais curta, apressada, com fome dele, dos seus beijos, da sua mão que me sequestrou, que continua a se mover dentro de mim. E quase tenho vontade de gritar... E no final mordo o meu lábio superior e quase exausta fico com os lábios abertos, suspensos assim, naquele beijo. Passam instantes. Agora lenta, mais lenta, a sua mão, como uma última carícia, quase na ponta dos dedos, educada, sai do meu biquíni. Vejo que ele me olha como se me espiasse, como se procurasse atrás dos meus olhos fechados traços daquele prazer. E então emocionada, com os olhos semicerrados, sorrio. Quando de repente sinto uma coisa, quase me assusto. Não. Relaxo. É a sua mão, roça o meu braço, o direito, escorrega ao longo do antebraço até o pulso. Pega a minha mão. E mantém ela um instante assim, suspensa no ar, imóvel como se fosse um sinal. Mas não entendo. Então sinto que ele respira mais rápido, aperta a minha mão e lentamente me conduz na direção do seu calção. Então entendo. Que boba! E agora? Agora como faço? Não é que não queira... é que não sei fazer! E num instante me lembro de tudo. As explicações da Alis. Mas será que estavam certas? Será que são verdadeiras? Repasso rapidamente tudo o que consigo lembrar, mas num instante me encontro ali, sobre o calção dele, a minha mão deixada só, abandonada pela sua que se vai.

Fico assim, parada por um instante, um instante só. Depois lentamente começo a me mover, devagar, então sem pressa, sem medo, entro no calção dele, delicadamente, procurando, para baixo, mais para baixo, até encontrar. No mesmo momento, procuro sua boca e o beijo, quase para me esconder, para fugir da minha vergonha. Mas, enquanto isso, movo a mão, para cima e para baixo, lentamente e depois um pouco mais rápido. Sinto a respiração do Massi aumentar. Assim como seus beijos mais rápidos, esfomeados, interrompidos de improviso, e depois de novo ao ataque, e eu continuo, agora decidida, segura, mais rápido, ainda mais, enquanto ouço ele respirar sempre mais cheio de desejo. De repente, aquela explosão quente na minha mão, continuo um pouco mais enquanto os seus beijos se tornam mais lentos, mais calmos, tranquilos, quase freiam na minha boca. Depois o Massi de fora do calção põe a sua mão sobre a minha, quase me detendo.

Sorrio.

– Acho que eu fiz uma bagunça...

Massi levanta os ombros.

– Não tem problema... Vem.

Me pega e me arrasta com ele, fora das ruínas, na praia deserta, abandonada, varrida só por um vento leve, nua, sem ninguém. Só nós caminhamos naquela areia, macia, branca, quente, como aquilo que vivemos. Chegamos ao mar. Massi corre para dentro da água, eu paro.

– Mas está fria! Está gelada!

– Vamos! Está muito gostosa...

Recomeça a correr para dar ainda mais sentido à sua escolha e depois tchibum! Mergulha e assim que reaparece começa a nadar muito rápido para espantar os arrepios de frio. Depois para, se vira pra mim.

– Brrr! Depois que você entra, é lindo.

Então me convence e eu também vou. Corro sem parar e no final mergulho, saio e nado ainda mais rápido, sempre mais, até chegar perto dele. E ele imediatamente me abraça. Um beijo doce apesar de salgado, macio e quente, feito de mar e de amor. Depois se afasta, sorri nos reflexos do sol ao nosso redor.

– Você gostou?

– Muito.

– Eu também...

– Sério? Nunca tinha feito.

Olha para mim procurando a sombra de uma mentira. Eu me lembro de não fazer com que ele se sinta muito seguro.

– Carol, você está me dizendo a verdade?

– Claro...

Eu me afasto nadando rapidamente. Depois paro, me viro e olho para ele, lindo no meio do nosso mar.

– Te digo sempre a verdade, exceto por uma ou outra mentira...

Junho

Simples ou complicado? Simples.

Amizade ou amor? Tudo.

Vespa ou minicarro? Por enquanto estou contente com Lua 9, a minha Vespa, depois veremos!

Celular ou cartão telefônico? Celular.

Maquiagem ou água e sabão? Depende, de acordo com a Alis eu deveria me maquiar um pouco mais.

Uma coisa estranha? Sentir como me sinto agora.

Uma coisa linda? O Massi.

Uma coisa feia? O Massi, quando não está comigo.

Um motivo para se levantar pela manhã? O Massi!

Um motivo para ficar na cama? Quando o Massi não está...

O que você está ouvindo agora? O silêncio.

O que você ouve antes de ir dormir? Agora a Elisa.

Um hábito inevitável? O chocolate.

Uma citação que sempre cai bem? "Devemos fazer o melhor uso possível do tempo livre." Gandhi.

Uma palavra que sempre soa bem? Amor.

Sabe uma daquelas manhãs que você não tem vontade de levantar, e a cama parece o lugar mais lindo, mais cômodo e mais acolhedor do mundo? Então, é hoje para mim. Só que não posso fazer greve. Que raiva! Tudo lento. Tudo fatigante. Tudo errado. Os chinelos fora do lugar. Um pouco de dor de cabeça. O sábado ou o domingo, quando finalmente é dia livre e se pode dormir, nunca é assim. Aliás, às vezes, exatamente nesses dias me levanto cedo, mesmo que não deva. Mas só quando tem aula a cama é tão gostosa? Ufa.

Eu me levanto e a mamãe já saiu. O papai também. Tem só a Alê com o seu costumeiro *croissant* com creme; depois fica se lamentando que engorda. É claro. Sempre enfia o pãozinho numa xícara de leite enorme.

– Bom dia, hein? – Nada, não fala. Emite uma espécie de grunhido estranho como um porco enquanto come sua ração preferida. Hoje pela manhã a Alê está mais intratável do que nunca. Grunhe! Eu me arrumo, mas não estou com muita imaginação, então visto os jeans com o bordado lateral e a camiseta azul. Olho no espelho comprido do quarto. Se eu fosse um estranho que me visse pela rua hoje, não olharia para mim. Tem algumas manhãs em que você não gosta de jeito nenhum de você mesma, e se por acaso alguém te fizer um elogio você não acredita de jeito nenhum. De repente me volta à memória... "A verdadeira beleza afinal está na pureza do coração." O vovô sempre me dizia isso. O Gandhi tinha dito para ele. Quer dizer, não diretamente, o vovô tinha lido num livro de citações dele. Se o meu coração é puro ou não, não sei, mas com certeza eu gostava de como o vovô me dizia essa frase. Por um momento, sinto um estranho vazio por dentro, alguma coisa de indefinido, como uma espécie de vertigem. Hoje digamos que deixo o meu coração ser mais bonito que o rosto.

Bip bip.

Deve ser a Alis. Tenho certeza de que vai me pedir para esperar por ela fora da sala para copiar alguma coisa. Talvez matemática, que de fato ontem estava um pouco difícil. Não entendi muita coisa naquela equação algébrica. Eu digo: mas para que colocar as letras "se" se trata de números? Já entendo pouco de números, ainda me metem até o alfabeto. Depois me disseram que isso é uma coisa que se faz no primeiro ano do ensino médio, mas a professora queria mostrar para gente antes, assim vamos chegar mais preparados. É. Claro, se eu espero por ela... Mas não podia pedir para a Clod?

Abro o torpedo. É o R.J.! Mas que estranho a essa hora.

"Oi, Carol... Você está indo para escola ou está inventando uma das suas?" Vou, vou, quem dera que eu tivesse a imaginação.

"Você está a fim de sair comigo hoje à tarde? Devo ir a um lugar. Manda ok se estiver a fim e puder que eu passo pra te pegar às três."

Não tem jeito mesmo. Com o Rusty é sempre assim. Não te diz aonde vai, você descobre depois. Ou aceita no escuro, ou nada.

"Ok". Envio. Tomo rapidamente o café da manhã, escovo os dentes, me arrumo e saio. A Alê até me cumprimenta. Incrível. O dia está mesmo tomando outra forma, fiquei de novo de bom humor. E, seja como for, agora que estou pensando, eu gosto das surpresas do R.J. exatamente porque são para ser aceitas de olhos fechados. Mas não sabia que dessa vez eu me sentiria já adulta. Aquelas surpresas que você sabe que existem e mais cedo ou mais tarde vão chegar, mas que nunca vai estar pronta.

Na escola fui eu que tive que copiar a equação da Clod. Mas deu tudo certo. As aulas seguintes passaram voando e agora estou atrás dele.

– Mas posso saber pra onde a gente está indo? – grito de dentro do capacete.

– Perto. – E desliza no trânsito.

Rusty James passou para me pegar na frente de casa, dando um toque no celular para evitar tocar o interfone e ser descoberto pela mamãe. Agora estamos ziguezagueando por Roma e não consigo entender para onde vamos. Vejo que o Rusty está sentado em cima de um envelope amarelo.

– Mas não cai assim?

– Não, depois se estiver caindo você percebe. Afinal, pra que eu te levo? E, além disso, tem um motivo...

– Qual?

– Depois eu te conto.

Depois de mais umas duas travessas, a gente para. R.J. estaciona a moto e pega o envelope. Eu desço com o meu pulinho nos pedais. Olho ao meu redor. Um edifício antigo com um portão enorme de madeira e um monte de placas ao lado.

– Onde estamos?

– Vou subir um instante. Espera aqui.

– Mas por que eu não?

– Por superstição.

– Por acaso eu dou azar?

– Nunca se sabe. – Me deixa ali e entra correndo pelo portão. Eu me aproximo da fileira de placas. Tem de tudo: consultor de trabalho, escritório comercial, advogado, tabelião, editor, agência de notícias, agência imobiliária, costureira e por último uma placa mais evidente que as outras, centro estético, depilação também para homens. Mas para onde será que ele foi? Entro no hall, vejo escadas e elevador, mas o R.J. já sumiu. Depois de dez minutos, vejo que ele desce as escadas de três em três degraus. Vem na minha direção e me faz dar um rodopio.

– Então, me diz? Onde você estava?

– Adivinha! Afinal, se te conheço, você leu todas as placas!

– Hummm... você se depilou e não quer me dizer!

Rusty levanta uma perna da calça e me mostra suas canelas, não muito peludas, mas definitivamente não lisas.

– Então você entrou em alguma confusão e foi ao advogado!

– Não, a minha ficha está limpa!

– Está fazendo uma roupa de gente séria! Calça e paletó!

– Um dia, talvez...

– Eu desisto!

– Tem a ver com o que eu te disse antes.

– Aquilo de sentar no envelope?

– Sim! Eu estava com o envelope ali embaixo para que absorvesse um pouco de... sorte!

– Ah! E o que tinha dentro?

– O meu livro...

– Nãooo! Mas você podia me dizer!

– E o que mudava? Talvez depois você me pedisse pra ler! Em vez disso, você veio comigo pra entregar o livro na editora e talvez tenha me dado sorte!

Você está a fim de caminhar um pouco? Não estou com vontade de pegar a moto logo.

– Tudo bem; afinal a Clod e a Alis me esperam daqui a duas horas.

– Mas vocês três não estudam nunca?

– Claro, realmente, vou estudar!

– Às seis da tarde?

– Claro, quando o meu biorritmo está mais ativo! Foi o Jamiro que me disse!

– Sem ele você não dá um passo, hein?

– Nunca!

Rimos e caminhamos lado a lado. O sol está alto, é um dia lindo e me sinto muito, mas muito melhor do que esta manhã. Mérito do efeito R.J. É uma espécie de tufão que expulsa o tédio. Passamos na frente de uma vitrine. Uma loja de fotografia. Paramos os dois ao mesmo tempo. Atrás do vidro, máquinas digitais, as mais modernas, algumas *reflex*, algumas objetivas, fotos de mulheres que sorriem. Nós nos olhamos. E é um instante. Um sorriso consciente, um silêncio que não tem necessidade de palavras. Temos o mesmíssimo pensamento. O vovô. O nosso amado vovô. O vovô doce, grande, bondoso, o vovô de quem a gente está com saudade, que fazia a gente se sentir seguro, pelo menos a mim. E termino de novo lá, naqueles dias surreais. A casa cheia de gente silenciosa. A vovó na cadeira junto dele. E ele que parecia dormir. Não me parece possível. A morte não me parece possível. Não sei nem o que é. Às vezes queria poder esquecer, pegar a Vespa e ir à casa deles como sempre e ter uma linda surpresa, ver o vovô Tom na sua escrivaninha mexendo com alguma coisa. E depois o seu perfume. Aquela loção pós-barba que sempre usava. O perfume do vovô. No entanto, não vou encontrá-lo nunca mais. Não posso pensar nisso. E sem poder fazer nada, meus olhos se umedecem. Rusty percebe.

– Deixa disso...

– Disso o quê... o que posso fazer? – Dou uma fungada. – Estou com saudade. E sei que não tem remédio. Depois não posso nem falar disso com a mamãe porque ela começa logo a chorar e eu acho que a faço sofrer mais...

– Eu também sinto muita saudade, mas não tenho vontade de dizer nada, penso sempre em como deve estar a vovó... E diante dela, parece que não tenho nem o direito...

– Então. Não é justo.

Penso realmente que não seja justo. Mas como uma pessoa como o vovô, tão boa, com toda a sua curiosidade, a sua vontade de viver, um vovô menino... no entanto, vai embora assim. É a morte que não entendo. Leva as pessoas de você assim, sem remédio. Você não vai mais poder falar com elas, tocar nelas, vê-las, rir com elas. Nunca mais ouvir a voz delas, nunca mais poder comprar um presente para elas ou dizer aquilo que você nunca teve a coragem de dizer. Sim, simplesmente uma última vez, por favor, só uma última vez, queria poder dizer "te amo vovô".

– No que você está pensando?

– Nem eu sei... Tantas coisas. – Depois olho para ele. – Mas você pensa alguma vez na morte, R.J.?

– Não... Não muito. – Ele sorri para mim. – Sabe, acho que se pode aceitar a vida só assim como vem e ser feliz com aquilo que aconteceu.

– Parece que você leu isso ou então que está falando como escritor.

– Bem, é muito mais fácil, é o que o vovô sempre me disse.

– Com o vovô, você falava da morte?

– Não, da vida, e ele me dizia que se não existisse a morte a vida não poderia seguir adiante. A morte é o modo que a vida tem de defender a si mesma. Uma vez ele me leu uma coisa linda de um poeta que se chama Neruda. – E continuamos a caminhar enquanto o Rusty procura de algum modo se lembrar, depois a sua voz se torna mais doce.

– Morre lentamente quem evita uma paixão, quem prefere o preto sobre o branco e os pontos sobre os "is" em detrimento de um redemoinho de emoções, justamente as que resgatam o brilho dos olhos, sorrisos dos bocejos, corações aos tropeços e sentimentos...

– Mas é lindo...

– É mesmo. E diz a verdade. Carol, aqueles que morrem realmente são os que não vivem. Aqueles que se controlam, porque pensam demais no que os outros vão dizer. Que fazem concessões à felicidade. Aqueles que agem sempre do mesmo modo pensando que não podem fazer nada diferente, que acreditam que amar seja uma gaiola, que não fazem nunca pequenas loucuras para rir de si mesmos ou dos outros. Estão mortos aqueles que não sabem pedir ajuda e muito menos sabem dar.

– Ainda é Neruda?

– Não, isso é o que hoje penso graças ao vovô...

E subimos de novo na moto e vamos embora assim, no meio do trânsito, da gente, de tanta vida. As pessoas caminham nas calçadas, algumas estão em fila na frente de um bar ou de uma loja, outras esperam que o sinal abra para atravessar, alguns riem, alguns batem papo, alguns se beijam. Gente. Tanta gente. E por um instante me sinto melhor e não tenho mais vontade de chorar. Eu me sinto tipo serena, talvez crescida e no meio de toda aquela gente me parece que por um instante vi o vovô. Já não estou mais com saudade, talvez seja porque ele viveu e nos deixou tanto que nunca vou conseguir me esquecer dele.

Está chegando. Me dá um pouco de pena. Dentro de vinte dias começarão as provas escritas, depois as orais e então o nosso fim como classe. Que estranho! Tudo parece distante e depois, de repente, puft, chega. Brinco sempre, mas tenho de verdade um pouco de medo dos exames. Estou dando duro.

Hoje, por exemplo, a gente estudou muito bem na casa da Alis. A Clod está bastante feliz de como estão indo as coisas com o Aldo. Faz a gente rir muito com as suas histórias e se abre muito ao querer dividir com a gente cada segundo daquilo que lhe acontece. Eu não conseguiria. Pelo menos não assim. Ela está serena. Talvez se sinta mais tranquila com a gente. Não sei. Enquanto me perco nos meus pensamentos, de repente a Alis diz.

– Estou saindo com um cara...

– Sério?

Alis deixa cair essa bomba de curiosidade, enquanto a gente está lanchando.

– Mas você não disse nada pra gente!

– Estou dizendo agora... A gente se conheceu há duas semanas na casa de uma prima minha, é de Milão, tem vinte e um anos e é lindo...

– Vinte e um? Mas não é muito? – Enquanto digo isso, penso no Massi e nos seus dezenove anos. Sim, dois a mais, que diferença pode ter? Porém, só o fato de que você está na mesma década de vida te dá uma sensação de normalidade, de vizinhança. Eu me sinto uma idiota fazendo esses discursos, me sinto minha mãe. Quer dizer, não que ela seja idiota... Mas são aquelas coisas que as mães diriam! Aquelas prevenções que no momento não fazem sentido, mas que com o tempo... Como eu sou chata às vezes.

– E como é, como é? – Clod e a sua curiosidade. Alis sorri e parece muito feliz com a indiscrição de Clod.

– Então, é alto, moreno, corpo incrível, trabalha com moda, o pai dele é um famoso empresário, vende roupas italianas no exterior, no Japão. Primeiro de tudo, me disse que eu poderia muito bem ser uma das modelos para o catálogo deles...

– Sério? Legal!

– E depois?

– Depois quis me ver nua!

– Não!

– Hum hum... – Alis faz um sinal de sim com a cabeça. – A gente estava na sala de estar da minha tia, estava começando o jantar, e os outros tinham ido para outra sala; eu puxei a alça e deixei o vestido cair aos meus pés. Sabe que ele ficou envergonhado?

– Isso é lógico, não?

– Olhava sempre na direção da sala de jantar, pra ver se vinha alguém chamar a gente. Depois me disse "Ok, está ótimo. Você seria perfeita...". Durante o jantar, olhei pra ele o tempo todo. Ele desviava os olhos.

– Você assustou o menino...

– Com vinte e um anos!

– Talvez ele nunca tivesse encontrado uma garota assim.

– Bem, pode ser... – Alis dá de ombros. – O jantar foi muito rápido, mas no final eu já estava cheia daquilo. Perguntei se ele me acompanhava...

– E ele?

– Ele foi. – Sorri e olha para nós duas. – Não tinha ninguém em casa... Convidei ele para subir. – Fica um instante em silêncio. – A gente se beijou e depois fomos pro meu quarto e fizemos amor...

– Sim, bum! – Essa me escapou sem querer.

Alis vira de uma vez para mim.

– Não acredita, Carol? Por que eu deveria mentir? Está pensando que quero fazer bonito com você? Você acha que eu não seria capaz?

– Não, quer dizer... Sim, sim, não tem nada a ver...

Quase me assusta com todas essas perguntas.

– Claro... é que me parecia estranho, você tinha acabado de conhecer...

– A gente tinha se visto todos os verões na praia, mas nunca acontecido nada antes. Sempre fui a fim. Acho que estou apaixonada. Penso nele muito e ligo a cada minuto. Aliás, talvez até demais... Talvez eu seja um pouco obsessiva. – Começa a rir. – Agora ele foi pra Milão... Quero fazer uma surpresa para ele e vou lá para gente se encontrar. Talvez vocês venham comigo...

"Ah, claro", penso comigo mesma, "com o avião e a permissão dos nossos pais." Às vezes a Alis não percebe a idade que temos.

– Sim, sim, claro... seria muito legal... – A Clod não pensa do mesmo jeito.

– E depois lá deve ser ótimo fazer compras, tem lojas incríveis, a moda está toda lá. A Paris Hilton, quando vem à Itália, faz sempre sua primeira parada em Milão. É obrigatório.

– Alis... – Olho para ela tentando entender melhor. – Mas como foi?

– Lindo... Senti dor no começo... Mas depois foi muito lindo. A única coisa é que eu quis que ele usasse camisinha.

– Nossa! Mas você não ficou com vergonha?

– Você está brincando? Senão eu ia terminar como a *Juno*... E depois... Depois eu ia ter o bebê, e por um lado ia gostar muito, mas por outro lado seria um monte de complicações, quando você é tão jovem...

– Sim, sim, claro... – Apesar de que, com todo o dinheiro que tem, não consigo mesmo imaginar quais poderiam ser as complicações dela. Olho para ela. Não sei se me contou uma mentira ou não. Alis é capaz de tudo, sério, é imprevisível. Algumas vezes não entendo mesmo. Gosto dela, é minha amiga, é verdade, mas tem sempre alguma coisa dela que me escapa.

– Imaginem que ele não tinha camisinha...

– E então?

– Ainda bem que eu tinha!

– Sério?

– Sim. – Vai até uma gaveta e tira uma caixinha aberta. Então é verdade.

– Eu tinha comprado porque sabia que mais cedo ou mais tarde poderia acontecer... E que "ele" não teria! Então, para não me arriscar a ficar sem fazer... Comprei e preferi guardar aqui! Toma...

Dá uma para a Clod.

– E toma... – E uma para mim. Depois sorri. – Meninas, é lindo... Para aquele dia, para quando vocês estiverem a fim... Para quando estiverem prontas!

Clod devolve a dela.

– Pra mim, antes dos dezesseis não se fala nisso... Fique com ela, que senão vence.

– Por que não antes dos dezesseis?

– Não sei... decidi assim...

Na verdade a Clod sempre teve medo de qualquer novidade. Alis me lança um olhar desafiador.

– E você?

– Eu... te digo obrigada. – E ponho a camisinha no bolso. – Não marquei um dia... quando acontecer, aconteceu. Só quero ter certeza de uma coisa...

Alis me olha curiosa.

– De que coisa?

– Do amor. O amor dele... do meu eu tenho certeza.

Clod sorri.

– É mesmo? É lindo o que você está sentindo.

– É. – E me envergonho um pouco. Chego a quase ter medo da minha felicidade. – Desculpem, mas tenho que ir.

– Pra onde? Pra casa do Massi?

– Sim.

– Eu te dei uma ideia, hein?!

– É... – Sorrio e saio da casa da Alis. Abro a Vespa, tiro a corrente, ponho o capacete e vou embora. Paro perto de uma lixeira. Enfio a mão no bolso, tiro a camisinha que a Alis me deu e jogo ali dentro. Saio de novo. Não é por nada. Quer dizer, acho que dá azar ficar com uma camisinha no bolso enquanto você não fizer. E depois quem sabe quando vai ser. E, principalmente, já pensou se eu me esqueço de guardar bem em algum lugar e a minha mãe ou o meu pai encontram? Imagina, é brincadeira? Muito arriscado. Um pouco aliviada, continuo tranquila no meio do trânsito. Paro num sinal e ponho os fones do iPod. Ligo. Aleatório. Casual. Quero só ver que música vai aparecer em primeiro lugar... Música. Ouço a introdução. Nããão! Não posso acreditar! Vasco. "Voglio una vita spericolata... voglio una vita piena di guai..." Dou uma risada. Claro que depois de ter jogado no lixo uma camisinha por medo dos pais é pra rir mesmo, hein... A vida é assim. Às vezes faz de propósito, zomba de você ou faz você se sentir importante. Não sei nem por que eu menti pra Alis e pra Clod. Não é verdade que vou pra casa do Massi; vou para casa da vovó, tinha prometido que passaria para dar um beijinho e não estou a fim de furar justamente com ela. Aliás, tive uma ótima ideia.

– Oi!

– Carolina! Que surpresa linda! Dá licença um instante, hein... – O Sandro se afasta de um senhor idoso e se aproxima pra me cumprimentar. Me dá a mão. Quando ele faz assim, sempre fico com vontade de rir. Depois de alguns dias que tinha encontrado o Massi, achei que seria legal encontrar o Sandro e contar logo tudo; afinal, a primeira vez que o Massi e eu nos vimos foi lá na loja onde ele trabalha; além disso, de algum modo o Sandro também tinha me ajudado a procurar por ele. Desde então toda vez que me vê está sempre preocupado com a minha história com o Massi.

– O que você está fazendo aqui? – Depois me olha nos olhos. – Está tudo bem, não está?

– Claro! Ótimo...

– E você, como vai com aquela Chiara que tem ciúme da nossa amizade?

– Hum, assim... – Sandro dá de ombros. – Eu a convidei pra tomar alguma coisa comigo depois do trabalho, e ela me disse que sim.

– Bom.

– Disse também que não pode ficar até tarde porque seu namorado é ciumento.

– Menos bom...

– Mas disse isso rindo. Era como se quisesse dar a entender que aquela história está aborrecendo um pouco.

– Ótimo!

– Sim, só não precisa ter pressa. – Sorri para mim.

– Desculpe, e esse? Fala de quê...? – O senhor idoso está com um livro na mão. Leio de longe. *A pequena vendedora de prosa*, de Daniel Pennac.

– Não, o senhor não iria gostar.

O velho dá de ombros, repõe o livro na estante e continua a procurar. O Sandro vira para mim e ergue os olhos para o céu.

– Venha, vamos nos afastar um pouco... Aquele senhor é cansativo. Pega os livros ao acaso, pede pra contar do que se trata e nos detalhes ainda... O pior é que não compra quase nunca! Então? – Volta a sorrir. – O que você faz por aqui?

– Queria comprar um livro para a vovó...

– Ah, sim, sua avó Luci. – Fica em silêncio.

– Eu te disse o que aconteceu...

– Sim, claro. Eu me lembro.

– Quando posso, gosto de fazer companhia pra ela, já que minha mãe, a única filha deles, trabalha o dia todo...

Ele me olha e me dá um sorriso terno, como se fosse especial. Pra mim tudo isso parece tão normal.

– Deixa eu pensar um pouco... Sim, olha. – Pega um livro. – Ela poderia gostar desse: *A solidão dos números primos*. É a história de duas pessoas solitárias que se amam, mas no fim ficam sozinhas...

– Sandro! Mas é muito triste!

– Um pouco, mas é muito lindo.

– Eu sei, mas a vovó nesse período precisa sorrir!

– Você tem razão. Então tem este... *A elegância do ouriço*. Esse é mais leve, divertido, mas igualmente lindo.

– Hum... – Pego o livro. – Do que é que fala?

– É a história de uma zeladora muito culta que finge não saber nada porque senão as pessoas do edifício não a achariam simpática... E faz amizade com uma menina...

– Hum, esse já me parece melhor, mesmo que nós não tenhamos um zelador!

De repente, surge outra voz entre nós.

– Oh, sim, esse é bom! Além disso, a menina tinha decidido se matar justamente no dia do seu aniversário e, em vez disso, a amizade com a zeladora a ajuda com sua solidão e... – Aquele senhor engraçado, vestido com um terno de Príncipe de Gales xadrez cinza, com colete e gravatinha-borboleta, percebe o modo como Sandro e eu olhamos para ele. Repentinamente, suas palavras morrem na garganta. – Bem, talvez seja melhor eu não revelar demais... de qualquer jeito, gostei muito. – E vira de costas, quase aborrecido com nosso silêncio.

Sandro observa enquanto ele se afasta.

– Queria puxar conversa...

– É, e contar o final.

– Que ele nem leu! É tudo aquilo que me lembro de ter lhe contado... Sabe... ele é muito só. Vem aqui para conversar e no fim do mês compra um livro, talvez o mais barato, só para mostrar que o meu trabalho de lhe contar as histórias não é desperdiçado! – Olho para ele. Está lá mexendo nos livros. Abre um, folheia, lê alguma coisa, mas assim, para fazer de conta; na verdade com o canto do olho olha na nossa direção, sabe que estamos falando dele. Depois se vira totalmente. Sorri. No fundo deve ser simpático. Ele e a vovó Luci. Quem sabe, talvez um dia possam se encontrar e tomar um chá e falar de várias coisas e fazer companhia um ao outro. A vovó conhece tantas histórias, lhe contaria uma por dia até o fim dos seus dias. Não. A vovó não terá mais vontade de falar com nenhum outro homem. A vovó fala todos os dias com o vovô Tom. A gente é que não consegue ouvir quando ele fala.

– Carolina! Que surpresa linda...

A vovó me faz entrar com um beijo na bochecha e um abraço longo, cheio de amor. Depois me pega e me olha com suas mãos sobre os meus ombros, como se procurasse algo em mim.

– Realmente não esperava você...

Não sei se devo acreditar. Acho que não é verdade. Teria ficado triste se eu não passasse. E muito. Dá um suspiro de alívio e depois volta a ser a vovó de sempre.

– Como vai... você parece cada dia diferente...

Fecha a porta atrás de mim.

– Crescida. Mais mulher. Mais moça, enfim...

– Mas eu sou uma moça! – Rio enquanto me viro e olho para ela.

– Sim, sim, eu sei... – Depois, pergunta curiosa. – Você não tem nada para me dizer, tem?

– Não, vovó. – Entendo as suas possíveis indiretas. – Fique tranquila.

E terminamos na sala numa mesinha à sombra daquele damasqueiro.

– Está começando a florir.

– Sim... – Ficamos assim, fixando aquelas flores recém-desabrochadas que se dobram leves e frágeis ao primeiro vento. Quem sabe qual lembrança elas evocam. Vejo os olhos dela se tingirem de emoção. Leves, opacas lágrimas os vestem. Fica assim, absorta, talvez transportada ao passado. Aquele vaso. Aquela árvore. Um beijo recebido naquele canto. Um presente. Uma promessa. Fico em silêncio enquanto ela navega longe, levada por quem sabe qual corrente de lembranças. Repentinamente volta. Um suspiro longo. Olha para mim de novo e sorri serena. Não se envergonha da sua dor. Eu também sorrio para ela.

– Você quer um chá?

– Sim, vovó! Talvez um chá-verde, se você tiver...

– Claro que tenho. Desde que soube que você gosta, não falta nunca... – E se afasta.

Eu me sento à mesinha de madeira ali, no canto, perto dos jasmins e do muro das rosas selvagens. Lembro que o vovô tirou umas fotos lindas entre aquelas rosas. Fecho os olhos, respiro o delicado perfume daquelas flores. Me sinto relaxada, repouso, mesmo que não tenha razão para estar cansada. Bem, sim, talvez tenha estudado um pouco além da conta. Até faltei à ginástica. São as últimas aulas, mas também é verdade que as provas estão logo ali. Continuo assim, entre mil pensamentos, depois me lembro de uma coisa que a mamãe me disse. Pouco após o funeral do vovô, quando voltamos para casa. Ela tinha ficado na sala, eu não estava com sono e a encontrei por acaso ali no sofá, sentada sobre as pernas dobradas, exatamente como eu sempre faço.

Aquela noite.

– Ei, vem cá...

Eu me sento de frente, na cadeira.

– Não, aqui ao meu lado... – Ela abre um pouco de espaço no sofá e eu me sento igual a ela. Somos duas gotas d'água com um pouco de tempo no meio.

– Em que você está pensando, mamãe?

– Numa coisa que sempre imaginei e que não foi possível... – Fica assim, em silêncio, com o olhar perdido além daquela TV desligada, além daquele sofá no fundo, daquele tapete gasto. Além daquele espelho antigo.

– Posso saber?

Volta a si. Lentamente se vira na minha direção. Sorri.

– Sim, claro. Eles se amam tanto... Quer dizer, se amavam tanto que eu queria que tivessem desaparecido juntos, no mesmo momento... Mesmo sabendo que pra mim a dor teria sido enorme.

Então me aproximo mais dela e apoio a cabeça no seu ombro. E quase sussurro...

– Eles ainda se amam, mamãe.

Ela acaricia meus cabelos e depois o rosto e de novo os cabelos.

– Sim. Ainda se amam.

E ouço a mamãe chorar. Silenciosa, não consegue frear o pranto, segurar os soluços, que aos poucos se tornam um pouco mais fortes. Então eu também choro em silêncio e a abraço forte, mas não consigo dizer nada, nem mesmo imaginar alguma coisa, encontrar uma frase bonita para dizer, a não ser:

– Sinto muito, mamãe... – E continuamos chorando assim, como duas meninas de mães diferentes.

– Cheguei, com o seu chá. – E apoia a bandeja um pouco trêmula sobre a mesa de madeira. Abro os olhos e enxugo rapidamente, para não mostrar que estava chorando de novo.

– Ah, que delícia... Você não sabe quanto eu queria esse chá, vovó! – Despejo na minha xícara, abro logo o envelopinho e o mergulho.

– Mas você não quer experimentar?

– Não, obrigada. – A vovó se senta na minha frente. – Prefiro aquele normal. "*English*". – E sorri enquanto diz isso, orgulhosa da sua pronúncia.

Dou de ombros.

– Como quiser, vovó...

Termino de despejar meu chá e provo um biscoito.

– Vovó! Mas são de manteiga...

Sorri.

– Exatamente por isso são tão bons!

Balanço a cabeça. Não quer saber da minha dieta, não me ajuda em nada, ao contrário.

– Com alguns quilos a mais, você vai ficar melhor!

– Sim, sim... em vez de me ajudar...

– Mas eu te ajudo... a ficar bonita!

Pego na minha bolsa embaixo da mesa.

– Sorte sua que acredita nisso, vovó... Tome, trouxe isso pra você. – Ponho o embrulho sobre a mesa.

– O que é?

– Abre...

A vovó põe sua xícara de chá na mesa e pega o presente. Começa a desembrulhar. Está emocionada.

– Obrigada! – Gira o livro entre as mãos. *Almas à deriva*.

– Espero que você goste. É a história escrita por um rapaz muito jovem, mas tão romântica...

Olha para mim com os olhos comovidos, está quase chorando.

– Bem, vovó... Pelo menos foi o que me disseram.

– Oh, sim, claro... Mas não se preocupe. Eu também tenho uma coisa pra você. Espere aqui...

Fico assim, curiosa, bebericando o meu chá, agora menos quente, mas ainda bom, quando a vovó aparece na porta com um presente.

– Tome, saímos um dia e vimos... Queríamos esperar o Natal... – E para. Não diz mais nada. Não diz: "Infelizmente não faz mais sentido esperar..." ou "O vovô não está mais aqui".

Simplesmente fica em silêncio. É como se dissesse tudo aquilo e muito mais. Procuro compreender. E me dá vontade de chorar. A ela também. Então me alegro de propósito.

– Que lindo, que surpresa! Não consigo imaginar o que é!

Desembrulho rapidamente, rasgo o papel rindo e, no final, depois de ter amassado, jogo num balde ali perto. Mas não acerto. A vovó me olha e balança a cabeça, eu sorrio para ela.

– Deixa, depois eu pego... – E olho melhor a caixa.

– Mas é linda! Uma máquina fotográfica!

– Você gosta? Ele dizia que você tinha jeito, que você iria gostar muito, porque é aquela... Aquela que pode fazer um monte de fotos sem filme...

– Digital!

– É, sim, digital.

– Nossa, eu adorei... – Abro a caixa, tiro a máquina e giro entre as mãos, tentando entender como funciona. Ligo.

– Está carregada... Olha só, é muito legal... – Vejo no alto o botão para tirar as fotos. Tiro uma foto da vovó. – Sorria! – E clique! Tiro a foto rapidamente. Vejo que ali perto está escrito disparador automático. Aperto e começa a contagem dos segundos. Trinta. Vinte e nove. Vinte e oito. Ponho a máquina sobre a mesa, perto do bule. – Venha, vovó! Vamos tirar uma foto juntas! – E levo a vovó comigo, diante da máquina fotográfica no meio das rosas e lhe dou um abraço. Espero em pose com ela, que afinal apoia a cabeça no meu ombro, exatamente quando... "Flash!" – Veja, conseguimos!

Corro até a máquina e vejo como ficou.

– Olha, vovó! Estamos lindas! Duas modelos...

– Sim, sim! – Ela ri olhando para a tela. Depois eu pego a máquina e começo a mexer. Vou ao menu para entender mais. Fotos disponíveis: 430. Mas como? Aqui marcava 450 de capacidade. E então movo o botão. Volto e de repente aparece ele. O vovô. O vovô sorrindo. O vovô fazendo caretas. O vovô de braços cruzados e depois ainda o vovô e a vovó abraçados, uma foto linda, ela rindo se apoiando nele, perto do damasqueiro. Talvez fosse nisso que ela estava pensando antes. Estava se lembrando daquele dia, dessa foto, daquele sorriso, da sua felicidade. Olho para ela. A vovó sorri...

– Tem as nossas fotos, não é?

Concordo. Não consigo dizer nada. Sinto um nó na garganta. Tenho vontade de chorar. Ufa. Mas por que sou assim? Não consigo mesmo. A vovó me faz uma carícia. Entendeu tudo e quer ser forte para mim.

– Você revela essas fotos pra mim, se conseguir? Se não, não tem problema... Não se preocupe.

Dou um suspiro profundo e recupero o controle.

– Claro, vovó. Revelo, sim, com certeza... Obrigada. Vocês me deram um presente lindo.

E lhe dou um abraço.

Alguns dias depois!

– Oi, Carol!

Me abraça e me dá um beijo que me tira o ar, que faz meu coração pular na garganta, que me emociona como a primeira vez que cruzei seu olhar naquele espelho da livraria. O Massi. Veste uma camiseta azul e já está um pouco bronzeado. Por ser quase a metade de junho, é um espetáculo. Tem gosto de mar. Sim, aquele azul, seu sorriso, seus olhos, o seu bronzeado tem gosto de mar... de amar. A praia de uma ilha deserta, rodeada de ondas que quebram contra as rochas, seus cabelos e seu sorriso e ele deitado... que me acolhe.

– Carol, no que você está pensando? Está com uma cara...

– É que daqui a pouco tenho as provas.

Minto.

– Sério mesmo que você estava pensando nisso? Você estava sorrindo!

Dou de ombros e me faço de dura.

– Claro, as provas me fazem rir...

E me pega nos braços e me ergue com leveza, me faz voar da terra.

– Ei... Espere! Você vai deixar isso cair!

– O que você trouxe?

– As minipizzas de Mondi.

– Hum... deliciosas... mas fica pra depois.

Ele tira as pizzas da minha mão, coloca na mesa da cozinha e depois me arrasta pelo corredor, pela sala, até seu quarto.

– Aqui... – Quase me joga na cama e depois pula em cima e fica a um passo de mim, e eu me afasto um pouco para não acabar embaixo dele.

– Você é louco mesmo, por pouco não caía em cima de mim...

– Você vai ver agora...

Quase esfomeado, luta com o meu cinto, abre frenético. Freio suas mãos.

– Massi, mas você fechou a porta?

– Não... – Sorri.

– E se seus pais chegarem?

– Impossível. Estão na praia, só voltam no fim de julho...

– Tem certeza?

– Claro... É por isso que te devoro tranquilamente... Nham! – E morde meu jeans, entre as pernas, e quase me machuca.

– Ai.

E continua a fingir que é um animal.

– Sou o lobo... que pele macia que você tem... – Abre meu jeans, me dá uma mordida leve e suga a minha pele, ali, na borda superior da calcinha.

– Ai! Você está me mordendo...

– Sim, pra te comer melhor! – E faz um som estranho com a boca.

– Mais que um lobo, você está parecendo um porco...

– Sim... que lindo, sou uma nova espécie, o lobo porquinho... – E puxa minhas calças para baixo. Tira minha calça levando junto os tênis, as meias, e fico assim, entre seus braços.

– Tem muita luz...

Ele se levanta rapidamente, abandonando um instante minhas pernas, abaixa as persianas.

– Assim está melhor, não?

– Sim...! – Sorrio.

– Vejo seus dentes brancos, lindos... Os seus olhos azuis, intensos!

Tira a roupa e se deita perto de mim. Fica só de cueca que depois tira com pressa. Agora está nu, completamente. Começa a me acariciar, a sua mão entre as minhas pernas, perdida, enquanto me abraço a ele, apertado, quase me agarro, enquanto me dá prazer, mais e mais ainda.

– Quero fazer amor com você – me sussurra no ouvido.

Fico em silêncio. Não sei o que dizer. Tenho vontade. Tenho medo. Não saberia o que fazer. Me lembro de *Juno*. Me assusto. Talvez seja mais fácil ganhar tempo.

– Ainda é cedo... – torcendo para que não fique com raiva. Fica parado. Depois, de repente, sorri.

– Tem razão...

E docemente pega a minha mão. Beija a palma e depois põe minha mão na sua barriga. Sinto os pelos finos, os seus abdominais escondidos. Então lentamente desço, bem devagar, delicadamente. Entre os pelos mais espessos, de repente o encontro. Pego, aperto devagar e começo a ir para cima e para baixo. Escuto ele suspirar. Depois põe sua mão sobre a minha e leva um pouco mais para cima. Sorri.

– Sim, assim... – Recomeço a mover a mão para cima e para baixo. E ele quase com as palavras meio partidas:

– Assim... Mais... Mais rápido... – E eu continuo como ele disse, um pouco mais e mais rápido, sempre mais. De repente se enrijece um pouco e depois completamente, na minha mão, pra cima, na barriga. Então o seu sorriso, perdido num beijo mais macio, assim, abandonado nos meus lábios. Aos poucos, agora o seu coração se acalma, sempre mais, outro suspiro e mais outro, mais profundo. Ficamos abraçados na penumbra, com esse novo perfume entre nós, aquele leve prazer que lembra pinho, resina, relva fresca. Sim, em suma... que lembra o amor.

Mais tarde tomamos banho juntos, música pela casa toda, livres e adultos.

– Toma... – Me passa um roupão fresco, perfumado, de um rosa-claro, eu fico meio perdida nas suas mangas longas e me olho no espelho. Cabelos molhados, olhos felizes. E depois de repente ele aparece e me abraça.

– É da minha mãe...

– Ela não vai ficar com raiva, vai?

– Não vai nem saber.

Fecho os olhos, e me abandono no seu abraço e jogo a cabeça para trás, sobre o seu ombro, e sinto a sua bochecha macia, o seu perfume, a sua boca entreaberta que me beija de leve, que respira sobre a minha pele, que me faz sorrir. Abro os olhos e o vejo. Os nossos olhares naquele espelho, como naquele dia, como a primeira vez. Emocionada, em silêncio, continuo com os olhos fixos nele, e as palavras ficam presas na borda do meu coração, acabaram de sair na ponta dos pés, para não fazer barulho, tímidas queriam gritar "te amo". Mas não consigo.

Depois estou de novo na cama. Estou com as pernas abertas. Acaricio lentamente os seus cabelos cacheados. Macia, abandonada, sinto o seu movimento, a sua língua. Os seus olhos divertidos, espertos, me olham lá de baixo, vejo ele sorrir escondido, enquanto me dá prazer sem parar. Aliás, insiste. Mais fundo, com paixão, com raiva, com desejo: eu sinto isso, sequestrada, abandonada, conquistada... e no final grito. E depois exausta... minha respiração fica curta. Aos poucos me recupero. Sim, outro respiro. Acaricio os seus cabelos. Depois ele sobe, perto de mim. Me dá um beijo, sorri e eu com ele, inebriada por todo o meu prazer. Por todo lado, entre nós nos lençóis, entre os nossos beijos, no ar. Como eu queria ter coragem de fazer amor.

– Vou ali e volto logo.

– Sim... – Sorrio enquanto o vejo sair do quarto dele, do nosso quarto. Nu. Descalço. Livre de tudo e de todos. Só meu. Viro sobre mim mesma, no roupão aberto. Aperto o travesseiro. Abraço ele forte e num instante naufrago numa doce sonolência. Flutuo levemente. Fecho os olhos. Abro de novo. Arrebatada por sons distantes, delicada e assim meio sonhando, recordando aqueles primeiros momentos que acabei de viver, adormeço.

"Plim, plim."

Abro os olhos. Um som inesperado. Olho ao redor. De repente estou acordada, lúcida. Estranhamente atenta.

"Plim, plim."

De novo. Ali está, vejo. O celular dele. Está ali em cima da mesa. Deve ter chegado uma mensagem. Me levanto discretamente. Dou dois passos na ponta dos pés e num instante estou diante do celular. Na tela, no alto à direita, pisca um envelope. É a mensagem que acabou de chegar. Fico assim, parada, imóvel, suspensa no tempo, enquanto aquele envelope continua piscando. Quem é que mandou uma mensagem para ele? Um amigo? Os pais? Uma menina? Outra menina? E com esse último pensamento sinto que vou desmaiar. Me aperta a barriga, o coração, a cabeça. Tudo. Parece que vou enlouquecer com esse pensamento. Outra. Outra menina. Olho para a porta, depois para o celular. Depois de novo a porta, depois o celular. Não consigo mais, estou enlouquecendo. Chega. Não resisto. Pego o celular, seguro assim, entre as mãos, olhando para ele, fixamente. Depois, nada será mais como antes, talvez acabe para sempre, será impossível recuperar. Ou é melhor não saber, deixar pra lá, não abrir aquele envelope, não ler aquela mensagem? Não aguento. Não poderia viver com a dúvida. "Ah, se não tivesse aberto..."

Agora estou aqui, já fiz. Mas se não for? Então juro que se não tiver escrito nada de comprometedor, se for um amigo, os pais ou algo assim, não vou ler nunca mais uma mensagem sua. E assim, decidida com essa última e desesperada promessa, abro a mensagem.

– Tudo ok. A gente vai jogar às vinte no Football Club! Camiseta azul.

Camiseta azul! Nunca tinha lido nada que me fizesse tão feliz! Camiseta azul!

Apago a mensagem porque assim ele não percebe que abri, ponho o celular sobre a mesa e com um salto me jogo na cama. Bem a tempo.

– Carol... – Entra com uma bandeja na mão. – Pensei que você tivesse dormido!

– Um pouquinho... – Sorrio pra ele. – Depois acordei...

Me observa curioso. Olha ao redor pelo quarto. Depois tranquilo ergue os ombros e apoia a bandeja na cama.

– Então, trouxe as suas deliciosas minipizzas... Já comi algumas! Hum, que delícia... E também fiz um chá pra você... De pêssego você gosta?

Sorrio.

– Claro! Ótimo.

– Sei que você gosta de chá-verde, mas acabou.

Até se lembra de qual eu gosto. Não posso acreditar. É perfeito. Faço uma carícia nele. Apoia a bochecha na minha mão, quase prendendo contra o pescoço. Depois pego uma minipizza e dou uma mordida.

– Hum... é verdade, estão deliciosas.

Olho para ele, sorrio. E ponho na sua boca o pedaço que sobrou. Ele mastiga, sorri e no final nos beijamos. Um beijo com sabor de tomate. E rimos sentindo aquele sabor. Me deixo cair para trás no travesseiro e ele está em cima de mim. Me beija com paixão. Depois se levanta e me olha nos olhos. Sorri. Queria dizer alguma coisa. Mas fica em silêncio.

Eu também queria dizer uma coisa: "Massi... hoje você vai jogar de camiseta azul!". Mas não posso. Ele descobriria. E lhe dou um abraço forte, apertado e estou tão feliz de ter lido aquela mensagem que juro nunca mais abrir mais nenhuma, juro, juro! Claro... desde que ele não me peça.

– O que você tem, Carol, por que está sorrindo assim?

É claro, não pode imaginar.

– Estava pensando que esta é a tarde mais linda que já passei.

– Sério? – Me olha fechando um pouco um olho, como se não acreditasse muito em mim.

– Claro, te juro.

– Não sei como é, mas acho sempre que você está me contando alguma mentira...

– Ah, já te disse... te digo sempre a verdade... exceto algumas raras vezes!

Toda feliz dou correndo uma mordida na minipizza que ele estava para comer.

Fui mil outras vezes à casa dele no mês de junho. Em algumas, levei sanduíches, bolinhos de arroz, croquetes, até calzone... E todas as coisas boas que se pode comer em Roma.

Olhamos o pôr do sol da janela do quarto dele. Aprendi a conhecer de cor cada ângulo das suas costas; se fosse capaz de desenhar, me bastaria fechar os olhos para tê-lo de frente, e copiá-lo ali, naquela folha, em todos os seus mínimos detalhes; as mãos, os dedos, a boca, o nariz, os olhos, lindo como só eu consigo ver, eu que conheço a sua respiração, que senti ele adormecer entre os meus braços, acordar pouco depois com um sorriso.

– Quem é...

– Shhhhiii...

E mimá-lo como o mais doce dos meninos. E ouvi-lo rir enquanto ataca com a boca meu seio e finge estar mamando, ele que de novo cochila sereno e respira todo o meu amor.

Nos vários dias que passamos na casa dele, chegaram outras vezes torpedos e, como eu tinha prometido, não li.

Não é verdade. Li todos. Toda vez que chegava um, se eu estivesse sozinha lia e a cada vez meu coração dava um pulo e depois um sorriso.

E foi aquele último torpedo que me convenceu.

"Por que você não vem mais treinar? Será que está apaixonado?"

Sim, eu li, sorri e depois decidi.

Vou fazer amor com ele e sou a menina mais feliz do mundo pela minha decisão.

Julho

Heitor ou Aquiles? Aquiles.

Donald ou Mickey? Mickey.

Luz ou escuridão? Depende dos momentos.

De que cor são as paredes do seu quarto? Azuis.

O que você tem pendurado nas paredes do seu quarto? O pôster do *show* do Biagio em Veneza, mesmo que a mamãe não saiba que fui, o calendário com as fotos que o vovô fez, o pôster do Finley e do Tokio Hotel, a moldura grande com as minhas fotos.

Embaixo da cama? Espero que não tenha um monstro.

O que você quer ser quando crescer? Adulta.

Julho. Mês de mar. Fomos pra cima e pra baixo com os minicarros como loucas. A Alis e a Clod gostam muito do mar.

Por sorte nós três fomos bem nas provas.

Só de pensar no quanto estava preocupada... por exemplo, com as dissertações. No final, os temas eram "*Escreva uma carta, um artigo ou uma página de diário em que fale dos seus anos transcorridos na escola e das expectativas que você tem para o futuro*", "*Fale de um problema da atualidade que lhe parece urgente para resolver*" e "*Escreva uma comunicação sobre um assunto estudado que lhe tenha suscitado maior interesse*". Escolhi o primeiro e fiz bem. Tirei dez na redação! Nunca tinham me dado suficiente durante o ano nas redações, quer dizer, sempre mais que regular e uma vez bom, mas suficiente nunca. Em matemática, tinha um problema sobre um prisma quadrangular regular com pirâmide sobreposta e vários cálculos de áreas e perímetros, depois a alavanca e quatro equações. E depois as traduções de inglês e o teste de interpretação de texto. A chamada oral também foi boa no fim, na prática me perguntaram somente o ensaio.

O professor Leone deu os parabéns a nós três!

– Muito bem, meninas, não esperava tanto, sério...

Nos olhamos. É estranho, quando termina a oitava série, parece que você concluiu um momento da sua vida, como se tivesse fechado um ciclo e depois simplesmente vamos embora assim.

– Até logo, professor!

A Alis e a Clod tagarelam e é difícil pra mim pensar em qualquer coisa diferente de como imagino a minha vida agora.

Caminham na minha frente. Olho para elas e sorrio. A Clod com suas calças largas, um pouco caídas, os cabelos presos, com a mochila dependurada num ombro e as mãos que agita procurando se explicar.

– Entendeu, Alis? Não concorda comigo? Olha que é importante... Fundamental...

Fundamental. Que palavra forte! Quem sabe do que estão falando. E a Alis balança a cabeça e sorri.

– Não, eu não penso desse jeito...

Até parece. A Alis e as suas convicções. A Alis sempre rebelde, conservadora independentemente de qualquer coisa. A Alis com seus cabelos soltos, alguma coisa de marca e roupas novas.

Alcanço as duas e, por trás, passo o braço ao redor do pescoço delas. A Alis à esquerda, a Clod à direita.

– Vamos, não briguem, vocês estão sempre discutindo.

E aperto forte.

– É que temos uma visão diferente das coisas...

Clod suspira.

– Você não tem uma visão. Tem um mundo todo seu...

E quase para se consolar dessa declaração, pega do bolso do *jeans* umas balas de chocolate Toffee e começa a desembrulhar.

Nada, continuam nas suas posições. Tento distrair as duas.

– Mas vocês imaginam que já terminamos a escola? Quer dizer, terminamos um período... pode ser que a gente não se veja mais...

Alis sai de debaixo do meu braço e para na minha frente.

– Não diga isso nem brincando... A gente vai se ver sempre. Não deve ter nem escola, nem namorado, nada que possa afastar a gente.

– Sim, sim... – Me assusta quando faz assim.

– Não. – Me olha intensamente nos olhos. – Jura.

Dou um suspiro. Depois sorrio.

– Juro.

Alis abaixa um pouco os ombros. Parece mais tranquila. Depois olha a Clod.

– Você também.

– Ah bom... ia ficar chateada se não pedisse pra mim também. *Giurin giuretto*[42]...

– Mas o que é isso? Assim não vale! *Giurin giuretto* cai do teto...

Alis toma das mãos dela todo o pacote de balas e corre rindo.

– Não! Você não devia fazer isso!

Clod corre atrás dela tentando tomar as balas de volta.

– Imagina só, *giurin giuretto*... juramento perfeito!

Alis entra no seu minicarro e fecha a porta.

– Vamos, devolve...

Pega duas, desembrulha e põe na boca de propósito. Depois abaixa o vidro e lhe dá aquelas que sobraram.

– Ei, sábado lá em casa, no campo, em Sutri. Mandei até preparar a piscina. Todo mundo vem, olha lá.

– Mas todo mundo quem?

– Todo mundo... todos que contam... E o que é que vocês querem?!

Como sempre costuma fazer, acelerando com o chiado dos pneus, enquanto um carro chega do outro lado e freia bruscamente para logo depois buzinar, reclamando da sua partida repentina.

– Mamãe, tirei bom!

– Muito bem! Você é muito inteligente! Estou muito contente por você. – Me abraça, me aperta, me enche de beijos. E não me incomoda como acontece algumas vezes. Estou muito feliz.

– Você ouviu, Dario, viu como a Carolina se saiu bem?

O papai chega da outra sala, está com o jornal nas mãos. Sorri. Mas não muito. Como ele é. Como faz... nunca se entusiasma.

– Bem, então vamos tirar umas férias tranquilas, sem problemas... Não como sua irmã Alessandra. – Ergue um pouco a voz para ser ouvido até no quarto dela. Depois se afasta.

A mamãe sorri, depois ergue as duas sobrancelhas.

– Ficou com duas recuperações, nesse verão vai ter que estudar. Vai ter que levar os livros pras férias. E suas amigas? Como se saíram?

– Ah, bem! – Me sento à mesa. – A Clod tirou seis...

– Bem, não tão bem...

– Mas que lhe importa, basta que foi aprovada. A Alis, ao contrário, tirou suficiente.

– Imagine, bancava a garota provocante com o professor!

– Mamãe, mas o que você está dizendo?! Toda vez que tem alguma coisa boa nela, você tem que ver sempre algo mau...

– Não gosto dela. Não gosto da família dela. A mãe que nunca está em casa, o pai que não aparece a não ser para as festas...

– Mas o que tem a ver isso com a nota? Se ela sabe, se soube responder e se saiu bem nas provas, por que não deveria tirar ótimo?

– Bem, então me incomoda que se saiu melhor que você...

– Então, se é isso... – me aproximo da pia onde está lavando a salada para o jantar – tudo bem. – E lhe dou um abraço por trás.

Sorri enquanto me apoio nas suas costas.

– Ninguém pode se sair melhor que minha filha...

– Mas, mamãe, olha que eu em matemática sou uma tragédia...

– Mas vai melhorar... Tenho certeza de que vai melhorar, não vai? – Vira para mim e me aperta as bochechas com as mãos molhadas.

– Mas, mamãe! Você está me molhando toda! – Me livro dela e vou em direção da porta, depois paro um instante e lhe dou um sorriso lindo, o mais lindo que já dei.

– Sábado tem a festa de encerramento da escola em Sutri; posso ir, não posso?

A mamãe gira e faz uma cara ligeiramente aborrecida.

– Soube hoje de manhã, juro!

– Sim, sim... *giurin giuretto*...

Mas então ela também conhece! Vou toda feliz para meu quarto, contente daquele seu modo de responder que foi, de um jeito ou de outro, seu sim.

– Oiiii!

– Ei, não esperava por você, Carol...

Rusty James sorri enquanto me vê subir na passarela da barca.

– Vim te fazer uma surpresa...

– Bem... – Me diz isso com um sorriso estranho. Depois escuto barulhos vindos da cozinha e de repente ela aparece.

– Debbie! Que legal, não sabia que você estava aqui...

– Oi! – Debbie põe uma bandeja sobre a mesa. Corro para ela e dou um abraço.

– Quanto tempo que não te via... Seus cabelos cresceram e você está bronzeada...

– Você também, Carol, está ótima.

Rusty James abre os braços.

– Mas por que vocês não trocam os telefones? Parecem duas velhas amigas que não se veem há muito tempo...

Eu e a Debbie nos olhamos e sorrimos.

– É... assim mesmo. Espera... Vou pegar um copo pra você também. – E desaparece na cozinha.

Olho o Rusty James que está com um envelope na mão.

– Muito bem, R.J., estou feliz...

– Mas o que... – Não quer acreditar em mim.

Sorrio e me sento perto dele.

– Estou feliz e isso basta... Você sabe, eu acho a Debbie muito legal.

Estou para dizer outra coisa, mas justamente naquele momento ela volta.

– Você quer chá gelado de limão ou de pêssego?

– Oh, o que tiver...

– Eu trouxe os dois.

– Então pêssego...

– Bem, nós temos os mesmos gostos... – Debbie despeja nos três copos o chá de pêssego. Pego meu copo e ergo.

– Brindemos à minha aprovação!

– Muito bem, fico feliz por você! – Debbie bate seu copo contra o meu. R.J. dá um assobio. – Fiuuuu... Menos mal, pensei que você ia ser reprovada.

– Idiota...

– Bem, pelo menos uma recuperação... o que você tem de diferente da Alê?

– Tudo! E de você também...

– Sim, é verdade... – Fica sério. – Nós dois somos muito diferentes.

– Não! Não quero!– Me jogo de propósito em cima dele com força. – Quero ser idêntica a você!

– Ai! Carol... – Me empurra para a outra poltrona. – Olhe que a Debbie é ciumenta...

– Eu? – Debbie dá um gole no chá. – Imagina... Aliás, você está fazendo de propósito... Abre logo aquela carta...

Rusty James pega de novo a carta que tinha nas mãos. Olha para ela, vira e revira, tenta ler contra a luz.

Debbie se agita.

– Abre logo, vamos... Desde hoje de manhã que faz esse mistério...

– Mas o que é?

Rusty James me olha.

– É a carta de uma editora. Devem ter lido meu romance.

– E escrevem pra você?

– Sim... dizendo se gostaram ou não.

– Quer que eu abra?

– Não. É que eu estava saboreando o momento de abrir. Pronto. Olhe o relógio. São sete e quinze, tem um lindo pôr do sol e duas mulheres maravilhosas que me fazem companhia.

Sorrio para ele.

– E um ótimo chá de pêssego...

– Isso. – E não espera mais. Dá um suspiro profundo e abre o envelope com força, quase rasgando a carta. Tira uma folha, desdobra, põe na direção correta e começa a ler.

Debbie e eu ficamos assim, suspensas, com a respiração quase interrompida, preocupadas que alguma coisa, mesmo o menor movimento, possa estragar aquilo que já foi decidido naquela folha. Rusty James dobra a folha. Olha para nós. Abre os braços.

– Não se pode fazer nada... Não deu certo. Que pena... – Se levanta. – Bem, vou pegar alguma coisa na geladeira.

Desço da poltrona e o acompanho por um trecho do caminho.

– Sim, mas não importa, tem outras editoras e talvez chegue aquela certa... Você mandou outras cópias, não mandou?

– Sim, claro...

– Então!

– Sim, você tem razão...

Deixo-o ele ir até a cozinha e volto para perto da Debbie.

– Que pena... sinto muito que ele tenha ficado decepcionado... – Pego a folha, começo a ler e Debbie me interrompe.

– Caro senhor Giovanni Bolla, sinto muito... mas o seu romance não se enquadra em nossa linha editorial... – Deixo cair a folha.

– Sim, está escrito assim mesmo! Mas como é que você sabia...?

Debbie abre uma gaveta ali perto.

– Olha...

Está cheia de cartas de outras editoras. Me aproximo. Pego uma. Depois outra.

– Já chegaram... sim, nove, e todas dizem a mesma coisa, mais ou menos...

Olho melhor a folha. No alto tem o título do seu romance.

– *Como um céu no ocaso*. No fim ele o chamou assim... É bonito.

– Sim, eu também gosto muito.

– Tenho certeza de que mais cedo ou mais tarde alguém capaz de apreciar bem vai ler esse livro... e vai ser um sucesso.

Exatamente naquele momento Rusty James volta.

– Tomem, trouxe um pouco de morango...

Põe na nossa frente uma tigela cheia e um pouco de sorvete de creme.

– Eu escutei você, viu? É uma pena...

– O quê?

– Que você ainda tenha catorze anos... Você devia ser mais velha, eu te contratava como minha agente!

– Por isso tem a Debbie, então...

– Ela não serve... Não é objetiva. Se deixa influenciar muito... – Rusty James a abraça e aperta forte. – Se perceber que uma pessoa rejeita o livro, em vez de expor os lados bons daquilo que escrevi... derrama o chá na cabeça da pessoa... É que me ama demais!

E lhe dá um beijo nos lábios. Debbie se afasta e ri.

– Em uma coisa você tem razão...

– Que você me ama demais?

– Que eu despejaria o chá na cabeça da pessoa!

– Ah, sua canalha...

Debbie se contorce e foge dos braços dele. Corre para longe, o Rusty James está logo atrás dela.

– Agora eu te pego...

– Não, não, socorro... socorro! – Debbie ri, enquanto passa atrás do sofá, se esconde atrás de uma coluna, para atrás de uma poltrona. Faz finta à direita depois à esquerda e a seguir de novo à direita. Rusty James pula na direção dela, tentando pegá-la, mas ela se esquiva para trás e ele tropeça e cai com toda a poltrona.

– Ai! Se eu te pego...

Do chão onde está tenta agarrar a Debbie, pegar sua perna por baixo, mas ela salta, levanta as duas pernas e começa a correr de novo.

Rusty James se levanta e corre atrás dela.

– Não! Socorro! Socorro!

E terminam assim no quarto. Um baque.

– Ai! Ai, ai, você está me machucando...

Depois mais nada. Uma risada sufocada.

– Vamos... – Uma voz distante, levemente sufocada.

– Que é isso, para, que sua irmã está aí...

– Mas agora ela vai embora.

Da sala escuto muito bem, e não tenho dúvidas. Levanto a voz.

– Tchau, estou indo embora...

– Está vendo? Como você é cretino...

– Tchau, Carol... E parabéns!

– Por quê? – grito saindo.

– Pelo exame!

– Ah, pensei que era porque estava indo embora!

Ouço os dois rirem. Subo na Vespa, ligo e ponho o capacete. Saio assim, entre o leve perfume daquelas flores amarelas e aquele pôr do sol lindo que se encaixa no arco daquela ponte distante.

– Você me ama demais. – Depois risadas. A fuga. A queda. E agora devem estar fazendo amor. Sorrio. – Você me ama demais. – Superado o medo, deve ser tudo lindo.

Massi. E eu? Eu não consegui ainda dizer "Te amo" para você. "Te amo, te amo, te amo." Experimento todas as entonações enquanto vou com a Vespa pela ciclovia. Como se fosse uma atriz. "Te amo." Séria. "Te amo." Alegre. "Te amo." Passional. "Te amo." Ameaçadora. "Te amo." Leve. "Te amo." Canção napolitana. "Te amo." Tozziana[43]. "Te amo." Novela mexicana. "Te amooooo." Gritadeira louca.

Dois rapazes que correm na outra direção percebem e começam a rir. Um dos dois é mais rápido que o outro.

– Eu tambééééééééééééém!

E vão embora assim, rindo.

Agora estou pronta e muito mais serena.

Quando entramos no sítio maravilhoso da Alis, ouvimos uma música altíssima.

Todos estão dançando na beira da piscina, alguns de roupa de banho, outros vestidos, enquanto o DJ numa plataforma em cima de uma árvore está com uma mão erguida para o céu, o fone invertido apoiado metade no pescoço e a outra parte na orelha, escutando uma música pronta para mudar. Aí está ela! "Please don't stop the music."

– Essa é incrível! Eu adoro! Massi, estaciona ali que tem lugar. – Ele segue as minhas indicações e para no espaço destinado ao estacionamento seu Cinquecento azul-petróleo com bandeira inglesa.

– Vem. – Desço do carro e arrasto o Massi atrás de mim.

– Espera eu fechar o carro!

– Mas o que importa?! Quem vai te roubar aqui? – E corremos na direção da grande pista no centro da grama da casa incrível da Alis em Sutri.

– Olha, eles chegaram!

Algumas pessoas correm para encontrar a gente.

– Oiiii! Ele é o Massi.

– Oi, sou a Virgínia.

– Oi, a gente já se conhece, sou a Clod, a amiga da Carol.

– Claro, como não. E ele é Aldo, seu namorado... – Olho para ele orgulhosa. Massi se lembra de tudo.

– Ela é a Alis, a dona da festa.

Eles se sorriem.

– Sim, mas a gente já se viu.

– Sim, no cinema.

– Claro. Mas eu não sou a dona da festa! Somos todos donos da festa! Vem, Carol, vamos dançar... – A Alis me arrasta para o meio daquela pista. Chega a Clod também e nos divertimos muito, fazendo juntas o mesmo passo, no ritmo, saltando e girando e assim por diante, perfeitas, sim, as amigas perfeitas.

– É incrível aqui!

– Lindo demais! – Grito para falar mais alto que a música.

– Você gosta?

– Muito! Não lembrava que era tão lindo!

– Mandamos fazer a piscina e colocamos os cavalos. Olha.

Me viro. Atrás de mim o Gibbo faz uma corrida incrível e salta, encolhe as pernas até o peito e se joga como uma bomba na piscina, espirrando água ao redor.

– Nãooo! Mas você convidou os professores também?

O professor Leone e a Boi estão na borda da piscina tentando não molhar as roupas já respingadas pelo Gibbo.

– É claro... todos aprovaram a gente! Era um prêmio merecido pra eles também!

E logo depois, do outro lado da piscina, chega a bomba Filo que respinga ainda mais nas roupas deles.

– Bem, prêmio merecido... castigo merecido!

– Falta só a Clod se jogar, aí sim eles fazem a ducha completa!

– Cretina!

Continuamos assim, dançando como loucas, nos empurrando, rindo divertidas, enquanto com o canto do olho vejo o Massi bebendo alguma coisa com o Aldo, batendo papo.

E passam as horas. E tocam "Fango", do Jovanotti e depois "Candy shop", da Madonna e ainda Caparezza e Gianna Nannini. A lua já está alta no céu. Muitos estão nadando na piscina aquecida. Até mesmo o professor Leone e a professora Bellini se jogam e se divertem muito. O professor está jogando polo aquático e de vez em quando algum aluno o afunda na água com a desculpa de que está o marcando.

– Desculpa, Aldo, você viu o Massi?

– Quem?

– Massi, o meu namorado.

– Ah, Massimiliano. Não, a gente estava conversando um tempo atrás, depois ele foi pra lá.

Sigo a indicação dele. Num canto, o Filo e o Gibbo estão conversando com a Clod. Me aproximo.

– Ei, mas você não tomou banho?

– Não.

– Nem você, Clod?

– Não posso... – Faz uma cara estranha, como querendo indicar alguma impossibilidade feminina. Mas eu acho que é só vergonha de tirar a roupa. Tudo bem, deixo pra lá.

– Escuta, você viu o Massi?

Clod sorri para mim.

– Claro... está ali. – E se vira na direção da árvore grande.

Ali perto, embaixo da árvore, nos bancos que estão ao redor, tem alguns meninos e meninas fumando e bebendo uma cerveja. Alguns sentados, outros de pé. E no banco do meio está o Massi com a Alis. Ele de pé, bebericando uma cerveja, ela sentada no encosto do banco, com os pés no assento. Ri. Escuta o que ele está contando e ri. Arruma os cabelos todos para um lado e fica alisando enquanto escuta. Está atenta, divertida, perdida. Perdida? Caralho, não!

Mas o que é isso, estou com ciúme da minha amiga? Quer dizer, convidou a gente, é a anfitriã, em vez de eu estar feliz que ela conversa com todos, inclusive com o meu namorado, eu crio problemas? Isso não existe. Clod passa do meu lado.

– Você achou onde ele está?

– Sim, sim... está ali. Menos mal.

Filo e Gibbo riem.

– Menos mal, como? Você pensou que tinha perdido o rapaz?

– Ele não é uma criança...

– Se quiser, acha o caminho de casa!

– Engraçadinhos... Clod, você me acompanha? Estou com fome.

– Claro.

Vamos até as mesas onde tem comida e peço para me prepararem um prato.

– Sim, aquela, obrigada... a massa.

O garçom a indica.

– Esta? Massa *alla checca*?

– Como?

– Tomate e mozarela.

– Sim, sim, está ótimo.

Clod naturalmente também pede.

– Faz um pra mim também?

– Claro...

Depois de alguns segundos, recebemos os dois pratos. Pegamos garfos e guardanapos e nos sentamos ali perto.

– Hum, gostosa...

– Deliciosa.

– Imagine se você não ia concordar...

– Está boa mesmo, está *al dente*.

Olho embaixo da árvore grande. Massi ainda está lá. Agora ele também está sentado no encosto do banco e conversam mais próximos.

– O que é, tá incomodada?

Viro na direção da Clod.

– O quê?

Dá outra garfada e depois aponta com o garfo vazio o Massi e a Alis.

– Eles.

Olho para eles mais uma vez e volto a comer.

– Não, você está brincando? Eu estava só olhando.

– E o que você estava olhando?

– O que estão dizendo. Como estariam juntos se ele tivesse conhecido a Alis em vez de mim...

– E não te incomoda?

– Não. Ela fala com ele porque é meu. – Depois me viro e sorrio para ela. – E vai continuar sendo meu. – E continuo comendo tranquilamente.

Exatamente naquele momento Eduardo, o namorado da Alis, chega embaixo da árvore grande dos banquinhos. Fica na frente dos dois e começa a discutir com ela. A Clod percebe.

– Carol... Olha ali.

Giro e vejo a cena, depois o Massi se levanta do banco e se afasta.

Clod balança a cabeça.

– O namorado da Alis não aguentou... Não pensa como você.

Continuo comendo sem olhar para ela.

– É. É inseguro. – Como a última garfada e ponho o prato ali ao lado.

– Nunca se mostre insegura... Vamos tomar um banho?

– Mas eu te disse que não posso.

– Eu te disse agora mesmo: nunca se mostre insegura...

A Clod pensa um instante, depois sorri.

– Vou pegar a toalha e já venho.

Jogamos uma partida de polo aquático incrível.

– Lança, lança!

Recebo a bola e tento marcar. Nada! O professor Leone para e parte de novo para o ataque. Continuamos assim por um tempo.

– Vai, Clod, passa! – Me cruza a bola. O Massi tenta me deter, mas consigo saltá-lo e marcar.

– Gol!

Um pouco mais tarde, sob a grande lua cheia. No meio da grama alta, cavalos elegantes se movem lentos, levando a gente. Alguém guia o passeio.

– Por aqui, por aqui, me sigam...

Estou atrás do Massi, trocamos nossas roupas de banho. Sinto a pele dele e a do cavalo. Abraço-o e queria ser selvagem. Agora. Tocar o corpo dele assim por trás, na escuridão do pinhal. Mas não consigo. Então lhe dou um abraço e beijo suas costas, fazendo calor com a minha respiração. Ele se vira, sorri e me sussurra no meio da noite.

– Ei, assim você está me deixando arrepiado...

– Quero deixar você arrepiado... – Beijo de novo. Ele se rebela. Rio e continuo beijando. A Alis passa perto de nós. Nos olha e se afasta. Depois o namorado dela. Estão em dois cavalos diferentes. E ele não olha para o nosso lado. Aperto o Massi mais forte. Ele apoia a cabeça para trás, agora está mais perto de mim. Vejo a sua boca.

– Você ficou com ciúme naquela hora, enquanto eu conversava com a Alis?

Fico com a cabeça apoiada.

– Deveria ter ficado?

– Sim. Mas sem razão...

– Então, não, não fiquei com ciúme.

O cavalo continua caminhando com a gente em cima, sob a lua grande, no silêncio do pinhal, entre outros cavaleiros no escuro. O Massi acaricia minha perna.

– Melhor assim.

Sorrio e finalmente estou pronta.

– Massi...?

– Sim?

– Te amo. – E o aperto um pouco mais forte. Sinto que ele sorri e leva um braço atrás de si, para me apertar contra as suas costas, para me fazer sentir considerada, amada... e feliz. Depois se vira para mim e sorri.

– Idem...

Não! Não posso acreditar! Me disse como Patrick Swayze em *Ghost*. A história mais linda do mundo. Chorei tanto quando assisti. Mas eu quero ser feliz com ele. Sou feliz. E abraço ele mais forte, repetindo quase dentro de mim: "Te amo, te amo, te amo..." enquanto nos perdemos na noite.

E assim chegamos aqui.

A essa manhã.

Tudo isso aconteceu no ano que acabou de passar. Eu sou feliz. Às vezes é tão difícil admitir isso.

Vou de Vespa com as flores entre as pernas, protegidas, de modo que o perfume delas não se perca no vento. Ouço a música do meu iPod. "Solo per te". De Negramaro. É linda. Guio devagar no trânsito livre dessa fresca manhã de julho. É dia 18. É um dia simpático para mim. Talvez porque marque de alguma maneira a maturidade. E hoje eu me sinto docemente imatura.

Comprei um vestido novo que vejo voar levemente entre as minhas pernas. Sempre tive esse pensamento: usar as coisas novas para um dia especial. Um acontecimento, uma prova, uma festa. E hoje é um pouco isso tudo.

Só espero não ser reprovada!

Chego na frente da casa do Massi. Estaciono a Vespa, desligo, ponho a corrente porque não sei quanto vai durar esse dia... e, boba, começo a rir, fico vermelha por ter pensado isso. Depois me sento no banco ali perto. Ponho em cima do banco as flores, a sacola com o *cappuccino* na garrafinha, os *croissants* e os jornais. Fico assim, um pouco sonolenta, sonhadora e feliz nesse sol leve. Nada. Não consigo ficar parada. Estou agitada. Bem, sorrio de novo, é normal estar um pouco nervosa, emocionada. Tudo o que não você conhece, deseja com um pouco de medo. Gosto dessa frase. É adequada para esse momento. Talvez alguém já tenha dito isso. Mas gosto de pensar que eu é que inventei.

Abro a bolsa e escrevo a frase na minha agenda. Depois pego o celular. Ligo para ele. Nada. Está desligado. Sorrio. Claro. Deve ter ido dormir tarde. Olho o relógio. Dez e vinte. Ele me disse pra não ligar antes das onze. Nesse ponto é muito preciso. Em outras coisas não, mas quando se trata de dormir, às vezes não dá ouvidos à razão.

Tiro da bolsa um espelhinho redondo. Abro e me olho. Conserto a maquilagem leve que passei, vejo se por acaso não borrou, afinal desde as oito horas estou na rua. E enquanto me olho no espelhinho, parece que ouço lá longe o barulho do portão dele que se abre. Eu reconheço porque range um pouco. Fecho o espelhinho e ergo os olhos naquela direção.

A praça está vazia. Alguns carros estacionados, mas nenhum passando, nenhuma pessoa, a não ser um jornaleiro pouco distante que está organizando alguns jornais. Nada mais.

Me ajeito no banco, me ergo e olho um pouco mais longe. Pelo menos pareceu que tinha se movido, aquele portão. Estou escondida atrás de um carro estacionado. Talvez tenha me enganado. E justamente enquanto penso nisso, lá está ele. O Massi. Aparece na frente do portão e o abre, como se tivesse que sair. Ao contrário, para ali, vira lentamente a cabeça para a direita e depois sorri. Espera que alguém saia. Está tranquilo, sereno, feliz. Será alguém do edifício? Um amigo? Se não, quem mais? É um instante. O meu coração começa a bater rápido, sempre mais rápido. A respiração se torna agitada. Estou com medo, tenho que ir, quero ir... Não, tenho que ficar. Parece um sonho, não é possível. Massi está ali, completamente acordado. E mantém aquele portão aberto e aquele seu sorriso, a quem é dirigido, a quem? E apesar de poucos segundos, é uma espera infinita, uma eternidade. Depois ela aparece. Chega caminhando devagar, como se fosse em câmera lenta. A Alis. Para perto dele, no portão. Sorri para ele, arruma os cabelos como vi ela fazer mil vezes e lentamente inclina a cabeça e se aproxima dele, devagar, mais devagar. Eu queria parar o movimento dela, dizer alguma coisa, gritar. No entanto, não. Não digo nada, nem uma palavra. Consigo só olhar. E afinal se beijam.

Eu sinto que vou morrer. Desmaiar. Desaparecer. Dissolver-me no vento. Continuo assim. Sem palavras, com a boca aberta e o coração destruído. Arruinada. É como se de repente o céu tivesse se tornado preto, o sol desaparecido, as árvores tivessem perdido as folhas, os edifícios fossem pintados todos de cinza. Escuro. Escuridão total.

Tento desesperadamente recuperar o fôlego. Não consigo. Me falta o ar. Não consigo respirar. Sinto meu coração parar, me sinto desmaiar, a vista escurece. Apoio as mãos no banco perto de mim para me sentir em terra firme.

Ainda viva.

Infelizmente encontro de novo força de olhar na direção deles. Vejo a Alis sorrir para ele. Ir embora, assim, movendo os cabelos, alegre como sempre a vi estar mil vezes, mas perto de mim ou com a Clod. Em mil festas, ocasiões, passeios, na escola, na rua. Nós, só nós, sempre nós, as três amigas do coração.

Alis entra no minicarro dela. Como é que eu pude não ver o carro antes? Como é que eu pude não notar? Teria bastado isso para entender, para ir embora, para evitar aquela cena, aquele beijo, aquela dor imensa que não vou esquecer nunca. Mas às vezes você não vê. Não vê as coisas que estão na sua frente quando você procura só a felicidade. Felicidade que te cega, felicidade que te distrai, felicidade que te absorve como uma esponja. Não vê. Vê o que quer, aquilo de que necessita, o que precisa ver. E continuo assim, naquele banco, como se fosse uma estátua, aquelas que de vez em quando os artistas criam para recordar alguma coisa. Sim. A minha primeira, verdadeira desilusão, a maior.

E vejo a Alis desaparecer assim, naquele minicarro que mil vezes me acompanhou até em casa, no qual compartilhamos mil noites e passeios à praia, para cima e para baixo pela cidade, rindo, brincando, conversando de tudo e muito mais, dos nossos amores...

Os nossos amores.

A nossa promessa.

O nosso juramento.

Nunca nada vai nos separar...

Jura que a gente não vai se perder nunca.

Jura que vai ser minha amiga pra sempre.

Olho para o portão. Massi não está mais lá. Entrou. Então, quase sem entender, como um robô, começo a caminhar. Deixo os jornais no banco, com o *cappuccino*, os *croissants*. Não me vem a ideia de dar a um mendigo, a alguém que esteja com fome, que tenha realmente necessidade.

Hoje não.

Hoje não quero ser boa.

E me afasto assim, com aquelas flores celestes abandonadas ali no chão. Parecem aquelas deixadas no asfalto como lembrança da morte de alguém. Depois da sua morte em decorrência de um acidente bobo, dramático, talvez por culpa de alguém e da sua distração. Não. Aquelas ali são para mim.

Para a minha morte. Por culpa da Alis. E do Massi. E enquanto caminho penso de novo nos beijos dele, naquela vez no mar, as corridas na praia, atrás dele, de moto, abraçada com ele ao pôr do sol, com o olhar feliz perdido nas ondas distantes do mar e no seu amor. E começo a chorar. Em silêncio. Sinto as lágrimas que escorrem pelo meu rosto, lentas, implacáveis, uma depois da outra, sem que eu possa fazer nada para impedir. Descem assim, manchando meu rosto de maquiagem, de dor, então me enxugo com as costas da mão e soluço, enquanto continuo a caminhar. Não consigo controlar o peito, sobe e desce, rumoroso, distraído, impreciso, desabafando toda a dor que sinto. Tanta. Imensa. Não é possível. Não posso acreditar. E de repente ouço o telefone tocar. Enxugo as lágrimas e pego o celular na bolsa. E vejo o nome na tela. Massi. Olho o relógio. Onze horas. Que imbecil. Era por isso que não queria ser acordado antes.

Deixo tocar, ponho no silencioso. Depois olho quando o telefonema para e desligo completamente. Por enquanto. Até amanhã. Por todo o mês. Para sempre. Vou mudar de número. Mas não vai mudar a minha dor. Não vai apagar o rosto deles. Aquele sorriso, aquela espera, aquele beijo que eu vi. E continuo caminhando. Deve ter sido aquela noite na festa dela, quando falavam no banco, embaixo da árvore grande. Ali devem ter trocado os números. Depois devem ter se falado. Raiva repentina. A respiração volta a ser rápida. Muito rápida. Sinto pontadas terríveis no estômago. Mas não consigo parar, imagino, penso, raciocino, me faço mal. Devem ter se visto antes, algum dia, em algum outro lugar, depois devem ter combinado. Mas quem será que deu o primeiro passo? Quem será que disse a primeira coisa, quem será que fez a primeira alusão, quem deu o primeiro beijo, quem fez a primeira carícia? Pouco importa. Aliás, nada. Tem sentido entre dois culpados encontrar aquele um pouco mais inocente?

Mas eu continuo da mesma forma, me golpeando, me destruindo, me aniquilando, sofrendo, com vontade de gritar. De ficar parada. De deitar no chão. De fugir. De não falar mais. De correr. De qualquer coisa que me livre dessa opressão que me sufoca. Quem será que disse a gente se vê na sua casa amanhã de manhã bem cedo ou pior ontem à noite? Sim, ontem à noite. Devem ter dormido juntos. E com este último pensamento tenho uma espécie de colapso. Vejo embaçado, minha cabeça está com um formigamento estranho, parece que tem algodão dentro dos meus ouvidos. Estou com uma sensação de desmaio. Quase caio no chão. Me apoio a um poste ali perto e fico assim, com o mundo que gira com a minha cabeça e as lágrimas que, infelizmente, já acabaram.

– Carol...

Ouço uma voz. Me viro. Uma Mercedes azul-claro, daquelas antigas, está parada na minha frente, toda aberta, nova, linda. Sorrio, mas não entendo.

– O que é? O quê? – Depois vejo ele descer.

– Carol... o que está acontecendo?

É o Rusty James. Corre para mim, me pega rápido, antes que eu caia no chão. Sorrio entre seus braços.

– Nada. Dormi pouco... A cabeça está girando um pouco. Devo ter comido alguma coisa que me fez mal...

– Shhhiii... – Põe uma mão sobre a minha boca. – Shhhiii, boa... – Então sorri e eu abraço forte o meu irmão e aperto.

– Oh, Rusty James... por quê? – E começo a chorar e a soluçar no seu ombro.

– Vamos, vamos, Carol... não se preocupe. Seja o que for, a gente vai resolver. – E me ajuda a entrar no carro, me faz sentar, puxa as minhas pernas para cima e fecha a porta. Depois entra ao meu lado, dá a partida e sai. De vez em quando me olha. Está preocupado, eu sei, eu sinto. Depois tenta me distrair.

– Estava te procurando, sabe, queria te mostrar o presente que comprei pra mim... você gosta?

Concordo com um aceno de cabeça sem falar. Não quer me fazer pensar, eu sei... eu conheço o R.J. Mas não consigo. Continua me olhando enquanto fala e tenta sorrir, mas eu sei, está sofrendo por mim.

– Uma editora aceitou o *Como um céu no ocaso*! Você tinha razão! Então decidi comemorar, estava te procurando... Porque queria dividir esse momento com você...

Por um instante queria ser feliz com ele, como mereceria nessa ocasião, mas não posso. Não consigo. Me perdoa, Rusty James. Ponho uma mão sobre a dele.

– Me desculpa...

Ele sorri. E fecha os olhos lentamente, como se dissesse: "Não se preocupe, eu sei bem, não me diga nada, eu também já passei por isso".

Quem sabe quantas outras coisas existem naquele olhar.

No entanto, me diz somente:

– Aonde você quer ir?

– Me leva pra ver o mar...

Então passa as marchas e acelera um pouco, dirige tranquilo, e sinto o vento me acariciar os cabelos. Apoio a cabeça no banco e me deixo levar assim. Pouco depois, estamos fora da cidade. Ponho os óculos grandes e ele liga uma música. E então fecho os olhos. Quando abro de novo não sei quanto tempo passou. Apenas que na minha frente tem o mar. Está calmo. Pequenas ondas quebram na praia, dunas de areia se alternam de vez em quando com um pouco de verde. Respiro fundo e sinto o cheiro dos pinheiros, do mar e do sol no asfalto ao nosso redor. Leio uma placa, estamos nas dunas de Sabaudia.

Um casal na praia. Ele corre arrastando uma pipa. Ela está parada com as mãos nos quadris, olhando para ele. Ele corre, corre e corre. Mas não tem vento, e afinal o papagaio lentamente faz um pequeno arco e depois se precipita rápido, até se enterrar na areia. Ela ri e ele se aproxima dela com esforço, derrotado por aquela inútil tentativa de voo. Ela ri ainda mais, ri dele. Então ele a abraça e puxa para si, ela luta e afinal se beijam. Se beijam assim, diante do mar, naquela praia livre sem ninguém, sem tempo, com aquele infinito azul do céu, com o sol alto e aquele horizonte distante onde mar e céu se confundem. E eu recomeço a chorar. As lágrimas param na parte baixa dos óculos. Então ergo os óculos e deixo elas rolarem. E começo a rir. Olho para ele. Não percebeu. Depois vira para mim e me acaricia o braço, sorri, mas não diz nada. Então me aproximo dele e me apoio. Ele passa o braço atrás dos meus ombros e me abraça, de repente me sinto um pouco mais serena e paro de chorar. Mas sim. Amanhã é outro dia. E me sinto tão estúpida. E me dá vontade de rir e estou um pouco cansada. Então rio. Depois choro de novo e dou uma fungada; dessa vez ele percebe e me aperta um pouco mais forte e eu fecho os olhos. Sinto muito, mas não consigo mesmo. Fico até um pouco envergonhada. Mas estava tão apaixonada. Mas estou tão apaixonada. Um suspiro longo, mais longo. Abro os olhos. Agora o sol está exatamente na nossa frente. Sobre o mar voam gaivotas. Roçam levemente a água e sobem de novo, na direção do céu.

Tenho que conseguir. Já sinto falta do amor. E me sinto sozinha. Incrivelmente sozinha. Mas vou voltar a ser feliz, não vou? Talvez precise de tempo, mas eu não tenho pressa. Então sorrio e olho para Rusty James; ele também me olha e sorri. Respiro profundamente e me sinto um pouco mais segura.

Sim, vou conseguir. Afinal tenho só catorze anos, não?

Notas do tradutor

1. Revistas italianas.
2. Jornais de grande circulação na Itália.
3. Revista italiana
4. Agenda Italiana
5. Nome com o qual é designado o Ministério das Relações Exteriores. Contudo, a origem é muito antiga e está estreitamente ligada ao patrimônio artístico italiano.
6. Segundo a lenda, era o lugar de onde os criminosos eram jogados. Tarpeia era o nome de uma virgem vestal (consagrada aos deuses) que, com sua traição, possibilitou a tomada da colina pelos sabinos.
7. Célebre monumento do centro histórico de Roma.
8. Liga – Luciano Ligabue – famoso cantor e compositor de um conjunto com o mesmo nome.
9. Doce feito de gemas de ovo, açúcar e um tipo de vinho, Marsala.
10. Na mitologia grega, é o deus do sono.
11. Silvio Berlusconi, ex-presidente do governo italiano.
12. Obra de Matteo Maria Boiardo, é um poema que narra uma sucessão de aventuras fantásticas. Publicado pela primeira vez em 1495.
13. Dia de São Valentino – 14 de fevereiro. Dia dos Namorados.
14. Petisco tipicamente romano. Bolinho de arroz recheado com mozarela, frito.
15. Flor de abobrinha, petisco romano frito recheado com mozarela e anchova.
16. Petisco da região Marche (Ascoli Piceno) azeitonas recheadas com carne, à milanesa.
17. Bairro elegante de classe média alta.
18. Monumento colossal na praça Venezia, um dos muitos cartões-postais do centro histórico romano.
19. A famosa basílica que forma um conjunto arquitetônico imponente com o Museu Vaticano e a residência do papa.
20. Outro famoso ponto turístico da capital italiana.
21. Doce tipicamente caseiro, rústico, à base de castanhas. Sua consistência parece com a nossa goiabada cascão.
22. Chocolate com recheio de coco.
23. Fruta silvestre de coloração violeta muito utilizada na preparação de sorvetes e licores.
24. Apresentador de programas de televisão e, principalmente, de festivais como o da canção de Sanremo.
25. Bairro pobre da periferia de Roma.
26. Termo pejorativo que designa o dialeto falado nos subúrbios de Roma.
27. Dolce & Gabbana
28. De origem árabe, é usado para fumar, à base de água, um tipo de tabaco especialmente preparado para ele. Tem água no fundo e uns cachimbos, em geral é de vidro com a base em metal.
29. Chinelos.
30. Produto de uma época anterior que é reutilizado.
31. Ugo Foscolo, poeta e escritor italiano do final do século XVIII.
32. Romance histórico de Alessandro Manzoni, considerado o mais importante da literatura italiana antes da unidade nacional. Ambientado no século XVII. Leitura obrigatória na escola italiana.
33. Na mitologia grega, filho de Dédalo, seu sonho era voar. Fez asas de cera e voou, mas se aproximou muito do sol e elas derreteram, provocando sua morte.
34. Expressão latina que significa "ao sucesso".
35. Festa celebrada no dia 6 de janeiro. Nesse dia, as crianças recebem doces e balas de presente. A representação é de uma mulher velha e feia, uma bruxa (Befana), montada numa vassoura. As balas e doces são colocados dentro de meias de cano alto. Segundo a tradição, a Befana só traz os doces para as crianças que se comportaram bem durante o ano. Para aquelas que não merecem os doces, a Befana traz um pedaço de carvão.
36. Doce tipo pavê muito comum em Roma.
37. Chocolate com pimenta.
38. Mito do cinema francês de todos os tempos. Seus filmes, em geral, são da década de 1960.
39. Mura Aureliane. Fica situada no centro histórico, nas proximidades da Cidade do Vaticano.
40. Típicas tabernas de Veneza.
41. Especialidade da cozinha veneziana, sardinhas fritas.
42. Fórmula para expressar juramento em tom de brincadeira. Equivale a beijar os dedos indicadores em cruz
43. Ao estilo de Federigo Tozzi, escritor italiano do final do século XIX.

Este livro foi composto em Adobe Garamond Pro
para a Editora Planeta do Brasil
em fevereiro de 2012.